Catharina Sundberg
Gebrandmarkt

Zu diesem Buch

Man schreibt das Jahr 1391: Die mächtige Hanse lenkt die Geschicke der Handelsstädte Nordeuropas, und Dänemark kämpft um die Vorherrschaft im Ostseeraum. Es sind unruhige Zeiten, als die junge Bürgersfrau Anne Persdotter von Lübeck in ihre Heimatstadt Stockholm reist, wo Schweden und Deutsche gemeinsam regieren. Sie erwartet ihr erstes Kind und hofft gemeinsam mit ihrem Mann Claus auf einen Neuanfang. Ihre Träume zerschlagen sich, als Claus bei einem Schiffbruch ums Leben kommt. Sie wird von Fischern auf eine Insel vor Stockholm gebracht, doch diese stecken mit den Vitalienbrüdern, den berüchtigten Seeräubern, unter einer Decke. Anne gelingt die Flucht nach Stockholm. Nach der Geburt des Kindes muss sie erfahren, dass das Neugeborene tot ist. Von nun an muss sie sich allein durchschlagen: Sie findet zwar Arbeit und empfindet zum ersten Mal aufrichtige Liebe, doch dann nahen die Verfolger ... Die Historikerin erzählt in ihrem Roman von einer starken Frau, die allen Schicksalsschlägen trotzt, und zeichnet ein atmosphärisches Bild des mittelalterlichen Stockholm.

Catharina Sundberg arbeitete viele Jahre als Meeresarchäologin und Historikerin. Nach Tätigkeiten in mehreren skandinavischen Museen besuchte sie die Journalistenhochschule in Göteborg und begann historische Romane zu schreiben. Heute lebt sie in Göteborg und arbeitet als Journalistin bei der Tageszeitung Svenska Dagbladet. Weiteres zur Autorin: http://www.geocities.com/catharinaingelmansundberg

Catharina Sundberg

Gebrandmarkt

Roman aus der Hansezeit

Aus dem Schwedischen von
Wibke Kuhn

Piper München Zürich

Für meine netten Nachbarn

Deutsche Erstausgabe
September 2007

Titel der schwedischen Originalausgabe:
»Brännmärkt«, Bokförlaget Forum, Stockholm 2006

Umschlag: Büro Hamburg, Heike Dehning, Stefanie Levers
Bildredaktion: Alke Bücking, Charlotte Wippermann, Daniel Barthmann
Umschlagabbildungen: Peder Hildor / Nordicphotos / Lennart Utgren / Nordicphotos woman_symbol; Collage von Anders Timrén / Bridgeman, Berlin / Medioimages / Getty Images; Islington Design
Autorenfoto: Christoffer Edling
Satz: Filmsatz Schröter, München
Papier: Munken Print von Arctic Paper Munkedals AB, Schweden
Druck und Bindung: Clausen & Bosse, Leck
Printed in Germany ISBN 978-3-492-25015-3

www.piper.de

Im Jahr der Gnade 1391 Der mächtige Handelsverband der Hanse beherrscht Nordeuropa und lenkt die Geschicke einer ganzen Reihe wichtiger Handelsstädte rund um die Ostsee. Nachdem in Schweden gerade der deutschstämmige König Albrecht von Mecklenburg entmachtet worden ist, kontrollieren nun die Dänen fast das ganze Land.

Der dänischen Königin Margareta ist es allerdings noch nicht gelungen, Stockholm einzunehmen, wo Schweden und Deutsche gemeinsam regieren. Hier stößt sie auf Widerstand sowohl von rachedurstigen Mecklenburgern, die König Albrecht wieder einsetzen wollen, als auch von den Vitalienbrüdern, den berüchtigten Seeräubern der Ostsee. Nachdem sie sich im Süden bereits Rostock und Wismar unterworfen haben, wollen sie nun Stockholm zu einer Seeräuberfestung im Norden machen.

In dieser unruhigen Zeit kehrt Anne Persdotter von Lübeck in die Stadt ihrer Kindheit zurück, um ein neues Leben zu beginnen.

1. Kapitel

Es musste der Geruch gewesen sein, der ihr als Erstes verriet, dass etwas nicht stimmte. Der stechende, angstgeschwängerte Geruch des Kapitäns, der ihr plötzlich ganz fremd vorkam. Sein Lächeln war einer finsteren Miene gewichen, und er lief mit hastigen, ruckartigen Schritten über das Deck.

»Frau Anne!« Kapitän Heinrich Volder eilte vorbei und bedeutete ihr, sie solle sich unter Deck begeben. Sein Mund war nur noch ein schmaler Strich, und sein Blick huschte immer wieder gehetzt zum Horizont.

Dunkle, bleigraue Wolken zogen über den Himmel, und die See, die sich bisher glatt und ruhig bis zum Horizont erstreckt hatte, türmte sich bedrohlich vor ihnen auf. Auf einmal wirkte das Meer so groß und das Schiff so erschreckend klein. Ein Mast, ein Rahsegel und ein jämmerlicher Schiffsrumpf gegen ein Wellengebirge.

Anne sah dem Kapitän hinterher, der rasch nach achtern verschwand. Sie dachte an die undichte Kajüte. Ganz unten an der Wand hatte sie einen Rand aus braungrünem Schimmel entdeckt. Wenn schon die Kajüte so aussah, wie mochte es dann um den Rest des Schiffes bestellt sein? Besorgt blickte sie über das Wasser. Der Himmel war so dunkel, dass kein Festland mehr auszumachen war. Gerade als sie sich umwandte und unter Deck gehen wollte, geriet das Schiff heftig ins Schlingern, und ein Schwall Meerwasser überschwemmte den Bug. Sie duckte sich, griff nach der Reling und kauerte sich an die Relingstützen. Eine weitere Windbö folgte, gesättigt mit Salz und Regen. Anne drehte sich zu ihrem Mann um.

»Claus, ich habe Angst!«

»Du bist auf See, Anne. Auf dem Meer weht nun einmal ein kräftiger Wind«, antwortete ihr Gatte gereizt. Wie immer ärgerte sie sich über seine herablassende Art. Sie betrachtete seine fetten Wangen und seine verkniffene Miene. Er glaubte ihr nie. Was immer sie sagte, er behandelte sie grundsätzlich mit einer gewissen Überheblichkeit. Er war eben viel älter und erfahrener als sie, und damit Schluss. Sie hätte seine Tochter sein können, aber sie waren Mann und Frau. Claus hatte sich eine junge, schöne Frau gewünscht, und daher war seine Wahl auf sie gefallen, die Tochter aus einer schwedischen Familie.

Er hatte sie in ihrem zarten Alter nur deshalb heiraten können, weil ihre Eltern es sich nicht leisten konnten, sie noch länger bei sich zu behalten. Claus war ein reicher Kaufmann mit untadeligen Manieren, und als er um ihre Hand angehalten hatte, waren Vater und Mutter ohne Weiteres einverstanden gewesen. Damals war sie vierzehn Jahre alt gewesen, Claus bereits vierunddreißig.

Eine riesige Welle schwappte über den Bug und überschwemmte das Deck. Anne biss die Zähne zusammen und versuchte sich zu beherrschen. Ihr wurde klar, dass es eine beschwerliche Seereise werden würde, jetzt, da sie sich den Untiefen und den Inseln im Schärengarten näherten. Gleichzeitig war sie aber auch froh, bald wieder zu Hause zu sein. In Schweden wollten sie ganz neu anfangen. Bisher war das Leben mit Claus, der die Finger nicht vom Branntwein lassen konnte, ein Albtraum gewesen. Langsam, aber sicher waren seine Geschäfte in Lübeck immer schlechter gegangen, und das Geld schwand dahin. Daraufhin hatte sie ihn zu überreden versucht, mit ihr nach Schweden zu ziehen. Dort standen deutsche Kaufleute in hohem Ansehen und konnten schalten und walten, wie es ihnen beliebte. Die mächtige deutsche Hanse bestimmte den Handel, und als Deutscher würde er dort die besten Bedingungen für seine Geschäftstätigkeit vorfinden. Außerdem hatte auch sein Bundesgenosse Alf Gerhardt sein Handelshaus in der Stadt. Mit seinem Einfluss im Rat konnte er ihnen gewiss behilflich sein.

Als Anne schwanger wurde, gelang es ihr schließlich, sich durchzusetzen. Sie wollte, dass das Kind in Schweden aufwuchs, in der ländlicheren Umgebung Stockholms. Außerdem arbeiteten Claus' Gildebrüder ständig in allernächster Nähe, sodass er sich um seine Geschäfte kümmern und sich zwangsweise von Bier und Wein fernhalten müsste.

Ein plötzlicher Brecher warf ihr eine Gischtwoge ins Gesicht, und sie trat rasch einige Schritte zurück. Im selben Augenblick war ein heftiges Zischen zu hören, und sie blickte nach oben. Über dem Bug erschien ein seltsames Licht, das anwuchs, immer deutlichere Konturen annahm und sich über dem Meer ausbreitete. Der blasse Schein verwandelte sich in einen leuchtenden Feuerball, der sich langsam übers Wasser bewegte, wie ein von Pferden gezogener Wagen. Als würde man die Sonne bei ihrer Wanderung über die Erde beobachten, von der Nacht des Weltalls zum hellen Tag.

»Claus, hast du das gesehen?! Dies ist kein gewöhnlicher Sturm!«

Der Himmel nahm eine blauschwarze Färbung an, die dunklen Wolken schienen von einer mühsam gebändigten Kraft niedergedrückt zu werden, und wo der helle Lichtschein funkelnd über die Wellen glitt, war nur noch Regen zu erkennen. Das Schiff schaukelte in ein Wellental, der Rumpf erzitterte und bebte. Anne faltete die Hände und drückte sie gegen die Brust.

»Siehst du? Das ist ein Zeichen.«

»Ach was, nur ein kleines Unwetter!« Claus bedachte seine Gattin mit einem finsteren Blick. »Du faselst doch immer von Vorzeichen und schlechten Omen. Nein, die *Hindin* ist eines der besten Schiffe der Hanse und hat schon viele Stürme überstanden. Und dies ist nichts weiter als ein ganz gewöhnliches kleines Unwetter.«

»Aber Claus, das Schiff ist alt, verstehst du nicht? Ich habe die Seeleute untereinander flüstern hören, dass der Rumpf schon ganz verrottet ist. Stell dir nur vor, wenn das Schiff von den Wellen nach oben gehoben wird und dann in ein Wellental fällt und ...«

»Du musst ständig irgendwelches Unglück prophezeien! Halt den Mund! Ein besseres Schiff als dieses gibt es nicht.«

Eine heftige Bö riss an ihren Kleidern, und das Großsegel peitschte im Wind. Die nächste Woge schwappte über Deck, und das Schiff krängte. Während Anne sich rasch an der Reling festklammerte, konnte sich der Schiffsjunge nicht mehr in Sicherheit bringen und stürzte kopfüber auf die Planken. Als sich das Schiff wieder aus dem Wellental erhob, sah Anne, dass der Junge regungslos liegen blieb, und ohne zu überlegen, rannte sie zu ihm hinüber. Sie beugte sich zu ihm hinab und entdeckte, dass er aus einer Wunde an der Stirn blutete.

»Du Armer!«, rief sie voller Mitgefühl, riss sich einen Streifen Stoff vom Rocksaum und verband ihn. Trotz des heftigen Seegangs gelang es ihr, ihm den Kopf zu bandagieren. »Das sollte vorerst reichen«, erklärte sie und strich ihm über die Wange. Sie blickte dem Jungen in die großen, erschrockenen Augen, dann stand sie auf, streckte ihm die Hand hin und half ihm hoch.

»Danke«, murmelte er, tastete mit einer Hand nach dem Verband und machte sich dann eilig davon. Lächelnd blickte sie seinem flatternden Kittel nach. Eines Tages würde sie vielleicht auch so einen kleinen Jungen haben, ja, in Stockholm würde sie endlich die große Familie bekommen, von der sie immer geträumt hatte.

Das Schiff wurde erneut erschüttert, und Claus eilte zu ihr.

»Am besten gehen wir unter Deck«, forderte er sie auf.

Anne starrte ihn an. »Durch die Luke und unter Deck? Du bist wohl nicht ganz gescheit, niemals steige ich dort hinunter ...«

Claus versuchte sie mitzuziehen.

»Nein, nicht in dieses Rattenloch!«

Er packte ihre Hand noch fester, und seine Fingernägel gruben sich in ihr Fleisch. »Fang jetzt keinen Streit an, komm mit!«

Anne riss sich los, umklammerte die Reling mit beiden Händen und hielt sich fest. Ihre Muskeln spannten sich, und die Wut lief ihr wie in Wellen durch den Körper.

»Ich habe Nein gesagt! Hörst du nicht?«, schrie sie.

»Schnell, du kannst jeden Augenblick über Bord gespült werden!«

Die nächste Welle türmte sich auf, es krachte im Schiffsrumpf, und gewaltige Wassermassen überfluteten das Deck. Sie spürte, wie ihr das kalte Wasser um die Beine strudelte, und hoffte inbrünstig, dass sie bald ruhigere Gewässer erreichen würden. Schon seit mehreren Tagen war das Festland in Sicht, und wenn sie nur hinter irgendwelchen Inseln Zuflucht fanden, waren sie gerettet. Der Kapitän hatte von Landsort, dem Danziger Gatt und den Gewässern in diesen Breiten gesprochen.

Da spürte sie, wie sich Claus' Arme um ihren Körper schlangen, und als er sie mit aller Kraft von der Reling wegzog, konnte sie sich nicht länger festhalten. Grob schleifte er sie zur Luke. Anne wehrte sich nach Kräften, rutschte aus und wurde im nächsten Moment von einem riesigen Brecher erfasst. Mit voller Wucht wurde sie nach achtern gespült und schlug gegen die Treppe, die auf den erhöhten Teil des Decks führte. Erschrocken legte sie sich die Hand auf den Bauch. Als sie aufstehen wollte, merkte sie, dass sich das Schiff nicht mehr bewegte wie zuvor, sondern tief im Wasser lag. Die Kogge musste leckgeschlagen sein, und nun konnte alles ganz schnell gehen. Sie hatte von großen Schiffen gehört, die gesunken waren, bevor es alle Mann auch nur an Deck geschafft hatten.

»Claus, warte!«, rief sie, rappelte sich hoch und bewegte sich einige schwankende Schritte vorwärts. »Claus!«

Eine Kaskade Seewasser ging auf sie nieder, und verzweifelt kämpfte sie darum, auf den Beinen zu bleiben. Die Wucht der Wellen nahm ihr fast den Atem, und die Arme schmerzten. Lange hielt sie das nicht mehr durch, jeden Augenblick konnte sie über Bord gespült werden.

Auf einmal fiel ihr das Rettungsboot ein, das mit Segeltuch abgedeckt war. Wenn sie unter die Persenning kröche, wäre sie geschützt. Zwar fühlte sie sich mit ihrem Bauch schwer und unbeholfen, aber wenn sie ihre ganze Willenskraft zusammennahm, würde sie es sicher schaffen. Sie musste sich und ihr Kind retten.

»Claus, das Rettungsboot!«, schrie sie und taumelte vorwärts. Das Schiff schlingerte und stampfte, und um sie herum war alles weiß. Warum kommt er denn nicht?, fragte sie sich, aber sie wagte nicht, sich umzudrehen und ihn zu suchen. Erneut packte sie der Zorn auf ihren Gatten. Immer wollte er bestimmen, was sie zu tun hatte, immer glaubte er, alles besser zu wissen. Aber diesmal hatte sie nicht vor, ihm zu gehorchen. Die Wut trieb sie voran, als sie sich zum Rettungsboot kämpfte, dem einzigen wirklich sicheren Platz an Bord.

»Refft die Segel, verflucht!« Durch das Toben des Sturms hörte sie die gellende Stimme des Kapitäns und die Rufe der vorbeilaufenden Männer. Doch Anne sah sich nicht nach ihnen um, sondern hielt den Blick fest geradeaus gerichtet und hangelte sich Stück für Stück an der Reling entlang auf das Rettungsboot zu.

Die Plane blähte sich auf und peitschte im Wind, und Anne fragte sich, wie sie es überhaupt schaffen sollte, in das Boot hineinzuklettern. Verzweifelt tastete sie nach der Seitenwand des Rettungsboots und fand schließlich ein loses Tau. Sie packte es und zerrte mit klammen, steif gefrorenen Fingern das Segeltuch hoch. Dann sah sie sich ein letztes Mal nach Claus um, bevor sie hinaufkletterte, sich über die Reling hievte und zu guter Letzt auf die Ruderbank sinken ließ.

»Gott, steh uns bei!«, betete sie. »Lass uns überleben, ich will nicht sterben!«

Tränen stiegen ihr in die Augen, und eine heftige Übelkeit überkam sie. In weiter Ferne hörte sie den Kapitän schreien, aber sie konnte seine Worte nicht verstehen. Alle Geräusche flossen ineinander, und ihr war, als ginge sie das alles schon nichts mehr an. Das Segeltuch schirmte sie von den schrecklichen Geschehnissen ab, sie musste nur geduldig abwarten, dann würde alles gut werden.

Plötzlich wurde die Persenning zur Seite geschoben, und Claus' verstörtes Gesicht starrte auf sie herunter. »Schnell, komm heraus! Das Rettungsboot kann jeden Augenblick über Bord gespült werden!«

»Pass auf!« Anne entdeckte die riesige Welle schon, bevor sie auf das Schiff herunterstürzte. Dann merkte sie, wie das Schiff durch den nächsten Wellenberg schnitt, und hörte, wie das Großsegel losgerissen wurde und im Wind hin und her peitschte.

»Pass …« Ihre Stimme wurde erstickt, als die gewaltigen Wassermassen über Deck wirbelten. Sie sah noch einmal Claus' weit aufgerissene Augen und seine panischen Versuche, sich irgendwo festzuhalten. Verzweifelt beugte sie sich vor und streckte ihm die Hand entgegen, aber er schaffte es nicht mehr bis zu ihr. Einen Moment lang schien es noch so, als sei er stark genug, aber dann schwanden ihm die Kräfte. Als Letztes sah sie seine ausgestreckten Hände, die nach ihr tasteten. Ein weiterer Brecher spülte über das Schiff, dann gab es nur noch Wellen und Meer.

Sie wollte es nicht glauben, aber als sie seinen Namen rief, antwortete ihr nur das donnernde Toben der Wogen. Claus war verschwunden. Die Gewissheit überkam Anne mit einem überwältigenden Gefühl von Machtlosigkeit. Sie blickte über das Wasser und merkte, dass die alte Hansekogge sich nur noch träge und langsam bewegte und das Schiffsdeck sich bereits besorgniserregend der Wasseroberfläche angenähert hatte.

»Das Rettungsboot! Zum Rettungsboot!«

Wie aus weiter Ferne hörte sie die durchdringenden Rufe des

Kapitäns und begriff, dass die stummen, langsamen Bewegungen des Schiffs nichts weiter waren als der letzte Kampf eines zum Tode Verurteilten. Sie kroch unter das Segeltuch und drückte sich gegen die Ruderbank. Claus hatte erzählt, dass sich fünfundzwanzig Mann an Bord befanden, im Rettungsboot aber nur für die Hälfte der Besatzung Platz war. Und die Männer waren größer und stärker als sie. Rasch zog sie einen Zipfel der Persenning über sich und hoffte, dass niemand sie bemerkte. Dann würde man das Boot vielleicht mit ihr und den anderen abfieren.

»Macht die Leinen los!« Kapitän Volders gellende Stimme übertönte die der anderen, und Anne spürte, wie das Boot schwankte, als die Männer hereinkletterten. Im Handumdrehen war das Rettungsboot voll.

»Klar zum Abfieren!«

Anne schloss die Augen und betete stumm. Das Boot setzte sich in Bewegung, wurde seitlich am Schiff herausgeschwenkt, und die Männer, die keinen Platz mehr ergattert hatten, versuchten verzweifelt, noch an Bord zu springen.

»Wir kentern!«, brüllte Volder und schlug auf sie ein. »Zurückbleiben! Wir sind zu viele!«

Der große, bärtige Kapitän versuchte Ordnung zu schaffen, aber die Seeleute waren stärker und warfen sich in wildem Kampf auf das Rettungsboot. Anne klammerte sich fest und duckte sich vor den Füßen der Männer. Sie war wie gelähmt vor Angst, dass sie sie entdecken könnten, drückte die Stirn gegen die Ruderbank und flehte den Allmächtigen um Kraft an.

Als sich der nächste Brecher näherte, hob sich der Vordersteven der Kogge, sie legte sich vor dem Wellenberg auf die Seite und sank.

»Abfieren habe ich gesagt!« Die Stimme des Kapitäns wurde vom Lärm erstickt, als das Rettungsboot auf die Wasseroberfläche traf und sich losriss.

Anne erahnte noch die Hände der Männer an der Reling, die sich mit letzter Kraft festklammerten. Dann verschwand sie mit dem Boot in einem gewaltigen Wirbel unter Wasser.

2. Kapitel

»Es wird allmählich Zeit, die Netze einzuholen.« Die kräftige Frau des Fischers blickte durch die Tür ihrer Hütte nach draußen, bevor sie sich umwandte und ihrem Mann zunickte. Der Morgen dämmerte bereits, und das zaghafte Licht des Sommers tastete sich übers Meer.

Der Mann legte den Löffel aus der Hand, schob die Schüssel mit der Hafergrütze beiseite und stand auf. Widerwillig trat er an die Fensteröffnung und spähte hinaus. Dann drängte er sich an seiner Frau vorbei, die immer noch im Türrahmen stand, und ging entschlossenen Schrittes zum Bootsanleger hinunter. Obwohl er groß und grobschlächtig war, bewegte er sich leicht und geschmeidig, wie es Leuten eigen ist, die am Meer aufgewachsen sind. In den zwanzig Jahren seines Lebens hatte er vom Fischfang gelebt, und die schweren Netze und der Kampf gegen die Wellen hatten ihn stark gemacht. Außerdem kannte er das Meer und die Untiefen in den Schären und wusste, wo er seine Netze auslegen musste. Mittlerweile war er einer der besten Fischer im ganzen Schärengarten.

»An der Untiefe dort draußen müsste es sich inzwischen auch gelegt haben«, meinte er zu seiner Frau.

Ohne ihre Antwort abzuwarten, machte er sein Boot los, und sie konnte gerade noch hineinspringen, bevor es sich zu weit vom Gestade entfernt hatte. Fischer Mårten sah sie an. Seine Frau Karin war robust gebaut, mit stämmigen Waden und kleinen Brüsten. Sie gehörte nicht zu den Frauen, die von vielen Männern begehrt wurden, aber dafür hatte er sie auch ganz für sich allein. Außerdem war sie flink und geschickt, und auch ihre Kochkünste bereiteten ihm große Freude.

Er ergriff die Ruder, legte seine ganze Kraft in die Ruderschläge und steuerte aus der Bucht hinaus. Sein Häuschen lag gut geschützt hinter einer Landzunge. Sowie er sie hinter sich gelassen hatte, begann das Boot zu krängen.

»Das wird nass heute«, murmelte er. Seine Frau antwortete ihm nicht, was er wie immer als Zustimmung deutete.

Als sie zu den Untiefen kamen, waren die Netze voller Tang. Fischer Mårten fluchte und sagte wie gewohnt sein Sprüchlein auf, dass er sich doch immer wieder für nichts und wieder nichts abschufte. Gott sei Dank hatte er Fische im Fischkasten, für die er wohl ein wenig Geld bekommen würde. Ansonsten …

Er seufzte. Die Kaufleute in Stockholm waren Feinschmecker und nahmen ihm nur wirklich frischen Fisch ab.

»Die Wellen brechen sich über der Sandbank.« Seine Frau blickte über die kabbelige See. Die Wellen brachen sich und schlugen gegen die kleinen Felsinseln. Sie waren dunkel, glatt geschliffen von Meer und Wind, und glänzten in der Brandung. Bei solchem Seegang war für gewöhnlich nichts im Netz. Karin seufzte missmutig und machte sich keine allzu große Hoffnung, als sie das erste Netz einholte.

»Hol das Netz über achtern herein!«, rief Mårten.

Karin bekam den Schwimmer zu fassen und zog. Das Netz ließ sich nur unter Schwierigkeiten an Bord zerren, und zu ihrer Überraschung entdeckte sie, dass es voller Hechte und Barsche war.

»Dann müssten in unserem Netz da draußen auch Fische sein«, sagte Mårten und nahm Kurs auf den äußersten Rand der Schäreninseln. »Wenn das Netz hier voll war, dann …«

Die Wellen klatschten gegen die nassen Felsplatten der kleinen Schäreninseln. An der Sandbank in der Nähe lag irgendetwas. Karin deutete hinüber und wurde auf einmal ganz eifrig.

»Mårten, sieh doch!«

»Sieht aus wie Treibholz.«

Sie ruderten näher.

»Nein, Treibgut«, verbesserte sich Mårten.

»Ja, Gott segne uns, das sind Wrackteile!« Karin lehnte sich aufgeregt vor, um besser sehen zu können. »Schau nur! Spanten, Decksplanken, Jutesäcke und da hinten …«

Sie konnte nicht recht erkennen, was auf der Sandbank noch alles angeschwemmt worden war.

»Sieh doch, Stoffballen und Reste von, ja, das sieht aus wie eine Seemannskiste! Hier draußen ist bestimmt ein großes Schiff untergegangen!«

»Du witterst gleich überall Gold. Aber wenn du recht hast und es ein Hanseschiff war, dann können wir reich werden.« Mårten lachte laut.

Mit kräftigen Schlägen ruderte er gegen den Wind und warf dann den Anker. Langsam ließen sie sich mit der Strömung näher treiben. »Ich sehe aber kein Wrack – das scheinen eher die Reste von einem Boot zu sein, von einem Rettungsboot vielleicht.«

Seine Frau stand auf und ließ langsam ein wenig Ankerleine nach. Es war nicht leicht, sich aufrecht zu halten, denn das Boot krängte und schlingerte in den Wellen.

»Ja, es ist ein Rettungsboot, und – das stelle sich nur einer vor – das ist ein Unterkleid, das Unterkleid von einer Frau.« Sie gab noch ein wenig Leine nach, und als sie ganz nahe an der Sandbank waren, rief sie: »Dort liegt jemand!«

Die eine Seite des Boots war auf der Sandbank zerschellt, aber auf der anderen Seite lag eine junge Frau. Gesicht und Hals waren blutverschmiert, die Kleider zerrissen. Ihr Brustkorb hob und senkte sich in ruhigen, tiefen Atemzügen. Ihrem großen Bauch nach zu urteilen, war sie schwanger.

»Sie lebt, aber sie scheint schwer verletzt zu sein«, bemerkte Karin und musterte das bleiche, junge Gesicht und das lange Haar, das der Frau über die Schultern fiel.

»Sollen wir sie umbringen?« Die Stimme des Mannes klang hart und grausam.

Karin zögerte. Strandgut war den Inselbewohnern lieber als Schiffbrüchige, und gewiss brachten manche von ihnen auch Seeleute um, die sich an Land gerettet hatten. Aber sollten sie diese Frau wirklich töten?

»Das ist nicht nötig. Wir können sie ja liegen lassen, dann kümmert sich unser lieber Herrgott um alles andere. Allerdings bin ich mir nicht sicher, ob das so klug wäre.«

»Wir können kein weiteres Maul mehr stopfen.« Mårten räusperte sich und spuckte ins Wasser. Das Weibsvolk war immer viel zu gefühlsduselig! Schiffbrüchige gehörten dem Meer, an Land bedeuteten sie nichts als Scherereien.

»Die Frau zeigt uns vielleicht die Stelle, an der das Schiff untergegangen ist, dann können wir die Ladung bergen, bevor sie sich jemand anders schnappt.«

»Du hast recht. Und stell dir vor, vielleicht hat sie ja Schmuck in ihren Rocksaum eingenäht.«

»Sie sieht auf jeden Fall so aus, als stamme sie aus einer guten Familie. Diese Hände haben bestimmt noch nie in der Erde gegraben, so viel steht fest.« Karin zeigte auf die schmalen, weißen Finger der Fremden.

»Dann nehmen wir sie mit.« Mårten warf seiner Frau einen anerkennenden Blick zu. Ihm wäre es gar nicht in den Sinn gekommen, dass ihm die Schiffbrüchige noch von Nutzen sein könnte. Salzsäcke und Heringstonnen würden sie nicht retten können, aber in diesem Wrack gab es bestimmt viele andere Dinge, die sich verkaufen ließen: Weinfässer, Schmuck und Geschirr, wie es dem Geschmack der Bürger von Stockholm zusagte.

»Übernimm du!« Er übergab seiner Frau die Ruder, stand auf und ging nach achtern. »Rudere ganz nahe an die Sandbank heran, dann versuche ich sie an Bord zu ziehen.«

Wegen des schweren Seegangs brauchte Karin eine Weile, bis sie den Kahn so dicht an die Sandbank manövriert hatte, dass Mårten sich über die Reling des zerschellten Rettungsboots beugen konnte.

Die junge Frau lag mit angezogenen Beinen auf der Seite. Die zerrissene Bluse entblößte runde Arme. Die Schultern waren nackt, die Haare verfilzt. Von der Kälte hatte sich die Haut gerötet. Mårtens Blick wanderte weiter nach unten in den Ausschnitt, wo das Kleid ganz zerrissen und zerknittert war. Auf einmal überkam ihn heftige Lust, die Fremde zu berühren, mit den Händen über ihre Haut zu streichen und den klaffenden Ausschnitt zu berühren.

Verwirrt bückte er sich, um sie hochzuheben, aber ein seltsames Gefühl bemächtigte sich seiner, und er wurde plötzlich unsicher.

»Kannst du dich bewegen?«, fragte er und glaubte, eine schwache Handbewegung auszumachen.

»Kannst du etwas sagen?«

Das Mädchen sah ihn hilflos an und streckte ihm langsam die Arme entgegen, damit er sie aus dem Bootswrack hob.

»Hilfe!«, flüsterte sie auf Deutsch. Endlich fing er sich wieder, hob sie hoch und ließ dabei ganz schnell, wie aus Versehen, seine Hand über ihre nackte Schulter gleiten. Ein junges Mädchen, nein, eine junge Frau ... wie vornehm sie war! Aber sie erwartete ein Kind, es konnte nicht mehr lange dauern. Vorsichtig legte er sie in sein Boot.

»Mach schnell! Ich kann das Boot nicht länger halten!«, keuchte Karin. Eine Welle schlug gegen das Boot, und er beeilte sich. Während Karin rasch von der Sandbank wegruderte, richtete er die junge Frau ein wenig auf, damit er sie gegen die hintere Ruderbank lehnen konnte.

»Gibt es noch weitere Überlebende?«, erkundigte er sich.

Die Frau antwortete nicht.

»Ist das Schiff hier in der Nähe untergegangen?«

Immer noch keine Antwort. Er schüttelte sie, aber sie hörte ihn nicht. Anne von Lübeck hatte erneut das Bewusstsein verloren.

3. Kapitel

»Wir müssen einen Barbier kommen lassen!« Karin wandte den Blick vom Bett weg und sah ihren Mann an. »Schau her! Diese Wunde am Hals muss versorgt werden.«

»Mach nicht so viel Aufhebens. Sie soll uns lieber das Wrack zeigen, um alles andere brauchst du dich nicht zu kümmern.«

»Aber die Verletzungen ... «

»Wir müssen sie zum Reden bringen.«

»Ja, ja, aber einen Verband muss sie trotzdem bekommen.«

Karin ging zu ihrer Vorratskiste und holte einen Lederbeutel mit Kräutern hervor, den sie von ihrer Mutter bekommen hatte. Darin befanden sich Ingwer, Schafgarbenblätter und viele andere nützliche Arzneipflanzen. Sie rührte eine Paste zusammen, nahm ein Leinentuch und tauchte es in einen Eimer mit Quellwasser. Vorsichtig säuberte sie die üble, große Wunde an Annes Hals, strich ein wenig von der Paste darauf und legte einen Verband an.

»Jetzt muss sie sich erst einmal ein Weilchen ausruhen, dann können wir mit ihr reden«, sagte sie und legte das Tuch und den Lederbeutel zurück in die Kiste. Mårten trat hinter sie.

»Gut, dann durchsuchen wir in der Zwischenzeit ihre Kleider und sehen nach, ob sie etwas darin versteckt hat.«

»Immer mit der Ruhe! Zuerst müssen wir ihr Vertrauen gewinnen. Sonst erzählt sie uns wahrscheinlich nicht viel. Du weißt doch, man muss die Schafe erst hegen und pflegen, bevor man ihnen das Fell über die Ohren zieht.«

Die junge Frau bewegte sich stöhnend, und Karin verstummte auf der Stelle. »Psst ... sie wacht gerade auf!«

Karin griff nach der Metkanne und goss etwas in einen Becher. Dann gab sie etwas von ihrem Kräuterextrakt dazu und rührte um. »Hier, trink!«

Verwirrt schlug Anne die Augen auf. Zuerst sah sie nur Licht und ahnte das Geräusch von Stimmen. Aber sie hörte keinen Sturm, keine Wellen und keine im Wind pfeifenden Stagen. Mühsam setzte sie sich auf, sah den Becher und trank einige Schlucke. Doch dann fiel ihr auf einen Schlag alles wieder ein.

»Claus!«, schluchzte sie und ließ sich aufs Bett zurücksinken.

»Claus? Wer ist das?«

Anne hörte die Frage, aber sie war so müde, dass sie keine Antwort zustande brachte. Sie schloss die Augen und schlummerte ein. Als sie wieder zu sich kam, begriff sie, dass man sie geweckt haben musste. Sie fuhr mit den Händen unter das Nachthemd und berührte ihren Bauch. Zuerst fühlte sie gar nichts, doch dann spürte sie die vertrauten Tritte gegen ihre Handflächen. Gott sei Dank, das Kind lebte! Ein glückliches Lächeln breitete sich auf ihrem Gesicht aus, aber als sie plötzlich die beiden fremden Menschen im Zimmer sah, war sie wieder völlig verwirrt. Wo war sie?

Im Licht, das durch die Tür hereinfiel, erkannte sie einen großen Herd und weiter hinten im Raum zwei solide graue Holzwände. An der Wand der Hütte befanden sich fest angeschraubte Bänke, und unter einigen aufgehängten Fischernetzen stand ein Sessel, der aus einem ausgehöhlten Baumstumpf gefertigt war. Zwei Ruder lehnten an der Wand, und es roch nach Holz und Teer. Anne begriff, dass ihr irgendwelche Schärenbewohner offenbar das Leben gerettet hatten. Eine Frau in einem zerschlissenen, groben Wollkleid beugte sich über sie.

»Wie geht es dir?«

»Claus, wo ist Claus? Und der Schiffsjunge?«

Die Frau tauschte einen verstohlenen Blick mit ihrem Mann. Sollten sie ihr die Wahrheit sagen – dass sie keine weiteren Überlebenden gefunden hatten?

»Du lieber Gott, er ist über Bord gespült worden!« Anne schlug die Hände vors Gesicht. Jetzt erinnerte sie sich wieder. Abermals sah sie Claus, wie er die Arme nach ihr ausstreckte, seinen zu Tode erschrockenen Blick, als er von den Wellen fortgerissenen wurde. Warum war er nicht zu ihr ins Rettungsboot gekommen? Warum hatte er so eigensinnig darauf beharrt, an Deck zu bleiben?

»Erinnerst du dich, was geschehen ist?«, versuchte Mårten es weiter. »Erinnerst du dich, wo das Schiff gesunken ist?«

Anne versuchte sich zusammenzunehmen und dachte nach. »Es war schon Land in Sicht, aber dann kam das Unwetter. Und es regnete so heftig, dass man gar nichts mehr sehen konnte.« Sie verstummte. Das Schiff war ja nicht auf Grund gelaufen, es war nur leckgeschlagen und irgendwo im Meer versunken. Wie sollte sie da wissen, an welcher Stelle es untergegangen war?

»Ja, erst war Land in Sicht – und dann? Du konntest also schon die Küste sehen …«

Anne starrte ins Zimmer.

»Seid ihr auf Grund gelaufen?«

»Nein, nein.«

»Wenn ihr schon das Festland sehen konntet, dann ist das Schiff vielleicht bei Grönskär untergegangen?«

»Vielleicht, aber …« Anne ließ sich wieder aufs Bett sinken.

»Das erfahren wir noch früh genug. Sie soll sich ausruhen. Morgen kann sie sich sicher schon an mehr erinnern«, mischte sich die Frau ein. »Sonst …«

Anne legte die Hände um den Becher, den ihr die Frau gereicht hatte, und merkte, wie der Trank sie wärmte. Nachdenklich ließ sie den Blick über die Wände gleiten. Es war schummrig in der Hütte, kalt und zugig, und der Rauch hing wie ein schwarzgrauer Baldachin unter dem Dach. Die Luft im Raum roch abgestanden. An der Längsseite des Zimmers entdeckte sie die grobschlächtige Gestalt des Fischers. Er wollte gerade Holz im Herd nachlegen und hatte ein Bündel Feuerholz im Arm. Seine tief liegenden Augen strahlten Kälte aus.

»Ich heiße Anne«, sagte sie matt und versuchte zu lächeln. Sie spürte die seltsam wortkarge Stimmung im Raum und wusste, dass sie sich Mühe geben musste, um mit diesen Fremden ins Gespräch zu kommen. Ein unbestimmtes Gefühl riet ihr, sich möglichst gut mit ihnen zu stellen.

»Karin. Und mein Mann heißt Mårten«, erklärte die Fischersfrau kurz angebunden. »Du sprichst Schwedisch«, fügte sie hinzu, und in ihre kleinen Augen trat ein misstrauischer Glanz. Ihre Hände waren schmutzig grau, und aus ihrer Kleidung stieg ein stechender, unappetitlicher Geruch auf.

»Ja, ich bin in Stockholm aufgewachsen, aber als ich elf war, zog mein Vater nach Lübeck. Er war Händler, aber Mutter und er sind bei dem Brand vor einigen Jahren umgekommen. Ich habe weiterhin dort gewohnt, mit meinem Mann Claus ...«

Sie nahm einen tiefen Schluck und dachte an ihr Haus bei der Marienkirche zurück, das sie verkauft hatten, als sie Lübeck verließen. Lübeck war eine große, prachtvolle Stadt, es war schön gewesen, dort zu wohnen. Anne spürte, wie ihr die Tränen kamen, und gab sich alle Mühe, sie zurückzuhalten.

»Und dann?«

»Claus und ich waren gerade auf dem Weg zurück nach Stockholm, aber dann ...« Sie verstummte und hörte die Schreie der Vögel draußen in den Schären. Sie hatte nicht nur Claus und die Zukunft verloren, die sie zusammen geplant hatten, sie hatte alles verloren, was sie besaß. Jetzt hatte sie nur noch die Kleidung, die sie auf dem Leib trug. Aber die blaue Bluse und der Rock waren zerrissen und voller Blutflecken. Unbeholfen strich sie über den Stoff. Sie musste sich neue Kleidung besorgen, Essen und eine Unterkunft und ... Da spürte sie einen kleinen Tritt von innen gegen ihren Bauch, und mit einem Schlag war alles bedeutungslos – außer diesem Leben, das in ihr heranwuchs. Als wolle das ungeborene Kind ihr ein Zeichen geben und in Erinnerung rufen, dass sie bald zu zweit sein würden und sie nicht einsam bleiben musste. Dass sie etwas hatte, wofür es sich zu leben lohnte.

»Ihr wart also auf dem Weg nach Stockholm. Hat das Schiff den üblichen Weg an der Küste entlang eingeschlagen – oder durch die Schären nach Dalarö?«, bohrte Mårten weiter.

»Ja, ich glaube, aber ich habe nicht so viel gesehen. Ich hatte im Rettungsboot Schutz gesucht.«

Draußen pfiff der Wind, und im Ofen knackte und knisterte das harzige Holz. Anne schluckte und konnte nicht weitersprechen. Plötzlich ging ihr auf, dass alle anderen tot sein mussten, dass nur sie ...

»Nein!« Sie krampfte die Hände ineinander, schüttelte den Kopf und konnte die Tränen nicht mehr unterdrücken.

Mårten merkte, dass er allmählich die Geduld verlor, und warf ihr einen gereizten Blick zu. »Wo ist das Schiff gesunken?«

Anne weinte leise vor sich hin, und er musterte sie müde. Das Haar fiel ihr über die Schultern, und die schmalen weißen Hände hielten zaghaft die Felldecke fest. Ihr weiches Gesicht hatte sanfte, frauliche Züge, ihre Augen waren groß und schimmerten grünlich. Eine schöne junge Frau, dachte er bei sich.

»Wenn du uns zeigst, wo das Schiff untergegangen ist, können wir dir helfen, deine verlorene Habe zu bergen«, unternahm er einen letzten Versuch.

Anne betrachtete den aufdringlichen Mann, dessen Stimme so hart und fordernd klang. Sie hatte keine Lust, ihm zu antworten. Stumm drehte sie sich von ihm weg. Sie konnte nicht mehr.

4. Kapitel

Nach einigen Wochen fühlte sich Anne besser. Sie stand auf, aß ein wenig und unterhielt sich mit ihren beiden Rettern. Sie hatte in einen beheizbaren kleinen Schuppen einziehen dürfen. Eigentlich hätte sie dem armen Fischerehepaar dankbar sein sollen, dass es sich um sie kümmerte, aber aus irgendeinem Grund machten die beiden ihr Angst. Ständig fragten sie nach dem Wrack, und ihre Gier erschreckte Anne. Alle ihre persönlichen Gegenstände waren an Bord gewesen, der gesamte Hausrat ihres Heims in Lübeck. Sie erinnerte sich an die Möbel, die Kleider, die Krüge, Kannen, Eimer, Kupfergefäße aus der Küche, die zwei Kessel, die immer über dem Feuer gehangen hatten. Und an Claus' Vorräte an Stoffballen und Steingut aus dem Rheinland. Daneben hatten sie noch mehrere Fässer Wein und das geerbte Silber in einer verschlossenen Truhe mitgenommen.

So viel Wertvolles war mit dem Schiff verschwunden. Nein, sie war nicht bereit, davon zu erzählen. Gestrandete Schiffe gehörten den Küstenbewohnern – dachten sie etwa so, diese beiden Fischersleute? Anne schauderte bei dem Gedanken, was alles geschehen konnte. Sie hatte Geschichten von Schiffbrüchigen gehört, die sich an Land gerettet hatten, nur um dort vom Küstenvolk erschlagen zu werden, damit man ungestört das Wrack plündern konnte.

Zweimal war sie widerwillig mit Mårten und Karin hinausgefahren, um nach dem Schiff zu suchen. Aber obwohl sie sich noch erinnerte, aus welcher Richtung der Wind gekommen war, und auch ahnte, an welcher Stelle sie sich befunden hatten, als das Schiff unterging, verriet sie dem Ehepaar nichts. Stattdessen führte sie den Fischer und seine Frau auf willkürlichen Irrwegen durch die Sandbänke. Dabei sah sie sich selbst aber sorgfältig um, um herauszufinden, wo das Wrack tatsächlich lag. Claus' Kompagnon würde Auskunft verlangen, und sie wollte ihm so ausführlich wie möglich berichten. Eines Tages würde ihr dieses Wissen vielleicht zugutekommen. »Behalte immer ein wenig von deinem Wissen für dich, später könntest du noch Verwendung dafür haben«, hatte ihr Claus einmal geraten. Damals hatte sie ihn für unfreundlich gehalten, aber jetzt verstand sie ihn. Bevor man nicht wusste, wer Freund und wer Feind war, sagte man am besten gar nichts.

Als Karin und Mårten sie zum dritten Mal baten, ihnen zu zeigen, wo ihrer Meinung nach das Schiff untergegangen war, konnte Anne sich nicht aufraffen und redete sich heraus, es gehe ihr schlecht und sie müsse sich ausruhen. Die beiden entfernten sich und brummten irgendetwas vor sich hin. Als das Paar hinter den Schären verschwunden war, seufzte Anne erleichtert auf. In Karins und Mårtens Gegenwart fand sie einfach keine Ruhe, und sie brauchte jetzt Zeit, um nachzudenken, was sie unternehmen sollte. Ihre Kräfte kehrten zurück, nur die Wunde am Hals tat noch weh. Es wurde allmählich Zeit, von hier zu verschwinden.

Sie mochte nicht darauf vertrauen, dass die beiden sie mit in die Stadt nehmen würden, also beschloss sie, einen Rundgang über die Schäreninsel zu machen, um zu überprüfen, wie sie notfalls allein entkommen konnte. Sie wollte diesen Ort so bald wie möglich verlassen.

Der Regen hatte aufgehört, und die Wolken rissen auf, während Anne vorsichtig die kahlen Klippen zum Meer hinunterstieg. Langsam ließ sie die Blicke über den Horizont schweifen. Unmittelbar vor ihr lagen mehrere nackte, kahle Felsinseln, die wie Finger aus dem Wasser ragten, doch etwas weiter entfernt entdeckte sie eine Gruppe größerer Schäreninseln, auf denen Gras und Büsche wuchsen. Sie glaubte, diese Inseln aus ihrer

Kindheit wiederzuerkennen, als sie noch mit ihrem Vater segeln gegangen war. Offensichtlich war sie nicht am Rand des Schärengartens gestrandet, wie sie anfangs vermutet hatte, sondern ziemlich nahe am Festland. Es war also nicht allzu weit bis nach Stockholm.

Sie wanderte bis zum Anlegesteg hinunter, zögerte kurz, öffnete dann aber die Tür zum Bootshaus. Sie musterte die aufgehängten Netze und Segel an der Wand und einen Haufen zerbrochener Fischreusen in einer Ecke. Unten im Wasser schaukelte ein kleines Boot, auf dessen Ruderbank ein zusammengerolltes Segel lag, und weiter hinten unterm Steg tanzten vier leere Fischkästen auf und ab. Sie schloss die Tür hinter sich und beschloss, auch die andere Seite der Insel zu erkunden. Nachdem sie an einer zum Trocknen aufgehängten großen Reuse vorbeigekommen war, erreichte sie einen Pfad, der sich durchs Gestrüpp schlängelte. Nach einer Weile wurde sie dieses Wegs überdrüssig, bog ins Inselinnere ab und gelangte schließlich zu einem kleinen Abhang. Dort setzte sie sich neben eine Felsspalte, um ein wenig auszuruhen. Zu ihren Füßen lagen die Schalen zerbrochener Vogeleier und einige kleine, graubraune Eiderdaunen. Als sie genauer in die Felsspalte hineinblickte, entdeckte sie darin nur aufgehäuftes Treibholz. Gerade wollte sie sich hinlegen und im Gras ausstrecken, da hielt sie plötzlich inne. Obwohl der Platz völlig abgeschieden war, hatte sie das Gefühl, dass schon irgendjemand vor ihr hier gewesen war.

Sie sah sich um, konnte aber nichts Besonderes entdecken. Erst kurz danach ging ihr auf, was hier nicht stimmte: Es roch unangenehm, irgendetwas unterschied sich deutlich von den gewöhnlichen Gerüchen eines Schärengartens. Anne stand auf und stieg ein Stück den Abhang hinunter. Der Geruch wurde stärker. Vorsichtig ging sie bis an den Fuß des Hangs und kam schließlich an eine Stelle, an der es offenbar einen kleinen Erdrutsch gegeben hatte. Unter dem Regen der letzten Tage ist das Erdreich wohl weggesackt, dachte sie. Im gleichen Augenblick sprang ihr etwas Blaues ins Auge, das sich vom Humus ringsum abhob. Neugierig beugte sie sich vor, um es genauer in Augenschein zu nehmen …

Zitternd wich sie einen Schritt zurück und rang nach Luft. Ihr Blick wanderte über den blauen Stoff mit den silbernen Borten, über den erdverkrusteten Unterkiefer, den langen Hals und die verdrehten Arme, die aus dem Boden ragten. Aber erst als sie das Blut sah, schlug sie die Hände vor den Mund und erstickte einen Schrei. Jemand hatte dem Mann die Kehle durchgeschnitten. Beginnend an einem Ohr, unter dem Kinn entlang und quer über den Adamsapfel verlief eine klaffende, dunkle Wunde. Von Grauen geschüttelt, wandte Anne sich ab und floh.

Ohne sich ein einziges Mal umzublicken, rannte sie davon. Sie stolperte und merkte, wie ihr Fuß einsank, aber mit Gottes Hilfe konnte sie noch rechtzeitig die Hand ausstrecken und den Sturz abfangen. Wer war der Tote? Ein Bürger, der einem Raubmord zum Opfer gefallen war, oder – Gott behüte! – am Ende gar ein Schiffbrüchiger? Erschöpft verlangsamte sie ihre Schritte. Plötzlich wurde ihr klar, dass sie hier besser keine Spuren hinterließ, also bog sie so bald wie möglich wieder auf den ausgetretenen Pfad ab, der zurück zur Hütte führte. So schnell sie konnte, lief sie weiter, denn sie musste vor Karin und Mårten zu Hause sein. Keuchend riss sie die Tür ihrer kleinen Hütte auf und schleppte sich zu ihrem Bett.

Sobald sie die Tür hinter sich zugeschlagen hatte, wusste sie, dass sie sich jetzt krank stellen und dem Paar weismachen musste, sie habe sich den ganzen Tag über nicht aus dem Haus gerührt. Niemand durfte Verdacht schöpfen, dass sie das Grab entdeckt hatte, denn der Tote war an einer abgelegenen Stelle verscharrt worden, wo niemand sich aufhalten, geschweige denn etwas finden sollte. Sie hatte mehr gesehen, als sie hätte sehen dürfen, und dieses Wissen konnte ihr gefährlich werden. Auf dieser Insel schreckte man vor einem Mord nicht zurück.

5. Kapitel

Als Mårten und Karin zurückkamen, versuchte Anne sich so zu verhalten, als wäre nichts geschehen, doch sie traute sich nicht, ihnen in die Augen zu blicken, vor lauter Sorge, ihre Angst könne sie verraten. Beim Abendessen sagte sie lange gar nichts, bis sie schließlich allen Mut zusammennahm und die beiden bat, sie am nächsten Morgen in die Stadt begleiten zu dürfen.

»Nach Stockholm?« Mårten schnaubte und sah sie mürrisch an. Aber dann schien er doch weich zu werden. »Natürlich kannst du mit uns nach Stockholm segeln«, sagte er sanft und warf seiner Frau einen raschen Blick zu. Einen Blick, den Anne nicht recht zu deuten wusste.

Mårten wachte im ersten Morgenlicht auf und erinnerte sich, was Karin und er besprochen hatten, sobald Anne in ihre kleine Hütte zurückgekehrt war. Sie hatte die beiden verunsichert, und nun fragten sie sich, ob es vielleicht dumm von ihnen gewesen war, sie einen ganzen Tag lang allein zu lassen. Wenn sie jetzt schon mit nach Stockholm fahren wollte, konnte sie so krank nicht sein. Am Ende war sie über die Insel geschlichen und hatte herumgeschnüffelt?

Anne war seinen forschenden Augen ausgewichen, doch als er während des Essens verstohlene Blicke in ihre Richtung warf, merkte er, dass sie ihn ganz seltsam ansah. Er dachte an den schwedischen Bürger, den sie hatten töten müssen. Diese Sache hätte er lieber ungeschehen gemacht, aber der Lump war einfach auf die Insel gekommen und hatte ihr Waffenversteck aufgespürt. Die Verschwörung mit den Vitalienbrüdern war jedoch streng geheim, davon durfte nichts durchsickern. Er hatte also keine andere Wahl gehabt, es stand zu viel auf dem Spiel. Ohne die Hilfe der Vitalianer würden die Deutschen Stockholm niemals einnehmen können, und dann würde Mårten sein Geld nicht bekommen. Also lieber den einen oder anderen schwedischen Bürger oder Schärenbewohner zu viel umbringen, als dass irgendjemand entdeckte, was hier vor sich ging.

Er schob seine Felldecke zur Seite und setzte sich auf. Vielleicht war es besser, wenn Anne das gleiche Schicksal ereilte? Zwar glaubte er nicht, dass sie etwas wusste, aber damit wäre er auf der sicheren Seite. Er überlegte, ob er sie auf der Fahrt in die Stadt über Bord werfen sollte, aber viele Leute waren unterwegs zum Markt, und wenn er Pech hätte, würde jemand die Tat beobachten. Warum sollte er das Problem also nicht sofort lösen? Niemand wusste, dass sie auf der Insel gewesen war, und außerdem war sie ihm und seiner Frau beim Auffinden des Wracks nicht behilflich gewesen. Es gab also keinerlei Verwendung mehr für sie.

Mit einem Blick auf seine Frau vergewisserte er sich, dass sie schlief, er konnte sich also unbemerkt zu Anne in die kleine Hütte schleichen. Außerdem hatte er ganz vergessen nachzusehen, ob sie irgendetwas in ihrer Kleidung versteckt hielt. Vielleicht hatte sie sich ja Schmuck in den Rocksaum eingenäht! Nein, er durfte die junge Frau nicht verschwinden lassen, bevor er das überprüft hatte. Draußen ging gerade die Sonne auf, und sie mussten bald lossegeln. Er hatte also nicht viel Zeit zu verlieren, er musste sofort handeln. Entschlossen stand er auf und schritt zur Tür.

Auf dem Weg zur Hütte verursachte er kaum ein Geräusch. Behutsam öffnete er die Tür, schlüpfte hinein und schloss sie leise hinter sich. Mit der Hand auf dem Messergriff näherte er sich langsam dem Bett.

»Anne?«, flüsterte er, um sicherzugehen, dass sie schlief. Er blieb reglos stehen und wartete, aber weder rührte sie sich, noch gab sie einen Laut von sich. Das Licht fiel ihr aufs Gesicht, aber sie hatte die Augen geschlossen. Vorsichtig trat er noch näher ans Bett, und als er unmittelbar daneben stand, zückte er sein Messer. Niemand würde sie vermissen. Niemand. Er lächelte bei diesem absurden Gedanken. Dass einen tatsächlich niemand vermissen könnte. Er betrachtete ihren Körper und beschloss, dass er in die Herzgegend stechen würde. Einen solchen Messerstich überlebte niemand.

Während er so dastand und nachdachte, fiel sein Blick auf ihr Gesicht. Sie lag so, dass er ihre Wunde nicht sah, und sie war wirklich schön. Ihre Wimpern waren hell und dicht, und das glänzende, rotblonde Haar umrahmte ihr junges, unschuldiges Gesicht. Ihre Schultern lagen bloß, und die Decke war so zur Seite gerutscht, dass er auch ihre nackten Oberschenkel sah. Er betrachtete ihre Beine. Die Haut leuchtete weiß, und auf einmal überkam ihn ein ganz anderes Gefühl. So jung war sie und hatte so festes Fleisch. Und da lag sie, ganz allein. Zu dumm nur, dass sie schwanger ist, dachte er und schob das Messer zurück in die Scheide, lächelte leise und beugte sich über sie. Aber vielleicht konnte er sich ja trotzdem ein wenig mit ihr vergnügen, es würde ja niemand davon erfahren.

Mit den Fingerspitzen fuhr er ihr über die Haut, von den Knöcheln bis nach oben zu den Schenkeln. Eine solche Gelegenheit würde nie wiederkommen, einen solchen Augenblick musste er nutzen. Seine suchenden Hände glitten immer weiter. Da wachte sie auf. Mit weit aufgerissenen Augen starrte sie ihn an, dann fuhr sie zurück.

»Verschwinde!«

Mårten hielt sie fest. Voller Panik versuchte sie, sich aus seinem eisernen Griff herauszuwinden. Sie zerrte an seinen Händen, aber ihr verzweifelter Widerstand schien ihn nur noch heftiger anzustacheln. Schnell schob er die Decke beiseite und drängte sich neben sie ins Bett.

»Nun komm, beruhige dich wieder!«, murmelte er, als spräche er mit einem kleinen Kind. Seine Augen leuchteten, und sein Atem ging rascher. Sie war so jung, so zart, so wütend. Er wollte sie besitzen, jetzt sofort. Alles andere konnte warten. Mit seinen derben Händen umfasste er ihre Brüste.

»Lass mich in Ruhe!«, schrie Anne und versuchte ihn wegzustoßen, doch Mårten war stark. Grob drückte er sie aufs Bett zurück und schob ihren Rock hoch.

»Du bist so schön!«, flüsterte er heiser und genoss den Anblick ihrer Nacktheit.

»Nein!« Anne schlug und kratzte und versuchte ihn in die Schulter zu beißen, aber er packte ihr Haar und hielt sie fest.

»Nicht doch! Nicht doch!«, keuchte er und rückte noch näher an sie heran.

»Lass das! Ich bringe dich um!«, schrie sie, trat nach ihm und versuchte sich loszureißen.

»Sei still, Mädchen, ich will dir doch nichts Böses!«, ächzte er und presste ihr eine Hand auf den Mund. Während Anne nach Atem rang, spürte sie sein steifes Geschlecht und roch die Ausdünstungen seines Körpers. Nein, nein, hämmerte es in ihr, und sie schlug heftig auf ihn ein.

»Du verdammtes Aas, komm du mir trotzig!«, zischte er und versetzte ihr einen Fausthieb in den Bauch. Vor ihren Augen flimmerte es, und einen Moment lang war sie wie gelähmt. Das reichte ihm, um sie so fest zu packen, dass sie sich nicht mehr bewegen konnte. Verzweifelt warf sie sich zurück und versuchte, sich aus seinem Griff herauszuwinden, aber das erregte ihn nur noch mehr. Im nächsten Augenblick war er auch schon über ihr, und das Messer, das von seinem Gürtel herabbaumelte, schlug ihr gegen den Oberschenkel, während er versuchte, sich in sie hineinzuzwängen. Die Wut jedoch verlieh ihr ungeahnte Kräfte.

»Fass mich nicht an!«, kreischte sie, außer sich vor Zorn, und riss gleichzeitig mit einer raschen Bewegung das Messer aus der Scheide. Mårten war völlig überrumpelt und machte einen Ausfall, um sich das Messer zurückzuholen, aber Anne war schneller. Sie war sich gar nicht bewusst, dass sie die Hand bereits zum Zustoßen erhoben hatte, sie spürte nur, wie das warme Blut plötzlich über den Schaft und über ihre Hand lief. Sie sah seine weit aufgerissenen Augen, kein Laut kam ihm über die Lippen, und aus einer Wunde in seiner Hüfte strömte es rot. Erst als sie seinen Schrei hörte, fand sie die nötige Kraft, um ihn in einer letzten verzweifelten Anstrengung von sich zu stoßen. Dann sprang sie auf, ergriff die Decke und die Lederschuhe und rannte zum Anlegesteg hinunter.

Am Bootshaus sah sie, dass Karin zwei Röcke zum Trocknen aufgehängt hatte. Sie riss sie an sich, lief zum Boot, sprang hinein und machte die Leinen los. In ihrem Kopf gab es nur einen Gedanken: Sie musste fort, weit, weit fort von hier.

6. Kapitel

Am Anfang hörte er den Schrei gar nicht. Unbekümmert saß er da, die Arme um die Knie geschlungen, und genoss die schöne Aussicht. Im Norden erhob sich eine waldige Hügelkette, weiter unten auf den Abhängen grasten Kühe. Ein breiter Weg schlängelte sich zwischen den grauen Holzhäuschen hindurch bis ins Tal, und unten am Strand glitzerte die Nachmittagssonne verlockend auf dem grünblauen Wasser des Mälarsees.

Er war am Abend zuvor bei einem Festmahl aufgetreten, hatte am Morgen lange geschlafen und dann beschlossen, vor der Stadtmauer ein wenig in der Sonne zu sitzen, bevor es Zeit für seinen nächsten Auftritt wurde. Die Fiedel lag neben ihm im Gras, aber er fasste sie nicht an. Im Augenblick wollte er gar nicht spielen, er hatte nur nicht gewagt, das Instrument im Wirtshaus zurückzulassen. Immerhin verdiente er sich damit sein tägliches Brot, ansonsten fand er nur ab und zu Arbeit als Orgelspieler, und davon konnte niemand leben. Morgen sollte er den Blasebalg der Orgel in der Stadtkirche treten, und abends würde er wieder bei einem Gastmahl aufspielen. Derzeit hatte er viel Arbeit, und in den wenigen freien Stunden, die ihm blieben, wollte er gern mit sich allein sein.

Mattis beobachtete einige Vögel über dem Wasser und dachte sich, dass er auch gern so dahinflöge. Dann könnte er frei durch die Lüfte sausen und sich an allem freuen, was er sah, ohne sich seinen Lebensunterhalt verdienen zu müssen. Aber ein Mensch war niemals frei, mochte er nun Schwede sein oder Deutscher, reich oder arm. Er musste schuften, um zu überleben. Seufzend streckte sich Mattis im Gras aus und schloss die Augen, um ein wenig zu schlafen.

In der Ferne hörte er das Geräusch von Wagen und Pferden sowie einer Kuh, die irgendwo auf einer Wiese muhte. Mit geschlossenen Augen lag er da und versuchte, sich davonzuträumen, aber als er gerade in behagliche Schläfrigkeit versinken wollte, hörte er das helle Stimmchen. Verblüfft stand er auf. Ja, da schrie jemand, und die Schreie kamen von einem Hof schräg hinter ihm. Er wartete – da war das verzweifelte Rufen wieder. Rasch warf er sich die Fiedel über die Schulter und rannte zu den Gebäuden hinüber. Nachdem er mit einem Satz über den Holzzaun gesprungen war, hielt er auf den Stall zu. Ein starker, stechender Geruch nach Schweinemist schlug ihm entgegen, und ein Hund bellte ihn an, aber weit und breit war kein Mensch zu sehen. Abermals hörte er den Schrei, rannte zwischen zwei Schuppen hindurch und gelangte zu einem Pfad, der durch die trockengelegten Weidegründe führte. Dort erblickte er eine Schar von Knaben, die sich über einen der Deiche am Rand beugten. Sie lärmten und fuchtelten mit den Armen.

»Dreckstück!«, rief einer der Jungen.

»Du Hurenkind!«, höhnte ein zweiter.

»Kleine Fotze!«, heulten sie im Chor.

Die Schimpfworte prasselten nur so hernieder, und eine weinerliche Kinderstimme wurde von den Schreien und dem Gelächter fast gänzlich übertönt. Mattis eilte zum Deich und sah ein kleines Mädchen, das verzweifelt versuchte, aus einem Meer von Brennnesseln herauszuklettern, während die Buben sie mit großem Geschrei daran hinderten. Immer wenn sie den Rand des Deichs erreichte und ihr sommersprossiges, rot verweintes Gesicht über dem Gras erschien, trat der älteste der Burschen vor und stieß sie zurück. Mattis rannte hinzu, packte ihn am Hemd und hielt ihn fest.

»Du Rotzlöffel, was tust du hier? Sofort hilfst du dem Mädchen da heraus!«

Die Jungen verstummten und tauschten unsichere Blicke. Unbarmherzig hielt Mattis den Anführer am Arm fest und führte ihn zur Deichkante. Das arme Mädchen weinte, ihre Arme waren mit großen dunkelroten Flecken übersät. Mattis packte den Schlingel beim Ohr und drehte es langsam um.

»Na los, hol sie heraus!« Der Junge sah ihn verschreckt an. »Na?«

Als Mattis' Griff noch härter wurde, begriff der Tunichtgut, dass er wohl oder übel in die Brennnesseln steigen und das Mädchen befreien musste. Er zögerte, zog seinen Kittel so weit wie möglich nach unten und kletterte widerwillig in den Graben, wo er das Mädchen auf die Arme nahm. Keuchend schleppte er sie nach oben. Die Kleine zitterte vor Schmerzen, als sie sich dicht an Mattis' Beine drängte. Der Bursche glotzte sie an, tat ein paar Schritte rückwärts, drehte sich um und rannte davon. Die anderen setzten ihm nach.

Mattis sah ihnen hinterher, dann beugte er sich zu dem Mädchen hinunter und versuchte sie zu trösten. Besorgt musterte er die roten Bläschen auf ihren Armen und Beinen.

»Warum haben sie das getan?«

»Die ärgern mich immer«, schluchzte sie.

»Du armes Ding.«

»Ich wohne dort hinten …« Sie zeigte auf ein Holzhäuschen in der Nähe des Stalls. Er lächelte sie an, nahm sie bei der Hand und näherte sich der Hütte. Während er sich das dichte, dunkle Haar aus der Stirn strich, blickte er sich um.

»Ich sehe aber gar niemanden.«

»Mutter ist dort drinnen.«

Das Mädchen schlug die Augen nieder. Mattis spürte, dass er sie nicht alleinlassen konnte, und ging weiter auf das Häuschen zu. Sie folgte ihm zögernd. Als sie davorstanden, hörte er flüsternde Stimmen von drinnen, dann eine dumpfe Männerstimme und schließlich Geräusche, die ihm nur allzu vertraut waren. Er kannte sie aus seiner Kindheit, aus seinem eigenen Zuhause, und er würde sie zeitlebens nicht vergessen. Die Mutter hatte Besuch. Das Mädchen war die Tochter einer Hure. Deswegen hatten die Jungen sie gehänselt. Fest drückte er die Hand des Mädchens und spürte plötzlich eine Art Schicksalsgemeinschaft mit ihr. Auch er war als kleiner Bub gepiesackt worden, weil seine Mutter eine Dirne war, und deswegen war er nach Stockholm gegangen, statt zu Hause in Åbo zu bleiben. Er setzte sich auf dem Hang ins Gras und legte tröstend den Arm um die Kleine. So blieben sie sitzen, bis die Geräusche aufgehört hatten und ein Mann das Haus verließ.

»Deine Mutter wartet auf dich.«

Mattis stand auf, nahm das Mädchen bei der Hand und begleitete sie bis zur Tür. Als er sah, dass die Mutter öffnete, wandte er sich um und schritt finster zurück zur Stadt. Seine gute Laune war dahin, denn allzu schmerzlich war ihm bewusst, was es bedeutete, ein Hurenkind zu sein.

Anne lehnte sich auf die Ruder und ließ das Wasser von den Ruderblättern tropfen. Die befestigte Stadt lag vor ihr im Morgennebel. Stockholm ... Ganze zehn Jahre waren nun schon vergangen, seit sie zum letzten Mal hier gewesen war. Vom Wasser aus gesehen schien alles viel größer als früher. Innerhalb der Stadtmauern waren die Dächer mehrerer neuer Ziegelhäuser zu sehen, und am Strand stand eine Reihe kleiner Buden, die früher noch nicht dort gewesen waren. Stockholm war außerhalb der Stadttore weiter gewachsen, und sie konnte sich vorstellen, dass man eines Tages die Stadtmauer versetzen musste, um alle Bewohner schützen zu können.

Sie ruderte näher heran und betrachtete sehnsüchtig die Stadt. Dort lagen mehrere Fischerboote, die man weit hinauf auf den Strand gezogen hatte, und ein Stückchen weiter längs lagen mehrere Kutter vertäut. Über das Wasser wehte der Geruch von Fischabfällen und Teer zu ihr herüber, und vom Hafen her drang der Lärm vom Löschen und Beladen der Schiffe. Einige Männer luden gerade Eisenstangen auf eine Karre, andere wuchteten schwere Getreidesäcke von einem großen Segelboot. Auf einem Steg standen Kisten und Teerfässer, und etwas weiter entfernt hatte man Netze zum Trocknen aufgehängt. Ein hellblonder

Junge mit weißem Kittel säuberte ein Netz, während ein kleines Mädchen Fische in eine große Tonne schichtete.

Endlich war sie wieder zu Hause, aber ihre Gefühle bei dieser Heimkehr hatten herzlich wenig mit Geborgenheit und Sicherheit zu tun. Sie war einsam und schwanger und konnte sich nur auf sich selbst verlassen. Während sie doch gedacht hatte, dass alles in Ordnung käme, wenn sie nur zurück in Stockholm wäre! Der Wind von Själabodarna trug den Gestank des Robbenspecks herüber, der dort ausgekocht wurde, und sie erinnerte sich, wie sich der beißende Geruch immer in den Kleidern festgesetzt hatte. Damals war ihr nicht klar gewesen, welch sorgloses Leben sie doch geführt hatte, denn sie war noch ein kleines Mädchen gewesen, ein Kind. Als der Vater beschloss, sein Unternehmen nach Lübeck zu verlegen, war sie nicht älter als elf gewesen.

Dort hatte sich nichts so entwickelt, wie es sich die Familie erträumt hatte. In der großen Hansestadt wurde der Vater krank, die Geschäfte liefen nicht gut, und der Familie ging es immer schlechter. Die Heirat mit Claus hatte auch keine Freude in ihr Leben gebracht, aber in Stockholm hätten sie zumindest ein neues Leben angefangen. Anne fuhr sich mit dem Blusenärmel übers Gesicht, als wolle sie die schrecklichen Bilder aus ihrem Bewusstsein wischen: den Schiffbruch, Mårten und die Entdeckung der Leiche. Sie tat ein paar kräftige Ruderschläge und blickte wieder zum Festland hinüber.

Die Stadtmauer umgab die gesamte Stadt, und unterhalb des Fisketorget gab es keine Stelle, wo sie das Boot hätte lassen können. Stockholm war eine gut befestigte Stadt mit viel Steilküste und wenigen Stränden. Die Wehrtürme ragten hoch in den Himmel auf, und ein Stück weiter Richtung Osten leuchtete die Morgensonne auf den großen Wachturm mit den umliegenden Gebäuden. Hohe Mauern und oben zugespitzte Palisaden schützten die Stadt rundherum und boten einen imposanten Anblick. Anne dachte sich, dass Stockholm, lückenlos umgeben von Wasser und Granit, so uneinnehmbar war, dass sich ein Feind der Stadt wahrscheinlich nur mit List nähern konnte.

Sie erinnerte sich daran, wie Claus vom Schloss geredet hatte und dass sie sich schon darauf freuen konnten, zu den großen Festen eingeladen zu werden. Nun hatte sie niemanden mehr, den sie in den Festsaal begleiten konnte, und alles, was sie besaß, waren die Kleider, die sie am Leib trug. Die waren schmutzig und übel zugerichtet, und Karins Röcke aus grobem Wollstoff taugten höchstens dazu, ihre Blößen zu bedecken. Der einzige Beweis dafür, dass Anne zum Lübecker Bürgertum gehört hatte, war die blaue Bluse aus Flandern, und die war ebenfalls zerrissen. Die musste sie jedoch so schnell wie möglich loswerden, denn nicht jeder besaß ein blaues Kleidungsstück, und mit dieser Farbe hätte sie nur unerwünschte Aufmerksamkeit auf sich gezogen. Am besten versuchte sie sich unauffällig ins städtische Leben einzufügen, damit sie niemandem ins Auge fiel. Eine neue Bluse und dann ein Dach über dem Kopf – das war das Erste, worum sie sich kümmern musste. Gott sei Dank hatte sie im Boot Proviant gefunden, so hatte sie zumindest etwas zu essen gehabt. Nicht nur für sie selbst war es wichtig zu essen, sie musste auch an ihr Kind denken.

Nun war sie schon seit zwei Tagen unterwegs, ständig mit der Furcht im Nacken, von Mårten oder einem seiner Handlanger von den Inseln aufgespürt zu werden. Als sie das Boot losgemacht hatte, war sie mit einer Kraft davongerudert, die sie sich selbst nicht zugetraut hätte. Das Boot war nur so über die Wasseroberfläche dahingeglitten, so heftig hatte sie sich in die Ruder gelegt. Als sie in die Fahrrinne hinauskam, hatte sie das Segel gesetzt und Glück gehabt, denn sie hatte Rückenwind, der sie in Richtung Stockholm trieb. Sie mochte ja die Ehefrau eines Kaufmanns sein, aber als Kind hatte sie mit ihrem Vater in den Schärengarten hinausfahren dürfen, und auch in Lübeck war sie auf dem Fluss gerudert und gesegelt. Sie hatte also genug Erfahrung auf dem Wasser, dass sie jetzt nicht gegen Wind und Wellen kämpfen musste – sonst wäre ihr die Flucht in ihrem Zustand wahrscheinlich gar nicht gelungen.

Sie atmete tief durch, und wieder wirbelten ihr die Erinnerungen an die Geschehnisse der letzten Wochen durch den Kopf. Als sie mit dem Messer zugestochen hatte, war sie einer plötzlichen Eingebung gefolgt. Die Bewegung war aus ihrem Körper gekommen und hatte sich über den Arm bis in die Hand fortgesetzt. Dann hatte sie Mårtens Haut gefühlt, seinen überraschten Blick gesehen und das Blut gespürt. Wenn er jetzt tot war!

Sie hatte sich nicht einmal Zeit genommen, um nachzusehen, wie schwer er verletzt war, denn sie hatte einzig und allein das Boot im Kopf gehabt: Wenn sie es nur aufs Meer schaffte, war sie erst einmal in Sicherheit. Es würde sicher eine Weile dauern, bis Karin aufwachte und entdeckte, was geschehen war. Die Fahrrinne nach Stockholm war Anne wohlbekannt, und die weite Fahrt zur Stadt hatte ihr keine Angst gemacht. Sie hatte gewusst, dass sie einfach nur im Kielwasser der anderen Boote bleiben musste. Fast alle waren in Richtung Stadt unterwegs gewesen, um dort ihre Waren auf dem Markt zu verkaufen.

Sie ließ den Blick zur Stadtinsel Stadsholmen und dann über die Stadtmauer bis nach Söderbro schweifen. Vor der Mauer duckten sich reihenweise niedrige Hütten; auf der anderen Seite des Wassers, in Richtung Süden, waren steile, verschlungene Wege und torfgedeckte Hütten zu sehen. Auf den Abhängen oben auf der Hügelkette grasten Kühe und Pferde, und an den großen, hölzernen Trockengestellen schaukelte eine Heufuhre vorbei. Anne schloss die Augen und erinnerte sich an das Stockholm von früher. Unten am Wasser standen zwei Fischer und angelten. Sie wäre gern zu ihnen hinübergerudert, um sie zu fragen, was seit damals alles geschehen war, aber sie wollte keine Aufmerksamkeit erregen. Stattdessen machte sie die Stagen los und legte den Mast um. Ohne Segel konnte sie sich unauffälliger unter die anderen Ruderboote mischen. Wenn Mårten noch am Leben war, suchte er sicher nach ihr, und wenn er tot war, würde es nicht lange dauern, bis das Gerücht von dem Mord Stockholm erreichte. Dann würde man sie wegen Mordes suchen, aber tief im Inneren bezweifelte sie, dass sie einen so kräftigen Mann wie Mårten hatte umbringen können. Doch gestohlen hatte sie dennoch, und eines war ihr von Kindesbeinen an klar: Wer auch nur einen Silberlöffel stahl, der hatte sein Leben verwirkt. Und wenn dann vielleicht noch jemand herausgefunden hatte, dass sie das Grab entdeckt hatte …

Ihre Wunde schmerzte, und sie beugte sich über die Reling, um den Hals zu benetzen. Das kalte Wasser linderte die Schmerzen ein wenig, aber sie war müde und fühlte sich benommen.

»Ein Stückchen musst du noch schaffen, es ist nicht mehr weit!«, murmelte sie sich selbst zu, während die Ruder immer schwerer wurden und überall am Körper der Schweiß klebte.

Sie hatte das Gefühl, Fieber zu bekommen. Als sie an den Schlag dachte, den Mårten ihr in den Bauch versetzt hatte, kehrte ihre Besorgnis zurück. Vor ihrem inneren Auge sah sie das Kind in ihrem Leib um sein Leben kämpfen, aber dann fiel ihr wieder ein, wie es sich die ganze Fahrt über in ihr bewegt und von innen getreten hatte. Nein, dieses Kind würde nicht sterben. Sie musste stark sein und durfte sich nicht von düsteren Gedanken überwältigen lassen. Zwar war Claus nicht mehr da, um sich um sie zu kümmern, aber wie viel hatte er ihr denn bedeutet? Wenn er trank, musste sie ihm aus dem Weg gehen, damit er sie nicht schlug, und wenn er zu ihr ins Bett stieg, hatte er grob seine Mannesrechte eingefordert. Nicht ein einziges Mal hatte er sich darum geschert, was sie empfand. Wenn sie versucht hatte, mit ihm zu reden, hatte er entweder nicht zugehört oder ihr kurz angebunden geantwortet, in seinem üblichen herablassenden Ton. Wusste sie nicht, dass es die Pflicht einer Frau war, ihren Mann zu empfangen und ihm viele Kinder zu gebären? Nein, Claus war niemals der Lebensgefährte gewesen, den sie sich erhofft hatte, und sie würde ihrem Selbstmitleid jetzt nicht gestatten, ihr die letzten Kräfte zu rauben.

Anne schüttelte den Kopf und blickte trotzig übers Wasser. Sie musste sich zusammennehmen, das Boot verstecken und in die Stadt gelangen, ohne Aufsehen zu erregen. Dann würde sie Claus' Kompagnon aufsuchen. Alles würde in Ordnung kommen. Jetzt gab es nur noch das Kind und sie.

Entschlossen ruderte sie in Richtung Söderport, dem südlichen Stadttor entgegen. Im Lärmen und Treiben hinter Själabodarna würde sich niemand um ein Ruderboot auf dem Wasser kümmern. Und genau das wollte sie.

7. Kapitel

»Ist sie geflohen? Aber warum denn? Wir wollten doch nach Stockholm fahren. Was hast du mit ihr angestellt?« Misstrauisch musterte Karin ihren Mann.

»Sie ist mit dem Messer auf mich losgegangen, als sie das Boot stahl.«

»Und das soll ich dir glauben?«

Karin zog den Verband so fest, dass Mårten aufschrie.

»Aber sie hat mich mit dem Messer bedroht, ich schwör's. Und als ich mich über sie beugte, um ihr das Ding abzunehmen, hat sie zugestochen.«

»Und deswegen liegst du hier in ihrem Schuppen?« Karin zurrte den Verband noch einmal fester, bevor sie die Stoffstreifen fluchend verknotete. »Konntest du deine Hitzigkeit wieder nicht im Zaum halten, oder hast du versucht, sie zu töten?«

Mårten zog wilde Grimassen und versuchte aufzustehen. »Ich wollte sie umbringen, aber ich war nicht sicher, ob du das billigen würdest«, log er.

»Du hattest also vor, sie umzubringen, aber sie war größer und stärker, hat dich überwältigt und das Messer an sich genommen? Das soll ich dir glauben? Nein, nein, du hättest deine Schuld auch dann noch geleugnet, wenn ich dich mit heruntergelassener Hose und dem Schniedel in der Luft erwischt hätte. Ich kenne dich nur zu gut. Hier draußen ist keine Frau vor dir sicher.«

»Es war überhaupt nicht so …«

»O doch, genau so war es, aber es ist trotzdem ein Jammer, dass du ihr nicht die Kehle durchgeschnitten hast.«

»Ach, und das sagst du! Nachdem du sie doch retten wolltest und ihr Heilkräuter gegeben hast und …«

»Ja, das war ein Fehler, ein großer Fehler!« Karin hob ein Stück Stoff mit silberner Borte vom Boden auf und hielt es in die Höhe. »Heute Morgen habe ich entdeckt, dass es am Abhang einen kleinen Bergrutsch gegeben hat, und dabei ist das Versteck zum Teil freigelegt worden. Sie muss ihn gesehen haben … Du hättest tiefer graben müssen, Mårten. Ein Arm, ein Teil des Gesichts und die Kleider waren zu sehen. Ich habe den Stoff abgerissen und das Ganze wieder mit Erde zugedeckt, aber die Leiche lag sicher eine Weile frei.«

»Zum Teufel! Aber Anne war doch krank, sie kann überhaupt nicht so weit gegangen sein. Ich glaube, dass wir uns gar keine Sorgen machen müssen.«

»Glaubst du, ja? Aber in der Erde waren Spuren zu sehen.«

»Was? Bist du sicher?«

»Ja, es gab Fußspuren, und die waren zu klein für Männerfüße.«

»Großer Gott! Wenn es mir doch bloß gelungen wäre, sie umzubringen«, flüsterte Mårten,

»Tja, jetzt müssen wir zusehen, dass wir das Weibsstück erwischen und zum Schweigen bringen, bevor es etwas erzählen kann.«

Mårten stöhnte und sah seine Frau hilflos an. Wenn die Vitalienbrüder Wind davon bekamen, dass sie jemanden in ihrem Haus beherbergt hatten, der sie verraten konnte, dann sah es schlecht aus für sie. Diese Piraten hängten Abtrünnige am Schiffsmast auf, wenn sie sie nicht kielholten oder gleich erschlugen. Die Vitalianer waren gnadenlos, und wenn sie Schiffe kaperten, warfen sie die Besatzung einfach über Bord. Er hätte sich gar nicht erst auf die Zusammenarbeit mit ihnen einlassen dürfen, aber sie hatten ihm derartig viel Geld versprochen, dass er bald mit dem Fischfang hätte aufhören und trotzdem noch gut hätte leben können. Und dafür hatte er nur ihre Waffen verstecken müssen.

»Also, wie sollen wir es anstellen, was meinst du?«, erkundigte sich Karin wenig später, als sie ihren Mann in der Stube ins Bett gebracht hatte und das Essen kochte. Die Schafgarbe und der Umschlag würden ihm zwar guttun, aber das Messer war tief in die Hüfte eingedrungen, und die Wunde hatte Mårten erheblich geschwächt.

»An dieser Hexe werd ich mich rächen. Auspeitschen werd ich die, bis sich die Haut in Streifen ablöst«, murrte er. »Die bring ich unter die Erde. Mit dem Messer auf Leute losgehen und ihnen Boot und Kleider stehlen. Die wird zum Tode verurteilt, glaub mir!«

Karin betrachtete missbilligend ihren Mann und nahm den Dreifuß vom Feuer.

»Wir dürfen jetzt nichts überstürzen, wir müssen listig vorgehen. Sprich mit deinem Bruder darüber.«

»Mit Jens?«

»Ja, warum nicht? Auf den können wir uns verlassen. Er kann sie für uns töten, oder derjenige von uns, der sie als Erster findet, räumt sie aus dem Weg. Sie kann nicht weit gekommen sein.«

»Aber wir müssen wissen, wo wir überhaupt suchen sollen.

In Stockholm kann man leicht in der Menge untertauchen, und sie kann sich verstecken und …«

»Aber sie hat die Verletzung am Hals. Sie ist gebrandmarkt. Man muss nur die Klöster und Herbergen nach ihr absuchen. Außerdem kommt sie bald nieder.«

»Und wenn sie sich versteckt?«

»Das kann sie nicht. Sie braucht Pflege.«

»Du hast recht. Wir reden mit Jens, und sobald es mir besser geht, mache ich mich auch auf die Suche.«

Das Schweigen breitete sich zwischen ihnen aus wie eine versöhnliche Decke, und Karin stellte den Dreifuß auf den Tisch.

»Abgemacht also. Entweder ihr Leben oder unseres.«

Anne wanderte vom Strand hinauf, überquerte die Zugbrücke und passierte das Stadttor. Zuerst ging sie ein Stück an der Stadtmauer entlang, aber dann schritt sie die Steigung des Kåkbrinken zum Stortorget hinauf, dem großen Marktplatz. Die Abfälle des Morgens lagen noch immer auf den Straßen, und der Wind führte einen üblen Gestank nach Latrine und Unrat mit sich. Sie ging schneller, musste aber einem zottigen Hund ausweichen, der durch eine Lücke in einem alten Zaun hervorgeschossen kam. Sie suchte in ihrer Rocktasche, fand ein Stückchen Brot und hielt es ihm hin. Der Hund schnappte es ihr aus der Hand und verschwand in der nächsten Seitengasse. Auf einmal verspürte sie Mitleid. Die Begegnung mit armen Menschen und Tieren weckte immer ein beklommenes Gefühl in ihr. Eines Tages wollte sie reich sein, damit sie ihnen helfen konnte, aber zum gegenwärtigen Zeitpunkt besaß sie nichts, was sie mit anderen teilen konnte. Die Kluft zwischen ihren Träumen und der Wirklichkeit war unendlich groß.

Die Straße, die zum Stortorget führte, war gepflastert, wie sie es aus Lübeck gewohnt war. Solche Straßen mochte sie, denn auf den anderen, die nur mit Eichenbohlen ausgelegt waren, rutschte man allzu leicht aus. Hühner gackerten auf einem Hof, und als ein Bauer mit seinem klappernden Holzkarren vorbeikam, musste sie sich dicht an die Hauswand drücken, um nicht überfahren zu werden. Der Hügel war steil, und sie musste stehen bleiben und sich mit einer Hand den Bauch abstützen. Während sie dort stand und nach Luft schnappte, nahm sie wahr, dass es in der Gasse nach Kohl roch. Der starke Duft drang aus einem der Häuser, und jetzt erst merkte sie, wie hungrig sie war. Sie hatte nur das Brot und einen getrockneten Fisch gehabt, um ihren Hunger zu stillen. Vielleicht würde sie in der Stadtkirche Hilfe bekommen. Dort, in Gottes Haus, wollte sie auf jeden Fall inneren Frieden suchen, bevor sie zum Heiliggeistspital weiterwanderte, um sich dort pflegen zu lassen. Als kleines Mädchen hatte sie einmal gehört, dass man sich in diesem Hospital nicht nur um die Kranken kümmerte, sondern auch um die Armen.

Auf jeden Fall war es ihr gelungen, sich des Kahns zu entledigen, ohne dass jemand sie dabei beobachtet hätte. Sie war in eine kleine Bucht gerudert, und im Schutz einiger Erlen hatte sie das Boot mit Wasser gefüllt. Zur Sicherheit hatte sie noch Steine hineingelegt, bevor sie das Boot mit großer Mühe hinausschob und zusah, wie es unter der Wasseroberfläche versank. Wie lang würde die Liste ihrer Verbrechen wohl noch werden, bis sie endlich beichten und ihren Seelenfrieden wiedererlangen konnte?

»Pass auf!« Zwei Frauen mit einer Latrinentonne näherten sich, und Anne trat rasch einen Schritt beiseite. Trotzdem war sie nicht flink genug, und die beiden mussten ausweichen. Ein Schwall des stinkenden Inhalts schwappte auf die Straße, und eine der Frauen, die ein paar Spritzer auf den Rock abbekommen hatte, drohte ihr hasserfüllt mit der Faust. Anne murmelte eine Entschuldigung und eilte weiter.

Als sie oben auf dem Stadsholmen ankam, sah sie die Stadtkirche. Sie ging quer über den Stortorget und stieg die Stufen zur Kirche hinauf. Drinnen stieß sie mit einem Kaplan zusammen, der stehen blieb, als er sie sah.

»Gott segne dich, gute Frau, du blutest ja. Ich werde sofort etwas Verbandszeug für dich holen.«

Er bedeutete ihr, dass sie warten solle, und huschte in die Sakristei. Anne fuhr sich mit der Hand über den Hals und sah, dass ihre Handfläche ganz blutig war. Die Verletzung war vielleicht schlimmer, als sie gedacht hatte, aber jetzt war sie in Gottes Haus, und alles würde gut werden. Während sie wartete, blickte sie sich um. Die kargen, schlichten Gewölbe und Pfeiler erinnerten sie an die kleinen Kirchen auf dem Land rund um Lübeck, und sie musste lachen, als sie daran dachte, dass sie früher gefunden hatte, die Stockholmer Stadtkirche sei so groß. Jetzt kam sie ihr klein und unansehnlich vor, mit dem schlichten Steinboden und den grob zurechtgehauenen Holzschnitzereien. Sie ging zum Altar und ließ sich vorsichtig auf die Knie nieder.

»Lieber Gott, hilf mir! Lass sie mich nicht finden!«, betete sie still. »Beschütze mich und mein Kind.«

Im gleichen Augenblick wurde die Stille von wunderbar lieblichen Tönen unterbrochen. Die Musik kam von der Empore, schwebte durch den Altargang und stieg bis zur Decke hinauf. Sie stand auf und blieb mit gefalteten Händen atemlos stehen. Die Töne der Orgelpfeifen stiegen und fielen und umschlossen sie wie in einem Lobgesang. Sie schloss die Augen und spürte den großen Frieden, der sich in ihr ausbreitete.

In der Musik verschwand alle Zeit, und sie wusste gar nicht, wie lange sie dort gestanden hatte, als das Orgelspiel plötzlich abbrach. Sie hörte Schritte auf der Empore, und als sie den Blick hob, sah sie einen jungen Mann mit dunklem Haar die Treppe herunterkommen und auf das Kirchenportal zugehen. Er sah lebhaft und neugierig aus, seine schlampig zugeknöpfte Hose hing ihm ganz schief am Körper. In seinen Augen glänzte es, und er bedachte sie mit einem warmen Lächeln. Dann blieb er plötzlich stehen und kam auf sie zu.

»Du stehst hier so allein, richtig verlassen siehst du aus. Brauchst du Hilfe?«

»Ich warte nur«, erwiderte sie und wandte sich schnell ab, damit er die Wunde am Hals nicht sah.

Wieder dieses Lachen, ein warmer Blick, und auf einmal war er verschwunden. Sie hörte ihn noch summen, als er die Kirche verließ.

Wie schön er ist!, dachte sie. Claus war kein Mann gewesen, den man mit Wohlgefallen betrachtete, aber dieser Orgelspieler! Ein solcher Mann wurde sicher von den Frauen umschwärmt oder war längst verheiratet. Sie bezweifelte, dass sie ihn jemals wiedersehen würde.

»Hast du gehört? Die Orgel ist neu. Welch ein Klang!«

Sie zuckte zusammen, als sie die Stimme des Kaplans hörte.

»Ja, allerdings.«

»Und Mattis der Spielmann kann besser Orgel spielen als

jeder andere, den ich jemals gehört habe.« Er zog einen Streifen Seide hervor und legte ihn zu einem Verband zusammen. »Für die Orgel haben wir lange gesammelt, und es ist gerade ein Menschenalter her, dass wir die Kapelle der Jungfrau Maria geweiht haben«, fuhr er fort. »Wir scheuen keine Mühe für unser Gotteshaus. Jetzt, da so viele Deutsche in der Stadt sind, wollen wir, dass die hier geborenen Einwohner später einmal stolz sein können auf ihre Kirche.«

Anne nickte.

»Ja, heutzutage gibt es so viel Not und Elend«, klagte der Kaplan, während er den Verband vorbereitete. »Die Vitalienbrüder laufen in ihren Kettenhemden und Kapuzen herum, richten überall Chaos an und machen uns Schweden das Leben schwer. Gott sei Dank hat unsere Regierung verboten, dass im Rat mehr Deutsche sitzen als Schweden.«

»Aber die Deutschen sind doch ein tüchtiges Volk, oder?«

»Ja, die deutschen Kaufleute haben in unserer Stadt viel Gutes getan. Ohne sie wäre Stockholm immer noch ein kleines Provinznest. Aber als König Albrecht hier herrschte, setzte er überall seine deutschen Vögte ein, und da gab es Ärger mit den schwedischen Räten in der Regierung. Jetzt ist es noch schlimmer geworden, und eines Tages werden die Vitalienbrüder vielleicht mit Gewalt die Macht an sich reißen. Wir leben in unruhigen Zeiten, und ich bete jeden Tag darum, dass es keinen Krieg gibt.«

Anne schwieg und sah zum zerbrochenen Dach der Kirche hinauf. Krieg, nein, das konnte doch nicht möglich sein ... Sie musste an den toten Mann denken, den sie auf der Insel entdeckt hatte. Was war ihm wohl zugestoßen?

»So, jetzt werde ich dich gründlich verbinden«, sagte der Kaplan und hob ihr Kinn leicht an. Mit ausholenden Armbewegungen wickelte er ihr den Streifen Seide um den Hals, bis die Wunde völlig bedeckt war. Als er fertig war, trat er lächelnd einen Schritt zurück.

»Jetzt siehst du so aus, als hättest du schlimmes Halsweh, aber so kommst du erst einmal zurecht, bis man sich im Hospital um dich kümmert.«

Anne hob die Hand, betastete den Stoff und spürte die kühle Seide unter den Fingern.

»Danke«, murmelte sie.

»Das Heiliggeistspital wird wohl das Beste sein«, fuhr der Kaplan fort. »Dort bekommst du die nötige Pflege, und für den Fall, dass sich sonst niemand um dich kümmern kann, wird man dir Essen und ein Bett zur Verfügung stellen.«

»Der sich um mich kümmern kann?«, wiederholte sie schwach. Wer sollte sich um sie kümmern? Sie war doch schon seit vielen Jahren nicht mehr hier gewesen, und außer einem älteren Onkel lebte keines ihrer Familienmitglieder mehr in Stockholm. Ihre noch lebenden Verwandten waren in der Stadt immer schlechter zurechtgekommen und schließlich nach Bergslagen zurückgegangen, wo sie herstammten. Sie hatte keine Ahnung, wie sie sie erreichen sollte. Ebenso bezweifelte sie, dass sie alte Freunde aus ihrer Kindheit wiederfinden würde. Von den beiden, die sie am liebsten gemocht hatte, war die eine gestorben und die andere ebenfalls nach Lübeck gezogen. Abermals überkam sie die Verzweiflung. Ich bin eine Kaufmannswitwe!, wollte sie schreien. Und bevor sich mein Mann auf diese unglückseligen Geschäfte einließ, waren wir gut gestellt. Mag sein, dass ich im Moment arm bin, aber gebt mir nur ein wenig Zeit.

Diese Worte stürmten ihr durch den Kopf, kamen ihr aber nicht über die Lippen. Plötzlich spürte sie einen stechenden Schmerz im Bauch. Ihr wurde schwindlig, und sie stützte sich an der Wand ab. Sollte mit dem Kind etwas nicht in Ordnung sein? Jetzt konnte sie noch nicht niederkommen, es waren noch mindestens vier Wochen bis zur Geburt. Der Kaplan sah sie besorgt an.

»Komm, am besten begleite ich dich.«

Auf der anderen Seite einer schmalen Holzbrücke lag das Heiliggeistspital. Der Treppengiebel des großen Ziegelbaus zeigte Richtung Norreport, zum nördlichen Stadttor, und Anne sah erleichtert, dass sie es nicht mehr weit hatten. Wenn ich nur etwas essen kann und ein wenig gepflegt werde, kommt alles wieder ins Lot, dachte sie. Wahrscheinlich fordert die lange Fahrt nach Stockholm einfach ihren Tribut.

»Eigentlich sollte ich dich zu den Nonnen ins Sankt-Klara-Kloster auf Norrmalm bringen, aber ich bin nicht sicher, ob du es bis dorthin schaffst«, sagte der Kaplan. »Es ist wohl am besten, wenn du hier bleibst.«

»Gewiss«, murmelte Anne erschöpft und legte sich die Hand auf den Bauch. Die Schmerzen fühlten sich so an wie bei ihrer Monatsblutung. Gleichzeitig fuhr ihr ein gewaltiger schneidender Schmerz durch den Bauch, und sie musste sich auf den Kaplan stützen. Etwas Warmes lief ihr an den Schenkeln hinunter, die Beine gaben unter ihr nach, und sie sank zusammen. Sie versuchte aufzustehen, aber es gelang ihr nicht.

»Sie blutet, die Frau blutet! Schnell, ich brauche Hilfe!«

Die Geräusche um sie herum verschwanden, als wäre sie plötzlich in einer anderen Welt. Dann wurde sie von der Dunkelheit überwältigt.

8. Kapitel

»Beeilt euch! Das Kind ist schon unterwegs!«

Die Schwester sah sich hilfesuchend um, während Annes ängstliches Wimmern in herzzerreißendes Schreien überging. Die Hebamme war nirgends zu sehen, aber die Vorsteherin Linnea, eine magere Frau mit einer Hasenscharte, eilte an ihr Bett.

»Der Kopf ist schon zu sehen. Hebt sie hoch, damit sie in eine kniende Stellung kommt!«, befahl sie.

Starke Arme ergriffen Anne und hoben sie aus dem Bett auf den Boden. Zwei Schwestern liefen herbei und stützten sie, während die Vorsteherin ihr die Hand hielt und beruhigend auf sie einredete.

»So, und jetzt schön pressen, meine Kleine!«

Die Wehen kamen in immer kürzeren Abständen, und Anne schrie aus vollem Hals.

»Holt warmes Wasser und Leintücher, schnell!« Linneas scharfe Stimme klang durch den Saal, und die Mädchen liefen los.

Anne stützte sich ab und presste noch einmal.

»Da kommt es!« Linnea ging neben ihr in die Hocke, ergriff den Kopf des Kindes und zog mit aller Kraft. Das Kind glitt so leicht heraus, als wäre es eine Totgeburt. Sie hatte noch nie eine so rasche Geburt erlebt. Linnea wurde von einer dunklen Ahnung befallen, beugte sich vor und sah, dass das Neugeborene ein kleines Mädchen war, schwächlich und ganz blau im Gesicht. Rasch schnitt sie die Nabelschnur durch, legte sich das Kind über die Schulter und versuchte mit verzweifelten Klapsen ein wenig Leben aus ihm herauszulocken.

»Ich glaube …«, murmelte sie, verstummte und hielt das Kind vor sich in die Luft. »O Gott, es atmet nicht!«

Alle stürzten herbei, und während die einen beteten, entfernte Linnea den Schleim aus dem Mund der Kleinen und klopfte ihr auf den Brustkorb. Das Mädchen röchelte, aber die Atmung wollte nicht einsetzen.

»Mein Kind!«, murmelte Anne, die die Stimmen hörte, die Spannung im Kreißsaal spürte und irgendwie begriff, dass etwas nicht stimmte. Das Licht über ihrem Kopf kam und ging in Wellen, und sie war kurz davor, ganz wegzugleiten. Sie versuchte etwas zu sagen, doch die Worte wollten ihr nicht über die Lippen kommen. Sie schien zu schweben und in einem Meer aus Licht zu versinken. Während sie in die Tiefe gesogen wurde, verschwammen die Stimmen zu einem entfernten Gemurmel, wurden immer schwächer und verstummten schließlich ganz. Eine große Blutpfütze breitete sich unter ihren Schenkeln aus, lief über den Fußboden und wurde immer größer.

»Seht nur, sie blutet! Wir müssen sie retten. Bringt die Blutung zum Stillstand!«, schrie die Vorsteherin aufgeregt und legte das Kind auf einer Decke auf dem Boden ab. Eine Schwester eilte mit einem großen Tuch herbei, andere brachten Wasser und Handtücher. Rasch legten die Frauen Anne auf den Rücken und schoben ihr Stoff und Kissen unter den Schoß. Alle kamen ihr zu Hilfe, und niemand dachte mehr an das Kind. Es rang noch eine Weile nach Luft, dann wurde es ganz still. Ein Mädchen sah die Kleine, hob sie hoch und zeigte sie Linnea. Die schüttelte nur den Kopf und bedeutete ihr, dass sie das Kind forttragen solle. Es atmete nicht mehr. Die Schwester nahm das Neugeborene mit aus dem Saal und legte es in einen Korb in der Kapelle. Eine der älteren Frauen war gestorben, sie konnten das Kind am nächsten Tag mit ihr zusammen begraben.

Als die Schwester zurückkam, war der ganze Kreißsaal in Aufruhr, und alles drängte sich um die Bewusstlose auf dem

Boden. Die junge Frau wollte schier nicht mehr aufhören zu bluten. Linnea geriet ins Schwitzen und bat die Schwestern, weitere Tücher zu holen. Die Laken färbten sich rot, wurden ausgetauscht und ausgespült, während die junge Frau phantasierte und schrie und völlig außer sich war.

»Beeilt euch, sie verblutet!«

Linnea nahm das Tuch, das eigentlich für das Kind gedacht gewesen war, und legte Anne einen strammen Verband an. Dann stützte sie sie im Kreuz ab, damit ihr Schoß noch höher zu liegen kam.

»Sie ist bewusstlos. Gott allein weiß, wie das ausgehen mag«, murmelte sie. Alle versuchten zu helfen, und während die eine nach Tüchern lief, stützte die andere Annes Beine ab. Schweigen breitete sich aus, als die Frauen neben der Wöchnerin standen und warteten.

»Seht, sie blutet schon nicht mehr so stark«, sagte eine der Schwestern nach einer Weile. »Das Laken hat sich noch nicht rot gefärbt. Es sieht ganz so aus, als hätten wir die Blutung zum Stillstand gebracht.«

»Gott sei Dank, dann bekommen wir sie vielleicht durch!«, brach es aus Linnea hervor.

»Und was ist mit dem Kind?«, erkundigte sich eine der Schwestern, die so beschäftigt mit Anne gewesen waren, dass sie gar nicht bemerkt hatten, was mit dem Neugeborenen geschehen war.

»Tot geboren«, erwiderte Linnea kurz und stand auf. Sie wischte sich die Hände am Kittel ab und sah sich um. »Sammelt die Tücher ein und sorgt dafür, dass alles gewaschen wird! Ich kümmere mich um das Kind. Ein Jammer, dass es sofort gestorben ist, aber wir haben immerhin die Mutter gerettet. Gott sei's gedankt.«

Sie bekreuzigte sich, drehte sich um und ging zur Kapelle. Sie wollte einen letzten Blick auf das Neugeborene werfen, bevor es in die Erde gelegt wurde. Auch wenn viele bei der Geburt starben, empfand Linnea den Tod doch als einen Misserfolg und tat sich schwer, sich damit abzufinden. Sie dachte, wenn sie als Vorsteherin nur ein wenig geschickter gewesen wäre, hätte sie das Kind vielleicht retten können.

In düsterer Stimmung betrat sie die Kapelle und trat langsam an den Altar. Sie bekreuzigte sich nochmals und hatte das Gefühl, eine Erklärung finden zu müssen, warum die Kleine nicht überlebt hatte. Vielleicht war sie zu früh auf die Welt gekommen; diese Kinder hatten es immer schwer. Linnea seufzte und strich sich die verschwitzten Haarsträhnen von der Stirn. Im gleichen Augenblick hörte sie ein schwaches Schnaufen.

Ein Wimmern drang aus dem Korb, und plötzlich begann das Kind zu schreien. Es keuchte, hustete und schrie weiter. Linnea blieb ganz still stehen, als könne sie nicht glauben, was sie da vernahm. Dann eilte sie zu dem Körbchen. Verschämt beugte sie sich über das Neugeborene, das jetzt die Augen geschlossen hatte und ruhig und leise atmete. Die blaue Farbe war aus dem runden Gesichtchen gewichen, dunkle Haarsträhnen bedeckten den Kopf, und die wohlgeformten Öhrchen lagen dicht am Kopf an. Linnea blieb ganz still stehen und starrte das Neugeborene nur an, dann aber riss sie sich zusammen und nahm es auf den Arm. Mit ihrer schmalen, knochigen Hand strich sie ihm über die Wange und wiegte es an der Brust sanft hin und her. Lange blieb sie so stehen, während ihre Blicke nachdenklich durch den Raum schweiften. Dann nahm sie die Decke aus dem Korb und wickelte das Kind darin ein. Sie war allein, niemand würde etwas bemerken. Alle glaubten, die Kleine sei tot. Linnea sah sich ein letztes Mal in der Kapelle um, dann ging sie zur Tür. Sie drückte das Kind fest an die Brust und verschwand in den Gassen.

9. Kapitel

Arne der Seehundspeckkocher trocknete sich die Hände an seiner Lederhose ab und blickte übers Wasser. Er lehnte sich gegen den Stand und seufzte tief. Seit Tagen kochte er nun schon Tran, und die fettdurchtränkten Kleider scheuerten auf seiner Haut und stanken bestialisch. Eine wesentlich angenehmere Arbeit hatten jene Männer, die den Tran für den Verkauf in Tonnen füllten – in die großen Holzfässer, die die Bürger der Stadt und der Rat kauften, wenn sie Öl für ihre Lampen in den Kaufmannshäusern brauchten. Diese Arbeiter mussten keine Seehunde mehr abhäuten und zerlegen und rochen nicht nach vergammeltem Fisch so wie Arne. Aber er war erst kürzlich in die Stadt gekommen und war froh, eine Arbeit gefunden zu haben. Da konnte er sich nicht über die Schufterei mit den schweren Kesseln beklagen oder über das Öl, das daraus hochspritzte und ihm die Hände verbrannte. Seehundspeck durfte nicht ungekocht an die Handelsleute der Hanseschiffe verkauft werden, und er gehörte eben zu den Männern, denen diese Tätigkeit oblag.

Während er bei den Buden über die Landungsbrücken spazierte, dachte er nach. Die Buden und die Stege standen auf hölzernen Pfeilern im Wasser, und manchmal sah er große Fische zwischen den Baumstämmen umherschwimmen. Er warf einen Blick ins Wasser, konnte aber nichts entdecken. Da hob er den Kopf und blickte zum Strand. In der letzten Woche hatte ein heftiger Wind geweht, aber vor einigen Tagen hatte er sich wieder gelegt. Große Erlen hingen übers Wasser und warfen dunkle Schatten auf die Wasseroberfläche. Ein Lichtreflex vom Grund ließ ihn plötzlich aufmerken. War da etwa ein Fischkasten an Land geschwemmt worden? Das würde immerhin ein ordentliches Abendbrot bedeuten. Er sah sich um, aber alle waren mit ihrer Arbeit beschäftigt, und keiner schien ihn zu vermissen.

Barfuß lief er über den Trampelpfad, erreichte den Meeressaum und folgte dem Strandverlauf bis zu der kleinen Bucht. Dort blieb er stehen, beschattete die Augen mit den Händen und blinzelte übers Wasser. Nein, er konnte nichts sehen, vielleicht hatte er sich ja alles nur eingebildet. Verwirrt schritt er weiter am Strand entlang und warf hier und da einen Blick aufs Meer. Da – da war es wieder, das helle Aufglänzen! Diesmal war er sicher. Auf dem Grund lag etwas Großes, das vorher noch nicht dort gelegen hatte. Verblüfft starrte er auf das helle Holz. Es war kein Fass, auch kein versunkenes Holz. Dort lag ein Kahn.

Anne erwachte in einem großen Saal, in den durch die Fensteröffnungen graues Tageslicht sickerte. Sie sah einfache Betten, Vorhänge und Decken. In einem Bett lag eine alte Frau, im nächsten warf sich ein junges Mädchen unter ihrer Decke hin und her. Auf der anderen Seite des Raums saßen alte Männer und knüpften Netze, etwas weiter entfernt schliefen zwei Bettler. Am Fußende jedes Bettes stand ein Nachttopf.

Anne hörte gedämpfte Stimmen und das Geräusch eines Menschen, der mit einem Stock daherstolperte. Mühsam richtete sie sich auf, stützte sich auf die Ellbogen und sah sich um. Es roch nach Schweiß und alter Wäsche. Wo war sie?

»Seht nur, sie ist wach!« Eine Frau mit einer Hasenscharte beugte sich über sie.

Anne blinzelte ins Licht und hörte abermals die fremde Stimme.

»Den müssen wir aber erneuern.«

Vorsichtig befühlte die Frau den Verband.

Anne blickte in kleine, halb geschlossene Augen. Die Frau strich ihr über die Wange und lächelte.

»Du hattest mehrere Tage lang Fieber und hast phantasiert. Es ging dir wirklich schlecht, das darfst du mir glauben.«

Anne tastete mit der Hand nach dem Hals.

»Ist es sehr schlimm?«, wollte sie wissen. Eine große Wunde würde sie nicht nur entstellen, sondern auch verraten. Aber warum redete die Frau von der Wunde – was war mit ihrem Kind? Besorgt fasste sie nach ihrem Bauch.

»Das Kind … Wo ist das Kind?«, flüsterte sie.

Linnea ergriff ihre Hände und hielt sie fest. »Wir hatten unsere liebe Not, dich durchzubekommen, du wärst uns fast verblutet.«

»Habe ich mein Kind verloren?«, murmelte Anne verwirrt.

Die hasenschartige Frau musterte sie mitleidig.

»Ja, ich fürchte …«

Anne wandte den Kopf ab und wollte nichts mehr hören. Auf einmal erinnerte sie sich an alles: die Wehen, die Schreie und die besorgten Gesichter über ihr. Dann der Schmerz und die durchdringenden Gerüche von Blut und Schweiß und der Wunsch, einfach nichts mehr fühlen zu müssen.

»Ich will mein Kind! Wo ist es?«, wimmerte sie und machte Anstalten aufzustehen.

Linnea hielt sie zurück. »Es tut mir leid. Wir haben alles versucht, was in unserer Macht stand, aber wir konnten das Kind nicht retten.«

Anne biss sich auf die Fingerknöchel, bis es schmerzte. »Ich will mein Kind sehen! Lasst es mich sehen …« Ihre Stimme brach, als ihr die Tränen kamen.

»Es war ein Mädchen. Aber die Kleine hat nicht geatmet, man konnte nichts tun«, murmelte Linnea und nestelte an einer Rockfalte.

»Wo ist sie jetzt?«

»Mein liebes Kind, wir haben sie schon begraben.«

»Aber ich möchte Abschied von ihr nehmen.«

»Wir können eine Gedenkminute in der Kapelle für dich einlegen …« Linnea verstummte, dachte daran, wie sie schon die anderen belogen und behauptet hatte, das Kind sei in der Nähe der Friedhofsmauer begraben worden. Niemand hatte ihre Worte angezweifelt. Als Vorsteherin genoss sie Respekt, und die anderen waren nur dankbar, dass sie sich selbst um das Begräbnis des Kindes gekümmert hatte. So etwas war früher auch schon vorgekommen, vor allem wenn es schon spät war und viele Menschen im Spital gestorben waren. Linnea konnte sich ganz sicher fühlen, aber gleichzeitig hatte sie ein schlechtes Gewissen. Die Kleine war so niedlich, eine solche Tochter hätte jede Frau gern gehabt. Auf der anderen Seite wusste sie, dass das Kind dort, wo es hinkam, große Freude bereiten würde. Es würde in einer guten Familie aufwachsen und nicht bei einer armen jungen Frau. Linnea hatte nur das Beste für alle Beteiligten im Sinn gehabt, und Gott würde sie dafür nicht tadeln. Sie räusperte sich und ergriff Annes Hand.

»Ich verstehe, dass du traurig bist, aber verzweifle nicht. Es ist nichts Außergewöhnliches, das erste Kind zu verlieren«, sagte sie freundlich. »Bald wirst du wieder ein Kind bekommen, dein Mann und du, ihr könnt sicher …«

»Mein Mann ist tot!«

»Tot?«

Anne wimmerte, und Linnea beugte sich über sie und strich ihr vorsichtig über die Wange.

»Armes kleines Ding, ruh dich erst einmal aus. Ich werde für dich beten!«

»Aber wenn ich nun keine Kinder mehr bekommen kann!«, schluchzte Anne und presste sich die Hände gegen die Schläfen, als wolle sie den schrecklichen Gedanken mit Gewalt aus ihrem Bewusstsein entfernen. Sie dachte an den Schiffbruch und wie

Mårten sie in den Bauch geschlagen hatte und dass sie nun alles verloren hatte.

»Du bist jung und stark und wirst noch viele Kinder bekommen, das sehe ich. Die Trauer wird verblassen. Hab keine Angst!« Linnea stand auf und holte einen Krug mit Bier. Dann setzte sie sich wieder zu Anne ans Bett und reichte ihr einen Becher. Anne schob ihn beiseite und versuchte sich zu sammeln.

»Wo ist das Kind? Ich möchte es so gern sehen.«

»Wie gesagt, wir haben es schon begraben. Es ruht an der Friedhofsmauer in geweihter Erde.«

Anne sah die mitleidigen Blicke und ließ sich erschöpft zurücksinken. Jetzt hatte sie nicht nur Claus verloren, sondern auch ihre kleine Tochter. Nachdem sie doch so gern ein Kind gehabt hätte! Unaufhaltsam flossen ihr die Tränen über die Wangen.

»Mein Liebes, du bist noch so jung, das Leben geht weiter.«

Anne hörte die Stimme, die sie zu trösten versuchte, aber sie brachte keine Antwort zustande. Matt ließ sie den Blick durch den Raum schweifen, in dem alle diese alten und kranken Menschen lagen. Der Gestank der Nachttöpfe, der harte Erdboden und die Kälte, die die dunklen, kahlen Wände ausstrahlten, jagten ihr Schauer durch den Körper. Und die Frau mit der Hasenscharte saß noch immer neben ihr und sprach leise auf sie ein. Anne brach der Schweiß aus. Nein, hier wollte sie nicht bleiben. Sie holte tief Luft, stützte sich mit den Händen ab und setzte sich auf.

»Beruhige dich und lass dir die Zeit, die dein Körper braucht, um wieder ganz gesund zu werden.«

Anne schüttelte den Kopf. Sie spürte die Ausdünstungen der Kranken wie eine dünne Schicht auf der Haut, sie wusste einfach nicht, wie sie es noch länger hier aushalten sollte. Sie hasste den kahlen, unbehaglichen Raum, die stickige Luft und die rußigen, schmutzigen Balken an der Decke. Über der Eingangstür entdeckte sie eine Darstellung der Heiligen Jungfrau, aber die kleine Figur war beschädigt und mit einer Schicht aus Ruß und Staub bedeckt. Anne schloss die Augen. Vor nicht allzu langer Zeit hatte sie in einem eigenen Fachwerkhaus in einem schönen Viertel von Lübeck gewohnt, in der Nähe der Marienkirche. Und jetzt lag sie einsam in einem Spital in Stockholm und befand sich in den Händen von Menschen, die ihr völlig unbekannt waren. Sie hatten ihr das Leben gerettet, und sie sollte ihnen eigentlich dankbar sein, aber sie konnte die düsteren Gedanken dennoch nicht unterdrücken. Sie stützte sich an der Frau ab und unternahm einen weiteren Versuch aufzustehen.

»Ich muss gehen«, sagte sie, denn auf einmal war ihr eingefallen, dass das Heiliggeistspital einer der Orte war, an denen Karin und Mårten sie gewiss zuerst suchen würden. Wenn man ihr noch einen neuen Verband anlegen würde, käme sie schon allein zurecht. Diese Gedanken gingen ihr durch den Kopf, aber dann kehrte auf einmal mit voller Wucht der Schmerz zurück. Kraftlos ließ sie sich auf die Strohmatte sinken.

Anne drehte sich im Bett hin und her, kalter Schweiß stand ihr auf der Stirn. Da erwachte sie mit einem Ruck und setzte sich auf. Sie hatte Albträume gehabt – sie erinnerte sich an ein kleines Kind mit blondem Haar und großen Augen, das sich an ihr festgeklammert hatte. Aber dann hatte sich die Erde aufgetan, und sie waren in den Abgrund gestürzt. Das erschrockene Mädchen hatte aufgeschrien, konnte sich nicht länger am Rock festhalten, und auch Anne bekam sie nicht mehr zu fassen. Und dann war die Kleine gestorben, genauso wie Annes Kind. Anne krümmte sich unter ihrer Decke zusammen und kämpfte gegen die Tränen. Sie wusste, dass viele Mütter ihr Kind verloren und dass sie mit ihrem Schicksal nicht allein war, aber das verringerte ihre Trauer nicht. Das gab ihr ihre Tochter nicht zurück. Sie versuchte, ihre Gedanken zu zerstreuen, aber es gelang ihr nicht, sich davon zu befreien. Die Trauer hatte sich in ihr festgebissen.

Nachdem sie doch immer davon geträumt hatte, eine Tochter zu bekommen! Du wirst noch mehr Kinder bekommen, du bist doch noch so jung, hatte Linnea gesagt. Welch ein Hohn! Wenn sie wenigstens Abschied hätte nehmen können. Dann wäre es leichter gewesen, die schrecklichen Geschehnisse hinter sich zu lassen, aber so …

Anne versuchte die Tränen zurückzuhalten, um die anderen nicht zu wecken, aber ihr Gefühl von Einsamkeit war so stark, dass es sie schließlich doch überwältigte. Sie hörte ihr eigenes Wimmern und zog sich die Decke über den Kopf. So blieb sie eine ganze Weile liegen, bis ihre tränennassen Wangen ganz kalt waren und die Decke sich zerknautscht und nass anfühlte. Ich darf nicht mehr weinen, dachte sie, ich muss es vergessen, sonst raubt mir die Trauer meine ganze Kraft. Sie schloss die Augen. »Anne, versuch es«, flüsterte sie. »Anne, du musst. Sonst gehst du unter.«

Wie in weiter Ferne hörte sie das Schnarchen und die tiefen Atemzüge der anderen Schlafenden im Saal. Erschöpft lauschte sie den Geräuschen, während sie die Fäuste so fest ballte, dass ihr die Fingernägel in die Haut schnitten. Im Stillen schloss sie einen Pakt mit sich selbst. Sie würde nicht mehr zurückblicken, nur noch nach vorn. Sie hatte beschlossen weiterzugehen.

10. Kapitel

Mårten richtete sich auf. Ein leichter Windhauch kräuselte die Wasseroberfläche. Der Himmel war sternklar und wölbte sich dunkel in der Nacht. Leise glucksend schlugen die Wellen gegen die Bootsplanken, und in der Ferne schrie ein Vogel.

Breitbeinig stand Mårten im Boot und stöhnte unter dem Gewicht des schweren Sacks. Die Wunde vom Messerstich an der Hüfte schmerzte, aber er versuchte sich nichts anmerken zu lassen.

»Wir hätten ihn niemals vergraben dürfen, wir hätten ihn gleich ins Meer werfen müssen!«, murrte sein Bruder Jens.

»Red nicht so viel, hiev ihn lieber über Bord!«, befahl Mårten.

Jens der Bootsbauer versetzte dem Sack einen Stoß und warf seinem Bruder grimmige Blicke zu. Seine schmalen kleinen Augen funkelten. Wären der Sturm und Mårtens Gerede nicht gewesen, dass sowieso niemand den Toten in der Bergspalte fände, hätte er die Leiche gleich im Meer versenkt. Aber Mårten war so überzeugend gewesen. Und jetzt war das Versteck entdeckt worden. Jens kratzte sich die muskulösen Unterarme und fluchte innerlich. Warum tat er immer alles, was Mårten sagte? Nur weil der ein paar Jahre älter war, musste er noch lange nicht immer recht haben.

»Zum Teufel auch!« Jens fluchte laut, wie es seine Gewohnheit war. Sie hatten gar nicht vorgehabt, diesen Bürger zu ermorden, aber er war zur Insel herausgesegelt und hatte das Waffenversteck entdeckt, und da hatten sie einfach keine Wahl gehabt. Mårten hatte ihm nachgesetzt und ihn gepackt, und gemeinsam hatten sie den Stadtrat niedergeschlagen. Dann hatte Mårten sein Messer gezückt. Jens schluckte, atmete einmal tief durch und hob den Sack hoch, damit er auf der Reling zu liegen kam.

»Du Schwachkopf!«, zischte er seinem Bruder zu. »Du hast so viele Steine in den Sack getan, das würde ja für ein ganzes Heer reichen.«

»Heb an, hab ich gesagt!«

Mårten sah sich ein letztes Mal um, und gemeinsam stießen sie den Sack über die Reling. Sie hörten ein dumpfes Platschen und duckten sich, um vom aufspritzenden Wasser nicht nass zu werden.

»Was für ein Gestank!«, schnaufte er.

Mårten starrte den Blasen nach, die wie Fischschuppen im Mondlicht glänzten. Er war ganz außer Atem, und das Unbehagen würgte ihn so, dass er fast daran erstickte. Wenn dieser Mord herauskam, sah es übel für sie aus.

»Das war der erste schwedische Bürger, der sein Leben lassen musste, aber bald werden es wohl mehr werden«, fuhr sein Bruder fort und strich sich mit den Fingern über den Hals. »Wenn uns nicht vorher jemand aus dem Weg räumt.« Er bedachte Mårten mit einem scharfen Blick.

»Jaja, wir müssen das Mädchen kriegen«, antwortete Mårten und versuchte, zuversichtlich auszusehen. »Nicht weil ich glaube, dass sie plaudert, aber einfach zur Sicherheit«, fügte er hinzu, als wolle er sich entschuldigen, dass er sie nicht schon früher beseitigt hatte.

»Sieh zu, dass du sie bald findest! Die Vitalianer dürfen um Gottes willen keinen Wind davon bekommen.«

»Keine Sorge, weit kann sie nicht gekommen sein. Die erwischen wir bestimmt in den nächsten Tagen.« Mårten lächelte angestrengt und ergriff die Ruder. Karin war bereits in Stockholm gewesen und war einen Tag lang alle Gassen abgelaufen, ohne Anne zu finden. Noch schlimmer war die Nachricht, dass keiner der Leute, mit denen sie gesprochen hatte, die junge Frau gesehen oder von ihr gehört hatte. Und den Kahn hatte auch niemand gesichtet. Vom Meer kam ein kalter Wind, und Mårten fröstelte. Am Nachthimmel hatte sich eine geschlossene Wolkendecke zusammengezogen. Jens setzte sich neben ihn, brummelte etwas Unverständliches, und dann ruderten sie zusammen den langen Weg zurück zur Insel. Sobald sie den Bootssteg erreicht hatten, begann es zu regnen. In der Nacht verschwinden also auf jeden Fall die letzten Spuren an Land, dachte Mårten, und dann müssen wir nur noch Anne kriegen. Nachdenklich betrachtete er seinen Bruder. Es widerstrebte ihm, ihn zu fragen, aber falschen Stolz konnte er sich in seiner Lage nicht mehr erlauben.

»Eins noch«, sagte er, als sie angelegt hatten und gerade auseinandergehen wollten. »Wir müssen diese Frau so schnell wie möglich finden. Kannst du mir helfen?«

»Da hast du uns wirklich was Schönes eingebrockt, Mårten.«

»Manchmal fügt es sich eben nicht so, wie man es sich vorgestellt hat.«

»Nein, allerdings nicht.«

Jens setzte sich auf den Steg und starrte hinaus aufs Meer.

»Wie sieht sie denn aus?«

»Sie ist jung, hat rotblonde Haare und ganz feine Haut. Eine Schönheit ist sie vielleicht nicht unbedingt, aber trotzdem sieht sie irgendwie hübsch aus.«

»Mit irgendwas musst du mich ja locken«, grinste Jens. »Aber du erwartest hoffentlich nicht, dass ich jeder Frau, die ich treffe, erst einmal unters Hemd gucke.«

»Sie ist schwanger und hat eine große Wunde am Hals.«

»Na, siehst du, dann finden wir sie sicher auch.«

»Es ist wichtig, dass wir sie aus dem Weg schaffen.«

»Jaja, ich hab schon verstanden. Ich mache mich gleich morgen auf den Weg.«

Erleichtert sah Mårten seinen Bruder an. Manchmal mochte er ganz schön vorlaut und unbeherrscht sein, aber Mårten konnte sich trotzdem auf ihn verlassen.

11. Kapitel

Einige Wochen später war Anne so weit wiederhergestellt, dass sie den Verband am Hals abnehmen konnte. Sie war ungeduldig, weil sie sehen wollte, ob die vielen Kräuter und Salben die Wunde hatten heilen können. Sie hoffte, keine schlimmere Narbe zurückzubehalten, sondern sie irgendwie verbergen zu können, denn sie wollte gern das Handelsunternehmen weiterführen, das Claus mit seinem Kompagnon betrieben hatte. Und dafür brauchte sie schöne Kleider und ein hübsches Äußeres. Sie ließ die Blicke durch den Saal schweifen und sah die Vorsteherin Linnea auf sie zukommen. Annes Brüste waren noch immer geschwollen und schmerzten, und das Hemd war schon wieder nass geschwitzt. Linnea brachte ihr immer ein Kleidungsstück zum Wechseln mit.

Gott sei Dank hatte die Frau ihr die Kleider gewaschen, ja, sie war sogar so freundlich gewesen, ihren Rock zu flicken und ihr eine neue Bluse zu schenken. Außerdem hatte sie getreulich an ihrem Krankenbett gewacht, ihr das Gesicht befeuchtet und ihr immer wieder Umschläge gemacht. In all der Dunkelheit gab es doch noch einen freundlichen Menschen, der sich um sie kümmerte.

Anne setzte sich in ihrem Bett auf, und Linnea nahm lächelnd auf dem Hocker neben ihr Platz.

»Sei nicht traurig, wenn die Narbe zu Anfang noch ein wenig schlimmer aussieht«, sagte sie, während sie den Verband entfernte. »Das heilt mit der Zeit. Außerdem haben wir die Wunde mit Mönchspisse behandelt, das wirkt Wunder.«

»Warum Mönchspisse, tut es andere denn nicht auch?«

»Doch, aber wir lassen die Mönche in diesem Glauben. Dann fühlen sie sich als etwas Besonderes.«

Anne prustete los.

»Es ist schön, dich lachen zu hören«, sagte Linnea. »Du hast so furchtbar geweint.«

»Ich habe mein Kind verloren«, entgegnete Anne. Und alles andere habe ich auch verloren, wollte sie schon sagen, aber sie konnte gerade noch rechtzeitig innehalten. Eine schiffbrüchige Frau war so außergewöhnlich, dass man über sie tratschen würde, auch innerhalb der hohen Mauern des Spitals. Und wenn Mårten hinter ihr her war, dann würde es nicht mehr lange dauern, bis er wusste, wo sie sich aufhielt. Da war es doch ratsam, den Mund zu halten.

Als Linnea den Verband vollständig entfernt hatte, zögerte sie plötzlich und legte die Hand auf den Spiegel, den sie auf dem Schoß hielt. Aber Anne hatte schon einen Blick erhascht und zog den Spiegel zu sich heran. Einen Moment sagte sie gar nichts, dann wurde sie von ihren Gefühlen überwältigt.

»O Gott, lass das bitte nicht wahr sein!«, schluchzte sie und starrte die feuerroten Streifen an, die vom Ohr aus über den ganzen Hals nach unten verliefen.

»Das wird bald besser«, tröstete Linnea.

»Ja. Und zwar mit jedem Stück Stoff, mit dem ich mich verhülle. Wie soll ich mich denn jemals wieder auf der Straße blicken lassen?«

Linnea legte ihr die Hand aufs Knie. »Gegen Gottes Beschlüsse können wir nichts tun, aber du solltest wissen, dass es in unserem Spital um mehr geht als nur um das Aussehen eines Menschen. Und wenn du von der Welt abgeschieden leben willst, nimmt das Sankt-Klara-Kloster Frauen wie dich gern auf. Dort gibt es keine Männer, und du kannst in Ruhe und Frieden dein Leben weiterführen. Gott wird die Hand über dich und deine Seele halten, und alle werden deine Tüchtigkeit loben. Dort wird niemand ein Urteil über dein Aussehen fällen.«

Das alles ist also ein Gottesurteil, dachte Anne. Ich habe überlebt, konnte aber keinem von den anderen das Leben retten. So ist es, und jetzt habe ich wahrhaftig meine Strafe bekommen. Vergeblich versuchte sie die Tränen zurückzuhalten.

Linnea strich ihr ungeschickt übers Haar und dachte daran, wie leicht sie die junge Frau wieder hätte glücklich machen können. Sie hätte nur zu sagen brauchen, dass das Kind lebte und in guten Händen war, aber jetzt war es zu spät. Sie hatte die Kleine schon weggegeben.

»Schon gut, Gott wird dir beistehen. Diese Narbe wird bald verblassen und nur zu sehen sein, wenn du dem Betrachter diese Seite zuwendest.«

»Soll ich den Leuten immer nur eine Seite zuwenden? Ich bin doch keine Münze!«

Die Vorsteherin lächelte, stand auf und trat an einen Schrank.

»Hier, der passt gut zu deinem Rock«, sagte sie und hielt

Anne einen roten Schal hin. »Den kannst du dir umbinden, und wenn du ihn zweimal um den Hals wickelst, bekommt niemand deine Narbe zu Gesicht.«

Anne nahm ihn dankbar entgegen und umarmte Linnea. Einen Moment lang hatte sie das unbestimmte Gefühl, dass die Frau sich dabei verkrampfte, aber sie täuschte sich bestimmt. Linnea war ein guter Mensch und hatte alles für sie getan.

Der Vorarbeiter trocknete sich die klebrigen Hände an einem Lumpen ab und folgte dem Jungen zum Strand. Der junge Speckkocher hatte von einem Boot erzählt, das er vor einer Weile im Wasser entdeckt hatte. Anfangs hatte er ihm kein Gehör geschenkt, aber jetzt wäre ihm ein Boot ganz gut zupassgekommen. An den Markttagen mussten die Tonnen mit dem Seehundspeck zum Korntorget transportiert werden, und diesmal reichten die eigenen Boote einfach nicht aus.

Auf dem Weg zum Strand bedeutete er zwei weiteren Arbeitern mitzukommen. Arne der Speckkocher ging voran, wich den herabhängenden Zweigen einer Erle aus und ging zielstrebig weiter. Er war ganz eifrig, denn ihm war eingefallen, dass der Vorarbeiter ihn möglicherweise für seinen Fund belohnen würde. Als die vier Männer den Strand erreicht hatten, blieb Arne stehen und blickte suchend aufs Wasser.

»Da«, sagte er schließlich und zeigte mit dem Finger auf eine bestimmte Stelle.

Der Vorarbeiter stellte sich neben ihn und beschattete die Augen mit einer Hand.

»Wo?«

Ein Windstoß fuhr übers Meer und kräuselte die Wasseroberfläche. Man sah noch schlechter als vorher und musste einen Moment warten, bis sich der Wind wieder gelegt hatte.

»Ein Stückchen weiter draußen, da!«

Gegen den dunklen Grund zeichnete sich der Umriss eines Bootsrumpfs ab. Ohne dass der Speckkocher noch einmal deuten musste, hatte der Vorarbeiter es schon selbst erspäht.

»Sehr gut, dieses Boot bergen wir. Das trägt sicher einige Tonnen.«

Der Vorarbeiter befahl seinen Männern, eines der Boote von der Speckkocherei zu holen, und nach einer Weile kamen sie damit zurückgerudert. Vom Strand aus beobachtete Arne, wie sie Schleppanker auswarfen, die sich in dem gesunkenen Boot verhakten, woraufhin sie die Seile einholten. Anschließend ruderten sie vorsichtig zurück und schleppten den Kahn hinter sich her. Als sie das flache Wasser in Strandnähe erreicht hatten, machten sie die Taue los, sprangen ins Wasser und zogen ihr eigenes Boot an Land.

»Es sieht so aus, als sei der Kahn weiter nicht beschädigt, aber du musst ihn ausschöpfen. Und Steine liegen auch drin«, sagte der Vorarbeiter. »Seltsam, aber kümmre dich gleich darum, mein Junge. Und danach sieh zu, dass du wieder zum Trankochen gehst. Die brauchen dort jeden Mann.«

Arne der Speckkocher blickte enttäuscht drein. Er hatte sich ein bisschen mehr erwartet, aber in den Augen des Vorarbeiters war er wohl einfach nicht viel wert. Missmutig packte er einen der Steine, mit deren Hilfe das Boot versenkt worden war, und warf ihn weg, dass es nur so spritzte. Er stellte sich vor, die Wasseroberfläche sei der Vorarbeiter, und dann pfefferte er mit voller Kraft einen Stein nach dem anderen ins Meer. Erst danach begann er damit, das Wasser aus dem Kahn zu schöpfen.

Nach einer Weile, als er mit seinem Auftrag fast fertig war, beruhigte er sich und bekam Lust, sich selbst weiter um das Boot zu kümmern. Aber dann fiel ihm auf, dass er ja gar keine Ruder hatte, und ließ den Gedanken wieder fallen. Murrend machte er das Boot mit dem Tau an einer der Erlen fest und wandte sich zum Gehen.

Da sah er, dass unter einem der Spanten irgendetwas klemmte. Neugierig bückte er sich und zog es heraus – es war ein Stück Stoff, das man wohl als Lappen verwendet hatte. Es war nicht groß, und er wollte es eigentlich gleich wegwerfen, aber dann fiel ihm auf, wie schön blau der Stoff war, und er wollte ihn doch lieber aufbewahren. Er konnte ihn ja trocknen – und wenn er ihn auch nur dazu benutzte, um eines der Astlöcher in der Wand seiner Herberge zu stopfen. Dort zog es nämlich durch die Wände, dass es nur so pfiff, und dieser Stofffetzen würde die Kälte immerhin ein bisschen mildern. Rasch schob er sich den Stoff in den Hosenbund und kehrte an seinen Arbeitsplatz zurück.

12. Kapitel

Linnea blieb auf der Schwelle stehen und blickte in den Garten hinaus. War es recht, einer Frau einfach das Kind zu nehmen und es einer anderen zu geben? Die Gewissensqualen zogen ihr wie ein Schatten übers Gesicht, und sie schloss die Augen. Nein, was geschehen war, war Gottes Wille gewesen, und er selbst hatte ihr den Weg gewiesen. Das Neugeborene war tot gewesen, aber dann hatte Gott, der allmächtige Vater, ihm wieder Leben eingehaucht, damit sie, Linnea, dafür sorgte, dass dieses Kind ein leidlich gutes Leben auf Erden führen konnte. Seine Mutter, diese arme junge Frau, hätte sich niemals angemessen um ihre Tochter kümmern können, aber jetzt war die Kleine in gute Hände gekommen.

Linnea lächelte, als sie daran zurückdachte, wie verblüfft ihre Schwester dreingeschaut hatte, als sie ihr den Säugling in den Arm drückte. Sie hatte ihr von dem Findelkind erzählt, das man auf der Gemeindewiese vor der Stadtkirche gefunden hatte, und wie sie sich des Kinds aus lauter Mitgefühl angenommen hatte. Da hatte ihre Schwester vor Freude und Dankbarkeit gestrahlt, wenngleich sie besorgt nachgefragt hatte, was denn sei, wenn die Mutter es eines Tages bereute und ihr Kind zurückhaben wollte. Linnea hatte alles getan, um sie zu beruhigen.

»Ingrid, du hast vier schwere Schwangerschaften durchgestanden und kein einziges deiner Kinder behalten dürfen«, sagte sie. »Vor wenigen Wochen hast du abermals ein kleines Mädchen tot zur Welt gebracht. Freu dich, dass du nun endlich ein Kind hast und noch dazu eine gute Tat vollbringst.«

Ihre Schwester lächelte und weinte, und unter Tränen fragte sie, ob sie es wirklich wagen solle, die Kleine anzunehmen. Linnea brauchte den ganzen Abend, um sie davon zu überzeugen.

»Du bist von Gott auserwählt, und er hat mich zu dir geführt. Du wirst gut zu diesem Kind sein und deine Freude an ihm haben. Jetzt nimm Gottes Gabe entgegen!«

Gerührt fiel Ingrid ihr in die Arme und dankte ihr, und Linnea ließ das Mädchen bei ihr.

Sie lächelte in sich hinein, ging in den Garten hinterm Haus und pflückte eine Handvoll Dill und Schnittlauch. Freilich ist es schlimm für Anne, dass sie ihr Kind verloren hat, dachte sie, aber meine Schwester braucht es viel dringender und würde keine weitere Schwangerschaft mehr überleben. Linnea atmete die milde Sommerluft ein und blickte zum Himmel hinauf. Gott hatte ihr ein Zeichen gegeben, und sie hatte recht gehandelt.

Das Haus der deutschen Kaufleute lag auf dem Stadsholmen am Marktplatz am Korntorget, und dorthin musste sie gehen, um Claus' Kompagnon aufzusuchen. Anne genoss es, wieder draußen zu sein, und schob den roten Schal höher, damit er den Hals nur ja ganz verhüllte. Es ging ihr viel besser, sie hatte seit einer Woche keine Blutungen mehr gehabt, und ihre Brüste waren nicht mehr geschwollen.

Erleichtert ließ sie das Heiliggeistspital hinter sich, spazierte über die Holzbrücke zum Stadsholmen, kam am Norrekvarn und dem Inre Nordtorn vorbei, bevor sie den Hügel zum Stortorget hinauflief. Verwundert bemerkte sie eine grölende Menschenschar, die durch die Gassen zog und immer zahlreicher wurde. Auf der Svartmannagatan hatten sich die Leute zu mehreren großen Gruppen zusammengerottet. Dort liefen Mönche und Kapläne umher, Seeleute und Kutscher, und ein zerlumpter kleiner Betteljunge hätte sie um ein Haar umgerannt, wäre sie nicht beiseitegesprungen. Mit erhitzten Wangen kämpfte sie sich bis zur Köpmannagatan durch, wo schon Markt abgehalten wurde. Es war warm, und ab und zu musste sie stehen bleiben, um sich den Schweiß von der Stirn zu wischen. Eigentlich sollte ich mich gar nicht zeigen, dachte sie, aber ihr war auch klar, dass sie keine andere Wahl hatte. Die Menge schob sie weiter, und sie konnte nur dem Strom folgen.

An den Verkaufsständen herrschte reges Treiben, Schmiede, Fassbinder und Täschner verkauften über den Ladentisch, während die fliegenden Händler ihre Waren am unteren Ende der Straße auf dem Boden ausbreiteten. Sie boten Kräuter, Stoffe, Messer und Rosenkränze feil und trauten sich nicht, mit den Männern an den festen Ständen zu wetteifern. Anne hatte noch nie zuvor so viele Leute in Stockholm gesehen. Männer in farbenprächtigen Kleidern drängten sich neben Frauen, die ihre Kinder an der Hand hielten, und Schiffer und Kaufleute prosteten sich mit großen Bierkrügen zu. Einige kleine Jungen jagten einer Schar gackernder Hühner hinterher, die aus ihren Käfigen entwischt waren. Ein Mönch, der einen Eimer Fischabfälle abbekommen hatte, versuchte verzweifelt, sich den stinkenden Unrat von der Kutte zu wischen. Unmittelbar neben ihm waren zwei Bauern mit einer Fuhre Heu im Gewühl stecken geblieben und kamen mit ihrem Wagen nicht vorwärts und nicht zurück. Allmählich wurde Anne das Gedränge unangenehm, und ein Junge mit einem Weidenkorb auf dem Rücken rempelte sie so heftig an, dass sie beinahe gestürzt wäre.

Als es ihr endlich gelungen war, ein Stück weiterzukommen, vernahm sie ein lautes Rasseln, gefolgt vom Rufen und Johlen der Menge, die auf einmal zurückwich. Im nächsten Moment fuhr ein bunter Zweispänner über die Straße. Er war groß und breit, und ganz hinten entdeckte Anne eine fahrende Bühne mit einem flatternden Vorhang. Von der Ladefläche waren fröhliche Töne zu hören, und auf dem Podium erblickte sie Tänzer, die sich im Takt der Musik bewegten. Eine Fiedel erklang, der Dudelsack tönte, und ein Mann mit einer Teufelsmaske sprang umher, als wären seine Füße voller Läuse.

Heiterkeit verbreitete sich unter den Zuschauern, als plötzlich eine hochgewachsene Gestalt in einem weißen Hemd auf der Bühne erschien. Der Weißgekleidete trug eine goldene Maske und bedachte den Teufelsmenschen mit einer drohenden Geste. Dann erhob sich ein Trommelwirbel, und fünf kleine Teufel liefen herbei, verkleidet mit Wolfsfellen, Schafspelzen und Wildschweinhauern.

Der Mann mit der goldenen Maske versuchte sie zu verscheuchen, und jedes Mal, wenn es ihm gelang, brandeten Jubel und Applaus aus der Menge auf. Auch Anne konnte ein Lächeln nicht unterdrücken und trat näher heran, um besser sehen zu können. Als sie den Musikanten, der die Fiedel spielte, aus der Nähe sah, entdeckte sie plötzlich, wer es war: der Orgelspieler!

Er war braun gebrannt und schlank und bewegte sich geschmeidig im Takt der Musik. Seine Gesichtszüge waren hübsch und weich, und seine dunklen Augen strahlten. Er wirkte nicht sonderlich muskulös, aber dennoch schien er vor Kraft zu strotzen. Seine Arme bewegten sich schwungvoll, und der blaugrüne Rock wirbelte ihm um den Körper. Seine warmen Augen leuchteten, seine Wangen glühten rot, und er lächelte. Sie konnte ihn beobachten, ohne dass er es bemerkte, und während sie die Blicke auf seinem Gesicht verweilen ließ, hörte sie im Kopf die

Orgelmusik, die er damals in der Kirche gespielt hatte. Sie schloss die Augen und fühlte ihn plötzlich ganz nahe bei sich.

Als die Ballade verklungen war, hatte sie den Eindruck, dass er zu ihr herüberblickte und ihr zuzwinkerte, aber sie war sich nicht sicher. Errötend zog sie den roten Schal bis zur Wange hoch und ging rasch weiter.

Sie war noch nicht weit gekommen, da erblickte sie auf einmal eine Prozession grau gekleideter Mönche. Sie trugen einen Reliquienschrein auf einem grünen Samtkissen. Anne senkte den Kopf und bekreuzigte sich. Hinter den Mönchen ritt ein Mann auf einem weißen Pferd, das einen blumengeschmückten Wagen zog. Auf dem Wagen befand sich eine Hebevorrichtung mit einem Seil, das an einem großen Stein befestigt war. Als der Zug näher kam, sah sie, dass der Felsblock einen Grabstein darstellte.

Der Wagen blieb stehen, und der Stein wurde nach oben gehievt, damit alle ihn sehen konnten. Daraufhin senkte man ihn wieder auf die Ladefläche, und ein bärtiger Mann mit bodenlangem Mantel trat vor. Die Menge verstummte und verbeugte sich ehrfürchtig. Die Szene sollte Jesus darstellen, der sein Grab verließ.

Anne verneigte sich auch und bekreuzigte sich abermals. Die Sitten der römischen Kirche in Stockholm unterschieden sich nicht allzu sehr von denen, die sie aus Lübeck kannte, und die Vertrautheit mit den Ritualen schenkte ihr ein beruhigendes Gefühl von Sicherheit. Sie musste sich nie wieder verlassen fühlen. Gott war hier genauso bei ihr wie in Lübeck.

Mittlerweile drängten sich die Leute dicht an dicht und schoben sich von hinten gegen sie. »Ist das nicht hübsch? Einige Schauspieler sollen sogar aus Frankreich stammen, habe ich gehört«, sagte eine freundliche Frau, die schräg hinter ihr stand. Sie schwitzte und wedelte sich mit der Hand vor dem Gesicht herum, um sich zur Kühlung ein wenig Luft zuzufächeln.

»Ja, sie sind wirklich gut«, stimmte Anne zu und lächelte.

In dem Moment, als sie die Worte ausgesprochen hatte, bäumte sich das Pferd vor dem Wagen auf. Die Zuschauer in der vordersten Reihe wichen erschrocken zurück, und die Menge geriet in Bewegung. Zu Annes Bestürzung fiel dem Kutscher nichts Besseres ein, als mit der Peitsche auf das Pferd einzuschlagen. Die Augen des Tiers waren schwarz vor Angst, und es zerrte an seinem Geschirr. Dann plötzlich riss es sich von der Deichsel los und galoppierte durch die Gasse davon. Nun hielt freilich nichts mehr den Wagen auf, der auf der abschüssigen Straße stand. Anne sah, wie er sich langsam in Bewegung setzte, und begriff sofort, was passieren würde. Die Männer auf dem Wagen erschraken und schienen Befehle zu geben, einige Frauen kreischten verängstigt auf, und eine Kinderschar rannte schreiend in die nächste Seitengasse. Der Wagen gewann an Fahrt, die Zuschauer sprangen beiseite, und Anne wurde gegen eine Hauswand gedrückt. Sie versuchte sich gegen den Strom zu stemmen, aber die Menge drückte, und es wurde immer schwieriger, noch Luft zu bekommen. Aus dem Augenwinkel sah sie, dass die Frau, die hinter ihr gestanden hatte, sich mit dem Rock an einem Löschgerät in einer Toreinfahrt verheddert hatte. Sie war gestürzt und versuchte nun verzweifelt, sich loszureißen. Der Wagen näherte sich bereits, und Anne erkannte glasklar, was geschehen würde.

»Das darf nicht passieren«, murmelte sie und kämpfte sich mit spitzen Ellbogen zu der Frau durch. Das Donnern der Wagenräder wurde immer lauter, und sie musste sich zusammenreißen, um ihrem Impuls nicht nachzugeben und zu fliehen. Hastig bückte sie sich und versuchte, den Rock von dem Löschgerät zu lösen. Ich schaffe es bestimmt, dachte sie, aber gleichzeitig spürte sie, wie ihr im Rücken der Schweiß ausbrach. Sie zog und zwirbelte, riss und zerrte, und zu guter Letzt bekam sie den Stoff frei. Die Frau hatte sich gerade hochgerappelt, da erkannte Anne, dass es zu spät war, noch vor dem Wagen davonzulaufen. Sie erinnerte sich an die kleine Seitengasse, in der die Kinder vorher verschwunden waren, und warf sich auf die Frau. Taumelnd entkamen sie in die Gasse. Der Wagen donnerte vorbei und raste mit ohrenbetäubendem Getöse den Hügel hinunter. Vorsichtig stand Anne auf und befürchtete schon, sie könnte sich wieder verletzt haben. Sie hatte gehandelt, ohne nachzudenken – sie sollte wirklich vorsichtiger mit sich umgehen. Andererseits wäre die Sache übel ausgegangen, wenn sie nichts unternommen hätte.

»Puh, das war knapp!«, rief sie und schob den Schal wieder zurecht.

»Wie kann ich dir nur danken? So viele Leute auf einem Haufen, das ist einfach zu gefährlich!« Die Frau streckte den Rücken durch und bewegte vorsichtig Arme und Beine.

»Ja, das war wirklich furchtbar. Vielleicht ist es am besten, wenn wir eine Weile hier warten, bevor wir gehen.«

»Wohin musst du denn?«

»Zum Korntorget.«

»Vergiss es, dort treiben sich überall feiernde Leute und Gaukler herum, dort kommst du überhaupt nicht durch. Komm mit mir, wir trinken stattdessen einen Schluck miteinander«, schlug die Frau vor und bürstete sich ein wenig Schmutz vom Rock.

»Trinken? Wo denn?«

»Bei mir, ich lade dich ein.«

Sie zog Anne hinter sich her, bis sie ins nächste Viertel gelangten. In einer kleinen Gasse blieb sie stehen und zeigte stolz auf eine Stange, an der ein Kranz aufgehängt war.

»Siehst du diesen Kranz, die Weinranke dort hinten in der Gasse? Dort ist es schon!«, sagte sie.

Anne spürte auf einmal, wie durstig sie war.

»Gott sei Dank konnten wir uns retten«, fuhr die Frau fort. »Ich habe dem Pferd nachgeschaut und gar nicht bemerkt, was in der Zwischenzeit mit dem Wagen passierte.«

»Und ich habe den Wagen angeguckt und nicht gemerkt, wohin das Pferd lief.«

Die beiden Frauen lächelten sich an.

»Ich habe dich übrigens noch nie hier gesehen«, sagte die rundliche Frau und streckte ihr die Hand hin. »Ich heiße Valborg, aber man nennt mich für gewöhnlich Speisundtrank.«

»Speisundtrank?«

»Ja, mein Mann fand immer, dass ich zu viel esse, und deswegen nannte er mich zuerst ›Speise‹, und daraus wurde dann ›Speisundtrank‹.«

Anne lächelte. »Und ich bin Anne Persdotter.«

Die Frauen schüttelten einander die Hand.

»Speisundtrank ist auf jeden Fall besser als Stina Honigtöpfchen oder Metzen-Margit, wie die Huren heißen.«

Sie gingen weiter, und während Valborg plauderte, wurde Anne plötzlich ganz ernst. Sie dachte an die armen Frauen, die ihren Körper auf der Straße verkauften. Und wie sollte sie selbst das Geld für Essen und Wohnung aufbringen, wenn Claus' Kompagnon sich ihrer nicht annahm? Stina Honigtöpfchen und die Metzen-Margit waren vielleicht auch einmal wohlhabende Frauen gewesen, denen das Leben übel mitgespielt hatte.

Als Hure konnte sich eine alleinstehende Frau das tägliche Brot verdienen und musste nicht hungern, ansonsten hatte sie nicht allzu viele Möglichkeiten. Sie konnte als Wäscherin, Wirtin, Weberin und Aderlasserin arbeiten, aber eigentlich sollten Frauen verheiratet sein und einen Mann haben, der für sie sorgte. Seinen Lebensunterhalt selbst zu verdienen war schwer, und die Witwen von Schneidern und Schustern heirateten oftmals den Gesellen, um versorgt zu sein und die Werkstatt zu retten. Sie selbst durften das Geschäft nämlich nicht weiter betreiben, wenn der Ehemann tot war. Anne seufzte. Wer sich solche grausamen Gesetze ausgedacht hatte, war mit Sicherheit keine Witwe gewesen.

»So, da wären wir«, verkündete Valborg, blieb vor der Tür stehen und zückte den Schlüssel. »Ich habe noch niemanden gefunden, der nach dem Tod meines Mannes den Weinkeller hätte übernehmen können, also betreibe ich ihn selbst weiter. Ich serviere Speisen und Getränke und vermiete ab und zu ein Zimmer. Bis jetzt hat es noch keiner gewagt, von mir zu verlangen, dass ich aufhöre.«

Sie öffnete die Tür und führte Anne in den Keller. Ein süßer Geruch nach Brot und Wein schlug ihr entgegen.

»Das ist aber schön hier!«, rief Anne und ließ die Blicke über das Deckengewölbe und die soliden Ziegelmauern schweifen.

»Der Rathauskeller ist freilich größer, aber mein Weinkeller ist natürlich der allerbeste, und außerdem kann man sich hier ein wenig abkühlen, wenn es draußen so heiß ist wie heute«, lächelte Valborg. »Komm, wir können schnell noch etwas essen und trinken, bevor ich aufsperre.«

Anne zögerte. Sie hatte sich zwar schon draußen in der Stadt gezeigt, aber wenn sie sich in ein Wirtshaus setzte, konnten die Leute sie noch gründlicher mustern. Wenn sie aß, bevor die Gäste kamen, lief sie wenigstens nicht Gefahr, entdeckt zu werden.

»Worauf wartest du? Setz dich doch!«

Valborg legte ihr den Arm um die Schultern und zog sie mit sich zum Tisch.

13. Kapitel

Jens der Bootsbauer zog die Hose zurecht, öffnete die Tür und trat auf die Straße hinaus. Er war eine Weile bei Marit Svandun gewesen, einer Hure, die er jedes Mal besuchte, wenn er in Stockholm war. Mit seiner Frau war nicht viel anzufangen, aber da er verheiratet war, wagte er nicht, sich eine andere Frau zu nehmen, sondern musste sich mit einer Dirne wie Marit begnügen. Er schätzte sie mittlerweile sehr, denn sie nahm sich immer Zeit, ihm zuzuhören, und obwohl er bezahlen musste, freute er sich auf die Besuche bei ihr.

Auf der Straße blieb er erst einmal stehen, denn er wusste nicht recht, was er anfangen sollte. Den ganzen Tag hatte er nach Anne gesucht. Er war durch die Stadt gestreift, hatte Klöster und Weinkeller aufgesucht und in jede Gasse gespäht, aber ohne Erfolg. Keiner hatte ihm Auskünfte über die junge Frau geben können. Und als wäre das nicht schon schlimm genug gewesen, hatte er nicht einmal seine Freunde überreden können, sich gemeinsam in einem Wirtshaus niederzulassen. Schließlich war es ihm zu dumm geworden, und er hatte seine Marit besucht. Nun überlegte er kurz, ob er noch auf ein Bier in den Ratskeller gehen oder einen weiteren Versuch unternehmen sollte, seine Freunde zum Feiern zu überreden. Eigentlich hätte er sich am liebsten irgendwo einen Becher Rheinwein zu Gemüte geführt.

Zögernd ging er Richtung Wasser und gelangte nach einer Weile zu einem kleinen Wirtshaus, wo die Seeleute und Seehundspeckkocher sich gern aufhielten. Es war ungewöhnlich warm für den Spätsommer, und er schwitzte unbändig. Mittlerweile war er richtig durstig, und als er den Lärm von drinnen hörte, beschloss er, einzutreten. Der Wein musste warten. Jetzt brauchte er ein Bier und ein Würstchen, um sich wieder aufzurichten.

Drinnen setzte er sich an einen der Holztische, erhielt sein Bier und kam mit den anderen Gästen am Tisch ins Gespräch.

Es waren Deutsche und Finnen sowie einige Schweden. Zwei Seemänner unterhielten sich über den gefangen genommenen König Albrecht, der irgendwo nach Schonen in Festungshaft gebracht werden sollte. Außerdem erzählten sie sich, dass die Vitalienbrüder eine Herberge kurz und klein geschlagen hätten. Ein zarter Jüngling prahlte damit, dass er einen versenkten Kahn gefunden habe, dass dieses verfluchte Gesindel in der Trankocherei sich das Boot aber unter den Nagel gerissen habe. Jens hörte nur zerstreut zu und hatte nicht die geringste Lust, sich ins Gespräch einzumischen. Er war erschöpft und beschloss, als Nächstes zum Kai hinunterzugehen. Dort traf er immer Leute, die er kannte, und vielleicht fände er ja einen Kumpan, der einen mit ihm trinken ging. Vielleicht hatte einer von denen ja auch eine junge Frau in die Stadt rudern sehen, eine Schwangere mit einer großen Wunde am Hals.

Valborg hantierte summend am Herd und rührte in den Töpfen. Ihre Wangen waren gerötet, und auf den kräftigen Oberarmen glänzte der Schweiß. Lamm, Reh, Sauerkraut, Gemüse und Geflügel. Am Abend würden die Brüder und Schwestern ihrer Zunft bei ihr zu Gast sein, und sie hatte Anne gebeten zu bleiben. Im Keller staute sich der Küchendunst, und zwei große Tische waren schon gedeckt.

»Ich krieg immer so gute Laune, wenn ich Essen koche – weil ich es hinterher so gern aufesse«, gab sie zu und kostete die Fleischbrühe. »Manchmal bleibt fast nichts mehr für meine Gäste übrig.«

Anne betrachtete ihre neu gewonnene Freundin mit einem leichten Lächeln. Diese schien einer jener raren Menschen zu sein, die anderen sofort ein gutes Gefühl gaben, und nach all den üblen Erlebnissen empfand Anne es als Segen, dem seichten Geplauder der Wirtin lauschen zu dürfen.

Valborg hatte Anne Wein mit Honig und Ingwer angeboten, ein nettes »Sprungbrett«, wie sie es nannte, und dann hatte sie gesungen, ihr zugeprostet und lustige Geschichten zum Besten gegeben. Während sie mit Annes Hilfe die Tische – einfache Platten auf Holzböcken – mit Holztellern, Krügen und Messern deckte, redete sie ununterbrochen weiter. Anne hörte ihr zu und spürte, wie der Wein sie von innen wärmte. Sie war aufgekratzt und schläfrig zugleich und hatte schon ganz vergessen, dass sie eigentlich nur kurz hatte bleiben wollen. Ihre Unruhe war geschwunden und mit ihr jede Vorsicht.

»Ja, dann wären wir also fertig, jetzt müssen wir nur noch weiteren Wein holen«, sagte Valborg. »Komm mit, ich zeig dir was!«

Sie zog Anne mit sich zum Weinlager, sperrte eine große, schwere Tür auf und forderte sie zum Eintreten auf. »Siehst du das große Fass dort an der Wand? Das ist Wein aus Südwestflandern, und das kleine Fass dort hinten ist ein halbtrockener Wein aus Portugal. Mein Mann hat seltene Weine gesammelt und das Schloss und die Bürger der Stadt mit dem Besten vom Besten versorgt.«

»Lässt sich das Schloss weiterhin Wein von dir liefern?«

»Darauf darf ich keine Antwort geben«, erwiderte Valborg und setzte eine geheimnisvolle Miene auf. »Aber es gibt einen unterirdischen Gang von hier zum Schloss, nur damit du's weißt. Hauptsächlich handle ich mit Bier von der Hanse.«

Anne horchte auf. Anscheinend hatten Valborg und sie mehr gemein, als sie gedacht hätte. Aber sie schwieg, denn sie wollte ihre neue Wohltäterin erst ein bisschen besser kennenlernen, bevor sie ihr mehr erzählte.

Ganz hinten im Gewölbe standen ein paar Kisten, und Valborg zog ihren Schlüsselbund hervor und sperrte die größte davon auf. »Dieser Wein kommt aus Frankreich und ist so gut wie vollendete Liebe«, erklärte sie und hielt eine Kanne hoch.

Verwundert sah Anne sie an.

»Mein Mann war anfangs großartig«, erklärte Valborg, »aber dann war bald nicht mehr viel los mit ihm. Stell dir vor, er war ein Lebensalter älter als ich, über dreiundzwanzig Lenze mehr zählte er. Und seine Männlichkeit muss noch aus der Zeit seiner Urahnen gestammt haben.«

Anne kicherte.

»Trotzdem, er war schon ein guter Mann, und ich vermisse ihn. Jetzt warte ich einfach auf meine neue Liebe«, fuhr Valborg fort und nahm noch eine Kanne. »Hier, diesen Wein hat mein Mann mehrere Jahre lang aufbewahrt. Den nehmen wir jetzt. Das Leben wird nicht besser, wenn man knausert. Man muss jeden Tag leben!«

Anne nickte zustimmend. Ob sie wollte oder nicht, Valborgs Heiterkeit wirkte ansteckend auf sie.

»Hier, Schwester, koste, dann wirst du schon sehen«, forderte Valborg sie auf und goss ihr einen Becher ein.

Anne zögerte, konnte dann aber nicht widerstehen und probierte. Sie nahm einige Schlucke, schloss die Augen und genoss den Geschmack. Es war gut, wenn sie erst einmal etwas aß und trank und Kummer und Sorgen zu vergessen versuchte.

»Tja, jetzt sollten wir aber wieder nach oben steigen.«

Auf einmal hatte Valborg es eilig, und sie ging mit langen, entschlossenen Schritten voraus. Als sie den Schankraum betraten, schlug ihnen stinkender Qualm entgegen.

»O nein, jetzt ist das Essen angebrannt! Hast du ein Messer? Obwohl, hierfür bräuchte man wohl eher eine Axt!«, lachte Valborg und wedelte sich den Qualm vorm Gesicht beiseite.

»Gieß die Suppe doch in einen anderen Kessel«, schlug Anne vor.

»Vielleicht hast du recht.« Valborg holte einen großen Kessel, goss die Suppe um, steckte den Mittelfinger hinein und kostete. »Mm, schmeckt immer noch lecker. Komm, wir trinken auf das Wohl des armen Hühnchens. Jetzt ist es nicht nur tot, sondern auch noch angebrannt. Prost!«

Anne leerte ihren Becher und merkte, dass der Verlust ihres Kindes und ihres Ehemanns zu schemenhaften Gedanken wurden, die an ihr vorbeitanzten und verschwanden. Es war, als hülle der Wein sie schützend ein und behüte sie vor dem Dunkel. Zum ersten Mal seit langer Zeit genoss sie einen Moment des Friedens und vergaß alles.

Anne und Valborg hatten gerade ihr Mahl beendet, da kamen die ersten Gäste. Anne musterte sie neugierig, während sie satt und zufrieden am Tisch sitzen blieb und vor sich hin summte. Ab und zu nestelte sie an ihrem Schal, aber als sie die Hand nach dem Wein ausstreckte, rutschte er herab, und sie vergaß, die Narbe wieder abzudecken. Stattdessen lächelte sie die Gäste an, die lärmend in die Stube strömten. Männer und Frauen jeden Alters duckten sich unter dem Türstock, grüßten und tanzten die Treppe herunter in den Schankraum.

»Füllt eure Krüge!«, rief Valborg fröhlich. »Kirschwein oder Rheinwein? Nur zu, bedient euch!«

Der Tisch brach fast zusammen unter all dem Räucherfleisch und Trockenfisch, den Valborg für ihre Gäste aufgehoben hatte, und dazwischen standen Kannen und Fässchen mit Wein. Die Gäste setzten sich auf die Bänke, und bald erfüllte das Gemurmel fremder Stimmen den Raum. Anne sang immer noch leise vor sich hin, aber langsam fühlte sich ihr Kopf an wie ein dicker Teigkloß, und sie musste sich am Tisch abstützen. Als sie aufblickte, merkte sie, dass ein Mann sie anstarrte. Sie nahm ihre Gedanken zusammen, schob den Schal hoch und verhüllte den Hals mit dem Schal. Sie musste jetzt wirklich gehen. Gerade als sie aufstand, war von draußen ein Heidenlärm zu hören. Dann wurde die Tür aufgerissen, und ein Trupp Spielmänner mit Fiedeln und Flöten stürmte herein.

Anne erkannte den Orgelspieler sofort und setzte sich rasch wieder. Er stellte sich an die Wand und stimmte mit den anderen eine rhythmische, mitreißende Melodie an, die alle zum Mitsingen ermunterte. Als die Ballade und der Jubel der Gäste verklungen waren, holte Valborg zwei Schemel herbei und führte die Gaukler an den Tisch. Anne hatte völlig vergessen, dass sie eigentlich gehen wollte, und ergriff den einen Hocker.

»Hier, setz dich zu mir!«, forderte sie den Spielmann auf und stellte den zweiten Schemel neben sich.

»Also, dich habe ich doch schon irgendwo gesehen, oder? Bist du nicht die Frau, die im Gesicht immer genauso viel Kleidung trägt wie am Körper?«, neckte er sie und setzte sich.

Anne nahm einen Becher und griff nach der Weinkanne. »Hier! Du spielst so wunderbar!«, sagte sie und schenkte ihm ein.

»Danke!« Er zwinkerte ihr zu und trank in großen Schlucken. Seine schönen Augen glänzten, und auf dem ganzen Gesicht breiteten sich Lachfältchen aus. Die dunklen Locken hingen ihm bis auf den Kragen hinab.

»Hast du den ganzen Tag gespielt?«, wollte sie wissen, als er den Becher wieder auf den Tisch stellte.

»Ja, wie verrückt, hab schier nicht mehr aufgehört, mit dem Bogen gefiedelt wie besessen. Aber was sehe ich denn da? Dein Becher ist ja leer, lass mich …«

»Nein, ich glaube nicht, dass ich …«, begann Anne, gab aber auf, als er ihre Proteste kurzerhand abwiegelte.

»Also prost!«

Sie lächelte, hob ihren Becher und trank. Eigentlich hätte sie das lieber bleiben lassen sollen, denn sie war es nicht gewöhnt, so viel zu trinken, aber sie wollte nicht langweilig wirken. Sie setzte ihren Becher wieder ab, und ohne nachzudenken, streifte sie das Kopftuch ab und schüttelte das Haar, bis es ihr über die Schultern fiel. Dann rückte sie den roten Seidenschal zurecht, damit er nicht sah, was sich darunter verbarg. Das Kopftuch rutschte zu Boden, und als sie sich hinabbeugte, um es aufzuheben, stieß sie mit ihm zusammen.

»Entschuldigung«, sagte er und hielt das Kopftuch neckend hoch. »Sag mir, bist du verheiratet?«

»Ich bin Witwe.«

»Oh, entschuldige, das hätte ich nicht gedacht.« Er ließ die Arme sinken und gab ihr das Kopftuch zurück. »Schon lange?«

»Nein, erst seit Kurzem.«

»Und das Kind? Du warst doch schwanger, als ich dich in der Kirche sah.«

»Ja. Es ist gestorben.«

»Das tut mir leid. Entschuldige, ich hätte nicht fragen sollen.«

»Frag ruhig. Um das Kind traure ich mehr als um meinen Mann.« Sie machte eine kurze Pause und strich mit der Hand über den Tisch. »Claus und ich waren einige Jahre lang verheiratet, aber eigentlich haben ihn meine Eltern ausgesucht«, fuhr sie fort, ohne recht zu wissen, warum sie ihm so viel erzählte. Er betrachtete sie nachdenklich und versuchte, ihre Stimmung zu deuten.

»Eine Frau kann nicht immer selbst über ihr Leben bestimmen. Ich bin froh, dass ich ein Mann bin«, erklärte er schließlich.

»Ich habe dich in der Kirche spielen hören«, sagte sie, um das Gespräch auf ein anderes Thema zu lenken. »Ich bin schon in vielen Kirchen gewesen, aber noch nie habe ich jemanden so schön spielen hören wie dich.«

»Mein Orgelspiel? Nein, eigentlich spiele ich viel besser Fiedel. Ich bin Spielmann.«

»Spielmann?«

»Ja, in der Stadtkirche helfe ich nur ab und zu aus.«

Er ist schüchtern, dachte Anne. Seine bescheidene Art gefiel ihr. Er wollte mit seinem Können nicht angeben.

»Man nennt mich Mattis den Spielmann, und ich stamme aus Åbo«, stellte er sich vor und streckte ihr die Hand hin.

»Anne Persdotter aus Lübeck«, gab Anne zurück. »Aber ich bin natürlich in Stockholm geboren«, fügte sie hinzu.

»Dann sind wir ja beide von auswärts. Jedenfalls fast. Als Spielmann ziehe ich von Stadt zu Stadt und spiele an Feiertagen und zu anderen Gelegenheiten.«

»Und dankst Gott für alle Feiertage, an denen du spielen kannst?«

»Nein, da muss ich eher den Heiligen danken.« Er lachte laut und hell, und sein Lachen erinnerte Anne an eine Melodie, die sie einmal als Kind gehört hatte. Es klang so weich und schön, und als sie ihn ansah, musste sie einfach lächeln.

»Verrätst du mir, warum du den hier trägst?« Er beugte sich vor und griff nach dem roten Schal.

»Er ist schön, und der Stoff ist so kühl«, log sie.

»Ich glaube eher, dass du etwas verbergen willst.«

Anne sah ihn verblüfft an.

»Manchmal will man seine Trauer verbergen«, antwortete sie zweideutig.

Er nickte, aber sie sah, dass er nichts begriffen hatte. Vielleicht wollte er sie auch nur aufmuntern.

»So, jetzt müssen wir aber essen!«, rief er und streifte ihre Hand, als er nach dem Teller mit dem Braten griff. Er schnitt eine Scheibe Fleisch ab.

»Hier, iss!«

Er hielt ihr ein Stück Fleisch hin, als wäre sie ein Kind, das gefüttert werden muss. Doch als Anne sich vorbeugte, zog er ihr das Fleischstück unter der Nase weg. Sie lachte überrascht, und gleichzeitig durchströmte ein seltsam wonniges Gefühl ihren Körper. Er strahlte eine solche Gesundheit und Freude aus!

»Und nun iss!«, wiederholte er und hielt ihr das Fleischstück wieder hin.

Rasch nahm sie es, und er lachte vergnügt.

»Und jetzt noch ein bisschen Rheinwein.«

»Nein!« Anne drehte den Kopf weg. »Ich hab schon ziemlich viel getrunken.«

»Na komm, jetzt sei ein braves Mädchen!«, beharrte er und führte ihr mit der einen Hand den Becher zum Mund, während er mit der anderen ihre Hände festhielt. Sie spürte die Wärme seiner Haut und seine Hand auf ihrer.

»Solltest du nicht weiterspielen?«, fragte eine streitsüchtige Stimme hinter ihnen.

»Oh, wartest du auf mich?« Mattis stand auf, nahm seine Fiedel und küsste Anne flüchtig auf die Wange. »Ich bin gleich zurück.«

Mit der Geige unterm Kinn stellte er sich mit den anderen wieder an der Wand auf. Seine Augen leuchteten, während sein ganzer Körper im Rhythmus der Musik mitschwang. Anne genoss es, ihm zuzusehen. Er muss seine Musik wirklich lieben, dachte sie. Plötzlich blickte er zu ihr herüber und zwinkerte ihr zu. Sie merkte, wie sie errötete. Der Wein hatte sie gewärmt, und sie begann, die Lieder mitzusingen. Dass sie in Gefahr war, hatte sie mittlerweile völlig vergessen.

14. Kapitel

»Ich muss die ganze Zeit an die Mutter dieses Kindes denken.«

Die Stimme der Schwester klang schwermütig und nörgelig, und Linnea wünschte, sie hätte sie nicht gehört. Sie hatte eine Handarbeit auf den Knien, während eine laue Brise durchs Fenster hereinkam und die feuchte Wärme aus dem Zimmer trieb. Neben Linnea hatte sich eine Katze zusammengerollt und schnurrte, und unter dem Tisch liefen die Hühner herum und pickten die Essensreste auf. Es roch nach Rauch und Fischabfällen. Bis vor Kurzem noch war sie ganz ruhig und friedlicher Stimmung gewesen und hatte die Stille genossen, aber dann hatte ihre Schwester mit diesem einen Satz alles wieder zerstört.

»Ich muss die ganze Zeit an die Mutter dieses Kindes denken.«

Linnea zog heftig an einem Faden und blickte auf. Warum stellte Ingrid bloß diese Frage, nachdem sie doch endlich ihr ersehntes Kind bekommen hatte? Ihre jüngere Schwester war schwächlich und hatte in ihrem Leben nicht viel zustande gebracht, und Linnea dachte daran, was sie schon alles getan hatte, um ihr unter die Arme zu greifen.

Ingrid war bleich im Gesicht, ihr Blick war in die Ferne gerichtet, und ihre mageren Hände strichen dem Kind geistesabwesend über den Kopf, während sie es stillte. Mit ihrem ovalen Gesicht und der geraden Nase war ihre Schwester weder hässlich noch schön, aber mit ihrem dunklen, streng zurückgekämmten Haar sah sie aus wie eine Nonne. Sie war zwar verheiratet, aber wahrhaftig keine Schönheit, und ihr Mann hätte andere haben können. Sie musste dankbar sein für dieses kleine Mädchen. Linnea musste sich anstrengen, ruhig und gelassen zu bleiben.

»Ingrid, ich dachte, du freust dich über das Kind. Am Anfang sahst du so glücklich aus.«

»Aber es ist doch nicht meins!« Ingrid drückte das Mädchen an sich, als müsse sie es beschützen.

»Jetzt ist es aber deins!«

Linnea hatte einen so scharfen Ton angeschlagen, dass Ingrid zusammenzuckte. Ihre große Schwester hatte lange für die große Geschwisterschar gesorgt und immer über sie bestimmt. Obwohl ihre jüngeren Geschwister mittlerweile erwachsen und verheiratet waren und ihr Zuhause verlassen hatten, konnte sie diese Gewohnheit nicht ablegen. Vielleicht lag es daran, dass sie selbst nie eine Familie gehabt hatte, sondern den größten Teil ihres Lebens allein zugebracht hatte. Auch wenn sie es gut meinte, war es nicht immer leicht, ihre Fürsorge dankbar anzunehmen. Und nun auch noch diese Sache mit dem Kind! Natürlich sollte sie dankbar sein, aber Linnea hatte ihr immerhin das Kind einer anderen Frau gegeben. Das Kind einer *anderen* Frau! Ingrid musterte das niedliche kleine Mädchen, das in ihren Armen lag. Anfangs hatte sie gezögert, ob sie das Kind annehmen sollte, aber nach einigen Tagen war ihr klar geworden, dass sie es nie wieder hergeben wollte. Das wäre zu schmerzlich gewesen. Und trotzdem konnte sie sich nicht ungetrübt freuen.

»Ich weiß, dass es nicht dein Kind ist, Ingrid, aber du hast so geweint über dein Totgeborenes«, fuhr Linnea etwas sanfter fort. »Nichts auf der Welt würdest du dir so sehr wünschen wie ein Kind, sagtest du zu mir. Und dann fand ich dieses kleine Mädchen. Mach dir keine Sorgen! Die Einzige, die weiß, was mit deinem eigenen Kind geschehen ist, bin ich.«

»Aber …«

»Du hast es doch hoffentlich keinem erzählt!«

»Nein, nein!«

»Dann ist ja alles gut. Verstehst du denn nicht? Niemand wird etwas merken, alle werden glauben, dass es deine Tochter ist.«

Die Kleine saugte laut schmatzend an der Brust und wirkte so zufrieden, dass Ingrid lächeln musste.

»Ist sie nicht süß?« Linnea merkte, wie ihr ganz warm ums Herz wurde.

»Ja, sicher. Aber …«

»Du wärst bei deiner letzten Geburt beinahe gestorben. Du darfst wirklich keine neue Schwangerschaft mehr riskieren. Gott scheint nicht zu wollen, dass du eigene Kinder austrägst, also nimm doch dieses Geschenk an.«

»Du redest dich leicht.«

»Das Mädchen hat niemanden außer dir. Die Mutter, die sie ausgesetzt hat, wollte nicht zur Engelmacherin gehen und hat stattdessen darauf gehofft, dass sich jemand um das Kind kümmert. Verstehst du? Für all das hat Gott Sorge getragen.«

Ingrid schwieg und versuchte zu verarbeiten, was ihre Schwester gesagt hatte.

»Aber Magnus – was wird er dazu sagen?«

»Er wird überglücklich sein, weil er sich schon so lange gewünscht hat, Vater zu werden.«

»Aber das Kind ist doch gar nicht von ihm.«

»Das weiß er doch gar nicht. Und du hast sicher nicht vor, ihm seine Freude zu nehmen.«

Ingrid war seit fünf Jahren mit dem Stadtrat Magnus dem Spangenmacher verheiratet, und er hatte tatsächlich jedes Mal getrauert, wenn sie wieder ein Kind verloren hatte. Derzeit war er im Ausland unterwegs, und sie konnte ihn seit einiger Zeit nicht mehr erreichen. Linnea hatte recht, ihr Mann musste die Wahrheit nie erfahren. Wenn er hörte, dass sie das letzte Kind auch wieder verloren hatte, würde er sich vielleicht sogar nach einer anderen Frau umsehen.

Linnea spürte die Stille.

»Ingrid, alles wird gut werden, glaub mir!«

Sie streckte den Arm aus und streichelte der Schwester die Hand, lehnte sich zurück und griff wieder nach der Nadel. Sie nähte gerade eine silbern bestickte Borte an eines von Ingrids Kleidern. Bald würde ein großes Fest auf dem Schloss stattfinden, und da musste sie etwas Hübsches zum Anziehen haben. Linnea betrachtete das Kind, das schon ein ganzes Stück gewachsen war und gesund aussah. Dass die Kleine um ein Haar gestorben war, war ihr nicht mehr anzusehen, aber Ingrid hatte ja auch reichlich Milch gehabt, und das Kind hatte vom ersten Tag an mit gutem Appetit getrunken.

»Willst du sie nicht bald taufen lassen?«

»Ich will noch auf Magnus warten, dann sehen wir weiter.«

»Was hieltest du davon, wenn …«

Die Kleine begann zu schreien, und Ingrid nahm sie von der Brust, pustete ihr in die daunenweichen Nackenhaare und wiegte sie sanft hin und her. Sie spürte die zarte, warme Haut des Mädchens und küsste das Grübchen auf dem winzigen Kinn.

»Linnea, verzeih mir meine Zweifel, du hast mir das denkbar schönste Geschenk gemacht«, flüsterte sie, und in ihren Augen glänzten Tränen.

Linnea legte die Stickerei aus der Hand, trat zu ihrer Schwester und streichelte ihr die Wange. Die Entscheidung, das Kind mitzunehmen, war ihr auch nicht leichtgefallen, aber sie erkannte, dass sie recht gehandelt hatte. Dieses Kind würde ein gutes Leben führen und nicht bei einer armen jungen Frau verwahrlosen oder der Hand des Herrn überlassen bleiben. Linnea lächelte in sich hinein. Nicht nur ihre kleine Schwester hatte einen neuen Lebensinhalt erhalten, nein, auch sie selbst.

15. Kapitel

Anne lehnte sich zurück und genoss die Musik, während sie beobachtete, wie Mattis geübt den Bogen führte und zwischen den Refrains lustige kleine Tanzschritte vollführte. Er hat einen schönen Körper, dachte sie, auch wenn er nicht besonders männlich ist. Er war zwar nur ein einfacher

Gaukler, aber sie wünschte, er käme zurück und nähme wieder neben ihr Platz. Als sie sich bei diesen Gedanken ertappte, errötete sie freilich.

»Komm, wir tanzen!«

Bevor sie recht wusste, wie ihr geschah, stand er plötzlich mit ausgestreckter Hand vor ihr, und ringsum erhoben sich alle Gäste und fassten sich fröhlich bei den Händen. Die Musikanten begannen zu spielen, und er nahm ihre Hand.

»Komm mit!«

Mattis führte den Tanz an, sang zur Musik und lief im Zickzack zwischen den Bänken hindurch, wobei er die anderen in einer langen Kette hinter sich herzog. Ab und zu drückte er ihr die Hand, und wenn sie ihn ansah, zwinkerte er ihr zu. Ein schmerzliches Ziehen lief durch ihren Körper, und sie senkte verwirrt die Augen. Was war mit ihr?

Sie tanzten in großen Kreisen, drehten sich, stampften mit den Füßen auf, während sie lauthals weitersangen. Zum Schluss waren alle so atemlos, dass sie sich auf den Tischen abstützen mussten. Da entstand auf einmal Unruhe unter den Gästen, die Musik verstummte, und die Tänzer zogen sich hastig auf ihre Plätze zurück. Anne hörte wütendes Hämmern an der Tür, sah, wie sie aufgestoßen wurde und ein ganzer Trupp grölender Deutscher in die Gaststube polterte. Die grün gekleideten Männer trugen Harnisch und Gugeln – Kapuzen, die auch die Schultern bedeckten – und an den Gürteln führten sie Dolche und Schwerter mit sich. Die Vitalienbrüder. Anne keuchte auf. Plötzlich hatte sie Angst und erinnerte sich an die Worte des Kaplans, dass die Vitalianer die Schweden verfolgten.

Der größte von ihnen stellte sich oben auf die Steintreppe, nahm den Hut ab und blickte in den Saal. Das schmutzig gelbe Haar hing ihm strähnig ins Gesicht, seine Wangen wirkten aufgedunsen, die Nase war gerötet. Die Augenbrauen sträubten sich wie struppige Getreidegarben.

»Na, ihr verfluchten Bauerntölpel!«, brüllte er und musterte herablassend die Reihen der Gäste. »Schweden sehe ich da, nichts als Schweden. Was treibt ihr denn hier, ihr dummes Pack?«

Niemand antwortete, stattdessen tauschten alle besorgte Blicke. Im Hintergrund stand Valborg auf und steuerte rasch auf ein Weinfass zu. Drohend trampelte der Mann die Stufen herab.

»Ach, da will wohl keiner antworten. Aber macht nichts, ich weiß auch so Bescheid. Ihr habt Musik gespielt, schwedische Musik. Schluss damit! Deutsche Musik sollt ihr spielen. Habt ihr verstanden? Los, spielt!« Er zog das Schwert aus der Scheide und hob es über den Kopf, damit es alle sehen konnten. »Und seht zu, dass ihr schön mitsingt, solange ihr noch einen Kopf auf den Schultern habt!«

Er lachte dröhnend über seinen eigenen Witz, und seine Kameraden stimmten mit ein.

»Bitte, Mattis«, flüsterte Anne und warf dem Spielmann einen flehenden Blick zu, »spiel für sie!«

Dieser griff sofort zu seiner Fiedel und sprang auf eine Bank. Dann stimmte er ein Preislied auf König Albrecht an, und die anderen Musikanten fielen mit ein. Die Vitalienbrüder setzten sich, griffen nach den Krügen und schütteten den Wein in sich hinein wie frisches Quellwasser. Der Älteste schmatzte zufrieden und hielt den leeren Becher fordernd in die Höhe. Valborg beeilte sich, ihm nachzuschenken. Anne beobachtete die betrunkenen, grölenden Männer und Valborgs Versuche, sie zu beschwichtigen. Sie bediente sie, scherzte und lächelte und übte eine beruhigende Wirkung auf sie aus. Anne begriff nicht, wie sie das schaffte.

Mattis wiederum blieb auf der Bank stehen und gab eine deutsche Ballade nach der anderen zum Besten, während die Musikanten spielten und die Gäste mitsangen. Anne lächelte erleichtert. Die allgemeine Besorgnis hatte sich wieder gelegt.

Als man eine Weile gesungen hatte, wurden die Vitalianer müde und machten sich zum Gehen bereit. Sie hatten sich Respekt verschafft, etliche kostenlose Becher Wein getrunken, und die Schweden hatten schön nach ihrer Pfeife getanzt. Nun hatte man noch andere Wirtshäuser zu besuchen. Auf dem Weg die Treppe hinauf blickte einer der Männer mit seinem verschwitzten, schmutzigen Gesicht auf Valborg herab und lallte: »Und nicht vergessen: nur deutsche Musik. Sonst schlagen wir deinen Weinkeller kurz und klein.«

Er glotzte sie aus glasigen Augen an und packte sie grob an der Schulter. Schließlich ließ er sie wieder los und schob ihr die

Hände stattdessen in den Ausschnitt. Anne sah, wie Valborg erstarrte.

»Natürlich. Nur deutsche Musik«, hörte sie sie sagen.

»Gut. Und vergiss nicht – bald kommen wir wieder vorbei!«

Valborg wich vor dem üblen Mundgeruch des Kerls zurück, drehte den Kopf zur Seite, ging ihm voraus zur Tür und öffnete sie.

»Ihr seid mir jederzeit willkommen!«

Der Mann gab ihr einen Kuss und marschierte mit seinen Kameraden hinaus, begleitet vom lauten Klirren von Harnischen und Metall. Erst als der Lärm verklungen war, entspannte sich Valborg und setzte sich.

»Was für Schweine!«

»Ja, ich hab richtig Angst bekommen, dass etwas Schlimmeres passieren könnte«, sagte Anne.

»Schweine!«, pflichtete Mattis ihnen bei und sprang geschmeidig von der Bank. »Deutsche Landstreicher und ausgemusterte Soldaten, von denen nicht einmal König Albrecht etwas wissen will. Mit denen ist nicht zu spaßen.«

»Welch ein Glück, dass du ihnen gute Laune machen konntest, Mattis! Im ersten Moment sah es bedrohlich aus.«

»Ach, lasst uns von etwas anderem reden!«, rief er und setzte sich neben Anne. »Du sitzt viel zu weit weg von mir.«

Bevor sie antworten konnte, hatte er sie schon an sich gezogen. Dann fasste er ihr lächelnd unters Kinn und gab ihr einen leichten Kuss auf die Wange.

»Nun, wie steht es denn mit dem Essen hier?« Spielerisch ergriff er ihr Messer und spießte ein Stückchen Lammfleisch damit auf. »Komm, iss!«

Wieder lehnte sie sich vor, um das Fleisch vom Messer zu nehmen. Als sie aber den Mund öffnete, zog er das Messer rasch weg und küsste sie auf den Mund. Anne hörte das Gelächter ringsum und spürte, dass sie puterrot wurde. Im gleichen Augenblick stand Valborg auf und zischte ihr ins Ohr: »Nimm dich in Acht vor den Gauklerjungen!« Sie drohte ihr mit dem Finger, als wiese sie ein kleines Kind zurecht, und verschwand.

Gauklerjunge? Was glaubte Valborg eigentlich? Anne lächelte

beschämt, und ihre Wangen glühten. Irgendwie fühlte sie sich aber doch ertappt. Sicher, sie hatte eine gewisse Zuneigung zu diesem Spielmann gefasst, doch sie hatte nicht vor, sich von ihm verführen zu lassen. Außerdem war es schon ziemlich spät geworden, und es wurde höchste Zeit, sich ein Nachtquartier zu suchen.

»Ich muss weiterspielen«, erklärte Mattis plötzlich, beugte sich vor und gab ihr noch einen Kuss. »Entschuldige, dass ich dich hier so sitzen lasse. Aber bitte bleib hier, versprich mir das!«

»Ich weiß nicht, ich …«

Ohne ihre Antwort abzuwarten, stand er auf und eilte zu den anderen. Sie stimmten eine Ballade an, und die Gäste am Tisch griffen die Melodie auf und sangen mit. Verwirrt blickte Anne dem Spielmann nach. Er hatte sie berührt wie einer, der mehr wollte, und sie fand, dass zwischen ihnen urplötzlich ein irgendwie erwartungsvolles Gefühl entstanden war. Aber konnte sie dieses Gefühl gutheißen? Sie straffte sich, stand auf und ging zu Valborg.

»Danke, dass du mich mit hierher genommen hast, aber jetzt muss ich mir ein Nachtquartier suchen.« Sie wagte nicht, noch länger zu bleiben, gleichzeitig hoffte sie aber, Mattis würde aufhören zu spielen, damit sie sich von ihm verabschieden konnte. Wenn sie jetzt nicht ginge, könnte sie sich gar nicht mehr losreißen, und bald wäre es zu spät, um noch durch die Gassen zu laufen.

»Nachtquartier?« Valborg schüttelte energisch den Kopf, kramte in dem Beutel, der an ihrem Gürtel befestigt war, und zog einen Schlüssel hervor. »Kommt gar nicht infrage, du schläfst hier! Die Stadttore schließen bald, und danach sollte keine Frau mehr vors Haus gehen. Glaub nicht, dass ich dich zu den Vitalienbrüdern hinauslasse.«

»Aber …«

»Siehst du diese Treppe dort hinten? Die führt ins Obergeschoss, dort gibt es drei Zimmer. Du kannst das ganz rechts nehmen, das früher mein Mann hatte.«

Anne dachte an den Vorfall mit den Vitalianern und war erleichtert, dass sie nun doch nicht mehr hinausmusste.

»Danke, das ist nett von dir.«

»Los, geh schon, solange du noch allein gehen kannst!« Valborg klopfte Anne freundschaftlich auf die Schulter, drehte sich um und kehrte zu ihren Gästen zurück. Anne lächelte, setzte sich wieder auf die Bank und sah sich schläfrig in der Gaststube um. Sie wartete auf Mattis, aber als er sich Zeit ließ und nicht die leisesten Anstalten machte, seine Fiedel aus der Hand zu legen, gab sie schließlich auf. Er hat mich wohl schon wieder vergessen, dachte sie enttäuscht.

Als sie aufstand, drehte sich alles um sie, und sie wusste, dass sie zu viel getrunken hatte. Schwankend bewegte sie sich auf die Treppe zu und stieg mühsam nach oben. Dort blieb sie vor einer breiten Tür mit schweren Scharnieren stehen. Als sie den Schlüssel ins Schloss zu stecken versuchte, hörte sie plötzlich jemanden näher kommen. Sie fuhr herum, trat einen Schritt zur Seite und riss die glasigen Augen auf.

»Mattis! Was suchst du denn hier?« Anne ließ den Schlüssel fallen und bückte sich ungeschickt, um ihn wieder aufzuheben. Er war ihr jedoch schon zuvorgekommen.

»Hier«, sagte er und reichte ihr den Schlüssel. Sein Gesicht war verschwitzt, und das widerspenstige dunkle Haar stand ihm in allen Richtungen vom Kopf ab.

»Bitte, geh jetzt, ich muss mich schlafen legen.« Anne wollte sich umdrehen, da hielt er sie zurück.

»Ich denke gar nicht daran wegzugehen. Was glaubst du, warum ich hier heraufgekommen bin? Ich wollte doch zu dir.«

Jens der Bootsbauer spuckte in den Rinnstein und schlenderte zum Fisketorget hinunter. Am Kai blieb er stehen und spähte übers Wasser, um zu sehen, ob da irgendein Boot lag, das er wiedererkannte. Langsam ging er den Kai entlang, aber er entdeckte nichts. Ihm sank der Mut. Es war noch zu früh, um ins Bett zu fallen, aber er hatte auch keine Lust, nur planlos herumzuwandern. Er trat gegen einen Stein und beschloss, in die Stadt zurückzukehren. Seinen Becher Rheinwein wollte er doch zumindest getrunken haben, bevor er für heute Abend die Suche aufgab.

Er ging weiter und sah sich nach einem Wirtshaus um. Irgendwo bellte ein verlassener Hund, und ein paar Seemänner taumelten durch die Gasse, ansonsten waren die Straßen leer. Nach einer Weile gelangte er an eine kleine Nebengasse, in der er an einer Mauer eine Stange mit einem Kranz entdeckte. Ein Weinkeller, dem Himmel sei Dank! Er blieb stehen und überlegte, ob er in diesem Haus einkehren sollte oder lieber im Ratskeller, entschied sich aber, gleich hierzubleiben. Er zog seinen Mantel zurecht, fuhr sich mit den Fingern durchs Haar und steuerte entschlossenen Schritts auf den Weinkeller zu. Dort legte er ein Ohr an die Tür und horchte. Von drinnen waren Gelächter und Musik zu hören, und mit neu erwachten Lebensgeistern hämmerte er an die Tür. Er wartete ein Weilchen, aber keiner machte ihm auf.

Er wollte die Tür öffnen – abgeschlossen. Doch er hatte nicht vor, sich geschlagen zu geben. Nicht bevor er seinen Wein gekriegt hatte! Er hämmerte nochmals gegen die Tür, und als eine halbe Ewigkeit vergangen war, wurde aufgemacht. Das Licht flutete aus der Kellerstube auf die Gasse, und er versuchte sich an der kräftigen Frau vorbeizudrängen, die dort stand.

»Nein, warte, hier findet eine private Feier statt!« Valborg blieb breitbeinig in der Türöffnung stehen und betrachtete misstrauisch den rotgesichtigen Mann, der da vor ihr stand.

»Kannst du mich nicht reinlassen?« Die heisere Stimme hatte einen flehenden Klang.

»Nein …«

»Nur einen kleinen Becher Rheinwein!«

Das runde Gesicht des Mannes glänzte, und die Augen unter den buschigen Augenbrauen waren glasig und rot geädert wie bei einem Fieberkranken. Er zupfte sich am Bart und versuchte ein Lächeln. Valborg verzog keine Miene.

Da blies Jens sich auf und schlug plötzlich einen scharfen Ton an. »Du kannst es dir aussuchen. Einen Becher Rheinwein, oder ich mache dir so richtig Ärger.«

Dazu legte er die Hand auf sein Schwert, damit sie sah, wie ernst es ihm war.

»Lass gut sein, lass gut sein! Warte hier!«

Valborg stieg in den Keller hinunter, lief ins Weinlager und goss einen Krug voll. Die beste Art, ihn loszuwerden, besteht darin, ihm ein Kännchen zu geben, dachte sie. Seine Drohung hatte sie verunsichert, ein betrunkener Mann, allein unterwegs, der sich in ihr Fest drängen wollte, lange nachdem die Nachtwächter schon ihr Signal geblasen hatten. Meistens waren solche späten Gäste in Gruppen unterwegs, nicht allein wie dieser. Er konnte gefährlich sein, ein Verrückter oder aber ein verkleideter Vitalienbruder. Das konnte sie schlecht einschätzen, daher war es am besten, wenn sie sich gut mit ihm stellte.

Sie verließ das Gewölbe mit den Weinfässern, ging am Tisch mit den lärmenden Gästen vorbei und trat wieder an die Tür. Dort stellte sie fest, dass der Mann die Schwelle schon überschritten hatte und gerade die Treppe hinuntersteigen wollte. Er blickte zum Obergeschoss hinauf.

»Hast du ein Bett für mich?«

Mattis hatte sich vor die Tür gestellt und ließ Anne nicht vorbei. Er blieb eine Weile so stehen, und sie spürte, wie sich die Spannung zwischen ihnen steigerte. Neckisch ließ er den Schlüssel vor ihrer Nase baumeln.

»Du solltest doch auf mich warten, oder?«

»Ja, aber du hast so lange gebraucht.« Sie entriss ihm den Schlüssel und versuchte sich an ihm vorbeizuschlängeln, aber er packte sie an der Hand.

»Jetzt setzen wir uns erst einmal hin«, verkündete er und führte sie zur Treppe zurück. Sie stemmte sich dagegen, aber als er ihr den Arm um die Schultern legte und sein strahlendes, gewinnendes Lächeln aufsetzte, gab sie nach. Hier oben konnte ja nichts passieren, also entspannte sie sich wieder.

»Ich weiß schon, du fragst dich, was ich für einer bin«, sagte er. »Über Gaukler sind schließlich allerlei Gerüchte im Umlauf.«

»Bei herumziehenden Spielmännern fragt man sich immer allerlei.«

»Ja, genau, solche Leute, die von Stadt zu Stadt ziehen und von einer Umarmung in die nächste. Aber ich sitze hier, weil ich dich wirklich mag.«

»Bitte, Mattis …«, sagte sie und stand auf.

»Ich will doch nur mit dir reden.«

»Entschuldige.« Annes Ton wurde weicher.

»Aber wir müssen auch nicht reden«, fuhr er fort und legte ihr den Arm um die Taille. Anne wich zurück, hatte aber nicht genug Kraft, um seinen Arm wegzuschieben.

»Ich mag deine schönen Augen und das Grübchen, das du da am Kinn hast«, sagte er, und sie spürte seine Lippen auf der Haut. Seine Hände waren so weich. »Kannst du denn diesen roten Schal nicht abnehmen?«

»Nein. Nein.« Auf einmal bekam sie Angst.

»Lass sehen, was verbirgst du da?«

»Nichts, gar nichts.«

»Ach so, du bist also eine ehrbare Frau. Hast du Angst, ich könnte dich auf den Hals küssen?«

Ohne sich um ihre Proteste zu scheren, zog er den Schal weg und fuhr mit den Fingerspitzen über die roten Narbenstreifen, doch er sagte nichts. Seine Hand berührte ihre Wange und glitt weiter nach oben bis zu ihrem Haaransatz. Seine Küsse waren leicht und zärtlich. Zwar überkam sie ganz kurz der Gedanke, sie müsse ihn zurückhalten, aber sie vermochte nicht mehr zu handeln.

»Diesen Schal mag ich nicht«, erklärte er und legte ihn auf ihren Knien ab. Seine Hand ließ er darauf liegen, sodass sie seine Wärme durch den Stoff hindurch spürte. Sie schob ihn beiseite, aber er lachte nur, und gleich war die Hand wieder da, wo sie gewesen war. Anne zögerte. Sie merkte, wie ihr die Lust durch den ganzen Körper strömte. Er wollte mehr, und sie musste Widerstand leisten, aber dennoch ließ sie seine Hand liegen und genoss die Berührung. Sie war verlassen und ausgestoßen in einer harten und gefährlichen Welt, und da traf sie diesen Spielmann, der sie in so heitere Stimmung versetzte. Seine Unbekümmertheit brachte sie zum Lächeln, seine Berührung ließ die dunklen Schatten weichen. Wahrscheinlich mochte sie ihn deshalb so gern. Sie warf einen Blick die Treppe hinunter und sah, dass das Talglicht in der Ecke erloschen war. Zwar hörte sie noch Gelächter und Stimmengewirr, aber von hier aus war niemand zu sehen.

»Du bist so hübsch«, murmelte er und blies ihr leicht ins Haar. Behutsam berührte er ihre Haut und ließ seine Hand in sanft kreisenden Bewegungen langsam nach unten wandern. Anne verspürte ein himmlisches Gefühl von Nähe und zitterte am ganzen Körper. Sie wunderte sich, dass er sie so schwach machen konnte. Vorsichtig schob er ihr die Hände unter die Bluse.

»Aber Mattis, ich kenne dich doch gar nicht!«, stotterte sie und versuchte ihn lachend abzuwehren.

»Aber bald!«

Er zog sie an sich, nahm ihr Gesicht zwischen die Hände und küsste sie. Diesmal ließ er sie nicht mehr los, und sie spürte, wie seine Küsse immer tiefer und fordernder wurden.

Sie stand am Rand eines Abgrunds – noch ein Blick, noch eine Umarmung, und sie konnte keinen Widerstand mehr leisten. Nach all den schrecklichen Schicksalsschlägen, die ihr widerfahren waren, würde sie keine weitere Enttäuschung verkraften. Vielleicht wollte er sich nur mit ihr vergnügen, wie mit vielen anderen Frauen vor ihr. Zu Hause in Lübeck hätte sie sich niemals mit einem Spielmann eingelassen. Wenn Claus gewusst hätte, dass sie den ganzen Abend in einer Kneipe saß und sich von einem einfachen Gaukler verführen ließ! Diese Gedanken störten sie, und plötzlich stand sie brüsk auf und stieß ihn von sich. Er streckte noch die Hände aus, um sie wieder an sich zu ziehen, aber sie wich ihm aus und floh.

Valborg merkte, dass sie langsam, aber sicher die Geduld verlor. Der Fremde weigerte sich, wieder seines Wegs zu ziehen.

»Nein, du kannst hier nicht schlafen. Im Obergeschoss ist alles belegt, wie oft soll ich dir das denn noch sagen?«

Gereizt musterte sie den ungebetenen Gast, der einfach so in ihren Weinkeller hineingestolpert war, als sie ihm den Rücken zukehrte. Sie trat einen Schritt auf ihn zu. Seine Hände waren grob, seine Stiefel verdreckt, und der Mantel wirkte zerschlissen. Er roch nass und muffig. Ein bisschen wie ranzige Butter, fand sie.

»Hier hast du deinen Wein. Das macht zwei Örtug, bitte sehr«, sagte sie und reichte ihm den Krug, während sie ihm gleichzeitig den Weg verstellte.

»Nur ein Bett für die Nacht, das kannst du doch sicher einrichten!«

»Leider nicht. Zwei Örtug, sagte ich.«

Zwei Örtug waren ein erklecklicher Betrag, aber sie rundete lieber ein bisschen auf, um ihn umso schneller loszuwerden. Der Mann glotzte sie an, fingerte ungeschickt in seinem Geldbeutel herum und zog schließlich die Münzen heraus.

»Danke!« Valborg nahm das Geld rasch an sich. Dann schob sie ihn vor sich her zur Tür.

»Ich komme mit meinen Freunden wieder!«, drohte er.

»Jaja, mach nur«, wiegelte Valborg ab und bugsierte ihn hinaus. »Pass auf deinen Krug auf, hörst du?«

Der Mann taumelte, und es gelang ihr schließlich, die Tür hinter ihm ins Schloss zu werfen.

Rasch legte sie den Riegel vor und merkte, dass der Kerl ein ungutes Gefühl in ihr hinterlassen hatte. Als wäre er eigentlich in einer ganz anderen Angelegenheit gekommen – als hätte er nach etwas gesucht.

16. Kapitel

Das Morgenlicht sickerte durchs Fenster und fiel auf die Dachschräge. Anne setzte sich auf und blinzelte verwirrt. Ihr Kopf fühlte sich an wie ein Holzklotz, den jemand mit einer stumpfen Axt bearbeitete.

»O Gott!«, stöhnte sie leise, fasste sich an die Stirn und schwankte zur Waschschüssel. Das Wasser in der Kanne war kalt und frisch, und als sie die Schüssel vollgegossen hatte, tauchte sie gleich den ganzen Kopf hinein.

Nach und nach fielen ihr die Geschehnisse des Vortags wieder ein. Mattis, der viele Wein, Valborg, die sie vor Gauklerjungen gewarnt hatte. Sie straffte den Rücken und wrang sich gedankenverloren das Wasser aus den Haaren. Viel hätte nicht gefehlt, dann hätte sie sich Mattis hingegeben, aber Gott sei Dank hatte sie noch genügend Stärke besessen, ihn von sich zu stoßen. Sie schüttelte die Haare aus und trocknete sie geistesabwesend mit einem Handtuch. Mattis hatte ein Verlangen in ihr geweckt, wie sie es noch nie zuvor verspürt hatte.

Das kühle Wasser rann ihr übers Gesicht, und sie wischte es mit dem Nachthemd ab. Dann fuhr sie sich mit den Fingern durch das rot glänzende lange Haar und dachte sich, dass sie es vielleicht lieber hochstecken sollte. Wenn sie es offen trug, sah man die Narbe weniger, aber dann konnte man sie andererseits für ein junges Mädchen oder auch für eine Hure halten, und das, nachdem sie doch verheiratet gewesen war, eine ehrbare Frau!

Ihre Schläfen pochten, als sie vorsichtig die Treppe hinunterstieg. Verwundert riss sie die Augen auf. Wo abends zuvor noch Tische und Bänke gestanden und überall umgekippte Becher gelegen hatten, war alles wieder sauber und aufgeräumt.

Valborg stand über einen Korb mit Brot gebeugt, richtete sich aber auf, als sie Anne kommen hörte.

»Immerhin hast du dich nicht übergeben«, begrüßte sie Anne.

»Dazu war ich wohl zu müde.«

»Du weißt sicher, dass jemand, der zu viel trinkt und sich erbrechen muss, eine Strafe zahlen muss. Ein halbes Pfund Wachs und ein halbes Fass Bier. So ist das hier in Stockholm.«

»Ich habe nicht vor, Bußgelder zu zahlen«, antwortete Anne und setzte sich.

»Nun ja, immerhin hast du gestern Nacht deine Ehre gerettet! Ich hatte schon Angst, dass du ein kleines Gauklerkind machen würdest, aber dann hast du dir Mattis doch noch vom Leib gehalten. Er ist schon ein prächtiger Kerl. Manchmal wirkt er ein bisschen schüchtern, aber er ist ein Weiberheld, also nimm dich lieber in Acht vor ihm. Denk dran, Spielmänner sind wie Matrosen. Die fangen in jedem Hafen, in dem sie an Land gehen, ein Techtelmechtel an.«

Anne fühlte sich plötzlich ganz nackt unter Valborgs Blicken. »Aber ich mag ihn.«

»Jaja, ich weiß schon, wer mag ihn nicht? Aber er hat bestimmt schon viele Frauen unglücklich gemacht, bei dem musst du vorsichtig sein. Hier in Stockholm melken die Bürgersfrauen ihre Dienstmägde.«

»Melken ihre Dienstmägde? Wie meinst du das?«

»Die Bürgersfrauen in Stockholm fassen den unverheirateten Mädchen an die Brüste.«

»Das kann doch nicht wahr sein!«

»Doch. Das tun sie, um zu überprüfen, ob Milch kommt. Sie wollen herausfinden, ob die Mädchen im Verborgenen ein Kind zur Welt gebracht haben. Die armen unverheirateten Mädchen, die erwischt werden, bekommen schwere Steine um den Hals gehängt und müssen damit dreimal rund um die Stadt laufen. Die Leute spucken sie an und verhöhnen sie, und dann werden sie aus Stockholm vertrieben.«

Anne wurde ganz blass bei dem Gedanken, dass sie selbst Milch in der Brust gehabt hatte. Mittlerweile war sie Gott sei Dank versiegt. Glücklicherweise hatte sie nicht gewusst, wie die Bürgersfrauen solche armen Mädchen quälten. Wie erniedrigend! Anne stieg die Hitze in die Wangen, und sie knetete zornig die Hände.

»Und die Männer? Melken sie die auch?«

Valborg brach in schallendes Gelächter aus, aber dann wurde sie gleich wieder ernst.

»Denen passiert nichts, es sei denn, sie hatten etwas mit einer verheirateten Frau und jemand hat sie beobachtet. Aber in solchen Fällen sind ja plötzlich alle blind und taub.«

»Aber wie soll das Mädchen, das das Kind bekommen hat, denn überleben?«

»Glaubst du, der Rat und die Kirche scheren sich darum? Nein, die Mädchen, die uneheliche Kinder erwarten, ertränken sich meistens. Oder sie verhungern – es sei denn, sie werden einfach Huren. In der heidnischen Zeit war das anders. Da kümmerte man sich auch um seine unehelichen Kinder, und niemand wurde für so etwas verfolgt. Das alles hat erst diese römische Kirche hier eingeführt. Du solltest mal hören, was alles für Regeln und Verordnungen vom Erker des Rathauses verkündet werden. Die Stadträte geben auf dem Stortorget lauthals ihre Verordnungen bekannt, und wir gehorchen brav. Ganz schön verrückt eigentlich.«

Anne schluckte und dachte daran, dass sie sich um ein Haar von Mattis hätte verführen lassen. Es hatte ihr gefallen, so dicht neben ihm zu sitzen und seine Liebkosungen zu spüren. Hatte er es ernst gemeint, oder war er nur ein schlichter Weiberheld, wie Valborg behauptete? Aber es hatte sich doch so angefühlt, als ... ja, als ob er sie wirklich gernhätte!

»Valborg, bist du sicher, dass das Gerede über Mattis stimmt?« Anne konnte sich die Frage nicht verkneifen.

»Tratsch ist Tratsch, aber man weiß doch, wie es diese Spielmänner so treiben. Was glaubst du, warum er Gaukler geworden ist und nicht Maurer, Schmied oder ein ehrenwerter Handwerksmeister? Nein, schlag ihn dir aus dem Kopf!«

»Du redest dich leicht«, murmelte Anne.

»Ich hab dich schon gehört«, sagte Valborg lächelnd. »Ich

verstehe ja, dass dir das nicht leichtfällt, aber du musst es versuchen. Nun komm, jetzt vergessen wir diesen Gaukler. Was hältst du von einem Napf Haferbrei mit Ziegenmilch? Ich habe auch Fruchtmus dazu.«

Sie füllte zwei Portionen Haferbrei aus einem Topf ab.

»Ich leiste dir Gesellschaft. Jetzt erzähl mir von Mattis!« Sie trug die Schüsseln an den Tisch und setzte sich neben Anne. Durch die kleinen Fenster, die auf die Straße hinausgingen, schien die Sonne auf den gestampften Lehmboden und schickte Federn aus Licht über den Tisch. Valborgs Gesicht geriet in den Lichtkegel, als sie sich vorbeugte.

»Los, Anne, heraus damit!«

»Erst soll ich mich nicht mehr um ihn kümmern, und dann willst du alles hören.« Anne nahm einen Löffel voll Haferbrei.

»Natürlich. Aber ich könnte es mir nie verzeihen, wenn ich dich nicht gewarnt hätte. Also, jetzt erzähl!«

Anne errötete und blickte auf ihren Teller.

»O nein! Allmählich glaube ich, du bist schon verloren.«

»Oh, ich weiß schon, was ich tue.«

»Ich hab es doch gleich geahnt – er hat dich also bereits ganz irre gemacht!«

»Ganz irre gemacht? Glaubst du wirklich, dass eine Kaufmannswitwe auf einen einfachen Spielmann hereinfällt?«, entfuhr es Anne.

Valborg blickte auf.

»Kaufmannswitwe? Als ob das etwas zu bedeuten hätte. Nein, Mattis blendet sie alle. Halt ihn schön auf Abstand, dann kannst du ihn so oft treffen, wie du willst. Das ist besser so, und dann kann ich es auch wagen, ihn hier wohnen zu lassen.«

»Was willst du damit sagen?«

Valborg machte eine Kopfbewegung zum Obergeschoss.

»Hat er ein Zimmer von dir gemietet?«

»Ja, ab und zu tut er das.«

»Lass ihn ruhig hier wohnen. Ich kann ihm widerstehen«, behauptete Anne und tat, als mache ihr das alles gar nichts aus. Aber sie merkte, wie schwer es ihr fiel, überzeugend zu klingen. »Aber hast du nicht auch gesehen, wie gut er mit den Deutschen zurechtgekommen ist?«

»Diese Vitalienbrüder, ja. Gott sei Dank hat er es rasch kapiert. Es gibt Wirte, denen schon die Gaststuben kurz und klein geschlagen wurden.«

»Aber gibt es denn niemanden, der sie dafür bestraft?«

Valborg legte den Löffel beiseite und sah Anne ernst an. »Nein, das traut sich keiner. Das macht mir auch solche Angst. Ich glaube, die haben oben im Schloss schon einige Leute gekauft.«

»Wie meinst du das?«

»Da braut sich was zusammen. Seit Königin Margareta König Albrecht besiegt hat, sind die Deutschen unruhig geworden. Die Vitalienbrüder schikanieren uns Schweden, und niemand gebietet ihnen Einhalt. Wir haben dreißig deutsche und schwedische Stadträte, die diese Stadt regieren sollen, aber die Schweden werden verfolgt, und man weiß nicht mehr, wem man noch vertrauen kann. Ich versuche, zu allen gleich freundlich zu sein.«

»Du warst gestern einfach großartig.«

»Es blieb mir gar nichts anderes übrig. Aber Gott weiß, wie lange sich diese Vitalianer noch mit ein paar Bechern Wein beschwichtigen lassen.«

Ein leichter Luftzug wehte durch den Raum, und Anne blickte auf. Eine Katze hatte sich durch die Tür in die Gaststube geschlichen und sprang jetzt miauend auf die Bank. Anne streichelte ihr schweigend und nachdenklich den Rücken, aber plötzlich hielt sie befremdet inne. Das musste ein schlechtes Omen sein, ein böses Vorzeichen: Die Katze war pechschwarz.

17. Kapitel

Es hatte angefangen zu regnen, und die Gassen glänzten nass. Die Abfälle der letzten Nacht hatten sich auf dem Pflaster gesammelt, und obwohl es schon helllichter Tag war, hatte sie noch niemand weggeschafft. Möwen kreisten über dem Unrat, und ein Hund wühlte in den Abfällen.

Anne hielt sich einen Zipfel ihres Schals über den Mund und eilte vorbei. Gleichzeitig raffte sie mit der anderen Hand ihren Rock ein wenig hoch, damit er nicht nass wurde, und ging die

Svartmannagatan zum Korntorget hinunter, wo die deutschen Kaufleute ansässig waren. In einem der Häuser musste sie Alf Gerhardt finden, Claus' Kompagnon. Claus hatte erzählt, sein Haus stehe ziemlich nahe am Wasser, nicht weit vom Kai, an dem die Koggen lagen.

Als sie ankam, sah sie mehrere hohe Ziegelbauten. Ein Stück weiter begann bereits das Wasser. Sie ging weiter und lenkte ihre Schritte zu einem hohen Haus mit Treppengiebeln und kleinen Fenstern. Sie fragte einige Leute auf der Straße und erfuhr zu guter Letzt, dass Alf Gerhardt in einem jener hohen Häuser arbeitete, die unmittelbar am Marktplatz standen. Dort musste sie ihn finden.

Sie atmete tief durch und glättete ihren Rock. Was sollte sie sagen? Sollte sie ihn bitten, sie als Handelspartnerin zu akzeptieren, obwohl sie auf keinerlei kaufmännische Erfahrung zurückblicken konnte? Oder sollte sie ihn einfach nur um Geld bitten?

Anne blickte zur Anlegestelle der Koggen hinüber und auf die Straße, die vom Hafen hierherauf führte. Zwei Jungen mit Angelruten schleppten einen Eimer mit einem großen Hecht an ihr vorbei. Ab und zu stießen sie den Fisch mit dem Finger an und lachten. Sie musste an den Schiffsjungen denken, der noch ein langes Leben vor sich gehabt hätte. Sie hatte überlebt, aber wie sehr hatte sich ihr Leben verändert!

Vor der Abreise aus Lübeck hatte sie geträumt, dass Claus und sie viele Kinder bekommen und bald eine der reichen Kaufmannsfamilien in Stockholm mit guten Verbindungen in den Stadtrat sein würden. In ihrer neuen Heimatstadt würden sie regen Handel treiben, viel Geld verdienen und sich alles leisten können, was sie sich schon immer erträumt hatte: ein großes Steinhaus, Kleider, Hausrat. Jetzt musste sie froh sein, wenn sie überhaupt zu essen und ein Dach über dem Kopf hatte. Der Einzige, der ihr helfen konnte, war dieser Alf Gerhardt, den sie noch nie zuvor gesehen hatte. Ihr war klar, dass sie ihm auf Wohl und Wehe ausgeliefert war, und sie schauderte.

Sie warf einen letzten Blick auf das Haus, bevor sie die breite Treppe hinaufstieg. Vor der Tür starrte sie einen Moment lang auf den glänzenden Messingbeschlag, bevor sie ihren ganzen Mut zusammennahm und öffnete. Die Tür war schwergängig und knarrte. Anne betrat einen großen Raum mit Steinboden und groben Deckenbalken. Von diesem Flur gingen zwei Türen ab, und sie blieb unschlüssig stehen, bevor sie sich für die größere entschied, die verzierte Scharniere und einen großen Türklopfer aufwies. Sie klopfte kräftig, wartete kurz ab und schob die Tür dann vorsichtig auf.

»Entschuldigung«, sagte sie auf Deutsch.

Ganz hinten im Zimmer saß hinter einem Tisch kerzengerade ein Mann mit halblangem blondem Haar. Sie konnte seine Augen nicht sehen, aber er hielt den Kopf hoch, war glatt rasiert und trug einen weiten, grünen Mantel.

»Ich suche Herrn Alf Gerhardt«, fuhr sie fort.

Der Mann blickte auf. Sein Gesicht war länglich, mit hohen Wangenknochen und einer breiten Stirn. Abwartend sah er sie an. Seine Augen waren blau und intensiv und wirkten in dem schönen Gesicht merkwürdig hart. Nun legte er die Handflächen auf den Tisch und stand auf.

»Alf Gerhardt? Der bin ich.« Er verbeugte sich nur leicht, und auch sein Händedruck war nachlässig.

Er fragt sich natürlich, wer ich bin, dachte Anne und blickte an sich hinunter. Die Teile ihrer Kleidung passten nicht recht zusammen, und wahrscheinlich wirkte es sonderbar, wie sie sich den roten Schal um den Hals geschlungen und bis unters Kinn hochgezogen hatte.

»Nun?« Er hob die Augenbrauen und wartete darauf, dass sie ihr Anliegen vorbrachte.

»Ich bin Claus' Gattin«, begann sie.

»Ach, Claus, mein Freund aus Lübeck?«

Sie nickte, und der Kaufmann wies auf einen Stuhl mit hoher Rückenlehne und Schnitzereien.

»Bitte, nehmt doch Platz! Was ist mit Claus?«, wollte er wissen und warf einen Blick zur Tür, als erwarte er, dass sein Freund jeden Augenblick über die Schwelle träte.

Er weiß nicht, was geschehen ist, dachte sie. Kann es wirklich sein, dass er noch nicht von dem Schiffbruch erfahren hat?

»Claus …« Sie schlug die Augen nieder. »Das Schiff ist untergegangen, und ich bin die einzige Überlebende.«

Der stattliche Mann stand erregt auf. »Was sagt Ihr da? Unsere *Hindin* – untergegangen?«

»Es gab einen schrecklichen Sturm, und …«

»Aber die Fracht, was ist mit der Fracht geschehen?« Gerhardts gellende Stimme schnitt durch den Raum. Er spannte die Kiefer an, sein Gesicht verhärtete sich, und er konnte die Augen kaum mehr ruhig halten. Er griff nach der Tischkante, um sich abzustützen, blieb für einen Augenblick so stehen und ließ sich dann mit einem tiefen Seufzer auf den Stuhl sinken.

»Ihr lügt. Sagt, dass das nicht wahr ist!«

»Würde ich die Unwahrheit sagen, säße jetzt Claus hier und nicht ich. Wenn Ihr mir nicht glaubt – hier, seht!«

Sie zog den roten Schal beiseite und entblößte ihre Verletzung. Sie war fast ganz verheilt, und allmählich bildete sich eine Narbe.

Er starrte auf ihren Hals, und sie spürte, dass sie ihm leidtat. Die langen, schmalen Hände wanderten unruhig über den Tisch.

»Ich verstehe. Ich hätte wissen müssen, dass so etwas auch mir einmal widerfahren kann. Schiffsuntergänge hat es schon immer gegeben«, murmelte er, »aber mein Schiff und meine Fracht …«

»Das war also Euer Schiff, diese vergammelte Holzwanne! Diese Kogge war ein alter Trog, nein, das war der reinste Fischkasten. Ich …« Anne hielt mitten im Satz inne. Vielleicht tat sie besser daran, manche Gedanken für sich zu behalten. Von bösen Worten kam nie etwas Gutes. Trotz allem war Alf doch Claus' Kompagnon, und es wäre unklug gewesen, es sich mit ihm zu verscherzen.

»Die *Hindin* ist so schnell gesunken, als sei der gesamte Rumpf auf einen Schlag zerbrochen. Ich verstehe gar nicht, wie das passieren konnte«, fügte sie also hinzu, um ihre vorherige Rede abzuschwächen.

»Es kommt selten vor, dass ein Schiff langsam untergeht«, erklärte der Kaufmann und lächelte herablassend.

»Gehörte das Schiff Euch beiden?«, wollte Anne wissen und tat so, als hätte sie seinen anmaßenden Ton gar nicht bemerkt.

»Nein, dieses nicht, das hatte ich gemietet. Ich habe mich meistens um die Schiffe gekümmert, Claus um die Waren, und den Gewinn haben wir uns hinterher geteilt. So sah unsere Zusammenarbeit aus.«

»Als Claus' Witwe habe ich also ein Recht auf meinen Anteil an der Fracht, wenn wir das Wrack finden?«

»In solchen Fällen entscheidet die Hanse«, antwortete Alf ausweichend und vermied ihren Blick. Langsam verschränkte er die langen Finger.

»Wie Ihr aus dem allen folgern könnt, habe ich alles verloren, ich bin völlig mittellos«, beharrte Anne. »Deswegen bin ich hier. Vielleicht kann mir die Hanse ja helfen.«

Sie sah Alf an und wartete auf eine Antwort, aber er schwieg.

»Mein Gemahl hat dem Unternehmen gedient, so lange ich mich erinnern kann«, fuhr sie fort, »und er sagte immer, auch wenn ein Schiff untergehe, müsse ich mir keine Sorgen machen. Die Hanse sorge dafür, dass man einen Teil des verlorenen Gutes erstattet bekomme.«

Alf Gerhardts Augen wurden schmal. Anne sah seinen Blick und spürte die Besorgnis im Bauch. Er überlegt, wie er sich davor drücken kann, mir Almosen zu zahlen, dachte sie düster.

»Ihr wollt also, dass ich Euch Geld gebe, nur weil Claus und ich Geschäfte miteinander gemacht haben?«, fragte er nach einer Weile. »Aber die Fracht gehörte ihm nicht allein, und wir müssen zuerst versuchen, das Schiff zu bergen.«

»Und bis dahin soll ich hungern?«

»Nein, so dürft Ihr das nicht sehen ...«

»Wie soll ich es denn dann sehen? Es ist ja nicht einmal gesagt, dass wir das Wrack überhaupt finden.«

Alf Gerhardt blätterte in dem Logbuch, das auf dem Tisch vor ihm lag. »Wie ist es zu dem Schiffbruch gekommen?«

Anne begriff, dass er Zeit schinden wollte, aber sie hatte nicht vor, sich hinhalten zu lassen. Sie verzog den Mund und konnte sich nicht mehr beherrschen. »Wenn man mit einem vierzig Jahre alten Schiff durch einen solchen Sturm segelt, darf man wohl nichts anderes erwarten, als dass es sinkt. Ich glaube, dass es unterging, weil das Holz schon völlig verfault war. Dieses Schiff war längst nicht mehr seetüchtig.«

Der Kaufmann musterte sie verwundert, und sie bemerkte ein Funkeln in seinen Augen. Er betrachtete sie mit ganz neuer Aufmerksamkeit.

»Darf ich das so verstehen, dass Euch dieses Schiff nicht gefiel?«

»Dieses Schiff ist jetzt endlich dort, wo es hingehört«, gab Anne bissig zurück.

»Seltsam, ich habe gar nichts davon gehört, dass ein Schiff untergegangen ist. Es hätten ja eigentlich Wrackteile angeschwemmt werden müssen, und gewöhnlich erfahren wir so etwas sofort.«

»Hier habt Ihr ein lebendiges Wrackteil«, erwiderte sie und zog eine Grimasse.

Alf musste ein Lächeln unterdrücken, stand auf und trat an einen Schrank. Er suchte ein wenig, und nach einer Weile kam er mit einigen Karten in der Hand zurück.

»Dies sind die Skizzen der Schiffer, darauf sind die Inseln im Schärengarten und in der Fahrrinne nach Stockholm eingezeichnet. Jetzt wollen wir einmal sehen ...« Er breitete die Karten auf dem Tisch aus. »Wo habt Ihr zuletzt Land gesehen?«

Er gab ihr mit einer Handbewegung zu verstehen, dass sie an den Tisch treten solle, aber sie zögerte. Alle wollten immer nur über den Verbleib des Schiffs Bescheid wissen, als sei nur die Fracht wichtig. Sie blieb sitzen.

»Ich habe meinen Gatten und meinen gesamten Besitz verloren, und ich bin hergekommen, um zu erfahren, ob mir irgendwo Hilfe zuteilwird. Ihr seid Claus' Kompagnon, und ich dachte, dass Ihr Euch um seine Witwe kümmern würdet. Aber wie es aussieht, ist Euch nur das Schiff wichtig.«

Gerhardt wandte sich um und setzte zu einer Antwort an, aber sie kam ihm zuvor.

»Ihr glaubt doch nicht, dass ich so dumm bin und Euch erzähle, wo das Schiff versank, bevor ich in irgendeiner Form Hilfe bekommen habe.«

Alf Gerhardt schob die Karten beiseite und sah sie verblüfft an. »Mir scheint, Ihr wisst sehr gut, was Ihr wollt«, sagte er dann.

»Ja, alles andere wäre auch ziemlich dumm. Und wenn Euch das noch nicht von selbst eingefallen sein sollte, kann ich Euch versichern, dass ich überaus hungrig bin.«

Er verzog den Mund. »Gute Frau«, begann er mit etwas sanfterer Stimme, »Ihr habt Schreckliches erlebt, und ich verstehe, dass Ihr Hilfe braucht. Es war unverzeihlich von mir, sofort vom Schiff zu reden, aber mir hatte eben noch niemand mitgeteilt, dass es gesunken ist, und Claus war auch ein naher Freund von mir. Ich war einfach so aus der Fassung.« Er legte eine Pause ein und betrachtete sie nachdenklich. »Verzeiht mir. Ihr habt recht, wir sollten nicht hier sitzen. Im Dominikanerkloster gibt es eine Taverne. Ein wenig gutes Essen und Trinken werden Euch wohltun.«

Er stand auf und bot ihr den Arm. »Nachdem Claus und ich Kompagnons waren, glaube ich, dass wir viel miteinander zu bereden haben. Kommt mit!«

Anne stand erleichtert auf. Sie hatte es geahnt. Er war ein Mann, der Widerstand brauchte, um sich wohlzufühlen. Und je heftiger sie ihn herausforderte, umso besser.

»Ich heiße übrigens Anne – ich habe ja ganz vergessen, mich vorzustellen«, sagte sie und lächelte ihn an.

»Ich weiß schon, Claus hat mir von Euch erzählt. Und da er und ich uns nie mit Ihr und Euch angeredet haben, sollten wir zwei das auch nicht tun. Einverstanden?«

Sie nickte, und er drückte ihr lächelnd die Hand.

Alf Gerhardt musterte die junge Frau verstohlen von der Seite, und was er sah, gefiel ihm. Sie war jung und schön, trotz der Narbe am Hals. Aber was für ein Temperament sie hatte! Claus hatte ihm immer erzählt, welch ein Drache seine Ehefrau sei, und jetzt ahnte er auch, warum. Er war eine sanfte Gattin und sich ehrfürchtig verbeugende Diener gewöhnt, und daher amüsierte ihn diese eigensinnige Frau umso mehr. Sie forderte ihn heraus und schien sich überhaupt nicht darum zu scheren, dass er einen der höchsten Posten in der Hanse innehatte und daran gewöhnt war, dass ihm alle Respekt bezeigten. Nein, nichts schien sie weniger zu kümmern. Plötzlich befiel ihn eine pochende Lust, sie zu unterwerfen, sie dorthin zu bekommen, wo er sie haben wollte, gezüchtigt und in Fesseln. Er würde sie so schnell nicht gehen lassen.

Zuerst hatte er vorgehabt, ihr sofort die Tür zu weisen und ihr zu erklären, dass er sich nicht zur Armenspeisung berufen fühle. Die Stadt war für die Seelsorge zuständig, und die Klöster nahmen die Mittellosen auf, das hätte sie doch wissen müssen. Aber er schwieg. Ihr trotziger Blick und ihre scharfe Zunge hatten ihn auf andere Gedanken gebracht. Eine solche Frau hatte er wahrhaftig noch nie getroffen. Vielleicht konnte sie ihm sogar von Nutzen sein.

18. Kapitel

Mattis schlenderte durch die Gassen, die Fiedel achtlos über die Schulter gehängt. Er hatte sich nach einem Auftritt für den Abend umgehört, aber alle schienen müde zu sein und baten ihn, er solle doch am nächsten Tag wieder kommen. Es war also keine Arbeit zu finden, und er hatte auch keine Lust, zur Stadtkirche zu gehen und dem Orgelspieler zu helfen. Nein, vielleicht würde er es seinen Spielmannsfreunden nachmachen, sich einfach einen Krug Bier genehmigen und in der Stadt feiern, bevor es Zeit wurde weiterzuziehen.

Während er den Kåkbrinken zur Köpmannagatan hinaufging, dachte er an Anne und wie sie ihn abgewiesen hatte. Sie hatte sich ihm nicht entzogen, als er sie geküsst hatte, also musste sie wohl Gefallen an ihm gefunden haben, anders konnte er es sich nicht erklären. Er wunderte sich über sich selbst. Gewöhnlich nahm er sich solche Misserfolge nicht sonderlich zu Herzen, und es sah ihm auch nicht ähnlich, sich an seine Frauen zu erinnern, aber mit Anne war es anders. Aus irgendeinem Grund ging sie ihm nicht mehr aus dem Sinn. Er zuckte die Schultern. Wenn dir die eine durch die Lappen geht, warten tausend andere, dachte er, aber diesmal konnte er sich nicht so recht überzeugen.

Auf der Köpmannagatan waren die Fensterläden an den Verkaufsbuden geöffnet, und der Schneider und der Becherschnitzer waren fleißig bei der Arbeit. Sogar der Kammmacher schien zu tun zu haben. Als Mattis an dem älteren, bärtigen Mann vorbeikam, fiel ihm ein, dass er einen neuen Kamm gebrauchen konnte. Er machte kehrt, öffnete die Tür und betrat die Werkstatt.

»Du kommst herein, obwohl ich eigentlich geschlossen habe – also muss es etwas Wichtiges sein«, meinte der Alte statt einer Begrüßung und blickte auf. Mattis murmelte eine Entschuldigung und bat ihn, ihm eine Auswahl an Kämmen zu zeigen.

»Und für wen soll dieser Kamm sein? Für eine Frau?«

Mattis musste unwillkürlich an Annes langes Haar denken. »Der Kamm, ja ... also, ich möchte ihn einer schönen Frau schenken«, sagte er.

Anne würde sich sicher freuen, und er wollte ihr warmes, weiches Lächeln sehen. Geistesabwesend betrachtete er die Hirschgeweihe, die auf einem Haufen in der Ecke lagen. Der Alte war nicht gerade der Ordentlichste, aber es hieß, dass er der beste Kammmacher in der Stadt war.

Er kaufte auch Hörner von Schlachttieren, die die Bauern auf dem Marktplatz feilboten. Dann sortierte er die Hörner zu verschiedenen Haufen und schnitzte Löffel, Spangen und Kämme daraus. Mattis überlegte, ob er Anne statt eines Kamms einen Löffel schenken sollte, aber er wollte sehen, wie sie das Kopftuch abnahm und die rot glänzende Haarfülle kämmte. Wie er so dastand und sich dieser Vorstellung hingab, erkannte er sich selbst kaum wieder. Vielleicht wollte er sie ja nur aus Eitelkeit wiedersehen, vielleicht war es aber auch etwas anderes, Tieferes.

Es rasselte, als ein Lehrling einen Eimer mit Knochenstücken in einen großen Bottich schüttete, wo sie angewärmt werden sollten. Der Kammmacher stand auf und warf einen Blick in den Bottich, bevor er seinen Vorrat an Kämmen durchsah.

»Dieser Kamm hier ist der schönste, den ich habe«, sagte er nach einer Weile und hielt einen langen, schmalen Kamm hoch, der mit kleinen Löchern und hübsch geschnitzten Schnörkeln verziert war. »Der müsste nur noch poliert werden.«

Mattis sah, dass dies kein Kamm war wie jeder andere, sondern ein echtes Meisterstück.

»Der ist aber schön!«

»Ich habe dich spielen hören, deshalb verkaufe ich dir gern mein bestes Stück. Die Deutschen müssen sich freilich mit so etwas begnügen.« Er deutete auf den Haufen mit den Knochenstücken.

Mattis lachte.

»Diese Bierbäuche – kommen hierher und glauben, sie könnten schalten und walten, wie es ihnen beliebt. Von den Vitalienbrüdern ganz zu schweigen«, fuhr der Kammmacher fort und holte eine Dose Sand und eine Schale mit Kreide. »Mit den deutschen Bürgern ist es wieder etwas anderes. Die haben wirklich viel für Stockholm getan.«

Er öffnete ein Glasfläschchen, und beißender Essiggeruch zog durch den Raum. Vorsichtig tauchte er einen Lederlappen in den Essig, legte den Kamm auf den Tisch und polierte ihn.

Als Mattis ein Weilchen später pfeifend die Werkstatt verließ, war er voll froher Erwartung, fast wie ein Kind. Er hatte Anne nicht ungerührt gelassen, so viel hatte er in ihren Augen lesen können. Dass sie ihn letztlich abgewiesen hatte, lag wohl eher daran, dass sie Angst gehabt hatte, für eine Hure gehalten zu werden. Wenn sie diesen Kamm erst sah, dächte sie so etwas bestimmt nicht mehr.

Bevor er zu Anne in den Weinkeller zurückkehren konnte, musste er jedoch seine Spielmannsfreunde finden und mit ihnen vereinbaren, wo sie in den nächsten Tagen spielen wollten. Wahrscheinlich saßen sie alle schon im Wirtshaus.

Später sollte er sich fragen, warum er die Taverne des Dominikanerklosters aufgesucht hatte. Wäre er nur einen Moment früher oder später dorthin gekommen, hätte er sie vielleicht gar nicht gesehen, aber sobald die Bedienung ihm den Becher auf den Tisch gestellt hatte, entdeckte er die beiden. Ganz hinten in der Ecke, an den hübsch gemauerten Ziegelwänden, saß Anne neben einem hochgewachsenen Mann mit aufrechter Haltung, der einen grünen Mantel und weiße Hosen trug.

Mattis runzelte die Stirn. Aha, ein deutscher Kaufmann in feinen Kleidern, ein reicher Bürger. So einer war ihr wohl recht, solchen Leuten bot sie sich also an. Er fluchte insgeheim. Was gab diesem deutschen Schweinskopf das Recht, mit ihr zusammenzusitzen und zu plaudern? Denn sie kannten sich schon, das sah er, sie saßen zu dicht beieinander. Was hatten die beiden miteinander zu schaffen? Je mehr er darüber nachdachte, umso zorniger wurde er. Die Wut und die Demütigung überwältigten ihn schließlich, und ohne recht zu wissen, was er eigentlich tat, stand er plötzlich mit seinem Becher an ihrem Tisch.

»Guten Abend, gnädiger Herr!«, sagte er mit einer leichten Verbeugung, wobei er wie aus Versehen dem Deutschen sein Bier übers Hemd goss. »Verzeiht, verzeiht!«, rief er in gespieltem Entsetzen, wandte sich um und ging zur Tür. Hinter sich hörte er das Gebrüll des Mannes, gefolgt von deutschen Flüchen. Auch feine deutsche Bürger fluchen also, dachte er und grinste in sich hinein, als er mit schnellen Schritten die Taverne verließ und in der nächsten Gasse verschwand.

19. Kapitel

Freilich hatte Mattis sich übel benommen, aber Anne konnte ein Kichern nicht unterdrücken. Was für eine Frechheit! Dass er sich so etwas getraut hatte! Sie verstand natürlich auch Alfs Ärger, aber dennoch fand sie, er hätte auch darüber lachen können. Nun, immerhin hatte er weder die Fäuste sprechen lassen noch sein Messer gezückt, aber sie musste eine geraume Weile auf ihn einreden, bis er seine gute Laune zurückgewonnen hatte.

Dann hatten sich die Dinge gut entwickelt, und sie hatten es noch sehr vergnüglich gehabt. Sie unterhielten sich lange, und er war die ganze Zeit über freundlich und aufmerksam. Sie spürte, dass er ein Mann war, mit dem sie sich gut verstehen würde. Obwohl er so mächtig war und im Grunde nach Gutdünken mit ihr verfahren konnte, hatte er ihr doch Gehör geschenkt. Und während der Mahlzeit hatte er sie ab und zu mit einem amüsierten Zug um die Mundwinkel angesehen. Im Laufe des Abends wurden seine Augen immer heller, und seine Stimme nahm einen weichen Klang an. Er hatte nicht viel davon verraten, was er glaubte und dachte, er entzog sich ihr, aber jene kühle, leicht überhebliche Art hatte er doch abgelegt.

Während ihres Gesprächs hatten sie sich darauf geeinigt, so viel wie möglich von dem versunkenen Schiff zu bergen, und er versprach, mit einem Schiffer zu sprechen, der ihnen helfen sollte. Sobald ihre Verfassung es zuließ, wollten sie in den Schärengarten hinaussegeln. Dort draußen sollten sie dann versuchen, die Stelle zu finden, an der das Wrack lag, und wenn sie die Fracht fanden, wollten sie sich den Verdienst teilen, wie Claus und er es sonst auch getan hätten. Das versprach er ihr. Anne hatte zwar ein wenig Angst, wieder in See zu stechen, aber sie konnte natürlich niemanden daran hindern, hinauszufahren und das Wrack zu suchen. Es war also besser, wenn sie als Erste mit Alf beim Wrack anlangte, als dass Mårten und seine Begleiter dorthin segelten und es ausplünderten. Wenn der Schurke überhaupt noch am Leben war …

Sie hatte sich wohl gehütet, Alf von ihrem Kind und von den Ereignissen in der Hütte von Mårten und Karin zu erzählen. Stattdessen hatte sie sich eine Geschichte ausgedacht: Das Schiff sei auf Grund gelaufen, und sie sei von einem alten litauischen Fischerpaar gerettet worden. Diese Leute hätten sie nach Stockholm mitgenommen, wo sie sich von ihnen verabschiedet habe. Anne hatte noch nie gut lügen können, aber Alf schien nicht misstrauisch zu werden, sondern glaubte ihr alles.

Der Schiffer und Kaufmann Alf Gerhardt war schon viel herumgekommen, und im Laufe des Abends berichtete er ihr über Begegnungen mit Fischern, Bauern und Kaufleuten aus anderen Ländern. Es schien, als habe er unendlich viele Geschichten auf Lager, aber er war ja auch viel älter als sie.

Das Abendessen, zu dem er sie eingeladen hatte, war wahrhaft üppig gewesen, und seit ihrer ersten Zeit in Lübeck, als Claus und sie noch wohlhabend gewesen waren, hatte sie nicht mehr so viel gegessen. Nach und nach hatte sie Räucherfisch mit Kräutersalat, gekochtes Fleisch mit Rübengemüse und Bratäpfel mit Honigglasur verzehrt. Dazu hatte sie einen guten Wein getrunken, von dem sie ganz heiter wurde, und sie hatte viel mit Alf gelacht.

Allerdings hatte er ihr kein Dach über dem Kopf anbieten können, schlug jedoch vor, sie solle einfach weiter bei Valborg wohnen. Er wollte sie mit Geld unterstützen, damit ihr Lebensunterhalt gesichert war, bis sich eine andere Lösung fand. Das bedeutete, dass sie zumindest vorerst gerettet war.

Auf dem Heimweg sang sie zufrieden vor sich hin, während sie durch die Gassen ging. Dann hielt sie plötzlich inne. »Eine andere Lösung«, hatte er gesagt. Sollte das heißen, dass sie als Dienstmädchen in einer Bürgerfamilie untergebracht werden sollte, oder würde er oder die Hanse ihr helfen? Oder überlegte er, ob er ihr eine Stelle in seinem Handelshaus anbieten sollte? Nein, jetzt hatte sie sich wohl ein wenig vergaloppiert. Er konnte ja nichts gegen ihren Willen tun. Aber Annes gute Laune hatte plötzlich einen Dämpfer bekommen, denn sie wusste, dass nicht immer alles so ist, wie es auf den ersten Blick aussieht. Sie musste weiterhin auf der Hut bleiben.

Anne kehrte nicht auf dem kürzesten Weg zu Valborgs Weinkeller zurück, sondern machte einen großen Umweg, um sich ein wenig umzusehen. Zwar war es unvorsichtig von ihr, sich in der Öffentlichkeit zu zeigen, aber sie konnte es nicht lassen. Es war so lange her, dass sie in ihrer Heimatstadt gewesen war.

Man hatte in der Zwischenzeit weitere Ziegelhäuser errichtet, und auf den Straßen waren mehr Deutsche anzutreffen als früher. Überall hörte sie deutsche Laute, und fast an jeder Straßenecke entdeckte sie Männer mit kapuzenartiger Gugel und Harnisch. Manche bezeichneten sie als »Kapuzenbrüder«, andere als an Land gegangene Vitalienbrüder. Wie auch immer, es war ein gesetzloses Völkchen, dem alles Mögliche in den Sinn kommen konnte. Nachdem sie so lange in Lübeck gewohnt hatte, hätte sie sich eigentlich über die mächtige Stellung der Deutschen in der Stadt freuen sollen, aber die Vitalienbrüder machten ihr Angst. Als sie den Weinkeller gestürmt hatten, war Anne äußerst unbehaglich zumute gewesen, und dieses Gefühl hatte sich noch nicht gelegt.

Die Stimmung in Stockholm hatte sich verändert. Alf behauptete, das liege daran, dass die Schweden Angst hatten, die Deutschen könnten zu viel Macht bekommen, und diese wiederum befürchteten, ihre Macht an die Schweden und Dänen zu verlieren. Daher wollten die Deutschen auch verhindern, dass die dänische Königin Stockholm einnahm. Anne fand es schade, denn wie es hieß, war Königin Margareta eine überaus tüchtige Frau. Eine Frauensperson, die wusste, was sie wollte, und sich ihrer Haut zu wehren wusste. Als König Albrecht sie verspottet und sie als »König Ohnehose« bezeichnet hatte, hatte sie ihm zur Antwort eine zweiundzwanzig Ellen lange Zipfelmütze geschickt. Eine Kopfbedeckung, länger als die Schleppe an einem Brautkleid! Von einer so gewitzten Königin wollte man sich doch gern regieren lassen. Aber in ihrem Innersten hatte Anne doch Angst: Es konnte jeden Moment Krieg geben, das hatte sogar Alf eingeräumt, und dann war es sicher nicht günstig, wenn man sich in Stockholm aufhielt.

Als sie das Stadttor erreichte, verlangsamte sie ihre Schritte und zögerte kurz an der Stadtmauer, bevor sie doch beschloss, zum Strand weiterzugehen. Die Sonne ging gerade unter und verbreitete ihren goldenen Glanz über der Stadt. Vielleicht war es schon ein wenig zu spät, die Stadtmauern zu verlassen, aber in der Stille am Wasser wollte sie Kraft sammeln und überlegen, was sie weiter unternehmen sollte.

Sie war fast schon am Meeressaum angelangt, da glaubte sie plötzlich, Schritte hinter sich zu hören. Die Person kam immer näher, und sie hörte laute Atemzüge. Anne brach der Schweiß aus, und ihre Kehle war auf einmal wie zugeschnürt. Ohne sich umzudrehen, wusste sie, dass sie verfolgt wurde.

20. Kapitel

Ein mächtiges Schiff mit geradem Steven glitt langsam durch die Schären. Das Rahsegel blähte sich im Wind, und die Wache stand oben auf der Kommandobrücke. Kapitän Laurens van der Dollen hinkte an die Reling und spähte in die Finsternis hinaus. Er verzog das Gesicht vor Schmerz und versuchte, an etwas anderes zu denken. Die Verletzung hatte er sich zugezogen, als sie im Sommer ein dänisches Handelsschiff gekapert hatten, und der Fuß wollte seitdem einfach nicht heilen. Das ärgerte ihn, denn er wollte sich im Kampf ungehindert bewegen können. Leise fluchend blickte er übers Wasser. Der Halbmond versteckte sich hinter dichten Wolkenbergen, und es war fast völlig dunkel. Er blieb ganz still stehen, als warte er auf etwas. Plötzlich flammte ein Licht auf einer der Inseln auf – und dann noch eins.

Van der Dollen zündete seine Laterne an, hob sie in die Höhe und ging zum Schiffsbug. Dort stellte er sich an die Reling und schwenkte die schwere Laterne dreimal vor und zurück. Dann strich er sich zufrieden über den Bart und grinste. Wieder einmal waren sie glücklich durch die Untiefen gesegelt und hatten die Inseln angefahren, ohne auf Grund zu laufen. Wie immer hatte Mårten der Fischer ihnen den Weg gewiesen. Der Kapitän wandte sich um und hinkte zufrieden unter Deck.

Unten im schummrigen Schiffsbauch roch es muffig, und von draußen hörte er das Meer und die Wellen. Der Rumpf stampfte und stöhnte in der bewegten See, und eine Wassertonne, die nicht ordentlich befestigt war, polterte unablässig gegen die Spanten. Eine einsame Öllampe verbreitete ihr flackerndes Licht und erhellte die angespannten Mienen der Männer.

»Es ist so weit«, flüsterte er fast unhörbar, und die Besatzung setzte sich sofort in Bewegung.

Die Waffen lagen am Kielschwein, und die Männer glitten lautlos nach achtern, wobei sie vorsichtig auftraten, um im Dunkeln nicht zu stolpern. Eine Ratte lief in der Finsternis vorbei, und irgendjemand versuchte ein Husten zu unterdrücken. Niemand sprach, alle wussten, was von ihnen erwartet wurde.

Dann hörte man ein schwaches Pfeifen und rasche Füße auf dem Deck, Trossen wurden hinausgeworfen, und das Fahrzeug schaukelte. Van der Dollen hatte die Fracht kontrolliert, aber er war dennoch besorgt. Sein Blick schweifte rasch über die großen Kisten mit den Rüstungen, Helmen und Brustharnischen und weiter hinten über die hohen Holzkästen mit Schilden, Schwertern und Dolchen. Er hatte auch Armbrüste, Spieße und Hellebarden geladen, aber die ahnte er im Dunkeln mehr, als dass er sie sah. Erst hatte er Bedenken, ob die Männer das alles in ihre Boote bekämen, aber dann beruhigte er sich. Mårten der Fischer und sein Bruder, der Bootsbauer, waren schon länger dabei. Mit ihnen ließ sich bestens zusammenarbeiten. Sie kamen immer mit ihren größten Booten und wussten, was hier auf dem Spiel stand. Der Kapitän kehrte zurück an Deck und hinkte nochmals an die Reling. Zwei große Boote lagen dort und zerrten an den Tauen, während sie auf den Wellen auf und ab schaukelten. Die Männer erkannte er nur schemenhaft.

»Dann fangen wir mit dem Löschen an!«, befahl er und schickte den Steuermann los, um die Arbeit zu beaufsichtigen. Er selbst wollte das Beladen der Boote überwachen.

Die Arbeit ging leise und reibungslos vonstatten, aber nicht so rasch wie sonst. Es war schwer, bei völliger Dunkelheit zu löschen.

»Wir hätten Vollmond haben sollen«, klagte der Steuermann atemlos, als er wieder neben van der Dollen an der Reling stand.

»Eine mondlose Nacht ist das Beste, was wir uns nur wünschen konnten«, unterbrach ihn der Kapitän. »Niemand sieht uns, und keiner weiß, was hier vor sich geht.«

»Bist du sicher? Können wir den Fischern auf den Inseln trauen? Stell dir vor, sie verraten unsere Waffenverstecke!«

»Das tun sie nicht. Diese Burschen haben einen guten Lohn versprochen bekommen und wissen, dass sie sofort dort oben baumeln würden« – er wies zum Mast hinauf –, »wenn sie etwas ausplaudern. Nein, Mårten der Fischer und Jens sind wie Männer von uns. Wir können uns auf sie verlassen, und sie wissen auch, dass man sie reichlich belohnen wird, wenn wir die Macht ergreifen. Dann gibt es nämlich viel Gut und Geld zu verteilen.« Der Kapitän lächelte, und die zwei Männer tauschten einen Blick des Einverständnisses.

Mårten der Fischer, Jens und die Besatzung verstauten ohne eine Pause alles auf den Booten, und es dauerte nicht lange, da waren sie voll beladen. Danach fuhren einige Besatzungsmitglieder mit ihnen an Land, um ihnen dort beim Abladen zu helfen. Als die dicken Wolken aufrissen und das weiße Licht des Halbmonds über das Meer fiel, war das Versteck bereits mit neuen Waffen gefüllt und die Besatzung aufs Schiff zurückgekehrt.

Mårten der Fischer und Jens der Bootsbauer standen am Strand und beobachteten, wie die Kogge die Anker lichtete.

»Zwei oder drei Ladungen noch, dann können wir nichts mehr annehmen«, erklärte Mårten und rieb sich die schmerzende Hüfte.

»Nein, dann müssen wir neue Waffenverstecke ausheben. Van der Dollen ist noch eine gute Weile nach Rostock unterwegs, und es wird wohl bis Ende des Monats dauern, bis wir ihn wiedersehen.«

Mårten nickte und betrachtete den Mond, der gerade wieder hinter den Wolken verschwand.

»Das lässt uns auch genügend Zeit, um dieses Mädchen zu finden«, fuhr Jens fort und sah seinen Bruder herausfordernd an. »Ich war dieser Tage auf dem Gråmunkeholmen und habe mich nach einer schwangeren Frau erkundigt, aber niemand wusste irgendetwas. Dann habe ich noch einige Weinkeller aufgesucht, aber dort konnte mir auch keiner helfen.«

»Und im Heiliggeistspital?«

»Ich habe mit der Vorsteherin gesprochen. Dort hat nie eine Frau mit einer Verletzung am Hals vorgesprochen.«

»Stell dir vor, jemand hält sie heimlich in seinem Haus versteckt!«

Jens seufzte tief und dachte über seine missglückte Reise nach Stockholm nach. Anne hatte er nicht gefunden, seine Freunde hatten nicht mit ihm trinken und feiern wollen, und dann hatte man ihn nicht in diesen Weinkeller hineingelassen. Dieses kräftige, übereifrige Weibsbild hatte ihm doch tatsächlich den Eintritt verwehrt. Nein, eines Tages würde er zu der zurückkehren und es ihr zeigen. Das konnte er sich wahrlich nicht bieten lassen, dass man ihm die Tür wies! Aber am schlimmsten war immer noch die Tatsache, dass es ihm nicht gelungen war, Anne ausfindig zu machen. Kein Mensch hatte ihm etwas sagen können.

»Ich glaube nicht, dass die Leute mich angelogen haben, aber es stimmt schon – wer weiß, wo sie sich versteckt.«

»Eine Schiffbrüchige?« Mårten bückte sich und benetzte sich das Gesicht mit Meerwasser.

»Sie kann die Verletzung verstecken und verschweigen, wo sie herkommt«, antwortete Jens.

»Aber sie musste die Wunde doch versorgen lassen. Und dann noch das Kind. Entweder steht sie kurz vor der Entbindung, oder sie hat es schon zur Welt gebracht.«

»Ich glaube, ich weiß, wo wir suchen müssen.«

»Wie auch immer, wir müssen nur gründlich weitersuchen. Aber dieses Mal müssen wir sie wirklich finden, denn ich finde keine Ruhe, solange sie nicht tot ist«, meinte Mårten.

»Wer findet schon Ruhe?«

Die Männer sahen sich ernst an. Sie wussten sehr wohl, dass die Vitalienbrüder eher einen aus ihren Reihen aus dem Weg räumten, als dass sie es riskierten, verraten zu werden. Sie mussten sich beeilen.

21. Kapitel

Als Anne die Schritte immer näher kommen hörte, rannte sie los. Sie musste fliehen, vor dem Geräusch dieser Füße und dem schnaufenden Unbekannten hinter ihr, fliehen vor diesem Menschen, der ihr offensichtlich Böses wollte.

»Bleib doch stehen, Anne, ich bin es!«

Sie erkannte die Stimme und hielt inne.

»Mattis! Mein Gott, wie hast du mich erschreckt!«

Sie zitterte zwar, war aber glücklich, dass er es war. Nachdem sie doch solche Angst gehabt hatte, er könnte einfach fortgegangen sein, aber jetzt stand er vor ihr in seiner zerknitterten Gauklerkluft, ein wenig wacklig auf den Beinen. Dieser Lümmel! Sie sah seine Lachfältchen und den spöttischen Blick, und als er sie anlächelte, schien sein warmes Lächeln die ganze Welt mit einzuschließen.

»Warst du betrunken, oder warum hast du dein Bier über Alf verschüttet?«, fragte sie, ohne ihn zu begrüßen.

»Betrunken? Nicht doch! Aber wenn eingebildete deutsche Bürger gut genug sind und ein Musikant nicht, dann muss man zeigen, was man davon hält.«

Sie stemmte die Hände in die Seiten und musterte ihn. Diese Antwort klang ganz nach gekränkter Eitelkeit. Und sie wäre vermutlich kaum so ausgefallen, wenn der Spielmann Anne nicht doch gemocht hätte. Die Sache mit dem Bier war also kein Scherz gewesen, Mattis war wirklich wütend gewesen.

»Und woher willst du wissen, mit wem ich Umgang pflege?«

»Ich hab es doch mit eigenen Augen gesehen!«

»Nein, das hast du eben nicht.«

»Ich habe doch Augen im Kopf. Du saßest so dicht neben diesem deutschen Bürger, da hätte kein Schwert mehr dazwischengepasst.«

Anne prustete los. Ein Junge war er, ein kleiner Junge, der nicht gekriegt hatte, was er gewollt hatte, und jetzt stand er da und beklagte sich bitterlich. Sie ließ die Blicke übers Wasser gleiten. Die Sonne war kaum noch zu sehen, das Silber des Meers hatte sich verdunkelt, und die Violetttöne des Himmels spiegelten sich auf den Wellen. Es war so ruhig und still, als wolle es zur Versöhnung auffordern. Sie legte den Kopf schief und sah ihn belustigt an.

»Glaubst du, ich hätte mit einem deutschen Bürger geschäkert?«

»Ja, ihr saßet dort wie zusammengeleimt.«

»Wir haben uns gemeinsam Seekarten angesehen, weiter nichts.«

Mattis wurde rot und schlug die Augen nieder. »Ich dachte nur, du würdest vielleicht …«

»Du hast also an *mich* gedacht, als du *ihm* das Bier übers Hemd gegossen hast?«, neckte sie ihn.

Er räusperte sich verlegen, als er merkte, dass sie ihren Scherz mit ihm trieb.

»Nein, ach, entschuldige … Ich hatte einfach Angst, dass du dich verführen lässt. Er ist eben ein Deutscher – und stell dir vor, er unterstützt am Ende die Vitalienbrüder!«

»Als ob ich mich verführen ließe! Du bist ja nicht mehr ganz richtig im Kopf. Mit denen ließe ich mich doch niemals ein!«

»Ja, aber bei den Deutschen weiß man nie. Viele von ihnen sind insgeheim Vitalienbrüder. Sie sind gefährlicher, als man meint. Die Vitalianer sind nicht nur loses Gesindel und herrenlose Krieger. In ihren Reihen verbergen sich auch deutsche Bürger.«

In weiter Ferne hörte man ein grelles Signal, als die Stadtwache hinter ihnen auf ihrem Horn blies, zum Zeichen, dass die Tore gleich geschlossen werden würden. Wer jetzt noch in die Stadt wollte, tat gut daran, sich zu beeilen, bevor die Wächter die Stadttore abschlossen.

»Was weißt du eigentlich über diesen Deutschen?«, bohrte Mattis weiter.

»Er scheint ein ehrenhafter Mann zu sein. Mein Mann und er haben zusammengearbeitet, und deswegen habe ich ihn überhaupt erst kennengelernt.«

»Ach so. Dann habe ich mich ja richtig lächerlich gemacht.«

»Und ob! Und du hast ein gutes Bier ganz umsonst verschüttet.«

Sie kicherte, und dann begannen sie beide zu lachen, ein Lachen, das sich jedoch plötzlich in etwas ganz anderes verwandelte. Sie sah seinen Blick und konnte auf einmal nichts mehr sagen. Da lächelte er, und der Mutwille blitzte ihm aus den Augen, als er die Hand ausstreckte und sie an sich zog.

»Dieser Deutsche sah einfach so gewichtig aus, dass ich nicht anders konnte.«

Sie wehrte sich nicht gegen seine Umarmung und genoss es, ihn so nahe zu spüren. Er streichelte sie nicht und küsste sie auch nicht, er hielt sie nur in den Armen. Sie fühlte sich so geborgen. Schließlich machte er sich los und nahm sie bei der Hand.

»Wollen wir nicht näher zum Wasser gehen?«

»Ich war gerade unterwegs zum Strand.«

Sie schlenderten noch ein Stück an der Stadtmauer entlang, verließen dann den Pfad und bogen zum Wasser ab.

»Wollen wir nicht ein bisschen hier sitzen bleiben?«, schlug er nach einer Weile vor und zeigte auf einen großen, flachen Stein am Meeressaum.

Anne nickte, und sie setzten sich auf die Felsplatte. Ein Kutter fuhr an der Palisade vorbei, durch die Öffnung hindurch und weiter zum Kai. In der Ferne, am Anlegesteg, hörte man einen Hund bellen. Im schimmernden Wasser entdeckte sie die Silhouette eines Kahns, der sie an den von Mårten erinnerte. Aber nein, das war nicht möglich. Der lag schließlich am Meeresgrund, und es gab sicherlich andere Kähne, die genauso aussahen. Sie schob ihre heraufziehende Besorgnis wieder beiseite und wartete darauf, dass Mattis etwas sagte. Aber er saß nur ganz still da. In der Ferne hörte man Lärm und Gejohle.

»Ein Heidenlärm für diese Uhrzeit, oder?«, meinte sie und sah ihn von der Seite an.

»Ja, diese Stadt kommt nie zur Ruhe. Obwohl man nachts die Stadttore schließt und nächtlicher Lärm verboten ist, aber man kann die Menschen nicht zum Schweigen bringen, nur weil es dunkel ist.«

»Die Stadttore, mein Gott! Die Stadttore sind sicher schon geschlossen!«

Entsetzt wandte sich Anne um. Im Dunkeln sah es so aus, als würde sich an der Stadtmauer nichts mehr rühren.

»Du hast recht, sie haben schon das Signal geblasen, aber ich habe überhaupt nicht mehr dran gedacht«, murmelte Mattis.

»Und ich habe es auch vollkommen vergessen. Was tun wir jetzt?«

»Ich weiß nicht. Wir können hier am Strand spazieren gehen,

bis es wieder hell wird, und wenn wir müde werden, finden wir sicher ein Boot, in dem wir uns ausruhen können.«

»Oder wir suchen eine der umliegenden Siedlungen auf und bitten die Nonnen im Sankt-Klara-Kloster, mir ein Nachtquartier zu geben. Du kannst dann draußen bleiben und beten«, lächelte Anne.

»Nein, wir rudern zur Insel Åso hinüber und schlafen dort beim Vieh. Das hält uns schön warm in der Nacht!«

So scherzten sie noch eine ganze Weile weiter, aber Anne bekam es langsam mit der Angst zu tun. Sie waren einander ausgeliefert, und vor ihnen lag eine ganze Nacht. Auch wenn sie es beide überspielten, so herrschte doch diese gewisse Spannung zwischen ihnen.

»Vielleicht sollten wir zum Norreport gehen und nachsehen, ob wir dort in die Stadt gelangen können«, schlug Anne vor.

»Ja, aber es ist besser, wenn wir noch ein Stück weiterlaufen. Hier ist es so steinig«, wandte er ein, nahm sie bei der Hand und half ihr hoch.

Sie stiegen den grasbewachsenen Hügel hinauf. Ein lauer Nachtwind blies, und obwohl sie den Lärm aus der Stadt hören konnten, waren die Stimmen in den Booten an der Landungsbrücke leiser geworden. Anne spürte Mattis' warme Hand in der ihren und dachte daran, was auf der Treppe zum Obergeschoss des Weinkellers geschehen war. Da räusperte er sich.

»Erzähl mir etwas von dir. Ich weiß nur, dass du Witwe bist.« Sie sah ihn vorsichtig an. Er strahlte eine freundliche Ruhe aus, und sie spürte, dass sie vertraulicher mit ihm reden konnte. Außerdem konnte sie längerfristig ihren Hintergrund doch nicht verleugnen. Dass sie aus Stockholm stammte, wusste er schon, aber nicht, was sie in Lübeck getan hatte.

»Wir gehörten dort zu den wohlhabenden Kaufmannsfamilien«, begann sie. »Ich ging in eine gute Schule und lernte lesen und schreiben. Aber Vaters Geschäfte gingen irgendwann immer schlechter, und er verlor sein ganzes Vermögen. Als ich vierzehn war, gab man mich dem erstbesten Mann, der um meine Hand anhielt.«

»Mochtest du ihn?«

»Ungefähr so, wie man ein Möbelstück mag.«

Sie hörte sein helles Lachen, lächelte und fuhr mit ihrem Bericht fort.

»Zu Anfang ging es uns gut, aber dann wendete sich das Blatt. Da beschlossen wir, nach Stockholm zu ziehen.«

Sie blieben stehen, blickten übers Wasser, und sie erzählte Mattis von dem Schiffbruch und Claus' Tod. »Ich erinnere mich immer noch an seinen Blick, an seine Augen, es war einfach schrecklich. Ohne ihn ist es jetzt doch so leer, obwohl wir uns eigentlich nie geliebt haben. Ist das nicht seltsam?«

»Ein Mensch hinterlässt immer eine gewisse Leere, wenn er geht. Man kann nur hoffen, dass sie mit der Zeit schwindet.«

Er hielt sie jetzt ruhig und tröstend im Arm und strich ihr leicht übers Haar. So blieben sie eine Weile stehen, und sie hatte das Gefühl, dass er sich leicht an sie schmiegte. Zuerst hielt sie es für Einbildung, aber dann zog er sie doch näher zu sich heran. Sie zögerte. Wenn er sie jetzt küsste? Ja, wenn sie das geschehen ließe, dann würde er sicher noch mehr wollen.

Sie bekam ein wenig Angst und entzog sich ihm, bereute es aber im nächsten Augenblick schon wieder. Es hatte ihr doch gefallen, dass er ihr so nahe war. Jetzt schwiegen sie beide und rührten sich nicht mehr. Heimlich betrachtete sie ihn, aber er spürte wohl, dass sie ihn ansah, denn plötzlich wandte er ihr das Gesicht zu, und ihre Blicke trafen sich. Hastig sah er wieder weg, aber sie hatte schon die Hitze und das Verlangen in seinen Augen entdeckt.

»Anne, wenn ich daran denke, was du mir erzählt hast, dann schäme ich mich furchtbar für diese Dummheit mit dem Bier«, sagte er, um abzulenken. »Jetzt verstehe ich auch, warum du so viel mit diesem Deutschen zu besprechen hattest.«

»Ja, nach Claus' Tod fragte ich mich, ob Alf mir wohl mit Essen und Geld aushelfen könnte, bis ich hier in Stockholm allein zurechtkomme.«

»Ist er darauf eingegangen?«

»Ja, aber ich musste ihm versprechen, ihm auch einen Gefallen zu tun.«

»Und zwar?«

»Rein geschäftlich, Mattis. Ich soll ihm den Ort zeigen, wo das Schiffswrack liegt. Als das Schiff unterging, habe ich ja nicht nur Claus verloren, sondern auch meinen gesamten Besitz. Und

Alf kann mir helfen, einen Teil davon zurückzubekommen, indem wir die Fracht bergen.«

»Ich hoffe es für dich. So, jetzt kann ich aber bald nicht mehr stehen. Komm, wir setzen uns.«

Mattis zog seinen Mantel aus und breitete ihn im feuchten Gras aus. Sie ließen sich nieder, und als er ihr den Arm um die Schultern legte, schob sie ihn nicht weg. Er hörte ihr zu, er kümmerte sich um sie, und sie beschloss, ihm auch zu erzählen, wie sie mit dem Boot an Land getrieben und gerettet worden war und wie man sich im Heiliggeistspital um sie gekümmert hatte. Doch sie wollte noch warten, bis sie ihm von ihrem Kind erzählte. Er unterbrach sie nicht, und als sie fertig war, spürte sie seine Hand an der Wange.

»Hast du dich bei diesem Schiffsuntergang verletzt? Hast du dabei diese Wunde am Hals davongetragen?« Vorsichtig streichelte er sie und ließ die Finger über den roten Stoff des Schals wandern. »Anne, darf ich dir den Schal abnehmen?«

Sie schlug die Augen nieder und errötete.

»Ich will dich ganz sehen«, fügte er hinzu, und sie hörte die Beharrlichkeit in seiner Stimme. Nach kurzem Schweigen lockerte sie den Schal. Aber im nächsten Moment bereute sie es schon wieder und zog ihn wieder hoch.

»Aber Anne, was ist denn?« Er beugte sich zu ihr herüber und küsste sie vorsichtig. Sie schloss die Augen.

»O Mattis«, flüsterte sie, »ich muss an die ganzen schrecklichen Geschehnisse denken!« Sie konnte nicht verhindern, dass ihr plötzlich die Tränen über die Wangen liefen.

»Du darfst ruhig weinen, Anne. Hab keine Angst.«

»Verzeih, aber als ich dir davon erzählte, kamen die Erinnerungen wieder hoch, obwohl ich doch eigentlich vergessen will.«

»Ich bin schuld, ich hätte nicht so viel fragen dürfen.«

Sie fühlte sich so weich in seinen Händen, als ob sie zu ihm gehörte. Vorsichtig strich er ihr übers Haar, suchte ihren Mund und zog sie fest an sich. Als sie seine Lippen an den ihren spürte, schloss sie die Augen und öffnete den Mund für ihn.

Wenn sie nicht wollte, dass er seinen Willen durchsetzte, war jetzt der Zeitpunkt, da sie ihm Einhalt gebieten, aufstehen und gehen musste. Aber sie stand nicht auf, und als sie unter ihm auf den Boden sank, ließ sie es einfach geschehen. Sie sehnte sich so nach ihm und seiner Nähe. Sie genoss seinen Eifer und seine Hände, die über ihre Haut wanderten. Ihre Lippen zitterten, und sie bebte unter seiner Berührung. Fest umschlungen lagen sie dort, und sie wusste, es war Wahnsinn, sie durfte es nicht tun, aber mittlerweile war nichts anderes mehr wichtig. Seine Hände umschlossen ihre Brüste, und als er ihre Nacktheit und den weichen Flaum auf ihrem Bauch küsste, strich sie ihm zärtlich übers Haar und stöhnte leise. Sie schloss die Augen und wartete nur noch auf die Wärme seines Körpers an ihrem, und als sie ihn endlich in sich spürte, empfing sie ihn mit einer Welle von Glückseligkeit.

22. Kapitel

Das Pferd mühte sich den Hügel hinauf und rutschte immer wieder mit den Hufen auf dem Untergrund weg. Doch Stadtrat Magnus Spangenmacher brachte es nicht über sich, es noch rücksichtsloser anzutreiben. Das Pferd war erschöpft und stolperte oft, und er hatte Angst, es könne jeden Moment stürzen. Sie waren mehrere Tage lang unterwegs gewesen. Auf Aufforderung des Stadtrates hatte er das Ausmaß der Zerstörung bei Enköping begutachtet, wo die Deutschen einen Ausfall gemacht und die Stadt niedergebrannt hatten. Er war an verbrannten Holzhütten und zerstörten Äckern, an obdachlosen, bettelnden Frauen und Kindern mit leeren Händen vorbeigeritten. Die Angst lag über dem Land wie Brandrauch.

Er seufzte und brachte sein Pferd vor einem der wenigen Steinhäuser auf dem Stadsholmen zum Stehen. Endlich zu Hause! Im gleichen Augenblick, als ihm das Wort »zu Hause« durch den Sinn ging, befiel ihn die Sorge um Ingrid. Hatte sie die Geburt diesmal gut überstanden, oder war wieder geschehen, was all die Male zuvor geschehen war? Hatte sie es diesmal womöglich selbst nicht überlebt? Nein, er drängte diese Gedanken beiseite, lenkte das Pferd zum Stall und rieb es trocken, bevor er durchs Tor trat.

Ingrid hörte das Poltern vor der Tür und hoffte, dass es ihr Gemahl war. Und plötzlich stand er dort auf der Schwelle, breit und kräftig, mit dem zerzausten, dunklen, langen Haar.

Sein Blick leuchtete unter den dichten Augenbrauen, und sein Lächeln war offen und warm.

»Ingrid!« Mit zwei Schritten war er bei seiner Gattin, schloss sie fest in die Arme und küsste sie. Dann schob er sie sanft von sich und musterte ihren schlanken Körper. Sie war genauso schmal wie am Tag ihrer Hochzeit. Er sah sich um und stellte fest, dass das Zimmer leer war. Sein Blick verfinsterte sich, seine Hände wurden feucht, und er wagte kaum, sie anzusehen.

»Meine Liebe, wie ist es dir mit dem Kind ergangen?«

Ingrid strich sich mit den Händen über die Bluse und befeuchtete sich die Lippen. Wenn sie etwas sagen wollte, musste sie es jetzt gleich tun, aber sie spürte mit jeder Faser, dass es unmöglich war. Sie konnte es nicht. Stattdessen wandte sie ihm den Rücken zu, eilte ins Schlafzimmer und kam mit dem Kind auf dem Arm zu ihm zurück.

»Sieh her, Magnus!« Sie hielt ihm das kleine Mädchen entgegen.

Sein Blick hellte sich sofort wieder auf, und freudestrahlend nahm er sein Kind entgegen. Seine Blicke glitten über den Säugling, aber er konnte nichts sagen, spürte nur, wie ihm die Tränen in die Kehle stiegen und er einfach keine Worte fand. Vorsichtig strich er dem Kind über den Kopf und lächelte, als er sah, dass es fast ganz in seinen breiten Händen Platz fand. Lächelnd betrachtete er das runde Gesichtchen, die milchweiße Haut und die kleine Falte zwischen den Augenbrauen. Mit dem Zeigefinger strich er ihm zärtlich über Wangen und Kinn. Ein kleines Kind, sein Kind! Als sein Finger in die Nähe des Mündchens kam, versuchte er ihm den Finger zwischen die Lippen zu schieben, damit es daran nuckelte, aber stattdessen begann es zu schreien.

»Ingrid, erzähl, hast du die Geburt ohne Erschwernisse überstanden? Ist alles gut gegangen?«

»Jaja, aber es ist besser, wenn du mir die Kleine jetzt wieder gibst. Sie will sicher schlafen.«

Ingrid nahm das Kind und wiegte es sanft auf dem Arm, bis das Weinen verstummte. Sie warf ihrem Mann einen verstohlenen Blick zu. Er hatte die graugrünen Augen und das blonde Haar gar nicht beachtet, sondern das Kind sofort als Gottes Geschenk angenommen. Vielleicht sah er nur, was er sehen wollte, aber er hatte ja auch keinen Grund, misstrauisch zu sein. Sie war schwanger gewesen, als er fortritt, und jetzt hatte sie ihm ein Kind geboren. Außerdem wusste er, dass sie ihm immer treu gewesen war. Er würde niemals etwas anderes glauben, als dass dies sein Kind war, und jetzt war ihr noch klarer als vorher, dass sie ihn niemals enttäuschen durfte.

»Oh, Magnus, ich freue mich so über das Kind!«

»Dann sind wir ja schon zu zweit. Und ich hatte mir solche Sorgen um dich gemacht.« Magnus warf ihr einen liebevollen Blick zu, unter dem Ingrid errötete und die Augen abwandte.

»Du bist doch nicht traurig, dass es nur ein Mädchen ist, nicht wahr?«

»Aber Ingrid, ich bin überglücklich! Und nächstes Mal wird es ein Sohn.«

Er merkte nicht, dass ihr ein Schatten über das Gesicht zog. Vielmehr trat er an den Tisch, griff nach dem Bierkrug, legte den Kopf in den Nacken und trank.

»Es war ein harter Ritt, aber ich bin froh, dass ich mich beeilt habe. Dass ich tatsächlich ein so liebreizendes Kind zu sehen bekomme!«

Abermals streckte er die Hand nach dem Kind aus. Ingrid gab es ihm. Magnus blickte auf und streichelte seiner Frau die Wange.

»Isis soll sie heißen, wie die große Göttin.«

»Oder Maria, wie die Heilige.«

»Ja, natürlich, Maria!«

Er küsste die Kleine auf die Stirn und lächelte seine Gemahlin an. »Wir wollen noch mehr Kinder haben, nicht wahr?«

»Später vielleicht. Wir müssen noch warten. Es war eine schwere Entbindung.«

Ingrid nahm ihm das Kind wieder ab, legte es in seinen Korb und trat an den Herd.

»Du willst doch sicher etwas essen.«

Ohne seine Antwort abzuwarten, holte sie Speck und Trockenfisch aus den Vorratsgefäßen, nahm ein Knäckebrot von einem Deckenbalken und weichte das Brot in etwas Bier ein. Die tiefere Bedeutung seiner Worte machte ihr Angst. Was hatte sie getan? Als sie das Kind angenommen hatte, hatte sie eine Entscheidung gefällt, mit der sie nicht nur für eine Weile, sondern ein ganzes Leben lang leben musste. Jedes Mal, wenn er von der Kleinen sprach, würde sie an ihren Betrug und an die leibliche Mutter des Kindes erinnert werden. Und nicht nur das. Mit nur einem Mädchen war er nicht zufrieden, er wünschte sich weitere Kinder.

Sie schnitt jeweils ein Stück vom Speck und vom getrockneten Fisch ab und legte sie auf das Brot, holte noch mehr Bier und kam zurück an den Tisch.

»Bitte schön!«

Sie stellte das Essen vor ihn hin. Er langte kräftig zu und aß mit gutem Appetit, und zwischen den Bissen fragte er, was in seiner Abwesenheit vorgefallen war. Er blickte auf.

»Übrigens, hast du von Hans gehört?«, erkundigte er sich.

»Hans Fossert?«

Magnus nickte.

»Nein, als ich das letzte Mal mit ihm sprach, wollte er in den Schärengarten hinaus.«

»Ja, ich hatte ihn gebeten, dort etwas für mich zu erledigen«, sagte Magnus.

»Etwas zu erledigen? Davon hat er gar nichts erwähnt.«

»Nein, das hat er wahrscheinlich für sich behalten, aber es ist seltsam, dass du seitdem gar nichts mehr von ihm gehört hast. Er sollte eigentlich schon lange wieder zurück sein. Ich hatte ihn gebeten, seinen Bericht bei dir abzuliefern, damit er mir gleich vorliegt, wenn ich nach Hause zurückkomme.«

»Vergiss es, denk jetzt lieber an uns!« Ingrid setzte sich neben ihren Gatten und legte ihm den Kopf auf die Schulter. »Ich habe mich so nach dir gesehnt, Magnus, aber die Geburt unserer Tochter hätte mich fast das Leben gekostet. Mit weiteren Kindern müssen wir noch ein bisschen warten. Lass uns vorsichtig sein.«

»Bald wirst du wieder zu Kräften kommen, und dann werden wir eine richtig große Familie, stimmt's?« Er strich ihr über den Kopf und lächelte, und sie dachte bei sich, dass Linnea sicher ein großes Problem gelöst hatte, indem sie ihr das Kind übergab, aber auch jede Menge neuer Probleme geschaffen hatte.

Zu Anfang war der Wind noch nicht so heftig, aber im Lauf des Nachmittags schlug er von Südwest nach Nordwest um und wurde schnell stärker. Wie wahnsinnig pfiff er über die Inseln, mit einer Mauer aus hartem, schneidendem Regen. Er zog heulend über Strände und Felsplatten, über Fischerhütten und Bootshäuser. Er beutelte die Bäume und Büsche, und alles, was nicht festgemacht war, wirbelte im Wind umher.

Dieser Spätsommersturm überraschte alle, und draußen auf dem Meer wurden die Wellen immer höher. Die Windböen zerfetzten die Wellenkämme zu Schaum, und bald sah es so aus, als läge am äußersten Schärenrand ein weißer Nebel über dem Meer. Der anhaltende Wind peitschte Meer und Land, die Brandung donnerte ungestüm an den Strand. Die Inselbewohner, die das Wetter sonst gut vorhersagen konnten, hatten sich diesmal völlig verschätzt. Viele von ihnen hatten nicht einmal ihre Boote sorgfältig vertäut.

Draußen vor Grönskär wurde das Wasser bis in seine tiefsten Schichten aufgewühlt. Sand und Seegras wurden von Klippen und Sandbänken gerissen und an Land gespült. Große und kleine Steine bewegten sich durch die Kräfte der See, und unter der Wasseroberfläche, dort, wohin kein menschliches Auge reichte, wogte ein stummer, aber umso mächtigerer Sturm. Die Strömung zerrte so heftig an alten Wracks und Schiffsteilen, dass es knirschte und bebte. Manche sanken auf die Seite oder gerieten noch tiefer in den Sand, wieder andere zerbrachen vollends und wurden von Wogen und Strömung auseinandergetrieben. In der mächtigen Umarmung des Sturmes gab es keinen Frieden mehr, sogar auf dem Meeresgrund bewegte sich alles in einem seltsamen, stummen Tanz.

In diesem verborgenen Drama zerbrach ganz langsam auch eine versunkene Hansekogge. Das Schiff zersplitterte, und die Wrackteile wurden gegen eine scharfe Klippe geschmettert. Das Heck blieb an einer vorspringenden Kante hängen, während der Bug mit sämtlichen Lagerräumen abgerissen wurde. Langsam verteilten sich die Wrackteile überall und sanken auf den Grund.

In den Buchten, wo die Winde vollen Spielraum hatten, trieben besonders starke Strömungen Strandgut und Holz vor sich her. Tief unten auf dem Grund wurde ein versenkter Jutesack losgerissen. Er wurde hin und her geworfen und rutschte über Sand und Felsen. Die Wogen rissen an ihm, bis das Gewebe schließlich ein Loch bekam. Die Steine fielen heraus, und der Sack trieb mit seinem Inhalt immer näher zur Küste.

23. Kapitel

Das öffentliche Badehaus auf Åsö lag weiter entfernt, als sie gedacht hatte. Der lange Weg führte zuerst über die Brücke und dann über den schmalen, matschigen Pfad zur Maria-Magdalena Kapelle. Auf der Steigung geriet Anne gehörig außer Atem und musste sich immer wieder vor den letzten Windböen ducken. Der Sturm hatte sich mittlerweile gelegt, nur ab und zu pfiff der Wind noch durch die Zaunlatten. Sie blieb stehen, um ein bisschen zu verschnaufen, und ihr Blick fiel nach unten auf den Galgenhügel mit dem schrecklichen Richtplatz, wo die Hingerichteten aufs Rad geflochten oder auf Pfähle gespießt wurden. Frauen, die ein Verbrechen begangen hatten, wurden zwar nicht gehängt, aber auch zum Tode verurteilt, und sie schauderte bei dem Gedanken, was geschehen würde, wenn man sie erwischen würde. Da wollte sie doch lieber an die wundervolle Nacht mit Mattis denken. Sie lächelte und war in Gedanken ganz weit weg.

»Musst du den Berg so hoch rennen?«

Valborg schnaufte schwer hinter ihr.

»Ich renne doch gar nicht«, verteidigte sich Anne und verlangsamte ihre Schritte wieder. »Ich sehe aber weit und breit kein Badehaus. Ich wusste nicht, dass der Weg so lang ist.«

»Du wolltest doch unbedingt eine gute Aderlasserin, die arbeitet eben so weit außerhalb der Stadt. Schieb die Schuld also nicht auf mich, ich hätte mich in jedem Badehaus waschen können, aber du wolltest dich doch unbedingt schröpfen lassen.«

»Ich will es nun einmal versuchen. Wenn du eine solche Narbe hättest, würdest du auch alles tun, um sie loszuwerden.«

»Ach, wegen der Narbe tust du das also?«

Anne hörte den spöttischen Unterton sehr wohl, ging aber nicht darauf ein. Sie war eine Bürgersfrau und er ein Gaukler, und sie hatte einfach nicht genügend Verstand besessen, ihrem

Schamgefühl nachzugeben. Und an die Folgen hatte sie noch viel weniger gedacht. Sie wusste, dass Valborg nicht begeistert wäre, und hatte sich noch nicht getraut, ihr zu erzählen, was zwischen Mattis und ihr vorgefallen war.

Obwohl sie um ihr verlorenes Kind trauerte und sich zur rechten Zeit viele Kinder wünschte, wollte sie keine alleinstehende, unverheiratete Mutter sein. Mattis mochte sie zwar, aber er würde sicher nicht heiraten wollen, also musste sie das Problem auf diese Art lösen.

Ein Aderlass verhinderte eine Schwangerschaft, hieß es. Darüber hatte sie sogar die Nonnen im Kloster tuscheln hören. Außerdem wirkte diese Methode besser als Quecksilber und Schwefel, zu denen andere Frauen griffen, ganz zu schweigen vom Trinken von Bockspisse. Nein, sosehr sie Mattis mochte, sie wagte es nicht, schwanger zu werden, noch dazu nachdem die hiesigen Bürgersfrauen die Brüste unverheirateter Frauen untersuchen durften. Valborg hatte ihr erklärt, diese Sitte beruhe auf der Annahme, dass Frauen mit geschwollener Brust ohne Säugling ihr Neugeborenes ermordet hatten. Und laut Gesetz wurde dieses Vergehen mit dem Tod geahndet.

Wenn die Nacht mit Mattis nur folgenlos geblieben war! Zum ersten Mal seit langer Zeit hatte sie einen Moment des Glücks erlebt, und dieses reine Gefühl wollte sie sich wie eine strahlende Erinnerung bewahren.

»Hörst du mir gar nicht zu?«

Valborgs Stimme holte sie wieder in die Gegenwart zurück.

»Ich habe dich gefragt, ob du dich wegen deiner Narbe schröpfen lassen willst«, wiederholte sie und stieg vor Anne den steilen Hügel hinauf. Anne zögerte mit der Antwort. Nach den Regengüssen des Vortages war der Pfad nass und glitschig, und man konnte nur zu leicht ausrutschen. Am Wegesrand lagen kleine Blockhütten, und auf den Wiesen ringsum grasten einzelne Kühe.

»Es haben sich schon mehr Frauen schröpfen lassen, nachdem sie mit einem Spielmann zusammen waren«, fuhr Valborg hartnäckig fort. »Ich finde, du solltest Mattis vergessen!«

Anne merkte, dass sie ganz rot wurde. Valborg meinte es gut, es wurde ja viel über die Spielleute geredet. Aber sie kannte Mattis doch gar nicht so gut. Woher wollte sie wissen, dass er nicht anders war als die anderen? Anne konnte nicht glauben, dass er nur ein unbekümmerter Gaukler war. Sie hatte doch den Ausdruck in seinen Augen gesehen, hatte seine zärtlichen Worte gehört und die Liebkosungen seiner Hände gespürt. Er mochte sie ganz bestimmt. Sie hatten sich so umarmt, wie sich nur hingebungsvolle Liebende umarmen, und wäre nicht der heftige Wind in der Morgendammerung gewesen, hätten sie den Strand gar nicht mehr verlassen. Als es zu regnen anfing, hatten sie unter dem Gewölbe des Norreport Schutz gesucht und dort eng umschlungen gesessen, bis die Stadtwache endlich das Tor öffnete. Widerwillig waren sie zum Weinkeller gegangen und dort jeder in seinem eigenen Zimmer verschwunden. Valborg hatte doch hoffentlich nicht gemerkt, dass sie weg gewesen waren!

»Heraus mit der Sprache – weswegen willst du zur Ader gelassen werden?«, bohrte Valborg weiter. »Ist es wegen Mattis? Du verfolgst ihn ja mit Blicken, als wäre er ein voller Teller zur Fastenzeit.«

»Ach, tatsächlich?« Anne fühlte sich ertappt und blickte zu Boden. Der Spielmann spukte ihr ununterbrochen im Kopf herum. Gegen Morgen, als er gefragt hatte, ob sie mit ihm weiterziehen wolle, hatte sie ihm den Kopf auf die Brust gelegt und gesagt, er träume wohl. Aber vielleicht könne es eines Tages doch noch Wirklichkeit werden.

Bevor sie am Morgen auseinandergingen, hatten sie sich darauf geeinigt, geheim zu halten, was zwischen ihnen geschehen war. Mattis mochte es nicht, wenn die Leute redeten, und Anne war nicht sicher, wie Alf dazu stehen würde, wenn er erfuhr, dass sie so bald nach dem Verlust ihres Gatten einen anderen Mann umarmt hatte. Außerdem war es eine Sünde, sich als Frau außerhalb der Ehe mit einem Mann zu vereinigen. Wer so etwas tat, galt als Hure, also musste sie vorsichtig sein. Gleichzeitig verstand sie aber nicht, wie die Nähe zweier Menschen strafbar sein konnte – es ging doch um Liebe. Wie konnte Gott verbieten, was er selbst predigte?

Trotz aller Wagnisse, die sie damit einging, war sie entschlossen, an Mattis festzuhalten. Er musste Stockholm bald verlassen, und bis dahin wollte sie so oft wie möglich mit ihm zusammen sein. Noch konnte sie nirgends mit ihm hinfahren. Zuerst musste sie Claus' Geschäfte in Ordnung bringen. Ein umherziehender Gaukler wie Mattis würde niemals reich werden; wenn sie also eines Tages zusammenleben wollten, war es besser, vorher ein wenig Geld beiseitegelegt zu haben. Nur die wenigen Spielmänner, die eine feste Anstellung bei Hofe hatten und dem König dienten, genossen Ansehen und kamen zu Geld. Ob sie nun allein lebte oder mit Mattis zog, sie musste auf jeden Fall dafür sorgen, dass diese Angelegenheiten geregelt wurden. Sie lächelte bei dem Gedanken, dass aus ihnen trotz allem doch noch eines Tages ein Paar werden könnte.

»Du lächelst so einfältig! Woran denkst du?«, war Valborgs Stimme wieder zu hören.

»An nichts.«

»Na, das sehe ich aber anders«, widersprach Valborg und verdrehte die Augen, aber Anne merkte es gar nicht. In Gedanken war sie immer noch bei Mattis. Sie bewunderte ihn, dass er so unbekümmert von Gegend zu Gegend wanderte und andere Menschen unterhielt, wobei er zugleich so viel von sich selbst opfern musste. Keine Reichtümer, keine Ehre, aber trotzdem spielte er weiter. Irgendwie war das seltsam. Von den einen erntete er frohes Gelächter und Anerkennung, von den anderen Spott und Hohn, und arm war er obendrein.

»Also wirklich, Anne, wenn du nicht an Mattis denkst, warum schaust du dann so sehnsüchtig drein?«

»Ach, ich denke einfach nur ans Essen.« Anne zwinkerte ihrer Freundin zu. »Ja, natürlich denke ich auch an Mattis, aber schimpf mich nicht dafür. Er macht mich so glücklich.«

»Das ist es ja gerade«, brummte Valborg. »Mattis macht viele Frauen glücklich.«

Aber sie sagte es so leise, dass ihre letzten Worte mit dem Wind davonflogen und Anne sie nicht mehr hörte.

Das Badehaus lag auf einem kleinen Hügel, umgeben von mehreren Häuschen, einer Scheune und einem kleinen Vorratshaus. Auf zwei Dächern grasten Ziegen, und auf dem Hof hackte ein Junge Holz. An den Wänden standen Karren, Sensen und hohe Holzstapel, und über einem Misthaufen ein Stückchen weiter längs summten große Fliegenschwärme. Zögernd folgte Anne Valborg ins Badehaus.

Als sie die Tür öffneten, schlug ihnen eine Wolke von Feuchtigkeit und Schweiß entgegen. Drinnen war es laut; helle, durchdringende Frauenstimmen mischten sich mit dem polternden Gelächter der Männer. Es war so schummrig und rauchig, dass Anne die nackten Körper kaum ausmachen konnte. Manche sangen, mehrere schienen sogar betrunken zu sein. Sie blieb auf der Schwelle stehen.

»Ist das wirklich das Badehaus?«, fragte sie zweifelnd.

»Ja, dafür sind wir doch eigens hergekommen.«

»Aber ich habe Badehäuser ganz anders in Erinnerung.«

»Mag sein, und als Kind hast du sicher auch nicht verstanden, was die Leute da auf den Pritschen trieben.«

Anne betrat den Raum und sah sich unsicher um. Auf der untersten Bank lag ein Mann mit einem Schröpfhorn auf dem Rücken, und etwas weiter weg erfrischte sich ein alter Mann mit Wasser aus einem Eimer.

Eine ältere Frau, die das Badehaus zu führen schien, kam auf sie zu.

»Sie möchte zur Ader gelassen werden«, erklärte Valborg mit Respekt einflößender Stimme und zeigte auf Anne.

Die Frau nickte und zeigte ihr, wo sie sich ausziehen solle. Danach ging sie, um die Salben, Öle und das Schröpfhorn zu holen.

»Aus Hörnern sollte man trinken«, murmelte Valborg angeekelt. Anne schwieg.

Es roch nach altem Schweiß, Holz und Rosenöl, und stickiger Nebel lag über dem ganzen Raum. Weiter in der Mitte stand ein großer Steinofen, und hinter der Ofenklappe war das Feuer zu sehen, wie große, helle Besen sah es aus. Einige Männer und Frauen unterhielten sich mit Spielen, und weiter hinten erhob sich lautes Gekicher, als sich zwei Damen mit Birkenruten peitschen ließen.

»Nein, nein, lass das!«, hörte Anne im Dunkeln, und das Gelächter der Frauen wurde von den neckenden Kommentaren der Männer unterbrochen. Dann war ein klatschendes Geräusch zu hören, als schlüge jemand nach etwas.

»Kerle«, zischte Valborg und nickte in die Badestube. »Du wirst noch hören, wie sie schreien, wenn sie sich im Kaltwasserbecken abkühlen.«

»Wen soll ich zur Ader lassen?« Eine alte Frau mit fleckigem Kittel war mit einigen Schröpfhörnern in der Hand aufgetaucht.

»Äh, das war ich«, murmelte Anne und betrachtete die Alte plötzlich mit Widerwillen. Ob es wohl wirklich so klug war, sich schröpfen zu lassen? Sie hatte vor nicht allzu langer Zeit so viel Blut verloren, aber andererseits hatte sie sich in den letzten Tagen schon wieder viel kräftiger gefühlt.

»Folge mir!« Die alte Frau ging voraus und ergriff einen alten Holzschemel. Auf dem Schemel daneben saß eine ältere Frau mit den Füßen in einer Wanne. Auf dem Rücken hatte sie vier kleine Schröpfhörner, unter denen Streifen von Blut zu sehen waren.

»Tut das weh?«, flüsterte Anne, aber die Frau antwortete ihr nicht.

»Beug dich vor!«, befahl die Alte gleichgültig und reihte die Hörner neben sich auf der Bank auf.

Anne war blass geworden und warf einen verstohlenen Blick auf die seltsamen Gerätschaften. Obwohl sie erwachsen war, hatte sie sich noch nie schröpfen lassen, und wäre nicht die Nacht mit Mattis gewesen, hätte sie dies auch weiterhin zu vermeiden gewusst. Sie nickte der alten Frau zu, schloss die Augen und ließ sie eine Ader anzapfen. Als sie zu bluten begann, drückte ihr die Alte das Horn auf die Haut und saugte die Luft heraus, bis es festsaß. Anne verzog das Gesicht und legte die Hände an die Schläfen. Worauf hatte sie sich da bloß eingelassen!

Als Valborg und sie ein paar Stunden später von Söder zurückwanderten, fiel ein leichter Nieselregen. Anne hielt sich die ganze Zeit die Schulter, wo eines der Schröpfhörner gesessen hatte. Sogar auf dem Rücken tat es weh. Sie fand dieses ganze Aderlassen eklig, und die Alte hatte eine Menge Blut aus den Schröpfhörnern herausgeholt. Nein, so etwas wollte sie nicht noch einmal mitmachen.

»Nun, wie geht es dir jetzt?«, erkundigte sich Valborg mitfühlend. »Du siehst ein bisschen blass aus.«

»Ich bin dabei so müde geworden, dass ich mich am liebsten zum Schlafen auf den Boden gelegt hätte.«

»Und trotzdem warst du so erpicht darauf ...« Valborg beobachtete sie scharf. »Du brauchst nicht zu glauben, dass ich vollkommen blind und taub bin, Anne. Nur wer völlig den Kopf verloren hat, schaut einen Mann so an.«

»Natürlich mag ich Mattis«, gab Anne widerwillig zu.

»Ich missgönne dir deine Liebe doch gar nicht, ich will nur dein Bestes, das musst du verstehen. Mir ist es auch nicht so wichtig, was Gott als Sünde betrachtet und was nicht, die Kirche hat in meinem Leben weniger Platz als bei anderen Leuten. Aber eines will ich dir sagen: Wenn du Mattis schon deinen Körper geben musst, dann behalte wenigstens dein Herz für dich. Ich habe noch nie erlebt, dass er zu einer seiner Frauen zurückgekehrt wäre.«

»Vielleicht hatte er ja auch noch nie eine Frau, in die er so verliebt war wie in mich«, gab Anne trotzig zurück und schritt flott aus.

Valborg eilte ihr nach.

»Werd doch nicht gleich ungehalten! Du magst ja recht haben. Aber ich habe auf jeden Fall versucht, dich zu warnen, also komm mir hinterher nicht an und erzähl mir ...«

»... dass du nicht mein Bestes gewollt hättest«, fiel ihr Anne ins Wort. »Du hast recht, aber bedenke, dass man die Wahrheit nicht immer hören will. Vielleicht bin ich glücklicher ohne diese grausame Wahrheit. Ich habe so viel verloren, und mit Mattis ...«

Sie verstummte.

»Was meinst du?«

»Eigentlich wollte ich es dir ja nicht erzählen, aber es ist so viel passiert. Als ich aus Lübeck kam, hatte ich alles verloren.«

Valborg blieb stehen und sah sie ernst an.

»Was redest du da?«

»Ich habe bei einem Schiffbruch meinen Gemahl und mein gesamtes Hab und Gut verloren.«

»Du lieber Gott, ist das wahr?«

»Ich war die einzige Überlebende.« Sie machte eine Pause und blickte auf ihre Hände hinab. »Ich wurde von einem Fischerehepaar gerettet, aber der Mann hat mich überfallen, und da habe ich mit einem Messer auf ihn eingestochen und bin in ihrem Boot geflohen. Und jetzt sind sie hinter mir her.«

»Du Ärmste!«

Anne sah in Valborgs mitleidige Augen und atmete tief durch. »Aber das ist noch nicht alles. Am schlimmsten ist das Unglück, dass ich mein Kind verloren habe, es kam tot zur Welt. Wenn also jemand wie Mattis mich vergessen lässt …«

Valborg trat auf Anne zu und nahm sie in die Arme.

»Du Liebe, und ich war so unfreundlich zu dir.«

»Aber du wusstest ja nicht alles, und du wolltest nur mein Bestes. Entschuldige, dass ich dir so gar nicht zuhören konnte.«

Valborg sah sie zärtlich an und strich ihr ein wenig unbeholfen über die Wange.

»Tja, die Hälfte aller dieser Schicksalsschläge hätte schon gereicht«, fuhr Anne fort. Es fiel ihr schwer, mit fester Stimme weiterzusprechen. »Ich verstehe, dass Mattis nicht der richtige Mann zum Heiraten ist, aber im Moment bin ich auch ohne diese Aussicht glücklich mit ihm.«

Valborg musterte sie schweigend.

»Ist schon gut, Anne, ich verstehe dich … Aber denk immer daran, wenn du mich eines Tages brauchst – du weißt, wo du mich findest.«

Valborg umarmte sie nochmals, und Anne drückte sie ebenfalls fest an sich. Nach dem ganzen Kummer, den sie durchgemacht hatte, schien sie zumindest das Glück gehabt zu haben, auf die richtigen Menschen zu treffen.

Später am Abend schlich sich Mattis zu Anne. Sie lag im Bett, und als sie seine Schritte hörte, stützte sie sich auf den Ellbogen und blickte zur Tür. Schwindel befiel sie, und sie ließ sich zurücksinken. Da ihr übel geworden war, hatte sie sich früh schlafen gelegt. Vielleicht hätte sie das warme Bier, das ihr der alte Mann im Badehaus serviert hatte, lieber nicht trinken sollen. Es hatte seltsam geschmeckt, und sowie sie wieder zu Hause im Weinkeller war, hatte sie ein Brechreiz überfallen.

»Bist du es, Mattis?«

»Pst!«, flüsterte er, schlich sich ins Zimmer und setzte sich neben sie aufs Bett. Er küsste sie eilig und strich ihr ein paar lose Haarsträhnen aus dem Gesicht.

»Du bist so liebreizend!«

»Du hättest nicht hierher kommen dürfen«, keuchte Anne. »Ich sollte nicht …«

»Bereust du unsere gemeinsame Nacht?«

»O nein, Mattis, niemals, das ist es nicht.«

Seine Hände tasteten sich an ihrem Hals hinab in den Ausschnitt des Nachthemds.

»Nein, nicht!«

»Was ist denn?«

Er nahm ihren Kopf in die Hände und küsste sie nochmals, aber sie rutschte schwach und schwindlig nach unten weg.

»Ich weiß nicht, es geht mir gar nicht gut.«

Die Übelkeit schlug wie eine Welle über ihr zusammen, und sie wusste, sie musste sich übergeben. Sie machte einen Versuch aufzustehen.

»Einen Eimer, schnell!«

Mattis sah sich um, zog den Nachttopf heran und schaffte es gerade noch, ihn aufs Bett zu stellen, als sie auch schon erbrach.

»O nein …« Sie wischte sich den Mund ab.

»Warte!«

Er nahm die Kanne und goss Wasser in die Waschschüssel. Dann setzte er sich neben sie und trocknete ihr die Hände und das Gesicht mit einem Leinentuch ab. Sie lehnte den Kopf an seine Schulter und atmete schwer. Er streichelte ihr das Haar.

»Ich mag dich so«, murmelte er.

Sie sah im Dunkeln zu ihm auf und dachte an ihr Schäferstündchen am Strand. Sie hatten sich vereinigt, ohne verheiratet zu sein, ohne an etwas anderes zu denken als an ihre Lust und ihr Verlangen. Sie hätte Scham verspüren und sich mit ihrer Sündhaftigkeit quälen sollen, aber sie bereute es nicht, sie bereute gar nichts. Sein Arm lag beschützend auf ihrer Schulter, und er drückte sie an sich. Wie sollte sie in seiner Gegenwart etwas anderes als Freude empfinden?

Dann kehrte die Übelkeit zurück, und sie musste sich wieder über den Topf beugen. Ein widerlicher Geruch verbreitete sich im ganzen Zimmer, und sie schämte sich, aber er blieb ganz ruhig bei ihr sitzen und streichelte ihr das heiße, verschwitzte Gesicht.

»Meine arme, arme kleine Anne!«

Sie fühlte seine Hand in ihrer und hörte in der Stille seine ruhigen Atemzüge. Die ganze Nacht über blieb er bei ihr sitzen und hielt ihr die Hand, und als der Morgen dämmerte, war sie völlig erschöpft und versank in ihrer Müdigkeit. Bevor sie einschlummerte, vergewisserte sie sich, dass er immer noch da war und bei ihr wachte.

Auf einmal fühlte sich das, was zwischen ihnen gewesen war, so richtig an, und sie hätte es gern fortgesetzt, wenn sie nur in der Verfassung gewesen wäre. Als hätte er ihre Gedanken gelesen, sagte er: »Ich habe nicht vor, hier wegzugehen, bis du wieder wohlauf bist.«

Sie lächelte matt.

»Oder willst du, dass ich gehe?«

Sie schüttelte den Kopf, schlummerte ein und schlief bis spät in den Vormittag hinein. Als sie aufwachte, richtete sie sich verwirrt im Bett auf.

»Mattis?«

»Geht es dir besser?«

Mit einer müden Geste strich sie sich übers Gesicht und sah ihn an. Schwindlig und benommen, aber auch ganz warm vor Freude. Er war bei ihr geblieben! Die Übelkeit war mittlerweile verflogen, aber sie fühlte sich immer noch schwach.

»Ja, es geht mir wieder besser«, sagte sie. »Und das verdanke ich vor allem dir.«

24. Kapitel

Es wehte immer noch eine steife Brise, als der Junge hinausfuhr, um die Netze auszuwerfen. Zwei Tage lang hatte er dies angesichts der stürmischen See nicht gewagt, aber der Fischkasten war leer, und die Familie brauchte etwas zu essen.

Barsche und den einen oder anderen Hecht werde ich ja wohl fangen, dachte er, als er das Netz über das Heck ins Boot zerrte und das Boot dann ins Wasser schob. Vater und Mutter lagen mit Schüttelfrost zu Hause, und niemand konnte ihm beim Rudern helfen. Jetzt hing es von ihm ab, ob zum Abendessen etwas auf dem Tisch stehen würde. Entschlossen ging er noch ein paar Schritte weiter ins kalte Wasser und hievte sich dann an Bord. Während er aus der Bucht hinausruderte, träumte er davon, dass die Netze am nächsten Tag voll sein würden und dass der Vater ihn loben würde, wenn er nach dem Leeren der Netze in die Hütte zurückkam.

Rasch steuerte er die Sandbank an, über der sein Vater oft fischte, begutachtete noch einmal die Senker und ließ das Netz dann ins Wasser. Obwohl noch immer hohe Wellen gingen, gelang es ihm, alle Netze allein auszulegen. Seine Eltern hingegen mussten dafür immer zu zweit sein. Wahrscheinlich weil sie schon so alt sind, dachte er.

Zufrieden mit sich selbst ruderte er in die Bucht zurück und war fast schon am Anlegesteg, als ihm ein Gegenstand ins Auge fiel, der in einiger Entfernung im Wasser trieb. Zuerst wollte er sich nicht weiter darum kümmern, aber dann gewann seine Neugier doch die Oberhand, und er konnte es sich nicht verkneifen, hinüberzurudern und nachzusehen, was es war. Es sah aus wie ein Sack. Das halb zerrissene Gewebe war mit Seegras bedeckt und schaukelte auf den Wellen auf und ab. Vielleicht befinden sich ja irgendwelche Kostbarkeiten darin, dachte er und manövrierte das Boot näher an den alten Jutesack heran. Unter dem ganzen Tang und Unrat entdeckte er etwas Blaues – ausgeblichenen blauen Stoff. Dann erblickte er den Körper.

Er rief nicht um Hilfe und blieb auch nicht, um festzustellen, wer der Tote sein könnte. Mit schreckgeweiteten Augen und Tränen im Hals wendete er das Boot und ruderte zum Steg. Dort sprang er an Land, vertäute den Kahn und rannte hinauf zur Hütte. Erst als er die Tür hinter sich geschlossen hatte, schrie er endlich los.

Stockholm war noch nicht erwacht, als sie die Stadt langsam bei ablandigem Wind verließen. Der Hafen versank hinter ihnen im Sonnendunst, und bald sah man nur noch die langen, weißen Schornsteine des Dominikanerklosters und den Turm Tre Kronor. Anne saß achtern im Boot und blickte über das Wasser. Es rauschte unter dem Vordersteven, kräuselte sich unter ihrer Handfläche und kitzelte sie. Sie seufzte. Am liebsten wäre sie gar nicht mehr in die Schären hinausgefahren. Sie hätte sich vielmehr gewünscht, den Schiffbruch, das Wrack und all das hinter sich zu lassen, aber Alf war so erpicht darauf, und als er versprach, dass es nur ein, zwei Tage dauern werde, hatte sie sich bereit erklärt mitzukommen. Wenn sie in Zukunft

Geschäfte machen wollten, war es besser, sich gut mit ihm zu stellen.

»Anne, wie geht es dir?«

Der hochgewachsene blonde Kaufmann kam gerade nach hinten, und seine scharfe, leicht nasale Stimme übertönte den Wind. Sein halblanges Haar war vom Wind zerzaust, und seine stechenden blauen Augen glitzerten. Im Sonnenlicht kam seine stolze Gestalt auf ganz neue Art zur Geltung. Trotz seines Alters hatte er einen straffen Körper, seine Schultern waren breit und seine Oberarme lang und kräftig. Einen Hängebauch hatte er auch nicht, und trotz des Seegangs bewegte er sich geschmeidig über Deck. Außerhalb seines Handelshauses sah er plötzlich gar nicht mehr so streng und steif aus, sondern viel entspannter, wie ein Hausherr, der gerade sein Mittagessen zu sich genommen hat.

»Wie geht es dir?«, wiederholte er.

»Gut, ich bin nur etwas schläfrig.«

»Ja, du kannst dir sicher vorstellen, wie froh ich bin, nicht jeden Tag so früh aufstehen zu müssen. Ich hätte nie Fischer oder Bauer werden können. Da beschäftige ich mich doch lieber mit dem Handel. Da kann ich wenigstens in aller Ruhe mein Frühstück verzehren.«

Beim Wort »Fischer« verfinsterten sich Annes Augen, und sie sah weg. Sie hatte daran gedacht, war aber zu dem Schluss gekommen, dass sie Mårten auf dem Meer schon nicht treffen werde, und sie fühlte sich auch sicher in ihren neuen Kleidern. Alfs Frau hatte ihr einen teuren bestickten Rock und einen hübschen, hellgrauen Mantel geliehen. Sie sah eher aus wie eine Bürgersgattin als wie eine arme Frau, und außerdem war sie ja nicht mehr schwanger. Nein, sie musste sich keine Sorgen machen.

Alf setzte sich neben sie und legte ihr behutsam den Arm um die Schultern.

»Fällt es dir sehr schwer?«

»Du meinst, an den Ort des Schiffbruchs zurückzukehren?«

»Ja, ich verstehe sehr gut, dass du es vorgezogen hättest, in der Stadt zu bleiben.«

Annes Blick glitt über die Reling. Hier im Schärengarten wurden so viele Erinnerungen wieder geweckt. Vor ihrem inneren

Auge sah sie die riesigen Wellen und Claus' verzweifelten Blick, wie er die Hände nach ihr ausstreckte, bevor er mit schreckgeweiteten Augen in den Wogen verschwand. Diese Erinnerung würde sie nie wieder loswerden, aber noch mehr als um Claus trauerte sie um ihre verlorene Tochter. Ein tot geborenes Kind. Diese Trauer brannte immer noch in ihr, und davon konnte sie Alf nicht erzählen.

»Hier draußen auf dem Wasser erinnere ich mich ...« Sie spürte, wie die Tränen in ihr aufstiegen, und sie rang um Fassung. »Aber ich will in meinem Leben vorwärtsgehen und kann nicht in der Vergangenheit hängen bleiben. Und jetzt müssen wir das Wrack finden.«

Er blieb ganz still sitzen, weil er sie nicht unterbrechen wollte. Dann sagte er: »Ich bin so froh, dass du mitgekommen bist. Claus wäre sehr stolz auf dich gewesen. Ich hoffe, dass du eines Tages alle deine schrecklichen Erlebnisse vergessen kannst.«

»Vielleicht«, sagte sie, war aber nicht ganz überzeugt. Konnte man einen solchen Albtraum jemals auslöschen? Würde er sie nicht für immer verfolgen? Außerdem war sie traurig, was damit alles dahingegangen war, das neue Leben in Stockholm, auf das sie so große Hoffnungen gesetzt hatte.

Alf blieb bei ihr sitzen, und sie merkte, dass er ihr Kraft gab. Plötzlich überkam sie der Wunsch, auch etwas für ihn zu tun.

»Worüber denkst du gerade nach?« Seine Stimme war ganz nahe.

»Ach, gar nichts, außer über das Wrack natürlich.« Sie beugte sich vor und blickte zur Küste hinüber. »Hast du schon einmal überlegt, wie schön Stockholm in der Morgendämmerung aussieht? Als wir hinaussegelten, musste ich wieder daran denken, wie es war, als ich noch ein kleines Mädchen war und immer am Strand spielte.«

Er sah sie an und lächelte.

»Da haben wir uns unter den Stegen versteckt und in die Fischerhütten geschlichen. Wenn jemand vergessen hatte, die Tür seiner Hütte abzuschließen, versteckten wir uns zwischen den Netzen und erzählten uns Geschichten. Siehst du, wie es aus den Schornsteinen des Dominikanerklosters raucht? Als würden dort Elfen auf dem Dach tanzen.«

»Elfen?« Er brach in herzliches Gelächter aus.

Sie sagte nichts mehr. Während sich das Segel im Wind blähte und das Boot durchs Wasser glitt, dachte sie über den Mann nach, der da neben ihr saß.

Die Predigt war vorüber, und Magnus Spangenmacher nahm seine Frau am Arm. Während die letzten Glockenschläge über ihren Köpfen dröhnten, schritten sie langsam auf den Hügel hinaus, auf dem die Kirche erbaut war. Das grelle Licht der Mittagssonne schlug ihnen entgegen, und Magnus musste die Augen mit der Hand überschatten, um nicht geblendet zu werden. Er blickte zum mächtigen Kirchturm hinauf und bewunderte das neue Schindeldach. Wenn Stockholm auch nicht so groß und schön war wie Lübeck, so entwickelte es sich doch langsam zu einer der mächtigeren Städte an der Ostsee.

»Jetzt komm schon!« Ingrid bedachte ihren Mann mit einem auffordernden Blick. »Linnea wartet auf uns. Wir müssen Maria abholen.«

»So eilig ist es doch wohl auch wieder nicht.«

»Magnus Spangenmacher?« Eine wohlbekannte Stimme ertönte hinter ihnen, und Magnus drehte sich um. Es war der Schmied, der auf dem Nachbarhof wohnte. Er war groß und dick und hatte einen unverwechselbaren, wiegenden Gang. An seinen dicken Fingern glänzten zwei goldene Ringe.

»Schön, dich zu sehen, Magnus. Darf ich kurz ein Wort mit dir reden?« Er warf Ingrid einen freundlichen Blick zu. »Entschuldige, aber es dauert bestimmt nicht lange.«

Entschlossen zog er den Stadtrat beiseite. Die Gottesdienstbesucher strömten zu beiden Seiten an ihnen vorbei, und eine Gruppe Vitalianer drängelte hügelaufwärts. Magnus sah den Schmied fragend an.

»Erzähl, was gibt es so Dringendes, dass es nicht warten kann?«

»Ich befürchte, ich habe schlechte Neuigkeiten.«

»Ach ja?«

»Ich habe in der Schmiede zwei Schlossknechte belauscht. Sie erzählten, dass man den verschwundenen Stadtrat gefunden habe.«

»Wen meinst du?«

»Hans Fossert. Sie haben ihn in einem Sack gefunden, der bei Grönskär angeschwemmt wurde.«

»Du lieber Himmel! Was in aller Welt ist da geschehen?«

»Er ist ermordet worden. Jemand hat ihm die Kehle durchgeschnitten.«

Magnus befiel ein böses Gefühl. Es gingen Gerüchte, dass die Vitalianer Waffenlager im Schärengarten anlegten, und deshalb hatte er Fossert gebeten, auf den Inseln Erkundigungen einzuziehen. Offensichtlich war er einem Schurkenstück auf die Spur gekommen. Warum sonst hatte man ihn umbringen sollen?

»Vielleicht ist eine Verschwörung im Gange. Die Mörder hatten versucht, den Körper zu versenken, und es gibt Gerüchte, dass es noch weitere Morde gegeben hat.«

»Das verheißt nichts Gutes.« Magnus blickte über den Kirchhügel. Die Frauen trugen farbenprächtige Kleider mit glänzenden Schnallen und Gürteln, und die Männer, die ein wenig abseits standen, schwitzten in ihren Hosen und weißen Röcken. Die Gottesdienstbesucher plauderten angeregt miteinander, und hie und da wurden die Gespräche von lautem Gelächter unterbrochen. Er wäre gern einer von denen gewesen, die dort anscheinend so völlig unbekümmert herumstanden. Hans Fossert war tot, und das war ausschließlich seine Schuld. Wie hatte er nur so dumm sein können, ihn allein loszuschicken?

»Das gefällt mir ganz und gar nicht. Jemand hat einen schwedischen Bürger ermordet. Vielleicht sollen noch weitere umgebracht werden. Was immer dir zu Ohren kommt, lass es mich wissen.«

Der Schmied nickte. »Natürlich, ich halte dich auf dem Laufenden!«

»Auch falls du größere Waffenbestellungen bekommst, möchte ich Bescheid wissen.«

»Ja, ich verspreche es dir.«

»Dann bleiben wir dabei, und danke, dass du es mir erzählt hast!« Magnus Spangenmacher verbeugte sich und hob die Hand zum Gruß. Plötzlich fühlte er sich ganz schwach. Das Gerücht über die Waffenlager der Vitalianer auf den Schäreninseln schien sich zu bewahrheiten. Das konnte nur eines bedeuten: Die Vitalienbrüder, dieses arbeitsscheue Gesindel von Kriegern, Aufrührern und Dieben, wollten mit Gewalt die Macht an sich reißen.

25. Kapitel

Gut gelaunt eilte Mattis mit der Fiedel auf dem Rücken zum Festsaal von Sankt Olof. Eine Gruppe schwedischer Bürger hatte ihn angefordert, und er freute sich darauf, abends dort zu spielen. Er trat gern bei solchen Festen auf, und vermutlich stand ihm wie meistens ein lustiger Abend bevor.

Während er pfeifend durch die Gassen wanderte, dachte er an Annes Worte. Sie hatte gesagt, wenn er bei ihr sei, gehe es ihr gut. Das machte ihn glücklich, denn sie bedeutete ihm allmählich mehr, als er sich je hätte träumen lassen.

Sie hatte seine Aufmerksamkeit erregt, als sie sich anfangs so abweisend gezeigt hatte, aber obwohl er sie mittlerweile besessen hatte, war er ihrer nicht überdrüssig geworden. Bei der Erinnerung an ihr helles Lachen und ihren warmen, weichen Körper wurde ihm jetzt noch ganz heiß im Gesicht. Zu ihr konnte er vielleicht zurückkehren.

Mattis war so in seine Gedanken versunken, dass er die Männer gar nicht bemerkte. Er stolperte über einen ausgestreckten Fuß und wäre beinahe einem langen, dünnen Kerl in Rüstung in die Arme gefallen.

»Sieh dich bloß vor, du Stümper!«

Hinter dem Dünnen sammelten sich mehrere Männer in Harnischen. Mattis eilte weiter, als wäre nichts geschehen.

»Na, willst du nicht um Entschuldigung bitten, hä?«

Der Mann packte ihn, und als Mattis den harten Griff am Arm spürte, handelte er, ohne nachzudenken. Rasch riss er sich los und schlüpfte an den anderen vorbei. Dann rannte er davon. Erst als der Festsaal von Sankt Olof in Sicht kam, blieb er stehen und lehnte sich atemlos an eine Hauswand. Die Vitalienbrüder, dieses Teufelspack! Diesmal war es wahrhaftig knapp gewesen! Er war noch einmal davongekommen, aber das ungute Gefühl blieb.

Er eilte die Treppe in das Kellergewölbe hinunter. Dort unten wäre er beinahe über ein Schwein gestolpert, und dann schlug er sich auch noch den Kopf an der Decke an. Er fluchte, untersuchte seine Fiedel und stellte zu seiner Erleichterung fest, dass sie nicht beschädigt war. Er blickte sich um. Die Gäste hatten schon überall auf den Bänken Platz genommen, und ein Stimmengewirr erfüllte das Gewölbe.

Die Flammen im Ofen spiegelten sich in den Trinkgefäßen aus echtem Silber, und auf den Tischplatten, die auf Holzböcken lagen, zerbrachen die Schüsseln fast unter der Last aus Geflügel, Ochsenbraten und Hammelfleisch. Sprachlos betrachtete Mattis all diesen Überfluss.

»Endlich ist der Spielmann hier!« Ein Mann mit borstigen Augenbrauen und mehr als einem Doppelkinn begrüßte Mattis und führte ihn in die Mitte des Raumes.

Mattis starrte die herausgeputzten Menschen an: Frauen in edlen, bodenlangen Gewändern und Männer mit eng anliegenden Hosen und schmalen Jacken. Überall glänzten Schmuck und Seidenstoffe. Mattis strich sich über die Stirn und fühlte sich ganz matt. Wie sollte er solche Leute unterhalten?

Der Wirt stellte ihn den anderen Musikanten vor, und er begrüßte sie mit einer tiefen Verbeugung. Aber was sollte er spielen? Ein Kampflied, eine vertonte Legende oder eine Ritterweise? Er hatte vorher gar nicht mit den anderen üben können, aber die Gäste klatschten schon ungeduldig in die Hände.

Mit heller und leicht unsicherer Stimme begann er eine Ballade über einen Brautraub, aber niemand sang mit. Dann versuchte er es mit dem Lied über das Hirtenmädchen, das sich mit seinen Schafen verirrt hat, aber die Musikanten kamen aus dem Takt, und auch dieses Stück wurde nur verhalten aufgenommen. Mattis merkte, wie ihm der Schweiß auf der Oberlippe perlte. Irgendjemand reichte ihm einen Becher Met, und er leerte ihn mit kleinen, hastigen Schlucken. Das Schwein rannte noch immer durch den Saal, und er blickte ihm gereizt hinterher.

»Kennst du denn kein Hohnlied auf die Deutschen?«, rief ein langnasiger Mann laut und vollführte einige betrunkene Tanzschritte über die Holzbohlen.

»Lang lebe die Königin!«, rief einer der Gäste.

»Ja, trinken wir auf unsere Königin!«, stimmten die anderen ein und hoben die Becher.

Mattis ließ den Blick durch den Raum schweifen. Die Gäste schienen dafür zu sein, dass Königin Margareta zusammen mit den Schweden die Macht in Stockholm übernahm. Ein respektloses Lied über die Deutschen mochte hier wohl gut ankommen. Er räusperte sich und fing an zu singen:

Schickt Albrecht zurück zu den Seinen,
Hinfort aus dieser Stadt.
Die Schweden werden nicht weinen.
Für die Deutschen wird es wohl hart.

Die Musikanten fielen mit einer improvisierten Melodie ein, die Krüge wurden geleert, und unter den Gästen brach Jubel aus. Mattis war wieder besseren Mutes und überlegte, womit er die Leute sonst noch unterhalten konnte. Das Schwein, dachte er vergnügt, legte die Fiedel aus der Hand und rannte zum Ofen. Dort holte er sich ein Stückchen Holzkohle und suchte dann das Schwein, das sich irgendwo verkrochen hatte. Vorsichtig näherte er sich dem verstörten Tier.

»Halt es gut fest!«, rief er dem hochgewachsenen Mann zu, der ihm am nächsten saß. Der packte lachend das Tier und hielt es fest. Mit wenigen raschen Kohlestrichen skizzierte Mattis einen hässlichen, bärtigen Mann mit abstehenden Ohren und einer Krone auf die Hinterbacken des Schweins. Das quiekte ohrenbetäubend und versuchte sich loszureißen. Schließlich schrieb er mit großen schwarzen Buchstaben »Albrecht« daneben.

»Lass es los!«, rief er fröhlich und nahm seine Fiedel wieder auf.

Und während das Borstentier mit Albrechts Porträt auf dem Hinterschinken schreiend durch den Saal rannte, klatschten die Gäste im Takt mit und heulten vor Lachen.

Albrecht, der wollte regieren,
Doch gelingen wollt es ihm nicht,
Es konnte sogar passieren …

Ein großer, gut gekleideter Mann mit einem Holzbein geriet so außer sich und stampfte so wild auf den Boden auf, dass die Holzsplitter nur so flogen. Eine alte Frau musste so schrecklich lachen, dass sie fast an ihrem Wein erstickte. Als Mattis wieder zu dem Refrain kam, »Albrecht, der wollte regieren, doch gelingen …«, hämmerte es plötzlich laut gegen die Tür, und im nächsten Moment wurde sie aufgerissen. Der Lärm verstummte augenblicklich, und die Musikanten verkrochen sich in die dunkelsten Ecken des Kellers. Die Vitalienbrüder! Mattis blieb mit dem Bogen in der Hand mitten im Raum stehen und sah verdutzt dem Schwein hinterher, das quiekend zum Herd schlitterte und sich dort hinter einem Holzkasten versteckte. Entsetzt erkannte er, dass die Deutschen etwas gesehen hatten, das gewiss nicht für ihre Augen bestimmt war. Hastig versuchte er, sich den Kohlenstaub von den Fingern zu wischen. Aber es war schon zu spät.

»Da haben wir ihn ja. Ergreift ihn!«

»Aber …«, stammelte Mattis.

»Aufwieglerei und Verrat!«, schrie einer der Deutschen.

»Das war doch nur ein Lied.«

»Ein Lied? O nein, wir haben es sehr wohl gehört. Passt nur auf, sonst baumelt ihr allesamt am Galgen. Diesmal begnügen wir uns noch mit dem Gaukler.«

Der Anführer der Deutschen, ein o-beiniger, hochgewachsener Mann, erteilte seinen Leuten Befehle. Mattis hörte wie aus weiter Ferne, was der Deutsche mit dem Harnisch sagte, aber er konnte kaum glauben, dass ihm diese Worte gelten sollten. Die Aufgeblasenheit und das Waffengerassel der Vitalienbrüder betrachtete er meistens eher wie die Scherze in einem Theaterstück. Angesichts des Vorfalls auf dem Hinweg hätte er eigentlich ahnen müssen, dass es bitterernst war, hätte sich an ihnen vorbeischleichen und über die Gasse davonrennen sollen. Aber erst als er merkte, wie ihm jemand die Hände auf dem Rücken fesselte, ging ihm wirklich auf, in welcher Gefahr er schwebte. Er war gefangen, angeklagt wegen Aufwiegelei und Verrat, und darauf stand die Todesstrafe.

Der o-beinige Deutsche fluchte und versetzte Mattis einen Stoß. Der Gefangenenwärter war ein kräftiger Mann mit breitem, fleischigem Gesicht und schmalen Augen. Seine Augenbrauen waren wie aus grobem Rosshaar, und seine Kiefer erinnerten in ihrer Breite an einen Plattfisch. Der Mann ließ keine Gelegenheit verstreichen, Mattis zu prügeln. Entweder schlug er ihn, oder er stieß ihn mit voller Kraft vorwärts, bis der Spielmann zu Boden stürzte. Mattis zitterte, denn er fürchtete jederzeit einen schweren Schlag in den Bauch oder auf den Kopf. Diesem Widerling muss es wohl gefallen, Leute zu quälen, dachte er, und er konnte sich nicht wehren, weil er gefesselt war.

Man zog über die Brücke zum Helgeandsholmen und bog dann auf den Weg ab, der zu den äußeren Stadtvierteln führte. Bei den Weiden vor dem Sankt-Klara-Kloster blieb der Gefangenenwärter stehen, um zu verschnaufen.

»Siehst du, Gaukler, wir haben dich noch nicht mit dem Schwert in Stücke gehauen, und zum Galgenhügel sind wir auch noch nicht unterwegs. Nein, denn zuerst wollen wir noch ein bisschen Spaß mit dir haben.« Der Gefangenenwärter grinste, und seine dicken Lippen leuchteten rot. »Wir gehen nur noch ein kleines Stück weiter, damit die Nonnen dahinten uns auch sehen können.« Er deutete auf das Kloster. »Wir sollten dich wohl am besten nackt ausziehen und dich hier auf und ab laufen lassen, aber vielleicht fällt uns ja noch was Besseres ein, wie wir die Weiberleut da drinnen erschrecken können.«

Die Männer lachten höhnisch, und zwei Frauen, die ihnen mit den Kindern auf dem Rücken entgegenkamen, wichen erschrocken zur Seite. Mattis brach der Schweiß aus, als ihm klar wurde, dass die Männer ihn so lange misshandeln würden, wie er sich auf den Beinen halten konnte. Wenn er aber floh, würden sie ihn sofort mit der Armbrust erschießen.

Die Männer setzten sich wieder in Bewegung, und als sie einen eingezäunten Hof erreichten, machten sie abermals halt. Auf dem Misthaufen vor dem Stall hatten sie ein Schwein entdeckt.

»Das nehmen wir mit«, entschied der Gefangenenwärter, und zwei seiner Männer preschten sofort auf den Dunghaufen los. Offensichtlich hatten sie Erfahrung mit diesem Vorgehen, denn bevor sich's das arme Tier versah, hatten sie ihm schon einen Strick um den Hals geworfen.

»Schweine kennst du doch, nicht wahr?«, lachte der Gefangenenwärter mit einem Blick auf Mattis. »Gut, dann brauchen wir nur noch ein bisschen Schmalz vom Bauern.«

Er nickte einem der Männer zu, der daraufhin auf das Wohngebäude zuging, während er selbst und die anderen sich auf den Hügel setzten und warteten. Der Gefangenenwärter wandte sich an Mattis.

»Warum hast du König Albrecht auf das Schwein gemalt?«

»Das gefiel den schwedischen Bürgern.«

»Haben sie dich darum gebeten?«

»Nun ja, sie wollten eine gute Vorstellung, und die habe ich ihnen geboten.«

»Wir sollten dir die Hand abhacken, damit du nicht mehr malen kannst«, murmelte er. »Oder dir den Hals durchschneiden, damit du nicht mehr singen kannst. Aber Köpfen ist etwas für die Bürgersleute, nichts für so schlichte Schufte wie dich.«

Mattis antwortete nicht, sondern sah sich um, ob von irgendwo Hilfe zu erwarten war. Niemand wusste, wo er steckte, und niemand in der Nähe stand ihm bei.

»Hier sind Schmalz und ein Rasiermesser – der Bauer hatte alles, was wir brauchen«, berichtete der Mann, der im Wohngebäude gewesen war. Mattis warf einen entsetzten Blick auf das Messer.

»So. Und jetzt steigen wir auf den Hügel hinauf, damit du vom Kloster aus gut zu sehen bist«, erklärte der Gefangenenwärter lachend und versetzte dem Spielmann den nächsten Stoß.

Sie gingen eine Weile, bis sie oben angelangt waren. Mattis blickte auf das Sankt-Klara-Kloster hinunter, wo dunkel gekleidete Frauen über den Hof eilten.

»Jetzt wollen wir aber einen richtigen Gauklertanz sehen!«, verlangte der Gefangenenwärter und zwang Mattis auf den Boden hinunter.

Während der Mann ihm rittlings auf dem Bauch saß, schmierten ihm die anderen Gesicht und Hände mit Schmalz ein. Als sie fertig waren, strichen sie ihm das Fett auch noch großzügig unter die Schuhsohlen, bis das Leder ganz glatt war. Zu guter Letzt rasierten die Männer dem Schwein die Haare vom Schwanz und rieben es auch mit Schmalz ein. Dann erhob sich der Gefangenenwärter und versetzte Mattis einen Tritt.

»Los, steh auf!«

Mattis rappelte sich hoch, glitt aber prompt aus und fiel wieder zu Boden. Je eifriger er sich bemühte aufzustehen, umso schneller rutschte er weg.

»Hast du denn noch nicht allein stehen gelernt, mein Jungchen?«, höhnte der Deutsche und hievte ihn wieder auf die Füße. »Siehst du das Schwein? Pack es am Schwanz und bring es hierher zurück. Wenn dir das gelingt, kommst du vielleicht um den Galgenhügel herum.«

»Aber meine Hände sind doch gefesselt!«

»Ja, dann müssen wir dich wohl am Hals festbinden.«

Einen Moment lang hoffte Mattis, sich losreißen zu können, aber die Männer waren schlau genug, ihm erst das Seil um den Hals zu legen, bevor sie die Hände befreiten. Dann bekam auch das Schwein einen Strick um den Hals. Mattis sah, dass er mehrere Kabellängen lang war.

Der Gefangenenwärter grinste Mattis ins Gesicht und bedeutete den Männern, das Schwein loszulassen. Mit einem Schrei schoss es davon und verschwand über die Wiese.

»Versuch, das Schwein zu fangen – und vergiss nicht, es schön festzuhalten!«

Mattis sah dem armen Tier hinterher, während ihm die Tränen in die Augen stiegen. So sprangen die Leute gern mit Spielmännern, Gauklern und anderem umherziehenden Volk um. Auch mit ihm würden sie ihr Spiel treiben und sich vergnügen, bis er fiel. Dann würden sie ihn wahrscheinlich sowieso umbringen. Zum Rat gebracht zu werden und einen gerechten Prozess zu bekommen, brauchte er gar nicht erst zu hoffen. Er musste fliehen, aber wie konnte er das mit Fett unter den Sohlen und einem Seil um den Hals? Auf einmal wurde ihm der Ernst seiner Lage erst so richtig bewusst. Er war Gefangener der Vitalianer und hatte nicht die geringste Hoffnung, ihnen zu entkommen. Die Beine versagten ihm den Dienst, und er sank kraftlos zu Boden.

26. Kapitel

Es wehte ein frischer Wind, der einen salzigen Geruch nach Meer und Tang mit sich brachte. Anne spürte, wie der Wind an ihrem Kopftuch zerrte und riss, und beschloss, es abzunehmen. Gedankenverloren löste sie ihr Haar und schüttelte es, bis es ihr frei über die Schultern fiel. Sie mochte es, wenn es hin und her wehte und der Wind damit spielte. Das verlieh ihr ein Gefühl von Freiheit und erinnerte sie an die Zeit, als sie noch ein kleines Mädchen gewesen war. Ihre Gedanken wanderten zu ihrem eigenen Kind. Manchmal wachte sie nachts auf und bildete sich ein, dass ihre Tochter noch am Leben sei, aber dann fiel ihr alles wieder ein, und ein tiefer Schmerz überkam sie. Wenn ich wenigstens Abschied hätte nehmen können, dachte sie. Musste sie das erst noch tun, bevor sie sich wirklich frei fühlen konnte?

Als sie aufs offene Meer gelangten, setzte sie sich mittschiffs an eine Stelle, wo die Gischt sie nicht erreichte, und hielt in Fahrtrichtung Ausschau. Sie spürte ein steigendes Unbehagen, je weiter sie in den Schärengarten hinauskamen. Das Meer war weit, und es gab zahlreiche Inseln. Aber vielleicht hatte Mårten ja geplaudert, und mittlerweile suchten schon mehrere Leute nach ihr? Sie biss die Zähne zusammen und versuchte, ihr Unbehagen abzuschütteln.

Alf stand mit dem Schiffer an der Ruderpinne, und Anne merkte, dass er sie ab und zu ansah. Einmal begegneten sich ihre Blicke, und Alf zwinkerte ihr zu und lächelte. Auf einmal dachte sie über ihr eigenes Aussehen nach. Die Narbe hatte sie verhüllt – aber wie sah sie sonst aus? Mein Gesicht ist bleich und mein Mund viel zu klein, dachte sie. Mattis hatte allerdings gesagt, er finde sie hübsch: ihre Augen, ihr Kinn und ihre weibliche Kraft. Nun ja, das sagte er sicherlich zu allen Frauen. Geistesabwesend fuhr sie sich mit der Hand durch ihr rot glänzendes Haar, und als sie aufsah, begegnete sie abermals Alfs Blick. Er wich ihren Augen nicht aus, sondern verweilte darin. Verschämt senkte sie die Lider, denn plötzlich wurde ihr bewusst, welche Gedanken langes, offenes Haar wecken mochte. Sie war eine ehrbare Frau und sollte sich eigentlich solche Freiheiten nicht herausnehmen. Hastig legte sie das Kopftuch wieder an, denn sein Blick machte sie verlegen. Sie glaubte, eine neu erwachte Begehrlichkeit darin entdeckt zu haben, aber vielleicht bildete sie sich das nur ein.

Sie knotete das Kopftuch fest, blickte übers Wasser und wünschte sich, Mattis wäre mit an Bord. Obwohl es noch nicht lange her war, dass sie auseinandergegangen waren, fehlte er ihr schon. Dieses neue Gefühl überraschte sie. Es machte sie schon glücklich, ihn nur zu betrachten, und sie sehnte sich nach seinem heiteren Lachen und seinen warmen, zärtlichen Händen. Er stand zwischen ihr und ihrer Trauer.

Als sie sich Grönskär näherten, zog sie sich das Kopftuch noch weiter in die Stirn, um das Gesicht nach Möglichkeit zu verbergen. Die Angst flatterte vorbei wie etwas Drohendes, Erschreckendes. Sie überlegte, was Alf zu ihr gesagt hatte: dass gesunkene Hanseschiffe ein einträgliches Geschäft für den Reeder bedeuteten, wenn es gelang, die Fracht zu bergen. Ein Geschäft? Anne ließ den Blick zum Horizont schweifen und gedachte aller, die mit diesem Schiff untergegangen waren. Es fühlte sich so falsch an, dass die Stelle, an der ein Wrack lag, die Stelle, an der tote Menschen in der Tiefe begraben lagen, Geld und Gewinn verheißen sollte.

Inseln und Schären zogen am Boot vorbei, und nach einer Weile kannte sich Anne zu ihrer eigenen Verwunderung wieder aus. Sie erinnerte sich an den Küstenverlauf am Horizont und die langen, flachen Klippen, die sie gesehen hatte, bevor alles zu Finsternis und Chaos wurde. Sie wurde ganz eifrig, stand auf und balancierte zu den zwei Männern nach hinten.

»Alf, ich erkenne die Gegend wieder!«

»Gut, dann müssen wir jetzt Ausschau halten. Du weißt, was das bedeutet. Wenn wir die Fracht finden, können wir den Handel mit Lübeck vielleicht weiter betreiben. Du mit mir statt Claus.«

Sie sah ihn überrascht an und hoffte, dass diese Worte ehrlich gemeint waren, obwohl sie es noch nicht zu glauben wagte. Nein, zuerst mussten sie das Wrack finden.

Sie kreuzten vor den Klippen. Plötzlich entdeckte sie eine Sandbank, die sie wiederzuerkennen glaubte. War sie nicht an dieser Stelle aus dem Rettungsboot geschleudert worden?

»Näher an jene Sandbank dort!«, rief sie.

Alf befahl dem Schiffer beizudrehen, und als der Wind die Segel wieder aufblähte, näherten sie sich der Sandbank.

»Anne, ich wage nicht, noch näher heranzufahren. Kennst du die Stelle?«

»Ich weiß nicht. Aber es kommt mir so vor, als sei ich hier schon einmal gewesen.«

Sie beugte sich über die Reling und ließ den Blick über den Meeresgrund und die Schären ringsum schweifen. Das Boot schaukelte, und ihr war ein wenig übel. Sie musste das Schiff finden, jetzt war ihr klar, wie wichtig das war.

Sie kreuzten noch einige Male, und die *Rosendorn* segelte die Sandbank zu beiden Seiten ab. Aber obwohl Anne angestrengt ins Wasser starrte, entdeckte sie kein einziges Wrackteil und keine Spur vom Rettungsboot oder der gesunkenen Kogge. Ihr kamen Zweifel. War das Schiff wirklich an dieser Stelle auf Grund gelaufen? Tränen stiegen ihr in die Augen. Sie sah nichts mehr. Überhaupt nichts. Sie biss sich auf die Unterlippe und starrte wieder ins Wasser.

Den Rest des Tages segelten sie hin und her, über eine Unendlichkeit aus Sand, Stein und Seegras, aber als die Sonne langsam unterging, hatten sie immer noch nichts gefunden. Der Misserfolg traf Anne, und sie weinte fast vor Enttäuschung. Gott sei Dank war Alf die ganze Zeit über freundlich und ermutigend, und sie wunderte sich, dass sie ihn so falsch eingeschätzt hatte. Er war überhaupt nicht der Mann, für den sie ihn gehalten hatte. Ruhig und geduldig nahm er ihre Verzweiflung hin, ohne ein einziges Mal seine eigene Unzufriedenheit zum Ausdruck zu bringen.

»Was wir hier tun, ist bestimmt nicht leicht für dich«, sagte er, »aber früher oder später werden wir etwas finden, da bin ich ganz sicher.«

Als die abendliche Brise übers Meer wehte, erkannten sie, dass es sich an diesem Tag nicht mehr lohnte weiterzusuchen, und Anne überlegte sich, wo sie heute Nacht schlafen würde. Sie war so von der Suche in Anspruch genommen, dass sie ganz vergessen hatte, sich Gedanken über ein Nachtquartier zu machen. Im Boot gab es nicht genug Platz für alle, sie mussten also irgendwo an Land gehen. Unsicher blickte sie übers Wasser. Sollte ihnen jemand begegnen, würde man sich bald überall erzählen, dass eine blasse junge Frau auf den Inseln gesehen worden sei. Dieses Wagnis konnte sie nicht eingehen, doch bevor sie weiter nachdenken konnte, kam ihnen ein Fischerboot entgegen, das geradewegs Kurs auf sie nahm. Alf sah es und machte keine Anstalten, ihm auszuweichen. Stattdessen erhob er sich zu seiner vollen Größe und winkte.

27. Kapitel Mattis schrie auf, als ihn erst ein Schwall Wasser von oben bis unten durchnässte und er einen harten Tritt und einen Stoß in den Rücken bekam. Er war ohnmächtig geworden, und die Männer versuchten ihn wieder auf die Beine zu stellen. Seit Stunden wurde er nun schon von den Vitalianern gequält, jetzt konnte er einfach nicht mehr. Stöhnend stützte er sich auf die Ellbogen und starrte seine Peiniger hilflos an. Am liebsten wäre er einfach in die Empfindungslosigkeit weggedämmert und somit dem Schmerz entkommen, als er aber das Gelächter seiner Peiniger hörte und den Hohn in ihren Augen las, nahm er sich zusammen. Wenn er jetzt nichts tat, würden sie weitermachen, bis er nicht mehr aufstand oder bis der Tod wie eine Befreiung kam. Nein, so durfte es nicht ausgehen, er würde nicht aufgeben, sondern kämpfen!

»Hoch mit dir! Lauf! Worauf wartest du noch?«

Mattis rappelte sich mühsam auf alle viere und stand zitternd auf. Die Fettschicht unter seinen Schuhsohlen war schon nicht mehr so dick wie vorher. Wenn er nur seine Schuhe reinigen konnte, ohne dass sie es merkten, und dann so tat, als würde er abermals ausrutschen, konnte er vielleicht fliehen.

Der Gefangenenwärter holte das Schwein mit dem Strick zurück, und als Mattis wieder auf den Füßen war, begann das Spiel von Neuem: Er warf sich auf das Schwein und bekam den Schwanz zu fassen, aber dann glitt er ihm wieder aus der Hand, und er fiel. Der Jubel wurde immer größer.

Mattis merkte, wie der Hass in ihm wuchs. Mit den Deutschen in Stockholm verstand er sich ja gut, aber diese Vitalienbrüder! Noch nie in seinem Leben war er so verhöhnt und beschimpft worden! Anne würde es niemals ertragen, ihn so zu sehen. Er konnte nur hoffen, dass die Männer dieses Treibens irgendwann müde wurden und ihm die Flucht ge-lang. Aber die Zeit lief ihm davon, und er hatte nicht mehr viel Kraft.

Der Gedanke an Anne richtete ihn jedoch noch einmal auf, und immer, wenn er fiel, lockerte er heimlich die Schlinge um den Hals ein wenig mehr. Gleichzeitig bemühte er sich, auch jedes Mal ein wenig von dem Schmalz von den Schuhsohlen zu wischen, aber nur so wenig, dass niemand Verdacht schöpfte. Bald merkte er, dass er wieder Halt mit den Füßen fand und dass der Strick um den Hals schon recht locker saß.

Er schöpfte neuen Mut und fühlte, wie die Lebenskräfte zurückkehrten.

»Jetzt ist er aber lange genug bekleidet herumgehüpft. Höchste Zeit, dass wir ihn ausziehen und die Nonnen ein bisschen aufmuntern!« Der Gefangenenwärter grinste und blickte zum Kloster hinüber.

»Da könnt ihr aber lange warten«, murmelte Mattis, drehte den Männern den Rücken zu, schob Daumen und Zeigefinger unter den Strick und unternahm einen letzten Versuch, das Seil wegzureißen. Er fingerte an der Schlinge, zerrte – und merkte plötzlich, dass er frei war. Rasch zog er sich die Schlinge über den Kopf, kam auf die Füße und lief den Hügel hinunter. Mit seinen Lederschuhen fand er guten Halt, und er lief, wie er noch nie zuvor in seinem Leben gelaufen war. Das Herz hämmerte wie verrückt, und die Füße berührten kaum den Boden. Er hatte gar nicht gewusst, dass er so schnell rennen konnte, aber er rannte ja auch um sein Leben.

»Was zur Hölle …«, hörte er den Gefangenenwärter hinter sich fluchen, und aus den Augenwinkeln sah er, dass die Männer ihm nachsetzten. Aber ihre Harnische waren zu schwer, und sie fielen immer weiter zurück. Als ihnen klar wurde, dass sie ihn nicht mehr einholen konnten, blieben sie stehen und schossen auf ihn.

Mattis hörte die Armbrustpfeile durch die Luft heulen und sich ringsum in den Boden bohren. Er lief ungleichmäßig und schlug immer wieder Haken. Keuchend wandte er sich um und sah abermals einen der Männer anlegen und zielen. Mattis warf sich zur Seite, duckte sich und rannte keuchend den Hügel hinunter und auf die Straße. Erst kurz vor den Stadtmauern verlangsamte er seine Schritte und holte tief Luft, aber er war immer noch völlig außer Atem, als er am Weinkeller ankam. Er riss die Tür auf.

»Anne?«, rief er.

Er blieb auf der Schwelle stehen. Valborg hatte diesen Abend geschlossen, aber im Herd brannte ein Feuer, und zwei Tischplatten waren auf hölzernen Böcken im Raum aufgestellt. Er rief nochmals und eilte zum Vorratskeller, wo er aber auch niemanden antraf. Vielleicht schlief Anne ja oben und hatte ihn nicht gehört?

Mattis nahm immer zwei Stufen auf einmal, als er die Treppe hochlief. Als er die Klinke anfasste, merkte er, dass die Tür unverschlossen war, und platzte ins Zimmer. Nein, auch hier war es leer, die Decke lag unberührt auf der Bank. War sie immer noch im Schärengarten unterwegs? Dann hatte ihr Ausflug länger gedauert als erwartet, und sie hatte über Nacht draußen bleiben müssen. Solange ihr Alf nur nichts antat. Mattis hatte ihn nur einmal gesehen, aber das reichte ihm schon. Diesem Mann traute er nicht über den Weg.

Es war ganz still im Haus, und plötzlich ging Mattis auf, dass er sich überhaupt nicht von Anne verabschieden konnte. Die Vitalienbrüder konnten jeden Moment auftauchen und ihn suchen – er musste weiter. Verflucht! Er hatte sich so danach gesehnt, sie noch ein letztes Mal umarmen zu können, bevor er weiterzog.

Da fiel ihm der Kamm wieder ein, den er am Vormittag dem Kammmacher abgekauft hatte. Den hatte er ihr noch nicht gegeben. Er erinnerte sich, wie sie ihm zugelächelt hatte, als er in jener Nacht sein Namenszeichen am Strand in ein Stück Treibholz geritzt hatte. Wenn er dasselbe Zeichen auf den Kamm ritzte, würde sie begreifen, dass dies ein Geschenk von ihm war.

Aber zuerst wollte er seine Habe holen. Er trauerte seiner Fiedel nach, die auf dem Fest geblieben war, aber ihm war klar, dass er das nicht mehr ändern konnte. Rasch packte er seine Siebensachen zusammen: Hemd, Maultrommel und Flöte sowie einige Kanten Brot. Als er alles in seinen Ranzen gestopft hatte, zog er den Kamm hervor. Er drehte sein Messer eine Weile in den Händen hin und her, bis er sich entschieden hatte, wo er sein Zeichen anbringen wollte, dann fing er an zu schnitzen. Kurz überlegte er, ob er auf der anderen Seite »Anne« einritzen sollte, aber dann merkte er, dass der Platz dafür nicht ausreichte. Er blies die Späne fort, kehrte in ihr Zimmer zurück und versteckte den Kamm im Bett. Als er sich hinabbeugte, roch er ihren Duft und drückte sich die Decke ans Gesicht. Nachdem er tief eingeatmet hatte, verließ er widerstrebend das Zimmer.

Eine Weile überlegte er noch, wie er ihr mitteilen konnte, was vorgefallen war, aber dann erinnerte er sich daran, dass er auf der Flucht war. Je weniger man von ihm wusste, umso besser. Nicht einmal seinen Gauklerfreunden wagte er sich anzuvertrauen, denn bei ihnen würden die Vitalianer als Erstes suchen. Er eilte die Treppe hinunter, rief noch ein letztes Mal nach Anne, als er aber keine Antwort erhielt, trat er auf die Straße hinaus. Er lief durch die Gassen zum Fischerhafen hinunter. Die größere Straße traute er sich nicht zu nehmen, denn ein Wagen konnte nur zu leicht angehalten und von den bewaffneten Deutschen durchsucht werden. Da war es auf dem Meer schon sicherer. Wenn er nur einen vertrauenswürdigen Kapitän und ein seetüchtiges Schiff fand, war er gerettet.

Am Hafen schritt er eine Weile am Kai auf und ab. Hier konnte man zwischen vielen verschiedenen Schiffen auswählen, aber wo sollte er es wagen, sich zu erkennen zu geben? Er atmete tief durch und entschied sich zu guter Letzt für ein mittelgroßes Schiff in der Nähe des Korntorget. Eines Tages würde er nach Stockholm zurückkehren und Anne wieder aufsuchen, aber jetzt musste er fliehen. Ohne die geringste Spur zu hinterlassen.

28. Kapitel

Zwischen den Tausenden von Inseln und Schären, die sie umgaben, waren Alfs Kompagnons in einer Bucht zwischen zwei größeren Inseln zu finden. An einer windgeschützten Stelle lagen die Wohnhütte, das Bootshaus und das Badehäuschen, und auf den Weiden vor dem Haus schwankten Gras und Wiesenblumen im Wind. Alles sah so friedlich aus, und die Angst, die Anne gequält hatte, seit ihr klar geworden war, dass sie an Land gehen musste, ebbte langsam wieder ab. Der Platz war abgelegen, und es gab keine anderen Höfe in der Nähe.

Alf half ihr aus dem Boot und legte ihr den Arm um die Schultern, als er sie seinen deutschen Freunden vorstellte. Anne lächelte und wollte ihnen schon auf Deutsch für ihre Gastfreundschaft danken, verwarf aber im nächsten Augenblick diesen Einfall. Eine Frau, die fehlerfrei Deutsch sprach, würde ihnen leichter in Erinnerung bleiben. Es war also besser, wenn sie bei Schwedisch blieb.

»Anne«, murmelte sie, mehr sagte sie nicht. Sie wollte die Neugier der Deutschen gar nicht erst wecken, und am besten sollten die sich hinterher gar nicht mehr daran erinnern, sie kennengelernt zu haben. Sie folgten dem Pfad zur Wohnhütte hinauf, und Anne musterte die Männer verstohlen. Sie waren wie Schärenbewohner und Fischer gekleidet, aber irgendetwas an ihnen ließ sie aufmerken. Sie gingen irgendwie anders. Sie hatten weder den breitbeinigen, wiegenden Gang der Seeleute noch den der Fischer. Ihre Art, sich zu bewegen, erinnerte eher an wohlhabende Kaufleute. Außerdem hatten sich in ihre Gesichter keine Spuren von Wind und Meer eingegraben, und die Körper schienen viel zu schmächtig für ein schweres Tagwerk. Verblüfft betrachtete sie die Hände mit den schmalen Fingern und der glatten Haut.

Sie betraten die Hütte, wo auf dem Tisch schon Brot und warmes Essen bereitstanden. Die Hausfrau und ein junges Mädchen stellten gerade Bierkrüge und Kannen auf den Tisch, und gekochter Hecht und große Barsche lagen bereits auf Platten angerichtet.

»Dann wollen wir uns zu Tisch setzen«, forderte Alf sie auf.

Die Männer nahmen Platz, griffen zu den Messern und machten sich über den Fisch her. Man legte sich aus den Schüsseln auf und leerte die Bierkrüge. Anne aß nicht viel, aber sie war trotzdem froh, etwas in den Magen zu bekommen. Nach dem langen Tag fühlte sie sich erschöpft, und sie war erleichtert, dass niemand ihr besondere Aufmerksamkeit widmete. Alf hatte anscheinend so viel mit seinen Freunden zu besprechen, dass er sie mit der Zeit ganz vergaß.

Nach etlichen Krügen Bier wurden die Stimmen lauter, und sie hörte zu, wie man über König Albrecht und Königin Margareta diskutierte. Die Männer zeigten sich besorgt über die Lage in Stockholm, und sie wurde neugierig und wollte schon nachfragen, hielt sich dann aber doch zurück. Sie durfte sich nicht allzu wissbegierig zeigen.

Im Lauf des Abends wurde sie immer schläfriger und überlegte sich, wo sie wohl nachts schlafen würde. Als sie schließlich ein Gähnen nicht mehr unterdrücken konnte, beugte Alf sich zu ihr herüber und flüsterte: »Willst du schlafen gehen?«

Sie nickte. »Ja, ich bin Seereisen nicht so gewöhnt.«

»Es gibt draußen einige kleine Hütten, in denen du dich niederlegen kannst. Ich bringe dich hin.« Er stand auf und begleitete sie hinaus.

»Du warst aber schweigsam heute Abend«, stellte er fest, als sie den Pfad zum Strand hinuntergingen.

»Ich bin müde, und außerdem schien mir, dass ihr viel zu bereden hattet.«

»Ja, es sind gute Freunde von mir, auch wenn wir uns nicht oft sehen«, erwiderte Alf. »Aber du musst dir keine Sorgen machen, ich habe ihnen nicht erzählt, warum wir hier sind. Wahrscheinlich halten sie dich für meine Geliebte, aber dagegen hast du sicher nichts einzuwenden.« Er zwinkerte ihr vielsagend zu, und ein Grinsen breitete sich auf seinem Gesicht aus. Doch zu ihrer Erleichterung schien er in Wirklichkeit keine lüsternen Absichten zu verfolgen.

Bevor sie einschlief, lag sie noch eine Weile wach und blickte durch den Rauchabzug im Dach. Es machte ihr Angst, wieder in einer Hütte im Schärengarten zu schlafen, aber in der viereckigen Öffnung über ihrem Kopf sah sie den Himmel, und das beruhigte sie. Es war eine klare Nacht, fast wolkenlos. Es würde kein Unwetter geben, wenn sie morgen wieder auf See waren, und die Heimfahrt konnte dann ohne größere Strapazen erfolgen.

Sie wusste nicht, wie lange sie geschlafen hatte, als sie plötzlich von rauen Männerstimmen aufwachte. Es klang, als gingen einige der Männer zum Wasser hinunter. Leise richtete sie sich auf, stützte sich auf die Ellbogen und lauschte. Sie unterhielten sich gedämpft auf Deutsch.

»Wir haben lange genug gewartet. Ich habe die Schweden allmählich satt.«

»Beruhige dich. Jetzt ist immerhin schon die Liste mit den schwedischen Bürgern fertig. Alf hat über siebzig Namen gesammelt.«

»Namen sind das eine, aber nun muss auch einmal etwas geschehen. Denkt an Königin Margareta ...«

»Es dauert noch seine Weile.«

»Aber sie hat schon Dänemark, Norwegen und den Rest von Schweden. Bald wird sie auch Stockholm belagern, sich mit den dortigen Schweden verbünden und uns Deutsche fortjagen, das liegt doch wohl auf der Hand, oder?«

»Ja, ich weiß. Aber denk doch an die Waffen. Wir warten immer noch auf zwei Schiffe aus Rostock.«

Die Stimmen entfernten sich, und eine Weile verstand sie nicht mehr, was gesagt wurde. Dann hörte sie die Männer wieder.

»Tja, was wäre Stockholm ohne die Deutschen? Eine kleine Stadt am Ende der Welt. Wir haben die Stadt aufgebaut, und wir sollten sie auch regieren.«

»Ja, ohne uns hätte es dort nie etwas anderes gegeben als Mönche und Bauern auf den Straßen – und in den Gassen nichts als Kühe und Schafe.«

Die Stimmen erstarben. Anne setzte sich in ihrem Bett auf. Mit einem Schlag war sie hellwach und hatte das unangenehme Gefühl, dass sie Gespräche belauscht hatte, die nicht für ihre Ohren bestimmt waren. Alf hatte eine Liste mit über siebzig schwedischen Bürgern erstellt – aber was wollte er damit?

Als sie am nächsten Morgen wieder in den Schärengarten hinausfuhren, bat sie Alf, sich zu ihr zu setzen. Sie nahm das Kopftuch ab, ließ das Haar auf die Schultern fallen und lächelte ihn an.

»Danke, dass du dich um ein Nachtquartier gekümmert hast. Ich war froh, nicht auf dem Boot schlafen zu müssen.«

»Es ist immer besser, festen Boden unter den Füßen zu haben.«

»Kennst du deine Freunde auf den Inseln schon lange?«

»Die Schärenbewohner? Ja, das sind kluge Leute, mit denen ich schon seit Jahren verkehre. Sie helfen mir immer, wenn ich Salz oder Hering brauche. Solange die Mecklenburger in Stockholm regieren, muss ich mich gut mit ihnen stellen. So macht man das, wenn man Kaufmann ist: Man muss mit allen gut Freund sein.«

»Ich habe gehört, wie sie über Stockholm und die schwedischen Bürger sprachen.«

»Hast du gelauscht?«

»Nein, nein, ich habe nur mitbekommen, dass sie eine Liste erwähnten.«

»Ach das«, sagte er und lachte trocken. »Wir haben eine Liste der Männer aufgestellt, die sich vorstellen könnten, mit uns zu handeln. Da Stockholm zurzeit keine starke Führerpersönlichkeit besitzt, ist es unruhig in der Stadt, und jeder verleumdet jeden. Darüber brauchst du dir aber keine Sorgen zu machen. Ich treibe Handel sowohl mit Deutschen als auch mit Schweden. Wie sollte man auch sonst überleben?«

»Das ist wahr. Aber was ist mit den Waffen?«

»Ach, über Waffen haben sie auch geredet? Nun, wir müssen uns doch irgendwie verteidigen, wenn die Dänen zuschlagen. Unbewaffnet durch diese Gewässer zu segeln wäre dasselbe, als übergäbe man dem Feind seine Schiffe gleich freiwillig.«

Anne schwieg.

»Aber vergiss nicht, wenn wir das Wrack gefunden haben, bergen wir die Fracht und werden reich, und zwar auch du. Und dann werden wir weiterhin mit Deutschen und Schweden Handel treiben. Wir unternehmen einfach einen weiteren Versuch, wenn die Herbststürme vorbei sind. Was meinst du, wollen wir noch einmal hinaussegeln, bevor der erste Schnee fällt?«

Er legte ihr den Arm um die Hüften und drückte sie freundschaftlich an sich. Von seiner Fürsorge wurde ihr ganz warm ums Herz, aber sie war trotzdem nicht ganz zufrieden mit seinen Erklärungen. Sie wurde das Gefühl nicht los, dass hier irgendetwas faul war.

29. Kapitel

Anne stand im Garten hinterm Haus und butterte. Sie hatte schon den ganzen Vormittag daran gearbeitet, ohne einen einzigen Klecks Butter aus der Milch zu gewinnen. Ab und zu streckte Valborg den Kopf aus dem Fenster und fragte, ob sie nicht allmählich fertig sei, aber Anne seufzte nur und schüttelte den Kopf. Es wollte einfach nichts werden, sie wusste auch nicht recht, warum das so war. Vielleicht strengte sie sich nicht genug an. Sie fand keine Ruhe und dachte ständig nur an Mattis.

Mittlerweile hatte sie ihn seit zwei Wochen nicht mehr gesehen. Seine Habseligkeiten waren verschwunden, und sie hatte nur den Kamm mit seinem eingeritzten Zeichen gefunden. Er hatte nichts davon erwähnt, dass er weggehen wollte. Anne stieß kräftig mit dem Stößel zu und fluchte, weil die Milch sich einfach nicht in Butter verwandeln wollte. Warum hatte er ihr nicht gesagt, dass er abreisen wollte? Sie hatte kein Zeichen bekommen, vielmehr hatte er bei ihrem letzten Gespräch behauptet, sie werde ihm fehlen, und sie solle nicht zu lange ausbleiben. Zwar war sie später wieder heimgekommen als geplant, aber deswegen musste er sich doch nicht wortlos aus dem Staub machen.

Müde bewegte Anne den Stößel auf und ab und hörte, wie das Holzkreuz am unteren Ende auf die Milch traf – aber von Butterklümpchen keine Spur. Warum musste das gerade heute so schwer gelingen, nachdem Valborg doch im großen Backofen eingeschürt hatte? Sie hätten so gern einen Klecks Butter auf dem frisch gebackenen Roggenbrot gehabt. Mutlos stützte sie sich auf den Stößel und überlegte, was sie falsch machte. Vielleicht sollte sie es mit einer List ihrer Großmutter versuchen. Schwarze Kunst hatten die Nachbarn so etwas genannt, aber darum brauchte sie sich ja nicht zu scheren.

Man musste Hobelspäne ins Feuer werfen, sonst wurde es nichts, hatte die Großmutter immer gesagt. Und ein wenig Buttermilch, damit es so richtig in den Flammen zischte.

Der Mann aus Dalarna, der in der Nacht bei Valborg Quartier genommen hatte, hatte Harken aus Wacholderzweigen geschnitzt, davon mussten irgendwo noch Späne im Garten herumliegen. Anne schöpfte neuen Mut, legte den Stößel beiseite und begab sich auf die Suche. Schließlich fand sie ein Häufchen Späne, griff sich eine Handvoll davon und suchte nach der Kanne mit der Buttermilch. Dann stieg sie in den Keller hinunter.

Valborg stand mit dem Brotschieber am Feuer, als sie die Freundin erblickte.

»Die Butter will nicht so recht«, erklärte Anne und goss Buttermilch ins Feuer, dass es nur so zischte. Anschließend warf sie noch ein paar Hobelspäne in die Flammen.

»Was um alles in der Welt tust du da?«, wollte Valborg hustend wissen und rieb sich die Augen, die ihr vom Qualm brannten.

»Ich buttere«, gab Anne kurz angebunden zurück und kehrte an ihren Arbeitsplatz zurück. Sie musste sofort weitermachen, während die Späne noch brannten, sonst wurde es am Ende wieder nichts. Sie hob den Deckel des Butterfasses an und sah, dass die Milch noch genauso bläulich und wässrig aussah wie vorher. Rasch schloss sie den Deckel und stieß mit voller Kraft zu. Sie arbeitete so hart, dass ihr der Schweiß ausbrach, und es dauerte nicht lange, da spürte sie schon einen Widerstand. Nach und nach verklumpte die Milch, und Anne konnte es sich nicht verkneifen, den Deckel hochzuklappen und nachzusehen. Ja, jetzt war aus der Milch ein dicker Klumpen Butter geworden. Stolz nahm sie ihn heraus und legte ihn in den Trog, presste die letzten Tropfen Buttermilch heraus, schüttete gemahlenes Salz darüber und knetete die Masse gut durch.

»Soll ich sonst noch etwas für dich tun?«, erkundigte sie sich und stellte die Butter auf den Tisch.

Valborg legte den Brotschieber aus der Hand.

»Bist du endlich fertig?«

»Ja, die Hobelspäne haben gewirkt. Die Schwarze Kunst meiner Großmutter hat mir schon öfter geholfen.«

»Du redest daher wie eine Heidin. Hobelspäne ins Feuer! Weißt du, allmählich mache ich mir Sorgen um dich. Du bist überhaupt nicht mehr du selbst, seit Mattis weg ist.«

Zornig warf Anne den Kopf in den Nacken. »Aber nachdem ich die Späne ins Feuer geworfen hatte, wurde es plötzlich etwas mit der Butter. Und was soll das überhaupt mit Mattis zu tun haben?«, fauchte sie.

»Du hörst mir nicht mehr zu, wenn ich mit dir rede, und nachts weinst du.«

»Wer weiß, vielleicht habe ich ja einen Grund dazu.«

»Ist es Mattis, oder trauerst du immer noch um dein Kind?« Valborg trocknete sich die Hände an der Schürze ab und betrachtete Anne mit bekümmerter Miene.

»Mir fehlen sowohl Mattis als auch mein Kind – und überhaupt fehlt mir alles, woraus nichts geworden ist.«

Ihre Wut war so schnell wieder verraucht, wie sie gekommen war, und sie blickte traurig zu Boden. »Mattis war ein solcher Trost für mich! Er war nett und fröhlich und so … so unbekümmert.« Die Stimme brach ihr, und sie sah Valborg verzweifelt an. »Ach, er fehlt mir so! Ich verstehe nicht, warum er fortgegangen ist.«

Valborg sah sie mitleidig an. Ich hab's dir doch gleich gesagt... Diese Worte lagen ihr auf der Zunge, aber sie beherrschte sich. Stattdessen umarmte sie Anne herzlich und lange.

»Mattis ist wunderbar, aber du musst ihn vergessen. Er ist deiner nicht wert. Ein richtiger Mann geht nicht einfach fort, ohne sich zu verabschieden.«

»Er ist einfach verschwunden, ohne ein Wort!«

»Eben.«

»Irgendetwas muss ihm widerfahren sein«, beharrte Anne. »Vielleicht haben ihn die Vitalienbrüder in die Finger bekommen. Du weißt doch selbst, dass ein Gaukler nicht viel gilt.«

»Mattis? Nein, der Kerl kommt immer durch. Er weiß, wie man sich von dem geharnischten Pack fernhält.« Valborg strich Anne tröstend über die Wange. Dann holte sie ein Stück Brot und biss davon ab. »Komm, iss!«

Anne strich sich auf das frisch gebackene Brot einen Klecks Butter, die auf dem warmen Teig sofort schmolz. Gedankenverloren stand sie da und kaute. Warum redete Valborg so verächtlich von Mattis? Er war doch ganz anders, als sie behauptete. In ihm steckten viel mehr Zärtlichkeit und Ernst, als Valborg sich jemals vorstellen konnte.

»Mattis und ich wollten uns treffen, aber er kam nicht. Das hat etwas mit den Vitalienbrüdern zu tun, da bin ich ganz sicher.«

»Ja, man weiß es nie, sie könnten ihn angeworben haben.«

»Aber doch nicht Mattis! Der lässt sich nicht mit den Vitalianern ein! Außerdem könnte er niemals einen Menschen töten, dafür ist er viel zu weichherzig.«

Valborg biss von ihrem Brot ab.

»Da hast du wohl recht. Aber auch ich mache mir Sorgen. Derzeit legt sich doch jeder mit jedem an. Wie soll das nur weitergehen? Bald ist Schluss für uns hier in Stockholm.«

»Du sagst es doch selbst – Mattis könnte alles Mögliche zugestoßen sein«, seufzte Anne.

Sie schwiegen eine Weile. Valborg strich sich eine dicke Schicht Butter aufs Brot und kaute nachdenklich. »Ich habe über die Vitalienbrüder nachgedacht. Sie sind so etwas wie Seeräuber auf dem Festland, und sie schrecken auch davor nicht zurück, Menschen zu töten. Sie behaupten, für König Albrecht zu kämpfen, aber nicht einmal der möchte etwas von ihnen wissen. Sie plündern rücksichtsloser als die Norweger damals, und die Schiffe der Hanse können nur noch in Konvois fahren. Sie schaden den anderen, ehrlichen Deutschen unsagbar.«

»Ja, aber den Schweden auch.«

»Das stimmt.« Valborgs Wangen röteten sich. »Aber nicht nur ich habe Angst vor ihnen, sondern auch alle anderen, nicht zuletzt die Schweden im Stadtrat.«

»Glaubst du denn auch, dass es Krieg geben wird hier in Stockholm?«

»Ja, ich glaube, darauf wird es hinauslaufen. Die Vitalienbrüder haben bereits Rostock und Wismar erobert, und jetzt greifen sie auch bald hier nach der Macht. Sie wollen Stockholm zu ihrem größten Stützpunkt im Norden machen.«

»Was meinst du – würde Stockholm dann ein Seeräubernest werden?«

»Wenn sie an die Macht kommen …«

Anne schüttelte den Kopf. Nein, das alles kam ihr so abwegig vor, dass sie es sich nicht vorstellen konnte. Sollte Stockholm, die Stadt ihrer Kindheit, tatsächlich von Seeräubern regiert werden? Sie schluckte und runzelte die Stirn.

Wieder schwiegen die beiden, und Anne musste an die geheimnisvollen Schärenbewohner denken, die sie mit Alf getroffen hatte. Die hatten ja auch Deutsch gesprochen. Was waren das eigentlich für Leute gewesen? Arbeiteten sie am Ende mit den Vitalienbrüdern in Stockholm zusammen? Oder waren sie vielleicht sogar Vitalianer?

Nein, sie schob den Gedanken rasch wieder beiseite. Mit solchen Leuten würde Alf schließlich keine Geschäfte machen. Er wollte sich nur mit den deutschen Kaufleuten gut stellen, die im Schärengarten Handel trieben. Hätte Anne selbst einen Handel gehabt, hätte sie es wohl genauso gehalten.

»Worüber denkst du nach?«, fragte Valborg und legte den Brotschieber neben dem Herd ab.

Anne überlegte, ob sie der Freundin erzählen sollte, was sie draußen auf den Inseln gehört hatte, aber dann beschloss sie, damit zu warten. Noch wagte sie sich ihr nicht anzuvertrauen, sie musste auf der Hut sein. Und so lächelte sie nur müde.

»Umgeben von Feinden und Männern, die uns enttäuschen. Was können wir da tun?«

»Brot backen und Bier trinken.«

Die Frauen sahen sich an und brachen in ein befreiendes Gelächter aus.

Die Regenwolken hingen schwer über der Stadt, als eine Gruppe Mönche in zerrissenen Kutten den Hügel hinunterhastete, auf dem die Kirche stand. Hinter ihnen überquerte eine kräftige Frau mit weißem Rock und einem grauen Wollumhang den Stortorget. Sie trug ein Kopftuch und schenkte ihrer Umwelt keine große Aufmerksamkeit. Ihr grobes Gesicht war von Wind und Wetter gegerbt, und um den Mund hatte sie einen harten, grimmigen Zug. Ihre Schritte waren kurz, aber geschmeidig, die Unterarme kräftig, und sie ging gebeugt. Die Kleider rochen nach Fisch und Teer.

Leise fluchte Karin vor sich hin. Mårten und Jens hatten Anne immer noch nicht aufgespürt, und allmählich drängte die Zeit. Mittlerweile hatte sie sich sicherlich von ihren Verletzungen erholt und ihr Kind zur Welt gebracht, also konnte es gut sein, dass sie schon wieder putzmunter herumlief und ausplauderte, was sie erlebt hatte. Wenn den Vitalienbrüdern zu Ohren kam, was da geschehen war, konnte die Sache übel ausgehen. Anne musste schnellstens gefunden und unschädlich gemacht werden.

Freilich hätte sie schon etwas von einer Leiche erzählen können, falls sie sie tatsächlich entdeckt hatte, aber was machte das schon aus? Es würde ihr sowieso niemand glauben. Trotzdem musste sie verschwinden. Karin hatte sich überlegt, wie sie es anstellen sollte. Sie würde bei ihrer Anzeige angeben, dass die verrückte Schwangere bei ihnen an Land gespült worden sei. Sie sei ganz von Sinnen gewesen und habe Traum und Wirklichkeit nicht mehr unterscheiden können. Während ihrer Zeit auf der Insel habe sie Stimmen gehört, zusammenhangsloses Gefasel von sich gegeben und wie wild geschrien. Und zum Schluss habe sie Mårten mit dem Messer angegriffen, das Boot gestohlen und die Insel verlassen. Und jetzt wolle Karin sie anzeigen, bevor sie noch mehr Unfug anstellen und anderen Menschen Schaden zufügen könne. Außerdem wollte sie erwähnen, dass sie hoffe, das Boot zurückzubekommen. Ja, so wollte Karin die Sache darstellen.

Sobald die Anzeige ergangen wäre, würden noch mehr Leute nach Anne Ausschau halten, und früher oder später würde sie gefasst werden. Natürlich konnte es sein, dass auch die Vitalienbrüder von dieser Anzeige erfuhren, aber wenn es hieß, dass die Frau sowieso verrückt sei, spielte es ja keine so große Rolle, was sie daherredete. Karin hatte eine Weile gebraucht, bis ihr diese Lösung eingefallen war, aber jetzt fühlte sie sich ganz sicher. Alles würde gut gehen.

Als sie sich dem Rathaus näherte, warf sie einen raschen Blick auf den Erker, von dem aus zu Weihnachten und zu Pfingsten die städtischen Verordnungen verlesen wurden. Sie selbst hatte diesen Versammlungen öfter beigewohnt, und alle Anwesenden wussten, dass man nicht einfach etwas stehlen durfte. Daran hätte sie eben denken sollen, diese Hexe, als sie mit dem Kahn davonsegelte. Karin betrachtete den Schandpfahl, an dem Diebe und andere Verbrecher vor aller Augen verprügelt wurden. Annes Vergehen konnte dadurch freilich nicht gesühnt werden. Nein, sobald man sie ergriff, würde sie lebendig begraben werden. Mildere Strafen wie Geldbußen und Auspeitschen wurden ebenso wie die Enthauptung nur bei Reichen angewandt.

Karin ging ihre Geschichte noch einmal sorgfältig durch, um ganz sicher zu sein, wie sie sie erzählen wollte. Dann verlangsamte sie ihre Schritte, straffte den Rücken und stieg die Stufen zum Rathaus hinauf.

30. Kapitel

Schwerer, gespenstischer Nebel zog von Schonen her übers Land. Er strich vom Öresund herein und ertränkte Strände, Häuser und Gassen mit seiner Feuchtigkeit. Die Menschen, die in großen Scharen in die Stadt kamen, zogen die Mäntel enger um die Schultern und husteten in der Morgenkühle. Wie ein Lauffeuer verbreitete sich das Gerücht in den Gassen: Der gefangene König Albrecht von Mecklenburg war auf dem Weg nach Malmö.

Am Straßenrand drängten sich die Zuschauer, und Männer,

Frauen und Kinder murmelten untereinander und ließen das Färje-Stadttor nicht aus den Augen.

»Wisst ihr«, sagte ein dünner, großer Mann mit blondem Haar, nachdem er sich mühsam in die erste Reihe vorgeboxt hatte, »als Königin Margareta König Albrecht vor Falköping besiegte, verlor er neunzehn seiner besten Ritter, sie aber verlor keinen einzigen.«

»So wie er mit den Schweden umgesprungen ist, hat der König nur bekommen, was er verdiente«, murmelte sein Kamerad neben ihm, ein bärtiger Mann mit Pelzmütze.

Mattis, der hinter ihnen gestanden hatte, drängelte sich vor. »Ist es wirklich wahr, dass wir hier gleich König Albrecht zu sehen bekommen?«

»Ja, ihn und seinen Sohn. Schau nur, die Leute sind schon ganz wild«, antwortete der Blonde und deutete zur Straße.

Mit großen Augen betrachtete Mattis die Menschenmenge, die wie schreiende Krähen in die Stadt zog. Plötzlich hörte er laute Männerstimmen, und die Menge wich zurück. In den Lärm mischten sich nun auch Hufgetrappel, Pferdeschnauben und wilde Schmährufe von allen Seiten.

Da kam auch schon der königliche Zug in Sicht. Vier grün gekleidete Reiter ritten hintereinander, hinter ihnen zwei Männer, die gefesselt auf ihren Pferden saßen. Der ältere trug einen bestickten roten Hut mit silbernen Borten. Seine Haltung war gebeugt, sein Gesicht starr und ausdruckslos. Mattis musterte ihn. So sah er also aus, der deutsche Herrscher, der Schweden ein halbes Menschenalter lang regiert hatte! Der abgesetzte König bot einen erbärmlichen Anblick. An den Handgelenken trug er schwere Eisen, und seine Füße waren mit dicken Stricken gefesselt. Das dünne Haar stand ihm über den abstehenden großen Ohren vom Kopf weg, und die Augen blickten geradeaus, schienen aber nichts zu sehen. Als ob der König gar nicht recht begriff, was geschehen war – oder besser gesagt, was jetzt geschehen würde. Er, der fünfundzwanzig Jahre lang mit eiserner Hand über Schweden geherrscht hatte, saß gefesselt auf seinem Pferd wie der übelste Verbrecher. Noch dazu hatte ihn eine Frau besiegt, dieselbe Königin, der er, König Albrecht, einmal höhnisch einen Schleifstein für ihre Nähnadeln geschickt hatte. Damit sollte sich eine Frau beschäftigen, fand er, nicht mit der Regierung eines Landes. Und jetzt hatte sie, ausgerechnet sie, ihn bezwungen!

Alle Blicke hingen an dem abgesetzten König. Der Lärm stieg, und die Schimpfworte hagelten nur so auf ihn nieder. Mattis stimmte mit ein und merkte, dass er selbst großen Spaß daran fand, Albrecht zu schmähen. Jetzt konnte er schreien und höhnen, ja, wenn er wollte, sogar Spottbilder vom König auf jedes Schwein der Gegend malen, ohne bestraft zu werden. In Stockholm hingegen hätten ihn die Vitalienbrüder für das gleiche Vergehen hängen lassen. Wenn es Königin Margareta doch nur gelänge, die Hauptstadt einzunehmen, damit er sich trauen konnte, nach Stockholm zurückzukehren! Er wollte Anne wiedersehen, und zwar bald, damit sie ihn am Ende nicht doch vergaß.

Mittlerweile war der Zug näher herangekommen, und Mattis entdeckte Angst in den Augen des Königs.

»Jetzt hat dieser Mecklenburger endlich bekommen, was er verdient. Gott sei Dank haben wir Königin Margareta!«, rief der Blonde.

»Juble nicht zu früh – vergiss die Vitalienbrüder nicht! Niemand ist in Sicherheit, nicht einmal ihr hier in Dänemark«, warnte Mattis.

»Diese Piraten? Ach was, so gefährlich sind die doch gar nicht. Mit denen kommt Margareta auch noch zurande.«

»Ja, aber wenn nicht …«, murmelte Mattis und dachte daran, wie er gerade noch mit dem Leben davongekommen war. Wäre nicht der freundliche dänische Schiffer gewesen, wäre es ihm vielleicht nicht einmal gelungen, Stockholm zu verlassen. Aber der Däne hatte einen zusätzlichen Handlanger an Bord gebraucht, und so durfte Mattis mit nach Malmö segeln. Während der ganzen Überfahrt hatte der Schiffer Angst vor den Vitalianern gehabt und unablässig Wache gehalten, aber obwohl sie tatsächlich fremde Schiffe am Horizont gesichtet hatten, war alles gut gegangen.

Mattis warf einen weiteren Blick auf den König. Der Zug war mittlerweile schon am südlichen Stadttor angelangt und auf dem Weg aus der Stadt hinaus.

»Wohin bringen sie ihn denn?«

»Es heißt, auf die Burg in Lindholmen«, antwortete der

Blonde. »Dort sitzt er dann hinter dicken Gefängnismauern, wenn ihn die Königin überhaupt am Leben lässt.«

»Und was geschieht mit Stockholm?«

»Königin Margareta wird die Stadt einnehmen, ob Albrecht nun tot oder gefangen ist. Valdemar Atterdags Tochter ist keine Frau wie jede andere, und sie weiß, was sie will. Bist du aus Stockholm?«

»Nein, aber ich trete dort oft auf und spiele.«

»Ach, ein Gaukler bist du! Hast du das gehört, Björn?« Der Blonde wandte sich an seinen Freund, den Bärtigen mit der Pelzmütze.

»Sieh an, ein Spielmann! Wir brauchen noch Musikanten für den Markt in Schonen. Was spielst du denn so?«

»Fiedel, Flöte, Maultrommel – und ich kann auch ein paar Gauklerkunststücke.«

Die Männer tauschten rasch einen Blick, woraufhin der jüngere wieder das Wort ergriff.

»Björn Pelzmütze kümmert sich um die Märkte hier. Wir bieten immer Musik, Jongleure, Feuerschlucker und vielerlei anderes, um die Kaufleute zu unterhalten. Aber Spielmänner fehlen uns noch.«

Mattis musterte die beiden Männer. Sie waren mit langen, braunen Mänteln und bauschigen Hosen bekleidet. Beide trugen Lederschuhe, und am Gürtel hingen ihnen Geldsäcke und Schwerter. Vielleicht konnten sie ihm ja wirklich Arbeit verschaffen, sofern sie keine Landstreicher waren oder ihn für die Vitalianer anwerben wollten.

»Ich sehe schon, du fragst dich, was wir für welche sind und ob du uns über den Weg trauen kannst. Hier, nimm mal eine Nase voll!«, forderte Björn Pelzmütze Mattis auf und hielt ihm die Hände hin. »Wenn meine Finger nicht nach Fisch riechen, dann nenn mich ruhig einen Lügner. Aber wenn du dran riechst, bemerkst du bestimmt den Heringsgeruch.«

Mattis fuhr zurück, als ihm der stechende Geruch in die Nase stieg.

Pelzmütze wühlte in seinem Geldsäckchen und zog eine Wachstafel hervor. »Und so sieht mein Zeichen aus.« Er ritzte es in Wachs. »Die Vogte merken sich ihre Marktleute, das kannst du mir glauben. So, und jetzt spiel uns eine Weise!«

Mattis kramte in seinem Ranzen nach der Maultrommel. Dann legte er sich die gekrümmten Hände an den Mund, blies die Wangen auf und zupfte an dem kleinen Metallbügel. Bald darauf tauschte er die Maultrommel gegen die Flöte und spielte einige Töne.

»Hier kann man weder die Flöte noch die Maultrommel richtig hören«, seufzte er und brach mitten in einer Ballade ab. »Aber ich bin für die schwedischen und deutschen Bürger in Stockholm aufgetreten, und die waren immer zufrieden mit mir.«

»Das sind wir auch! Ich heiße Sven Danske«, sagte der Blonde und streckte ihm die Hand hin.

»Pelzmütze«, stellte sich sein Freund vor.

Mattis schüttelte beiden Männern die Hand.

»Und ich heiße Mattis der Spieler oder auch Mattis der Spielmann.«

Zufrieden stopfte er seine Instrumente in den Ranzen zurück und blickte zum südlichen Stadttor hinüber. Der König war nicht mehr zu sehen, und die Menge zerstreute sich langsam.

»Wollt ihr euren Markt abhalten, obwohl der König gefangen genommen wurde?«

»Natürlich, wie immer«, bestätigte Pelzmütze und kämmte sich mit den Fingern den Bart. »Kein Jahr ohne Markt in Skanör und Falsterbo.«

»Und was ist mit den Vitalienbrüdern?«

»Die tauchen da nicht auf. Schließlich kapern sie Schiffe, um die Märkte in Schonen kümmern die sich nicht. Und wir wollen, dass die Leute gute Laune haben, wie immer.«

»Damit sie mehr kaufen«, fiel Sven Danske ein.

»Ich weiß«, lächelte Mattis. »Ich habe schon früher auf Märkten gespielt. Wie sieht es denn mit der Bezahlung aus?«

»Du bekommst ein Zehntel von dem, was wir mit dir einnehmen. Du musst also wirklich Leute anziehen, sonst gibt es gar nichts«, erklärte Pelzmütze.

Mattis zuckte zusammen. Kein Lohn – nur ein Anteil an den Einnahmen?

»Du brauchst das Angebot nicht anzunehmen, es gibt jede Menge anderer Spielleute, die wir fragen können.«

»Ja, natürlich«, murmelte Mattis. Ihm war klar, dass er gar keine Wahl hatte.

»Na also. Unser Wagen steht da hinten«, grinste Pelzmütze und deutete auf zwei Pferde vor einem großen Karren. »Wir nehmen dich gleich mit, wenn du willst – es sei denn, du hältst uns für Wegelagerer.«

Die Männer lachten dröhnend, und Mattis war auf einmal verunsichert. Sie waren doch hoffentlich nicht hinter seinem Geld her, nachdem er sowieso nur ein paar Münzen sein Eigen nannte? Sie waren zu zweit, er war allein, und wenn er etwas Falsches tat, konnte es ihm übel ergehen. Unschlüssig überlegte er hin und her, aber dann straffte er den Rücken.

»Nun denn, wollen wir losfahren?«

31. Kapitel

Jens der Bootsbauer atmete den süßen Kümmelgeruch ein und ließ den Blick durch den Raum schweifen. Zwei alte Fischer saßen bei einem Brettspiel in der Ecke, am Tisch gegenüber grölten lauthals einige Vitalienbrüder. Er schielte vorsichtig zu ihnen hinüber, wagte aber nicht, sich zu erkennen zu geben. Erst musste er Anne finden, sonst konnte es für Mårten und ihn schlimm ausgehen. Es waren schon Gerüchte über den Toten im Umlauf, der in einer Bucht in der Nähe von Grönskär an Land gespült worden war. Er rieb sich das Kinn und versuchte, sein ungutes Gefühl abzuschütteln. Ein ermordeter schwedischer Bürger war eine Warnung an alle anderen Bauerntölpel der Stadt, und die schwedischen Stadträte konnten leicht der Verschwörung auf die Spur kommen. Er verfluchte sein Pech. Wäre dieses verdammte Unwetter nicht gewesen, wäre die Leiche sicher nicht vor dem Frühjahr gefunden worden.

Anscheinend hatte der Sturm den Jutesack zerrissen. Die Finder der Leiche hatten ihre Entdeckung gemeldet, und dummerweise hatte jemand den Toten wiedererkannt. Außerdem hatten die Zeugen den Stadtrat zu der Insel segeln sehen, auf der Mårten der Fischer wohnte, und danach hatte niemand mehr etwas von ihm gehört. Zwischen zusammengebissenen Zähnen stieß Jens einen Fluch hervor und leerte seinen Becher. Da betrat ein bartloser Jüngling die Gaststube. Hatte er diesen Burschen nicht schon einmal gesehen? Er kramte in seinem

Gedächtnis. Dann fiel ihm der Seehundspeckkocher wieder ein. Das war doch der redselige Dummkopf, der einen ganzen Abend lang ununterbrochen geschwatzt hatte und den Mund nie halten konnte.

Jens hatte kaum seinen Becher auf den Tisch gestellt, da hörte er auch schon die wohlbekannte Stimme, die alle anderen übertönte. Der Junge redete und redete. Plötzlich hob er die Stimme und fuchtelte mit den Armen.

»Dabei war ich derjenige, der den versenkten Kahn entdeckt hat! Die haben ihn mir einfach weggenommen«, klagte er.

Jens horchte auf. Hatte der Kerl nicht schon damals von einem Kahn gefaselt? Plötzlich durchzuckte es ihn. Ein versenkter Kahn war nicht dasselbe wie ein gesunkener Kahn, sondern ein Boot, das jemand mit Absicht aus dem Weg geräumt hatte. Entschlossen stand er auf und ging zu dem Jungen hinüber.

»Ein versenkter Kahn, sagst du? Kannst du mir den einmal zeigen?«

Es roch nach Seehundspeck und Teer, als sie bald darauf ein kleines, graues Holzhaus erreichten, das auf halber Strecke zwischen dem Strand und den Buden der Speckkocher lag.

»Hierher hat der Vorarbeiter das Boot gebracht, und ich hätte wahrlich gute Lust, es da herauszuholen und wieder zu verstecken«, murmelte der junge Speckkocher und drückte die Tür auf. Sie knarrte leise, und der Geruch von Fisch und Seetang schlug ihnen entgegen.

»Siehst du? Ein richtig gutes Boot! Warum willst du das eigentlich alles so genau wissen?«

»Reich mir die Laterne!« Jens glaubte Mårtens Boot im Dunkeln wiederzuerkennen. Er nahm das Licht entgegen und hielt es über den Rumpf. Die Flamme flackerte leicht und beleuchtete ein Stück des Bugs. Er pfiff durch die Zähne. Mehr musste er gar nicht sehen. Dies war der Kahn seines Bruders.

»Das lag also hinter den Erlen bei den Buden der Speckkocher?«

Der Junge nickte.

»Hast du gesehen, wer damit in die Stadt gerudert oder gesegelt ist?«

»Nein, ich hab den Kahn unter Wasser entdeckt, hier in der Bucht. Aber dies hab ich darin gefunden.« Er kramte in seinem

Ledersäckchen und zog den blauen Stofffetzen heraus, mit dem er eigentlich das Astloch in der Wand seiner Herberge hatte zustopfen wollen. Da es aber so warm gewesen war, hatte er es völlig vergessen.

»Zeig her!« Jens riss ihm den Stoff aus der Hand. Es war ein Stückchen zerrissene blaue Seide. Er drehte es hin und her und steckte es ein.

»Nein, gib mir das zurück! Und außerdem musst du mir noch das Geldstück geben, das du mir versprochen hast, wenn ich dich herbringe.«

»Ein Geldstück? Hab ich das gesagt? Da musst du dich verhört haben.«

Jens lachte höhnisch und wandte sich zur Tür.

»Du hast es mir aber hoch und heilig geschworen. Komm zurück!«

Jens zuckte die Achseln und verließ die Hütte. Um die verzweifelten Rufe des Jungen kümmerte er sich nicht weiter. Er wusste, dass er ihn nur zusammenzuschlagen brauchte, wenn er ihm lästig wurde. Zufrieden schlenderte er zurück zu seinem Boot. Er dachte an Anne. Nun hatte er den Kahn gesehen und wusste mit Sicherheit, dass sie es bis nach Stockholm geschafft hatte. Dann war es nur noch eine Frage der Zeit, bis sie sie fänden.

32. Kapitel

Niemals würde Anne den Morgen vergessen, als Alf bleich und übernächtigt ins Handelshaus gerannt kam. Sie wusste es nicht, aber dies war der Beginn eines neuen Lebens, eines Daseins, das sich bereits änderte, seit sie ihm bei seiner Arbeit half.

Kurz nach ihrer Fahrt durch die Schären hatte er ihr angeboten, einfachere Aufgaben für ihn zu erledigen, und sie hatte freudig angenommen. Wie lange sie bei ihm bleiben konnte, wusste sie noch nicht. Jetzt allerdings sah sie ihm an, dass etwas Ernstes vorgefallen war.

»Alf, was ist geschehen?«

Er setzte sich an seinen Tisch, schob die Papierrollen und Gänsekiele beiseite und blickte sie lange an, als sei er im Zweifel, ob er es ihr erzählen sollte oder nicht. Zu guter Letzt sagte er: »Meine Gattin ist schwer krank, ich glaube, sie wird nicht mehr lange leben.«

Anne trat zu ihm und legte ihm mitfühlend die Arme um die Schultern.

»Bist du sicher? Manchmal sieht alles schlimmer aus, als es wirklich ist.«

»Christina will nicht mehr essen. Ich kann sie nur noch dazu überreden, ein wenig zu trinken.«

Ihr Arm lag immer noch auf seiner Schulter.

»Hast du den Feldscher schon gerufen?«, erkundigte sie sich.

»Weise Frauen, Feldscher – alle. Aber sie sagen mir nur, dass sie sterben wird und wir für sie beten sollen.«

Es wurde ganz still im Zimmer. Anne kannte Christina kaum, denn Alfs Ehefrau zeigte sich nur selten, aber einige Male hatte sie ihr Kleider geliehen. Anne hatte sie als verschlossen und kühl empfunden, aber das lag wohl vor allem an ihrer harten, ausdruckslosen Stimme. Alf hatte nie viel über sie erzählt, aber Anne wusste, dass sie ihm bei der Buchführung und bei anderen Angelegenheiten im Geschäft half. Außerdem war sie älter als er. Vielleicht war sie Witwe gewesen und hatte ihn geheiratet, um ihr Handelshaus zu retten. Es war Anne früher nie in den Sinn gekommen, dass das Geschäft und das Vermögen, das Alf verwaltete, möglicherweise von Christina in die Ehe eingebracht waren.

Alf stand auf, verschränkte die Hände auf dem Rücken und schritt ruhelos auf und ab.

»Christina hat mir mit allem geholfen. Nach Claus' Tod kann ich nicht auch noch sie verlieren!«

»Sei doch nicht so traurig – wenn sie wieder gesund wird, hast du dich ganz umsonst gegrämt.«

»Das bezweifle ich.«

Plötzlich bekam Anne es mit der Angst zu tun. Sie war unsicher, was geschehen würde, wenn Christina starb. Ernst sah sie Alf an. »Was auch immer geschieht, mach dir keine Sorgen. Ich werde dir helfen, vergiss das nicht!«

Er ergriff ihre Hand und hielt sie fest. »Danke«, murmelte er. »Danke.«

Die Sonne ging langsam über dem Meer auf und schickte das erste warme Licht über den Strand. Stück für Stück stieg der mächtige Ball in den Himmel auf und warf seine Strahlen über Falsterbo und die Buden der Lübecker Kaufleute, über die Fischerbuden aus Holz und die Marktzelte. Bald war der ganze Marktplatz in morgendlichen Glanz getaucht.

Am Strand arbeiteten schon die Leute, die die Fische ausnahmen, und die Fassbinder. Der Gestank nach Fischabfällen wurde stoßweise vom Wind an Land geweht. In den kleinen Schenken zwischen den Sanddünen war es noch ganz still. Die Kaufleute, die hier tags zuvor gelärmt hatten, lagen in ihren großen Buden und schliefen ihren Rausch aus.

Mattis erwachte vom Licht, das aufs Zelttuch fiel, rieb sich die Augen und blickte schläfrig durch die Öffnung in der Leinwand. Er sah Hansekoggen und Fischerboote auf Reede und mehrere Lastkähne, die gerade mit Salz und Tuch beladen wurden. Weiter hinten, hinter den Marktzelten, entdeckte er die Fuhrleute und ihre Pferde. Er blinzelte in die Sonne und lächelte. Es würde ein schöner Tag werden, und das wiederum bedeutete Geld für ihn und Björn Pelzmütze.

Ringsum erwachten die Menschen zu einem neuen Tag und bereiteten sich darauf vor. Dieser Markt in Schonen sah anders aus als früher, als die Wikinger hier noch Eisen, Pelze und Silber gegen Sklaven, Kräuter und feine Tuche tauschten. Die Hanse hingegen war durch den Handel mit Fisch, Salz, Tuch und anderen Gütern des alltäglichen Bedarfs reich geworden. Mattis allerdings würde niemals reich werden, das wusste er. Als Spielmann musste er froh sein, wenn er von einem Tag zum andern genug Geld zum Leben verdiente. Jetzt hatte er auch noch seine geringfügigen Ersparnisse ausgegeben, und Pelzmütze hatte ihm bisher keinen Lohn gezahlt. Gedankenverloren zog er seine Lederschuhe an, zupfte sich die Kleider zurecht und trat aus dem Zelt. Er musste sein Geld bald bekommen, damit er von irgendetwas leben konnte. Es wurde höchste Zeit, dass er das mit Björn besprach. Auf dem Weg zum Wasser entdeckte er ihn.

»Gottes Frieden mit dir, mein Freund«, begrüßte er ihn, holte tief Luft und begann: »Du, ich habe noch einmal über die Sache mit dem Geld nachgedacht.«

»Und ich habe gehört, dass keiner kommt, der dir zuhören

will«, fiel ihm Pelzmütze ins Wort, stützte die Hände in die Seiten und baute sich breitbeinig vor Mattis auf.

»O doch, und bald werden es noch mehr sein, sobald die Kaufleute und die anderen Händler ihre Verkäufe in Angriff genommen haben.«

»Denk dir was Besseres aus, sonst musst du dir anderswo eine Beschäftigung suchen.«

»Aber meine Bezahlung steht noch aus.«

»Deinen Anteil von den Einnahmen, die du mir einbringst. So hatten wir's abgemacht, stimmt's?«

»Du meinst …« Mattis verlagerte das Gewicht auf den anderen Fuß und blickte übers Meer. Auf der Reede lagen die Handelsschiffe vertäut, weiter hinten zog ein Heringsfischer seine Netze ins Boot. Mattis schielte besorgt zu Pelzmütze hinüber. Wollte der ihn etwa feuern? Was dann? Am Ende musste er noch Fisch ausnehmen oder in Tonnen schichten. Der Gestank des Fischabfalls ließ ihn einen großen Bogen um die Buden am Strand schlagen. Er musste sich etwas anderes einfallen lassen.

»Ich kann mehr als nur spielen«, sagte er und räusperte sich. »Ich jongliere auch, habe das Feuerschlucken schon einmal ausprobiert und kann außerdem Schwerter schlucken.«

»Weißt du denn nichts anderes, irgendetwas, das die Leute noch nie gesehen haben?«

»Wir könnten es ja mit Tierkämpfen versuchen, also einer Hetze«, antwortete Mattis, der zunehmend unter Druck geriet.

»Eine Hetze?«

»Ja, wie sie am Königshof üblich ist. Da hetzt man Tiere gegeneinander und wettet, welches gewinnen wird. Man kann Bären, Hunde, ja sogar Spinnen aufeinander loslassen.«

»Spinnen? Willst du mich auf den Arm nehmen? Und was redest du da – Bären?«

»Ja …«

»Willst du die etwa mit Honig füttern?«

Mattis lief puterrot an, als er merkte, dass Pelzmütze ihn verspottete. Aber was sollte er tun? Er musste sich etwas einfallen lassen. Er hatte vorgehabt, nach Lübeck zurückzufahren, wo man ihm für seine Musik mehr bezahlen würde, und wenn es dann in Stockholm ruhiger wurde, konnte er ja zurückkehren und Anne wiedersehen. Aber dafür brauchte er Geld, Geld für die Fahrt und Geld zum Leben. Er tat einen Schritt nach vorn und versuchte, entschlossen zu wirken.

»Siehst du den alten Wall dort hinten? Wenn wir dort angespitzte Pfeiler in den Boden rammen, laufen uns die Tiere nicht davon. Dann stellen wir am Eingang Zelte auf und verlangen einen hohen Eintrittspreis. Gib mir einen Helfer, dann stelle ich das alles auf die Beine.«

Pelzmütze strich sich über den Bart. Langsam breitete sich doch ein Lächeln auf seinem Gesicht aus.

»Abgemacht. Aber die Tiere musst du selbst beschaffen.«

»Ja, natürlich!«, versprach Mattis und strahlte. Was waren Gauklerkunststücke schon gegen Tierhetze und einen Kampf auf Leben und Tod?

33. Kapitel

Der rote Lichtschein rund um die Mondsichel musste ein Zeichen gewesen sein. In dieser Nacht starb Alf Gerhardts Gemahlin Christina.

Sie wurde in der Nähe der Stadtkirche begraben, und die Totenmesse und die Leichenpredigt hielt man in der kühlen Kirche ab. Während der ganzen Zeremonie stand Alf ganz vorn und beobachtete den Priester, der das Weihrauchfässchen schwenkte, Weihwasser verspritzte und Gebete sprach. Zwar nahm er das alles wahr, aber ihm kam es so vor, als sei dies die Beerdigung einer Fremden, nicht die seiner Ehefrau. Er senkte den Kopf und versuchte den Anblick seiner mageren, ausgezehrten Gattin zu vergessen und stattdessen das Bild der schönen Frau heraufzubeschwören, die er einst geheiratet hatte. Damals war es eine Wonne gewesen, sie an seiner Seite zu haben, aber dann hatte sie sich immer mehr verändert. Vielleicht hätte er ein besserer und verständnisvollerer Ehemann sein sollen. Er seufzte und schob den Gedanken beiseite. Nun war es zu spät.

Anne hielt sich seit dem Morgen im Handelshaus auf und ging einige von Alfs Frachtlisten durch. Er hatte sie gebeten, die Namen der verschiedenen Waren ins Schwedische zu übersetzen, weil die Ratsmitglieder dies sehr zu schätzen wüssten.

Nach einer Weile bemerkte sie, dass manche Berechnungen fehlerhaft waren und dieselben Waren auf verschiedenen Listen auftauchten. Dass Alf das nicht bemerkt hatte! Sobald sie erkannt hatte, dass die Buchhaltung nicht so tadellos war, wie sie immer geglaubt hatte, rechnete sie die Summen durch, die das Handelshaus mittels seiner Darlehen eingenommen hatte. Sie suchte sich aufs Geratewohl zwei Seiten in einem der Bücher heraus und entdeckte bald, dass die Summen in einer Spalte nicht korrekt addiert worden waren. Kurz vor der Abreise nach Schweden hatte Claus ihr ein wenig Rechnungswesen beigebracht und ihr gezeigt, wie man Buch führte und Zinsen und Prozente von Kaufsummen berechnete. Dies kam ihr jetzt zugute. Entschlossen klappte sie das Buch zu. Sie würde sich so unentbehrlich machen, dass Alf nach Christinas Tod nur sie dafür in Betracht zöge, das Ruder zu übernehmen.

Sie hörte Schritte an der Tür und blickte auf. Alf trat mit gesenktem Haupt und hängenden Schultern ein. Sie betrachtete ihn stumm und wartete einfach ab.

»Jetzt haben wir sie begraben«, murmelte er nach einer Weile. »Sie war so leicht, dass ich den Sarg allein hätte tragen können.«

»Es tut mir so leid für dich, Alf!«

Alf kam zu ihr, setzte sich und blätterte in ihren Berechnungen.

Doch gleich darauf schob er die Bücher beiseite. »Nein, ich schaffe es einfach nicht, heute hier zu sitzen. Ich muss hinaus.« Er stand auf und warf ihr einen kurzen Blick zu. »Willst du mir Gesellschaft leisten? Wir könnten nach Käpplingeholmen hinüberrudern.«

»Nach Käpplingeholmen?«

»Ja, ich würde dir dort gern einige Häuser zeigen.«

»Natürlich, ich komme mit«, sagte sie rasch. Solange ihre Stellung im Handelshaus noch nicht gesichert war, war es am besten, an seiner Seite zu bleiben.

Außerdem schätzte Anne seine Gesellschaft. Er lenkte ihre Gedanken von Mattis ab. Der Schuft hatte sie verlassen, das musste sie sich nach und nach eingestehen, obwohl es wehtat. Zuerst hatte sie noch Pläne geschmiedet, wie sie versuchen wollte, ihn wiederzufinden, aber er hatte ja einfach seine Sachen gepackt und war ohne ein Wort verschwunden. Mehr hatte sie ihm offensichtlich nicht bedeutet. Er hatte sie enttäuscht, und jetzt wollte sie nichts mehr von ihm wissen. Statt seiner gab es jetzt Alf.

Draußen auf der Treppe schlug ihnen der Wind entgegen. Er war noch immer mild und lau, obwohl der August schon vorbei war. Alf bot ihr den Arm, und sie wanderten zum Fischerstrand, wo sein Ruderboot lag. Er half ihr ins Boot, machte die Leinen los und ruderte mit langen, entschlossenen Zügen nach Käpplingeholmen.

Als sie an Land gingen, grüßte er einen bärtigen Mann mit weißem Mantel, und einen Moment lang hatte Anne das Gefühl, ihn schon einmal irgendwo gesehen zu haben. Die kleinen, haselnussbraunen Augen, der ausweichende Blick und der breite Mund.

»Einer von der Handelsgesellschaft«, erklärte Alf, als er ihren fragenden Blick sah. »Die Leute von der Hanse laufen einem in dieser Stadt überall über den Weg.«

Sie machten einen Spaziergang auf der Insel, und ab und zu blieb Alf stehen, um die kleinen Holzhütten am Wasser zu begutachten. Er erzählte ihr, was man alles dort lagern konnte, und sie freute sich, mitgekommen zu sein und so über seine Pläne unterrichtet zu werden. Es war gut zu wissen, wie er dachte, denn dann verstand sie es später besser, wenn er im Handelshaus davon sprach.

»Ich kann mich noch erinnern, wie ich Köln verließ und nach Stockholm fuhr«, erzählte er. »Da war ich noch jung, das kannst du mir glauben. Ich hatte eigentlich vorgehabt, nur wenige Jahre zu bleiben, aber dann begann ich einen Handel mit den Bauern in der Gegend am Mälarsee und mit den Grubenunternehmern von Bergslagen, und das ließ sich so gut an, dass ich schließlich hierblieb.«

»Wie kam es, dass du so viel Erfolg hattest?«

»Ich ging einfach bei den Hansekoggen an Bord und fragte die Schiffer aus. Außerdem stand mir ein alter Kaufmann der Hanse mit Rat und Tat zur Seite. Ich versuchte, so viel wie möglich zu lernen.«

»Zuhören und lernen – du meinst, das soll ich jetzt auch?«

»Ja, warum nicht?«

Sie kamen an eine geschützte kleine Bucht mit einem breiten, lang gestreckten Sandstrand. Er blieb stehen und zeigte aufs Wasser.

»Schau, Anne, hier könnten wir ein Schiff bauen, ein großes Hanseschiff. Vom Strand aus gelangen wir leicht ins tiefere Wasser, und dann segeln wir nach Lübeck und werden reich.«

»Müssen wir dazu nicht erst die Fracht verkaufen?«

»Ja, natürlich, wir verkaufen sowohl das Schiff als auch die Fracht.«

»Und wie kommen wir dann zurück nach Stockholm?«

»Wir werden so viel Gewinn machen, dass wir zwei neue Schiffe bauen können. Dann verkaufen wir das eine, und mit dem anderen segeln wir wieder nach Hause.«

Sie lächelten sich an, und Anne war glücklich, dass er ihre weitere Zusammenarbeit als gegeben voraussetzte. Gleichzeitig fragte sie sich aber auch, wie er nur wenige Tage nach Christinas Tod so heiter sein konnte. Doch vielleicht war das nur seine Art, mit der Trauer zurechtzukommen.

Auf einer kleinen Landzunge erblickten sie ein großes Blockhaus. Alf umrundete es, und Anne folgte ihm. »Dieses Lagergebäude gefällt mir nicht«, sagte sie. »Es macht mir Angst – schau, es hat so winzige Fensteröffnungen.«

»Das ist im Sinne des Erbauers. Viele Waren dürfen bei der Lagerung dem Licht nicht zu stark ausgesetzt sein.«

»Aber denk doch nur an die Leute, die die Waren dort drinnen aufstapeln müssen.«

Er blickte auf und sah sie lächeln.

Vor einer einfachen Holzhütte saßen ein Bettler und eine Frau in einem weit ausgeschnittenen Kleid. Eine ganze Horde magerer Kinder sprang um sie herum.

»So ergeht es Leuten, die nicht arbeiten«, erklärte Alf und nickte zu den beiden hinüber.

»Oder solchen, die Handel zu treiben versuchten, aber nicht so erfolgreich waren.«

»Nun ja, in der Hanse helfen sich die Leute gegenseitig.«

»Du scheinst auf jeden Fall gut dazustehen, obwohl die *Hindin* untergegangen ist.«

»Ja, es sind schließlich mehr Schiffe für mich unterwegs als nur die *Hindin*. Ich achte immer darauf, das Risiko zu streuen.

Und außerdem haben wir die Hoffnung nicht aufgegeben, die Fracht doch noch zu bergen, oder?«

Sie schüttelte den Kopf und dachte über seine Worte nach.

»Aber jetzt muss ich für den Fortgang der Geschäfte sorgen. Nach Claus' und Christinas Tod weiß ich allerdings nicht, wie es weitergehen soll.«

»Aber ich stehe dir doch bei! Je mehr du mir beibringst, umso besser kann ich dir helfen.«

»Bist du sicher? Das wird aber eine harte Schule werden!«

»Lehrjahre sind nun einmal keine Herrenjahre.«

Er lachte, laut und vergnügt. »Gut. Ich freue mich, dass ich dich bei mir habe anfangen lassen. Ansonsten ...« Er verstummte.

»Ja?«

»Ich hätte gern, dass du bei einem Gastmahl einige meiner Geschäftsfreunde kennenlernst.«

Er sah sie mit einem ganz neuen Ausdruck in den Augen an und ließ die Hände auf ihren Schultern ruhen. »Du findest es vielleicht seltsam, dass ich dich so kurz nach Christinas Tod schon um so etwas bitte, aber sie und ich sind beim Schlossvogt eingeladen, und da dachte ich mir, dass du vielleicht an ihrer Stelle mitkommen könntest.«

Anne zögerte. Nur zu gern wollte sie ein Gastmahl im Schloss erleben, aber sie wusste, dass sie ablehnen musste. Man konnte sie dort wiedererkennen.

»Der Vogt und die Schlossknechte werden Verkleidungen tragen, und das könnte eine unterhaltsame Art für dich sein, mehrere meiner Bekannten kennenzulernen«, fuhr er fort.

Verkleidungen! Dann musste sie ja gar nicht Nein sagen. Sie blickte zu ihm auf und lächelte.

»Wenn du eine Begleitung suchst, dann kenne ich eine Person, die gern mitkäme.«

Sie bekräftigten ihre Abmachung nicht mit einem Handschlag, wie es zwischen Handelsleuten üblich ist, sondern er umarmte sie. So fest, dass sie errötete.

Linnea beschleunigte ihre Schritte. Jedes Mal, wenn sie zu einem dieser heimlichen Treffen ging, war sie aufgeregt, denn sie hatte Angst, es sei in der Zwischenzeit irgendetwas geschehen. Wenn sie entdeckt wurde, konnte sie alles verlieren. Sie war sich der Risiken, die sie damit einging, voll bewusst, aber auf der anderen Seite wurde sie gebraucht. Ohne sie wären unschuldige Frauen zu einer ungewissen Zukunft verurteilt und der Stadt verwiesen worden. Manche von ihnen wären sogar zum Tode verurteilt worden, andere gingen in den Freitod. Es geschah so vieles im Verborgenen.

Zu ihr kamen vor allem unverheiratete Bürgerstöchter, die die Schande nicht ertragen konnten, arme Frauen, die es nicht schafften, noch ein weiteres Kind zu ernähren, und allzu junge Mägde, die vom Bauern oder ihrem Hausherrn vergewaltigt worden waren. Alle brauchten sie, denn sie war die Einzige, die sie von ihren unerwünschten Säuglingen befreite. Ein Treffen, Geld von Hand zu Hand – und schon konnten sie ein neues Leben beginnen. Jene, die ihr ihre Neugeborenen anvertrauten, sparten sich die ganze Angst, während sie selbst sich um die Kleinen kümmerte und sie auf schmerzlose Weise verschwinden ließ.

Sie schauderte und zog sich den Schal fester um die Schultern. Auch wenn sie schon mehrere Treffen dieser Art gehabt hatte, war sie unruhig. Sie wusste nie, wen sie treffen würde.

Als sie die Stallbrunnen von Gunnar Olofsons Hof erreichte, blickte sie sich hastig um, bevor sie sich auf eine Bank setzte und wartete. Olofson war ein alter Witwer, der seit drei Jahren im Heiliggeistspital lag. Er hatte dafür bezahlt, dass sie sich auf seine alten Tage um ihn kümmerten, und Linnea sah meist selbst nach ihm. Sie wusste, dass er nie auf seinen Hof zurückkehren würde, und solange er noch lebte, standen sowohl das Wohngebäude als auch der Stall leer.

Er hatte sie gebeten, ein Auge auf seinen Besitz zu haben, und sie dankte Gott für dieses Glück. Denn ihre geheime Tätigkeit wollte sie natürlich lieber nicht bei sich zu Hause, aber in der Nähe ausüben, und Olofsons Hof lag in einem benachbarten Viertel. Ein Geräusch von der Straße riss sie aus ihren Gedanken, und sie stand schnell auf. Ein zierliches junges Mädchen in zerschlissenen Wollkleidern näherte sich. Sie trug ein Bündel auf dem Arm und warf ab und zu besorgte Blicke über die Schulter zurück.

Das muss sie sein, dachte Linnea und musterte sie aufmerksam. Als das Mädchen keine Anstalten machte zu verschwinden, sondern vielmehr auf jemanden zu warten schien, öffnete Linnea das Tor und trat auf sie zu.

»Kann ich dir helfen?«

»Ich suche Gudrun Niklasson.«

»Ja, das bin ich«, antwortete Linnea.

»Es geht um das Kind.« Das Mädchen hielt das Neugeborene hoch. Der Junge war stramm in ein Tuch gewickelt und schlief.

»Ich helfe dir gern. Komm mit!«

Linnea nahm das Kind auf den Arm und ging dem Mädchen voraus.

»Du wirst dich doch gut um den Kleinen kümmern, nicht wahr?«, fragte das Mädchen ängstlich.

»Darauf kannst du dich verlassen. Ich werde tun, was für dich und das Kind das Beste ist.«

Dem Mädchen zitterte die Unterlippe.

»Ja, dann also noch das Geld.« Die junge Mutter tastete nach ihrem Gürtel. »Dies ist alles, was ich habe.« Sie hielt Linnea drei Örtug hin.

Linnea betrachtete kurz die Münzen, streckte die sehnige Hand aus und nahm sie entgegen. Sie hätte gern mehr gehabt, aber ihr war klar, dass das Mädchen wirklich nicht mehr besaß. Sie klopfte ihr tröstend auf die Schulter.

»Ich verspreche dir, ich werde mich um alles kümmern. Und nun vergiss das Kind und alles, was du durchgemacht hast.«

Das Mädchen nickte stumm.

»Sei so lieb und geh jetzt!«

Linnea wartete, bis die Kleine sich entfernt hatte, bevor sie dem Tor den Rücken zuwandte. Sie warf einen Blick auf den Jungen, den sie auf dem Arm hielt, und stellte fest, dass er erst wenige Tage alt war. Gott sei Dank schlief er immer noch. Sie nahm ungern schreiende Kinder auf und bat die Frauen deshalb immer, den Kleinen etwas zu geben, damit sie schliefen. Im Stall hörte man die Kinder zwar nicht mehr, aber auf dem Weg dorthin konnten sie mit ihrem Geschrei alles gefährden.

Sie lächelte in sich hinein. Sie war zufrieden, wie sie sich alles eingerichtet hatte. Niemand wusste, dass sie eine Engelmacherin war, nicht einmal Ingrid. Ihre Schwester hätte sie sicher dafür getadelt, aber sie selbst fand es besser, sich um unerwünschte

Kinder zu kümmern, als sich mit ihrer Hasenscharte als Hure durchzubringen oder sich widerwillig mit einem Mann zu verheiraten, der sie ernährte. Außerdem war sie die geachtete Vorsteherin des Heiliggeistspitals, und niemandem wäre es in den Sinn gekommen, ihr zu misstrauen.

Die kleinen Kinder taten ihr manchmal leid, aber sie tröstete sich damit, dass sie ihnen einen barmherzigen Dienst erwies. Erst gab sie ihnen Schlafmittel, und wenn sie so schwach waren, dass sie kein Lebenszeichen mehr von sich gaben, betäubte sie sie ganz. Sie betete für sie und sorgte dafür, dass sie Gottes Segen erhielten, bevor sie starben. Schließlich versteckte sie sie im Wald oder begrub sie heimlich irgendwo.

Während sie den kleinen Jungen in den Stall trug, schweiften ihre Gedanken wieder zu Ingrid. Ihre Schwester, die sich immer ein Kind gewünscht hatte, schien doch nicht so glücklich über die Kleine zu sein, und es kam ihr so vor, als sei es ihr nicht sonderlich wichtig, wie es Maria ging. Manchmal schrie sie die Kleine an oder legte ohne den geringsten Grund Hand an sie. Linnea fragte sich, ob sie richtig gehandelt hatte oder ob es nicht besser gewesen wäre, dieses Kind Gottes Hand zu überlassen. Hoffentlich wird Ingrid mit der Zeit eine bessere Mutter, dachte sie. Maria war an einem Sonntag zur Welt gekommen, und solche Kinder waren gesegnet und blickten einem erfolgreichen Leben entgegen.

Von sich selbst war sie ebenfalls enttäuscht. Sie hatte geglaubt, wenn sie ein Kind in ihrer Nähe hätte, empfände sie endlich Liebe für einen anderen Menschen, stattdessen machte die Kleine sie nur noch gereizter. Kinder waren offensichtlich nichts für sie. Vielleicht war es ja von Gott gewollt, dass sie eine Engelmacherin geworden war.

Als sie zur Stalltür eilte, fiel ihr auf, dass die Pflanzen den Hof schon ziemlich zugewuchert hatten. Dabei hatte sie Olofson versprochen, sich immer die Zeit zu nehmen und den Hof zu pflegen.

Die Tür quietschte beim Öffnen, und drinnen roch es nach Mist und abgestandener Luft. Sie ging an dem leeren Verschlag vorbei, in dem früher Pferde gestanden hatten, und weiter zu den beiden kleineren abgetrennten Bereichen, in denen Olofson seine Schafe gehalten hatte. Sie blieb stehen und horchte. Die

Kinder schliefen. Leise legte sie den Jungen neben die zwei mageren Mädchen ins Stroh. Sie beugte sich über die Säuglinge. Noch atmeten sie, aber nicht mehr lange. Vielleicht konnte sie beide zusammen mit dem Jungen begraben.

In der Ecke stand eine Truhe. Sie entnahm ihr ein wenig Kräuterextrakt und eine kleine Kanne, die sie mit Wasser füllte. Rasch rührte sie den Kräutertrank zusammen, füllte ihn in ein Trinkhorn und weckte eines der Mädchen. Nacheinander flößte sie allen drei Kindern die Flüssigkeit ein und wiegte sie dabei auf dem Arm. Sie konnte ihnen nicht allzu viel verabreichen, aber immerhin genug, damit sie erst einmal weiterschliefen.

Als sie fertig war, warf sie einen letzten Blick auf den kleinen Jungen, bevor sie hinausging und die Tür hinter sich verriegelte. Am Hoftor blieb sie noch einmal stehen und sah sich um, bevor sie wieder auf die Straße huschte. Mit scheuen Schritten lief sie an zwei Häusern vorbei und wechselte dann die Straßenseite.

34. Kapitel

»Du vertraust ihm also?«

Valborgs Worte trafen wie ein Peitschenhieb. Sie lief im Weinkeller umher, räumte die Reste des Frühstücks auf und öffnete die Tür zum Hinterhof. Anne folgte ihr.

»Ja. Aber was meinst du eigentlich damit? Alf gibt mir Arbeit und Geld, damit ich leben kann, und er bekommt die Hilfe, die er braucht.«

Valborg trat auf den Hof hinaus und ging zu dem Auslauf, in dem sie Hühner hielt. Gedankenverloren löste sie den Haken von der Tür und ließ die Tiere heraus.

»Dass du ihm hilfst, verstehe ich sehr wohl, Anne, aber denk daran, er ist Deutscher. Auf wessen Seite steht er? Auf unserer?« Mit weit ausholenden Handbewegungen verstreute sie Brotkrumen auf dem Boden. »Was weißt du von ihm? Am Ende steckt er mit den Vitalienbrüdern unter einer Decke.«

Die Hennen trippelten auf das Futter zu und pickten es auf. Anne betrat den Hühnerstall und sammelte die noch warmen Eier ein.

»Ich weiß es nicht. Mir scheint, dass er sich mit allen gutstellen will.«

»Solche Leute machen mich grundsätzlich misstrauisch. Weißt du sonst noch irgendetwas über ihn, außer dass er Claus' Kompagnon war?«

»Du beklagst dich ständig über die Männer, die ich treffe! Er ist nett und fürsorglich, und dank ihm bekomme ich genügend Geld, um meinen Lebensunterhalt zu bestreiten. Zum Beispiel auch mein Zimmer bei dir. Hast du sonst noch irgendwelche Fragen?« Erbost wandte Anne Valborg den Rücken zu.

»Meine Liebe, verzeih mir, ich mache mir doch nur Sorgen um dich. Ich habe gerüchteweise gehört, dass er mit den Vitalienbrüdern Umgang pflegt. Er kann einer dieser Machtmenschen sein.«

»Zeig mir einen Menschen, der keine Macht ausüben will.«

»Du bist noch sehr jung. Das merkt man manchmal.«

»Darf ich das etwa nicht sein? Eben gerade war ich noch so glücklich, dass Alf mich im Handelshaus behalten will, und dann zerstörst du mir meine ganze Freude, indem du mir erzählst, was alles geschehen könnte. Ich habe genug von Unglück und Unfällen, und ich ertrage es nicht, mir noch weiteres Gezeter anzuhören. Kannst du nicht wenigstens so tun, als würdest du dich für mich freuen?« Anne versetzte einem Wassereimer einen so heftigen Tritt, dass er umfiel.

»Aber Anne, ich will doch nur ...«

»... mein Bestes. Wie immer. Ja, ich weiß, aber mittlerweile hätte ich es doch gemerkt, wenn etwas nicht stimmen würde, meinst du nicht auch?«

Valborg strich sich die Brotkrümel vom Rock und seufzte.

»Wahrscheinlich hast du recht, manchmal sehe ich alles zu schwarz.« Sie legte eine kurze Pause ein. »Seit mein Mann gestorben ist, denke ich oft nur an das Schlimme, das geschehen könnte, und bin viel ängstlicher als früher. Vielleicht sollte ich mich ändern.«

»Du willst ja nur, dass es mir gut geht«, versuchte Anne einzulenken.

»Genau das ist es«, murmelte Valborg und umarmte sie. »Ich mag dich. Seit du gekommen bist, ist alles viel schöner, und ich will nicht, dass dir jemand ein Leid antut. Niemals im Leben!«

Valborg lächelte und hakte Anne freundschaftlich unter. Auf dem Weg in die Gaststube redete sie von anderen Angelegenheiten, aber ihre unterschwellige Besorgnis konnte sie nicht abschütteln. Vielleicht sollte sie nicht auf das Gerede hören, aber eines Abends, als sie im Keller Gäste bediente, hatte sie aufgeschnappt, dass Alfs Frau Christina versucht habe, ihren Mann von den Vitalienbrüdern fernzuhalten, dass es ihr aber nicht gelungen sei. Schließlich habe sie vor lauter Verzweiflung die Nahrung verweigert. Valborg hoffte, dass dies nur übles Gerede war, aber man konnte ja nie wissen.

Mit jedem Tag bekamen die Vitalienbrüder mehr Anhänger, und sie schienen auch gute Verbindungen zu den Schlossknechten zu pflegen. Viele spürten, dass sich etwas zusammenbraute, aber niemand wusste so recht, was es war. Sie ahnten nur, dass bald etwas geschehen würde.

Die Deutschen hatten bereits Nyköping, Enköping, Västerås und Linköping niedergebrannt, und immer mehr Menschen fragten sich besorgt, was mit Stockholm geschehen würde. Sie wünschten sich natürlich, dass Königin Margareta die Stadt übernahm und mithilfe der Schweden regierte, denn dann würden endlich Ruhe und Ordnung in den Gassen herrschen.

»Ich habe diese Tumulte in der Stadt so satt!« Valborg setzte sich an den Tisch, auf dem sie die Schale mit den eingesammelten Eiern abstellte. »Wir können nur hoffen, dass wir nirgends mit hineingezogen werden.«

»Wir? Damit meinst du im Grunde doch mich, aber du kannst ganz beruhigt sein. Ich habe nicht vor, mich von Alf an der Nase herumführen zu lassen. Wenn er versucht, mir etwas anzutun, dann passiert das!« Anne griff nach einem Ei und zerschlug es auf dem Tisch.

35. Kapitel

Die Talglichter brannten, und das mächtige Schloss wurde von einem rot flackernden Schein erhellt. Anne betrachtete das dicke Mauerwerk und lächelte. Vor gar nicht allzu langer Zeit hatte sie es noch für unmöglich gehalten, hinter diese Mauern zu gelangen, aber mithilfe von Alfs Einladung war es ihr nun doch geglückt.

»Halt dich nur immer in meiner Nähe.« Alf fasste sie lächelnd unter.

Sie nickte und sah sich aufmerksam um. Verkleidete Menschen strömten scharenweise über den Burghof, und sie bekam ein wenig Angst bei dem Gedanken, dass der eine oder andere von ihnen vielleicht nach ihr suchte. Hier auf dem Schloss waren es wohl eher wenige, aber wie konnte sie sicher sein?

Einige Ritter mit ihren kapuzenartigen Gugeln und Rüstungen drängten sich vorbei, eine andere Gruppe von Männern, die sich als Schmiede und Bäcker verkleidet hatten, steuerte auf das Schlossportal zu. In ihrer Gesellschaft befand sich auch eine kunterbunte Schar von Hofdamen, burgundischen Burgfräulein mit hohen Kopfbedeckungen, Bauersfrauen in Kittel und Schürze, flämischen Jungfrauen und anmutigen Tänzern. Anne musterte die prächtigen Gewänder und wünschte, sie hätte selbst gewagt, solch ein farbenprächtiges, bodenlanges Kleid anzulegen. Aber sie wollte keine unnötige Aufmerksamkeit erregen und hatte sich daher für die unauffällige Haube einer Bürgersfrau entschieden, die auch Wangen und Hals bedeckte, sowie ein ganz gewöhnliches geknöpftes Kleid mit anliegendem Oberteil und einem Faltenrock. Dieses Kleid hatte sie in Christinas Schrank gefunden, und da es schon lange her war, dass sie sich so fein angezogen hatte, dauerte es eine geraume Weile, bis sie endlich fertig war. Sie trug ein enges Unterkleid und darüber ein Überkleid ohne Ärmel, wie es die Mode vorschrieb. Die Armausschnitte waren wirklich recht weit. Plötzlich griff Alf lächelnd nach dem Stoffteil und hielt es fest.

»Weißt du, wie die Mönche dazu sagen?«

Anne schüttelte den Kopf.

»Höllenfenster! Weil man alles sieht.«

»Ach, ich trage doch etwas darunter! Aber die Mönche halten natürlich alles immer gleich für eine Sünde.«

»Ja, Mönch zu sein muss wirklich traurig sein.«

»Oder spannend. Wenn man überall Sünden sieht.«

Alf lachte, und Anne fand, dass er so viel zufriedener aussah als im Geschäft. Die Falte zwischen den Augenbrauen war verschwunden, und der Gesichtsausdruck war froh und erwartungsvoll. Er hatte sich ebenfalls herausgeputzt und trug eine kurze Jacke, die körpernah geschnitten war, und dazu eine eng sitzende Hose in Gelb und Grün. Seine hochgewachsene Gestalt wurde vorteilhaft zur Geltung gebracht, und er sah so elegant aus, dass sie sich freute, ihn an ihrer Seite zu haben.

»Komm mit!«, sagte er und nahm sie bei der Hand. Sie stiegen eine Treppe hinauf und betraten einen großen Festsaal, in dem die Schlossknappen sich vor den ankommenden Gästen verbeugten und sie begrüßten. Der Saal brodelte vor Stimmengewirr und Lärm, und mehrere Gruppen verkleideter Menschen warteten darauf, zu ihren Plätzen geführt zu werden.

Zwei Männer, die sich als Schneider verkleidet hatten, kamen lächelnd auf Anne und Alf zu. Der eine war dick und hatte glattes, grau meliertes Haar und dünne Lippen, der andere war schmal und schlaksig. Beide trugen lange Zipfelmützen, die ihnen bis auf den Rücken hingen. Der Dicke lächelte, als er Alf wiedererkannte.

»Alf, wie schön, dich zu sehen!«

»Die Freude ist ganz meinerseits. Darf ich dir meine neue Wohltäterin vorstellen? Anne. Sie hilft mir nach Christinas Tod«, sagte Alf und legte Anne den Arm um die Schultern.

Die Männer verbeugten sich, streckten ihr die Hand entgegen, und Anne murmelte einen leisen Gruß. Die Neuankömmlinge stellten sich vor – Henrik Brybing und dann noch ein Name, den sie nicht richtig verstand –, um sich anschließend wieder an Alf zu wenden, als ob sie gar nicht erwarteten, dass sie etwas zu sagen hätte.

»Es sind mehrere Schiffe unterwegs«, verkündete der Dicke und verschränkte die Hände vor dem Bauch.

»Gut. Sieht so aus, als käme der große Tag allmählich näher.«

»Aber es könnte Schwierigkeiten geben.«

»Nein, das kommt schon alles in Ordnung«, beruhigte Alf seinen Freund. »Mit List, du weißt schon …« Er zwinkerte vielsagend.

»Ja, natürlich«, gab der Dicke lachend zurück.

Anne musterte die Männer verblüfft. Sie sprachen in Rätseln, und sie wollte Alf schon fragen, was der Dicke gemeint hatte, da kam er ihr zuvor.

»Schluss mit den ernsten Gesprächen! Lasst uns den Alltag vergessen, heute Abend feiern wir, nicht wahr, Anne?«

»Ja, deswegen sind wir hier.«

»Entschuldigt uns, meine Herren, es wird Zeit, dass wir zu Tisch gehen.«

Er verbeugte sich und nahm Anne wieder bei der Hand.

»Waren das Freunde von dir?«, wollte sie wissen, als sie außer Hörweite waren.

»Henrik Brybing und ich kennen uns schon lange. Wir sind eher Kompagnons als Freunde, aber der Mann hat viel Geld, also müssen wir uns gut mit ihm stellen. Und der andere ist sein Vetter.«

Anne war erleichtert, aber ein kleiner Zweifel blieb. Ohne recht zu wissen, warum, misstraute sie den beiden Männern.

»Worüber habt ihr gesprochen?«

»Mehrere mecklenburgische Schiffe sind unterwegs, um Stockholm gegen die Dänen und Königin Margareta zu verteidigen. Aber ich finde, man sollte sich nicht auf einen Kampf einlassen, sondern das Problem mit List lösen.«

Alfs Antwort beruhigte sie zwar, doch bevor sie weitere Fragen stellen konnte, ertönte eine Fanfare. Es war Zeit, zu Tisch zu gehen, die Männer auf der einen Seite und die Frauen auf der anderen. Alf geleitete sie zum Frauentisch und begab sich dann an den langen Tisch für die Männer gegenüber. Bevor sie sich trennten, drückte er ihre Hand, und Anne sah, dass er sie anerkennend betrachtete. So fein herausgeputzt hatte er sie nie zuvor gesehen, und zum ersten Mal seit langer Zeit fand sie sich wieder schön.

Sie setzte sich und blickte sich neugierig um. Der Tisch war mit einem bestickten Leinentuch gedeckt, und das Tuch darunter reichte bis auf den Boden. Obenauf thronten gefüllte Kannen, und alles glänzte im Licht der Wachskerzen in den hohen silbernen Kerzenleuchtern. Sie dachte an die Feste, bei denen sie in Lübeck zu Gast gewesen war. Dort hatte man die Tische mit Zinntellern, Steingutbechern und glasierten Tonkrügen gedeckt, hier hingegen standen teure rheinländische Gläser neben jedem Gedeck, und die Kannen waren mit Akanthusblättern und Girlanden verziert. Solche Pracht hatte sie in Stockholm noch nie zuvor gesehen. Vielleicht hatte sich die Stadt in jenen Jahren so entwickelt, als sie in Lübeck lebte – oder aber der Prunk war darauf zurückzuführen, dass der deutsche Schlossvogt eingeladen hatte.

Als sich alle gesetzt hatten, nahten die Knappen mit dem Essen. Auf großen Platten waren Räucherlachs, gekochtes Fleisch und Geflügel köstlich angerichtet. Daneben servierten die Knappen gebackenes Ochsenfleisch, finnischen Hecht mit Specksoße, Rüben und Brot. Als Anne den ganzen Überfluss sah, ahnte sie, dass sich diese Mahlzeit mit mehreren Gängen lange hinziehen würde. Hohe Gläser wurden gefüllt und kreisten am Tisch, und zwischen den Tischen liefen unermüdlich die fein gekleideten Knappen umher, die sofort nachfüllten, sobald ein Glas oder ein Teller sich leeren wollte.

Anne sah sich in dem Raum um. Dieser Saal ist gewiss einer der schönsten in der ganzen Schlossanlage, dachte sie. Das Dach war ein hohes Gewölbe aus Ziegelsteinen, und auf dem Boden bildeten die Fliesen aus Kalkstein und Granit ein buntes Muster. An den Wänden hingen dicke Gobelins mit Jagdszenen und biblischen Motiven, und im Schein der Öllampen sah es aus, als würden die Bilder zum Leben erwachen.

Anne beobachtete den Männertisch, wo man sich lebhaft zuprostete. Sie ärgerte sich, so weit weg zu sitzen, dass sie nicht mit den Gästen reden konnte, aber dann fiel ihr ein, dass es so vielleicht doch am besten war. Es konnte durchaus gefährlich werden, mit irgendeinem Unbekannten ins Gespräch zu kommen. Sie tröstete sich damit, dass sie auf diese Weise von ihrem Platz aus in aller Ruhe die Männer beobachten konnte.

Ihre neugierigen Blicke schweiften vom einen Ende des Tisches zum anderen und blieben an dem Mann hängen, der am elegantesten von allen aussah. Während die Frauen ringsum plauderten und sich zuprosteten, hing sie ihren Träumen nach. Vielleicht konnte sie ja einen neuen Mann fürs Leben finden, der nicht nur ein guter Mensch war, sondern auch hübsch aussah. Oder war das zu viel verlangt vom Leben? Sie hatte Ritterlieder gehört, in denen die Männer ihren Geliebten Liebeslieder vortrugen. Vielleicht war das nur ein Märchen, das sich in Wirklichkeit niemals so zutrug. Mattis hatte gesungen und ihr auf diese Weise seine Liebe gezeigt, aber das waren eben nur Klänge und Worte gewesen, sonst nichts. Heute Abend würde sie jedenfalls gut essen und trinken und dafür sorgen, dass sie sich nach Kräften amüsierte.

Während der Mahlzeit traten Skaldendichter und Hofnarren auf, danach Musikanten, die Ritterlieder und Balladen spielten. Anne beobachtete das Treiben vergnügt, aber als sich die Mahlzeit immer weiter hinzog und man mittlerweile beim achtzehnten Gang angelangt war, langweilte sie sich allmählich. Die Frauen am Tisch wirkten inzwischen schon recht beschwipst, und ihre gefältelten Kleider waren zerknittert und hatten Weinflecken abbekommen. Einige Frauen, die sich als Hofdamen verkleidet hatten, steckten aufgekratzt die Köpfe zusammen und sangen schlüpfrige Weisen, während andere den Männern zuzwinkerten und ungehemmt kicherten. Eine ältere Frau neben ihr war sogar eingeschlafen und schnarchte laut unter ihrer Haube, während die Bürgersfrau, die ihr gegenübersaß, unaufhörlich Essen in sich hineinschaufelte. Anne starrte sie an und wartete, ob sie nicht irgendwann genug hatte, aber es geschah nichts weiter, als dass sie einen Schluckauf bekam.

Als die Musikanten schließlich zum Tanz aufspielten und Alf sie mit sich zum Reigentanz zog, war sie erleichtert. Noch ein Gang, und sie wäre wohl auch eingeschlafen. Er umfasste sie mit festem Griff, tanzte aber nicht so geschmeidig und taktsicher wie Mattis. Während sie im Tanz herumwirbelte, konnte sie sich einen Gedanken an den Spielmann nicht verkneifen. Wenn er nur verlässlicher gewesen wäre, dann wäre er vielleicht der Mann ihres Lebens geworden. Aber kaum hatte sie sich in ihn verliebt, da verließ er sie auch schon wieder.

»Woran denkst du?«, wollte Alf wissen und legte den Arm um sie, als sie sich nach mehreren Runden im Reigen wieder begegneten.

»An die große Liebe«, erwiderte sie lachend.

»Du weißt doch, dass die kommt, wenn man sie am allerwenigsten erwartet …!«, rief er und wirbelte mit der nächsten Dame davon. Im gleichen Augenblick spürte Anne einen breiten, starken Arm um die Taille und blickte in ein lächelndes Gesicht.

»Ich bin bei Hofe, auch wenn man es kaum glauben mag«, sagte der Mann und deutete auf seine weiße Maurerkluft.

»Hauptsache, Ihr könnt tanzen«, antwortete Anne.

Er lächelte sie mit strahlenden Augen an.

»Ich habe Euch noch nie hier gesehen.«

»Aber jetzt sehen wir uns. Und beim nächsten Ball vielleicht wieder.«

Sie kreisten tanzend durch den Saal und blickten sich dabei die ganze Zeit in die Augen. Als es Zeit wurde, den Tanzpartner zu wechseln, drückte sie ihm hastig die Hand, er jedoch blickte ihr noch lange nach. Mit diesem Mann hätte sie gern länger getanzt.

Erst lange nach Mitternacht nahm der Tanz ein Ende, und da spürte sie wieder Alfs Hand am Arm. »Vielleicht hast du dich heute nicht mit allzu vielen Gästen unterhalten können, aber das Wichtigste war erst einmal, dass man dich bei Hofe gesehen hat«, stellte er fest, als sie durch die Gassen heimwärts gingen.

Bei diesen Worten zuckte Anne zusammen. Gesehen werden war eine Sache, wiedererkannt werden eine andere. Sollte er sie ein zweites Mal einladen, musste sie unbedingt ablehnen. Als sie am Weinkeller angekommen waren, umarmte er sie und küsste sie leicht auf die Wange.

»Nun, wie fandest du es?«, fragte er.

»Danke, es war wunderbar«, sagte sie und merkte, dass ihre Antwort ihn glücklich machte. Aber in ihrem Innersten war sie besorgt. Es konnten einfach zu viele Leute auf sie aufmerksam geworden sein.

36. Kapitel

Der Hering war in solchen Mengen aufgetreten, dass man kaum noch um die Sandbänke herumrudern konnte. In den Booten jubelten die Fischer und riefen, dass man ja fast schon trockenen Fußes über den Öresund gehen könne. Wo immer sie ihre Netze auswarfen, waren sie bis zum Bersten voll mit Fischen, wenn sie sie heraufholten. Auf den Hansekoggen löschten verschwitzte Arbeiter tonnenweise das Salz, und am Strand standen die Frauen in langen Reihen und putzten Fisch. Die Packer salzten ihn ein und füllten die Tonnen bis oben hin, während die Fuhrmänner eine kostbare Ladung Fisch nach der anderen ins Landesinnere brachten.

Auch das Geld floss, und als die Marktleute mit der Arbeit

des Tages fertig waren, trafen sie sich in den Wirtshäusern auf etliche Krüge Bier. Alle redeten nur noch von den Wetten.

»Mattis der Spielmann und seine Helfer haben ungefähr dreißig Tiere für eine Hetze zusammen. Hunde, Wildschweine und Bären«, erzählte ein junger Stallknecht seinen Tischnachbarn und nippte an seinem Bier.

»Das hört sich ja schrecklich an!«, rief eine alte Frau mit Adlernase. »Das sind doch gefährliche Tiere.«

»Nein, sie haben einen richtigen Palisadenzaun auf der Wiese errichtet, die Tiere können nicht ausbrechen. Die jagen sich nur gegenseitig.«

»Ein, zwei Münzen könnte es schon wert sein, sich diese Tierhetze anzusehen«, mischte sich ein blonder Geselle vom Nebentisch ein.

»Nun, dann gehen wir doch hin!«, beschloss die alte Frau und stand auf. Sie war ein wenig unsicher auf den Beinen, aber der Stallknecht und der Blonde stützten sie auf dem Weg zum Zelt.

Vor dem Zelt stand Mattis und kassierte das Eintrittsgeld. Hinter ihm lagen die zusammengezimmerten Ställe, in denen die Tiere untergebracht waren, und ein Stück weiter auf der Weide war die Anlage mit dem Palisadenzaun zu sehen. Rund um die Arena, in der die Hetze stattfinden sollte, hatten Pelzmützes Leute mehrere Reihen mit langen Bänken aufgestellt. Mattis blickte gut gelaunt über das Zuschauermeer und freute sich, endlich ein bisschen Geld einzunehmen. In Lübeck konnte er davon vielleicht sogar etwas Hübsches für Anne kaufen.

»So stark wie zwölf Männer und so klug wie zehn, so ist der Bär!«, rief Mattis dramatisch, als er wenig später das Publikum willkommen hieß. »Heute Abend bekommt ihr Bären, Elche und andere Furcht einflößende Tiere zu sehen. Ihr setzt einen Geldbetrag auf das Tier, das eurer Meinung nach gewinnen wird. Je nach Einsatz werdet ihr nachher ausgezahlt. Seid ihr dabei?«

»Jaa!«, schallte es aus einer wogenden Menge betrunkener Fischer, Packer, Fassbinder, Pferdehändler, Kaufleute, Huren und anderen Gesindels.

»Dann fangen wir an mit einem Fuchs gegen ein Wildkaninchen. Wer setzt auf den Fuchs?«

Mattis hörte Gemurmel und Stimmengewirr, und einige Kaufleute warfen ihre Münzen in die Arena. Pelzmütze sammelte sie ein und legte sie in ein Kästchen, und Sven Danske führte Buch darüber, wer wie viel gesetzt hatte.

»Lasst die Tiere herein!«

Mattis gab seinem Helfer Olof ein Zeichen, woraufhin dieser vortrat und zwei Käfigtüren öffnete. Das Kaninchen schoss heraus, der Fuchs unmittelbar hinter ihm her. Wie der Wind schossen sie durch die Arena – und über die Wiese davon! Mattis hatte vergessen, das Tor zu schließen.

Das Publikum lachte, und die Stimmung stieg. Die Wirte, die Bierfässer herangerollt hatten, boten das schäumende Getränk in großen Bechern feil, und von allen Seiten hörte man fröhliches Lärmen, während die Zuschauer tranken und miteinander anstießen. Immer mehr Leute wollten wetten, sodass Pelzmütze das Kästchen schließlich gegen ein kleines Fass austauschen musste. Die Einsätze wurden immer höher, und Mattis lachte vergnügt.

»Jetzt stehen sich gleich die zwei ungekrönten Könige des Waldes gegenüber. Wer setzt auf den Bären und wer auf die Elchkuh?«, rief er und gab Olof ein Zeichen, den Bären loszulassen.

Sein Helfer nickte und eilte zu dem engen Bärenkäfig, in dem das Tier unruhig auf und ab lief. Vorsichtig entriegelte er die Tür und öffnete sie einen Spaltbreit. Der Bär schlug mit den Tatzen dagegen und hätte beinahe den ganzen Käfig zum Umkippen gebracht, bevor er sich doch noch brummend durch die Tür herauszwängte.

Mattis für seinen Teil war zu einem eingezäunten Bereich hinter der Wiese geeilt, wo die Elchkuh untergebracht war. Um in die große Arena zu gelangen, musste der Elch an den kleineren Käfigen vorbei, in denen Gänse, Schafe, Schweine und noch viele andere Tiere saßen, lauter Käfige aus Wacholderzweigen, die mit Stricken zusammengehalten wurden. Mattis ließ die Elchkuh los, und das große Tier nahm sofort die Witterung des Bären auf. Mit majestätischen langen Schritten lief es zur Weide. Auf dem Weg verfing es sich allerdings mit den Hufen zwischen den Käfigen und schleifte und zerrte sie hinter sich her, bis schließlich jeder Käfig umgestürzt war. Die Türen sprangen auf, und als sich das stattliche Tier endlich befreit hatte, war die ganze Wiese bereits voll mit Hähnen, Kaninchen, Schafen und Füchsen.

Gleichzeitig trat der Bär verwirrt und mit wiegenden Schritten auf die Wiese. Überall ringsum lärmten Mensch und Tier, und die Luft vibrierte vor spannenden Düften. Plötzlich nahm er Witterung auf, ließ sich auf die Vorderpfoten nieder und beschnüffelte einen Baumstumpf. Da wurden die Gerüche immer intensiver, und nachdem er eine Weile herumgewühlt hatte, entdeckte er einen riesigen Ameisenhaufen. Er beugte sich hinunter, steckte die Tatzen hinein und begann glücklich zu schlecken.

Das Publikum starrte verblüfft auf das zwei- und vierbeinige Sammelsurium, das auf der Weide umherirrte, während Mattis und Olof hin und her rannten und versuchten, die Tiere in ihre Käfige zurückzubefördern. Schließlich gelang es ihnen, das Tor zu schließen und die meisten Tiere einzufangen, aber ein Papagei, der einem alten Heiratsschwindler gehört hatte, gab sich nicht so leicht geschlagen. Singend flatterte er über die Köpfe der Zuschauer und krächzte: »Mein Liebling, mein Liebling!«

Da griff Björn Pelzmütze ein und brüllte: »Wir machen weiter mit den Wetten! Der Einsatz wird jetzt verdreifacht. Wer raten kann, wie viele Münzen hier drin sind, gewinnt alles!«

»Und das soll nun die große Tierhetze sein?«, rief die Alte mit der Adlernase wütend, verstummte aber sofort, als der Papagei auf sie niederschoss und ausrief: »Sei die Meine, sei die Meine!«

Pelzmütze zeigte auf das kleine Fass mit den Münzen und rief weiter sein Angebot ins Publikum, und nach einer Weile gelang es ihm, die Leute für die Wette zu erwärmen. Erst als sich die Dämmerung über die Arena gesenkt hatte und die Fackeln niedergebrannt waren, wurde die Vorstellung beendet.

In dieser Nacht schlief Mattis sehr unruhig, und am nächsten Morgen musste er nur Pelzmützes giftige Miene sehen, um zu wissen, dass es übel für ihn aussah.

»Du hast vergessen, das Gatter zu schließen. Etliche Tiere sind spurlos verschwunden, und ich muss sie den Eigentümern ersetzen.«

»Aber ich habe noch andere Einfälle, ich könnte doch …«

Björn Pelzmütze trat drohend einige Schritte auf den Spielmann zu.

»Wenn du nicht sofort von hier verschwindest, stopf ich dir deine Maultrommel in die Kehle. Hast du mich verstanden?«

»Wir haben doch das Geld, das ich als Eintritt kassiert habe. Das Kästchen steht in meinem Zelt und ...«

»Verschwinde, habe ich gesagt! Ich will dich hier nie wieder sehen.«

»Aber ich will meinen Lohn haben!«

Plötzlich vernahm er schnelle Schritte, und aufgeregte Stimmen waren vom Strand herauf zu hören. Mattis verstummte, hob den Blick und sah hinaus aufs Wasser. Hinten am Horizont wogte ein Meer von Segeln. Er musste gar kein zweites Mal hinsehen, um zu begreifen, was das zu bedeuten hatte. Die Vitalienbrüder!

37. Kapitel

Eine Gruppe von Frauen schleppte in großen Weidenkörben die Wäsche heran, und vor einem Tor standen drei Männer in Harnischen und riefen ihnen Schlüpfrigkeiten hinterher. Anne warf einen besorgten Blick auf die Männer und trat rasch einen Schritt zurück. Alf legte ihr beschützend den Arm um die Schultern.

»Komm, wir gehen zu den Ständen hinunter.«

Er ließ den Arm auf ihren Schultern ruhen, bog zum Fischmarkt ab und schritt weiter bis zu den Buden am Strand. Die Tür knarrte, als er sie aufschob.

»Komm herein! Hier führe ich Buch, wenn die Koggen am Kai ihre Ladung löschen lassen.«

Anne trat vorsichtig ein. Vom Wasser stieg Kühle auf, und die Luft fühlte sich schwül und feucht an. Viel Platz war hier nicht. Zwischen Fässern eingezwängt standen ein kleiner Schrank und ein Schreibpult, und in einer Ecke lag ein Stapel Jutesäcke. Es roch nach Teer und eingesalzenem Fisch.

Alf trat an den Schrank und entnahm ihm einen viereckigen langen Stab mit eingeritzten Zeichen, den er hochhielt, damit sie ihn besser sehen konnte.

»Das ist ein Kerbstock. Den benutzen wir in der Hanse, um die Darlehen an die Schiffer aufzuzeichnen.«

Anne beugte sich vor.

»Schau, auf der einen Seite schnitze ich den verliehenen Betrag ein und auf der anderen den Namen des Schiffers. Dann wird der Stab der Länge nach halbiert, und der Schiffer bekommt den einen Teil, während ich den anderen behalte.«

Anne befühlte das Holz. Sie ließ die Finger über die Kerben gleiten und überlegte dabei, ob ein unehrlicher Schiffer einen Kaufherrn nicht doch irgendwie betrügen konnte.

»Sobald der Schiffer seine Schulden bezahlt hat, entferne ich die Markierungen. So halten wir unsere Geschäfte fest.«

»Warum erzählst du mir das?«

»Weil du dich ab sofort um die Kerbstöcke kümmern und über die Darlehen an meine Schiffer Buch führen sollst.«

»Das werde ich gewiss schaffen.«

»Außerdem möchte ich, dass du im Auge behältst, welche Art von Fracht am meisten einbringt.«

»Du willst mir also mehr Arbeit zuteilen?«

»Zu Beginn wird dir das vielleicht so vorkommen, aber dann wirst du dich daran gewöhnen.« Er lächelte sie an. »Ich weiß, wie das ist, wenn man etwas ganz Neues anfängt. Als ich für die Hanse über die Meere segelte, besuchte ich viele Städte an der Ostseeküste, um zu beobachten und zu lernen.«

Der Schemel war unbequem, und Anne nahm einen leeren Jutesack, um ihn sich unter den Rock zu legen. Dann hörte sie ihm weiter zu.

»Jedes Mal, wenn ich in eine neue Stadt kam, suchte ich nach geeigneten Waren zum Kaufen und Wiederverkaufen«, fuhr er fort. »Oft waren es Salz und Tuche, die ich so billig wie möglich einzukaufen versuchte, und dann brachte ich die Waren zum nächsten Hafen.«

»Wo du versuchtest, sie so teuer wie möglich zu verkaufen.«

»Ja, ich versuchte Häfen zu finden, wo ich sowohl teuer verkaufen als auch billig wieder einkaufen konnte. Ich reiste zwischen Visby, Rostock, Wismar, Nowgorod und Bergen hin und her, ich weiß kaum mehr, wo ich überall war. Mittlerweile sind andere für mich unterwegs, und ich bekomme nur einen

Gewinnanteil. Heute ist alles ganz anders, weil ich nur noch Schiffe anmiete und mich um die Frachten kümmere.«

»Das klingt so, als hättest du alles im Griff.«

»Nicht ganz. Königin Margareta macht mir Sorgen. Ihre Leute können jederzeit Stockholm umzingeln und damit verhindern, dass die Waren durchkommen, die gerade hierher unterwegs sind. Das wäre eine Katastrophe. Ich kannte einmal einen Schiffer, der verlor seinen ganzen Besitz im Krieg. Damals schwor ich mir, dass mir das nie widerführe.«

»Aber das kann doch in Stockholm sicher nicht geschehen.«

»Die Gefahr besteht durchaus. Die Königin regiert über Dänemark, Norwegen und fast ganz Schweden – bis auf Stockholm. Wer weiß, vielleicht will sie uns aushungern. Außerdem wimmelt es in der Stadt von Verrätern.«

Anne saß ganz still und grübelte vor sich hin. In diesem Augenblick war ihr klarer denn je zuvor, dass die Konflikte zwischen den Deutschen und den Dänen auch sie betrafen. Plötzlich kam ihr wieder diese Liste in den Sinn, von der die Schärenbewohner geredet hatten. Trieben wirklich über siebzig schwedische Bürger Seehandel, oder waren das Männer, die aus einem anderen Grund Alfs Aufmerksamkeit erregten?

»Alf, ich …«

Er unterbrach sie und sah sie mit einem ganz veränderten Ausdruck in den Augen an.

»Du warst so schön gestern auf dem Fest, weißt du das?«

Sie begegnete seinem Blick, spürte die Wärme, die von ihm ausging, und lächelte verunsichert. Dann strich sie sich die Haare aus dem Gesicht und sah ihn entschlossen an.

»Schön, schön, was heißt schon schön … Du brauchst einfach jemanden, der sich um deine Geschäfte kümmert.«

38. Kapitel

Der Scharfrichter setzte die Lederkapuze auf und öffnete das Tor zur Straße. Die Sonnenstrahlen hatten das Pflaster noch nicht erreicht, aber wenn er den Blick hob, sah er schon den hellen blauen Morgenhimmel. Er schritt rasch aus, bog auf den Kåkbrinken ein und stieg den Hügel zum Stortorget hinauf. Hier spürte er die frische Brise vom Meer und musste an seine Zeit als Fischer zurückdenken – damals hatte er das Leben noch genießen können. Aber dann hatte er eines Tages in einem Wutanfall Magnus den Glockengießer im Wirtshaus erschlagen, und danach hatte er keine große Wahl mehr gehabt: Er wurde zum Tode verurteilt, sollte aber begnadigt werden, wenn er die Tätigkeit des Henkers übernahm. Jetzt köpfte er die Leute, hängte sie oder verstümmelte ihre Gliedmaßen. Das war ein hoher Preis fürs Überleben, und wäre er nicht damals schon verheiratet gewesen, hätte er wohl nie eine Frau gefunden. Denn wer wollte schon die Hurenkappe tragen, wie seine Frau es jetzt tun musste?

Hätte er sein Leben doch noch einmal von vorn anfangen können! Jetzt aber saß er für immer in diesem Elend fest. Die abgeschnittenen Ohren entlarvten ihn sowieso sofort, und er konnte nirgends mehr eine Freistatt finden. Die Menschen wandten sich ab, wenn sie ihn erblickten, und nur wenn er Verbrecher auspeitschte oder aufhängte, kamen sie überhaupt in seine Nähe. Dann freilich scharten sie sich um ihn, als wäre er ein Haufen Gold. Es war seltsam, wie viele Schaulustige zu den Hinrichtungen kamen und wie sie es zu genießen schienen, wenn andere Menschen litten.

Der Henker näherte sich dem Stortorget und warf einen Blick zum Kåken. Dort standen nur drei Männer am Schandpfahl, und seine Hoffnung stieg. Wenn er Glück hatte, musste er heute das Schwert nicht benutzen. Obwohl er seinen Beruf seit vier Jahren ausübte, hatte er sich nie ans Töten gewöhnt, und am schlimmsten fand er es, wenn er Frauen bestrafen musste. Jedes Mal, wenn er wieder eine lebendig begraben hatte, wurde er hinterher von Albträumen verfolgt.

Nein, am liebsten wäre es ihm sogar gewesen, wenn er heute überhaupt niemanden hätte bestrafen müssen, aber der Rat hielt Versammlung ab und würde seine Entscheidungen fällen. Die hohen Räte wünschten, dass ihre Urteile immer noch am gleichen Tag vollstreckt wurden, und das bedeutete auf jeden Fall immer eine Auspeitschung oder eine Verstümmelung. Und dann noch die widerwärtige Arbeit, die er anschließend zu verrichten hatte: Gliedmaßen, Ohren und Zöpfe aufspießen und auf dem Kåken ausstellen. Glimpflicher kam er gewöhnlich nie davon.

…ardt eilte durch die Gewölbe zur Köpmannagatan und …t dann die Gasse zum Stortorget hoch. Als er in der Nähe …s Kåken vorbeikam, warf er aus alter Gewohnheit einen Blick zum Schandpfahl hinüber. Ein paar gottvergessene Verbrecher standen dort oben mit ihren eisernen Halsfesseln, und er fragte sich, welche Strafe wohl für sie vorgesehen war. Manchmal ging er nur am Marktplatz vorbei, um die Bestrafungen mit anzusehen, aber heute war er in einer anderen Angelegenheit unterwegs.

Er strebte geradewegs zum Rathaus, vorbei am Weinkeller, und stieg mit raschen Schritten die Treppe hinauf bis zu dem Zimmer, in dem der Stadtschreiber saß. Da Mittwoch war, hielt der Rat seine Versammlung ab, aber wie es aussah, zog sich die Sitzung noch hin. Er setzte sich auf eine Bank vor dem Rathaussaal und musste lange warten, bis sich die Tür endlich öffnete. Der Vogt des Stockholmer Schlosses trat heraus, gefolgt vom deutschen und vom schwedischen Bürgermeister und den acht Ratsherren. Alf stand auf, und die Männer nickten einander zu. Einer von ihnen freute sich sichtlich, Alf zu sehen.

»Oh, es tut mir leid, dass es so lange gedauert hat.« Der deutsche Bürger Henrik Brybing lächelte bedauernd und wischte sich mit einem seidenen Taschentuch über das Gesicht. Sein Bauch quoll ihm über den Hosenbund, und der Rock war ihm schon seit einiger Zeit zu eng.

»Irgendetwas Wichtiges in der heutigen Versammlung?«

Der Stadtrat schüttelte den Kopf. »Nein. Eine Frau soll ausgepeitscht werden, das ist alles. Sie hat mit Jöns dem Kupferschmied herumgehurt.«

Alf grinste. »Ach, der Kupferschmied! Der ist doch hinter jedem Rock her.«

»Ja, manchmal fragte ich mich, ob er das nur tut, weil er hinterher sehen will, wie die Frauen mit nacktem Oberkörper und einem Stein um den Hals durch die Gassen laufen müssen.«

Die Männer lachten roh, verließen das Rathaus und hielten auf eine Bank am Schlossplatz zu, auf der sie sich niederließen. Vom Wasser her wehte ein kühler Wind, und die Schafe, die vor der Burg grasten, blieben in der Nähe der Mauern, um sich vor dem Wind zu schützen.

»Ich mache mir allmählich Sorgen wegen der Dänen. Bald

ist ganz Stockholm belagert, und es ist mittlerweile schon ziemlich schwierig geworden, Waren auf dem Seeweg bis hierher zu bringen«, begann Alf. »Wir versuchen es mit Salz, Lebensmitteln und flandrischem Tuch, aber …«

»Und die Waffen, wie steht es mit denen?«

»Wir haben Gewehre, Pulver und Kartätschen.«

»Gut, aber ein oder zwei weitere Waffenlieferungen brauchen wir noch. Wie steht es mit Jens dem Bootsbauer und Mårten dem Fischer?«

»Sie haben neulich erst eine Schiffsladung aus Rostock entgegengenommen und versteckt.«

»Gut, dann bitten wir sie eben, zwei weitere Ladungen in Empfang zu nehmen.«

Alf blickte gedankenverloren zum Schloss hinüber. Stockholm mit seinen dicken Mauern und den Wachttürmen war bestens befestigt. So konnte man Königin Margareta sicher noch eine Weile fernhalten – aber wie lange?

Henrik Brybing lehnte sich zurück und verschränkte die Finger auf dem dicken Wanst. »Das ist doch verrückt. Die Zukunft von ganz Stockholm steht auf dem Spiel, und dann müssen wir uns im Stadtrat mit der Verurteilung von Huren und Gelegenheitsdieben abgeben. Hast du schon gehört? Der Abtritt von Brynolf dem Sattler ist so verrottet, dass er fast auf das Häuschen seines Nachbarn stürzt, und Magnus der Schreiber hat sein Backhäuschen so gebaut, dass seine Regenrinne auf Per Björnssons Bude hinunterführt. Als ob wir uns die Köpfe über nichts anderes zerbrechen müssten!«

»Aber eure Versammlung hat recht lange gedauert.«

»Wir hatten noch ein paar Diebstähle. Eine junge Frau hat ein Boot und Kleider gestohlen. Wenn wir die erwischen, erwartet sie der Richtblock.«

Ein Boot und Kleider? Irgendetwas ließ Alf aufhorchen. Er erinnerte sich daran, dass Anne schlichte Fischerkleidung getragen hatte, als sie zum ersten Mal bei ihm aufgetaucht war.

»Weiß man mehr über diese Frau?«

»Ich habe nicht so gut zugehört, aber sie hatte wohl eine große Wunde oder Narbe am Hals – die dürften wir also bald erwischen. Willst du dir die Bestrafungen nicht ansehen? Der Henker fängt gleich an.« Er stand auf, strich sich den Mantel glatt und warf einen raschen Blick auf Alf. »Kommst du mit?«

Alf drehte sich weg, damit der Freund sein Gesicht nicht sah. Er musste seine ganze Beherrschung aufwenden, um seine Stimme ruhig klingen zu lassen. »Gibt es irgendwelche Beweise gegen diese Frau?«

»Wie gesagt, ich habe nicht so gut zugehört. Ich saß da drinnen und habe an unsere Liste und an so einige andere Dinge gedacht. So, wenn wir jetzt nicht losgehen, bekommen wir keinen guten Platz mehr in dem Gedränge.«

Die Männer machten sich auf den Weg zurück zum Stortorget, als sie sich aber dem Richtplatz näherten, entschuldigte sich Alf.

»Da fällt mir gerade ein, ich habe ein wichtiges Treffen vergessen. Du musst dir die Bestrafungen leider allein ansehen.«

»Kannst du dieses Treffen nicht aufschieben?«

»Nein, es tut mir leid, ich muss mich noch um einige Lieferungen kümmern, die heute auf die Schiffe sollen.« Er hob die Hand zum Abschied, verbeugte sich, und bevor Henrik antworten konnte, war er über den Marktplatz verschwunden.

Anne streckte sich und starrte an die Decke. Sie dachte daran, wie zweifelnd sich Valborg jedes Mal gab, wenn sie etwas über Alf erzählte. Valborg besaß eine solide Menschenkenntnis und durchschaute die Leute leicht, daher verunsicherte es Anne, dass ihre Freundin bei Alf so hartnäckig nachhakte.

Sie dachte noch einmal über jene Nacht im Schärengarten nach. Waren Alf und sie dort gewesen, weil sie ein Nachtquartier gebraucht hatten, oder war es ein geheimes Treffen gewesen? Und warum schien diese Liste mit den siebzig Männern so wichtig zu sein? Anne lehnte sich so ruckartig auf ihrem Stuhl zurück, dass das Holz knackte. Eine Liste der Leute anzulegen, mit denen man Handel treiben konnte – das klang gar zu seltsam, denn diese Namen hatten doch alle in ihren Büchern verzeichnet. Und wer waren diese Männer gewesen, die ihr während des Essens vorgestellt worden waren? Sie wusste nur, dass sie ihr ganz und gar nicht gefallen hatten.

Sie stand auf. Alf war in irgendwelchen Geschäften unterwegs und hatte Bescheid gegeben, dass es spät werden würde.

Vielleicht ließ sich diese Liste irgendwo im Haus auftreiben, dann konnte sie selbst herausfinden, wozu sie diente.

Aufmerksam blickte sie sich im Zimmer um. An einer Längswand standen ihr Stuhl und der Schreibtisch. Ein Stück weiter der Schrank, in dem Krüge und Töpfe aufbewahrt wurden, und unmittelbar daneben befand sich eine große Eichentruhe. An der Wand gegenuber standen ein weiterer Stuhl und ein Schreibpult. Sie begann mit dem Pult.

Der Gänsekiel stand in seinem Halter neben der Sandbüchse, und daneben lagen drei Bücher und ein Stapel Pergamentrollen. Langsam blätterte sie die Bücher durch und studierte die Namen der Schiffer, ihre Schiffe und ihre Frachten. Sie sah auch die Pergamentrollen durch, aber sie fand nichts, was der erwähnten Liste ähnelte. Vielleicht war sie doch nicht so wichtig gewesen und schon vor geraumer Zeit weggeworfen worden? Ihre Besorgnis ließ nach, und sie wurde gleich wieder ruhiger. Sie hatte angefangen, Alf zu mögen, und außerdem war sie von ihm abhängig. Sie wollte nicht, dass ihr gutes Verhältnis in irgendeiner Weise zerstört wurde. Erleichtert wandte sie sich zum Gehen, als ihr einfiel, dass sie auch die Schubladen im Schreibpult durchgehen sollte.

Sie wurde kühner. Sorgfältig durchsuchte sie alles, was Alf dort verwahrte, und fand Rechnungsbücher, Frachtlisten, Karten, Entwürfe und Briefe. Aber keine Namensliste.

Sie schob einige Decken und Stühle hin und her, hob hier und da eine Felldecke hoch, aber sie fand einfach nichts. Vielleicht hatte er sie ja oben bei sich, an einem Platz, wo Anne sie seiner Meinung nach niemals entdeckte? Nein, aber dort wagte sie sich nicht hinein. Das musste warten bis zu einem Zeitpunkt, wenn er mit Sicherheit den ganzen Tag ausbliebe.

Der Vormittag verging, ohne dass sie den Gedanken an die Liste wegschieben konnte. Schließlich schlug sie die Bücher entschlossen zu, stand auf, betrat Alfs Wohnung und stieg über die Treppe ins Obergeschoss, in Alfs und Christinas ehemaliges Schlafzimmer.

Hier war es dunkel, und es roch muffig. Die Wände wirkten kahl, der ganze Raum war nur spärlich möbliert. An der schmalen Wand standen eine Truhe und ein großes Bett, gegenüber ein Kleiderschrank. Sie trat an den Schrank und öffnete eine der Schubladen. Darin lagen ein Kamm, einige Stempel, eine Wachstafel und drei Gänsekiele. Vorsichtig hob sie die Gegenstände hoch und entdeckte weiter hinten noch etwas. Sie zögerte kurz, dann zog sie die Schublade ganz heraus und fand neben etlichen Silbermark und Örtug eine abgegriffene Pergamentrolle, die mit einem Seidenband umwickelt und versiegelt war. Mit zitternden Fingern löste sie das Band und rollte das Pergament auf. Ihre Blicke glitten über die steife Kalbshaut und blieben an der unregelmäßigen Handschrift hängen, die sie so gut kannte. Mit gerunzelter Stirn las sie: »Jacob Nielsen, Skomakargatan, Erich Gislasson, Kindstugatan, Jacob Jönsson, Svartbrödragatan, Olof Andersson, Västan om mur, Anders Helsing …« Ein Name nach dem anderen und dazu die Anschriften. Sie las weiter: »Tord der Schiffer, Laurents der Schneider, Magnus Spangenmacher …«

Konnte das die Liste sein, von der die Schärenbewohner geredet hatten? Sie zählte die Namen durch, doch als sie bei vierzig angelangt war, hörte sie plötzlich Geräusche auf der Treppe. Hastig rollte sie das Pergament wieder zusammen, knotete das Band fest und legte die Rolle und die anderen Gegenstände zurück in die Schublade. Leise schob sie sie wieder zu.

Im gleichen Augenblick hörte sie Alf die Treppe heraufkommen und wusste, dass sie sich nicht unbemerkt davonstehlen konnte. Ihr Herz hämmerte, und der Schweiß lief ihr über den Rücken. Alf hatte ihr die Schlüssel zu seiner Wohnung anvertraut, und sie war so dumm gewesen, darin herumzuschnüffeln. Die Schritte waren jetzt ganz nahe, und sie sah sich verzweifelt um. Da, ein Spiegel auf dem Stuhl …

Sie löste den Schal, hob sich den Spiegel vors Gesicht und musterte ihr Spiegelbild. Die Narbe am Hals war deutlich zu sehen, aber sie fiel farblich schon nicht mehr so auf. Anne atmete tief durch und wartete einfach.

»Aber Anne, was tust du denn hier?«

Sie hörte die Kühle in seiner Stimme und merkte, dass ihr die Zunge am Gaumen festkleben wollte.

»Siehst du? Die Narbe ist schon nicht mehr ganz so rot!« Mit dem Spiegel in der Hand wandte sie sich zu ihm um.

Er blieb still, gar zu still, und sie merkte, dass er nachdachte, ob er ihr glauben sollte. Sie streckte ihm die Hand entgegen.

»Entschuldige bitte, ich hätte in deiner Abwesenheit diesen Raum nicht betreten sollen.«

»Nein, das hättest du nicht tun sollen.«

»Aber Christina erwähnte einmal, dass hier ein Spiegel ist.«

Er schwieg.

»Du sagst mir immer, dass meine Narbe blasser wird, also wollte ich sie endlich einmal selbst sehen. Ich will nicht hässlich sein.«

»Aber begreifst du denn nicht, dass du eine wunderschöne Frau bist?«

Sie schlug die Augen nieder und wagte nicht, ihn anzusehen. Gleichzeitig spürte sie zu ihrer Verwunderung, dass sie errötete. Seine Worte hatten sie glücklich gemacht.

»Anne, ich muss mit dir reden.« Er trat auf sie zu, und nach dem Gefühl der Erleichterung bekam sie nun wieder Angst. Seine Stimme war scharf, sein Blick ganz hart und kalt.

39. Kapitel

»Aber Alf, was ist geschehen?«

Er schwieg, und sie spürte seinen Unwillen.

»Wenn dir irgendetwas widerfahren ist, will ich mein Möglichstes tun, um dir zu helfen.«

»Du? Mir helfen?« Seine Stimme klang höhnisch, und er packte sie grob am Arm.

»Komm mit!«

Er hielt ihren Arm so fest, dass es wehtat. Hatte er begriffen, dass sie die Liste entdeckt hatte? Aber sie wusste doch nicht einmal, was sie zu bedeuten hatte, geschweige denn was sie damit anfangen sollte. Sie beschloss zu schweigen. Er sollte sprechen, sie würde zuhören.

Er nahm sie mit nach unten in den Wohnraum. Ihr Blick fiel auf einen Herd, in dem offensichtlich schon lange niemand mehr Feuer gemacht hatte, einen Eichentisch, auf dem Pergamentrollen und Bücher lagen, und unmittelbar daneben auf eine Eichentruhe mit Füßen. An der Längswand des Raumes stand ein Schrank, und weiter hinten waren schwere Vorhänge zu sehen, die vermutlich den Raum abschirmten, in dem die Dienstmägde untergebracht waren. Der Steinboden war hart und kalt, und es roch ungelüftet. Auf einmal wurde ihr ganz unheimlich zumute. Was wollte er, und warum hatte er sie mit hierher genommen?

Er schwieg noch immer, und sie wusste, dass er ihr irgendetwas ganz Schreckliches erzählen wollte. Ihre Blicke wanderten zu den dunklen Deckenbalken hinauf und glitten unruhig zwischen den Darstellungen von Heiligen und Fabeltieren an der Decke hin und her.

Er trat an den Schrank und nahm eine Kanne heraus. Vielleicht war er ja doch nicht so wütend? Sie hörte, wie er zwei Gläser einschenkte. Offensichtlich war er reicher, als sie gedacht hätte. Glas besaßen nur die reichsten Bürger.

»Hier, trink das!«, verlangte er und reichte ihr ein hohes, schmales Glas.

Sie stand mit dem Glas in der Hand vor ihm. Er klang so fremd, so fern, und seine plötzliche Kühle jagte ihr Schauer über den Rücken.

»Alf, bitte, was ist nur geschehen?«

Er stellte sein Glas ab, ging auf sie zu und sah ihr forschend in die Augen. Sein Blick war weder freundlich noch warm, sondern hart und fragend.

»Hast du einen Diebstahl begangen, Anne?«

Die Frage kam so plötzlich, dass sie sich auf dem Tisch abstützen musste.

»Hast du ein Boot und Kleider gestohlen?«

Er packte sie fest bei den Handgelenken, und sie bekam kein Wort heraus. Wenn sie den Diebstahl zugab, war es mit ihrer Zusammenarbeit aus und vorbei. Aber wenn sie andererseits log und er dahinterkam, würde er überhaupt nichts mehr mit ihr zu schaffen haben wollen. Die Farbe wich ihr aus den Wangen.

»Wir können hier nicht den ganzen Tag so stehen bleiben. Ich muss es jetzt wissen!« Seine Stimme war ins Falsett gekippt, und er stand dicht vor ihr. Im nächsten Moment drückte er sie gegen den Tisch. Sie drehte den Kopf zur Seite und rang keuchend nach Luft. Dass sie ihm antworten musste, war ihr klar, aber sie wusste nicht, was sie sagen sollte. Der Schweiß brach ihr aus.

»Alf, bitte, ich weiß nicht, warum du fragst. Ich bin keine gemeine Diebin, es käme mir nie in den Sinn, etwas zu stehlen.«

Der Griff um ihre Handgelenke wurde noch fester.

»Beim Rat ist eine Frau angezeigt worden, die ein Boot und Kleider gestohlen hat. Sie suchen eine junge Frau mit einer Narbe am Hals.«

Anne zitterte, was ihm nicht entging.

»Es handelt sich also um dich, Anne. Gott steh dir bei, und ich hatte noch gehofft, es könnte eine andere sein. Weißt du überhaupt, welche Strafe dich erwartet?«

Sie kämpfte mit den Tränen.

»In Stockholm werden solche wie du zum Tode verurteilt. Du wirst hingerichtet, ja, so lautet der Beschluss des Stadtrats. Ist dir das klar?«

Anne spürte, wie ihr die Furcht über die ganze Haut und in alle Glieder kroch, und sie zitterte so stark, dass sie kaum sprechen konnte.

»Hör mir zu«, flüsterte sie. »Es ist anders, als du denkst.«

»Und ich habe dir vertraut!« Er fasste sie grob unters Kinn und sah aus, als wolle er sie jeden Augenblick schlagen.

»Du kannst mir vertrauen. Ich bin überfallen worden!«, brach es aus ihr heraus.

»Überfallen?« Alf sah ihr forschend ins Gesicht, als suche er darin nach einer Ausrede oder einer Lüge.

»Nach dem Schiffbruch hat sich kein litauisches Fischerpaar meiner angenommen, sondern ein Fischer aus dem Schärengarten. Er hat sich eines Nachts mit dem Messer in der Hand an mein Bett geschlichen, und ich musste fliehen. Aber meine Kleider waren völlig zerrissen, und so nahm ich zwei Röcke mit, die zum Trocknen an der Leine hingen. Mit dem Boot bin ich geflohen, und die Kleider habe ich nur genommen, damit ich mich überhaupt bedecken konnte.«

Alf trat einen Schritt zurück und musterte sie genau.

»Ist das auch wirklich die Wahrheit?«

»Ja.« Sie sah ihn verzweifelt an und bemühte sich, ihrer Stimme wieder Festigkeit zu verleihen. »Was sollte ich denn tun? Ich floh, um mein Leben zu retten, und als ich nach Stockholm kam, habe ich das Boot versenkt, damit niemand mich finden konnte.«

Nun konnte sie die Tränen endgültig nicht mehr zurückhalten, und Alf, der ihre Verzweiflung zu verstehen schien, ließ ihre Hände los.

»Entschuldige, aber ich war so enttäuscht von dir, Anne. Ich hatte so große Hoffnungen auf dich gesetzt, und dann musste ich glauben, dass du eine gemeine Diebin bist, eine Diebin, die in einem Kaufmannshaus nichts zu suchen hat. Aber jetzt sehe ich, dass du die Wahrheit sagst. Bitte ... ich wollte nicht zu hart zu dir sein.«

»Alf, was ist dir denn eigentlich zu Ohren gekommen?«

»Einer meiner Freunde im Stadtrat erzählte, dass eine Anzeige bei ihnen einging, und als er eine Frau mit einer Narbe erwähnte, wusste ich, das konntest nur du sein.«

»Wirst du mich melden?« Sie hörte selbst, wie kläglich sie klang.

»Dich melden? Nein, nein, das will ich nicht ...« Er stand wieder auf und ging im Zimmer auf und ab.

»Alf, ich musste fliehen, um zu überleben, ich hatte keine andere Wahl, verstehst du denn nicht?«

»Doch, das verstehe ich schon, aber der Stadtrat wird dich verurteilen, und die hören nicht auf eine Frau.«

»Aber das müssen sie doch!« Anne schrie es fast heraus.

Alf blieb vor dem Schrank stehen und streckte die Hand nach der Kanne aus. Gedankenverloren goss er sich nach, aber als er auch Anne nachschenken wollte, sah er, dass sie noch gar nichts getrunken hatte.

»Nun trink, das wird dir helfen.«

»Was kann mir denn jetzt noch helfen?«

Er legte ihr den Arm um die Schultern, und sie ahnte eine Spur von Mitleid.

»Ich kann dir helfen, und ich muss es auch. In dieser Stadt wurden Menschen schon wegen geringfügigerer Vergehen als deinem hingerichtet.« Er legte eine Pause ein und nahm seine Wanderung durch den Raum wieder auf. »Am besten wäre es, wenn du für eine Weile hier in der Wohnung bleibst, damit sie dich nicht finden.«

»Soll ich hier eingesperrt sein?«

»Nein, nicht wie eine Gefangene, sondern als mein Gast. Und nur solange sie nach dir suchen.«

»Aber ...«

»Anne, es ist mir ernst. Ich habe kaum jemandem erzählt, dass du für mich arbeitest, und deswegen wird dich auch keiner meiner Kompagnons vermissen. Wenn du aber auf den Gassen herumläufst und jemand dich dort erwischt, ist es aus. Der Einzige, der dich im Moment retten kann, bin ich.«

Er schwieg eine Weile.

»Ich weiß etwas!«, rief er plötzlich, und seine Miene hellte sich auf. »Hör zu! Du könntest doch hier sitzen und arbeiten.«

»Und was ist mit deinen Bediensteten?«

»Ich habe mittlerweile nur noch ein finnisches Dienstmädchen, Armi, und die kommt nur, wenn ich sie herbestelle. Die anderen habe ich nach Christinas Tod gebeten, sich eine andere Stellung zu suchen. Armi spricht weder Deutsch noch Schwedisch und ist außerdem völlig zuverlässig. Ich glaube nicht, dass es etwas ausmacht, wenn sie dich zufällig hier sieht.«

Ein Dienstmädchen – mehr Dienstboten hatte er also nicht mehr? Darum wirkte die Wohnung so kalt und verlassen. Alf hatte sich nach dem Tod seiner Frau offenbar völlig zurückgezogen.

»Du könntest für einige Wochen bleiben, vielleicht auch länger«, fuhr er fort. »Wir sollten auf jeden Fall mehrere Ratsversammlungen abwarten, bevor du dich wieder auf der Straße zeigst. Sie haben viel zu tun, und mit der Zeit werden sie deinen Fall einfach vergessen.«

»So lange? Und was ist mit Valborg? Ich muss mit ihr reden.« Erst nach und nach begriff Anne den Ernst ihrer Lage.

»Das kannst du ihr später erklären.«

»Aber wo soll ich schlafen? Und ich habe doch gar keine Kleider …«

Alf blieb am Fenster stehen. »Wir beherbergten früher auch schon Gäste in diesem Haus, Anne. Sie haben hier in der Wohnung geschlafen oder auf der Bank in der Gesindekammer dort hinten«, erklärte er und wies auf den Vorhang. »Armi geht am Abend nach Hause, du kannst also darin wohnen, wenn du willst. Und Kleider gibt es genug. Du kannst dir die von Christina leihen, die hast du ja früher gelegentlich schon getragen.«

Anne spürte die Wirkung des Weins, und das Denken fiel ihr immer schwerer. Sollte sie allein in der Wohnung sitzen und für Alf arbeiten, während man draußen nach ihr suchte? Das war eine aberwitzige Vorstellung. Nein, sie wollte hier nicht wie im Käfig hocken. Sie richtete sich auf und machte Anstalten zu gehen, doch Alf breitete die Arme aus und stellte sich ihr in den Weg.

»Anne, diese Sache kann bitterböse für dich ausgehen! Versuch doch zu begreifen. Ich will dir helfen. Selbstverständlich habe ich nicht vor, dich gegen deinen Willen festzuhalten.« Damit ließ er die Arme wieder sinken.

Zögernd blieb sie in der Mitte des Raums stehen. Wahrscheinlich hatte Mårten sie angezeigt, und er hatte natürlich eine genaue Beschreibung ihres Äußeren gegeben. Sie strich sich mit der Hand über den Hals und betastete die Narbe. Obwohl sie blasser geworden war, war sie noch immer deutlich sichtbar. Genauso gut hätte sie mit einem glühenden Eisen gebrandmarkt sein können.

»Gibt es denn keine andere Möglichkeit?«

»Nein, Anne, ich glaube nicht. Bürgersfrauen können sich bestenfalls mit Geldbußen freikaufen. Du musst mich wohl heiraten«, sagte er und lachte kurz auf.

Als sie in Tränen ausbrach, nahm er sie in die Arme. Sanft strich er ihr übers Haar, und ohne nachzudenken, legte sie ihm den Kopf an die Schulter, wie ein kleines Kind, das Trost sucht. Diebstahl war Diebstahl, und sie wusste, sie konnte nicht beweisen, dass sie überfallen worden war. Sie hatte keine Zeugen, gar nichts. Sie musste sich ganz auf ihn verlassen.

Er hielt sie eine Weile im Arm, dann trat er einen Schritt zurück.

»Nun, hast du dich entschlossen?«

»Ja, ich bleibe.«

»Gut, dann hole ich jetzt die Bücher und alle Rechnungen herunter, und du kannst es dir hier bequem machen.«

Sie nickte geistesabwesend.

»Ich werde Armi bitten, dir etwas zu essen und zu trinken zu richten. Am Abend kannst du dich auf die Bank in der Gesindekammer legen. Alles, was du brauchst, befindet sich in der Vorratstruhe.« Er zeigte auf die Eichenkiste an der Wand. »Ich selbst schlafe oben, in Christinas und meinem Zimmer.«

Anne hörte, dass er mit ihr redete, aber sie vermochte kaum aufzunehmen, was er sagte. Alles kam ihr auf einmal so unwirklich vor. Sie war keine Diebin, sie war unschuldig. Ein Gewalttäter durfte nicht ihr ganzes Leben zerstören.

Den Rest des Tages trug sie alles, was sie benötigte, vom Kontor nach unten, wobei ihr das finnische Mädchen half. Sie war ungefähr neunzehn und ähnelte ihr in Größe und Figur. Sie sprach nicht viel, schien aber recht ordentlich zu sein und erledigte alles, worum man sie bat. Sie wohnte bei ihrer Mutter auf Åsö, kam aber regelmäßig zum Aufräumen, Einkaufen und Kochen zu Alf.

Als Armi ihre Aufgaben erledigt hatte, verließ sie das Haus, und Anne war wieder allein. Valborg fehlte ihr, und sie hätte wenigstens gern noch das Dienstmädchen in der Nähe gehabt, um sich mit ihr zu unterhalten. Aber selbst wenn sie versuchte, mit Armi zu reden, gestaltete sich die Unterhaltung doch allzu zäh, denn Anne sprach kaum ein Wort Finnisch, und das Mädchen wiederum verstand nur wenige Brocken Schwedisch.

Gegen Abend setzte sich Anne mit Alf zu Tisch, und es fühlte sich seltsam an, diese Mahlzeit mit einem Mann einzunehmen, der weder ihr Freund noch ihr Geliebter war. Sie hatten zusammen ein Fest besucht, aber er war doch in erster Linie Claus' Kompagnon und ihr Arbeitgeber. Sie betrachtete die Schüssel mit dem gebackenen Lachs, den Rüben und dem Gemüse und lächelte schief. Nein, verhungern würde sie hier zumindest nicht.

Während sie aßen, redeten sie ausführlich über Annes Erlebnisse. Dass sie sich miteinander darüber unterhalten konnten, nahm ihr ein wenig das Gefühl des Ausgeliefertseins, und nachdem sie erzählt hatte, was ihr draußen auf der Schäreninsel widerfahren war, wurde die Stimmung zwischen ihnen lockerer und vertrauter. Sie fühlte sich seiner Unterstützung gewiss, trotzdem erwähnte sie weder den Toten, den sie in der Bergspalte entdeckt hatte, noch die Liste, die sie gefunden hatte. Sie war unsicher, wie er darauf reagieren würde. So wie die Dinge standen, war es schon schwierig genug für sie, und sie wollte nicht noch ihre letzte Freistatt aufs Spiel setzen. Nicht jetzt und wahrscheinlich auch später nicht.

Sie hatten auch von ganz Alltäglichem gesprochen: was es mit den Schiffsladungen auf sich hatte, welche Schiffer demnächst in Stockholm zurückerwartet wurden und welche Fracht in letzter Zeit gelöscht worden war.

»Sieh einer an«, meinte Alf nach einer Weile. »Du weißt viel besser über alles Bescheid als Christina.«

So wie deine Frau die Bücher geführt hat, wundert mich das gar nicht, dachte Anne, sagte aber nichts. Stattdessen widmete sie sich dem Nachtisch, einem Törtchen mit Safrancreme und Honigkuchen. Als sie schließlich vom Tisch aufstanden, wünschte er ihr eine gute Nacht und nickte ihr freundlich zu. Dann stieg er die Treppe hinauf ins Schlafzimmer.

Während Anne abräumte und die Holzteller abtrocknete, befreundete sie sich schon eher mit dem Gedanken, dass sie eine Weile hierbleiben würde. Alf und sie führten getrennte Leben, und sie konnte sich jederzeit in ihren Bereich zurückziehen. Das Zimmer, in dem sie wohnen würde, war ehemals für die Dienstboten vorgesehen gewesen. Hier gab es eine Vorratskammer, einen Backofen und einen offenen Herd, an dem sie sich das Essen zubereiten konnte. Auf dem Ofen konnte sie kochen und braten und sich jederzeit Glut aus den Aschehäufchen hinter der Ofenklappe holen. Zwischen Ofen und Herd standen mehrere Kessel, an der Wand hing ein Bratenrost. An der gegenüberliegenden Wand stand ein hoher schmaler Waschtisch mit einer Steingutkanne und einer Schüssel, in der sie sich waschen, und ein Stuhl, auf dem sie ihre Kleider ablegen konnte.

Sie ließ den Blick über den Steinboden bis zu der Bank schweifen, die an der Wand befestigt war und auf der sie schlafen sollte. Wahrscheinlich hatten sich Alfs Bedienstete diese früher teilen müssen, sie aber hatte sie ganz für sich allein.

Auf einmal konnte sie ein Lächeln nicht mehr unterdrücken. Sie war zwar gefangen, aber dafür hatte es sie in eins der schönsten Stadtviertel verschlagen, und zwar in Kaufmann Alf Gerhardts Backsteinhaus. Hier bekam sie feines Essen und hatte es gut, viel besser als auf dem Strohsack im Weinkeller oder in der verrußten Blockhütte im Schärengarten. Trotz allem hatte sie Glück gehabt.

Sie räumte das Zimmer auf und dachte währenddessen über alles nach, was im Laufe des Tages geschehen war. Alf und sie hatten im Kontor gut zusammengearbeitet, wie immer, aber sie hatte doch ein wenig Angst vor dem Gespräch am Abend gehabt, auch davor, wie es sich anfühlen würde, mit ihm in seinem Heim zu sitzen und sich zu unterhalten. Aber dann war es doch nicht so steif und befremdlich gewesen, wie sie befürchtet hatte, sondern sie hatten es recht nett miteinander gehabt. Ihre Zeit in der Wohnung würde vielleicht doch nicht so langweilig werden, wie sie angenommen hatte. Trotzdem kam sie nicht richtig zur Ruhe. Was würde Valborg von ihr denken, was, wenn sie nie wieder mit ihr reden wollte? Am schlimmsten war jedoch die Sache mit dem Diebstahl, denn sie wusste: Sobald der Rat sie erwischte, war alles vorbei. Selbst wenn sie versuchte, alles zu erklären, würde man ihr nicht glauben. Es hatte schon Frauen gegeben, die waren allein für den Diebstahl eines Löffels hingerichtet worden. Vorerst war sie in Sicherheit, aber was, wenn Alf ihrer überdrüssig wurde und sie verriet? Was auch immer geschehen mochte, sie durfte sich auf keinen Fall mit ihm überwerfen!

Plötzlich kam ihr das Zimmer eiskalt vor. Sie lebte gefährlich, und wenn sie nur einen einzigen Fehler beging, konnte Alf sie melden.

In dieser Nacht fand Anne kaum Schlaf. Sie wälzte sich lange im Bett hin und her, bevor sie endlich in einen unruhigen Schlummer fiel. Sie wusste nicht, wie viel Zeit vergangen war, als sie mit einem Schlag aufwachte, weil ein kalter Luftzug durchs Zimmer strich. Sie hörte Schritte, dann wurde der Vorhang beiseitegeschoben. Im flackernden Schein eines Talglichts erkannte sie eine große, leicht vornübergebeugte Gestalt. Anne zog sich die Decke bis unters Kinn und keuchte auf.

40. Kapitel

»Anne?« Die Stimme klang gedämpft, als wolle er sie nicht wecken. »Anne«, hörte sie abermals und sah, dass Alf auf ihr Bett zukam. Sie erstarrte und rang nach Luft. Er konnte doch nicht verlangen, dass sie …

»Du hast geschrien, ist etwas geschehen?« Er kam näher. »Bist du krank, oder hattest du nur einen Albtraum?«

Vorsichtig setzte er sich auf die Bettkante und ergriff ihre Hand. Sein Nachthemd war sauber, und er roch gut. Sie setzte sich auf und hoffte, dass ihr Nachtgewand den Körper hinreichend bedeckte.

»Ich hatte vielleicht Albträume, ich weiß es selbst nicht«, meinte sie unsicher.

»Habe ich dich aufgeweckt?«

»Nein, nein. Mach dir keine Sorgen.«

»Nun dann.« Er legte ihre Hand wieder aufs Bett und stand auf. »Dann kehre ich zurück in mein Zimmer. Schlaf gut und ... keine Albträume mehr!«

Er lächelte, wandte sich um und verschwand auf der Treppe. Im schwachen Lichtschein bemerkte Anne, wie hochgewachsen und breitschultrig er war. Er hielt sich gerade und ging mit entschlossenen, kraftvollen Schritten. Verwirrt sah sie ihm nach. Im Kontor hatte sie ihn bis jetzt immer nur als Claus' Kompagnon betrachtet, als ihren Arbeitgeber. Dort war sie vollauf damit beschäftigt, sich als tüchtig zu erweisen, und hatte ihn nie als Mann wahrgenommen. Als sie ihn jetzt in ihrem Zimmer gesehen hatte, hatte sie Angst bekommen, dass er sie als Gegenleistung für seine Hilfe begehren könnte. Und als er den Vorhang wieder zugezogen hatte und sich seine Schritte über die Treppe entfernten, seufzte sie erleichtert auf. Sie war dankbar, dass er nicht geblieben war. Gleichzeitig hatte sie seine Ausstrahlung gespürt und begriffen, dass er sie nicht ganz kaltließ. Er war nicht heiter und anhänglich wie Mattis. Dafür besaß er etwas anderes. Als sie ihn so gesehen hatte, hatte sie wider Willen gespürt, dass es sie zum Unbekannten hinzog.

Anne streckte sich auf dem Bett aus und schloss die Augen. Sie musste nicht alles noch schlimmer machen, als es schon war. Es reichte vollauf, dass sie von schwerster Strafe bedroht war und um ihre Tochter und um Mattis trauerte. Also tat sie besser daran, das Verhältnis zu dem Mann, in dessen Händen ihre Zukunft lag, nicht zu gefährden. Er gab ihr Essen, ein Obdach und Schutz, aber er konnte sie jederzeit anzeigen. Das durfte sie nie vergessen! Was, wenn sie ihm zu Willen war und er ihrer dann plötzlich überdrüssig wurde? Oder wenn er sie eines Tages begehrte und sie Nein sagte? Gleichgültig, was sie tat, es konnte übel für sie ausgehen. Da war es doch sicherer, wenn die Verhältnisse zwischen ihnen so blieben, wie sie waren.

Alf betrat sein Zimmer und schloss die Tür. Er hatte den letzten Schritt einfach nicht tun können. Er war nicht davon aufgewacht, dass sie im Schlaf geschrien hatte. Das war nur ein Vorwand gewesen, um sie aufsuchen zu können. Es war schon so lange her, dass er eine Frau in den Armen gehalten hatte, und auf Dauer würde er es nicht aushalten, mit Anne unter einem Dach zu wohnen, ohne sie zu besitzen. Da war es doch besser, gleich allein zu bleiben.

Hatte er Anne überredet, in seinem Haus zu wohnen, weil er im Grunde eine neue Frau brauchte? Zum Teil vielleicht, aber er brauchte sie, und er wollte nicht, dass man sie ergriff. Außerdem musste er ja nichts überstürzen, er würde noch reichlich Gelegenheit haben, seinen Willen durchzusetzen, ohne sie vergewaltigen zu müssen. Nein, so etwas war nie gut, es war besser, man überzeugte die Frauen im Guten. Wenn er sie dann nach einer Weile satthatte, gab es jede Menge Ausreden, mit denen er sie aus dem Haus schicken konnte. Sollte sie ihn verlassen wollen, brauchte er nur zu sagen, dass das viel zu gefährlich für sie sei. Was sie auch tat, er konnte mit ihr verfahren, wie er wollte. Zufrieden lächelte er in sich hinein – das hatte er wahrhaftig gut eingefädelt. Dieses Mal würde er vorsichtiger zu Werke gehen. Es durfte nicht wieder so enden wie mit Christina. Am Anfang war sie so schön und fügsam gewesen, aber dann ... Alf verdrängte die unangenehmen Erinnerungen. Jetzt hatte er eine neue Frau, ein süßes junges Mädchen, das sogar unter seinem Dach wohnte. Darauf hatte er sich schon gefreut, seit er Anne zum ersten Mal gesehen hatte. Und jetzt hatte er alles dorthin gelenkt, wo er es haben wollte.

41. Kapitel

Mattis keuchte auf. Das hatte er sich nicht eingebildet! Nein, große Schiffe mit geblähten Rahsegeln kamen geradewegs auf sie zu. Die Vitalianer!

Die Schiffer und die Soldaten rannten zu den Booten, während die Fischweiber, Fassbinder, Fuhrmänner und alle anderen mit gellenden Schreien über die Sanddünen flohen. Die Kaufleute hingegen blieben in ihren Verkaufsbuden und versuchten noch so viel wie möglich zusammenzupacken, um ihre Waren nicht dem Feind zu überlassen. Die Piraten der Ostsee waren gekommen, um zu plündern!

Mattis warf einen raschen Blick über die Schulter zurück. Draußen auf der Reede enterten die Seeräuber schon die ersten Schiffe. Die Armbrustschützen kletterten in die Wachttürme, und an Deck stellten sich die Soldaten an der Reling auf, um den Feind mit blinkenden Schwertern zu empfangen. Auf einigen Schiffen war der Kampf bereits in vollem Gange.

Mattis fluchte und rannte los. Die Vitalienbrüder, diese verfluchten Seeräuber! Sie waren überall. Niemand war sicher vor ihnen, nicht in Malmö, nicht einmal auf einem gut besuchten Markt mit Hunderten von Menschen. Er hastete über die Dünen und lief weiter zur Gemeindewiese, wo die Fuhrleute immer mit ihren Pferden standen. Keuchend erreichte er den Platz und sah sich um. Fast alle waren schon verschwunden, nur ein älterer Mann mit braunem Rock und Lederstiefeln war noch da. Mühsam schwang sich der Alte auf den Kutschbock und hob die Peitsche. Im gleichen Moment, als sich der Wagen in Bewegung setzte, bekam Mattis eine Seitenwand zu fassen und hievte sich hoch. Der Kutscher wandte sich um und nickte ihm zu.

»Halt dich gut fest!«

Er versetzte dem Pferd einen ordentlichen Schlag mit der Peitsche, und der Wagen schlingerte. Mattis klammerte sich fest, so gut er konnte, doch da entdeckte er ein Mädchen mit einem Bündel auf dem Arm, das hinter dem Wagen herrannte. Sie warf ihm das Bündel zu und streckte ihm flehend die Hände entgegen. Er lehnte sich hinaus, fasste sie um die Handgelenke und konnte sie gerade noch hochziehen.

»Gott segne dich«, murmelte sie und sank auf der Ladefläche zusammen.

Die Pfade und die sumpfigen Strandwiesen hatten sich in eine wogende Masse fliehender Menschen verwandelt. Die lärmende Volksmenge strömte auf die Straße, weinende Kinder verloren ihre Eltern, Alte und gehbehinderte Menschen wurden niedergetrampelt. Wer ein Pferd hatte, sprengte rücksichtslos durchs Gedränge, und einige Frauen mit Kindern mussten sich in die Böschung werfen, um nicht von den Hufen getroffen zu werden. Ein Planwagen näherte sich von hinten und drängte sie an den Wegrand ab.

»Satanspack!«, fluchte der Fuhrmann und drohte mit der Peitsche.

Als sie die Heide bei Skanör erreichten, schlug der Kutscher den Hohlweg nach Malmö ein. Mit dieser Entscheidung war er nicht allein. Vielleicht wollten die Seeräuber die Stadt auch noch niederbrennen, aber in Malmö fand man wenigstens innerhalb der Stadtmauern Schutz.

Mattis blickte zu dem Mädchen hinüber. Ihre Augen waren blau mit silbernen Sprenkeln, das blonde Haar fiel ihr in weichen Locken über die Schultern.

»Danke!«, murmelte sie, und irgendetwas an ihr weckte seine Neugier. Sie war süß und mollig, trug ein ausgeschnittenes weißes Hemd und einen roten Rock. Unter ihrem Saum blitzte eine gestickte Borte hervor. Ihr Gesicht war glatt wie das eines jungen Mädchens, aber ihr Blick wirkte eher erwachsen. Der dünne Leinenstoff spannte sich über ihrer Brust.

»Ich bin froh, dass ich dich noch erwischt habe«, sagte Mattis nach einer Weile, als sie ebenen Untergrund erreicht hatten. »Ich hatte schon Angst, dass ich danebengreife.«

»Ich hatte keine Angst. Ich wusste gleich, dass du das schaffst.« Sie lächelte und legte ihre Hand auf die seine.

»Die Seeräuber scheinen zumindest nicht an Land gekommen zu sein«, stellte der Kutscher fest.

Mattis warf einen Blick zurück zum Marktplatz. Wo es vorher noch von Menschen gewimmelt hatte, war es jetzt so gut wie leer. Draußen auf See hatten die Piraten Segel gesetzt und nahmen Kurs auf Dragör.

»Wie es aussieht, haben die Hanseaten sie in die Flucht geschlagen.«

»Ja, die Hanse hat tüchtige Männer an Bord.«

»Vielleicht war es nur eine Falle. Die Vitalianer sind harte Burschen, man weiß nie, woran man bei ihnen ist.« Mattis musste daran denken, was sie in Stockholm angerichtet hatten.

»Ich weiß. Sie kapern Schiffe und töten alle Mann an Bord. Viele Schiffer dachten, sie hätten es mit friedlichen Kaufleuten zu tun, und dann gingen die Vitalianer plötzlich zum Angriff über. Meistens geben sie sich erst im letzten Augenblick zu erkennen.«

»Und dann reißen sie sich die Fracht unter den Nagel und werfen die Besatzung über Bord«, fügte das Mädchen hinzu. »Ich habe einen Seemann getroffen, der diesen Räubern in die Hände gefallen war. Er brachte sich in Sicherheit, indem er ins Wasser sprang und an Land schwamm.«

»Das war eine kühne Tat«, meinte Mattis anerkennend.

»Ja, ich habe ihn die Geschichte erzählen hören, in dem Wirtshaus, wo ich manchmal arbeite.«

Der Fuhrmann wich einem großen Stein aus, und der Wagen schwankte kurz. Das Mädchen klammerte sich an Mattis fest und ließ ihn danach nicht wieder los. Er legte ihr in einer beschützenden Geste den Arm um die Schultern.

»Arbeitest du in Malmö?«

»Ja, am Hafen, im *Verrückten Hahn.*«

»Ich möchte auf einem Schiff anheuern. Trifft man in eurer Wirtsstube Schiffer an?«

»Ja, sicher, komm nur. Die meisten von denen kehren bei uns ein. Frag einfach nach Ragnhild.«

Es war nicht schwer, das kleine Wirtshaus am Hafen zu finden. Mattis stieg die Kellertreppe hinunter und öffnete die Tür zu einem dunklen Raum mit schwerem, halb eingebrochenem Deckengewölbe. Er hörte Männer grölen, manche versuchten zu singen, dann folgten wieder Rufe und dröhnendes Gelächter.

Mattis bahnte sich einen Weg zu einem freien Platz und setzte sich. Am Tisch gegenüber saßen zwei Männer und spielten Karten, daneben schäkerten etliche andere mit einem Mädchen. Als Mattis die Männer um sich herum trinken sah, merkte er erst, wie durstig er war. Er hob die Hand, um sich ein Bier zu bestellen, und entdeckte im nächsten Augenblick auch schon das Mädchen.

»Du bist also gekommen«, stellte sie lächelnd fest und setzte sich neben ihn.

»Ja, vielleicht kannst du bei einigen der Schiffer hier ein gutes Wort für mich einlegen.«

»Ja, natürlich. Aber zuerst brauchst du doch sicher ein Bier, oder?« Sie stand auf, ohne seine Antwort abzuwarten, und ging zu einer dunkelhaarigen Frau mit groben Gesichtszügen. Sie sprachen kurz miteinander, woraufhin sie mit zwei vollen Bechern an den Tisch zurückkehrte. Den einen schob sie Mattis hin, den anderen behielt sie selbst.

»Zum Wohl, mein Retter!«, sagte sie und beugte sich so weit vor, dass ihre blonden Locken seine Wangen streiften.

»Zum Wohl!«

Sie rückte näher an ihn heran, und Mattis spürte ihren Atem am Hals. Sie war ungefähr so alt wie Anne, und er hätte sich gewünscht, dass Anne statt des Mädchens neben ihm säße. Er sehnte sich noch immer danach, sie wiederzusehen, aber er wusste nicht, wann er nach Stockholm zurückkehren konnte. Derzeit war er nicht Herr über sein Schicksal, sondern musste Krieg und Politik walten lassen. Plötzlich fühlte er eine weiche Hand im Nacken.

»Du sagst ja gar nichts.«

Er wusste nicht, was er antworten sollte, und sie saß so dicht neben ihm, dass er ihren weichen Körper spürte. Sie war jung, und doch trat sie so erfahren auf.

»Entschuldige«, sagte er, »ich dachte gerade an etwas anderes.«

»Du heißt Mattis, das ist alles, was ich von dir weiß. Erzähl doch ein bisschen.«

Sie beugte sich zu ihm, und Mattis' Blick fiel in ihre weiten Armausschnitte, durch die ihr Leinenhemd und darin die Rundung des Busens zu sehen waren. Er musste sich beherrschen, nicht mit der Hand hineinzugreifen, aber plötzlich, ohne zu wissen, wie ihm geschah, hatte er den Arm um sie gelegt. Er fühlte sich so seltsam entspannt, und kurz kam ihm der Gedanke, dass man ihm vielleicht etwas ins Bier getan hatte.

»Wer ich bin? Nun ja, wer mein Vater war, das weiß ich nicht. Meine Mutter glaubt, es war ein Musikant aus Åbo«, sagte er müde. »Und meine Mutter ...« Er brach ab.

»Und deine Mutter?«

Er merkte, wie sie sich an ihn schmiegte, und kam ganz aus dem Takt. Er hätte von ihr abrücken sollen, aber er schaffte es einfach nicht mehr.

»Meine Mutter ...«, fuhr er fort, aber es fiel ihm immer schwerer, seine Gedanken zusammenzuhalten. »Meine Mutter fand es gar nicht gut, dass ich Spielmann wurde. Dann wirst du immer zu den armen Leuten gehören, meinte sie.«

»Aber wenn du Spielmann bist, warum willst du dann auf einem Schiff anheuern?«

»Ich bin auch früher schon zur See gefahren, wenn ich keine andere Arbeit fand.«

Er schielte in ihren Armausschnitt, wo sich die Brüste gegen den Stoff drückten.

»Und du, wer bist du?«

»Ich bin so jung, da gibt es nicht viel zu erzählen«, erwiderte sie ausweichend und schob ihm spielerisch die Hand unters Hemd.

»Hör mal, kennst du nicht einen guten Schiffer ...«

»Die meisten sind schon losgesegelt, aber warte!«

Sie zog die Hand zurück und stand rasch auf. Nach einer Weile kam sie mit einem kräftigen Mann in schmutzig braunem Kittel und zerrissener Lederhose wieder. Seine kleinen Augen verschwanden fast hinter den schweren Lidern, und sein Kinn verbarg sich unter einem üppigen dunklen Bart. Er roch nach Salz, Fisch und Meer. Grußlos setzte er sich neben Mattis.

»Ich habe gehört, du willst auf einem Schiff anheuern.«

Mattis nickte schläfrig. »Ja, auf einem Schiff nach Lübeck«, bestätigte er und versuchte ein Gähnen zu unterdrücken.

»Schon mal zur See gefahren?«

»Ja.«

»Du kannst also in der Takelage klettern, das Deck schrubben und eine Armbrust bedienen?«

»Jaja.«

»Könntest du auch als Koch anheuern?«

»Ich kann alles.«

Der kräftige Mann stützte den Ellbogen auf den Tisch und hielt ihm die Hand hin. »Kannst du auch Armdrücken?«

»Das kann ich auch.«

Mattis, von den vielen Fragen allmählich gereizt, ergriff die behaarte Rechte und drückte den Arm des Mannes auf die Tischplatte. Armdrücken konnte er, er wusste, wie man zupacken musste. Das Ganze war so schnell gegangen, dass der andere gar nicht wusste, wie ihm geschah, und einfach überrumpelt wurde.

»Es sieht nicht gut aus derzeit, aber ich kann vielleicht etwas für dich auftun.«

Er stand auf, sagte etwas zu Ragnhild und ging davon. Das Mädchen rückte wieder näher zu Mattis.

»Du hast ihm gefallen, das hab ich gesehen. Morgen kannst du anheuern, glaub mir.«

Er spürte ihr Haar am Hals und ihren Atem an der Wange, und wieder flogen seine Gedanken zu Anne. Von Lübeck aus würde er nach Stockholm zurückkehren. Wenn er als Seemann kam und nicht als Gaukler, konnte er vielleicht in die Stadt gelangen, ohne dass einer der Vitalienbrüder auf ihn aufmerksam wurde.

»Du kannst heute Nacht oben schlafen, wenn du willst.« Ragnhild legte ihm die Hand aufs Knie.

Mattis bekam keine Antwort mehr zustande, denn eine unendliche Müdigkeit hatte sich über ihn gelegt wie eine schwere Decke. Er wollte dagegen ankämpfen, wollte etwas sagen, aber es gelang ihm nicht.

»Ich weiß nicht …«, lallte er und schob ihre Hand weg. Ihm flimmerte es vor den Augen, und in den Ohren sauste es. Scharf sehen konnte er auch nicht mehr.

»Du Dummerchen, komm mit!«

Sie küsste ihn auf den Hals, zerrte ihn auf die Beine und stützte ihn auf dem Weg nach oben.

Als Mattis in dem alten Fachwerkhaus aufwachte, hörte er den Wind durch die trockenen Weiden pfeifen und schlug verwirrt die Augen auf. Das schwache Licht der Morgendämmerung drang durch eine Luke herein und beleuchtete den Kleiderhaufen neben seiner Bank. Anne, dachte er im Halbschlaf, aber dann sah er das nackte Mädchen neben sich im Bett und wusste, sie war es nicht. Wie war das denn passiert?

Er versuchte sich zu erinnern, wie er hierherauf gekommen war, doch er wusste nur noch, dass ihm ganz schwindlig gewesen war und sie ihm hatte helfen müssen. Er fasste sich an den Kopf und streckte sich vorsichtig auf der Decke aus. Irgendwie hatte sie ihn nach oben bugsiert, aber was dann geschehen war, entzog sich seiner Erinnerung. Er warf einen raschen Blick auf das friedliche junge Gesicht, schlüpfte aus dem Bett und sammelte seine Kleider zusammen.

»Nein, geh nicht fort. Komm!« Sie schlief nicht, sondern setzte sich auf und streckte die Hand nach ihm aus.

»Nein, ich muss ...«

»Mach dir keine Sorgen. Ich habe versprochen, dir eine Stelle auf einem Schiff zu besorgen.«

Im nächsten Augenblick fühlte er ihre Arme um seinen Körper und ihre nackte Haut an seiner Brust. »Du kannst dich auf mich verlassen. Ich rudere dich nachher zu deinem Schiff hinaus.«

Sie zog ihn ins Bett, und er vergaß völlig, was er eigentlich vorgehabt hatte.

42. Kapitel

Anne fand keinen Schlaf. Die schlurfenden Schritte, der schwere Männerkörper und das aufgedunsene rote Gesicht, das ihr entgegengrinste ... Sie schloss die Augen und vergrub das Gesicht in der Decke. Das höhnische Lachen, der Messerstich, der Gestank und der Tote mit der durchgeschnittenen Kehle ... Sie versuchte krampfhaft, an etwas anderes zu denken, aber die Bilder kehrten immer wieder zurück, und die Angst wollte nicht weichen. Vielleicht war nicht nur Mårten hinter ihr her. Wenn er andere um Hilfe gebeten hatte, suchten möglicherweise viele Leute nach ihr. Und jetzt war beim Rat auch noch Anzeige gegen sie erstattet worden. Jeder, der ihr auf der Straße begegnete, konnte ihr Feind sein, ohne dass sie es wusste. Ja, jeder konnte hinter ihr her sein. Zwar wurde sie jetzt von Alf beschützt, aber in diesem Haus wollte sie nicht ewig bleiben. Hier war sie eingesperrt und gänzlich seinem Wohlwollen ausgeliefert.

Mehrere Nächte verbrachte sie schlaflos und grübelte darüber nach, was sie unternehmen könnte, aber sie war zu müde und erschöpft, um eine Lösung zu finden. Sie musste sich der augenblicklichen Lebenslage fügen, bis ihr ein rettender Ausweg einfiel. Allerdings sollte diese Lösung dann hieb- und stichfest sein, denn wenn ihre Bemühungen misslangen, würde sich sicher keine zweite Möglichkeit bieten.

Tagsüber wanderte sie ruhelos umher, bis sie den hässlichen alten Hausrat ringsum nicht mehr ertrug. Wenn sie hierblieb, musste sie Alfs Zuhause so sehr verändern, dass sie sich wohlfühlte.

Sie zerrte Kleider und Bettwäsche aus den Schränken und bat Armi, gründlich sauber zu machen. Sie warf auch alles weg, was an Christina erinnerte. Die düsteren, schwarzgrünen Gobelins im Esszimmer faltete sie zusammen und ersetzte sie durch bunte Tücher in warmen Farben, und die zwei Porträts von braun gekleideten Mönchen, die rechts und links vom Kamin hingen, nahm sie ab und tauschte sie gegen ein hübsch gemustertes Leinentuch, das sie in einer Truhe gefunden hatte. Sie fand auch, dass Christinas Vorrat an grauer und weißer Wolle allzu langweilig aussah. Entschlossen legte sie sie mit Lauch in einen Kessel und kochte sie, bis die Wolle hübsche grüne und gelbe Farben angenommen hatte. Einen Teil davon nahm sie und flocht daraus kleine Girlanden, die sie an den Wänden drapierte.

Alf schien sich nicht darum zu kümmern, was sie mit den Räumen anstellte, und sie machte sein Heim hell und angenehm, ohne dass er sie daran hinderte oder dafür lobte. Das einzige Zimmer, das sie nicht anrührte, war sein Schlafgemach im Obergeschoss, das ließ sie absichtlich so, wie er es gewöhnt war. Dann hatte er sicher auch weiterhin keine Einwände, wenn sie mit dem übrigen Haus nach ihren Wünschen verfuhr.

Aber sie konnte die Finger nicht von dem Schrank lassen, in dem sie die Liste gefunden hatte. Eines Tages, als Alf ein Treffen in der Stadt hatte und das Dienstmädchen auf dem Markt einkaufte, schlich sie sich wieder zu dem alten Holzschrank. Vorsichtig zog sie die Schublade auf. Dort lagen der Kamm, die Stempel, die Gänsekiele und die Wachstafel, aber die Pergamentrolle war verschwunden. Sie setzte sich auf die Treppe und dachte nach. Wenn die Liste nichts mit Alfs Geschäft zu tun und er sie mitgenommen hatte, weil er sie benötigte, dann musste wohl ziemlich bald etwas geschehen. Aber was?

Sie ging ins Arbeitszimmer und setzte sich ans Schreibpult. Sie hatte eine Liste mit Namen gesehen, und die war jetzt verschwunden. Warum machte sie sich deswegen eigentlich solche Gedanken? Hatte sie denn nicht genügend eigene Sorgen? Oder versuchte sie sich selbst zu schützen, indem sie so tat, als sei alles in Ordnung? Sie wusste ja, dass sie sich nur in dieser Wohnung sicher fühlen konnte und nur hier ihr tägliches Brot bekam. Ohne Alf müsste sie wieder auf die Straße hinaus und liefe Gefahr, entdeckt zu werden. Eine Weile würde Valborg ihr sicher helfen, aber dann? Anne griff zum Gänsekiel und wog ihn gedankenverloren in der Hand. Sie war allein in dieser großen Wohnung – kein Wunder, dass ihr ihre Phantasie da einen Streich spielte und ihr allerlei Hirngespinste vorgaukelte. Wie auch die Sache mit der Dienstmagd ...

Alf hatte ihr erzählt, er habe Armi eingestellt, weil sie ihm leidtat. Ihr Vater war tot, und ihre Mutter hatte es schwer, die Familie brauchte dringend Geld. Aber obwohl Armi freundlich und bescheiden ihre Arbeit tat, verunsicherte sie Anne. Sie lächelte selten, und manchmal trat ein Glanz in ihre Augen, als verstünde sie sehr wohl, was hier vorging, ließe sich aber nur nichts anmerken.

Anne verwandelte Alfs Wohnung immer mehr in ein Schmuckkästlein, und es tat ihr gut, sich mit etwas anderem als nur mit ihrer Kaufmannsarbeit zu beschäftigen. Damit hielt sie Angst und böse Gedanken auf Armeslänge von sich, und gleichzeitig fühlte sie sich wohler in ihrem neuen Zuhause. In einer Abstellkammer entdeckte sie Christinas Webstuhl, den sie sofort aufstellte. Wolle, Tuche und Stoffe gab es in diesem Kaufmannshaus in großen Mengen, und so konnte sie so viele Teppiche und Kleider herstellen, wie es ihr gefiel. Ganz allmählich schien auch ihre alte Tatkraft zurückzukehren.

Armi kümmerte sich um den Einkauf der Lebensmittel und ums Essenkochen, aber auch sie erwähnte die Veränderungen im Haus mit keinem Wort. Anne sah sie selten, doch eines Tages, als sie die Gesindekammer betrat, um ihren Schal zu holen, hörte sie sie. Mit heller, klarer Stimme sang sie eine schöne deutsche Ballade. Anne blieb auf der anderen Seite des Vorhangs stehen und machte sich nicht bemerkbar. Vorsichtig spähte sie durch einen Spalt. Das Mädchen war auf dem Markt gewesen und putzte gerade einen Hecht. Ab und zu hob sie den

Fisch hoch und legte ihn sich wieder auf den Knien zurecht. Anne betrachtete angeekelt die schmutzige Schürze und die Schuppen, die Armi überall auf den Unterarmen klebten. Plötzlich rutschte der Fisch weg und klatschte in hohem Bogen auf den Boden.

»Verdammt!«, fluchte Armi auf Deutsch, stand auf und hob den Hecht wieder auf.

Anne erbleichte und zog sich zurück. Das Mädchen wirkte zumeist recht unbedarft, aber an ihrem Deutsch gab es offenbar wenig auszusetzen. Anne, die schon ein schlechtes Gewissen gehabt hatte, weil sie Armi gegenüber so feindlich eingestellt war, bekam plötzlich Angst. Diese Dienstmagd war nicht das, wofür sie sich ausgab! Es hieß weiterhin auf der Hut sein.

Ohne jede Gesellschaft langweilte Anne sich von Tag zu Tag mehr. Schließlich hatte sie den Einfall, sich einen Verkaufsstand im Untergeschoss einzurichten, mit Kammer, einer Luke nach draußen und allem Drum und Dran. Alf hatte bereits mehrere Händler im Haus, und da der Schuster krank war und schon lange keine Schuhe mehr angefertigt hatte, gefiel Alf der Gedanke vielleicht, dass sie den Stand übernahm. Dann konnte sie die Tuche aus Flandern verkaufen, die er eingekauft hatte, und auch etliche ihrer selbst gewebten Sachen. Wenn sie Männerkleidung anzog, eine Pelzmütze oder eine Kapuze aufsetzte und die Narbe unter einem Halstuch verbarg, würde sie kaum jemand erkennen. Als Mann verkleidet konnte sie auch an den Geschehnissen in der Stadt teilhaben und bei Gefahr sofort handeln, wenn sie etwas Verdächtiges sah oder hörte. Außerdem musste sie sich ja auf die schlimmstmögliche Situation vorbereiten – es konnte Alf schließlich immer noch einfallen, sie eines Tages zu melden. Und dann hätte sie eine Möglichkeit, trotzdem zu entkommen – wenn sie bis dahin nicht schon einen anderen Ausweg gefunden hatte. Sehnsüchtig blickte sie durchs Fenster und hinunter auf die Menschen, die sich dort draußen frei bewegten. Sie musste dafür sorgen, dass sie ebenfalls dorthin zurückkehrte.

Tags darauf saß sie gerade völlig versunken über ihren Rechnungsbüchern, da hörte sie Alf an der Tür. Vor dem Abend kam er gewöhnlich nicht zurück, und sie war sofort beunruhigt. Sobald er das Zimmer betrat, ahnte sie, dass etwas vorgefallen sein musste.

»Anne, sie haben den gestohlenen Kahn gefunden.«

Sie rang nach Luft.

»Dann haben sie also den Beweis, dass … dass ich mich in Stockholm aufhalte«, stotterte sie.

»Genau. Das Boot wurde schon vor einer Weile entdeckt, aber die Stadträte haben erst jetzt davon erfahren.«

Er setzte sich neben sie an den Tisch, und sie sahen sich schweigend an.

»Darf ich deine Narbe sehen? Lässt sie sich schon besser verbergen?«

Anne nahm den Schal ab und hob das Haar hoch, bis ihr Hals entblößt war. Er wandte sich ihr zu und musterte das entstellende Mal, während er ihr gleichzeitig mit den Fingern über den Hals strich. Sie hörte ihn atmen und nahm seinen Geruch nach Mann und Leder wahr. Seine Finger bewegten sich so langsam und zärtlich über die Narbe, dass es sich zum Schluss wie eine Liebkosung anfühlte. Sie griff nach seiner Hand, um ihm Einhalt zu gebieten, und er zog sie hastig zurück.

»O Gott, diese Narbe wird dich verraten. Was sollen wir nur tun?«

»Aber sie ist doch gut verheilt und schon viel blasser.«

»Anne, hör mir zu, wir müssen eine Lösung für dich finden.« Sie bemerkte die Angst in seiner Stimme und begriff plötzlich, dass er sie lieb gewonnen haben musste. Er stand auf ihrer Seite.

Alf streckte ihr die Hände entgegen und zog sie vom Stuhl hoch, aber so jäh, dass sie gegen ihn taumelte. Sie stieß mit ihm zusammen, und auf einmal spürte sie sein Begehren. Er trat einen Schritt zurück, und sie musterten sich in einem Augenblick voller Spannung und mühsam zurückgehaltener Gefühle. Schließlich brach Anne das Schweigen.

»Und ich hatte gedacht, dass wir hier unten einen Stand eröffnen und Kräuter und Tuche verkaufen. Ist das denn noch möglich?« Sie schluckte und versuchte, die Tränen zurückzuhalten. »Alf, ich bin es so müde, gejagt zu werden, ich hatte schon Hoffnung geschöpft, dass alles leichter würde …«

Sie trat ans Fenster. Er stellte sich hinter sie und legte ihr die Hände auf die Schultern.

»Anne, versuch noch ein wenig Geduld zu haben. Wenn sie dich fassen, wirst du hingerichtet. Ich will dich nicht verlieren! Du bedeutest mir mittlerweile so viel. Ich lasse dich nie wieder gehen!«

Anne hörte seine Worte und begriff, dass ihr Schicksal nicht mehr nur sie selbst betraf. Das war ihr bisher nicht bewusst gewesen, sie hatte nicht darüber nachgedacht, was sie ihm möglicherweise bedeutete. Ihre Gedanken waren vielmehr um Mattis gekreist. Aber Alf? Ja, wie hätte er eigentlich ohne sie dagestanden? Er hatte Christina verloren, und dann war Anne gekommen. Sie hatte für ihn gearbeitet, bei ihm gewohnt und war ihm im Haus zur Hand gegangen, aber sie hätte sich trotzdem nicht träumen lassen, dass er sie so kurz nach dem Tod seiner Frau lieb gewinnen könne. Sie war völlig durcheinander und wusste nicht mehr, was sie sagen sollte.

Beide schwiegen, und sie sah ihn unsicher an. Er erwiderte ihren Blick, beugte sich zu ihr herab und liebkoste ihre Wangen, zärtlich und sinnlich.

Nach kurzem Zögern zog er sie an sich und küsste sie. Sie keuchte auf, denn die plötzliche Veränderung in seinem Verhalten überrumpelte sie völlig. Er drückte ihr den Mund auf die Lippen, hart und fordernd, und sein mächtiger, starker Körper war ganz nahe. Sie versuchte nachzudenken, wusste, dass sie ihn noch zurückweisen konnte, aber auf einmal war sie sich gar nicht sicher, ob sie das überhaupt wollte. Alf war ein Mann, der sie beschützte, der sich um sie kümmerte – und außerdem war er ihre Rettungsleine in diesem Kampf gegen das Böse.

Dieser Moment des Zögerns machte ihn nur noch kühner, und sie spürte seine weichen Lippen auf der Haut. Ohne ein Wort zog er sie mit sich zum Tisch, hob sie hoch und drehte ihr Gesicht so, dass sie ihn ansehen musste.

»Ich werde niemals zulassen, dass dir ein Leid geschieht«, flüsterte er heiser.

Auf ihr jäh aufflammendes Begehren war Anne selbst nicht vorbereitet. Er war so stark, so nahe, so verführerisch, wie ein Feuer, das einen frierenden Menschen anzieht. Ohne zu wissen, wie ihr geschah, spürte sie auf einmal den warmen, schweren Drang nach mehr, immer mehr.

Seine Lippen suchten abermals die ihren, und sie wich verwirrt zurück, doch schon war er wieder da, küsste sie und tastete mit zitternden Händen nach ihrem Körper. Sie spürte die Hitze und ließ sich mitreißen.

»Anne, komm …«, murmelte er und drückte seinen Leib an den ihren. Er schob ihr eine Hand unters Kleid und liebkoste sie immer weiter. Nun atmete auch sie schwer, und sie hielt ihn nicht zurück. Sie war nicht mehr allein, sie hatte ihn, hier und jetzt.

»Ich weiß, dass ich dich glücklich machen kann«, flüsterte er, und als sie ihn spürte, ließ sie sich nach hinten sinken. Ein einziger Gedanke regte sich noch in ihr, dass sie keine Gewalt mehr über die Ereignisse hatte, die jetzt eintreten würden. Er hatte sie schon über alle Grenzen hinausgeführt.

43. Kapitel

Als Anne eine geraume Weile nicht mehr aufgetaucht war, sperrte Valborg ihren Weinkeller zu und begab sich auf die Suche nach ihr. Sie hatte die arme, vom Unglück geschlagene junge Frau ins Herz geschlossen und machte sich Sorgen um sie. Es sah Anne so gar nicht ähnlich, einfach zu verschwinden. Sie hätte es ihr doch sicher erzählt, wenn sie vorgehabt hätte, länger wegzubleiben.

Valborg streifte durch die Gassen, hinunter zum Hafen, an den Stränden entlang. Sie fragte in den Klöstern nach Anne, suchte auf dem Fischmarkt, im Hafen und in den Wirtshäusern der Stadt. Vergebens. Nicht die geringste Spur von Anne. Sie war doch nicht etwa den Vitalienbrüdern in die Hände gefallen? Dieser Gedanke wollte Valborg nicht aus dem Kopf, und zu guter Letzt beschloss sie, ihren alten Freund aus Kindertagen, Magnus Spangenmacher, um Rat zu fragen. Er saß im Stadtrat und war immer gut unterrichtet.

Er war erst kürzlich von einer Reise zurückgekehrt, auf der er die Verwüstungen in Augenschein genommen hatte, die die Deutschen in Enköping, Västerås und Linköping angerichtet hatten. Es ging das Gerücht, dass mehrere Schiffe von Königin

Margareta nach Stockholm unterwegs waren, und nun hatte man ihm die Aufgabe übertragen, die Befestigungsanlagen der Stadt instand zu setzen. Stockholm wurde bedroht und musste sich auf einen Krieg vorbereiten. Da könne man nicht zulassen, dass die Palisaden verrotteten und hier und da ein Pfeiler fehlte, hatte er gesagt. Vielleicht fände sie ihn unterhalb des Schlosses am Hafen.

Valborg wanderte lange frierend am Strand entlang und betrachtete dabei die Lastkähne mit ihrer Ladung aus Baumstämmen, die zwischen dem Steg und der Palisade hin und her gerudert wurden. Übers Wasser hörte sie die Rufe und die Hammerschläge der Zimmerleute, und überall fuhren kleine Boote mit fleißigen Arbeitern an den Palisaden entlang. Nach langem Warten entdeckte sie schließlich Magnus, der auf dem Weg an Land war. Als er auf den Kai trat, ging sie ihm entgegen.

»Endlich! Jetzt habe ich aber lange auf dich gewartet, das kannst du mir glauben!«

»Valborg, schön dich zu sehen!«, gab er zurück und küsste sie auf beide Wangen. »Ich muss mich mit Nils dem Maurer treffen und überprüfen, wie die Arbeiten an der Stadtmauer vorankommen, aber wir können den Weg ja gemeinsam nehmen und uns unterwegs unterhalten.«

Valborg nickte, hakte ihn unter, und dann gingen sie der Stadt entgegen. Der Stadtrat Magnus Spangenmacher bewegte sich mit raschen, geschmeidigen Schritten, und sie musste sich anstrengen, um mitzukommen.

»O Valborg, ich würde dir so gern meine kleine Tochter zeigen. Du ahnst ja gar nicht, wie liebreizend sie ist.«

»Ach, Ingrid hat eine Tochter bekommen? Ich meinte doch gehört zu haben, das Kind sei tot zur Welt gekommen.«

»Nein, nein, diesmal ist es gut gegangen.«

»Wunderbar, Magnus. Ich freue mich so für euch.«

»Das Mädchen ist putzmunter, brabbelt und lacht die ganze Zeit. Aber jetzt wollen wir nicht weiter über mein Kind reden. Wenn ich dich richtig kenne, willst du mich wegen irgendetwas um Rat fragen.«

»Ja, eine gute Freundin von mir ist nämlich verschwunden. Sie heißt Anne und ist eine Kaufmannsgattin aus Lübeck.«

»Bist du sicher?«

»Ich habe sie über eine Woche nicht gesehen und fürchte, dass ihr etwas zugestoßen ist.«

Magnus Spangenmacher trat beiseite, um zwei Fuhren mit großen Bierfässern vorbeizulassen.

»Könnte sie den Vitalienbrüdern in die Hände gefallen sein?«

»Nein, die wollen eigentlich nur hochgestellten schwedischen Bürgern wie mir an den Kragen«, seufzte der Stadtrat. »Wo war sie denn, wenn sie sich gerade nicht bei dir aufhielt?«

»Sie arbeitete für einen Kaufmann der Hanse. Alf heißt der jedenfalls.«

»Könnten sie irgendwohin gesegelt sein?«

»Nein, das hätte sie mir bestimmt erzählt.«

»Alf, sagst du. Hör dich doch einmal bei der Hanse um, es kann ja nicht so viele Kaufleute mit diesem Namen geben. Und dann such ihn auf und erkundige dich, ob er etwas über den Verbleib deiner Freundin weiß.«

»Das wollte ich ja auch tun, aber ich habe lieber nichts mit den Deutschen zu schaffen.«

»Hatte sie vielleicht einen Liebhaber, mit dem sie durchgebrannt sein könnte?«

Valborg schwieg und dachte an Mattis. War er zurückgekehrt? Nein, dann hätte sie ihn sehen müssen, und er war für gewöhnlich länger weg. Außerdem konnte sie sich nicht vorstellen, dass die beiden zusammen weggefahren waren.

»Das bezweifle ich«, sagte sie schließlich.

Magnus runzelte die Stirn.

»Mir fällt da gerade etwas ein. Ich bin nicht sicher, ob es dieselbe Person ist, aber beim Stadtrat ging eine Anzeige gegen eine Frau ein, die ein Boot gestohlen haben soll. Ich glaube, die hieß auch Anne.«

Valborg sah ihn ungläubig an.

»Aber Anne doch nicht, die würde niemals ...«

»Die Frau war lahm oder irgendwie anderweitig verkrüppelt. Ich kann mich nicht mehr so richtig erinnern.«

»Nein, dann muss es eine andere sein«, sagte Valborg rasch und bereute schon, dass sie Anne überhaupt erwähnt hatte. Wenn sie verschwunden war, dann vielleicht deswegen, weil sie sich bewusst versteckte. Das war Valborg bis jetzt noch gar nicht in den Sinn gekommen.

»Die Frau, die bei mir das Zimmer gemietet hatte, war jung und nicht verkrüppelt«, fuhr sie fort. »Außerdem war sie keine Diebin. Weißt du, mein Mann warf mir auch immer vor, dass ich mir gern unnötig Sorgen mache. Vielleicht kommt sie ja wirklich bald zurück.«

»Wer würde sich in diesen Zeiten keine Sorgen machen? Niemand ist sicher, nicht einmal du und ich.«

Sie wanderten schweigend weiter, bis sie zum Haus von Nils dem Maurer gelangten, wo sie Abschied nahmen. Er trat ein, und sie sah ihm noch lange nach.

Niemand ist sicher, nicht einmal du und ich, hatte er gesagt. Wenn Magnus Spangenmacher so etwas sagt, dachte sie, ja, dann sieht es wirklich viel ernster aus, als ich es mir vorgestellt habe.

Die Nachmittagssonne sandte ihre schrägen gelben Strahlen durchs Zimmer und fiel auf Annes nackte Haut. Beschämt zog sie ihre Kleider zurecht und stand auf. Noch nie zuvor hatte ein Mann sie in solche Höhen geführt, und unter seinen Händen hatte sie sich zum Schluss völlig hingegeben. Verwirrt und verlegen wich sie seinem Blick aus. War es klug gewesen, alle Hemmungen fallen zu lassen, ohne an die Folgen zu denken?

»Anne«, sagte Alf zärtlich, beugte sich vor und küsste sie. Sein Blick glitt über ihren Körper, und seine Hände suchten ihre Hüften.

Sie lächelte ihn unsicher an. Bis jetzt hatte sie immer sorgfältig auf das Gleichgewicht in diesem Verhältnis geachtet, aber was ihr hier widerfahren war, ließ sich nicht mehr ungeschehen machen. Wenn Mattis sie nicht enttäuscht hätte, wäre alles anders gekommen, aber der Spitzbube hatte erst Gefühle in ihr geweckt und sich dann einfach aus dem Staub gemacht. Kein Wunder also, dass Alf immer mehr Platz in ihrem Leben eingenommen hatte. Was sie jetzt erlebt hatte, sorgte zusätzlich dafür, dass sie sich nicht länger zur Wehr setzen konnte.

Sie bereute eigentlich nicht, worauf sie sich eingelassen hatte, dennoch war auf einmal die alte Beunruhigung wieder da. Was, wenn er ihrer eines Tages müde wurde oder wenn sie schwanger wurde? Er wollte sicher Kinder, aber nicht jetzt. Wenn er sie erneut begehrte, mussten sie vorsichtiger sein. So bald wollte sie keine Geburt mehr erleben, den schrecklichen Schmerz und das Grauen, ein Kind tot zur Welt gebracht zu haben. Sie musste erst wieder stärker werden, und außerdem war sie gar nicht sicher, wie es zwischen ihnen weiterginge, wenn sie ein Kind erwartete. Sie waren ja nicht verheiratet. Am Ende warf er sie dann hinaus …

Nachdenklich betrachtete sie ihn, als er zum Schrank ging, genoss den Anblick seines nackten Körpers und sah die Stärke und Entschlossenheit in seinen Bewegungen. Ihr Blick fiel auf seine nackten Schultern, den muskulösen Rücken und die schmalen Hüften. Als er sich umdrehte, sah sie seine schöne, gerade Nase und den weichen, vollen Mund, der sie liebkost und verführt hatte. Sogar von dort, wo er jetzt stand, spürte sie noch sein Begehren. Er hatte behauptet, sie schon lange begehrt zu haben. Und sie, stellte sie betroffen fest, würde sich von jetzt an noch schwerer tun, von ihm zu lassen, obwohl sie Angst hatte, was alles geschehen konnte. Aber sie empfand keine Liebe, das war ihr klar. Das war etwas anderes.

Er kam mit zwei Gläsern Wein zurück.

»Hier!« Lächelnd hielt er ihr das eine Glas hin. Sie nahm es und wusste nicht recht, was sie sagen sollte.

»Wir haben beide viel verloren, vielleicht brauchen wir deshalb jemanden …«, begann sie zögernd.

»Anne, du begreifst immer noch nicht, wie wichtig du für mich bist.«

Sie errötete und blickte in ihr Glas. Was zwischen ihnen vorgefallen war, würde keine einmalige Begegnung bleiben, dessen war sie ganz sicher. Sie erschauderte bei dem Gedanken, dass dieser Mann sie völlig in seiner Gewalt hatte. Und sie merkte, dass der Umstand zwiespältige Gefühle in ihr weckte.

44. Kapitel

Der Wind wurde immer heftiger, und das Schiff stampfte in der grünen See. Mattis fluchte zwischen zusammengebissenen Zähnen und bot alle Verwünschungen auf, die ihm in den Sinn kamen. Nicht genug damit, dass das Schiff, auf dem er angeheuert hatte, ein gottvergessener alter Waschtrog war, nein, als sie die Leinen des elenden Seelenverkäufers losmachten, hatte ihm der Kapitän auch noch eröffnet, dass er den Koch spielen musste. Er als Koch! Außerdem erreichte der Wind langsam, aber sicher Sturmstärke, und das Schiff schwankte und schaukelte wie ein Brett auf einem runden Stein.

»Wir haben Hunger. Ist das Essen fertig?« Ein kräftiger Mann mit schütterem Haar und üppigem Bart stand auf der Schwelle und hielt sich fest, um nicht hinzufallen. Er hatte Mattis die Kessel, Töpfe und Kellen sowie etliche Säcke Erbsen übergeben und ihn dann in der Kombüse seinem Schicksal überlassen.

»Ja, natürlich, ist gleich so weit!«

Damit gab sich der Mann zufrieden und kehrte zurück an Deck. Mattis spürte die Schweißperlen auf der Oberlippe, und als das Schiff wieder krängte, hätte er sich beinahe überschlagen. Erbsensuppe, wie wurde das noch mal zubereitet? Ein Sack getrocknete Erbsen, Speck, Wasser, Kräuter… Er öffnete die Tonne mit dem Speck, griff sich den großen Kessel, eine Holzkelle und das grobkörnige Salz. Hastig füllte er einige Kannen mit Wasser, hielt dann aber inne, denn er wusste ja gar nicht, wie viel Wasser auf eine Handvoll Erbsen kam. Er hatte nicht darum gebeten, Koch sein zu dürfen, nein, man hatte ihn dazu gezwungen, und er verfluchte das Mädchen, das ihn so angeschmiert hatte. Sie hatte den Schiffer in den höchsten Tönen gelobt, ebenso das Schiff, auf dem er einen Platz bekommen hatte, und gratulierte ihm zu seinem Glück. Dann hatte sie ihn zum Schiff gerudert und abgesetzt. Ihn seinem Schicksal überlassen.

Erst als das Schiff ablegte, kam der Kapitän auf ihn zu und erklärte ihm, dass er seinen Koch verloren habe und dass Mattis nach allem, was ihm zu Ohren gekommen sei, dessen Pflichten übernehmen könne. Der Spielmann verzog das Gesicht über die eigene Dummheit. So erpicht war er darauf gewesen, an Bord genommen zu werden, dass er zu guter Letzt zu allem Ja und Amen gesagt hatte, und das durfte er jetzt ausbaden. Aber das war noch nicht das Schlimmste. Ihn beschlich nämlich fast sofort das seltsame Gefühl, auf dem falschen Schiff gelandet zu sein. Die Männer an Bord sahen in höchstem Maße roh und verlottert aus, und als er gegen seinen Einsatz als Koch protestierte, drohte der Kapitän rundweg, ihn über Bord zu werfen.

Angesichts der vielen bösen Blicke und Schwerter im Gürtel musste er schließlich klein beigeben. Ihm war klar, dass er keine andere Wahl hatte.

Das Boot sackte gerade in ein Wellental, und Mattis warf einen besorgten Blick auf den Herd, wo das Feuerholz brannte. Wenn nur keine Glut auf den Boden fiel und das Schiff auch noch in Brand steckte! Er seufzte schwer. Nicht nur wegen des Kapitäns war ihm äußerst unwohl in seiner Haut. Die Besatzung bestand nur aus Deutschen und Dänen, grobschlächtigen Männern mit grimmigen Blicken. Ihre Hände schienen aus altem Leder zu bestehen, und die Arme waren mit Narben übersät. Mattis schlotterten beim bloßen Gedanken, dass er jetzt das Essen für sie zubereiten musste, die Knie.

Nun, er durfte eben nicht zu viel nachgrübeln, sondern sollte endlich mit seiner Suppe in Gang kommen. Der Speck musste gesondert gekocht werden, so viel wusste er jedenfalls. Verbissen schnitt er ihn in lange, schmale Streifen, die er in einen Topf mit Wasser legte. Danach leerte er den ganzen Sack mit den getrockneten Erbsen in den großen Kessel. Aufs Geratewohl schüttete er mehrere Kannen Wasser darüber, damit die Suppe für alle reichte. Zehn Mann, zehn Kannen, das sollte aufgehen.

Während er dastand und zusah, wie der Speck langsam zum Kochen kam, fiel ihm plötzlich ein, dass seine Mutter ihm einmal gesagt hatte, Erbsen müssten einen Tag vor der Zubereitung eingeweicht werden. Tja, nun war es zu spät. Er biss sich auf die Unterlippe und fragte sich, wie es jetzt wohl weitergehen würde.

Während er gegen seine Übelkeit ankämpfte, rührte er ab und zu im Kessel, damit die Suppe nicht anbrannte, aber obwohl er sein Bestes gab, konnte er nicht verhindern, dass die blassgrüne, blubbernde Masse auf einmal mit Schwung nach oben stieg und überkochte. Es zischte im Herdfeuer, und ein widerlicher Geruch verbreitete sich in der Kombüse. Rasch zog er einen neuen Kessel hervor und stellte ihn unter den ersten.

Im nächsten Moment hörte er Schritte, und der Mann mit dem schütteren Haar erschien wieder in der Tür. Diesmal bemerkte Mattis, dass er fast keine Zähne mehr im Mund hatte. Mit dunklen Glupschaugen und offenem Mund betrachtete er die klebrige Flüssigkeit, die am Kessel herabtropfte. Mattis holte rasch einen weiteren Topf, besorgte sich einen Lappen und begann zu putzen.

»Nur ein kleines Missgeschick.«

»Wir haben Hunger! Verfluchter Koch!«

»Ist ein bisschen schiefgegangen, so was kommt vor. Ich bin das hier noch nicht so richtig gewöhnt, aber ich werde mit jedem Tag besser werden. Bis wir in Lübeck sind, bin ich der beste Koch auf dem Meer!«

»Wir wollen unser Essen! Und außerdem fahren wir nach Stockholm, nicht nach Lübeck!«

Mattis wrang den Lappen über einem Eimer aus und blickte auf.

»Stockholm?«

»Ja, bist du taub?« Der Mann machte eine Handbewegung, als wolle er einen Pfeil von der Armbrust abschießen. »Die brauchen da oben noch mehr Männer und Waffen.«

Mattis sah ihn verständnislos an. Was meinte der Kerl? Das Unbehagen kroch ihm über die Haut wie eine Zecke.

»Die Deutschen brauchen uns, um die Schweden davonzujagen«, erklärte der Mann. »Sie wollen, dass wir ihnen helfen.«

»Jaja, natürlich«, beschwichtigte Mattis ohne jede Ahnung, wovon die Rede war. Waren sie tatsächlich auf dem Weg nach Stockholm? Dann würde er ja Anne wiedersehen! Er lächelte vergnügt, als ihm auf einmal aufging, was der Mann gesagt hatte. Der Lappen fiel ihm aus der Hand, und er streckte zitternd die Hand aus, um ihn wieder aufzuheben.

»Wir kämpfen zusammen mit den Deutschen, stellen ihnen unsere Soldaten zur Verfügung, und wenn wir die Stadt eingenommen haben, bleiben wir dort«, fuhr der Mann fort. »Die Deutschen halten uns für ihre Freunde, aber Stockholm wird unser sein. Eine Stadt des mecklenburgischen Reiches ganz in unserer Hand!«

Wollten die Vitalienbrüder Stockholm erobern? Mattis legte den Lappen beiseite und starrte in die Luft. Sein Herz pochte heftig, und er rang nach Luft. Ragnhild hatte ihn nicht nur überlistet, indem sie ihn auf einen jämmerlichen alten Kahn vermittelte. Sie hatte ihn auch noch auf eines der Piratenschiffe der Vitalienbrüder verfrachtet! Er wandte dem Mann den Rücken zu, packte mit zitternden Händen die Kelle und rührte im Topf.

Wie hatte er nur so dumm sein können? Wie hatte er einer jungen Frau vertrauen können, die er noch nie zuvor gesehen hatte? Er hatte sich mit ihr vergnügt und sich dann brav an Bord eines fremden Schiffes bringen lassen.

Ein Schwindelgefühl überwältigte ihn, kam und ging in Wellen. Wie sollte er zwischen diesen Piraten überleben? Wenn er nicht an ihrer Seite kämpfte, würden sie ihn umbringen. Er musste das Spiel mitmachen und versuchen, sich davonzuschleichen, sobald sie Stockholm erreichten. Das war seine einzige Rettung. Er versuchte, seiner Stimme einen festen Klang zu geben.

»Natürlich können wir die Macht übernehmen. Rostock, Wismar und dann Stockholm, aber wollen wir denn dann nicht gemeinsam mit den Deutschen regieren?«

»Was redest du da, du Schurke? Bist du denn keiner von uns?«

»Doch, doch, natürlich, so hatte ich das nicht gemeint, ich dachte nur, dass ...«

»Was willst du eigentlich sagen?« Der Mann tat einen drohenden Schritt auf Mattis zu und versetzte ihm einen Stoß. »Na los, raus mit der Sprache!«

»Ja, also, dass es großartig wird, wenn wir Stockholm einnehmen. Dann koche ich uns Rehbraten mit Honigglasur, und wir feiern so richtig.«

Der Mann mit den dünnen Haaren maß Mattis mit scharfem Blick.

»Ja, das dachte ich auch. Aber jetzt sieh zu, dass die Suppe fertig wird. Sonst setzt's Prügel. Und der letzte Koch ist übrigens nicht krank geworden. Den haben wir über Bord geworfen.«

45. Kapitel

Der Mann mit der Pelzmütze öffnete die Fensterläden und ließ den Klapptisch herunter. Er zog die Stützen unten heraus, befestigte die Stricke, die die Tischplatte hielten, an zwei festen Haken in der Mauer und lehnte sich dann prüfend mit dem ganzen Gewicht auf den Verkaufstisch. Er schien zu halten. Dann mussten nur noch die Waren auf dem Tisch aufgebaut werden. Er zog sich die Mütze über die Ohren, rückte sich den Dolch im Gürtel zurecht und zog den Rock aus grobem Wollstoff fester um die Schultern. Obwohl der Winter noch nicht gekommen war, klatschte ein eisiger Schneeregen schwer auf den Marktplatz nieder. Hätte er über dem Fenster kein breites Bretterdach gehabt, hätte er an einem Tag wie diesem seinen Verkaufsstand gar nicht erst geöffnet. Er warf einen raschen Blick zum Himmel, aber die Wolkendecke schien nicht aufreißen zu wollen. Nun, er war auf jeden Fall vor dem Wetter geschützt, schlimmer waren die Leute dran, die heute einkaufen wollten.

Fröstelnd stapelte er die Stoffballen und Kleider auf. Bis jetzt hatte er am meisten von den vorgefertigten Kleidungsstücken verkauft – farbenfrohe Hemden und Kleider mit langen Ärmeln. Er bot auch ärmellose Kleider und solche Gewänder feil, die an der Taille etwas enger geschnitten waren. Die Gewürze brachten ebenfalls einiges an Geld ein, vor allem Gewürznelken, Ingwer und Muskat. An Samstagen verkauften sie sich besonders gut. Nach dem Besuch im Badehaus wollten die Leute nicht nur Bier kaufen, sondern auch Gewürze, die ihr Essen schmackhafter machten.

Weiter hinten in der Gasse war Gepolter zu hören, und er hob den Blick. Die ersten Marktbesucher mit ihren Rucksäcken, Ränzeln und Tragejochen waren auf dem Weg. Daneben arme Leute, die hofften, sich etwas erbetteln zu können, alte Frauen und Männer in durchgewetzten Mänteln, Bürgersfrauen in weiten, bunten Röcken und die Bauern mit ihren Kappen. Einige Jungen kamen von den Buden am Strand herbeigelaufen, und eine Gruppe bewaffneter Vitalianer bog aus östlicher Richtung auf den Marktplatz ein. Der Mann mit der Pelzmütze beobachtete sie stumm und setzte sich auf seine Fäustlinge. Er war bereit für sein Tagesgeschäft.

Auch im Weinkeller hatte es viel Arbeit gegeben, aber am Nachmittag machte sich Valborg trotz des ungemütlichen Windes wieder einmal auf, um nach Anne zu suchen. Sie hatte herausgefunden, wo sich das Haus von Alf Gerhardt befand, und so steuerte sie nun quer über den Korntorget auf ein hohes, schmales Steinhaus zu, dessen Giebel zur Straße zeigte. Die Fensterläden der Verkaufsstände waren geöffnet, und sie kam am Sattler vorbei, der seine Sättel und Geschirre anpries, sowie am Schlosser, der seine Schlösser, Scharniere und Nieten gleich nebenan säuberlich ausgelegt hatte. In Gerhardts Haus entdeckte sie einen Kaufmann mit Pelzmütze, der Gewürze und Tuche feilbot, und sie beschloss, dort etwas zu kaufen. Aber zuerst wollte sie Alf aufsuchen.

Sie musste lange an die Tür klopfen, bis sie drinnen Schritte hörte und jemand aufschloss. Ein großer Mann mittleren Alters öffnete die Tür vorsichtig einen Spaltbreit und beäugte sie misstrauisch.

»Ich suche einen gewissen Alf Gerhardt.«

»Der bin ich.« Der Mann bedachte sie mit einem freundlichen, leicht herablassenden Lächeln. Seine Haltung war aufrecht und entschlossen.

»Gut, dann bin ich ja richtig. Hält sich Anne hier auf, Anne Persdotter?«

»Nein, diesen Namen habe ich noch nie gehört.« In seinen Blick schlich sich eine gewisse Kühle.

»Aber Anne hat mir erzählt, dass sie hier gearbeitet hat.«

»Wie ich schon sagte, ich kenne sie nicht.«

»Aber ich bin Valborg, ihre Freundin. Sie hat bei mir gewohnt, in meinem Weinkeller.«

»Tut mir leid, aber ich kann Ihnen nicht helfen …«

»Aber …«

»Entschuldigen Sie, ich habe Gäste. Sollte ich etwas von dieser Anne hören, gebe ich Ihnen gern Bescheid. Ich weiß ja, wo ich Sie finde. Im Weinkeller, nicht wahr?« Der Mann deutete eine Verbeugung an und schloss lächelnd die Tür.

Verblüfft starrte Valborg auf die geschlossene Tür und blieb eine Weile still stehen, bevor sie abermals klopfte. Aber diesmal öffnete er nicht mehr. Hatte sie sich getäuscht? Nein, Anne hatte erwähnt, dass sie bei einem Alf am Korntorget arbeitete, da war sie ganz sicher. Und der einzige deutsche Kaufmann namens Alf war dieser Gerhardt. Oder hatte sie sich getäuscht, was Anne anging? Am Ende war sie nicht nur eine Diebin, sondern auch eine Lügnerin? Nein, hierauf konnte sich Valborg einfach keinen Reim machen. Grübelnd stieg sie die Treppe hinunter und trat wieder auf den Marktplatz.

Unten blieb sie noch einmal an dem Stand stehen, der zu Gerhardts Haus gehörte. Auf dem Verkaufstisch lag ein Stoffballen mit blauem flandrischem Tuch. Ein Mann mit Pelzmütze war im Halbdunkel des Standes zu sehen. Er stand mit dem Rücken zur Fensteröffnung und schlug sich die Arme um den Leib, um sich zu wärmen.

»Hallo, darf ich mir diesen Stoff ansehen?«, rief Valborg ihm zu. Der Mann zuckte zusammen, wich noch weiter ins Innere seines Standes zurück und murmelte, dass er gerade schließen wolle.

»Aber kann ich denn nicht ein Stückchen kaufen?« Valborg zeigte auf den blauen Stoff. »Ich hätte gern …«

»Leider nein, ein andermal.« Die Stimme des Mannes klang hell und dünn. Er zog sich die Pelzmütze noch tiefer ins Gesicht, griff nach einem Stoffballen und trat wieder ins Innere seines Standes zurück.

»Und ich dachte immer, Händler wollen ihre Ware um jeden Preis verkaufen«, murmelte Valborg, warf den Kopf in den Nacken und stolzierte davon.

Verdattert verließ sie den Korntorget. Der Schneeregen fiel noch heftiger, und sie musste sich vor den Windböen ducken. Sie dachte über Anne nach und ging im Kopf noch einmal alles durch, was bis jetzt geschehen war. Ihre Freundin war verschwunden, und obwohl sie den Grund dafür nicht hätte sagen können, war sie sicher, dass dieser Gerhardt am Korntorget mehr wusste, als er vorgab. Er hatte nichts gesagt oder getan, was ihr Misstrauen hätte wecken können, aber als sie Annes Namen genannt hatte, war ein Schatten über seine Augen gefallen, und die Lider hatten gezuckt. Wenn er sie kannte, warum verheimlichte er es dann? Anne hatte doch von ihrer Arbeit bei dem Deutschen Alf erzählt, und ihr vertraute Valborg mehr als diesem Kaufmann. Und falls Anne dort nicht mehr tätig war, hätte er es doch bloß zu sagen brauchen. Nein, irgendetwas war hier faul.

Als Valborg später die Tür zum Weinkeller aufsperrte und die Treppe hinunterstieg, war sie entschlossener denn je zuvor. Sie würde die Suche nach der Freundin noch nicht aufgeben.

Anne fingerte an ihrer Mütze herum und sah Valborg nach, die über den Marktplatz verschwand. Um ein Haar hätte sie sich zu erkennen gegeben, aber sie hatte sich doch nicht getraut, noch nicht. Einen Augenblick lang hatte sie innerlich vor Freude gejubelt, die Freundin zu sehen, und sie war hin- und hergerissen zwischen dem Wunsch, sie zu umarmen, und dem Versprechen, das sie Alf gegeben hatte – niemandem gegenüber ihre Deckung aufzugeben.

»Nicht einmal Valborg gegenüber«, hatte er betont. »Nur unter dieser Bedingung erlaube ich dir, dich in den Verkaufsstand zu stellen. Früh genug kannst du dich jedem zu erkennen geben, aber warte ab, bis es nicht mehr so gefährlich ist. Zuerst muss die Suche nach dir eingestellt werden.«

Anne tastete unter ihrem Halstuch nach der Narbe. Manchmal juckte sie noch, aber sie sah schon viel besser aus, und Anne hoffte, dass sie irgendwann ganz verblassen werde. Aber nun hatte sie sich zur Sicherheit als Mann verkleidet. Erst als sie das vorschlug, war Alf bereit gewesen, ihrem Wunsch nachzugeben und den Verkaufsstand zu öffnen. Vielleicht spürte er ihre Verzweiflung darüber, so eingeschlossen zu sein, denn sosehr sie sich auch nach seiner Nähe sehnte, musste sie auch einmal frei durchatmen können. Dieses Gefangenendasein war ihr zur Qual geworden.

Sie blickte die Gasse entlang, in der Valborg verschwunden war, und trauerte dem verpassten frohen Wiedersehen nach. Die Freundin und ihre Gespräche fehlten ihr, aber sie wusste, dass es klug gewesen war, ihre Identität jetzt noch nicht preiszugeben. Sie hätte Alf damit nur verärgert, und wenn er erfahren hätte, dass Valborg und sie miteinander geredet hatten, hätte er ihr am Ende verboten, wieder nach draußen zu gehen, und ihren Verkaufsstand geschlossen. Seit sie bei ihm eingezogen war, hatte sie immer wieder den raschen Wechsel seiner Stimmungen beobachtet. Sie hatte seinen Zorn erlebt und fürchtete ihn.

Seit sie sich ihm zum ersten Mal hingegeben hatte, hatte sich ihr Leben verändert. Er kam immer öfter zu ihr in die Wohnung, manchmal sogar mitten am Tag. Dann reichte ein Blick oder eine Berührung, und schon war sie sein. Der Genuss, den er ihr verschaffte, riss sie mit sich wie eine Woge, und in solchen Stunden gab es nur sie und ihn. Und doch konnte sie Mattis nicht vergessen. Manchmal wunderte sie sich darüber, aber dann sah sie ein, dass sie sich zwingen musste, ihn zu vergessen. Mattis durfte nicht zwischen ihr und ihrem neuen Leben stehen.

Deswegen bekam Alf auch solche Macht über sie. Er wurde alles, was sie sich wünschte und was sie vermisste, eine Kraft, die ihre Sehnsucht stillte. Manchmal versuchte sie, wieder einen klaren Kopf zu bekommen, aber seine Ausstrahlung war so stark, dass sie sich ihrer nicht erwehren konnte. Ab und zu schlich sie sich sogar zu ihm ins Kontor. Zuerst horchte sie an der Tür, um sicherzugehen, dass niemand bei ihm war, dann öffnete sie vorsichtig die Tür und trat ein. Zwar verdunkelten sich seine Augen, und er schalt sie, weil sie ohne Ankündigung gekommen war, aber sobald sie ihm die Arme um den Hals legte und ihn küsste, kam er ihrem Begehren entgegen.

Eingesperrt, wie sie war, hatte sie ihm vermutlich eine zu große Bedeutung in ihrem Leben eingeräumt, und sie war drauf und dran, ein Teil von ihm zu werden, ein Teil seiner Bedürfnisse und Wünsche. Diese Liebe konnte gefährlich werden.

Anne stellte die Tuchballen und die Kräutersäckchen ins Kontor und stieg ins Obergeschoss hinauf. Sie schüttelte sich den schmelzenden Schnee von den Kleidern und trat ein.

»Alf, mein Liebster?«, rief sie, während sie Mantel und Pelzmütze ablegte. Trotz des schlechten Wetters hatte sie Tuch von drei Stoffballen verkaufen können, daneben mehrere von Christinas Kleidern und den Großteil der Gewürze. Sie summte fröhlich vor sich hin, zog rasch ihr Hemd und die grobe Wollhose aus und schlüpfte in Schuhe und Leinenhemd. Dann trat sie zu ihm.

»Du wirst es nicht glauben, ich bin fast alles losgeworden!« Sie eilte mit strahlenden Augen auf ihn zu und breitete die Arme aus. Er indes blieb unbeweglich stehen, und als sie näher kam, sah sie die Falte zwischen seinen Augenbrauen und die heruntergezogenen Mundwinkel.

»Anne, es wird am besten sein, wenn du damit aufhörst.« Er küsste sie nicht und umarmte sie auch nicht wie sonst.

»Aufhören mit dem Verkaufsstand?« Sie ließ die Arme sinken und spürte, wie ihre ganze Freude in sich zusammenfiel. »Aber Alf, du weißt doch, wie viel mir das bedeutet.«

»Ich meine es ernst«, sagte er und hob die Stimme.

»Warum denn plötzlich? Ist etwas vorgefallen?«

»Nein, überhaupt nichts.«

»Aber dann verstehe ich nicht …«

»Ich mache mir solche Sorgen um dich«, sagte er, und sein Ton wurde weicher. »Ich ertrage den Gedanken kaum, dass du dich den Blicken der Menschen aussetzt. Jeden Augenblick kannst du entdeckt werden. Ich will dich nicht verlieren.«

»Es ist etwas geschehen, das sehe ich dir an. Hat jemand nach mir gefragt?«

»Nein, nein, das ist es nicht.« Er hob abwehrend die Hände und ging im Zimmer auf und ab. »Was dächtest du denn, wenn ich dort unten stände, während lauter Leute hinter mir her wären, die mir nach dem Leben trachteten?«

»Dann ließe ich dich trotzdem.«

»Um meinetwillen, Liebste, hör auf, solange noch Zeit ist!«

»Aber Alf, ich brauche meine Freiheit.«

»Du gehörst mir, begreifst du das nicht? Ich kann nicht riskieren, dass dir etwas Schlimmes zustößt.« Er packte sie hart an den Schultern.

»Wenn du solche Angst hast, dann kann ich Stockholm ja für eine Weile verlassen. Aber den Stand gebe ich nicht auf.« Anne entwand sich seinem Griff.

Das Schweigen zwischen ihnen war geradezu mit Händen greifbar. Sie konnte seinem bohrenden Blick nicht standhalten. Langsam ließ er die Hände sinken.

»Anne«, sagte er sanfter, »tu es für mich!«

»Nein!«, schrie sie, stieß ihn beiseite und rannte den Tränen nahe in ihr Zimmer. Zitternd zog sie den Vorhang vor. In diesem Moment war sie froh, nie in sein Schlafzimmer übergesiedelt zu sein. Einen anderen Menschen zu begehren war das eine, zu versuchen, ihn zu besitzen, war etwas ganz anderes. Sie war wütend und enttäuscht und knetete die Hände so heftig, dass es wehtat. Alf schien sie immer mehr beherrschen zu wollen und überwachte jeden ihrer Schritte. Müde bedeckte sie das Gesicht mit den Händen und seufzte. Warum benahm er sich so? Er besaß schon so viel von ihr, was konnte er noch wollen?

46. Kapitel

Valborg sog den Geruch nach frischer Erde ein, öffnete das Tor und trat ein. Auf der Treppe roch es sauber und frisch geputzt, und der Steinboden strahlte nach der kalten Nacht immer noch Kühle aus. Sie klopfte, und fast im selben Augenblick wurde auch schon die Tür geöffnet.

»Gottes Frieden mit dir!«, grüßte sie.

»Willkommen, tritt ein!«

Ingrid, die Frau des Stadtrats Magnus Spangenmacher, verbeugte sich und bat sie zu warten, während sie ging, um ihren Mann zu holen. Valborg blieb an der Tür stehen und ließ den Blick durch den Raum schweifen. Er hatte hohe Wände, an denen schwere Gobelins hingen. Im Herd prasselte leise ein Feuer, und das Licht, das durchs Fenster fiel, beleuchtete die Wiege mit Ingrids und Magnus' Kind. Die hohe, geschnitzte Holzwiege wollte irgendwie nicht so recht hierher passen. Es lag etwas Förmliches, Feierliches über dem Zimmer, und sie konnte sich Ingrid nur schwer als Mutter vorstellen. Die steife Frau strahlte überhaupt keine Wärme oder Gefühle aus, und Valborg hatte sich sowieso schon immer gewundert, warum Magnus diese Frau geheiratet hatte. Doch vielleicht tat ihr das Kind ja gut.

»Valborg!« Magnus eilte ihr entgegen und umarmte sie herzlich. Dann wandte er sich mit einem kurzen Nicken an seine Frau. »Ingrid, bringst du uns bitte etwas zu trinken?«

»Ich gratuliere zum Kind und dass diesmal alles gut gegangen ist«, sagte Valborg, an Ingrid gewandt.

Ein schwaches Lächeln huschte über das Gesicht der Frau. »Danke«, murmelte sie.

»Ich freue mich so für euch«, fuhr Valborg fort und sah die beiden an. »Ich hätte ja so gern selbst auch Kinder gehabt, aber als ich nach mehreren Fehlgeburten endlich einen kleinen Jungen zur Welt brachte, starb er nach zwei Jahren.«

Ingrid schwieg.

»War es eine schwere Entbindung?«, wollte Valborg wissen.

»Es ist alles gut gegangen«, murmelte Ingrid kaum hörbar.

»Wer hat dir geholfen?«

»Linnea.«

»Ja, deine Schwester, das ist eine tüchtige Frau. Hat sie es ganz allein geschafft?«

»Ach, das weiß ich alles nicht mehr. Es ging so schnell, und ich war so benommen. Ihr wolltet doch etwas zu trinken haben, nicht wahr?«

Ingrid ging, um einen Krug und zwei Becher zu holen, und als sie zurückkam, stellte sie es den beiden auf den Tisch und entfernte sich. Magnus schenkte ein.

»Ingrid erzählt mir auch nicht viel über die Geburt unserer kleinen Tochter.«

»Vielleicht war das Erlebnis einfach zu schrecklich.«

»Ja, aber sie ist in letzter Zeit so still und verschlossen. Ich verstehe nicht, warum. Sie sollte sich doch freuen, dass sie endlich eine Tochter bekommen hat.«

Valborg stand auf und trat an die Wiege. Nachdenklich warf sie einen Blick auf die Kleine.

»So einen Schatz habt ihr da bekommen. Wie süß sie ist! Und dieses Lächeln!«

»Ja, das Mädchen ist wunderbar, ein größeres Geschenk hätten wir gar nicht bekommen können. Es wäre nur schön, wenn Ingrid genauso empfände. Ich verstehe es einfach nicht, sie wirkt fast niedergeschlagen.«

»Das kann nach einer Geburt durchaus geschehen. Die junge Mutter bekommt fast keinen Schlaf und macht sich ständig Sorgen. Ich erinnere mich selbst daran. Versuch ein wenig Geduld zu haben.«

»Ja, das muss ich wohl«, seufzte Magnus und strich sich über die Stirn. »Nun, du bist sicher nicht wegen Ingrid hergekommen. Wie steht es mit Anne?«

»Sie ist immer noch verschwunden.«

»Das ist kein gutes Zeichen.«

Valborg trat von der Wiege zurück und setzte sich wieder an den Tisch. Nachdenklich nahm sie einen Schluck von ihrem Bier.

»Ich habe deinen Ratschlag befolgt und herausgefunden, bei welchem Kaufmann Anne gearbeitet hat. Aber als ich ihn aufsuchte und nach ihr fragte, behauptete er, sie nicht zu kennen.«

»Bist du sicher, dass es der richtige Alf war?«

»Alf Gerhardt, ja. Mehr Kaufleute, die am Korntorget wohnen und Alf heißen, gibt es nicht.«

»Gerhardt, sagst du. Ich überlege gerade, ob das nicht dieser deutsche Schiffer ist, ein Freund von Stadtrat Henrik Brybing und einer der einflussreichsten Männer der Stadt. Sollte Anne tatsächlich für ihn gearbeitet haben?« Magnus strich sich übers Kinn.

»Du sitzt doch im Stadtrat, kannst du mit Brybing sprechen?«

»Oder mit Alf. Er weiß, dass er sich gut mit uns stellen muss, solange wir die Stadt regieren.«

»Oh, Magnus, könntest du das tun?«

»Verlass dich auf mich. Bald werden wir wissen, was geschehen ist.« Seine Stimme war fest, aber in seinem Blick sah Valborg einen schwachen Zweifel.

Sie stand auf, nahm ihren Mantel und ging zur Tür. An der Schwelle drehte sie sich noch einmal um.

»Alf Gerhardt verbirgt irgendetwas. Ich spüre es. Aber ich weiß einfach nicht, warum.«

Magnus betrachtete sie eine Weile.

»Wir sollten vorsichtig zu Werke gehen. Vielleicht bist du einer Sache auf der Spur, von der wir nichts erfahren sollen«, sagte er langsam.

»Glaubst du, dass Anne in Gefahr ist?«

»Ich fürchte, das könnte so sein. Aber komm, am besten begleite ich dich jetzt nach Hause.«

Als sie aus der Tür traten, spürte sie Magnus' Anspannung und Besorgnis. So hatte sie ihn noch nie erlebt. Plötzlich verlangsamte er seine Schritte und packte sie heftig am Arm.

»Valborg, ich muss dich warnen. Wenn Anne verschwunden ist, hat das seinen Grund. Es könnte gefährlich sein, nach ihr zu suchen. Horch dich um und halt die Augen offen, aber unternimm nichts weiter. Frag niemanden mehr nach Anne, du weißt nicht, welche Folgen das haben könnte. Wir haben keine Ahnung, in welche Machenschaften sie verwickelt ist. Und glaub mir, solange es in Stockholm so unruhig ist wie derzeit, müssen wir uns gut überlegen, was wir tun.«

»Aber ich hab sie doch so ins Herz geschlossen!«, protestierte Valborg, doch dann verstummte sie. Magnus hatte recht. Auch wenn sie Anne noch so gern mochte, sollte sie vorsichtig sein. Ihr Weinkeller war alles, was sie besaß. Wenn sich jemand einfallen ließe, ihn zu schließen, wäre sie übel dran. Magnus ließ ihren Arm wieder los und sah sie ernst an.

»Sobald ich kann, melde ich mich bei dir, aber du musst mir versprechen, dich nicht in Gefahr zu begeben.«

Valborg nickte stumm. Ihr war äußerst unbehaglich zumute. Magnus war kein Mann, der leichtfertig Warnungen aussprach. Was in Stockholm derzeit geschah, war offensichtlich schlimmer, als sie bisher angenommen hatte.

47. Kapitel

Schnee fiel, die Zeit der langen Nächte brach an. Dunkelheit und grimmige Winde, Kälte und funkelnder Schnee. Weihnachten kam und ging, und in Stockholm brodelte weiter die Unruhe. Auf den Straßen sah man immer mehr Vitalienbrüder, und wenn das Eis die dänischen Truppen nicht gehindert hätte, wären Königin Margaretas Schiffe bis zu den Palisaden vorgedrungen und hätten die Stadt belagert. Jetzt saßen sie im Eis fest, während Pferde und Schlitten sich auf heimlichen Wegen über die gefrorene See bewegten, vorbei an den Schiffen und hinter die dänischen Truppen.

Die Stockholmer in ihrer befestigten Stadt bekamen ihre Lebensmittel und viele andere Waren, die sie brauchten. Aber die Spannung stieg. Was würde geschehen, wenn das Eis aufbrach und die Schiffe wieder frei segeln konnten? Und dann war da noch das Gesindel aus Mecklenburg. Es gingen Gerüchte, dass die Vitalianer sich im Schloss eingenistet hätten und dass man demnächst mit einem Aufstand gegen die Regierung der Stadt rechnen musste. So etwas hatte man sich schon früher erzählt, aber jetzt waren die Gerüchte hartnäckiger als je zuvor.

Die Kaufleute machten sich Sorgen um ihre Geschäfte, und wie alle anderen hatte auch Alf Gerhardt wachsende Schwierigkeiten mit dem Warentransport. Außerdem wurde es teuer, die Handelsgüter im Schärengarten von den Schiffen auf Schlitten umzuladen, denn Fuhrleute, die sich mit dem Eis auskannten, nahmen gesalzene Preise für ihre Dienste. Hier reichten keine Örtug mehr, da mussten es schon Silbermark sein.

Aber das Handelshaus am Korntorget hatte große Lagerräume, als wäre der Eigentümer schon immer auf solche Ereignisse eingerichtet gewesen, und als Anne erfuhr, was sich alles im Keller stapelte, lobte sie Alfs weise Voraussicht und wies noch einmal darauf hin, welch guter Einfall es in solchen Zeiten war, ihren Verkaufsstand zu betreiben. Die Geschäfte gingen blendend, aber sie musste dennoch für ihre Sache kämpfen. Jeden Morgen, bevor sie die Fensterläden aufstieß und den Klapptisch aufbaute, hatte sie einen heftigen Wortwechsel mit Alf.

Sie musste ihm gut zureden, ihn überzeugen und alle List aufwenden, um ihren Willen durchzusetzen. Sie konnte seine ablehnende Haltung nicht verstehen, und oftmals dachte sie sich, dass es vielleicht doch besser wäre, wenn sie sich nach seinen Wünschen richtete, einfach um diesen Streitereien ein Ende zu machen. Aber gleichzeitig wusste sie, dass das unmöglich war, denn ihr Wunsch nach Freiheit war zu stark.

Anne lehnte sich aus ihrem Stand hinaus und blickte über die Straße. In den Gassen lag überall schon eine dicke Schneedecke, und die Menschen bewegten sich geradezu gespenstisch leise über den Marktplatz. Sie schob das Haar unter die Pelzkappe und seufzte, als sie an Alfs absurde Forderungen dachte. Bald kam der Frühling, und immer noch war ihr keiner auf die Spur gekommen. Wer würde denn annehmen, dass ein Händler auf dem Korntorget in Wirklichkeit eine ehemalige deutsche Bürgersgattin war? Alles hätte gut sein können, und er hätte zufrieden sein müssen, aber stattdessen stritten sie sich immer öfter, und Anne litt darunter. Er schien sie die ganze Zeit zu überwachen.

Ihr Stand war die einzige Zerstreuung, die sie außerhalb der Wohnung hatte, und sie brauchte ihn. Sie konnten ja so gut wie nie das Haus verlassen, Alf und sie waren nicht einmal im Herbst zum Wrack hinausgefahren. Er hatte als Begründung angegeben, er habe die Suche nach dem Schiff aufgegeben, da er von der Hanse eine Entschädigung bekommen werde. Von weiteren Festen auf dem Schloss war auch nicht mehr die Rede. Beide wussten, dass es für Anne zu gefährlich war, wenn sie sich dort zeigte.

Ihr seltsames eingesperrtes Leben mit Alf ging also weiter. Manchmal kam er in die Wohnung gerannt, um etwas zu holen, aber sie wurde das Gefühl nicht los, dass er einfach nicht ohne sie sein konnte – oder schlimmer noch, dass er sie im Auge behalten wollte. Aber kaum waren ihr solche Gedanken gekommen, da beugte er sich zu ihr herunter und flüsterte ihr Liebesworte ins Ohr. Eine Hand, eine Berührung, und jeder Zweifel war wie weggewischt.

»Zieh in mein Schlafzimmer!«, bettelte er, aber dieselben geheimen Kräfte, die sie dazu bewogen, ihre Geschäfte im Stand fortzuführen, hielten sie auch im Untergeschoss. Sie brauchte einen Platz für sich selbst.

Ein Hund bellte und riss Anne aus ihren Überlegungen. Sie sah sich um. Es waren noch nicht viele Leute auf dem Markt, aber das störte sie nicht. Sie genoss diese Momente, wenn ihr die frische Meeresbrise ins Gesicht wehte und entfernte Stimmen vom Hafen herüberdrangen. Eine Weile konnte sie ihr Eingesperrtsein noch ertragen, aber erst wenn sie sich ganz frei bewegen durfte, würden Alf und sie richtig glücklich zusammenleben.

Am Nachmittag kam die Sonne durch, und immer mehr Menschen bevölkerten den Marktplatz. Hunde und Schweine rannten über die Abfallberge, und eine Mädchenschar spielte zwischen den Ständen. Anne wollte ihnen gerade ein wenig Baumharz zum Kauen geben, da bemerkte sie drei Männer, die über den Marktplatz kamen. Sie hatten Pergamentrollen und Rechnungsbücher unterm Arm und steuerten geradewegs auf Alfs Haus zu. Irgendetwas an ihrer Haltung und ihrem Gang ließ sie aufmerken, und sie folgte ihnen mit den Blicken. Sie trugen Kaufmannskluft und Schwerter wie viele andere, aber als sie die Treppe hinaufstiegen, entdeckte sie etwas Blitzendes unter den weiten Mänteln: Rüstungen.

Erst schoss ihr der Gedanke durch den Kopf, dass die Männer Alf etwas Böses wollten, aber dann erinnerte sie sich, sie schon einmal gesehen zu haben. Das mussten die Männer sein, die sie bei der Suche nach dem Wrack auf der Schäreninsel kennengelernt hatte.

Da wurde sie von einer rauen, krächzenden Stimme aus ihren Gedanken gerissen.

»Wie schön, o wie schön!« Ein altes Weiblein betastete sehnsüchtig den Ballen mit der blauen Seide. »Wenn man so etwas haben könnte«, murmelte sie mit zahnlosem Mund, und ihre derben Hände betasteten den Stoff. Anne beobachtete sie schweigend und dachte an die blaue Bluse, die sie selbst auf der Überfahrt nach Stockholm getragen hatte. Sie liebte diese Farbe, und als sie entdeckte, dass Alf denselben Stoff im Keller hatte, war sie ganz glücklich und legte ihn sofort an ihrem Verkaufsstand aus. Er war so wunderschön anzusehen. Anne ließ die Alte den Stoff betasten und warf ab und zu einen raschen Blick zur Treppe hinüber. Es war niemand mehr zu sehen, die Männer waren wohl schon hineingegangen.

Die alte Frau stand immer noch vor ihr. Sie schien es zu genießen, den Stoff nur mit den Händen befühlen zu können, und Anne ließ sie gewähren. Sie hatte anderes im Kopf. Was wollten diese Männer von Alf? Sie konnte nicht in die Besprechung hineinplatzen, also musste sie sich gedulden. Außerdem wusste sie, dass Alf sie nicht im Kontor haben wollte.

Während die Frau träumerisch mit den Händen über den Stoff strich, breitete sich ein Lächeln über dem Gesicht aus. Als Anne die Freude in den Augen der Alten sah, bekam sie plötzlich Mitleid. Wortlos griff sie zur Schere, rollte ein Stück vom Stoffballen ab und schnitt einen breiten Streifen herunter.

»Hier, bitte schön!«

Sie reichte ihn über den Verkaufstisch.

»Wie …?«, murmelte die Alte und schüttelte so verdattert den Kopf, dass ihr das schmutzige Kopftuch auf die Schultern glitt.

»Das ist ein Geschenk«, erklärte Anne auf Deutsch und vergaß ganz, ihre Frauenstimme zu verstellen. Die Alte hob den Blick und nahm das Stoffstück entgegen. Sie war sprachlos.

»Und jetzt gehen Sie, und Gottes Frieden mit Ihnen!«, sagte Anne, die auf einmal ungeduldig wurde. Wieder sprach sie mit ihrer Frauenstimme. Die alte Frau drückte den Stoff an die Brust, verneigte sich tief und verschwand in den Gassen.

Anne sah wieder zur Hausfassade hinüber. Die Tür war geschlossen, niemand zu sehen. Ab und zu warf sie einen Blick aufs Haus, aber sie verkaufte mehrere Ellen Stoff und Beutelchen mit Gewürzen, bevor die drei Männer wieder auf der Treppe erschienen. Sie trugen ihre weißen Mäntel und die Schwerter am Gürtel wie zuvor, aber jetzt hatten sie keine Rechnungsbücher oder Pergamentrollen mehr in der Hand. Verblüfft beschloss Anne, ihren Stand für heute zu schließen. Sie sammelte ihre Waren zusammen, schloss die Fensterläden und machte sich auf den Weg ins Kontor. Bevor sie die Tür öffnete, streifte sie die Pelzmütze ab und horchte. Von drinnen war kein Laut zu hören, also stieg sie die Treppe zur Wohnung hinauf. Als sie eintrat, entdeckte sie Alf, wie er mit einer Kanne vorm Schrank stand. Er drehte sich um, als er sie kommen hörte.

»Anne, mein Liebling!«, lächelte er und stellte die Karaffe ab. Schon war er bei ihr, seine Hände auf ihrer Haut, seine Lippen auf ihrem Mund.

»Alf, ich habe gesehen, dass du …«

Sie spürte seine Nähe. Eigentlich hatte sie ihn nach den Männern fragen und endlich eine Antwort bekommen wollen, aber sie brachte kein Wort heraus. Ich frage ihn später, dachte sie benommen und ließ sich in seine Arme sinken.

»Liebst du mich?«, fragte er plötzlich.

»Tun wir denn je etwas anderes, als uns zu lieben?«, lachte sie.

»Du gehörst mir, nur mir«, flüsterte er. »Für immer!«

Sie konnte nicht mehr antworten, denn schon war er über ihr, und sie vergaß die Vitalienbrüder, den Standverkauf und alles andere. Sie dachte nur noch, dass sie ihm einfach nicht widerstehen konnte.

Erst am Abend nach dem Essen wagte sie das Gespräch auf die drei Männer zu bringen. Die einzigen Besucher an diesem Tag waren drei hanseatische Kaufleute gewesen, mit denen er schon seit Jahren Handel trieb. Ja, zwei von ihnen hatte sie damals selbst kennengelernt, als sie draußen in den Schären nach dem Wrack suchten. Alf erzählte auch, warum sie in der Stadt waren. Wie die meisten hatten auch sie immer größere Schwierigkeiten, ihre Waren bis nach Stockholm zu befördern, und sie hatten ihn um Hilfe ersucht. Aber er wusste nicht, wie das zu bewerkstelligen war, solange die Eisdecke noch geschlossen war und es überall von dänischen Soldaten wimmelte. Andererseits hatten sie es aber auch dem Eis zu verdanken, dass die dänischen Truppen Stockholm noch nicht eingenommen hatten, denn innerhalb der Schlossmauern gab es sicherlich schwedische Verräter – Bürger, die bereit waren, die Dänen gegen ein

Bestechungsgeld einzulassen. Die Zeiten waren hart, und man musste sich mit allen gut stellen.

Er hatte mit großer Überzeugungskraft gesprochen und lächelnd alle ihre Fragen beantwortet. Als sie sich nach und nach beschwichtigen ließ, war alles wieder wunderbar und friedlich zwischen ihnen. Erst kurz bevor sie zu Bett ging, fing sie wieder an zu grübeln. Wenn es aber doch Vitalienbrüder gewesen waren, die sie da gesehen hatte, warum leugnete er es dann so entschieden?

48. Kapitel

Es war der letzte Tag der Fastenzeit, und die morgendlichen Gassen glänzten vom Regen und stanken nach Fischabfällen und anderem Unrat. Eine alte Frau mit einem blauen Seidenschal um den Hals schlurfte durch die Gassen, trat allerdings hastig beiseite, als jemand schwungvoll seinen Abfalleimer auf die Straße leerte. Sie hatte einen leeren Fischkorb in der Hand. Ihr war nämlich zu Ohren gekommen, dass man im Hafen gerade eine Ladung frischen Fisch verkaufte, und sie wollte zum Kai, um sich eine Mahlzeit zu erbetteln. Der getrocknete Hecht, den sie eine Weile im Ränzel gehabt hatte, war längst verzehrt, und sie hoffte, ein Stück vom Rohrkarpfen oder frischen Hering zu ergattern.

Als sie auf der Straßenkuppe anlangte, fuhr ihr der Frühlingswind unter das Kopftuch, und sie musste den Korb abstellen, um es wieder festzuknoten. Auf dem Weg nach unten rutschte sie auf einem Kuhfladen aus, fing sich aber wieder, raffte den Rock hoch, murmelte etwas Unverständliches vor sich hin und ging weiter. Ach, dieses ganze Viehzeug! Wenn es nicht Kühe und Pferde waren, dann war es eine Schar gackernder Hühner. Am schlimmsten fand sie jedoch die streunenden Hunde, die die Pest und alle andere Ungemach überlebt hatten, magere Köter, die kläffend im Unrat wühlten. Sie machte einen Bogen um einen hohen Abfallhaufen und setzte ihren Weg zum Hafen fort.

Als sie sich dem Kai näherte, sah sie die Hansekoggen und einige schmalere Boote, die man auf den Strand hochgezogen hatte. Unmittelbar daneben schaukelte ein Fischerboot an einem Anlegesteg. Die alte Frau hielt auf den Steg zu und trat ans Boot.

»Du hast da einen Fischkorb mitgebracht, wie ich sehe. Heute haben wir frischen Fisch aus dem Fischkasten«, erklärte der Fischer stolz. »Was hältst du von Rohrkarpfen, Hering, Barsch und Hechten?«

»Frischer Fisch? Ja, wenn man ihn sich denn kaufen könnte!«, seufzte die Alte und betrachtete sehnsüchtig den Fischkasten. »Der Herr hat also Fisch aus dem Schärengarten?«

»Ja, ja. Fischen ist nicht so schwierig, viel schwieriger ist es, den Fang herzubringen.«

»Wegen dem Eis?«

»Ja, hier und da findet sich noch eine Eisschicht, man muss gut aufpassen.«

Unten im Boot streckte die Fischersfrau die Hand nach dem Kescher aus und warf der Alten einen raschen Blick zu. Die Frau trug ein uraltes Kopftuch und zerschlissene Schuhe, hatte aber ein kostbares blaues Seidentuch um den Hals geknotet.

»Wir haben heute gute Barsche«, sagte die Fischersfrau und zeigte mit dem Kescher auf den Fischkasten.

»So viel Geld besitze ich nicht«, antwortete die Alte und stellte ihren Korb auf dem Boden ab.

»Aber einen schönen Seidenschal trägst du da«, erwiderte die Fischersfrau, und ihre Augen wanderten gierig über das Tuch. »Vielleicht hättest du ja ein wenig Stoff für mich.«

Der Fischer betrachtete das Halstuch ebenfalls und fand, dass es seiner Frau sicher gut stünde. Er räusperte sich.

»Warum machen wir nicht einfach einen Tauschhandel? Wir kriegen den blauen Schal, und du kannst dir den Fisch aussuchen, der dir gefällt.«

Die Alte trat einen Schritt zurück, fuhr mit der Hand über den Seidenstoff und schüttelte den Kopf.

»Nein, den geb ich nicht her, das war ein Geschenk.«

Die Fischersfrau horchte auf.

»Ein Geschenk? Woher?«

»Vom Korntorget. Da war ein junger Mann, der Tuche und andere Waren verkaufte. Er merkte, dass mir der Stoff so gut gefiel, und schenkte mir einen Streifen davon.«

»So etwas widerfährt einem nicht alle Tage.«

»Nein, er war so nett zu mir. Aber er hatte mehrere Ballen mit diesem blauen Stoff, den kann man sicher dort kaufen.«

»Ach, tatsächlich? Darf ich deinen Schal einmal betrachten?« Mårten glaubte den Stoff wiederzuerkennen. Er grub in seiner Tasche am Gürtel nach dem blauen Stofffetzen, den Jens ihm gegeben hatte, als er von der Suche nach seinem Boot zurückgekommen war. Er hatte ganz vergessen, ihn wegzuwerfen.

Die alte Frau dachte an den Fisch, den sie haben wollte, nahm den Schal ab und reichte ihn Mårten, der ihn mit seinem Fetzen verglich. Er pfiff durch die Zähne. Es war derselbe Stoff.

»Erinnerst du dich genauer an den Mann, der diesen Stoff verkaufte?«

»Nur dass er Deutscher war. Er hatte seinen Stand am Korntorget, im Haus von diesem deutschen Kaufmann«, antwortete die Alte und knotete sich das Tuch wieder um den Hals.

»Aber wie sah er denn aus?«

»Tja, ich hab nicht so genau hingeschaut, es war dunkel in seinem Stand drinnen. Aber er trägt auf jeden Fall eine alte Pelzkappe, das weiß ich. Und er war ziemlich jung, nicht mehr als zwanzig Lenze, da bin ich ganz sicher.«

»Ach, tatsächlich?« Der Fischer bückte sich und öffnete den Deckel des Fischkastens. Dann nahm er seiner Frau den Kescher aus der Hand und fischte einen fetten Barsch heraus. »Wenn dir jemand diesen Stoff geschenkt hat, dann wollen wir nicht zurückstehen. Hier, nimm den!«

Die Alte strahlte übers ganze Gesicht und verbeugte sich tief. »Gott segne euch«, murmelte sie, bekreuzigte sich und verließ zufrieden den Kai. Sie hatte zwar ein wenig gespartes Geld zu Hause versteckt, aber es war besser, wenn sie sich den Lebensunterhalt zusammenbettelte. In schlechten Zeiten wie diesen war sie darauf bedacht, jede Kupfermünze beiseitezulegen.

Das Fischerpaar sah ihr noch lange nach. Ein junger Deutscher mit einem Verkaufsstand auf dem Korntorget. Die Fischersfrau wandte sich an ihren Mann.

»Was meinst du – sollten wir Anne vielleicht bei den Lübeckern suchen? Vielleicht hält sie sich bei denen versteckt.«

»Ich habe schon mit mehreren Deutschen gesprochen, aber natürlich nicht mit deutschen Bürgern. Doch ich kann mir nicht vorstellen, dass sie reiche Leute kennengelernt hat.«

»Warum denn nicht?«

»So ein Bettlermädchen, nein, niemals! Doch andererseits haben wir ja nichts zu verlieren. Vielleicht weiß dieser Deutsche in dem Verkaufsstand ja auch etwas.«

»Ja, wenn er einen Stand unter all den reichen Leuten hat, ist das nicht unmöglich. Wir suchen ihn auf, und dann erwerbe ich vielleicht im Tauschhandel ein wenig von seinem schönen Tuch.«

»Vergiss nicht, dass wir nach Anne suchen!«

»Nein, aber mir will es nicht in den Kopf, wieso wir sie bis heute nicht gefunden haben. Inzwischen haben wir doch wirklich überall gesucht. Vielleicht hat sie sich ja verkleidet ...«

»Nun, hören wir uns doch auf dem Korntorget um! Aber nur wenn du versprichst, kein Tuch zu kaufen.«

Ihre Blicke trafen sich, und zum ersten Mal seit langer Zeit lächelten sie einander wieder an.

49. Kapitel

Die Meeresbrise wirbelte die Kleider der Zuschauer vor dem Schloss hoch, und die Papageischützen mussten ihre Armbrust fest an den Körper drücken. Kaufmann Alf Gerhardt blickte zur Eisenstange mit dem geschnitzten Vogel hinauf und machte sich seine Gedanken. Bei diesem Wind zu treffen würde sich recht schwierig gestalten, aber zum großen jährlichen Papageienschießen waren viele Schützen angetreten. Und da konnte man die Festlichkeiten doch nicht einfach wegen eines leichten Windhauchs absagen. Die Zuschauer lärmten schon ungeduldig, und jetzt musste er nur noch versuchen, den Pfeil anzulegen und zu schießen. Er wandte sich an seinen Freund, den Stadtrat Henrik Brybing.

»Alles bereit. Dann fangen wir an, nicht wahr?«

»Ja, sobald die Fahnenträger kommen. Das dauert sicher nicht mehr lange«, antwortete Brybing und trommelte mit den fetten Fingern auf der Armbrust herum. Er sah sich um, senkte die Stimme und lehnte sich zu Alf hinüber.

»Stell dir vor, jetzt stehen wir tatsächlich hier und schießen auf Holzpapageien.«

»Während wir doch auf schwedische Bürger schießen könnten«, lachte Gerhardt leise.

Die Männer tauschten einen Blick des Einverständnisses.

»Und, wie geht es so vonstatten mit den Waffenlieferungen?«, erkundigte sich Brybing in drängenderem Ton.

»Mach dir keine Sorgen! Bald, sehr bald ist es so weit. Ich hatte Mårten den Fischer und seinen Bruder nach Rostock geschickt, damit sie dort beim Zusammentragen der Waffen halfen. Sie sind gerade zurückgekehrt. Dies war eine der letzten Lieferungen. Und dann habe ich auch die Liste übergeben.«

Einige Gaukler näherten sich, und die Männer verstummten sogleich. Bevor Alf abermals das Wort ergreifen konnte, hörte er eine Fanfare, und ein Fahnenträger marschierte über die Gemeindewiese, gefolgt von einem Zug mit Priester, Armbrustschützen und festlich gekleideten Gästen. Die Schützen waren mit kurzen Jacken und Hosen bekleidet und trugen Armbrust und Pfeilköcher. Alf wandte sich an Brybing.

»Wir reihen uns am besten ein, der Wettkampf beginnt.«

»Achte darauf, dass du nicht gewinnst, sonst musst du die ganze Gesellschaft mit Bier freihalten.«

»Mir liegt aber viel an diesen Wettkämpfen.«

»Vergiss nur eins nicht – der einzige Preis, den du gewinnen kannst, ist ein silberner Papagei.«

»Ja, aber die Ehre, Bruder, die Ehre!«, rief Alf und schulterte die Armbrust.

Henrik Brybing und er schlossen sich dem Zug an, und als sie die Anhöhe erreicht hatten, auf der die Eisenstange mit dem Holzvogel aufgestellt war, teilte man sie in Gruppen ein. Die Männer aus dem Westlichen Viertel, aus dem Östlichen Viertel, aus dem Zentrumsviertel und dem Südlichen Viertel bildeten vier Mannschaften mit jeweils zehn Mann, und als sich der starke Wind etwas gelegt hatte, begann man mit dem Schießen.

Da am Korntorget ansässig, gehörte Alf Gerhardt zum Südlichen Viertel und war einer der ersten Schützen. Ruhig senkte er die Armbrust, setzte den Fuß in den Steigbügel und spannte den Bogen. Nur wenige wussten, dass er einer der besten Bogenschützen in der Mecklenburger Armee gewesen war, bevor er unter die Schiffer und Kaufleute gegangen und nach Stockholm gezogen war. Bei festlichen Anlässen konnte er es sich jedoch nicht verkneifen, sein Können unter Beweis zu stellen. Langsam hob er die Armbrust, zielte und schoss. Kein Zögern und kein

Händezittern. Der Papagei fiel getroffen zu Boden, und Alf ließ zufrieden die Waffe sinken. Er hatte nichts von seinen Fähigkeiten eingebüßt.

Als der Altmeister Otto Lücke ihm nach dem Wettkampf den Silberpapagei um den Hals hängte, mischte sich eine gewisse Nachdenklichkeit in seinen Stolz. Vielleicht wäre es klüger gewesen, sich zurückzuhalten, aber er konnte es nicht lassen, er wollte zeigen, was er konnte. Jetzt würde ihn der Sieg außerdem mindestens fünfzehn Fässer Bier kosten.

Später saßen die Schützen auf den Bänken im Festsaal und leerten einen Krug nach dem anderen, während Alf sich allmählich fragte, ob die fünfzehn Fässer überhaupt reichen würden. Er wusste, dass die Männer bis spät in die Nacht zechen würden, und gewöhnlich leistete er ihnen dabei Gesellschaft. Aber jetzt zog es ihn nach Hause zu Anne, denn seit sie in sein Leben getreten war, wollte er nie länger als wenige Stunden von ihr getrennt sein.

»Zum Wohle!«

Ein Stoß in die Seite riss ihn aus seinen Gedanken. Sein Freund Henrik Brybing versuchte gerade vergeblich, mit ihm anzustoßen, und schlug aufmunternd seinen Krug auf den Tisch.

»So trink doch, worauf wartest du noch?«

Alf hob seinen Krug und sah sich um. Die meisten Männer waren schon betrunken. Er prostete ihnen zu, versuchte zu scherzen und zu plaudern, aber er fühlte sich seltsam ausgeschlossen.

In Gedanken versunken saß er beim Festmahl und trank weniger als sonst. Schließlich, als gerade niemand auf ihn achtete, stand er auf. Nur Brybing nickte er unauffällig zu, dann verließ er das Fest. Er hatte nur eines im Kopf: Anne.

Als er den Korntorget erreichte, war ihm vor lauter Erwartung schon ganz heiß. Der Gedanke, dass er sie bald in den Armen halten würde, machte ihn wild vor Erregung. Er wollte sie haben, er sehnte sich nach ihr und wusste, dass er sich ein Leben ohne sie gar nicht mehr vorstellen konnte. Ich sollte sie zu meiner Frau machen, überlegte er. Dass mir das bisher noch nicht eingefallen ist! Auf der Treppe nahm er zwei Stufen auf einmal und stürmte frohen Mutes in die Wohnung.

»Anne, mein Liebling!«, rief er.

Aber er bekam keine Antwort. Die Wohnung war leer. Sie war verschwunden.

Anne rannte die Treppe hinunter. Als wäre sie plötzlich aus einem unerklärlichen Rausch erwacht. Mit einem Schlag hatte sie glasklar die Wahrheit erkannt. Alf hatte überhaupt nicht die Absicht, sie jemals wieder aus der Wohnung zu lassen, nicht jetzt und auch in den kommenden Monaten nicht. Freilich musste sie sich verstecken, aber wenn es nach ihm gegangen wäre, hätte sie nie wieder einen Fuß vor die Tür gesetzt. Jedes Mal, wenn sie vorschlug, etwas in der Stadt zu unternehmen, wurde er wütend und nannte sie ein törichtes Kind.

Auch seine Annäherungen wurden immer fordernder, und selbst wenn sie ihm zu Willen war, schien er doch ständig mehr zu begehren. Je kühler sie zu ihm war, umso aufdringlicher wurde er. Manchmal kam er ihr vor wie ein Besessener, und sie musste sich widerwillig eingestehen, dass sie sich völlig abhängig gemacht hatte und diese Verbundenheit mit Gefühlen verwechselt hatte. Ihre Einsamkeit und ihr Wunsch nach Nähe hatten sich zu einem Begehren entwickelt, und er hatte zu große Macht über sie gewonnen.

Sie spürte das unüberwindliche Bedürfnis, das Haus zu verlassen. Obwohl sie Gefahr lief, erkannt zu werden, musste sie hinaus. Sie war aufgeregt, und im tiefsten Innern hatte sie große Angst, aber ihr Wunsch nach Freiheit war stärker. Und außerdem war sie ja verkleidet.

Schließlich beschloss sie, ohne Alfs Wissen auszugehen, an einem Tag, an dem er lange wegbleiben würde. Auf diese Art konnte sie sich nach einem Ausweg umsehen, vielleicht einen Fuhrmann oder einen Schiffer finden, der sie Richtung Norden nach Bergslagen mitnähme, wo sie Verwandte hatte. Oder warum nicht zurück nach Lübeck? Was auch immer, wenn sie nur ihrem Gefängnis entkäme!

Am frühen Morgen hatte sie sich wie immer von Alf verabschiedet. Als sie danach in Männertracht die Wohnung verließ, hatte die Dienstmagd sie zwar seltsam angesehen, aber Anne zuckte die Achseln und war überzeugt, dass sie sich das nur einbildete. Armi wusste nichts von ihrer Verkleidung und konnte sie gar nicht wiedererkennen. Nein, sie hatte den Jüngling mit der Pelzmütze sicher für einen von Alfs Standmietern gehalten. Anne war guter Dinge. Die Stockholmer wohnten den ganzen Tag dem Papageienschießen bei, und danach würden sie noch bis weit in die Nacht hinein feiern. Sie hatte also alle Zeit der Welt.

Als sie auf den Marktplatz hinausgetreten war, blieb sie stehen und blickte sich nach allen Seiten um, bevor sie in Richtung Heiliggeistspital abbog. Sie hatte sich so nach diesem ersten Tag in Freiheit gesehnt und wusste schon, was sie unternehmen würde. Sie wollte sich von ihrer Tochter verabschieden, dem tot geborenen Kind, das sie nie zu Gesicht bekommen hatte. Die Kleine tauchte immer wieder in ihren Träumen auf, und sie wollte ein für alle Mal Abschied nehmen und diesen Teil ihres Lebens hinter sich lassen.

Das Eisentor quietschte, doch als sie den Friedhof betreten hatte, umgab sie nichts als Stille. Mit einem seltsamen Gefühl im Magen ging sie zwischen den Gräbern umher. Hier lagen Hunderte von Menschen, die mit nichts als ihren Leichentüchern begraben worden waren – Alte und Kranke sowie Kinder, die nicht älter als ein, zwei Tage geworden waren. Und dort lag auch ihre Tochter, die niemals hatte leben dürfen. Die Lider brannten ihr, und sie schluckte. Noch immer trauerte sie um das kleine Mädchen. An Claus und den Schiffbruch dachte sie nur gelegentlich, aber das Neugeborene ging ihr selten aus dem Sinn.

Linnea hatte ihr erklärt, sie habe die Kleine in der Nähe der Friedhofsmauer begraben. Annes suchende Blicke schweiften über die dicken Steine. Sie kam an hübsch verzierten Holzkreuzen vorbei und stand plötzlich vor einem Sammelgrab, in dem wohl die Armen und die unbekannten Toten lagen, die niemand hatte kennen wollen. Vögel zwitscherten, und es duftete leicht nach Gras und Büschen.

Langsam folgte sie dem Pfad und musterte die verschiedenen Gräber genau. Doch nirgends entdeckte sie das kleine Kindergrab mit dem Gedenkstein, von dem die Vorsteherin gesprochen hatte. Vielleicht lag es auf der anderen Seite der Frauengräber, aber das stimmte dann nicht mit Linneas Angaben überein.

Verwundert ging sie ans andere Ende des Friedhofs, wo sie

eine grau gekleidete Nonne ansprach, die einen Blumenkranz band. Anne räusperte sich, erinnerte sich gerade noch rechtzeitig daran, dass sie Männerkleider trug, und rückte sich die Hose zurecht. Dann atmete sie tief durch und sagte mit Bassstimme: »Ich suche nach dem Grab unseres toten Kindes. Meine Frau hat die Geburt überlebt, aber das Kind …«

Die Nonne blickte auf und sah sie fragend an. »Ein Kind?«

»Ja, man hat mir gesagt, dass das Mädchen hier irgendwo an der Friedhofsmauer liegt.«

»Dort gibt es aber gar keine Kindergräber.«

»Aber meine Tochter wurde dort begraben.«

»Da müsst Ihr Euch täuschen. Wir haben erst kürzlich den Boden aufgegraben, um den Friedhof zu erweitern, und da gab es ganz sicher keine Kindergräber.«

»Vielleicht habt Ihr sie übersehen.«

»Nein, die hätten wir ganz sicher entdeckt.«

Anne forschte in ihrem Gedächtnis. Hatte Linnea einen anderen Platz gemeint? Nein, sie hatte den Bereich an der Friedhofsmauer beschrieben.

»Aber wenn ein Neugeborenes Ende des Sommers dort begraben wurde …«

»Dann hätten wir davon gewusst. Ich arbeite hier, und wir wissen Bescheid über unsere Begräbnisse.«

Anne ließ den Blick über den Friedhof schweifen, vom Ziegeldach des Heiliggeistspitals an der Mauer entlang bis zu der Stelle, wo sie jetzt stand. Hatte ihre Tochter am Ende nie ein Begräbnis bekommen?

»Aber wo bettet Ihr denn Kinder und Neugeborene in die Erde?«

»Wenn die Mutter ebenfalls gestorben ist, begraben wir sie zusammen im nördlichen Teil des Friedhofs. Mit den Kindern ist es unterschiedlich. Wir lesen eine Messe für sie und besorgen ein kleines Holzkreuz oder vielleicht einen Gedenkstein. Oder wir machen es so …« Die Nonne nickte zur Mitte des Friedhofs hinüber, wo einige größere Gräber ohne Kreuz zu sehen waren. »Ein Teil landet auch dort.«

Anne erbleichte. Hatte Linnea sie angelogen?

»Unser Kind wurde in der Kapelle in einen Korb gelegt und anschließend beerdigt.«

»Ich habe zwar schon Kinder in der Kapelle schreien hören, aber wie gesagt, hier sucht Ihr vergebens.«

Die Nonne redete weiter, aber Anne hörte ihr kaum noch zu. Die Hände zitterten ihr, und sie wandte den Kopf ab. Sie war gekommen, um Abschied zu nehmen, hatte nun aber keinen Ort, an dem sie trauern konnte. Alles fühlte sich so schrecklich leer an.

Als sie wieder auf die Straße hinaustrat, wusste sie anfangs nicht recht, was sie tun sollte. Ihr blieb immer noch viel Zeit, bevor sie nach Hause zurückmusste. Die Vergeblichkeit ihres Friedhofsbesuchs lastete schwer auf ihr, und sie wollte noch nicht wieder in die Einsamkeit der Wohnung zurückkehren. Also wanderte sie ziellos umher, bis sie zum Fischmarkt gelangte. Als sie das Meer im Sonnenschein glitzern sah, beschloss sie, sich den Kahn des Handelshauses auszuleihen.

Während sie die Leinen losmachte, dachte sie an das letzte Mal zurück, als sie einsam übers Meer gerudert war. Damals war sie auf der Flucht vor Karin und Mårten gewesen. Wie viel seitdem doch geschehen war! Damals hatte es noch jede Menge Schiffe auf dem Wasser gegeben, doch jetzt entdeckte sie nur deutsche Hansekoggen, vereinzelte Lastschiffe und Fischerboote. Die Truppen von Königin Margareta hatten fast alle Wege nach Stockholm blockiert, und es war mittlerweile schwierig, in die Stadt zu gelangen. Die Einzigen, denen dies noch gelang, waren die Schärenbewohner, die das Meer gut kannten und gegen Bezahlung auch Waren beförderten. Außerdem hatte sie gehört, dass so manche lichtscheue Existenz nachts in den Hafen einlief, Vitalienbrüder oder Waffenschmuggler. Anne schüttelte den Kopf. Es waren so viele Gerüchte im Umlauf, sie wusste kaum noch, was sie glauben sollte.

Kurz überlegte sie, wohin sie rudern sollte, und entschied sich dann für Käpplingeholmen. Als sie dort angekommen war, zog sie das Boot an einer Stelle an den Strand, wo es vor neugierigen Blicken geschützt war, und schlug denselben Pfad ein, dem Alf und sie seinerzeit gefolgt waren. Die Sonnenstrahlen fielen durch das zarte Laub, und eine milde Frühsommerbrise liebkoste ihr bleiches Gesicht. Sie hatte sich schon lange nicht mehr so frei gefühlt, und trotz der Enttäuschung, die sie auf dem Friedhof erlebt hatte, genoss sie das Licht, die Gerüche und das Meer.

Nachdem sie eine Weile umhergeschlendert war, kannte sie sich wieder aus. Vor ihr lag das Gebäude, das Alf als Lager ins Auge gefasst hatte. Neugierig umrundete sie das große Blockhaus mit den winzigen Fenstern und entdeckte zu ihrer Überraschung, dass die Öffnungen zugenagelt waren. Sogar die Tür war verriegelt. Den Plan mit dem Lagergebäude hat er anscheinend aufgegeben, dachte sie.

Sie blickte übers Wasser und lächelte beim Anblick der glitzernden Wellen und der kleinen, leichten Wolken, die hoch oben am Himmel dahinschwebten. Als sie auf einen schmalen Pfad einbog, der sich durch dichtes Gebüsch schlängelte, schlugen ihr alle Gerüche des Frühsommers entgegen. Sie atmete die lieblichen Düfte tief ein und dachte abermals an die schicksalhaften Umstände, die ihr Leben verändert hatten. Als sie das erste Mal hier entlanggegangen war, hatte sie noch so manche Erwartung gehegt, aber jetzt hatte sich etwas in ihr verändert, und ihre Hoffnungen waren dahin. Ihre Angst war mittlerweile zu groß. Was würde geschehen, wenn man sie doch noch fasste? Oder wenn es Alf einfiel, sie für immer in seinem Haus einzusperren?

Diese Gedanken bedrückten sie zunehmend, und sie beschloss zurückzukehren. Sie wunderte sich, wie leicht ihr das Rudern fiel. Sie hatte nicht einmal Blasen an den Händen, wie damals, als sie vor Mårten geflohen war. Ja, Mårten ... Ob der Schurke und seine Kumpane die Suche nach ihr jemals aufgaben?

Nachdenklich erreichte sie die Stadt, machte das Boot am Kai fest und eilte durch die Gassen zurück. Als das Handelshaus vor ihr auftauchte, war sie erleichtert und dachte sich auf einmal, wie schön es doch war, gleich daheim und in Sicherheit zu sein. Sie wollte sich unbemerkt in die Wohnung schleichen und umziehen, ohne dass Alf ihren Ausflug bemerkte.

Gerade als sie schnellen Schrittes den Marktplatz überquerte, fühlte sie sich auf einmal verfolgt. Es war eher eine Ahnung, aber unwillkürlich beschleunigte sie ihre Schritte. Sie warf einen Blick über die Schulter zurück und entdeckte einen Mann in zerschlissenen Wollkleidern. Sie musste nicht zweimal hinsehen, um sofort den wiegenden Gang zu erkennen. Mårten!

Rasch wich sie in eine Gasse aus. Der Schweiß brach ihr aus, und ihre Achselhöhlen wurden feucht. Ihr Herz hämmerte, und sie keuchte vor Entsetzen. War ihr Mårten der Fischer auf den Fersen? Hatte er sie bereits entdeckt? Sie suchte den Marktplatz ab. Dann fiel ihr Blick auf ihre Männerhose, und sie tröstete sich, dass sie ja verkleidet war. Eigentlich brauchte sie keine Angst zu haben, bisher hatte man sie schließlich auch nicht erkannt. Dennoch war sie verunsichert, und plötzlich fiel ihr ein, dass sie jetzt deutlich beweisen sollte, keine verkleidete Frau, sondern ein richtiger Mann zu sein. Also hantierte sie an der Hose herum und stellte sich breitbeinig mit dem Rücken zur Gasse auf, damit es so aussah, als schlüge ein Mann an der Mauer sein Wasser ab. Gleichzeitig behielt sie Mårten im Auge.

Er ging langsam die Stände ab, als suche er etwas, aber da heute kein Markttag war, war er wohl kaum gekommen, um etwas zu kaufen. Angestrengt dachte Anne nach. Ihm war doch hoffentlich nicht irgendetwas zu Ohren gekommen, und er hatte Verdacht geschöpft! Sie durchforschte ihr Gedächtnis, aber ihr fiel nicht ein, wie das geschehen sein sollte. Niemand außer Alf wusste, dass sie auf dem Marktplatz Waren feilbot. Nein, dies war nur einer der seltsamen Zufälle des Lebens, wenn auch ein unangenehmer.

Vorsichtig sah sie sich um und überlegte, wohin sie ihre Schritte lenken sollte. Sollte sie warten? Aber Mårten ließ sich Zeit, und ab und zu blickte er zu ihr herüber. Jetzt stand er zwischen ihr und Alfs Haus, und sie konnte unmöglich an ihm vorbeischlüpfen. Gleichzeitig durfte sie nicht allzu lange vor dieser Mauer stehen bleiben. Das wäre aufgefallen. Sie warf noch einmal einen Blick über die Schulter zurück, schüttelte ihr nicht vorhandenes Glied ab und tat so, als brächte sie ihre Hose wieder in Ordnung. Dann schlug sie sich in die nächste Seitengasse und ließ sich keuchend auf einen Karren sinken. Das wäre um ein Haar ins Auge gegangen. Sie hätte Mårten auch geradewegs in die Arme laufen können! Wellen des Schreckens überliefen sie. Sie wurde gejagt und an Leib und Leben bedroht – dass sie das einfach nicht einsehen wollte!

Während sie angstgeschüttelt auf dem Karren kauerte, ging

ihr auf, dass sie gerade einen Fehler begangen hatte. Sicherlich hatte es so ausgesehen, als hätte sie an der Mauer ihre Notdurft verrichtet, doch wenn Mårten an der Stelle vorbeikäme, fiele ihm auf, dass der Boden staubtrocken war. Zitternd stand Anne auf. Wie hatte sie nur so dumm sein können, warum war sie nicht einfach weitergegangen? Jetzt hatte sie sich selbst verraten.

Sie war gerade wieder auf die Füße gesprungen, da sah sie ihn auch schon am Ende der Gasse in ihre Richtung starren. Felsenfest stand er dort, ließ die Arme zu beiden Seiten herabhängen und versperrte ihr den Weg. Er war also nicht einfach an der Mauer vorbeigegangen, er hatte begriffen, was Sache war.

Sie versuchte, ganz ruhig zu bleiben, obwohl die Angst in ihr aufflackerte. Er konnte doch nicht sicher sein! Sie versuchte sich einzureden, dass er rein zufällig dort stand, aber dann setzte er sich auf einmal in Bewegung. Langsam kam er auf sie zu, in der ruhigen Gewissheit, dass sie ihm nicht entkommen konnte. Anne rang nach Luft und wusste, dass sie jetzt keine Wahl mehr hatte. Sie musste fliehen. Nur – wie?

Sie befand sich in einer Sackgasse, und die Häuser standen sich so dicht gegenüber, dass kaum ein Zwischenraum blieb. Das Herz schlug ihr bis zum Hals, Schweiß durchtränkte ihre Kleider. Alf hatte doch recht gehabt. Es war gefährlich, das Haus zu verlassen. Warum war sie bloß ausgegangen? Sie konnte ja nicht einmal schreien oder um Hilfe rufen.

Mårten kam immer näher, und sie sah schon sein höhnisches Lächeln, das sich von den Augen bis zu den schmalen, harten Lippen zog. Seitlich entdeckte sie einen Zaun, über den sie vielleicht springen konnte. Er war zwar hoch, aber sie trug ja eine Hose, vielleicht schaffte sie es. Mårten war nun schon ganz nahe, und aus dem Augenwinkel sah sie, wie er den Arm nach ihr ausstreckte. Da fasste sie sich ein Herz, nahm mit einigen schnellen Schritten Anlauf und setzte über den Zaun.

50. Kapitel

Anne fiel, kam wieder auf die Beine und rannte los. Sie fand eine Lücke im Zaun, schlüpfte auf die Straße hinaus und sah sich um. Sollte sie lieber in die Själagårdsgatan oder in die Kindstugatan laufen? Vielleicht fand sie mit ihrer Verkleidung ja Unterschlupf im Dominikanerkloster. Atemlos lief sie an mehreren Häusern vorbei und bog in eine Gasse ein, schlüpfte durch einen schadhaften Zaun und gelangte auf einen Hof. Mårten war nirgends zu sehen, und als sie ein scheunenartiges Häuschen mit einem vorspringenden Dach entdeckte, stürzte sie hinein und schlug die Tür hinter sich zu. Hier würde sie abwarten, bis die Gefahr vorüber war.

In dem Augenblick, als ihr der Gestank in die Nase drang, erkannte sie ihren Fehler. Sie stand im Abort von Simon dem Bäcker. Er hatte seinen undichten alten Abtritt umgebaut, und mit dem neuen Dach sah er aus wie eine kleine Scheune. Sie verfluchte ihr Pech und hoffte, dass Mårten sie nicht hatte hineinlaufen sehen. Sie steckte nicht nur in der Falle – es stank auch noch bestialisch. Hier konnte sie auf keinen Fall bleiben, sie musste hinaus!

Sie spähte durch einen Spalt in der Wand, um zu überprüfen, ob die Luft rein war. Da entdeckte sie ihn wieder. Mårten war ebenfalls auf den Hof gekommen und steuerte auf das Häuschen zu. Sie fluchte und hielt verzweifelt nach einem Ausweg Ausschau. Wie in aller Welt sollte sie heil aus dieser misslichen Lage entkommen? Ihre Verzweiflung nahm zu. Angewidert wich sie einen Schritt von dem Brett mit den vier Löchern zurück und atmete ein paarmal tief durchs Fenster aus und ein, aber sie sah, dass die Öffnung zu schmal zum Durchkriechen war. Sie lauschte, doch alles blieb still. War er umgekehrt? Ganz leise stand sie auf und drückte gegen die Tür, während sie durch den Mund Luft holte, um den grässlichen Brodem nicht einatmen zu müssen.

Nach einer Weile hatten sich ihre Augen an das Dämmerlicht gewöhnt, und sie konnte die alten, grauen Wände und die verrottete Tür deutlich sehen. Wie musste erst das alte Dach ausgesehen haben! Kein Wunder, dass Simon der Bäcker sich ein neues gezimmert hatte – der ganze Abtritt war ja undicht! Vielleicht konnte sie die Wand auch einfach mit der Schulter eindrücken …

Plötzlich hörte sie draußen schwere Schritte und spähte hinaus. Zuerst sah sie die Schuhe, dann den Rock … Mårten? Er musste zurückgekehrt sein. Hoffentlich hatte er sie nicht gesehen. Sie hörte den eigenen stoßweise gehenden Atem und spürte die Schwäche in den Beinen. Ratlos beobachtete sie, wie er näher kam. Er trat ruhig und leise auf, als wisse er, dass sie in der Falle saß. Sie schluckte. Wie hatte sie nur glauben können, sie könnte sich vor diesem Schurken verstecken? Sie hätte wegrennen sollen, statt zu versuchen, ihn zu überlisten. Jetzt war es zu spät. Sie horchte und hoffte, dass die Schritte verschwänden und der Mann dort draußen denselben Weg zurückginge, den er gekommen war. Aber er war auf dem Weg zur Tür, geradewegs zu ihr. Als er die Tür schon fast erreicht hatte, hörte sie ihn am Gürtel nesteln. Im Gegensatz zu ihr hatte er den Zweck des Häuschens erkannt!

In dem Augenblick, als er die Tür aufriss, warf sie sich mit der Schulter gegen eine der Seitenwände – und sie hatte umsonst befürchtet, dass die Wände sich als robust und haltbar erweisen würden. Stattdessen schoss sie wie ein Armbrustpfeil durch die morschen Bretter, und zugleich geriet die ganze Wand ins Wanken und fiel zusammen. Die offene Tür wurde von dem Gewicht des neuen Dachs nach unten gedrückt, und die nachgebenden Bretter waren zu schwer für das verrottete alte Häuschen. Als die Seitenwand einbrach, riss sie gleich noch die Rückwand mit sich, ebenso die Sitzbank mit den Löchern. Das Dach stürzte zum Schluss ein.

Mårten wollte sich noch zur Seite werfen, aber er fiel nach vorn, mit dem Kopf voran. Mit heruntergelassener Hose und einem verblüfften Aufschrei fiel er geradewegs auf das Sitzbrett und landete mit dem Kopf im größten Loch. Das Letzte, was Anne sah, war Mårten, wie er mit der Hose auf Halbmast mitten im Kot saß, das Sitzbrett wie ein großes hölzernes Halsband auf den Schultern.

Eiligst rannte Anne durch den Küchengarten und durch den schadhaften Zaun davon. Sie hatte Glück gehabt, denn sie war unverletzt und hatte nur einige übel riechende Spritzer abbekommen. Sie war gerettet, vorerst jedenfalls.

Atemlos und benommen betrat Anne wenig später die Wohnung. Jetzt musste sie sich schnell waschen und umziehen, bevor sie sich an den Schreibtisch setzte und weiter die Rechnungsbücher durchging, wie immer. Alf durfte nicht merken, dass sie fortgewesen war. Seit sie die Buchführung der Darlehen an die Schiffer von Grund auf korrigiert hatte, hatte sie entdeckt, dass mehrere von ihnen Alf noch Geld schuldeten. Er würde sich sicher freuen, wenn er sah, dass sie ihm Geld einbrachte.

Aber kaum war sie zur Tür herein, da spürte sie einen heftigen Schlag gegen den Kopf. Ein ziehender Schmerz schoss ihr vom Kiefer über die Wange bis zum Haaransatz, bevor sie zu Boden stürzte.

»Bist du wahnsinnig?«

Alfs harte Stimme erreichte sie wie in Wellen. Er riss sie vom Boden hoch und schüttelte sie heftig.

»Wo bist du gewesen?«

»Ich …«

»Die Stände sind geschlossen, also heraus damit! Bei wem bist du gewesen?«

»Ich war bei niemandem, ich wollte nur hinaus …«

»Das glaub ich dir nicht. Wie heißt er?«

»Du musst mir glauben! Es ist nicht leicht, so eingesperrt zu leben. Ich fühle mich einfach gefangen, will dir das denn nicht in den Kopf?«

»Eingesperrt, gefangen – so nennst du also unsere Liebe?« Der Griff um ihre Handgelenke wurde noch härter.

»Nein, Alf, so habe ich das nicht gemeint, aber du weißt selbst, dass ich diese Wohnung seit Monaten nicht mehr verlassen habe.«

»Und was ist mit deinem Verkaufsstand?«

»Der befindet sich doch eigentlich noch in diesem Haus, er ist kaum ein paar Schritte entfernt …«

Alf stieß sie von sich.

»Undankbar bist du! Und außerdem stinkst du. Was zum Teufel hast du getrieben?«

Anne wollte schon sagen, dass Mårten hinter ihr her gewesen war, aber sie hielt sich gerade noch zurück. Wenn sie das erzählte, würde er sie gar nicht mehr hinauslassen. Sie schluckte die Worte hinunter und wandte den Blick ab.

»Was verheimlichst du mir?« Seine Stimme zitterte vor Wut.

»Nichts. Ich habe einen Abtritt benutzt, dort war es widerlich und dreckig. Dabei ist wohl etwas auf meine Kleider gespritzt. Ich werde mich gleich waschen.«

»Und was hast du sonst noch getrieben?«

»Ich bin nach Käpplingeholmen gerudert.«

»Nach Käpplingeholmen?« Alf presste die Lippen zusammen, und ein scharfer Ausdruck trat in seine Augen. »Aha, dort wart ihr also?«

»Nein, nein!«

»Bist du dort herumgelaufen und hast geschnüffelt?«

Wieder die angespannte Miene und die harte Stimme. Warum war er so wütend, warum starrte er sie so an? Anne versuchte sich zu beruhigen und senkte die Stimme.

»Aber Alf, erinnerst du dich denn nicht mehr? Dort waren wir zum ersten Mal allein, du und ich. Ich glaube, damals sind uns die Augen für unsere Gefühle füreinander aufgegangen. Verstehst du denn nicht? Um dieser Erinnerung willen bin ich hingerudert.«

»Hat dich jemand gesehen?« Seine Stimme war noch immer schroff.

»Nein, und wie du siehst, bin ich auch als Mann verkleidet.«

»Bist du wirklich dorthin gerudert, weil du an mich gedacht hast?«

Sie nickte stumm und dachte, dass er das sicher hören wollte.

»Hast du sonst noch etwas getan?«

»Ich habe Blumen gepflückt und vor mich hin geträumt«, lächelte sie.

Da musste er auf einmal auch schmunzeln. Sein hartes Gesicht wurde weich, und um die Augen bildeten sich Lachfältchen.

»Verzeih mir, Anne«, murmelte er und zog sie an sich. Er küsste ihr Haar. »Ich hatte solche Angst, ich habe mir solche Sorgen gemacht, Geliebte ...«

Anne spürte seine Arme um sich, und die Furcht vor seinem Zorn schwand. Im Grunde war sie ja auch zu tollkühn gewesen. Sie hatte nichts gesagt, war einfach verschwunden. Er hatte die Hand gegen sie erhoben, und so etwas wollte sie nie wieder erleben, aber andererseits hatte er es ja nur aus Angst und Verzweiflung getan.

»Ich hätte nicht einfach so weggehen dürfen, aber du darfst mich auch nie wieder schlagen. Wenn das noch einmal vorkommt, dann verlasse ich dich.«

Er nickte und nahm ihre Hand. »Nie wieder!«

Anne spürte seine Wärme und seine Erleichterung. Er strich ihr das Haar aus der Stirn und zog sie wieder an sich. Lächelnd führte er ihre Hand zu seiner Brust. Anne spürte das kalte Silber und begriff. Der Silberpapagei!

»Du hast gewonnen!«

»Ja, du wohnst hier beim besten Armbrustschützen von Stockholm«, verkündete er mit kindlichem Stolz in der Stimme.

»Aber du bist doch Schiffer und Kaufmann! Wie um alles in der Welt hast du das denn geschafft?«

»Ich verstehe mich auch auf das Armbrustschießen. Mein Vater war ein guter Schütze und hat es mir beigebracht. In diesen unruhigen Zeiten hielt ich es für eine gute Sache, wieder mit dem Üben anzufangen.«

»Siehst du, du erzählst mir also auch nicht alles. Hast du noch mehr Geheimnisse vor mir?«

»Nein, nicht vor dir, Liebste. Das könnte ich nicht einmal dann, wenn ich es wollte.« Er küsste sie leicht und zauste ihr das Haar. »Und nun zieh dir etwas Schönes an, wir wollen feiern.«

Anne ging in die Gesindekammer, zog sich aus und wusch sich. Währenddessen dachte sie noch einmal darüber nach, was gerade geschehen war. Vielleicht war sie wirklich zu eigenmächtig gewesen. Alf wollte sie zwar beherrschen, das war es wohl, aber er tat es nicht aus Bosheit, sondern wollte nur ihr Bestes. Vielleicht sollte sie sowohl mit sich selbst als auch mit ihm vorsichtiger sein. Sie konnte es weder riskieren, ihren Feinden in die Hände zu fallen, noch wollte sie Alf verlieren. Er hatte ihr Beköstigung, ein Dach über dem Kopf und guten Lohn für ihre Arbeit gegeben, und sie arbeiteten doch vortrefflich zusammen. Außerdem – bei diesem Gedanken errötete sie – lebten sie wie Verheiratete zusammen, weil sie einfach nicht voneinander lassen konnten. Und all das hatte sie aufs Spiel gesetzt, nur weil sie sich gelangweilt und eingesperrt gefühlt hatte.

Sie richtete sich auf und streckte die Arme. Jetzt, da sie sich ihre Unzufriedenheit erklärt hatte, fühlte sie sich gleich besser und freute sich auf den gemeinsamen Abend. Alles würde wieder gut werden!

Sie goss neues Wasser in die Waschschüssel, massierte die Kopfhaut und spülte die Haare aus. Dann trocknete sie sich sorgfältig ab. Im gleichen Augenblick hörte sie seine Schritte, und bevor sie sich umwenden konnte, spürte sie seine Arme um die Taille und seine Lippen auf dem Nacken. Sie beugte sich nach hinten und lächelte.

»Anne, du hast mir so gefehlt. Komm!«

Sie spürte seine Härte an ihrer nassen Haut.

»Ich muss mich nur noch kurz anziehen.«

»Nein!« Seine Hände glitten an ihrem Körper nach unten. »Du bist so schön! Ich will, dass du mein bist, nur mein, hörst du?«

»Aber das bin ich doch«, wandte sie schwach ein und entzog sich ihm.

Er fing sie wieder ein, drückte das Gesicht in ihr Haar und wiegte sie sanft hin und her.

»Ich will dich nicht verlieren, Anne, das darf niemals geschehen. Ich kann nicht mehr ohne dich leben. Willst du mich heiraten?«

»Alf, meinst du es ernst?«

In ihrer Stimme lag Zweifel.

»Ja, damit du endlich eine ehrbare Frau wirst«, lächelte er. »Damit dich die Melkerinnen nicht erwischen und aus der Stadt jagen.«

»Aber ich habe doch gar keine Milch.«

»Was nicht ist, kann leicht noch werden.«

Alf hatte recht, es konnte jederzeit geschehen, und dann wäre sie ganz allein.

»Meinst du das wirklich im Ernst?« Sie konnte ihm und seinem plötzlichen Stimmungsumschwung kaum folgen.

»Nein, ich wollte nur sehen, wie du es aufnimmst und ob du mich liebst. Nun sehe ich ja, dass du Zweifel hast.« Er ließ sie los und wandte sich ohne ein Wort ab.

51. Kapitel

Stadtrat Magnus Spangenmacher blickte sich besorgt nach allen Richtungen um, bevor er den Weinkeller betrat. Auf der Treppe stieß er mit Valborg zusammen.

»Aber du siehst ja ganz bleich aus!«, rief sie aus. »Komm herein!«

Sie legte ihm den Arm um die Schultern und führte ihn in die Stube.

»Ich glaube, langsam zieht sich das Unwetter zusammen«, sagte er, als sie an einem Tisch Platz genommen hatten. »Erinnerst du dich noch an Peter den Åländer, der mit dem Rat in Tälje über die Zukunft Stockholms verhandeln sollte?«

»Ja, ich weiß schon.«

»Er sitzt mit zwei anderen im Schlossgefängnis, und als einer der Bürgermeister ihn dort herausbekommen wollte, schlug man ihn blutig.«

»Den Bürgermeister? Du lieber Gott!«

»Ja, und jetzt haben sich die Schweden in den Festsaal von Sankt Olof zurückgezogen. Sie haben Angst, dass sie umgebracht werden. Einige von ihnen tragen schon ihren Harnisch und versammeln sich gerade am Marktplatz.«

»O Gott, das kann doch nur noch ein böses Ende nehmen!«

»Die Deutschen sind auch dort. Es wird Streit geben.«

»Bleib bloß dort weg, Magnus! Da kann alles Mögliche geschehen.«

»Aber ich bin zum Schloss bestellt worden. Wir wollen versuchen, die Gefangenen freizubekommen.«

»Musst du denn dorthin?«

»Ja, ich will verhindern, dass es in Stockholm böses Blut gibt.«

»Und was ist mit deiner Familie?«

»Valborg, ich weiß, was ich tue. Irgendjemand muss wieder für Ruhe in der Stadt sorgen, und ich will es versuchen.« Er sah sie ernst an. »Wenn mir etwas zustoßen sollte, kannst du dich dann um Ingrid und das Kind kümmern?«

»Das ist ja wohl das Mindeste. Du hast mich auch immer unterstützt«, sagte sie, wischte sich die Hände an der Schürze ab und setzte sich neben ihn. Sie wollte ihn aufhalten, ihn daran hindern, zum Schloss zu gehen. Es war einfach zu gefährlich. »Aber hör doch, Magnus, willst du nicht vorher etwas essen?«

»Nein, das schaffe ich nicht, aber du kannst mir gern etwas zu trinken anbieten.«

Während Valborg Wein holte, dachte sie darüber nach, wie unglücklich sich in letzter Zeit alles entwickelt hatte. Die Schattenfiguren in den Gassen, die nächtlichen Überfälle, die bewaffneten Vitalianer überall, verschwundene Boote. Sie selbst hatte auch immer mehr Mühe, Lebensmittel und Getränke für ihre Gaststube zu beschaffen. Wären nicht Magnus Spangenmacher und seine Helfer gewesen, hätte sie wohl schon längst keine Waren mehr bekommen.

Sobald das Eis ganz geschmolzen war, waren die Dänen mit mehreren Schiffen gelandet, und die Schiffe der Vitalianer wurden draußen im Schärengarten gesichtet. Die Vitalienbrüder standen kurz davor, sich endgültig in Stockholm niederzulassen. Piraten in der Hauptstadt! Valborg schüttelte den Kopf. Diese vielen Soldaten, diese vielen Waffen, das konnte doch nur in Unheil und Elend enden! Sie hatte mit eigenen Ohren gehört, was man sich in ihrem Weinkeller erzählte: Stockholm war bedroht, und der Krieg konnte jederzeit die Hauptstadt erreichen. Noch hatten die Schützen ihre Armbrüste nicht abgefeuert, aber vielleicht dauerte es nicht mehr lange …

Sie dachte daran, wie sie vor zwei Wochen selbst gewarnt worden war, als zwei Vitalienbrüder sie in der Kindstugatan an die Wand gedrängt und gedroht hatten, den Weinkeller zu zerstören, sollte sie weiterhin Bier an die Schweden ausschenken. Hätte Magnus Spangenmacher ihr nicht versprochen, mehrere seiner Männer mit der Bewachung des Weinkellers zu beauftragen, hätte sie sich gar nicht mehr getraut, ihn zu öffnen. Plötzlich war sie nur noch müde, todmüde. Geistesabwesend schenkte sie ihrem Freund einen Becher Wein ein.

»Glaubst du, dass es Krieg geben wird, Magnus?«

»Ich weiß es nicht. Auseinandersetzungen jedenfalls sind unvermeidbar. Die Stadt ist nicht mehr sicher. Hoffen wir, dass wir im Rat eine Lösung finden.«

»Ach, ich wünschte, du könntest dich da heraushalten.«

»Ja, aber wir müssen verhandeln und eine friedliche Lösung finden. Das ist der einzige Weg.«

»Gott sei mit dir …« Valborg legte ihre Hand auf die seine.

»Trau keinem und denk immer daran, dir einen Fluchtweg freizuhalten.«

»Das werde ich, ich versprech's dir.« Er trank seinen Becher aus, zwinkerte ihr zu und stand auf. »So, nun muss ich aber wirklich gehen!« Er beugte sich vor und gab Valborg einen raschen Kuss auf die Wange. Valborg wollte ihn noch aufhalten und streckte die Hand aus, aber er schüttelte nur den Kopf und ging zur Tür. Im nächsten Augenblick war er auch schon verschwunden.

Das große Piratenschiff lag in einer versteckten Bucht zwischen kleinen Inseln und schaukelte gemächlich in der lang gezogenen Dünung. Mattis trat an die Reling und blickte übers Meer. Sie waren mittlerweile am Danziger Gatt und nur noch eine zweitägige Seereise von Stockholm entfernt. Bald, dachte er, bald ...

Er kehrte an seinen Platz an Deck zurück und hob ein Bündel Birkenreiser auf. Ich habe überlebt, dachte er und konnte ein Grinsen nicht unterdrücken. Er hatte Monate mit den Ostseepiraten verbracht, ohne dass sie ihn umgebracht hatten. Nach einer Weile hatte er auch entdeckt, dass nicht alle solche blutdürstigen Banditen waren, wie er es erwartet hatte. Freilich waren die meisten abgebrühte Seeleute und Soldaten, aber manche waren nur Landstreicher oder unreife Abenteurer aus adligen Familien mit zu vielen Söhnen. Sie hatten zu Hause nichts zu erben oder keine Höfe zu übernehmen, und da hatten sie bei den Vitalienbrüdern angeheuert, die sie mit Abenteuern und Reichtümern lockten.

Nachdenklich ordnete er die Zweige so, dass sie mit dem dickeren Ende zu ihm zeigten. Aus den dünneren wollte er neue Schneebesen für die Küche fertigen, denn die alten waren völlig zersplissen. Anfangs hatten ihn die Piraten für solche Arbeiten verhöhnt, mittlerweile aber ließen sie ihn in Ruhe. Es war viel geschehen, seit er an jenem Morgen in Malmö verkatert an Bord gekommen war.

»Potztausend, bastelst du da wieder irgendwas zusammen?« Der Steuermann ging vorbei und knuffte ihn herzhaft in den Rücken.

»Besser als Röcke nähen, oder?«, gab Mattis zurück und blickte von seiner Arbeit auf.

Der Mann mit dem schütteren Haar ging weiter Richtung Achterdeck. Mattis sah ihm nach und erinnerte sich, wie viel Angst er vor dem kräftigen Mann gehabt hatte. Der Steuermann, Stocken, wie man ihn auch nannte, konnte mürrisch und unberechenbar sein, aber wenn man ihn bei Laune hielt, ließ sich ganz gut mit ihm reden. Außerdem hatte er einem seiner Männer befohlen, Mattis beim Kochen zu helfen, und mittlerweile konnte er ganz leidlich Fisch und Hafergrütze zubereiten und auch eine gute Erbsensuppe mit Thymian. Mattis hatte außerdem gelernt, den Schiffszwieback so zu lagern, dass sich keine Maden darin einnisteten, und das Wasser im Bauch des Schiffes hielt er kalt und frisch. Natürlich hatte sich die Mannschaft anfangs über das Essen beschwert, aber mit der Zeit waren die Klagen verstummt.

Das Leben an Bord war jetzt einfacher, obwohl er immer noch auf der Hut sein musste. Alles war anders geworden seit jenem Tag, als sie bei frischem Wind von Südwest vor Blekinge segelten. Er war an Deck gewesen und hatte plötzlich eine Untiefe vorausgesehen. Erschrocken war er zum Kapitän gerannt, um ihn zu warnen, aber der hatte ihn nur ausgelacht und ihn angewiesen, er solle bei seiner Kocherei bleiben und nicht versuchen, das Schiff zu steuern. Der Mann an der Ruderstange hatte die Untiefe auch nicht gesehen, und bevor jemand reagieren konnte, war das Schiff mit solcher Wucht auf die Steine aufgelaufen, dass Rahsegel und Marssegel aufs Deck herabfielen. Das Schiff wurde leckgeschlagen, und man konnte sich nur mit Mühe und Not in die nächste Bucht retten, um es zu reparieren.

Die Arbeiten zogen sich in die Länge, und nach zwei Monaten hatte sich die Stimmung an Bord so verschlechtert, dass unter der Besatzung immer wieder Schlägereien ausbrachen und die Messer gar zu schnell gezückt wurden. Da fand Mattis, er habe nicht mehr viel zu verlieren. Er zog die Flöte und die Maultrommel aus der Tasche und begann zu spielen. Die überraschten Männer ließen sich davon ablenken, und seitdem unterhielt er sie mit Seemannsliedern und Balladen, wenn er nicht gerade jonglierte oder ihnen Rätsel oder neue Spiele beibrachte. Solange er sie bei Laune halten konnte, fühlte er sich ziemlich sicher, aber er wusste gleichzeitig, dass er diesen Männern nie ganz trauen durfte. Zwei von der Mannschaft waren schon erstochen und über Bord geworfen worden.

Als Kiel und Beplankung des Schiffes schließlich wieder instand gesetzt waren, war es zu spät, um noch nach Stockholm zu segeln, und kurz vor Kalmar waren sie prompt im Eis stecken geblieben. Erst Anfang April hatten sie dann den Stockholmer Schärengarten erreicht, waren dort vor Anker gegangen und hatten die weiteren Befehle abgewartet. Offensichtlich warteten sie auch noch auf gewisse verspätete Waffenlieferungen, und sie konnten nicht in die Stadt, bevor sie nicht ihre Armbrüste, Schwerter und Flinten bekommen hatten.

Mattis dachte an die Birkenreiser, die er im Frühling bei einem Landgang gesammelt hatte. Damals hatte er noch gedacht, die Zweige würden nicht mehr richtig trocken werden, bevor sie Stockholm erreichten. Jetzt saß er mit den trockenen Reisern im warmen Frühsommerwind. Und er war sogar an Land gewesen und hatte auf den flachen Felsen frisches Brot gebacken, zur großen Freude der Mannschaft. Er musste an Anne denken und fragte sich, was sie wohl dazu gesagt hätte, wenn sie wüsste, dass er für Piraten Brot buk. Jetzt würde es jedenfalls nicht mehr lange dauern bis zum Wiedersehen. Sobald er in Stockholm an Land ging, würde er fliehen.

Er griff nach einem Birkenreis und band einen weiteren Bund Zweige zusammen. Niemand würde ihn dazu bringen, bei der Erstürmung der Stadt mitzuhelfen. Nie im Leben. Er dachte nur daran, das Schiff zu verlassen und Anne zu suchen.

52. Kapitel

Wenn sie doch nur geschwiegen hätte! Alf hatte um ihre Hand angehalten, und sie hatte verdutzt dagestanden und ihn gefragt, ob er es ernst meine. Sie konnte sich gut vorstellen, wie sie ausgesehen haben musste. Warum hatte sie ihm nicht klar mit Ja geantwortet? Seit dem Augenblick, da sie über ihre Zukunft hätte entscheiden können, waren zwei Tage vergangen, und die beiden hatten kaum ein Wort miteinander gewechselt. Er hatte sich zurückgezogen und nur das Allernötigste gesagt. Sie fühlte sich unruhig und unter Druck gesetzt. Sie musste sich entschließen, sie musste handeln! Bildete sie sich etwa immer noch ein, dass Mattis zurückkäme? Oder dass jener Schwebezustand, der in letzter Zeit zwischen Alf und ihr bestanden hatte, auf ewig so fortbestehen konnte? Ein Mann wollte haben, wollte besitzen, so war es eben.

Vielleicht hätte er nicht mehr so viel Angst, sie zu verlieren, wenn sie seine gesetzlich angetraute Ehefrau war? Dann würde er sich vielleicht sicherer fühlen und aufhören, sie ständig zu überwachen. Aber statt auf seinen Heiratsantrag zu antworten, hatte sie die Gelegenheit verpatzt.

Ihr Verhältnis hatte sich im Laufe der Zeit entwickelt, ohne dass sie jemals darüber gesprochen hatten. Es hatte als gutes Arbeitsverhältnis begonnen, hatte zu gegenseitiger Anziehung geführt und mit der Zeit eine heftige Leidenschaft ausgelöst. Aber reichte das, um zu heiraten? Die Kirche erlaubte keine Scheidung, und wenn sie heiratete, konnte sie nie wieder mit Mattis zusammen sein.

Aber Mattis war ein für alle Mal aus ihrem Leben verschwunden, warum dachte sie also immer noch an ihn? Sie fuhr sich mit den Fingern durchs Haar, während ihre Blicke gedankenverloren durchs Zimmer schweiften. Sie wusste nicht, ob sie es wagen sollte, ihr ganzes Leben mit Alf zu teilen. Wenn er nun trotz allem versuchen würde, sie noch mehr zu beherrschen? Ja, was war eigentlich mit Christina gewesen, die immer so mager und elend wirkte? Hatte am Ende Alf sie so unglücklich gemacht? Aber andererseits hatte Christina auch immer so verhuscht gewirkt, sie war eine ganz andere Frau gewesen, kleiner und schwächer. Anne fühlte sich selbstbewusster und hatte einen stärkeren Willen.

Der späte Abend ging in die Nacht über. Sie schloss die Augen und versuchte zu schlafen, doch als der Morgen dämmerte, lag sie immer noch wach. Sie dachte an die gemeinsamen Mahlzeiten und die gespannte Stimmung zwischen Alf und ihr und wie danach jeder wieder in seinen Wohnbereich gegangen war. Jetzt lag sie allein in der Gesindekammer und konnte nicht schlafen, während sie doch jederzeit zu ihm unter die Decke hätte schlüpfen und den Kopf an seine Brust hätte betten können. Nein, das durfte wirklich nicht sein. Sie musste ihm ihre Zuneigung zeigen. Woher sollte er wissen, dass sie ihn mochte, wenn sie darauf bestand, weiterhin allein zu schlafen, und sich wegschlich, sobald er ihr den Rücken zuwandte? Bald würde es draußen hell werden, und je länger sie nachdachte, umso mehr wuchs ihre Überzeugung. Sie konnte den Lauf des Lebens nicht einfach so geschehen lassen, sie musste ihr Schicksal selbst in die Hand nehmen, damit sie das bekam, was sie sich wünschte. Wenn sie nichts unternahm, würde Alf sich nämlich früher oder später eine andere Frau suchen. Was sollte dann aus ihr werden?

Entschlossen setzte sie sich auf, zog ihr Hemd aus und holte das rote Nachthemd hervor, das Alf so gut gefiel. Als sie es angezogen hatte, nahm sie aus einer Schublade den Kamm, den Mattis damals bei ihr vergessen hatte. Sie drehte ihn hin und her und fuhr mit dem Finger über sein Namenszeichen. Dann lächelte sie und dachte, wie anders alles doch hätte werden können. Ihre Begegnung war so vielversprechend gewesen, aber dann war er plötzlich verschwunden, und geblieben war nur eine Leere, ein Nichts. Sie entfernte einige Haare und fuhr mit der Hand über die polierte Oberfläche. Wie Valborg es vorhergesagt hatte, war sie für ihn nur eine von vielen gewesen. Sie seufzte.

Ihre Freundin hatte sie vor Mattis gewarnt und gewusst, dass er sie verlassen werde, wie er die anderen Frauen verlassen hatte, aber sie hatte ja nicht auf sie hören wollen. Dennoch musste sie sich selbst eingestehen, dass er ihr fehlte, obwohl sie böse auf ihn war. Er hatte diese anziehende Warmherzigkeit und Sorglosigkeit gehabt, und sie empfand immer noch eine gewisse Zärtlichkeit für ihn. Wie hätte ihr Leben ausgesehen, wenn aus ihnen beiden ein Paar geworden wäre? Anne starrte ins Zimmer. Nein, es hatte gar keinen Wert, darüber nachzudenken, er war vergessen, für immer fort. Stattdessen war Alf da, der ihr geholfen hatte, der sich um sie kümmerte und sie begehrte. Warum sollte sie ihn auf Abstand halten? War es nicht das Beste, ihn zu heiraten, wenn er es doch wollte? Sie konnte sich glücklich schätzen, dass ein Mann in sie verliebt war. Nachdenklich kämmte sie sich das Haar und ließ die rot glänzenden Locken über die Schultern fallen. Dann stand sie auf und ging zur Tür.

53. Kapitel

Das Meer lag glatt im Dunkeln, und der leichte Nebel hüllte das Schiff in eine feuchte, graue Nässe. Die Segel hingen schwer und schlaff von den Rahen, und ab und zu fielen große Wassertropfen von der Takelage aufs Deck. Langsam veränderte das Wasser seine Farbe, ging von Violett in Schwarz über.

Kapitän van der Dollen hinkte an die Reling. Nachdenklich hob er den Blick zu den Segeln und zum bestirnten Himmelsgewölbe. Bald würde er den Anker lichten lassen, in den Bereich der äußeren Schären fahren und dort weitere Befehle abwarten. Dann konnte es nicht mehr lange dauern, bis man zum Angriff überging und Stockholms Tage gezählt waren. Dafür hatte er lange gekämpft, und bald würde er seine Belohnung bekommen. Alles war fertig, er hatte fünf große Waffenladungen übernommen und die Waffen versteckt. Damit hatte er seinen Auftrag erfüllt. Jetzt wartete er nur noch auf Mårten und seinen Helfershelfer.

Die Ruderschläge kamen näher, und nach einer Weile erkannte er Mårten und Jens. Ihr Kahn stieß seitlich am Schiff an, und im nächsten Augenblick wurde das Tau an Deck geworfen. Die Männer vertäuten das Boot, und der Kapitän hinkte den Brüdern entgegen. Nach der arbeitsreichen langen Nacht waren sie ebenso müde und verschwitzt wie die Schiffsmannschaft, die ihnen geholfen hatte.

»Alles verstaut und im Lager aufgestapelt. Jetzt müssen wir nur noch abwarten, bis wir alle Waffen wieder hinaustragen müssen«, sagte Mårten mit breitem Grinsen.

»Ja, aber erst lasst uns feiern. Wir können hier zwar nicht die ganze Nacht liegen, aber eine Kanne Rheinwein sollten wir miteinander teilen, nicht wahr?« Der Kapitän deutete zur Kajüte.

Mårten und Jens tauschten einen raschen Blick, nickten und folgten ihm nach achtern. Auch der Steuermann und die drei Bootsmänner, die geholfen hatten, die Waffen zu entladen und zu verstauen, kamen mit in die Kajüte und setzten sich. Der Kapitän trat zu einem Schrank in der Ecke und holte eine Kanne Wein heraus, goss die Becher voll und reichte sie den Männern.

»Also, zum Wohl und danke!«

Als er seinen Becher hob, warf er einen verstohlenen Blick auf Mårten und Jens. Sie tranken gierig und redeten von den Armbrüsten und Pfeilen, die sie ausgeladen hatten, von den Schwertern und den blanken Degen und wie schwierig es gewesen sei, das alles in ihrem unterirdischen Lagerraum unterzubringen.

Mårten warf van der Dollen einen Blick zu und wartete darauf, dass sie ihr Geld bekamen. Doch nichts dergleichen geschah. Er trank seinen Wein aus, nahm seinen Lederbeutel vom Gürtel und hielt ihn dem Kapitän hin.

»Fünf Ladungen, die Reise nach Rostock und dann noch alle Fahrten zwischen dem Schiff und dem Waffenversteck – jetzt fehlt nur noch unsere Entlohnung.«

Mårten wunderte sich über die plötzliche Stille am Tisch. Die Männer starrten ihn auf eine Weise an, dass ihm in seiner Haut ganz unwohl wurde. Das Schweigen wurde erst gebrochen, als Kapitän van der Dollen seinen Becher schwungvoll auf den Tisch stellte.

»Diesen Lederbeutel werden wir natürlich mit Gold füllen«, versprach er und zwinkerte dem Steuermann zu.

Mårten wartete. Noch immer machte niemand Anstalten, das Geld auf den Tisch zu legen. Draußen zerrte ihr Boot an seinem Tau, und in weiter Ferne hörte er einen Nachtvogel. Mårten räusperte sich. Er wollte weg, und zwar so schnell wie möglich.

»Ja, nun möchten wir aber unsere Bezahlung kriegen«, sprang Jens ihm bei.

»Natürlich, ihr bekommt euer Geld schon, aber ihr nehmt doch sicher erst noch einen Becher Wein«, lockte van der Dollen, hob die Kanne und goss ihnen nach, ohne ihre Antwort abzuwarten.

»Zum Wohl! Auf euren Erfolg!«

Mårten hob abermals den Becher, prostete dem Kapitän zu und dachte, dass es wohl nicht allzu viele geben mochte, die mit dem Befehlshaber einer Hansekogge mit Rheinwein anstießen. Vielleicht sollte er doch zufrieden sein. Aber eine innere Stimme riet ihm, dass er sich lieber in Acht nehmen sollte. Es lag etwas Unausgesprochenes in der Luft, als hätten der Kapitän und der Steuermann vor, das abgesprochene Entgelt herunterzuhandeln oder gar mit neuen Forderungen zu kommen. Er sah sich um. Da stimmte etwas nicht. Dabei hatten Jens und er sich ihren Lohn wahrhaftig verdient. Fünf angstvolle Nächte lang hatten sie Waffen in ihr Boot geladen, an Land gerudert und dann versteckt. Die ganze Zeit mit der Angst im Nacken, sie könnten entdeckt werden. Er hatte sich sogar bereit erklärt, nach Rostock mitzusegeln, um eine Waffenlieferung zu sichern, obwohl er dringend zu Hause hätte bleiben müssen. Er wollte seinen Lohn haben, und zwar jetzt, damit er wieder nach Hause rudern konnte. Er hatte das Warten satt, und bevor er sein Geld nicht bekommen hatte, konnte er sich seines Lebens nicht freuen.

Die Kajüte kam ihm beklemmend und eng vor, und seine schweißnassen Finger klebten ihm an der Hose. Er wischte sich den Schweiß von der Oberlippe und stand auf.

»Ich bedanke mich für den Wein«, sagte er und versuchte ruhig zu klingen. »Jetzt wird es aber Zeit für uns, wieder an Land zu rudern.« Er lächelte bemüht.

Kapitän van der Dollen hinkte zu seinem Eckschrank, zog eine Schublade heraus und entnahm ihr ein Kästchen. Das Klirren von Münzen war zu hören. Vorsichtig hob er den Deckel, griff eine Handvoll Münzen heraus und zählte sie.

»Es ist immer ein Vergnügen, mit Männern zusammenzuarbeiten, die sich auf ihre Arbeit verstehen. So, nun aber her mit deinem Lederbeutel, damit ich ihn dir füllen kann! Ja, deinen auch, Jens!« Das hörte sich eher nach einem Befehl an als nach einer Aufforderung, so entschlossen klang van der Dollens Stimme.

»Es reicht, wenn du mir meinen Beutel füllst. Jens und ich teilen uns dann das Geld«, warf Mårten ein.

Der Kapitän trat einige Schritte auf ihn zu, öffnete die Hand und ließ die Münzen in den Lederbeutel fallen. Mårtens Blick hellte sich auf, und er zwinkerte seinem Bruder zu. Gott sei Dank, niemand hatte versucht, sie zu betrügen. Mit den Vitalienbrüdern Geschäfte zu machen war freilich nicht dasselbe, wie Fisch auf dem Markt zu verkaufen. Er konnte fast nicht mehr begreifen, wie er es überhaupt gewagt hatte, sich mit ihnen einzulassen. Hätten sie ihm jetzt nichts bezahlt, hätte er sich nicht wehren können.

Als er aber eine Münze nach der anderen in seinem Lederbeutel verschwinden sah, war er so erleichtert, dass er am liebsten den Kapitän umarmt hätte. Er hätte hüpfen und schreien mögen, so glücklich war er. Eine solche Menge Geld hatte er sein Lebtag noch nicht zu Gesicht bekommen, und er wusste, dass er sich auf mehrere Jahre keine Sorgen um sein tägliches Brot machen musste.

»So, bitte, jetzt ist der Beutel voll, aber das Gold wiegt schwer, also halt ihn gut fest«, lachte van der Dollen und breitete die Arme zu einer weit ausholenden Geste aus.

Die Öllampe flackerte, und die Schatten der Männer an der Wand belebten sich. Lächelnd nahm Mårten den Sack entgegen und machte ihn am Gürtel fest. Dann nickte er Jens zu.

»Also dann, danke«, sagte er und verabschiedete sich mit Handschlag von den Männern. Danach ging er zur Kajütentür, gefolgt von van der Dollen und dem Steuermann. Nun wollte er rasch an Land und sein Geld in Sicherheit bringen, bevor noch irgendetwas Unerwartetes geschah. Er konnte kaum glauben, dass er ein reicher Mann geworden war.

Auf dem Weg hinaus fiel ihm auf, dass der Kapitän und der Steuermann ungewöhnlich dicht hinter ihm hergingen. Er warf einen Blick über die Schulter zurück. Die zwei Bootsleute folgten ihrerseits Jens auf dem Fuß. Eine Geste und ein rascher Blick sagten ihm, dass hier etwas nicht stimmte. Wieder hatte er das vage Gefühl, dass er auf der Hut sein musste, und beschleunigte seine Schritte. Plötzlich hörte er jemanden heftig einatmen, dann erhob sich ein gellender Schrei. Er fuhr herum und sah gerade noch Jens zu Boden gehen, bevor er selbst einen harten Schlag auf den Kopf bekam. Schwankend wollte er die Hände zur Verteidigung hochreißen, da sauste schon der nächste Schlag auf ihn nieder. Hinter seinen Augen zuckten Flammen auf, dann wurde es schwarz um ihn.

Als die Kogge aus der Bucht heraussegelte und vom Festland aus nicht mehr zu sehen war, gab van der Dollen Befehl, die beiden Männer an Deck zu tragen. Er hinkte zu den leblosen Körpern und musterte sie mit einem schiefen Lächeln. Was für Narren, dachte er, zu glauben, man könne mit den Vitalienbrüdern zusammenarbeiten, ohne einer von ihnen zu sein, ja, zu glauben, man könne das Versteck von fünf Schiffsladungen kennen und trotzdem weiterleben, als wäre nichts geschehen.

Er lächelte zufrieden in sich hinein. Jetzt galt es zu warten.

Noch waren nicht alle Spuren verwischt. Hoffentlich hatte der Bootsmann seinen Teil des Planes bald erfüllt.

Beunruhigt blickte van der Dollen nach achtern. Keine Spur von Booten. Es war ungünstig, hier draußen vor Anker zu liegen, und das über einen längeren Zeitraum. Allzu leicht würde das Schiff gesichtet und gäbe Anlass zu neuen Gerüchten. Nein, sie mussten noch vor der Dämmerung den Anker lichten.

Er legte die Hände auf den Rücken und verschränkte die Finger ungeduldig ineinander. Die Ruhe, unter Deck abzuwarten, hatte er nicht, also lief er an der Reling auf und ab, während er übers Wasser blickte. Im Osten wurde es gerade hell, das große Beiboot musste bald wieder hier sein.

Da glaubte er etwas zu sehen, ja, endlich hörte er Ruderschläge in der Ferne, und dann erblickte er auch ein Boot, das sich rasch näherte. Van der Dollen eilte zur Steigleiter und wartete, bis das Beiboot längsseits angelegt hatte. Es hatte Mårtens Boot im Schlepptau, und dort unten am Boden entdeckte er die Angelausrüstung und die Netze. Und da lag auch Karin, Mårtens Frau.

Der Bootsmann erklomm die Leiter mit wenigen Schritten und grüßte seinen Kapitän.

»Wir haben sie erwischt.«

»Gut. Aber du hast recht lange gebraucht!« Die Stimme des Kapitäns klang vorwurfsvoll.

»Ach, so lange nun auch wieder nicht. Wir haben erst noch unseren Spaß mit ihr gehabt. Ein bisschen Lohn will man ja auch haben für seine Mühen.«

»Du Hundsfott!« Van der Dollen versetzte dem Bootsmann einen Schlag mit dem Handrücken und packte ihn am Kragen. »Ihr solltet sie herbringen, tot oder lebendig, aber sonst nichts. Ich muss unsere Spuren verwischen, und dann setzt ihr alles aufs Spiel. Wir hätten schon längst lossegeln müssen!« Der Kapitän stieß den Bootsmann angewidert von sich und warf abermals einen Blick nach unten ins Boot. »Ist sie tot?«

»Ja, du hattest doch befürchtet, sie könnte plaudern, da haben wir sie erwürgt.«

»Immerhin, das habt ihr wenigstens geschafft. Gut, dann legen wir Mårten und Jens dazu, und dann dürfen wir die Netze nicht vergessen.«

Der Bootsmann nickte beifällig und sorgte mithilfe seiner Kameraden dafür, dass die Leichen der beiden Männer ins Fischerboot gehievt wurden.

Eine Weile später näherte sich das Schiff der Fahrrinne nach Stockholm, und van der Dollen befahl den Männern, Mårtens Boot mit Wasser zu füllen. Erst als es bis zu den Ruderbänken gestiegen war und die Wellen über den Bug schlugen, gab er dem Steuermann Befehl, die Taue zu kappen.

Sobald er das Boot achtern verschwinden sah, wandte er sich dem Steuermann zu und sagte mit gedämpfter Stimme: »Schade um ein so gutes Boot und solche tüchtigen Leute. Aber wir hatten keine andere Wahl.«

»Nein, wenn sie das Waffenversteck ausgeplaudert hätten, wären wir alle aufgeflogen.«

»Jetzt sieht es eben so aus, als wären sie ertrunken.«

»Ja, und gekostet haben sie uns auf diese Weise auch nichts«, lachte der Steuermann und zeigte auf Mårtens Lederbeutel, den van der Dollen jetzt an seinem eigenen Gürtel befestigt hatte.

Der Kapitän grinste zufrieden und klopfte auf den Beutel, dass die Münzen nur so klirrten. Dann fuhr er sich mit der Hand durch die Haare, gähnte und warf einen letzten Blick über die Reling.

»Steuermann, das war eine lange Nacht. Es wird Zeit, den Wachdienst zu beenden. Die Freiwache kann jetzt übernehmen.«

Er straffte den Rücken und hinkte mit müden Schritten zurück in seine Kajüte.

54. Kapitel

Die Nacht war seltsam ruhig und friedlich, wie Windstille im Nebel oder die Ruhe im Auge des Sturms. Die Straßen und Plätze waren leer, und der Geruch nach Tang und Meer drang zwischen die Häuser. Anne atmete die milde Luft tief ein und stieg leise die Treppe hinauf. Ihr rotes Nachthemd raschelte leicht am Geländer, und die Stiegen knarrten.

Vorsichtig öffnete sie die Tür zu Alfs Zimmer einen Spaltbreit und lugte hinein. Er musste sie gehört haben, denn er war wach.

»Anne?« Er richtete sich auf und stützte sich auf die Ellbogen. Die Decke hatte er beiseitegeschoben, da es im Zimmer so warm war. Im Licht, das übers Bett fiel, sah sie seine Nacktheit. Das Zwielicht malte Licht und Schatten auf seinen Körper, und sie schauderte.

»Komm!« Seine Stimme war warm und einladend.

Sie legte die Schritte bis zum Bett zurück, dann zögerte sie erneut.

»Du bist so schön«, sagte er.

»Ich …«

»Ich weiß schon, was du sagen willst.« Er streckte die Hand aus und zog sie zu sich. »Wir zwei gehören zusammen, nicht wahr? Wir zwei müssen zusammenbleiben.«

»Alf, ich …«

Er hörte nicht, was sie sagte, und riss sie einfach mit. Warum hatte sie dieses Nachthemd angezogen? Der Stoff zerknitterte und zerriss doch nur. Wie dumm, jetzt an so etwas zu denken … Sie spürte seine Hitze, ihr Verlangen nach seinem Körper und die pulsierenden Kräfte, die sie zu ihm hinzogen. Sie schloss die Augen. Alf gehörte ihr, wie hatte sie jemals daran zweifeln können? Die Leidenschaft riss sie beide hinweg, und als ihr Rausch sie völlig gefangen genommen hatte, schlang sie die Arme um ihn und gab sich ihm hin. Sie war nicht mehr vorsichtig. Jetzt gehörte sie ihm ganz.

Als sie danach nebeneinander ruhten, legte sie ihm den Kopf auf die Brust und erklärte ihm, dass er ihre Liebe zerstöre, wenn er ständig über sie zu bestimmen versuche. Sie brauche ihre Freiheit, und ihre Sehnsucht, aus dem häuslichen Gefängnis auszubrechen, sei schwer zu bändigen. Aber jetzt habe sie ihm gezeigt, dass sie nur ihn wolle, und wenn man sie eines Tages nicht mehr verfolge, werde für beide alles leichter werden.

Sie redeten, während durch die Fenster das blaue Licht des Mondes fiel, das schließlich immer blasser wurde und dann in Dämmerlicht überging.

»Du bist also endlich zu mir gekommen«, flüsterte er, und seine Hände schienen nicht mehr aufhören zu wollen, sie zu liebkosen. Sie ging in der Wärme seines Körpers auf und vergaß alle ihre Zweifel.

»Liebst du mich?«, fragte er. Seine Lippen lagen an ihrem Ohr, und die Arme hatte er um ihre Taille gelegt.

»Ja«, murmelte sie und wunderte sich gleichzeitig über ihre Antwort. Liebte sie ihn? Er zog sie noch näher zu sich heran.

»Dann lass uns heiraten.«

»Ja«, flüsterte sie, und sie hörte die Worte, begriff aber kaum, was gerade geschah. Sie würde eine Bürgersfrau werden. Weniger als ein Jahr nachdem sie Claus und ihren gesamten Besitz verloren hatte. Für kurze Zeit zogen die Bilder von Mattis vor ihrem inneren Auge vorüber, aber dann spürte sie wieder Alfs Lippen auf ihrer nackten Haut.

»Aber Alf, wir müssen doch schlafen«, murmelte sie, doch er hörte nicht auf sie. Er begehrte sie abermals.

Anne wachte auf, als Alf sie auf die Stirn küsste. Er war bereits angezogen.

»Meine Liebste, ich muss ins Rathaus. Man hat nach mir geschickt.«

»Aber warum denn gerade jetzt?« Schlaftrunken streckte sie sich nach seiner Hand.

»Ich weiß, es tut mir leid, aber ich muss. Ich verspreche dir, dass ich so bald wie möglich zurückkehre.«

»Kommst du heute Abend?«

»Ja, ich hoffe es, aber es kann sein, dass es später wird.«

»Musst du denn wirklich gehen?«

Er lachte. »Jetzt weißt du, wie es mir immer ergeht, wenn du dich in deinen Verkaufsstand stellst. Und außerdem hatte ich immer Angst, dass dich jemand entdecken könnte.«

Er beugte sich zu ihr herunter und strich ihr über die Wange. Sie hörte seine Worte und begriff, dass er sie wirklich liebte. Aber es war so seltsam, so schwer zu verstehen! Er hatte sich Sorgen um sie gemacht, und sie hatte nie begriffen, wie sehr ihr Freiheitswunsch ihn quälen musste.

»Dann geh, aber komm bald zurück.« Sie schob die Decke beiseite und warf ihm einen neckenden Blick zu.

Alf sah ihren nackten Körper und lächelte übers ganze Gesicht. »Anne, wir werden heiraten, sobald ich zurück bin! Ich werde mich bei einem meiner Freunde im Rat erkundigen. Er kann eine Trauung mit einem Priester in die Wege leiten, der hierherkommt, einer, dem ich vertrauen kann und der nichts ausplaudert.« Er streichelte sie zärtlich. »Später, wenn die Ereignisse sich ein wenig beruhigt haben, geben wir ein großes Hochzeitsfest.«

»Gut, dann kann ich dir verzeihen, dass du mich einfach so verlässt«, antwortete Anne lächelnd, schob seine Hand weg und zog die Decke wieder bis zum Kinn hoch.

Alf sah sie ernst an, nahm ihr Gesicht zwischen die Hände und küsste sie. »Weißt du, ich will dich auch zur Teilhaberin an meinem Handelshaus machen. Ab jetzt gibt es nur noch uns zwei, niemanden sonst.«

Er küsste sie nochmals, und sie merkte, dass er eigentlich gar nicht gehen wollte. Widerstrebend schob er sie schließlich weg, bedachte sie mit einem letzten warmen, liebevollen Blick und verließ den Raum.

In weiter Ferne hörte sie, wie er die Tür hinter sich zuzog und dann noch einen Augenblick lang davor stehen blieb, bevor er die Treppe hinunterstieg.

Sie schlummerte wieder ein und schlief bis spät in den Vormittag. Schlaftrunken ging sie nach unten, wusch sich, zog sich an und nahm ihr Morgenmahl ein. Die ganze Zeit über trällerte sie leise vor sich hin, dachte daran, wie gut es doch war, dass sie wieder miteinander redeten. Eigentlich hatte sie im Bett liegen bleiben und auf ihn warten wollen, bis er zurückkam. Er hatte ihr das Gefühl vermittelt, dass jetzt alles gut werden würde, dass sie zusammen ein Leben als Mann und Frau führen würden.

Es dauerte eine geraume Weile, bis sie sich zur Arbeit aufraffen konnte. Nach einer Weile merkte sie, dass eines der Rechnungsbücher im Kontor liegen geblieben war. Alf konnte es ihr nicht bringen, und vermutlich hielt sich zur Zeit niemand dort unten auf. Er würde es ihr sicher nicht verübeln, wenn sie hinunterging und sich holte, was sie brauchte. Außerdem wusste er vielleicht nicht einmal, dass er vergessen hatte, das Buch mit nach oben in die Wohnung zu nehmen. Sie legte also Schuhe, Mantel und Pelzmütze an und ging zur Tür. Dort blieb sie stehen. Die Tür ließ sich nicht öffnen. Alf hatte sie wieder eingeschlossen.

Der Kaufmann und ehemalige Schiffer Alf Gerhardt begab sich schnellen Schrittes zum Rathaus. Er hatte die Botschaft erhalten, dass Peter der Åländer und zwei seiner Bundesgenossen freigelassen werden sollten. Wie konnte das sein? Das durfte nicht geschehen. Henrik Brybing und er hatten doch alles so sorgfältig geplant. Alf lief am Stortorget vorbei und nahm die Hintertür ins Rathaus. Dort grüßte er den Wächter, den er kannte, und bat ihn, den Schlossvogt sprechen zu dürfen. Dieser schien ihn schon erwartet zu haben, denn es dauerte nicht lange, da kam er auch schon die Treppe herunter.

»Schön, dich hier zu sehen, Alf!«, begrüßte er ihn und zog den Freund ein Stückchen beiseite. Sie stiegen in den Keller hinunter, und in dem kühlen, feuchten Gewölbe setzten sie sich auf eine schmale Bank an der Wand.

»Ja, du hast ganz recht gehört, Peter der Åländer und seine zwei Kumpane sind gerade freigelassen worden. Die Schweden haben es verlangt«, begann der Schlossvogt. »Sie sind schwer bewaffnet im Rathaus aufgetaucht, man konnte nichts tun. Die Bürgermeister berieten sich, und dieser selbstgefällige Stadtrat Magnus Spangenmacher versuchte zu vermitteln. Er verlangte, dass dreißig Schweden und dreißig Deutsche zu einer Versammlung zusammentreten sollten, in der alle gleich viel zu sagen haben.«

»Aha, Magnus Spangenmacher also, der will wohl, dass Schweden und Deutsche hier gemeinsam regieren.«

»Ja, wir haben uns dann dazu bereit erklärt und den Beschluss vom Erker verkünden lassen.«

Alf erbleichte. »Was sagst du da? Ihr wollt uns doch jetzt nicht etwa verraten!« Alf hörte selbst, wie besorgt er klang.

»Nein, nein! Das geschah doch nur, um die Stockholmer zu beschwichtigen. Du weißt schon, leere Worte, nichts weiter …« Der Schlossvogt zwinkerte Alf vielsagend zu, und die Männer tauschten ein Lächeln des Einverständnisses.

»Gut! Und Waffen und Rüstungen sind auch bereit?«, fuhr Alf fort.

»Natürlich.«

»Dann gehen wir also weiter nach Plan vor.«

»Ja, wir müssen jetzt zuschlagen. Wir können es nicht mehr lange geheim halten. Die Vitalienbrüder warten auf unsere weiteren Befehle, und nur die Schweden glauben, es sei der übliche Lärm. Sie ahnen überhaupt nichts.« Der Schlossvogt grinste zufrieden.

»Nun ja, aber auch der einfältigste Narr kann einmal Lunte riechen. Je schneller wir es hinter uns bringen, umso besser. Die einfachste Art, alle zu versammeln, besteht darin, dass wir uns zu diesen Verhandlungen bereit erklären.«

»Ist schon alles auf dem Wege.« Der Schlossvogt nahm seine Kopfbedeckung ab, strich sich über die Stirn und warf Alf einen Blick zu. »Aber sag, du bereust es doch nicht etwa? Du bist doch auch sicher, dass dies das Beste für die Stadt ist und den Handel befördern wird.«

Ein Schatten der Unsicherheit zog über Alfs Gesicht. Er blickte zur Wand, wo Rüstungen, Armbrüste und Pfeilköcher hingen, Waffen, die für diesen Anlass gesammelt und vorbereitet worden waren. Sie blitzten nur so vor Kraft und waren bereit zum Einsatz.

Wie lange hatte er gekämpft, um diese Entscheidung herbeizuführen! Von der Zusammenstellung der Liste mit den siebzig schwedischen Bürgern bis hin zu den Treffen mit den Vitalienbrüdern, die er mit Waffen versorgt und zur Zusammenarbeit überredet hatte.

Jetzt war die große Stunde gekommen, und er stand vor dem Entschluss seines Lebens. Wenn er Stockholm retten wollte, musste er handeln und die Stadt von diesen törichten Schweden befreien, diesen Bauern, die kaum eine Kuh von einer Tonne Roggen unterscheiden konnten. Nicht genug damit, dass viele von ihnen mit den Dänen paktiert hatten, sie würden sich auch, ohne mit der Wimper zu zucken, Königin Margareta anschließen und ihr folgen wie der Blinde seinem Führer. Das wäre das Ende der deutschen Herrschaft in der Stadt – und das Ende seines Geschäfts.

Nach Jahren der Vorbereitung war die Stunde gekommen. Stockholm würde ein für alle Mal von Schweden gereinigt und danach nur noch von Deutschen regiert werden. Keine schwedischen oder dänischen Anhänger von Königin Margareta würden übrig bleiben, nein, Stockholm war deutsch und nur deutsch, ein Teilstaat von Mecklenburg. Und er, Alf Gerhardt, hatte es in der Hand. Endlich würde die Stadt befreit werden!

Ein Trupp Soldaten betrat den Keller und rüstete sich mit Waffen aus. Alf und der Schlossvogt blieben stumm sitzen, bis die Männer wieder weg waren. Dann beugte sich der Vogt vor und sagte leise: »Nun, was sagst du, Alf? Jetzt gibt es kein Zurück mehr. Bist du dir ganz sicher?«

»Natürlich! Die Deutschen unterstützen uns, auch die im Rat. Brybing hat es sich von ihnen bestätigen lassen, und die Vitalienbrüder warten wie gesagt nur noch auf unsere Befehle. Sogar die Bürgermeister sind auf unserer Seite. Die schwedischen Bürger sind Verräter.«

»Ja, ich weiß. Die Vitalienbrüder haben sich im großen Saal von Sankt Gertrud versammelt und planen die letzten Schritte. Heute Nacht möchte ich kein Schwede sein.«

Alf dachte an Anne. Sie stammte aus Schweden, sie war schwedisch, aber auch wieder nicht. Sie hatte doch lange in Lübeck gelebt. Er betrachtete sie als Deutsche, wie sich selbst auch.

»Nein, was sollen wir auch mit Schweden im Stadtrat? Und wenn wir unsere neue Regierung bilden, sollen alle Deutsch sprechen, keine anderen Sprachen mehr. O Gott, wie ich das alles satthabe. Lass uns endlich zur Tat schreiten. Wir haben keine Zeit mehr, hier herumzusitzen und zu reden. Jetzt müssen wir zusehen, dass wir die Abtrünnigen hierher bekommen.«

»Alle?«

»Ja, die schwedischen Stadträte und die schwedischen Bürger, alle, die auf der Liste stehen, sollen hierherkommen, bevor die ersten Leute auf den Gassen erscheinen.«

»Wird gemacht.«

»Gut! Dann bleibt uns jetzt nicht mehr viel Zeit.« Alf stand auf und trat zu den Waffen. Er nahm eine Rüstung von der Wand, Armbrust, Schwert und Pfeilköcher. »Dann bewaffnen wir uns jetzt am besten.«

Der Schlossvogt nickte, legte eilig seinen Harnisch an und verschwand über die Kellertreppe. Alf blickte ihm nach. Es gab kein Zurück mehr. Dieser Sonntag würde lang werden. Sehr lang.

Wieder musste er an Anne denken. Er hatte ihr Freiheit versprochen, und die sollte sie bekommen, so viel sie wollte, aber jetzt noch nicht. Er war gezwungen gewesen, sie einzuschließen, das musste er ihr später erklären. Ab jetzt war niemand mehr sicher auf Stockholms Straßen. Nicht einmal er selbst.

Magnus Spangenmacher seufzte, streckte sich und versuchte, die Schläfrigkeit aus seinem Körper zu vertreiben. Er wäre am liebsten im Bett liegen geblieben und hätte weitergeschlafen, statt mitten in der Nacht das Haus zu verlassen. Gestern hatte er doch erst zwischen den Parteien vermittelt, warum sollte er heute schon wieder ins Rathaus? Aber ihm war eine Botschaft überbracht worden, dass alle Ratsmitglieder sich dort versammeln sollten, und nicht nur das – es war obendrein auch noch eilig. Also zog er sich rasch an, während der Bote vom Schloss neben ihm stand und wartete. Er war bewaffnet. Irgendetwas musste vorgefallen sein.

»Warum denn diese Eile?«, erkundigte sich der Stadtrat.

»Nach dem Ruf des Nachtwächters wurden alle Stadttore geschlossen«, erklärte der Schlossknecht. »Irgendetwas ist im Gange. Wir müssen uns beeilen.«

Statt einer Antwort gab Magnus Spangenmacher nur ein Grunzen von sich und merkte, wie sich eine gewisse Unruhe in ihm ausbreitete.

»Ich bin gleich zurück, tut mir leid«, murmelte er und gab Ingrid einen flüchtigen Kuss. Er konnte es sich nicht verkneifen, sich kurz über die Wiege zu beugen, in der die Kleine lag.

»Maria«, flüsterte er. »Meine entzückende kleine Maria.« Er küsste seine Tochter leicht auf die Stirn, nickte dem Schlossknecht zu und folgte ihm auf die Straße hinaus.

Die Stadt lag völlig verlassen da, nicht einmal ein Bettler oder ein Straßenköter war zu sehen. Die Männer bogen in die Gasse ein, die zum Marktplatz hinaufführte.

»Ich habe Befehl erhalten, Euch zu holen, aber an Eurer Stelle, mein Herr, wäre ich sehr vorsichtig!«

»Ja, sicher«, murmelte der Stadtrat, immer noch schlaftrunken und ein wenig benommen.

»Ich werde den Ratsmitgliedern mitteilen, dass Ihr auf dem Weg seid. Aber dann werde ich nicht mehr auf Euch warten. Ich werde zusehen, dass ich so schnell wie möglich aus der Stadt verschwinde«, fuhr der Schlossknecht fort. »Kommt mir hinterher nicht und sagt, ich hätte Euch nicht gewarnt!«

Magnus Spangenmacher verlangsamte seine Schritte und wollte etwas antworten, aber der aufgeregte Schlossknecht war schon zum Stortorget vorausgelaufen. Der Stadtrat blieb unschlüssig stehen und stemmte die Hände in die Seiten. Seine Verhandlungen waren doch erfolgreich gewesen, und er begriff nicht, welche Schwierigkeiten es jetzt noch geben sollte. Zögernd stieg er den Hügel hinauf, während ihm allerlei Gedanken durch den Kopf schwirrten. Als sie oben auf der Kuppe angekommen waren, entdeckte er einen braun gekleideten Mann im Harnisch, sah dann aber zu seiner Erleichterung, dass es der Rathausdiener Kabbe war. Magnus Spangenmacher eilte auf ihn zu.

»Kabbe, was gibt es?«

»Die schwedischen Bürger versammeln sich im Rathaus, aber es ...«

»Ich habe auch Nachricht bekommen, dass ich mich dort einfinden soll.«

»Geht nicht dorthin, dort stehen Männer im Harnisch hinter der Tür. Ich habe sie gesehen. Keiner ist dort wieder herausgekommen, also müssen sie immer noch drinnen sein. Und so viele sind es. Mein Gott, ich glaube, es ist eine Verschwörung!«

»Männer im Harnisch? Im Rathaus? Aber das verstehe ich nicht, es war doch alles geklärt, und wir sind doch als Freunde auseinandergegangen ...«

»Ja, aber die Männer sind bewaffnet. Und als ich eine Runde über den Friedhof machte, da kam ich am Rathaussaal vorbei und hörte sie dort drinnen reden. Außerdem habe ich Männer im Harnisch über den Stortorget laufen sehen.«

»Das kann doch alles nicht wahr sein!« Magnus Spangenmacher wurde ganz schwindlig. Er dachte an alles, was er getan hatte, um einen Zusammenstoß zu verhindern, und nun fürchtete er, dass die Ereignisse doch noch aus dem Ruder liefen. Jetzt schienen andere Kräfte zu wirken.

»Aber es ist wahr! Die bewaffneten Schlosstruppen haben am Stand von Hans dem Sattler angehalten, und dann marschierte ein bewaffneter Mann nach dem anderen auf den Marktplatz heraus. Als ich das sah, versuchte ich noch, ins Rathaus zu laufen, um die Schweden dort drinnen zu warnen, aber man hielt mich zurück.«

»Wer hat versucht, dich aufzuhalten?«

»Dieser Deutsche, dieser Gerhardt.«

»Der Schiffer aus Köln?«

»Ja.«

»Aber was hat Gerhardt denn dort zu suchen?« Magnus Spangenmacher merkte, wie ihm die Hitze ins Gesicht stieg. Alf Gerhardt war ein anerkannt tüchtiger Kaufmann, aber warum sollte er sich in die Regierungsgeschäfte von Stockholm einmischen?

»Er scheint von langer Hand etwas geplant zu haben. Er hat Vitalienbrüder zusammengezogen.«

»Du lieber Gott, dann waren diese Gerüchte also wahr!«, stöhnte der Stadtrat.

»Mein Herr, es sieht übel aus. Jetzt hat man sich am Kåken versammelt, und es wird immer schlimmer. Ich glaube, dort stehen mindestens tausend Männer im Harnisch und lärmen, und grün gekleidete Soldaten, die brüllen wie die Löwen!«

»Wir müssen uns beeilen!«

Magnus Spangenmacher schwankte und musste sich an der Hauswand abstützen. Die Angst schwappte wie eine Welle über ihn hinweg. Wenn sich dort so viele bewaffnete Männer aufhielten, hatten die Schweden nicht allzu viele Möglichkeiten zur Gegenwehr. Zwar hatten Deutsche und Schweden auch früher schon ihre Streitigkeiten gehabt, aber es war nie zu richtigen Kämpfen gekommen. Außerdem erhielten die Deutschen jetzt offenbar auch noch die Hilfe der Vitalienbrüder …

Er atmete ein paar Mal tief durch, dann bekreuzigte er sich und versuchte sich Kraft von oben zu holen. Es musste einen Weg geben, bevor es zu offenen Kämpfen kam. Er versuchte sich zu beruhigen und eilte zum Marktplatz, um mit eigenen Augen zu sehen, was sich dort abspielte. Im nächsten Augenblick merkte er, wie Rathausdiener Kabbe versuchte, ihn zurückzuhalten.

»Herr, geht nicht dorthin! Ich warne Euch.«

»Aber man hat mich gerufen. Vielleicht will man, dass ich ein weiteres Mal zwischen den Parteien vermittle, und die Verhandlungen sind doch beim letzten Mal auch so glücklich verlaufen.«

»Es kann aber auch eine Falle sein.« Der Diener breitete die Arme aus und stellte sich dem schwedischen Stadtrat in den Weg. »Zum letzten Mal, ich bitte Euch, kehrt um, Herr! Ihr seid ein guter und rechtschaffener Mann.«

Magnus Spangenmacher schob ihn beiseite.

»Ich muss sehen, was auf dem Platz vor sich geht, und ich muss auch zum Rathaus. Man braucht mich dort. Warum sonst sollte man mir mitten in der Nacht eine Botschaft zukommen lassen?«

Er eilte weiter und tat so, als höre er Kabbes Proteste nicht mehr. An der Ecke von Kåkbrinken und Skomakargatan vernahm er Waffengerassel und schlich geduckt an der Hausmauer entlang. Dann sah er sie. In unzähligen Reihen waren die grün gekleideten Männer im Harnisch auf dem Stortorget angetreten. Es stimmte also! Er blieb stehen und spürte, wie ihm das Herz in der Brust hämmerte. Noch war es nicht zu spät, noch konnte er es sich anders überlegen und umkehren, aber wenn er das tat, würden diese Seeräuber aus Rostock und Wismar am Ende ungehindert die Macht in Stockholm übernehmen. Er schluckte und wischte sich mit der Hand übers Gesicht. Vielleicht sollte er einen Umweg machen und über den Friedhof gehen. Dann würden die Männer auf dem Platz ihn gar nicht bemerken. Er sah sich hastig um, schlich weiter an der Mauer entlang und gelangte ungesehen zum Rathaus.

Aus dem Saal drang Lärm, und vor der Tür blieb er stehen und blickte vorsichtig hinein. Die Luft war warm und stickig, und er dachte sich, dass diese Männer schon seit einiger Zeit dort drinnen stehen mussten. Schwedische Bürger und Ratsmitglieder sprachen miteinander, während ihre Blicke unruhig durch den Raum schweiften. Als würden sie auf etwas warten – vielleicht dass ein Hauptmann oder ein Schlossknecht kam und ihnen erklärte, was hier eigentlich vor sich ging.

Auf einmal hörte Magnus Spangenmacher, wie ihn jemand beim Namen rief. Der Mann, der für Ruhe und Ordnung im Saal sorgen sollte. Er öffnete die Tür und betrat den Saal. Gleichzeitig sah er einige Wächter mit zwei schwedischen Ratsmitgliedern hereinkommen. Ihre Kleider waren in Unordnung, und es sah aus, als wären sie mit Gewalt hergeschleppt worden. Diese Erkenntnis verschlug ihm fast den Atem. Draußen auf dem Platz standen schwer bewaffnete Vitalianer, während unbewaffnete Ratsmitglieder und schwedische Bürger hier drinnen zusammengetrieben wurden. Das konnte kein Zufall sein.

Die Deutschen dort draußen wollten gar keinen Frieden. Sie wollten die Macht in Stockholm übernehmen, und wie der Rathausdiener schon erwähnt hatte, waren die schwedischen Stadträte und er in eine Falle gelockt worden.

Er vergaß alle Vorsicht und bahnte sich einen Weg durch die Menge bis zum Rednerpult. Er sprang auf das Podium und rief aus voller Kraft: »Die Vitalianer umzingeln uns. Beeilt euch!«

Verblüfftes Stimmengewirr unter den Versammelten. Niemand rührte sich.

»Hört her! Flieht, solange noch Zeit ist. Wenn ihr hierbleibt, ist euer Leben in Gefahr!«

»Nein, nein! Die Bürgermeister haben uns herbestellt, weil wir weiter verhandeln sollen.« Stadtrat Lars Ryd eilte auf ihn zu und legte ihm besänftigend die Hand auf die Schulter. Magnus schüttelte ihn ab.

»Rettet euch, flieht!«

»So beruhige dich doch, Magnus! Alles ist in bester Ordnung, wir Schweden und Deutsche haben uns geeinigt.«

Magnus Spangenmacher merkte, wie ihm der Schweiß auf die Stirn trat. Warum glaubte ihm denn keiner? »Nein, wir sind in eine Falle gelockt worden, dies ist ein Staatsstreich!«, schrie er laut. »Die Deutschen haben sich die Unterstützung der Vitalienbrüder gesichert. Sie fürchten, dass wir uns mit Königin Margareta zusammentun, und darum wollen sie uns aus dem Weg räumen. Sie sind bewaffnet und werden uns töten.«

Er brüllte, so laut er konnte, die Hände zitterten ihm, und der kräftige Körper bebte, aber niemand wollte ihm Gehör schenken. Nur wenige Ratsmitglieder begriffen, in welcher Gefahr sie schwebten, und strebten eilig dem Ausgang entgegen.

»Halt, halt, besinnt euch doch!« Plötzlich löste sich ein blonder, hochgewachsener Mann aus der Menge. Er erklomm das Podium. Seine blauen Augen leuchteten, sein längliches, schmales Gesicht wurde hart, und die dunklen Ringe unter den Augen zeigten, dass er länger nicht mehr geschlafen hatte.

»Das ist Alf Gerhardt«, murmelte einer der Stadträte. »Was sucht der denn hier?«

Er kam nicht weiter, denn nun ergriff der Kaufmann das Wort.

»Hört nicht auf den da«, sagte Alf Gerhardt und deutete auf

Magnus Spangenmacher. »Ich kenne ihn schon lange. Er ist ein Aufwiegler.«

Der schwedische Stadtrat zitterte, ballte die Fäuste und protestierte mit hochrotem Gesicht.

»Ich bin kein Aufwiegler. Die Vitalienbrüder sind bewaffnet und stehen unten auf dem Platz. Die Deutschen wollen mit Gewalt die Macht übernehmen. Ihr müsst mir glauben!«

»Er ist ein Lügner.« Alf Gerhardt lächelte den schwedischen Stadtrat höhnisch an. »Wir haben alle gehört, dass hier in Stockholm dreißig Schweden und dreißig Deutsche regieren sollen, alles andere sind Hirngespinste. Dieser Mann ist wahnsinnig. Nehmt ihn fest!«

»Und was ist mit den bewaffneten Truppen?«, tönte eine besorgte Stimme aus der Versammlung.

»Es geht das Gerücht, dass Königin Margareta die Stadt angreifen will, da müssen wir bereit sein«, antwortete Alf ruhig. »Aber euch hier wird nichts geschehen. Wir haben bereits die Namen derer, die mit dem Feind zusammengearbeitet haben.«

Es wurde ganz still im Saal, und diejenigen, die sich dem Ausgang zugewandt hatten, blieben stehen. Die Männer sahen sich erleichtert an, und es brach wieder ein allgemeines Gemurmel aus. Niemand kümmerte sich mehr um Magnus Spangenmacher. Niemand dachte mehr daran, die Türen zu bewachen, und ohne dass es jemand bemerkt hätte, wurde eine nach der anderen geschlossen. Die Schlüssel wurden ins Schloss gesteckt und leise herumgedreht.

Gleichzeitig trat ein großer Schärenbewohner in grüner Tracht zum Rednerpult und überreichte Alf eine Liste. Der nahm sie entgegen, überflog sie rasch und zog seinen Genossen dann zu sich aufs Podium, sodass die beiden nebeneinanderstanden.

Der lange, dünne Mann lebte von Fischerei und ein wenig Ackerbau bei Huvudskär, und viele kannten ihn als tüchtigen Deutschen, der Hering und Lachs fischte. Niemand wusste jedoch, dass er auch Kaufmann gewesen war und zu den mächtigsten Männern in Wismar gehört hatte. Alf Gerhardt und er waren Bundesgenossen.

»Ja, wie Alf Gerhardt schon sagte«, begann er, »haben wir hier die Namen aller Verräter, die mit dem Feind zusammenarbeiten.« Er zückte eine Pergamentrolle, löste das Band und rollte sie auf.

Die Stimmen verstummten, und eine gewisse Unruhe breitete sich in der Versammlung aus. Dies konnte doch keine schwedischen Ratsmitglieder betreffen, die nach Gesetz mit den Deutschen zusammen regierten? Man hörte ein Räuspern, dann las der Mann mit lauter Stimme die Namen der Betreffenden von der Liste ab.

Sobald die ersten Namen genannt wurden, erhob sich neuer Lärm im Saal. Viele von denen, die dort standen, hörten ihren eigenen Namen, und nun ging ihnen auf, dass Magnus Spangenmacher doch recht gehabt hatte. Einige wenige erkannten die Gefahr und wollten sich unbemerkt zum Ausgang stehlen, während andere vor Verwirrung erstarrten. Schließlich waren ungefähr siebzig Bürger und Ratsmitglieder ausgerufen worden.

»Ihr guten Leute, euch soll nichts geschehen!«, rief Alf Gerhard, als er die Unruhe im Saal gewahr wurde. »Darauf gebe ich euch mein Wort. Da wir nicht wollen, dass einem von euch etwas geschieht, müsst ihr aber von hier verschwinden. Dort draußen auf den Straßen lungern bewaffnete Männer herum, die jeden Augenblick hereinstürmen können. Wir bringen euch an einen sichereren Ort.« Er lächelte zuvorkommend.

»Schlagt die Rädelsführer nieder!«, brüllte Magnus Spangenmacher, aber bevor er weiterreden konnte, spürte er einen heftigen Schlag in die Rippen, sank zusammen und stürzte vom Podium. Alfs Stimme schwebte über ihm, plötzlich ganz und gar verändert. Jetzt klang sie kalt und gnadenlos, und er redete nicht mehr mit den schwedischen Bürgern, sondern mit seinen eigenen Männern.

»Alle, die sich nicht hier im Saal eingefunden haben, holen wir selbst«, ordnete er an. »Keiner soll uns entkommen. Sucht die Verräter in ihrem Heim, in Kirchen und Klöstern, wo immer ihr sie findet. Packt sie und schleift sie ins Schloss!«

Die Bürgermeister, die den Saal betreten hatten, als Alf mit seiner Rede begann, rochen den Braten nun auch, aber sie griffen nicht ein. Sie standen nur dort, verängstigt und unschlüssig, welchen neuen Machthabern sie sich anschließen sollten. Die Schweden hatten mittlerweile endlich begriffen, dass sie fliehen mussten. Erschrocken stürzten sie zu den Türen und entdeckten mit Entsetzen, dass sie sich nicht mehr öffnen ließen. Einige schafften Stühle herbei und versuchten die Türen einzuschlagen, andere wiederum stemmten sich mit den Schultern dagegen oder hämmerten verzweifelt auf die Schlösser ein. Aber es war zu spät. Waffen rasselten, und sogleich drängten sich auch schon Horden von bewaffneten Männern in den Saal. Ein dicker, kleiner Mann versuchte durch eine geöffnete Tür zu fliehen, aber man entdeckte ihn, schlug ihn nieder und legte ihm Fesseln an.

Magnus Spangenmacher rappelte sich auf die Knie hoch. Warum war er nicht geflohen, solange noch Zeit war? Jetzt war er selbst mit eingesperrt. Ihm dröhnte der Kopf, und von seiner Stirn tropfte das Blut, aber er wischte es nicht weg. Kriechend näherte er sich dem Ausgang, aber da entdeckten ihn zwei Wächter.

»Nehmt den Schurken fest!«

Er stand auf und wollte davonlaufen, aber die Männer waren schneller. Sie fesselten ihm die Arme und schleiften ihn grob über den Boden.

»Lasst mich!«, protestierte er, aber sie versetzten ihm einen heftigen Schlag auf den Schädel. Sein Kopf flog zurück, und über ihm flossen Licht und Dunkel ineinander. Dann sank er auf dem Boden zusammen.

55. Kapitel

Anne erwachte vom Lärmen vor dem Haus. Erschrocken setzte sie sich auf. Sie streckte die Hand nach Alf aus, griff aber ins Leere. Wo war er? Hatte sich doch etwas Schlimmes ereignet? Seit mehreren Nächten schon war er fort, ohne ein Wort, ohne einen Gruß …

Sie hatte abwechselnd gewartet und sich nach ihm gesehnt, war völlig verzweifelt. Warum war er nicht zurückgekehrt, warum hatte er sie allein gelassen? Sie verstand es nicht, nach allem, was in jener Nacht passiert war: die Versöhnung, die leidenschaftlichen Gefühle, die unwiderstehliche Anziehungskraft und das Gespräch über ihre Heirat. Verwirrt stand sie auf und zog sich das Nachthemd enger um den Körper. Wieder die Geräusche von der Straße. Die Frühsommernacht war so hell, dass sie keine Öllampe anzünden musste, als sie ans Fenster trat und sich hinauslehnte. Dort unten stand ein Trupp Männer in Harnischen, mit kapuzenartigen Gugeln, und weiter hinten in der Gasse hörte sie Rufen und Schreien. Ein Armbrustpfeil bohrte sich in die gegenüberliegende Hauswand, gefolgt von einem zweiten.

Sie zog sich ins Zimmer zurück und wusste nicht, was sie tun sollte. Sollte sie bleiben oder versuchen, das Haus zu verlassen? Da fiel ihr Blick auf den Schrank, in dem Christina ihre Kleider verwahrt hatte. Wenn einer der Vitalianer die Tür aufriss und hereinstürmte, musste sie bereit sein. Wenn sie dann wie ein Mann gekleidet war, würde sie wahrscheinlich mit in die Kämpfe verwickelt werden, aber als Frau konnte sie vielleicht entkommen. Freilich bestand dann die Gefahr, dass man ihr Gewalt antat.

Ihre Gedanken überschlugen sich, als sie sich vorzustellen versuchte, was dort unten vor sich ging, ob es einfach nur die üblichen Schikanen der Vitalienbrüder waren oder ob sie tatsächlich die Stadt plünderten. Sie beschloss, in die Wohnung hinunterzugehen und nachzusehen. Dort gab es zwei Fenster, die auf den Marktplatz hinausgingen, sodass sie sich einen besseren Überblick verschaffen konnte. Sie stieg die Treppe hinab und trat an das größte Fenster. Ihre Hände zitterten, und die Angst drückte ihr den Brustkorb zusammen.

Wenn doch nur Alf hiergewesen wäre! Warum kam er nicht? Hatte ihn jemand gefangen genommen, oder hielt er sich irgendwo versteckt? Vielleicht wollte er ja selbst nichts sehnlicher, als bei ihr zu Hause zu sein, aber sie sah ja, wie schwierig das war. Wahrscheinlich hatte er vorhergesehen, dass es in der Stadt Unruhen geben würde, und hatte aus reiner Fürsorge die Tür verriegelt. Er hatte ihr einfach nichts gesagt, weil er sie nicht erschrecken wollte. Ja, so musste es gewesen sein.

Unter dem Fenster prügelte sich eine Gruppe Vitalienbrüder mit zwei Männern. Sie erkannte sie wieder. Es waren der Goldschmied Staffen Mickelsson und der Bürger Erik Person, die in dem großen Klinkerhaus weiter unten am Marktplatz wohnten und manchmal an ihrem Stand einkauften. Verzweifelt leisteten sie Widerstand, und Anne hörte ihre Hilferufe. Sie sah, wie sie sich wehrten, dann aber übermannt und grob zu Boden geschlagen wurden. Sie presste sich die Hand auf den Mund, um einen Schrei zu ersticken. All diese schrecklichen Dinge sollten endlich aufhören, aber stattdessen holten die Vitalienbrüder jetzt zwei Eisenketten hervor und schlugen damit weiter auf die Männer ein. Erst als die Schweden sich nicht mehr zur Wehr setzten, ließen sie von ihnen ab. Anne sah, wie die Vitalianer die Verletzten packten, ihnen die Ketten um die Handgelenke legten und die wimmernden und blutenden Männer in Richtung des Schlosses schleiften.

Von der Svartbrödragatan hörte sie Rufe und Schreie, und als sie Ausschau hielt, entdeckte sie eine weitere Gruppe von Männern im Harnisch. Die beiden Vordersten zerrten einen vornehm gekleideten Mann in Jacke und langer Hose hinter sich her. Er war barhäuptig, trug keinen Rock mehr, und die Schuhe schien er auch schon verloren zu haben. Als er kurz aufblickte, erkannte sie Laurens den Schreiber aus der Köpmannagatan. Annes Augen weiteten sich vor Entsetzen, und sie versuchte zu verstehen, was hier gerade geschah.

Nach einer Weile entdeckte sie, dass die Vitalianer in Vierergruppen vorgingen. Sie stürmten in die großen Backsteinhäuser am Platz und kamen mit schreienden Schweden wieder heraus, denen sie die Hände auf dem Rücken gefesselt hatten. Anne wagte nicht länger am Fenster stehen zu bleiben und zog sich ins Innere des Hauses zurück. Es sah so aus, als würde man nur Stockholmer festnehmen, Deutsche hingegen nicht. Bewahrheitete sich das Gerücht also doch, dass die Deutschen die Macht in Stockholm an sich reißen wollten? Alf hatte vorausgesagt, dass Stockholm früher oder später nur noch von Deutschen regiert werden würde. Waren die nächtlichen Unruhen die Vorboten eines solchen Machtwechsels?

Sie ahnte, dass Alf recht behalten hatte, und lief entschlossen die Treppe hinauf. Hastig riss sie die Tür zu Christinas Kleiderschrank auf und zog ein grünes Samtkleid mit deutschen Stickereien hervor. Wenn Gefahr bestand, würde sie es anziehen. Sie hatte nicht vor, sich von diesen Galgenvögeln dort draußen ergreifen zu lassen. Ab jetzt war sie eine deutsche Bürgersfrau, die nur Deutsch sprach.

56. Kapitel

Sie mussten etwas unternehmen. Die schwedischen Gefangenen konnten nicht mehr länger hierbehalten werden. Alf schob die Eisentür zu und verließ das Kellergewölbe, das von dem Gebrüll der Männer widerhallte. Grübelnd kehrte er vom Schloss zurück zum Rathaussaal, wo er sich erschöpft niederließ. Er hatte ja nicht geahnt, welch aufsässiges Pack diese schwedischen Kaufleute und Ratsmitglieder waren. Sie fluchten, drohten, schimpften und schrien, und Alf merkte, dass er allmählich die Fassung verlor. Die schwedischen Bürger gaben sich nicht so leicht geschlagen. Stur beharrten sie auf ihrem Recht, die Stadt zu regieren. Außerdem standen ihre Familien Tag und Nacht vor den Mauern des Schlosses und skandierten ihre Protestschreie, und die Wächter taten sich immer schwerer, sie wieder zu verjagen. Zudem war Alf das Gerücht zu Ohren gekommen, dass die Angehörigen sich nun mit den Dänen verbünden wollten – alles nur um die Gefangenen freizubekommen. Nein, es wurde höchste Zeit, sie aus dem Weg zu räumen.

Seitdem man sie im Rathaus versammelt hatte, wurden sie gefangen gehalten. Manche waren erst nachträglich gefasst worden. Die Vitalienbrüder hatten sie in ihren Verstecken in Kirchen, Kisten und Kellern aufgespürt. Sogar das Gråmunkekloster, das Dominikanerkloster und die Stadtkirche waren durchsucht worden, und man hatte schließlich alle schwedischen Bürger ergriffen, die auf der Liste standen, und sie zum Schloss gebracht, wo sie streng bewacht wurden. Nach dreitägiger Suche war die Jagd jetzt vorbei, und die Gesuchten saßen gefesselt hinter dicken Mauern.

Alf strich sich mit der Hand über die Bartstoppeln. Bis jetzt war alles gut gegangen, sogar die Bürgermeister waren verängstigt, hatten tatenlos danebengestanden und so ihr stummes Einverständnis gegeben. Jetzt freilich bereiteten ihm die Gefangenen die größten Sorgen. Keiner von ihnen hatte sich zur Zusammenarbeit bereit erklärt, und sie hatten die Anklage des Verrats allesamt von sich gewiesen. Nicht einmal der dänenfreundliche Jöns Kabbemager und Lars Uphughon hatten etwas gesagt. Sie waren gefangen genommen und auf Gråbrödraholmen gefoltert worden, aber auch dann, als man sie zwischen Eichenbretter band und zu sägen begann, hatten sie kein Wort über eine Verschwörung preisgegeben.

Alf hatte alle diese Lügen unsäglich satt. Er hatte seine Kundschafter sogar von den Besuchen schwedischer Bürger bei den Schiffen des Feindes erzählen hören, von ihren heimlichen Treffen und den Plänen, die sie im Verborgenen schmiedeten. Diese Bürger waren Verräter, die die Machtübernahme vorbereitet hatten. Hätten sie so weitermachen können, hätten sie sicher ihrerseits alle Deutschen aus dem Weg geräumt und zusammen mit der Königin regiert. Gott sei Dank hatte er erkannt, was vor sich ging, und konnte rechtzeitig Einhalt gebieten. Die Schweden mochten leugnen, so viel sie wollten, sie würden ihn niemals überzeugen. Es war höchste Zeit, dieses Pack nach Käpplingeholmen zu verfrachten. Das war die beste Art, mit ihnen fertig zu werden.

Zuerst musste er nur noch die Hauptleute im Schloss bestechen, damit er die Erlaubnis zum Abtransport der Gefangenen bekam. Nun, das sollte keine größere Mühe bereiten. Unter den Gefangenen waren so einige, die große Höfe, Grund und Boden und Vieh besaßen. Was konnte er Besseres anbieten? In der Fronleichnamsnacht würde es geschehen. Dann würde Stockholm befreit werden, und er und die anderen Deutschen in der Stadt konnten die Macht übernehmen.

Die Stunden vergingen, es wurde Nacht. Es war still, und kein Lüftchen regte sich. Die Bäume in den Gärten bewegten sich nicht, und die Düfte des grünenden Frühsommers drangen bis hinter die Schlossmauern. Die Stadt ruhte. Nach den Unruhen der letzten Tage war es, als müssten die Einwohner erst wieder durchatmen und in aller Stille neue Kräfte sammeln.

Im Rathaussaal schliefen die Männer, aber Alf war immer noch wach. Er horchte auf die leisen Stimmen der Wächter beim Wachwechsel. Er hörte die Tritte, Kommandoworte und das Rasseln der Waffen. Fronleichnamsnacht. Die Zeit war gekommen.

Er setzte sich auf und rieb sich die schmerzenden Augen. Allein die Bänke im Rathaussaal waren schon Grund genug, zur Tat zu schreiten. Seine Kameraden und er waren es müde, zu warten, zu verhandeln und die Nächte auf harten Eichenbänken zuzubringen. Seit ihrem Putsch waren drei Tage vergangen, aber die Gefangenen verweigerten noch immer jegliche Zusammenarbeit. Er stand auf und trat ans Fenster. Es war seltsam schwül, und am Horizont türmten sich dunkle Wolken auf. Hoffentlich fängt es nicht an zu regnen, dachte er, aber dann änderte er rasch seine Meinung. Ein heftiger Wolkenbruch wäre vielleicht gar nicht das Schlechteste, damit die Menschen wieder abkühlten und das Blut von den Straßen gewaschen wurde. Er zog die Stiefel an und kratzte gedankenverloren ein wenig Schmutz vom Leder. Ein ordentlicher Regenguss würde die Leute außerdem in den Häusern halten. Wenn sich die Nachricht über die Vorfälle der letzten Tage verbreitete, konnte es nur zu leicht zu einem Aufruhr in der Stadt kommen. Nein, er hätte nichts gegen Platzregen oder gar Schneestürme einzuwenden gehabt.

Er sah sich um. Im Saal schliefen die meisten seiner Männer. Manche hatten sich an die Wände gelehnt, andere lagen zusammengekauert am Boden und schnarchten. Mehrere waren in voller Rüstung eingeschlafen, andere hatten sich ihrer entledigt und sie neben sich abgelegt. Als Alf aufstand, folgten einige seinem Beispiel und weckten die Kameraden. Er hörte Husten und Stöhnen, als die Männer ihre Rüstungen anlegten und zu den Waffen griffen. Es roch unangenehm und muffig nach den vielen Männern in dem schlecht belüfteten Saal. Gott sei Dank war diese Nacht die letzte! Henrik Brybing murmelte etwas von seiner Bank nebenan und rappelte sich mühsam hoch.

»Ist es also so weit.« Er klopfte mit der feisten Hand auf den Schwertgriff und lächelte dünn.

»Aber bevor wir aufbrechen, brauchen wir noch etwas zu essen«, erklärte Alf.

»Du hast recht. Lass uns Bier und Brot aus dem Vorratskeller holen.«

Als die Bierfässer hereingerollt wurden, erhob sich anerkennendes Murmeln im Saal. Der Zwieback, den sie mitgebracht hatten, war zwar knochentrocken, aber wenn man ihn in Bier einweichte, sättigte er hinreichend. Ganz allmählich kehrten die Lebensgeister zurück.

»Lasst mich rechnen«, sagte Alf. »Hier haben wir hundertzwanzig Soldaten. Zusammen mit den Vitalianern macht das über tausend Mann.«

»Die brauchen wir auch«, meinte sein Gefährte.

»Henrik, stell dir nur vor: Bald wird Stockholm eine blühende Stadt unter deutscher Herrschaft sein, und du und ich, wir werden ...«

»Ja, ja, aber lass uns die Schäfchen erst ins Trockene bringen, bevor wir anfangen zu feiern.«

»Jetzt kann uns doch nichts und niemand mehr in die Quere kommen. Wir haben doch schon alle Schäfchen im Trockenen.«

Henrik Brybing zuckte die Achseln. »Das klingt ja, als wolltest du Lämmer zur Schlachtbank führen.«

»Nein, Schweine, schwedische Schweine, von denen ist doch hier die Rede, oder?«

Die Männer lachten.

Alf räusperte sich und sprang mit einem mächtigen Satz aufs Podium. Er bat um Ruhe und rief: »Auf zum Schloss, meine Freunde, unsere Zeit ist gekommen!«

Draußen hatte sich ein feuchter Nebel über die Stadt gelegt, und die Straßen lagen verlassen im Dunkeln. Auf ihrem Weg zum Schloss sahen die Männer keinen Menschen, aber Alf wusste sehr wohl, dass ihnen nicht mehr viel Zeit blieb. Ungefähr eine Stunde Dämmerung, dann kam das Morgenlicht, und die Einwohner der Stadt waren wieder auf den Beinen.

In aller Stille zog er mit seinen Männern bis zum Schloss. Alle waren angespannt und unruhig, weil sie nicht wussten, was sie erwartete. Der Sieg war zum Greifen nahe, aber hier, hinter den Mauern des Schlosses, konnte sich noch alles gegen sie wenden. Vor dem Tor hob Alf die Hände, und die Männer blieben stehen.

Die Wächter trugen Helm, Harnisch und Schild, am Gürtel hing ihnen ein Schwert und auf dem Rücken die Armbrust. Sie machten einen bedrohlichen Eindruck, doch Alf lächelte sie schmeichlerisch an und verbeugte sich tief, bevor er sie auf Deutsch begrüßte und bat, die Hauptleute zu holen.

»Es wird Zeit, dass wir die Verhandlungen wieder aufnehmen«, erklärte er.

Die deutschen Hauptleute hatten überhaupt nicht geschlafen, sondern die ganze Nacht gewacht. Ihre Jacken waren zerknittert, und Borten und Besätze verschwanden zwischen schmutzigen Falten.

»Nehmen wir doch im Schlosssaal Platz!«, schlug der älteste von ihnen vor und winkte die Gäste herein.

»Das ist nicht notwendig«, antwortete Alf kurz angebunden.

»Ach nein?«

»Nein, wir haben nicht viel Zeit. Hört zu! Wir sind im Bilde über alle Höfe und Güter der schwedischen Gefangenen. Und das sind nicht eben wenige«, begann er.

»Das ist uns durchaus klar«, antwortete der Hauptmann.

»Wer sich diese Besitztümer zu eigen macht, braucht im Leben nie wieder zu hungern«, fuhr Alf fort. »Die schwedischen Bürger sind so wohlhabend, dass ihr Hab und Gut für alle reicht.«

»Was soll das heißen?«

»Wenn ihr uns die Gefangenen überlasst, bieten wir euch im Gegenzug ein Drittel ihres Eigentums.«

Die Hauptleute tauschten hastige Blicke und schüttelten den Kopf.

»Ihr habt die Schweden zwar für uns gefangen genommen, aber nach dem Gesetz werden wir sie verurteilen. Und ihre Güter und Höfe gehören weder euch noch uns hier im Schloss.«

»Aber bald. Und dann könntet ihr dabei sein und euren Teil bekommen. Ihr müsst uns nur die Gefangenen ausliefern«, erklärte Alf.

»Wartet, wir müssen uns beraten.« Der Hauptmann gab seinen Kameraden ein Zeichen.

»Gut, wir warten.«

Alf sah, wie die Hauptleute sich zurückzogen, die Köpfe zusammensteckten und sich berieten. Ungeduldig stampfte er auf dem Boden auf. Sein Angebot war äußerst großzügig. Schließlich hätten sie auch einfach angreifen können, aber nun hatten sie sich zur gütlichen Zusammenarbeit entschlossen. Nach einer Weile kamen die Männer zurück.

»Wir werden euch die Gefangenen nicht ausliefern.«

»Hört her!« Alf trat einen Schritt vor und durchbohrte die Männer mit Blicken. »Die schwedischen Bürger stellen eine Bedrohung für Stockholm dar. Wenn wir jetzt nicht handeln, werden sie sich mit Königin Margareta zusammentun und uns alle aus dem Weg räumen. Was glaubt ihr denn, warum wir sie sonst gefangen genommen hätten?«

»Ja, das verstehen wir schon, aber …« Die Hauptleute tauschten besorgte Blicke und suchten Beistand untereinander. Sie wussten nicht, wie sie sich in dieser Lage verhalten sollten. Alf sah ihre Zweifel.

»Wir können es euch leicht machen. Wir verzichten darauf, das Schloss anzugreifen, wenn ihr die Gefangenen aus dem Schloss heraus und bis zum Strand führt. Dort kümmern wir uns um die Männer, und ihr braucht euch nicht mehr mit ihnen zu befassen. Denkt daran, dafür sollt ihr Grund und Boden und große Reichtümer erhalten.«

Er zückte eine Landkarte, die er in seiner Rüstung versteckt hatte.

»Seht her«, sagte er und zeigte sie dem Anführer der Hauptleute. »Dies sind die Güter und Höfe, die die schwedischen Bürger seit den Tagen von Bo Jonsson Grip besitzen. Einige davon könnten die euren werden. Wie solltet ihr sonst jemals zu solchem Besitz gelangen? Und da wir schon bald diese Stadt regieren werden, gebe ich euch noch einen guten Rat: Es ist klüger, wenn ihr mit uns als gegen uns seid.«

»Wartet! Wartet hier draußen!« Endlich kam Leben in die Männer. Alf sah ihnen nach, als sie im Schloss verschwanden, und wandte sich an Brybing.

»Jetzt holen sie die Gefangenen. Siehst du, die Gier siegt am Ende immer. Sogar über dicke Schlossmauern.«

Dann ging alles sehr schnell. Während Henrik Brybing zum Strand vorauseilte, um die Lastkähne bereit zu machen, befahlen die Hauptleute den Wächtern, die Gefangenen zu holen. Sie wurden mit Stricken aneinandergefesselt und in einer langen Prozession bis zum Wasser hinuntergeführt. Alf und eine Gruppe seiner engsten Vertrauten gingen neben ihnen her und achteten darauf, dass niemand einen Fluchtversuch unternahm. Als sie sich dem Anlegesteg näherten, wurden sie von einem Priester in einer braunen Kutte aufgehalten.

»Wohin bringt ihr diese Männer?«

»Dorthin!«

Alf deutete auf ein großes Boot, das am Steg bereitlag.

»Hört zu. Diese Männer haben nichts Böses getan, also lasst sie frei, in Gottes Namen!«

Alf machte sich gar nicht die Mühe, dem Priester zu antworten. Stattdessen gab er seinen Wachen Befehl, die Gefangenen an Bord zu bringen.

»Lasst mich zumindest für sie beten!«

»Glaub bloß nicht, dass Gott dir zuhört. Such's dir aus: Willst du hier predigen oder im Himmel?«, lachte Alf roh.

Der Priester wurde wütend. »Die Gefangenen brauchen mich. Ich habe nicht vor, ihnen in der Stunde der Not von der Seite zu weichen. Ich muss für sie beten, also lasst mich!«

»Dann los, an Bord mit dir!« Alf scheuchte den Priester zum Boot wie einen Hund. »Du hast recht, vielleicht wollen einige von ihnen ja noch beichten. Auch Verräter dürfen Gottes Wort hören, das will ich ihnen nicht versagen.«

Verräter? Beichten? Der Blick des Priesters flackerte wie eine unruhige Kerzenflamme. Er sah zu dem Boot hinüber, in das die Gefangenen gerade einstiegen. Was hatte Alf Gerhardt eigentlich vor? Der Priester sah die Verzweiflung der Gefangenen und wusste, dass sie ihn jetzt brauchten. Was auch geschah, er wollte bei ihnen bleiben und ihnen eine Stütze sein. Schweigend bekreuzigte er sich und beschloss, sich in Gottes Hand zu begeben. Er würde in diesem Lastkahn mitfahren. Also nickte er Gerhardt zu, ging an Bord und gesellte sich in die Nähe der Kaufleute.

»Du weißt, was du zu tun hast, und das eine sage ich dir, kein Einziger von ihnen darf entkommen«, warnte Alf Gerhardt seinen Kumpan.

Der nickte. »Niemand wird in die Stadt zurückkehren. Wir werden alles leugnen.«

Als der Priester dies hörte, bekam er es noch mehr mit der Angst zu tun und machte Anstalten, das Boot wieder zu verlassen.

»Wenn du schon an Bord gegangen bist, musst du auch bleiben«, herrschte Alf ihn an und stieß ihn zurück. »Die Gefangenen brauchen schließlich deine Hilfe, nicht wahr?«

Der Priester schluckte, versuchte seine Furcht beiseitezuschieben und sich einzureden, dass er das Gespräch der beiden Männer falsch verstanden hatte.

Alf bewachte die Laufplanke, bis der letzte Gefangene an Bord geführt worden war. Der Mann mit dem kräftigen Körper hielt sich stolz aufrecht, hatte aber den Kopf gesenkt, und seine Arme zeigten blutige Wunden. Alf erkannte ihn wieder. Es war Magnus Spangenmacher, der die Ratsmitglieder zur Flucht aufgefordert hatte. Die Wächter waren unsanft mit ihm umgesprungen, und er schien große Schmerzen zu leiden. Er hätte fliehen können, stattdessen hatte er seine Freunde gewarnt und ging jetzt demselben Schicksal entgegen wie die anderen Räte. Schade um einen so tüchtigen Kerl, das hätte einer der Unsrigen sein können, dachte Alf. Solch einen ruhigen Mann, der Rückgrat besaß, rasch begriff und Stärke bewies, hätten sie gut brauchen können.

»Nun ist es also gekommen, wie du vorhergesehen hast, Bruder. Es tut mir leid, aber ihr habt verloren«, sagte er und musterte die Hände des Stadtrats, die ihm auf dem Rücken gefesselt waren. Der Strick schnitt ihm so tief in die Handgelenke, dass sie bluteten.

»Ja, mir wollte eben keiner glauben«, entgegnete Magnus Spangenmacher matt. »Du kommst uns mit falschen Anklagen und nennst uns Verräter, und dafür sollen wir jetzt mit dem Tode bestraft werden. Ich weiß sehr wohl, was uns erwartet, also lass mir wenigstens eine geringe Barmherzigkeit widerfahren. Erweise mir einen allerletzten Dienst im Leben, indem du mir das Seil ein wenig lockerst. Es schneidet mir gleich die Handgelenke durch.«

Alf zögerte. Er hatte Achtung vor diesem aufrechten, mutigen Mann, dem es wahrhaftig übel ging – aber ihm die Fesseln lockern? Alf blickte auf die offenen Wunden.

»Wenn es dir die Schmerzen erleichtert ...«, murmelte er schließlich und trat näher. Er stellte sich so dicht hinter Magnus, dass keiner beobachten konnte, wie er ihm vorsichtig die Handfesseln lockerte. Viel ließ er nicht nach, aber genug, damit der Strick nicht mehr so tief in die Wunden einschnitt. Ansonsten saßen die Fesseln immer noch so stramm, dass der Mann sich nicht aus eigener Kraft befreien konnte.

»Danke«, stammelte der Stadtrat, doch Alf tat, als hätte er nichts gehört. Stattdessen befahl er den Männern, sich an die Ruder zu setzen. Obwohl der Wind aufgefrischt hatte, war er noch nicht stark genug, dass man Segel hätte setzen können. Außerdem war es nicht weit bis Käpplingeholmen, also konnte man auch gut hinüberrudern.

Während der Lastkahn langsam durchs Wasser glitt, versuchten die Gefangenen durch Schreie auf sich aufmerksam zu machen, aber jedes Mal, wenn einer den Mund öffnete, wurde er hart ins Gesicht geschlagen, bis er wieder verstummte. Erschüttert betrachtete der Priester die Gefangenen. Ihre Kleider waren zerknittert, und ihre Haltung glich der von Verlierern. Die Mutlosigkeit stand ihnen ins Gesicht geschrieben, und ihre kraftlosen Blicke gingen ins Leere.

Stadtrat Magnus Spangenmacher war gestürzt und lag achtern auf dem Boden. Der Priester sah, wie er den Kopf aus der Pfütze des hereingeschwappten Seewassers zu heben versuchte. Aus seinem Haar tropften Blut und Wasser. Der Priester bot ihm die Hand.

»Kannst du aufstehen?«

»Nein, lass mich liegen«, murmelte der Stadtrat, »aber hör mir zu.«

Der Priester beugte sich über ihn.

»Siehst du den Strick – kannst du ihn etwas lockern?«

Der Blick des Priesters fiel auf Magnus' zerschundene Handgelenke. Aus den Augenwinkeln sah er, wie Alf Gerhardt an den Bug trat und sich mit einem seiner Männer besprach. Vielleicht konnte es ihm ja gelingen … Er tastete mit den Fingern nach dem Seil, bekam den Knoten zu fassen und nestelte daran. Der Stadtrat stöhnte vor Schmerzen und sah den Priester aus erschöpften Augen an. Dann formte er mit den Lippen ein stummes »Danke«.

Der Seelsorger nickte, kniete neben ihm nieder und flüsterte: »Tu so, als sei nichts geschehen, aber deine Fesseln sind jetzt gelöst. Ich rate dir: Flieh, sobald das Boot den Strand erreicht hat.«

Der Priester richtete sich wieder auf, murmelte ein Gebet und bekreuzigte sich.

Alf blickte übers Wasser, das eine seltsam grauviolette Färbung angenommen hatte. Große Wolkenberge senkten sich über die

Stadt und schienen immer dunkler und dunkler zu werden. Er schauderte. Als ob die Natur sich bereit machte, als ob höhere Mächte ahnten, was gleich geschehen würde. Er legte die Hände auf den Rücken und atmete tief durch. Bald war alles vorüber.

»Keiner dieser gottesfürchtigen Männer hat jemals etwas Böses getan. Sie haben nicht einmal eine Verschwörung geplant.« Alf hörte wieder die flehende Stimme des Priesters neben sich. »Denn dann hätten sie es mir jetzt gebeichtet«, fuhr der Seelsorger fort. »Nein, Herr, diese guten Männer wollten nichts anderes, als mit Euch Deutschen gemeinsam die Stadt regieren. Lasst sie frei!«

»Ich habe dich nicht mit an Bord genommen, damit du mir hier Predigten hältst. Ich weiß sehr wohl, was ich tue!«, fauchte Alf. »Warte mit deiner Messe, bis wir angekommen sind. Und wenn du dich nicht in Acht nimmst, führe ich dich mit den anderen zusammen hinaus.«

Alf merkte, wie er allmählich jede Selbstbeherrschung verlor. Der Schweiß brach ihm aus, und er fuhr sich über die Stirn. Warum war er überhaupt mitgekommen? Er hätte es ja auch Brybing überlassen können, schließlich war das alles sein Vorschlag gewesen. Es verstörte ihn, den armen Gefangenen in die Augen zu sehen, ihre flackernden, herumirrenden Blicke, die schon ahnten, was sie erwartete. Und Anne würde ihm das niemals verzeihen.

Er spürte den Zweifel an sich nagen. Alles war so selbstverständlich gewesen, als er es geplant hatte, und er war so stolz gewesen, als die Gefangennahme gelungen war. Aber jetzt war alles plötzlich nur noch blutiger Ernst, und es gab kein Zurück mehr. Ein solcher Vorfall würde niemals in Vergessenheit geraten – er würde in die Geschichte der Stadt eingehen. Hatte er wirklich gut über alles nachgedacht?

Als der Lastkahn anlandete, fiel er nach vorn und hätte beinahe das Gleichgewicht verloren. Dann entdeckte er die wohlbekannte Bucht und das Blockhaus, das er bei seinem Spaziergang mit Anne ausgesucht hatte.

»Brybing! Führ die Gefangenen zum Haus und verriegle alle Türen!«, befahl er.

»Wie besprochen. Aber du kommst doch mit, oder nicht?«

Alf zögerte. Er zitterte am ganzen Körper und versuchte den

Mut aufzubringen, Nein zu sagen, aber er brachte es nicht fertig. Benommen stolperte er aus dem Boot. Er war so mit sich selbst beschäftigt, dass er gar nicht wahrnahm, was um ihn herum geschah. Mit schweren Schritten ging er den anderen voraus zu dem Gebäude.

Unten im Boot befreite Magnus Spangenmacher sich vorsichtig von seinem Strick. Während die Gefangenen unter lautem Geschrei an Land geführt wurden, ließ er sich leise über Bord gleiten und hinter dem Boot ins Wasser fallen. Seine Wunden brannten höllisch, und nur mit Mühe unterdrückte er einen Schrei. Mit letzter Kraft gelang es ihm, den Kopf über Wasser zu halten und von dem Lastkahn wegzuschwimmen.

Eine kleine Strecke weiter entdeckte er ein umgedrehtes Ruderboot an einem Landungssteg. Es war ein Stück den Strand hochgezogen worden, und er hielt mit stiller Entschlossenheit auf dieses Boot zu. Als er festen Boden unter den Füßen spürte, verweilte er kurz und sammelte Kräfte, um es bis zu dem Boot zu schaffen. Mühsam kroch er an Land und zwängte sich unter den frisch geteerten Rumpf. Erschöpft betete er zu Gott. Nicht weil er so fromm gewesen wäre, sondern weil ihm wahrhaftig nur noch Gott helfen konnte.

57. Kapitel

Anne hörte die Schritte und den Lärm vor der Tür, doch bevor sie Zeit hatte, einen Entschluss zu fassen, hämmerten schon Fäuste gegen die Tür. Als niemand öffnete, folgten heftige, schwere Schläge gegen das Holz. Die Tür bog sich, das Holz splitterte und gab wenig später auch schon nach. Mit gezückten Schwertern stürmte eine Horde Geharnischter ins Haus. Anne wich erschrocken zurück und starrte die Männer sprachlos an, aber kurz darauf fing sie sich wieder.

»Was wollt ihr hier? Verschwindet!«, schrie sie auf Deutsch und ließ eine Reihe Lübecker Flüche folgen. »Mein Mann und ich sind Deutsche, Lübecker, hier gibt es keine Schweden!«

Die Männer blieben stehen und ließen die Schwerter sinken. Anne fuhr auf Deutsch fort: »Kennt ihr Alf Gerhardt? Der wohnt hier nämlich. Und er wird gar nicht erfreut sein, wenn er sieht, was ihr mit dieser Tür angestellt habt!« Sie stemmte die Hände in die Hüften und ging ein paar Schritte auf die Eindringlinge zu. »Hinaus mit euch!«

»Gerhardt«, murmelte einer der Männer. »Du großer Gott!« Erschrocken schob er sein Schwert in die Scheide zurück und zischte: »Nichts wie weg hier, aber schnell, bevor diese Frau sich eure Gesichter merkt. Wenn er das herauskriegt, dann geht es uns schlecht. Es muss das Nachbarhaus sein, das wir durchsuchen sollten.«

»Hinaus! Hinaus!«, schrie Anne abermals und wedelte mit den Händen, als wären die Männer Ungeziefer.

»Als ob es nicht schon schlimm genug wäre«, murrte der älteste der Vitalianer und scheuchte die anderen hinaus. »Wir wollen uns nicht auch noch mit seiner Frau anlegen.«

Die Männer murmelten eine Entschuldigung und schlüpften rasch wieder zur Tür hinaus. Anne versuchte, sie hinter ihnen zuzumachen, aber das Holz war so zersplittert, dass sie sie nicht mehr richtig schließen konnte. Sie setzte sich daneben auf eine Bank und starrte auf die Risse im Holz. Ihr Atem ging stoßweise, die Hände zitterten, und sie fühlte sich ganz schwach. Dann zog sich ihr der Magen zusammen, und sie musste würgen. Gar nicht auszudenken, wie alles gekommen wäre, wenn sie es nicht geschafft hätte, sie allein, gegen vier bewaffnete Männer! Mit zitternden Knien stand sie wieder auf und ging in ihr Zimmer. Ihr Blick fiel noch einmal auf die geborstene Tür. Jetzt konnte sie das Haus jederzeit verlassen.

Die Stadt hatte gewartet, im Grunde hatten alle Zeichen darauf hingedeutet, was geschehen würde. Zum Schluss brach der Sturm los, aber mit einer Wucht, die niemand vorausgesehen hatte. Für Alf war es wie eine Reinigung. Das Unwetter mit seinem heftigen Wind und den Wolkenbrüchen spülte alle Zweifel, allen Rauch und alles Schaudern hinweg.

Seine Gedanken schweiften zurück zu den Ereignissen der letzten Nacht. Wie er sich gewünscht hätte, sich von diesem Haus fernhalten zu können! Jetzt verfolgte ihn der Anblick auf Schritt und Tritt. Er konnte nicht vergessen, was geschehen war: der Widerstand der Gefangenen, als sie in das Gebäude gesperrt wurden, und ihre Rufe, als sie entdeckten, dass die Fenster allesamt zugenagelt waren. Dann die Schreie, die grauenvollen, entsetzlichen Schreie, als die Männer den Rauchgeruch wahrnahmen und ahnten, was auf sie zukam. Alf hatte immer noch ihr Brüllen und Klopfen im Ohr, obwohl das Haus nun schon seit Stunden niedergebrannt war. Feuerstahl, Zunder und Holz hatte man vorher an den Wänden aufgestapelt, mehr hatte es nicht gebraucht. Dann hatte es auch nicht lange gedauert, bis alles vorbei war. Wenn ihn nur diese Geräusche und dieser Geruch nicht immerzu verfolgt hätten …

Die schwedischen Bürger lebten nicht mehr. Alles war ganz nach Plan verlaufen, alle Bedrohungen waren aus dem Weg geräumt. Und doch fühlte er keine Erleichterung und keinen Jubel über den Sieg. Jetzt würde der Kampf um die Macht zwischen Deutschen und Vitalienbrüdern beginnen, der Streit zwischen den Siegern. Und es gab weiterhin Feinde dort draußen. Königin Margareta hatte immer noch ihre Truppen in Schweden, und früher oder später würde sie versuchen, auch in Stockholm an die Macht zu kommen. Vorerst war die Bedrohung abgewendet, aber wie lange würde es dauern, bis die Schweden sich zu rächen versuchten? Und in ihm selbst tobte ein weiterer Kampf, ein Kampf ums Vergessen, damit er wieder ruhig wurde und die Ereignisse hinter sich lassen konnte.

Er lauschte auf den Donner und hörte den Platzregen auf die Straßen peitschen. Mit dem Mantel überm Kopf hastete er durch die schlafende Stadt und durch die leeren Gassen. Jetzt wollte er endlich sein neues Leben mit Anne beginnen. Er musste sich nur ein wenig ausruhen, zur Ruhe kommen und sich umziehen. Bei Brybing hatte er Kleidung zum Wechseln hinterlegt, und Anne würde niemals erfahren, wo er gewesen war, sie würde nicht einmal Verdacht schöpfen. Er lächelte, als er daran dachte, wie vorausschauend er geplant hatte. Mittlerweile war er schon allzu lange von seiner Frau getrennt, aber jetzt würde er sie bald wiedersehen.

Scharfe Blitze zuckten übers Himmelszelt, gefolgt von grollendem Donner. Rasch suchte er hinter einem Haus Schutz. Er hob das Gesicht zum Himmel und versuchte seine Gedanken zu sammeln. Er hatte gewonnen, aber das war ihm in diesem Augenblick gleichgültig, es sei denn, er konnte seinen Sieg nicht mit der Liebsten teilen.

Zuerst hörte Anne einen ohrenbetäubenden Knall, dann das Prasseln des Regens auf der Straße. Ein kalter Luftzug erinnerte sie daran, dass die Tür undicht war. Sie musste eingeschlafen sein. Zwar hatte sie sich nur auf die Bank gesetzt, um sich ein wenig auszuruhen, und nicht, um zu schlafen, aber ihre Sorgen und ihre Angst hatten sie anscheinend so ausgelaugt, dass sie eingeschlummert war.

Abermals donnerte es in den Gassen, und die Blitze erhellten das ganze Zimmer. Die Neugier trieb sie wieder ans Fenster. Das blendende Licht flammte über die Häuserwände und verlieh dem Lärmen einen unheimlichen Glanz. Dies war kein gewöhnliches Gewitter – es war mehr. Sie musste es genauer sehen. Rasch zog sie Schuhe und Mantel an, um das Haus zu verlassen, aber dann fiel ihr ein, dass es vielleicht doch klüger war, zuerst nach oben zu gehen und nachzusehen, was sich auf den Straßen abspielte. Vom Dachboden aus konnte sie in alle Richtungen blicken. Waren die Vitalienbrüder noch unterwegs?

Während sie die Stufen hinaufhastete, warf sie einen raschen Blick durchs Fenster. Der Marktplatz war ganz leer, und Blitze tauchten die Häuserreihen in ein grelles Licht. Ein leichter Brandgeruch stieg ihr in die Nase. Offensichtlich hatten die Blitze einen Wald oder einige Häuser weiter draußen in Brand gesetzt. Besorgt eilte sie die Treppe zum Dachboden hinauf.

Die Stiege war schmal, und sie stützte sich an der Steinmauer ab. Dort oben zwischen den Dachbalken nahm sie den Brandgeruch noch stärker wahr und bekam es mit der Angst zu tun. Im Haus nebenan war doch wohl nicht etwa Feuer ausgebrochen?

Sie trat an die Dachluke. Der Regen knatterte aufs Dach, und sie wusste, dass sie nass werden würde. Mit einem kräftigen Ruck öffnete sie die Luke und kletterte aufs Dach hinaus. Von dort, wo sie stand, sah sie die Buden am Strand und konnte bis nach Åsö blicken.

Der Regen hatte mittlerweile etwas nachgelassen, und sie sah den Hafen und die Schiffe leer und verlassen daliegen. Von Käpplingeholmen her zogen dunkelgraue Wolken heran, und sie dachte noch, dass es dort draußen um einiges heftiger regnen musste. Vielleicht hatte dort ja auch der Blitz eingeschlagen, und es war der Rauch, den sie jetzt sah.

Sie kehrte dem Hafen den Rücken und ließ die Blicke über die Stadt schweifen, über das Westliche Viertel und nach Norden zum Schloss. Nirgendwo entdeckte sie ein Feuer. Gott sei Dank, also kam der Geruch woandersher – vielleicht doch von den Inseln.

Es blitzte nochmals, und die ganze Stadt wurde in grelles Licht getaucht. Der Himmel pulsierte in hellen, blassblauen Flammen, und sie stand hingerissen auf dem Dach, während ihr der Regen über Haar und Wangen lief. Die Stadt war wie von oben beleuchtet. Als ob sich der ganze Himmel zu einem einzigen großen Ausbruch gesammelt hätte. Der Donner rollte in grollenden, bedrohlichen Wellen heran und schleuderte seine ganze Wut über die Stadt. Nun nahm der Regen wieder zu und verwandelte sich in eine leuchtende Wand aus Silber, die über Straßen und Häuser herabströmte.

So etwas hatte sie noch nie beobachtet. Fasziniert blickte sie über das Hausdach. Durch die Regenvorhänge sah sie den schäumenden Zorn des Meeres und die Sturzfluten, die sich durch die Gassen der Stadt ergossen. Stockholm schien sich in der Gewalt einer fremden Macht zu befinden, und der ganze Himmel stand in Flammen. Da begriff sie plötzlich, dass dies kein Unwetter war. Es war ein böses Vorzeichen. Zitternd verließ sie das Dach und stolperte völlig durchnässt zurück in die Wohnung.

58. Kapitel

Der Sturm riss an dem kleinen Ruderboot am Strand. Es wurde durchgeschüttelt, und Magnus Spangenmacher, der sich darunter zusammengerollt hatte, zitterte vor Kälte. Er weinte vor Entsetzen und Angst, vor Furcht, Trauer und Wut. Er hatte die Hilferufe gehört, hatte den Rauch und den Brandgeruch wahrgenommen. Entsetzt hatte er dem Donnern der Flammen und schließlich dem dröhnenden Lärm gelauscht, als das Gebäude in sich zusammenstürzte. Dann senkte sich Stille auf ihn, eine schreckliche, unfassbare Stille.

Es wollte ihm nicht in den Kopf, wie ein menschliches Wesen so grausam sein konnte. Schon als die Gefangenen in das Haus geführt wurden und er hörte, wie die Riegel vorgeschoben wurden, hatte er es geahnt. Und jetzt das Unbegreifliche – alle seine Freunde waren tot.

Als das Haus heruntergebrannt war, waren die Vitalienbrüder wieder an den Strand zurückgekehrt, und er hörte, wie sie von einem Unfall und einem durch Fahrlässigkeit entstandenen Feuer redeten. So sollte die Wahrheit wohl für die Annalen verfälscht werden. Aber er wusste, was sich wirklich ereignet hatte. Es war kein zufälliges Feuer gewesen, alles war geplant gewesen.

Alf Gerhardt, dieser gierige, gewissenlose, verabscheuungswürdige Barbar! Er war ein schrecklicher Mensch, und was noch viel schlimmer war – er war einer von denen, die von nun an Stockholm regieren wollten. Das durfte niemals geschehen. Magnus Spangenmacher kannte als Einziger die Wahrheit, und er musste die Menschen warnen. Er durfte jetzt nicht aufgeben. Er musste sich retten und dafür sorgen, dass Alf Gerhardt das Handwerk gelegt wurde!

Er dachte über so vieles nach, als er dort unter dem Boot versteckt lag und um sein Leben bangte. Und die ganze Zeit über war ihm eines klar: Wenn sie ihn entdeckten, würde er dasselbe Schicksal erleiden wie die anderen.

Gott sei Dank verließen die Umstürzler schließlich Käpplingeholmen, und sobald sie außer Sichtweite waren, nahm er seinen ganzen Mut zusammen. Vorsichtig spähte er ein letztes Mal unter dem Ruderboot hervor und verließ sein Versteck. Dann blickte er in alle Richtungen, um sich zu vergewissern, dass keine Wache zurückgeblieben war. Als er niemanden entdeckte, nahm er seine ganze Kraft zusammen und drehte das Boot um. Es riss und schmerzte in seinen Handgelenken, aber er zwang sich zum Weitermachen, bis er es geschafft hatte. Zu seiner Erleichterung entdeckte er, dass die Ruder gleich danebenlagen.

Er blickte übers Wasser. Jetzt musste er dem Sturm trotzen und so schnell wie möglich zur Stadt zurückrudern, bevor die Leute wieder auf die Straße gingen. Keiner sollte ihn an Land kommen sehen. In Stockholm durfte er sich nicht mehr zeigen. Er musste die Stadt verlassen und sich verstecken, damit niemand merkte, dass er überlebt hatte. Dann, wenn er sich wieder sicher fühlen konnte, würde er zurückkehren, um sich zu rächen und für Gerechtigkeit zu sorgen.

Anne fand in dieser Nacht keinen Schlaf mehr. Das Unwetter tobte immer weiter, und bei jedem Donnerschlag war sie hin- und hergerissen zwischen Schreck und Verzweiflung. Was geschah hier nur?

Erst am nächsten Vormittag wagte sie sich hinaus. Der Regen hatte aufgehört, und die Kaufleute hatten sich vor ihren Häusern versammelt, um die Fensterläden an ihren Ständen und die Verkaufstische instand zu setzen. Diesmal trug sie keine Hose wie ein Mann, sondern schritt mit geradem Rücken und hoch erhobenem Kopf hinaus und war in Samt und Seide gekleidet. Das Haar hatte sie im Nacken hochgesteckt, darüber trug sie ein Kopftuch und hatte sich geschminkt. Sie war wieder Anne, die Kaufmannsgattin, eine deutsche Bürgersfrau in Stockholm.

Als sie auf die Straße trat, merkte sie, wie sich alles verändert hatte. Und zwar nicht nur durch das Unwetter, das mit bösen Vorzeichen und fremden Gerüchen über die Stadt hinweggezogen war. Die Stimmung unten auf dem Korntorget war gedämpft, und es lag eine gewisse Unruhe in der Luft. Als ob die Stadt abwartete. Überall lungerten Vitalienbrüder herum, und auf den Straßen zwischen Marktplatz und Schloss waren kaum noch Schweden zu sehen.

Die Männer, die die Stände in Ordnung brachten, waren Deutsche, und die wenigen Menschen, die sich in den Gassen bewegten, sprachen Deutsch. Sie schlenderte weiter, bis sie einen schwedischen Bäcker wiedererkannte. Sie ging auf ihn zu, um sich zu erkundigen, was eigentlich geschehen war, aber er wich ihrem Blick aus und wagte nicht, stehen zu bleiben. Die wenigen Schweden, die sich trafen, gingen aneinander vorbei und sahen sich nicht in die Augen.

Die Stadt war völlig verändert, und ihr wurde mit jedem Schritt klarer, dass etwas Ernstes vorgefallen sein musste. Vielleicht sollte sie sich bei Valborg melden – aber es konnte gefährlich sein, sich zu lange auf den Straßen aufzuhalten. Am besten kehrte sie jetzt wohl um. Außerdem wollte sie zu Hause sein, wenn Alf zurückkam.

Als sie zum Marktplatz zurückkam und gerade die Treppe zum Handelshaus hinaufsteigen wollte, sah sie, dass es von zwei Männern in Rüstung und mit Kapuzen bewacht wurde. Die Vitalienbrüder hatten offensichtlich überall ihre Posten aufgestellt. Ihr wurde ganz unbehaglich zumute, und sie legte die Hand auf die Brust. Zwar wollte sie zurück ins Haus, wusste aber nicht recht, ob sie es wagen sollte, an den Vitalienbrüdern vorbeizugehen. Während sie dort stand und zögerte, entdeckte sie, dass einer der beiden Männer sie anstarrte. Da sein Gesicht fast ganz überschattet war, konnte sie nicht ausmachen, wer es war. Entschlossen raffte sie ihre Röcke zusammen, ging forsch an ihnen vorbei und die Treppe hoch. Da spürte sie plötzlich eine Hand auf der Schulter.

»Anne, ich wusste, dass ich dich finden würde!«

Sie hielt inne. Mattis? Ja, das war seine Stimme. Sie fuhr herum, sah seine Aufmachung.

»Mattis – bist du es wirklich?«

Sie hörte selbst, wie dumm sie sich anhörte, aber er schien sich nicht darum zu kümmern. Ruhig nahm er die Kopfbedeckung ab, zog sie an sich und küsste sie.

»Gott sei's gedankt, du lebst! Ich hätte dich ja fast nicht wiedererkannt.« Er trat einen Schritt zurück und musterte sie. »Aber warum bist du wie eine deutsche Bürgersfrau gekleidet?«

»Ach, Mattis, es ist ja so viel geschehen.«

»Ja, du wirst es nicht glauben, aber ...«

»Wie habe ich mir den Kopf zerbrochen! Ich dachte, du kämst nie wieder zurück!«

»Nein, es wäre auch um ein Haar böse ausgegangen für mich. Die Vitalienbrüder waren hinter mir her, und ich musste nach Schonen fliehen. Dann heuerte ich versehentlich auf einem ihrer Schiffe an und konnte erst gestern wieder an Land gehen. Anne, jetzt dauert es nicht mehr lange, dann bin ich endlich frei.«

Er nahm sie wieder in die Arme, und sie blickte verwirrt zu ihm auf. Mattis war zurückgekehrt und zu ihr gekommen, als hätte er es immer ernst mit ihr gemeint. Die Farbe wich ihr aus den Wangen, und sie dachte an die bösen Worte, die sie über ihn gesagt hatte. Sie hatte getrauert und geweint und ihn verflucht. Aber er hatte sie nicht böswillig verlassen, sondern war zur Flucht gezwungen gewesen. Und jetzt war er einer von den Vitalienbrüdern geworden. Vorsichtig befreite sie sich aus seiner Umarmung.

Er sah ihren Blick.

»Aber hab doch keine Angst, ich bin keiner von denen! Ich bin nur so gekleidet, sonst hätte ich das Schiff nicht verlassen können. Sonst hätten sie mich sofort umgebracht.«

»Das ist es gar nicht. Aber du warst so lange fort, bist einfach spurlos verschwunden. Ich dachte, ich sähe dich niemals wieder.«

»Aber mein Geschenk! Den Kamm hast du doch bekommen!«

»Oh, Mattis, da lässt du mir einen Kamm mit deinem Namenszeichen zurück und glaubst, ich erkenne darin ein Geschenk für mich?«

»Ich hatte ihn doch unter deiner Decke versteckt.«

»Ich dachte, du hättest ihn dort vergessen.«

»Ach, das ist alles längst vergangen. Jetzt bin ich hier, Anne. Endlich können wir zusammen sein!« Glückstrahlend sah er sie an.

Vielleicht hätte sie sich auch freuen sollen, hätte sich in seine Arme werfen und ihn küssen sollen, aber er kam ihr auf einmal so fremd vor. Sie sah ihn an. Es lag nicht nur an der Rüstung. Es kam ihr so vor, als hätten sie die Küsse und Zärtlichkeiten in einer anderen Zeit ausgetauscht. Irgendwie war er für sie nicht mehr jener Mattis, den sie damals kennengelernt hatte. Die Spannung und die Leichtigkeit waren weg, die Begeisterung war verschwunden. Er sah mager und schwach aus, und seine Schönheit war verblasst. Alles, was sie einmal für ihn empfunden hatte, war wie weggeblasen. Wehmut ergriff sie, und sie wusste nicht, was sie sagen sollte.

Er spürte ihr Zögern, hob die Hand und strich ihr zärtlich über die Wange.

»Was ist denn mit dir? Freust du dich denn nicht, mich zu sehen?«

»Doch, aber mein Leben hat sich mittlerweile völlig verändert. Es ist so viel geschehen, und ...«

»Anne, ich kann dir hier nicht alles erzählen«, flüsterte er. »Glaub mir, ich bin keiner von ihnen, ich schwöre, ich bin derselbe alte Mattis ...«

»Das hast du bereits gesagt. Aber nicht nur in deinem Leben hat sich viel ereignet.«

»Was ist denn dann?«, fragte er sanft, legte ihr die Hände auf die Schultern und küsste sie von Neuem. Seine Lippen waren feucht, und er fühlte sich so warm an, zugleich aber so weit weg.

Sie drehte das Gesicht zur Seite und schob seine Hände fort.

»Nein, Mattis, so nicht! Ich mag dich sehr gern, und ich habe dich so sehr vermisst, aber du verstehst mich einfach nicht. Es ist zu spät, ich werde heiraten!«

»Heiraten? Ich dachte, du wolltest mit mir ziehen und mich auf meinen Reisen begleiten, wenn ich aufspiele.«

»Ja, aber Alf ...«

»Alf?« Er wich zurück. »Du willst Alf heiraten? Das hätte ich nicht von dir gedacht. Mit einem solchen Menschen lässt du dich also ein? Ich hätte es doch gleich wissen müssen, als ich euch zwei damals im Wirtshaus sah. Du hast mich also angelogen, du hast schon damals gelogen.«

»Nein, das ist nicht wahr. Ich lüge dich nicht an. Dich hatte ich ins Herz geschlossen, in dich war ich verliebt, aber dann bist du einfach verschwunden ...« Sie betrachtete sein trauriges Gesicht, das widerspenstige dunkle Haar und die Lippen, die sie geküsst hatte. »Als du weg warst, hat Alf sich um mich gekümmert und mich versorgt.«

Doch Mattis hörte ihr gar nicht zu.

»Alf, um Gottes willen! Das hätte ich nie gedacht, dass du dir einen Mann aussuchst, dem Blut an den Händen klebt.« Seine Stimme troff vor Verachtung. »Und ich hatte geglaubt und gehofft. Pfui!« Er spuckte ihr mitten ins Gesicht, zog hastig die Kapuze wieder über den Kopf und lief die Treppe hinunter.

Sie versuchte ihn aufzuhalten, aber er riss sich los. Sie wollte ihm noch mehr erzählen und erklären, aber er floh nur. Wie feige er sich benahm! Sie konnte nicht glauben, dass dies der Mann war, um den sie so getrauert hatte, für den sie so starke Gefühle gehabt hatte, der ihr einmal so viel Freude geschenkt hatte. Er hatte nicht einmal die Kraft, hierzubleiben und mit ihr zu reden. Auf einmal wallte Wut in ihr auf.

»Komm zurück!«

Ohne nachzudenken, lief sie ihm hinterher, und sie hatte ihn fast eingeholt, da kam ihr ein Trupp Deutsche entgegen. Sie nahmen die ganze Straße ein, und Anne drückte sich an die

Hauswand, während die bewaffneten Männer Reihe um Reihe an ihr vorbeizogen. Als sie endlich verschwunden waren, blieb sie unschlüssig stehen. Mattis war nicht mehr zu sehen. Suchend ging sie die Gasse entlang, entdeckte ihn aber nirgends. Sollte sie noch weiter nach ihm suchen oder nach Hause zurückkehren und in Ruhe über alles nachdenken?

Bevor sie sich entschließen konnte, näherte sich eine Horde Vitalienbrüder. Sie torkelten über die Straße, während ihr dröhnendes Gelächter von den Hauswänden widerhallte. Sie mussten einander stützen, um nicht hinzufallen.

»Endlich sind wir sie losgeworden, diese Schweine!«, grölte ein dicker blonder Mann.

»Mit Schweinen kommt man aber leichter zurande als mit diesen Schweden«, warf sein Kamerad ein.

»Ja, und die, die *nöffnöff* machen, kann man zumindest essen.«

Die Männer lachten und zogen singend und lallend die Straße entlang. Anne horchte auf. Alf hatte gesagt, dass Stockholm eines Tages ausschließlich von Deutschen regiert werden würde. War es schon so weit? Aber was war mit den Vitalienbrüdern? Sie musste mehr erfahren. Schnell lief sie den Männern nach und schlich ihnen hinterher.

»Wie es heißt, haben wir alle Bürger auf einen Schlag drangekriegt, in einem Haus draußen auf Käpplingeholmen«, schwatzte der Blonde weiter.

»Dass die überhaupt keinen Verdacht geschöpft haben!«

»Ja, der Handstreich war gut geplant, sogar die Fenster hatten sie zugenagelt. Die Vitalienbrüder verstehen sich eben auf ihr Handwerk.«

»Ich hab gehört, dass sie alles angezündet haben.«

»Ja, das ist noch eine uralte List aus heidnischer Zeit.« Der Blonde vollführte ausladende Gesten mit den Händen. »Und bei den schwedischen Bürgern hat sie sich wieder bewährt.«

Anne wich jede Farbe aus dem Gesicht. Das also war geschehen! Das Unwetter, der Donner, das erschreckende Licht am Himmel – das alles war eine Vorwarnung gewesen, ein Omen, wie sie schon vermutet hatte! Sie hätte es nur richtig deuten müssen. Denn zur gleichen Zeit war der Umsturz erfolgt, und Schreckliches hatte sich ereignet.

Ihre Lippen zitterten, und ihr Körper bebte, als sie den Männern nachsah, wie sie in Richtung Hafen verschwanden. Die Stimmen erstarben, und Anne blieb stehen und hielt immer noch die Hände gegen die Brust gepresst. Hätte sie doch nur nichts gehört, nichts erfahren! Das konnte doch alles nicht wahr sein! Aber die Gewissheit wuchs in ihr und nahm ihr die Luft. Nicht nur die Deutschen, auch die Vitalienbrüder hatten Stockholm übernommen. Nun herrschten nicht mehr die schwedischen und deutschen Bürger in der Stadt, sondern die schrecklichen Männer in der Rüstung, die mit den Deutschen gemeinsame Sache machten.

Anne fühlte sich immer noch schwach auf den Beinen und dachte mit Grauen an die unschuldigen Menschen, die getötet worden waren. Sie konnte nicht mehr auf der Straße bleiben. Sie musste schnell nach Hause, bevor ihr etwas zustieß. Und was war mit Alf, um Himmels willen? Wo war er? Man hatte ihn doch hoffentlich nicht auch umgebracht! Die Gedanken wirbelten ihr durch den Kopf, und sie wusste nicht, was sie glauben sollte. Aber Alf lebte sicher noch, er war zu stark und zu klug, um sich überwältigen zu lassen. Er war nur weggeblieben, weil er wusste, dass es zu gefährlich war, nach Hause zu kommen. Sie hatte es ja selbst gesehen, die Krawalle und die Festnahmen. Aber jetzt konnte er sich doch wieder frei bewegen! Ja, vielleicht war er ja schon nach Hause gekommen!

Plötzlich schöpfte sie neue Hoffnung, eilte zurück, huschte an der Wache auf der Treppe vorbei und stürzte in die Wohnung. Wenn er nur da war! Sie musste es wissen, sie musste mit ihm reden! Atemlos riss sie die Tür auf.

59. Kapitel

Alf stand mit abgewandtem Gesicht und aufrechter Haltung inmitten des Zimmers. Als er sie hereinkommen hörte, drehte er sich langsam um. Sie war genauso groß und schön wie immer, nur hatte sie neue Kleider an. Er betrachtete sie ernst. Alf trug einen roten Rock und eine weiße Hose und hatte sich einen grünen Mantel über die Schultern geworfen. Kein Wunder, dass sie so hingerissen von ihm war, er war wirklich überaus elegant. Ja, sie spürte seine Kraft im ganzen Raum, auf eine Weise, wie sie es bei Mattis niemals erlebt hatte.

»Oh, Alf! Gott sei Dank, du bist zurück!«

Sie lief auf ihn zu und warf sich ihm in die Arme. Diesmal schimpfte er sie nicht aus, weil sie die Wohnung verlassen hatte. Stattdessen zog er sie fest an sich, fast schon schmerzhaft.

»Anne, Geliebte, wie hast du mir gefehlt!«

Er küsste ihr Gesicht und den Hals, streichelte ihr den Rücken und wollte sie gar nicht mehr loslassen. Und als sie ihm über die Wange strich, merkte sie, dass er weinte. Sie lehnte sich zurück, sah seine Tränen und umarmte ihn von Neuem. Fest und innig drückte sie ihn an sich. Sie war erleichtert und glücklich zugleich – endlich war sie befreit von ihren Sorgen und ihrer Verlassenheit. Jetzt gab es nur noch sie beide – ihn und sie. Sie mussten sich jetzt helfen und einander beistehen in diesen unruhigen Zeiten.

Sie erwiderte seine Küsse und hatte gar keine Lust mehr, ihm Fragen zu stellen. Sie wollte ihn nur noch ganz nahe bei sich spüren und sich freuen, dass er wieder da war. Als sie abermals einen Schritt zurücktrat und ihm ins Gesicht sah, fing sie an zu zittern. Sein Blick war leer, seine Miene unnahbar, sein Gesicht verändert, wie zu einer Maske erstarrt. Mit einem tiefen Seufzer zog er den grünen Mantel aus, und auf einmal überfiel sie die Erkenntnis: Genau dieses Kleidungsstück trugen auch die Vitalianer.

»Aber Alf, was ist denn nur geschehen?« Sie wurde von ihren Gefühlen überwältigt. »Mein Geliebter, erzähl!«, flüsterte sie. Besorgt wandte sie sich seinem Gesicht zu, liebkoste sein Haar und seine Wangen und atmete seinen Duft ein. Doch dann hielt sie inne, weil sie auf einmal erschrocken feststellte, dass sein Haar nach Rauch roch.

»Was ist denn, Liebste?« Alf streckte die Arme nach ihr aus und zog sie wieder an sich.

Sie wagte nicht, ihn anzusehen, sondern legte ihm nur den Kopf auf die Schulter. Die Gewissheit überkam sie ganz langsam, erst wie eine Ahnung, dann wie ein Verdacht, der sie mit vernichtender Kraft überwältigte. Hatte Alf eine Rolle bei diesen Geschehnissen gespielt? Nein, das konnte nicht sein.

»Liebste«, flüsterte er nochmals, und sie wusste, dass sie antworten musste. Sie musste lügen, sie durfte nicht verraten, was sie dachte.

Und bevor sie es recht wusste, was sie sagte, stieß sie hervor: »Alf, bitte verzeih mir, mir geht es nicht so gut.« Und sie zwang sich, den Kopf zu heben und ihn mit einem Lächeln anzusehen. »Verstehst du, ich bin schwanger und du wirst Vater.«

Das entsprach zwar nicht der Wahrheit, aber sobald sie die Worte ausgesprochen hatte, sah sie, wie sich sein Gesicht aufhellte und das Dunkle aus seinem Blick verschwand.

»Anne, ist das wahr?«

Und sie nickte verwirrt und gab sich alle Mühe, dieselbe Freude an den Tag zu legen, denn nun ahnte sie, dass Alf vielleicht ein ganz anderer war als der Mann, den sie zu kennen glaubte. Alle ihre Fragen – zu dem Haus auf Käpplingeholmen mit den vernagelten Fenstern, zu den deutsch sprechenden Fischern draußen im Schärengarten und zu den geheimnisvollen Männern in Rüstung, die ihn im Handelshaus besucht hatten – bekamen plötzlich einen ganz anderen Inhalt. Sie wusste nicht, wie, aber der Mann, der sie in den Armen hielt, schien zu den Vitalienbrüdern zu gehören und in die Vorfälle der letzten Tage verwickelt zu sein. Und das konnte nur eines bedeuten: Er war gefährlich. Sie wollte ihn von sich stoßen, aber er drückte sie nur umso fester an sich.

»Liebste, das ist ja wunderbar. Ich habe auch schon alles für unsere Hochzeit und unsere Geschäfte in die Wege geleitet. Was mein ist, ist auch dein. Jetzt sind wir zwei Reeder, die gemeinsam dieses Handelshaus führen, nur du und ich.«

Er drückte sie an sich, und sie sah die Sehnsucht in seinen Augen. Nein, nein, nie wieder, dachte sie verzweifelt und wollte seine Berührung abwehren, aber sie wagte es nicht. Er nahm sie mit ins Zimmer, stolperte vor lauter Eifer, ließ sie aber nicht los.

»Du glaubst gar nicht, wie sehr du mir gefehlt hast.«

Er zog sie auf die Bank, und sie spürte seinen Atem im Ohr und seine Hände auf ihrer entblößten Haut. Als er sie küsste, versuchte sie das Gesicht wegzudrehen, aber er begriff nicht, was das zu bedeuten hatte, sondern fasste es als Spiel auf. Sie wollten doch heiraten, und sie war sein. Doch als er sich an sie schmiegte, wuchs ihr Unwillen, und sie versuchte ihn wegzustoßen.

»Anne, endlich! Ach, hätte ich dieses Zimmer doch niemals verlassen, damit ich während der vergangenen schrecklichen Tage bei dir hätte sein können!« Er drängte sich an sie und zerrte an ihren Kleidern, er wollte sie, hier und jetzt. Plötzlich hörten sie Lärm und Stimmen an der Tür, und jemand rief Alfs Namen.

»Nein, nicht jetzt!« Er verbarg den Kopf an ihrer Brust.

»Alf, es ist besser, wenn du nachsiehst, wer da ist.«

Sie schob ihn von sich, er streichelte ihr die Wange und setzte sich auf.

»Alf, hier ist Brybing, komm schnell!«

Er blickte zur Tür. »Anne, ich muss …« Widerwillig stand er auf, fuhr sich mit den Fingern durchs Haar und ordnete seine Kleidung.

Erleichtert, weil sie seine körperliche Nähe nicht mehr ertragen musste, sah sie ihm nach. Die Umarmungen, nach denen sie sich so sehr gesehnt hatte, waren ihr auf einmal zuwider, und sie wusste nicht, wie sie sich weiter hätte verstellen sollen. Da hörte sie aufgeregte Stimmen von der Tür, und als Alf zurückkam, wirkte er angespannt und gereizt.

»Man verlangt nach mir im Rathaus. Aber ich komme so schnell wie möglich wieder zurück.«

»Ach, musst du wirklich gehen?«, fragte Anne und versuchte enttäuscht zu klingen.

»Auf den Straßen wird es immer unruhiger, wir müssen verhindern, dass es zu Krawallen kommt.«

Sie betrachtete sein Gesicht und versuchte daraus abzulesen, was hier gespielt wurde, aber er wich ihrem Blick aus. Entschlossen zupfte sie die Kleider zurecht, stand auf und ging zur Tür. Wenn sie sich nun irrte? Wenn sie sich alles nur eingebildet hatte? Aber ihre Hoffnung schwand genauso schnell, wie sie aufgekeimt war. Auf der Schwelle standen bewaffnete Männer. Auch sie trugen den grünen Mantel – dieselbe Farbe, derselbe Schnitt. Nein, sie hatte sich nicht geirrt. Es waren die Vitalienbrüder, und er war einer von ihnen.

»Alf, sei vorsichtig!«, sagte sie, aber nicht etwa, weil das ihr aufrichtiger Wunsch war, sondern weil es sich so gehörte.

»Du brauchst dir keine Sorgen zu machen. Der Stadtrat ist aufgelöst worden, die Stadt hat eine neue Regierung, und alles wird gut werden. Endlich können wir Mann und Frau werden und uns zusammen zeigen.«

»Werde ich denn nicht mehr gesucht?«

»Nein, da es einen neuen Stadtrat gibt und wir die Macht übernommen haben, bist du frei. Aber geh noch nicht aus, es ist immer noch gefährlich.«

Anne dachte an Mårten und seine Freunde. Sie saßen nicht im Rat und würden sie weiter verfolgen, bis sie sie eines Tages gefunden hatten. Aber sie schwieg, lächelte ihm zu und nickte. Zumindest musste sie jetzt die Wächter in der Stadt nicht mehr fürchten.

»Ich bleibe nicht lange fort!« Alf zwinkerte ihr vertraulich zu und warf ihr auf dem Weg nach draußen noch eine Kusshand zu.

Monatelang war sie verfolgt worden, doch jetzt, da die Anzeige gegen sie ihre Gültigkeit verloren hatte, konnte Anne sich nicht freuen. Sie hatte begriffen, dass sie Alf verlassen musste, bevor er zu gefährlich für sie wurde. Er war ein Mann, der sie niemals losließe.

Mit schwankenden Schritten ging sie zur Tür. Diesmal hatte Alf sie nicht einschließen können wie sonst immer, und sie vermochte trotz ihres Elends ein Lächeln nicht zu unterdrücken. Die Tür war geborsten, sie brauchte nur hinauszuspazieren. Ihre Freiheit war zum Greifen nahe, und nun überlegte sie, was sie tun sollte. Vor einigen Tagen hatte sie noch in eine Ehe mit einem Mann eingewilligt, der sich um sie gekümmert, ihr Arbeit und ein Obdach gegeben hatte, der aber auch ihr ganzes Leben überwacht hatte. Wenn sie ihn verlassen wollte, dann musste sie es jetzt tun.

Sie hob den Blick und sah zur Tür. Wenn sie nun auf die Straße trat, stünde sie wieder völlig allein da, wie damals, als sie in Stockholm angekommen war. Dann wäre sie wieder auf sich gestellt und hätte weder eine Unterkunft noch Arbeit oder Geld. Aber hatte sie eine Wahl?

Nach einer Weile der Unschlüssigkeit betrat sie ihre Kammer, zog Christinas grünes besticktes Samtkleid an und packte einen Ranzen mit Proviant, Schuhen, einem Hemd und einem langen Rock. Dann eilte sie ins Obergeschoss, zog die Schublade hervor und nahm mit zitternden Händen den Inhalt heraus. Die

Liste mit den Namen war verschwunden, aber das Geld war noch da. Sie zögerte erst, streckte aber dann die Hand aus und nahm sich einige Münzen. Allerdings nur so viel, wie sie als Entlohnung für angebracht hielt, mehr nicht, denn sie wollte so wenig wie möglich von seinem Blutgeld. Rasch schloss sie die Schublade wieder, legte die Münzen in den Ranzen und verließ das Zimmer. Jetzt gab es kein Zurück mehr. Er würde ihr nie verzeihen, dass sie sein Geld angerührt hatte, aber ohne Geld konnte sie nicht überleben.

Sie zog Schuhe an und band sich ein Kopftuch um. Dann blieb sie noch einmal kurz vor der zerbrochenen Haustür stehen, während sie sich nachdenklich einen Schal um den Hals wand. Konnte sie die Geschehnisse falsch gedeutet haben, konnte Alf trotz allem unschuldig sein? Ich muss es wagen, dachte sie. Ich muss meinem Gefühl folgen und fliehen, solange noch Zeit ist, bevor er zurückkommt und mich wieder mit seinen Erklärungen einlullt. Niemals möchte ich mein Leben mit einem Mann teilen, der bei der Ermordung unschuldiger Menschen die Finger im Spiel hatte.

Innerlich wusste sie, dass sie völlig ahnungslos mit einem Mann zusammengelebt hatte, der offensichtlich zu allem fähig war, der sich nahm, was er brauchte, mit einem skrupellosen und kalten Machtmenschen. Voller Abscheu warf sie sich den Ranzen über die Schulter und ging hinaus. Als Erstes würde sie jetzt Valborg aufsuchen.

60. Kapitel

Alf lief hastig die Treppen auf den Marktplatz hinunter. Erschrocken zuckte er zurück, als er die Menschenmenge erblickte: Männer und Frauen jeden Alters, Knechte, Bauern, Arme und Gassenjungen. Eine Gruppe Vitalienbrüder versuchte die lärmende Menge zurückzudrängen, doch Geschrei, Drohungen und geballte Fäuste waren die Antwort.

Sowohl Schweden als auch Deutsche brüllten den bewaffneten Männern ihre Schmähungen entgegen, und eine Bande kleiner Jungen bewarf sie mit Steinen. Sobald einer der Vitalien brüder die Armbrust hob oder auf sie zurannte, spritzten sie auseinander und verschwanden in den Gassen. Alf warf seinem Bundesgenossen einen verwirrten Blick zu.

»Das verstehe ich nicht, Henrik. Warum benehmen sich die Leute so? Wir haben Stockholm doch befreit!«

»Komm, mit diesem Pöbel ist nicht zu spaßen!« Henrik Brybing packte Alf am Ärmel und zog ihn von der Menge weg. Hastig steuerten sie aufs Rathaus zu.

»Warum ist es denn so eilig? Was will man von uns?«

»Die deutschen Stadträte sind wegen der Vorfälle der letzten Tage unglaublich wütend auf uns«, erklärte Henrik und rückte sein Schwert zurecht. »Sie finden, dass wir zu hart vorgegangen sind, und weigern sich, uns die Beteiligung an der Regierung zuzugestehen.«

»Aber das alles haben wir doch für die Deutschen getan.«

»Ja, es waren auch fast alle auf unserer Seite, aber seit sie von dem Brand auf Käpplingeholmen erfuhren, wollen viele nichts mehr mit uns zu tun haben.«

»Wir können doch sicher mit ihnen reden und verhandeln ...«

»Es ist unmöglich, Alf. Es ist das reinste Chaos. Jetzt zählen nur noch die Waffen.«

Alf rutschte auf dem matschigen Pflaster aus und fluchte.

»Aber wir haben Waffen und kontrollieren das Rathaus und das Schloss!«

»Jaja, aber das Volk, wir bräuchten das Volk auf unserer Seite!«

Als sie zur Svartbrödragatan kamen und sich dem Stortorget näherten, nahm der Tumult zu, und man sah immer mehr Menschen auf den Straßen.

»Das gefällt mir aber ganz und gar nicht.«

»Du lieber Gott, wem sollte das schon gefallen!«

Die Männer beschleunigten ihre Schritte. Alf wünschte, er hätte seine Rüstung angelegt und sich bewaffnet, aber es war alles so schnell gegangen, und er hatte Anne auch nicht beunruhigen wollen. Vorhin hatte er sie noch im Arm gehalten und gespürt, wie sein Leben wieder einen Inhalt und einen Sinn bekam. Jetzt war alles in Aufruhr. Der Unrat lag an den Hauswänden aufgetürmt, und er ging an Häusern vorbei, die durchsucht und geplündert worden waren und deren Möbel und Hausrat man einfach auf die Straßen geworfen hatte. Man kam nur schwer voran, und als er durch die kleinen, übel riechenden Gassen lief, merkte er, wie ihn wieder Unruhe befiel. Er musste es zum Rathaus schaffen, bevor etwas geschah. Dann musste man so schnell wie möglich Ruhe und Ordnung in der Stadt herstellen, unter dem Abschaum aufräumen und das Blut von den Straßen waschen. Jetzt waren die Vitalienbrüder an der Macht, und er musste zusehen, dass alles seinen geordneten Gang ging. Als er die Augen hob, sah er schon das Dach des Rathauses. Gott sei Dank war es nicht mehr weit.

Plötzlich hörte man einen Ruf aus der Volksmenge. »Seht, da ist er, da ist Gerhardt!« Alf warf einen Blick über die Schulter zurück und sah eine Gruppe von Männern drohend näher kommen.

»Schnappt euch den Schurken, bevor er entwischt!« Ein großer Glatzkopf mit kräftigem Oberkörper deutete auf ihn.

»Der mit dem Mantel und dem roten Rock!«

Warum hatte er bloß etwas Rotes angezogen? Hätte er doch etwas Unauffälligeres genommen! Vor Schreck wurde er ganz blass und merkte, wie die Beine unter ihm nachzugeben drohten.

»Schnell, da durch die Tür!« Brybing fasste Alf am Arm und zog ihn zu einem Haus auf der anderen Straßenseite. »Und nicht laufen, sonst wissen alle gleich, dass du es bist.«

Doch auf diesem Ohr war Alf taub. Er hatte nur noch einen Gedanken im Kopf, nämlich zu entkommen, bevor der Pöbel ihn eingeholt hatte. Er ging nicht, sondern rannte das kurze Stück bis zum Tor, riss es auf und betrat den Hof.

»Der Schuft hat sich dort hineingeschlichen, schnappt ihn euch!«

»Wir müssen uns verstecken!«, keuchte Brybing nur wenige Schritte hinter Alf und lief auf die Hopfenstangen zu, die weiter hinten im Garten standen. Die üppigen grünen Pflanzen schlängelten sich die Stangen hinauf und boten guten Schutz. Alf sah Brybing verschwinden, erkannte aber im selben Augenblick, dass sie in der Falle saßen. Wenn sie entkommen wollten, mussten sie umkehren und auf dem gleichen Weg zurück, wie sie gekommen waren. Wenn sie entdeckt wurden, würden sie eine leichte Beute abgeben.

Geistesgegenwärtig hielt er sich ganz nahe am Zaun, und

als das Tor aufgestoßen wurde und die Menge in den Garten strömte, wartete er, bis alle drinnen waren. Dann schlich er sich hinter ihnen vorbei und stürzte hinaus. Alles wäre gut gegangen, hätte er nicht diesen roten Rock getragen, denn den sah der Glatzkopf wahrscheinlich aus den Augenwinkeln, und schon drehte er sich um.

»Da ist er, haltet ihn!«

Alf rannte abermals los. Verzweifelt ballte er die Fäuste und lief um sein Leben. Er keuchte, und das schweißfeuchte Hemd klebte ihm am Körper. Die Straße hinauf zum Stortorget. Jetzt war es nicht mehr weit, er würde es schaffen! Aber dann wurde er doch müde, die Beine wurden taub, und er hatte das Gefühl, keine Luft mehr zu bekommen. Die Menschenmenge grölte, er hörte ihre Rufe und die Schritte hinter sich. Plötzlich merkte er, dass sie aufholten, dass er es vielleicht nicht mehr schaffen würde. Angst schüttelte seinen Körper. Wenn er doch nur ruhig weitergegangen wäre, wie Brybing ihm geraten hatte, wenn er doch gleich bei Anne geblieben wäre!

Die Männer kamen immer näher, und er konnte seinen Vorsprung kaum mehr halten. Ein guter Läufer war er noch nie gewesen, und nicht einmal jetzt kam er rasch voran, da es doch um sein Leben ging. Die Beine wurden immer schwerer, und er schien auf der Stelle zu treten. Die Waden stießen aneinander, in den Lungen pfiff es, und ein Ring schien sich um den Brustkorb zu legen. Schließlich erkannte er das Dach des Rathauses, den Schandpfahl und den Erker. Nicht mehr weit, nur noch wenige Schritte, dann war er gerettet!

Der erste Schlag traf ihn von hinten im Genick, und er geriet ins Taumeln. Der nächste warf ihn gegen die Hauswand, wo er zusammensank. Er streckte die Hand aus und stützte sich an der Wand ab, grub die Finger in die Holzbalken und stand wieder auf. Schwankend kam er auf die Füße, während ihm der Schmerz wie eine Flamme durch den Körper schoss. Benommen suchte er nach einer Lücke in der Menge, durch die er hindurchschlüpfen konnte. Da traf ihn ein harter Schlag in den Rücken, und er stürzte abermals zu Boden. Immer mehr Menschen kamen auf ihn zu und traten wie wild auf ihn ein. Stöhnend hielt er sich die Hände vors Gesicht und bat um Gnade, aber das schien die Menschen nur noch mehr anzustacheln.

»Mörder!«

»Heimtückischer Brandstifter!«

Der Mob schrie, schlug und trat, bis vor seinen Augen nur noch rote Dunkelheit herrschte. Das Blut rann ihm zwischen den Fingern hindurch, und er begriff, dass er sterben würde, wenn er hier liegen blieb. Er dachte an Anne, die zu Hause auf ihn wartete. Sie würden heiraten, sie erwartete ein Kind von ihm, und sie brauchte ihn. Er musste etwas tun, wenn nicht alle seine Träume und Pläne im Nichts verlaufen sollten. Dieser Gedanke verlieh ihm neue Kräfte, und er vermochte sich wieder hochzurappeln. Blutend blickte er seinen Peinigern in die Augen.

»Beruhigt euch, ich bin unschuldig! Wir haben Stockholm doch gerettet!«

»Du hast meinen Bruder verbrannt!«

»Wir wissen, dass du es warst. Du hast meinen Vater ermordet!«

»Nein, nein!«, schrie Alf und hielt die zerschundenen Hände in die Höhe wie ein Prediger. »Hört mir zu, wir haben ...«

Die Menge verstummte und wartete. Man hatte aufgehört, ihn zu schlagen, und schien sich anhören zu wollen, was er zu sagen hatte. Alf holte tief Luft, vielleicht würde er ja doch noch davonkommen. Seine Hoffnung stieg.

»Was dort draußen auf Käpplingeholmen geschah, war ein schlimmer Unfall, das Feuer brach versehentlich aus ...«

»Lüg doch nicht! Warum habt ihr dann das ganze Haus verriegelt und zugenagelt?«

Alf befeuchtete sich die Lippen. Sein Mund war völlig ausgetrocknet, und er bekam kaum noch Luft. Er musste leugnen, er durfte nichts zugeben. Hatten Brybing und er sich nicht darauf geeinigt?

»Es ist kein Feuer gelegt worden, so glaubt mir doch!«

»Verfluchtes Lügenmaul! Greift ihn euch!«

Ein Mann kam mit einem Eisenrohr auf ihn zu und hob den Arm. Alf sah die schwere, rostige Waffe und begriff, dass es vorbei war. Er musste handeln, er musste etwas Unerwartetes tun. Er sammelte die letzten Kräfte und tat zwei rasche Schritte nach vorn.

»Da, Vorsicht, die Vitalienbrüder!«

Er sah dem Mann über die Schulter und deutete mit dem Finger hinter ihn, tat so, als stünde ein Haufen Soldaten hinter der Menge. Dieser kurze Augenblick der Unaufmerksamkeit genügte ihm.

»Treibt sie auseinander!«, brüllte Alf den nicht vorhandenen Vitalienbrüdern zu, aber mit scharfem und Ehrfurcht gebietendem Ton, der über die ganze Menschenmenge hinwegdröhnte. Alle drehten sich um und sahen in die Richtung, in die er gezeigt hatte, und in diesem kurzen Moment drehte er sich um und rannte los. Er rempelte gegen Leiber, Beine, Arme, Hosen, Röcke, schaffte es aber, das Gleichgewicht zu halten. Mit einem kleinen Vorsprung stürmte er den Hügel hinunter, während er sich gleichzeitig den Gürtel und den blutigen roten Rock vom Körper riss.

61. Kapitel

Leise vor sich hin fluchend erreichte Mattis den Kai und versetzte einem Holzstapel am Weg einen solchen Tritt, dass ihm ein stechender Schmerz durch den Fuß fuhr. Einige Scheite segelten in hohem Bogen über eine Teertonne, bevor sie auf dem Boden aufprallten. Der Holzhändler blickte auf, wagte aber nichts zu sagen. Mattis entschuldigte sich, aber dann fiel ihm ein, dass Vitalienbrüder so etwas nie taten. Sie gehörten zu den Machthabern der Stadt, und als einer von ihnen musste er sich für gar nichts rechtfertigen. Mit seiner Rüstung war er, der Gaukler, plötzlich jemand geworden, mit dem man rechnen musste.

Aber nach Annes Meinung war er ja nicht allzu viel wert. Sie war nicht die einzige Frau in seinem Leben gewesen, aber sie hatte in ihm die Hoffnung auf eine gemeinsame Zukunft geweckt. Während er mit den Vitalienbrüdern unterwegs gewesen war, hatte er sich nur eins gewünscht: sie wiederzusehen. Und dann hatte sie sich für diesen Alf entschieden! Das wollte ihm nicht in den Kopf. Wie konnte sie nur? Wusste sie denn nicht, dass dieser Mann ein Verbrecher war?

Mattis war unschlüssig, was er tun sollte. Keiner seiner Kumpane an Bord wusste, dass er das Schiff für immer hatte verlassen wollen, also konnte er jederzeit zurückkehren. Oder sollte er versuchen, Valborg zu finden? Nachdenklich schritt er über das Steinpflaster. Vielleicht sollte er in der Stadt bleiben, bis Anne endlich aufging, welcher Mordbube dieser Alf war. Früher oder später musste sie es herausfinden, da war er ganz sicher.

Er blieb stehen und warf einen Blick auf das Schiff am Kai. Solange die Vitalienbrüder die Macht innehatten, war er sicher, und vielleicht war es ja geschickter, wenn er sich an sie hielt und beobachtete, aus welcher Richtung der Wind wehte. Als Vitalianer konnte er sich frei auf den Straßen bewegen, während er als Schwede gefährlich lebte und sich vielleicht sogar verstecken musste. Zumindest solange es in der Stadt noch so unruhig war wie derzeit. Langsam wandte er sich um und ging auf das Schiff zu. Er würde einfach abwarten.

Ein Rudel abgemagerter Hunde mit struppigem Fell wühlte in den Abfällen. Anne ging langsam und vorsichtig vorbei, um nicht in den Unrat zu treten. Ihre Schuhe halfen ihr nicht viel, und sie musste aufpassen, nicht auszurutschen. Angewidert legte sie sich den Schal vor den Mund, um den unerträglichen Gestank zu mildern.

An der Straßenecke zwischen Skomakargatan und Kåkbrinken entdeckte sie mehrere Leichen auf einem Haufen, und überall patrouillierten Männer in Rüstungen. Vielleicht hatten sie ja auch den Weinkeller in Stücke geschlagen. Valborg selbst konnte ebenfalls etwas zugestoßen sein. Doch dann schlug sich Anne diese düsteren Gedanken aus dem Kopf und beschleunigte ihre Schritte. Und wo steckte Mattis? Sie hoffte, dass auch er Valborg aufsuchen würde, damit sie ihm erklären konnte, was sie ihm zuvor nicht hatte sagen können.

Plötzlich hörte sie einen Schrei und sah in der Ferne einen Mann durch die Gasse auf sie zulaufen. Er rannte, als würde er verfolgt, und als er näher kam, erkannte sie, dass er groß und schlank war und den grünen Mantel der Vitalianer trug. Sie wollte schon in eine Seitengasse ausweichen, als ihr plötzlich irgendetwas an seiner Gestalt bekannt vorkam, an seinen Bewegungen, an seiner Haltung. Großer Gott, es war Alf!

Mit widerstreitenden Gefühlen blieb sie stehen. Da war er, der Mann, den sie begehrt und dem sie vertraut hatte, der ihr so große Hoffnungen gemacht hatte, der sich um sie gekümmert hatte – der sie aber auch belogen und hinters Licht geführt hatte. Ein skrupelloser Machtmensch, der gemordet hatte und auch ihr gefährlich werden konnte. Sie stützte sich an der Hauswand ab. Innerlich war sie hin- und hergerissen zwischen dem Drang, ihn zu schlagen und anzuspucken, und dem Wunsch, ihn zu beschützen.

Er kam näher, und sie sah, dass er blutete, dass seine Kleider schmutzig und zerrissen waren.

»Gott sei Dank, du bist es!« Seine Stimme ging ihr durch Mark und Bein. »Anne, versteck mich, schnell! Schnell!«

Oben auf der Straßenkuppe erschien eine Schar schreiender Menschen. Annes Hände zitterten, und ihre Handflächen wurden feucht. Sie hörte Alfs keuchenden Atem und sah das Flehen und die Verzweiflung in seinen Augen. So wie er sie ansah, wusste er, dass sie ihn durchschaute. Bittend streckte er ihr die Hand entgegen.

»Anne, worauf wartest du? Hilf mir!«

Sie starrte wie gebannt auf die ausgestreckte Hand, während die lärmenden Verfolger näher kamen. Die Hand eines Mörders. Sie trat einen Schritt zurück, schlug die Augen nieder und tat so, als hätte sie ihn nicht gesehen.

»Anne!« Sein Schrei fuhr ihr durch alle Glieder, aber sie blickte nicht auf. Da fluchte er und floh weiter, verfolgt von der aufgebrachten Menge. Sie hörte die Schreie und die Schmährufe und drückte sich an die Hauswand, als die Verfolger an ihr vorbeistürmten. Dann hob sie den Blick und sah gerade noch, wie er in eine Seitengasse einbog, den Pöbel auf den Fersen.

Ihr Herz hämmerte. Was hatte sie getan? Erschüttert verschränkte sie die Hände vor der Brust, doch dann atmete sie tief durch und straffte den Rücken. Hier konnte sie nicht stehen bleiben. Sie musste schleunigst zum Weinkeller, bevor ihr selbst noch etwas zustieß.

Sie eilte weiter, und nach einer Weile sah sie die Gasse und die bekränzte Stange. Wenn der Kranz noch dahängt, ist sicherlich alles in Ordnung, dachte sie, und das letzte Stück legte sie fast im Laufen zurück. Die Vorfreude auf das Wiedersehen mit der Freundin wurde mit jedem Schritt größer. Sie hatte Valborg so sehr vermisst, und sie brauchte endlich einen Menschen, mit dem sie reden und von dem sie sich trösten lassen konnte. Atemlos pochte sie an die Tür. Keine Antwort. Da schlug sie den Klopfer etwas stärker dagegen und rief: »Valborg, mach auf, ich bin's, Anne!«

Von drinnen war kein Laut zu hören, und niemand kam an die Tür. Schließlich trat sie zornig gegen das Holz, schluchzte tief auf und kehrte um. Da hörte sie eine zornige Stimme rufen: »Wag das nicht noch einmal, du verdammter Unruhestifter!«

Alf wusste vor Verzweiflung nicht mehr aus noch ein. Anne hatte einfach dagestanden und keinen Finger gerührt, um ihm zu helfen. Irgendjemand musste ihr von den schrecklichen Vorfällen erzählt haben, die sich ereignet hatten. Er hatte es in ihren Augen gelesen. Wenn er sich nur retten konnte, dann würde er sie später aufsuchen und ihr alles erklären, damit sie es verstand. Er warf einen Blick auf seine zerfetzten Kleider und biss die Zähne zusammen. Flieh, flieh, rief es in seinem Kopf, flieh, später kannst du die Zusammenhänge aufklären.

Im Weiterrennen nahm er sich nicht einmal die Zeit, sich umzusehen, und mit jedem Schritt, den er zwischen sich und seine Verfolger legte, stieg seine Hoffnung. Es schien, als hätte ihn die Menge aus den Augen verloren, jedenfalls hörte er sie nicht mehr. In einem Hinterhof fand er eine Regentonne, in der er sich Gesicht und Hände wusch. Seine Wunden brannten, und er verzog den Mund. Verdammte Aufwiegler, dachte er. Eines Tages würde er dafür sorgen, dass alle, die ihm etwas angetan hatten, bestraft wurden. Aber was war mit Brybing geschehen? War er dem Mob in die Hände gefallen, oder hatte man ihn einfach laufen lassen?

Alf strich sich das Wasser aus dem Gesicht und starrte in die Regentonne. Er hätte nicht so schnell zu seinem Haus zurückkehren dürfen. Brybing hatte ihn zu überreden versucht, im Rathaus zu bleiben, aber er hatte nicht auf ihn hören wollen. Seine Sehnsucht war so übermächtig gewesen, und nach all den Geschehnissen hatte er seine Frau mehr denn je gebraucht. Außerdem hatte er sich ja auch Sorgen um sie gemacht. Doch er hätte wissen müssen, dass es zu gefährlich war, sich jetzt schon auf die Straße zu begeben. Die Gerüchteküche brodelte, und sicher war dabei sein Name gefallen. Er hätte sich zumindest verkleiden sollen. Nun, wenn er es nur zurück zum Rathaus schaffte, war er in Sicherheit, dann würde schon alles wieder in Ordnung kommen. Anne würde ihm vergeben, wenn er ihr in Ruhe alles darlegte. Sie musste einsehen, dass Krieg grausam war, dass es dabei zu abscheulichen und blutigen Ausschreitungen kam.

Er lehnte sich an die Tonne und versuchte sich zu beruhigen. Jetzt musste er abwarten und sich verstecken, bis seine Verfolger verschwunden waren. Erst dann konnte er sich zum Rathaus aufmachen. Sein rascher Blick schweifte über den kleinen Hintergarten, in dem ein Viehstall und ein Vorratshäuschen standen. Auf der anderen Seite des Zauns entdeckte er ein Waschhaus, in dem er Schutz suchen wollte. Er trat an den Zaun, sah sich vorsichtig um, schwang sich über die grauen Bretter und ging auf das Häuschen zu.

Anne fuhr herum, und im nächsten Augenblick breitete sich ein warmes Lächeln auf ihrem Gesicht aus.

»Valborg!«

Die Tür stand offen, und sie erkannte das runde, verschwitzte Gesicht ihrer Freundin. Sie breitete die Arme aus und ging ihr entgegen. Valborg umarmte sie lange und drückte sie fest an sich.

»Du lieber Gott, Anne, du bist also wieder da! Gott sei's gedankt! Aber warum in aller Welt bist du wie eine deutsche Bürgersfrau gekleidet? Kein Wunder, dass ich dich nicht gleich erkannt habe.«

Valborg lachte glücklich, hielt Anne die Tür auf und winkte sie herein. Dann schloss sie sie hastig wieder und legte den Riegel vor. Sie stiegen die Treppe hinunter.

»Und ich hatte schon gedacht, ich sähe dich nie wieder. Ich bin ja so froh, dass du unversehrt bist. Lass dich anschauen! In grünem Samt mit Stickereien, das musst du mir erklären. Wo bist du bloß gewesen, Mädchen?«

»Eingesperrt.«

»Das hab ich mir fast gedacht. Setz dich!«

Anne nahm Platz, und während Valborg Bier und Brot auf den Tisch stellte, erzählte sie atemlos, wie sie von Alf eingesperrt worden war und was seitdem alles geschehen war.

»Das ist zu viel auf einmal, ich habe nur die Hälfte verstanden. Das musst du mir jetzt ganz langsam erklären.«

»Ja, ich weiß, aber ich habe so viel erlebt.«

Sie verstummte und dachte daran, was auf dem Weg zum Weinkeller geschehen war. Es kam ihr alles so unwirklich und so erschreckend vor. Sie beugte sich vor, atmete tief durch und wollte von der aufgebrachten Menge erzählen, die Alf verfolgt hatte, aber Valborg kam ihr zuvor.

»Während Magnus Spangenmacher und ich durch die Straßen gingen und dich suchten, warst du also immer ganz in der Nähe, nur ein paar Viertel entfernt?«

»Ja, und wir sind uns einmal sogar auf dem Marktplatz begegnet. Erinnerst du dich, als dir dieser blaue Stoff so gut gefiel? Und dann zog sich der junge Händler ins dunkle Standinnere zurück und weigerte sich, dir etwas zu verkaufen. Das war ich.«

»Das meinst du nicht im Ernst!«

»Alf hatte mir verboten, mich zu erkennen zu geben, und ich hatte nicht den Mut, mich ihm zu widersetzen. Ich schäme mich ja so!«

»Nun, du hattest ja gar keine Wahl.«

»Nein, ich war Tag und Nacht eingesperrt, und zum Schluss glaubte ich ihm alles, was er sagte. Ich hatte sogar vor, ihn zu heiraten.«

»Alf heiraten? Du lieber Gott!«

»Ja, und als ich Mattis traf, war mir, als hätte ich ihn niemals vermisst. Ich war ganz erfüllt von Alf.«

»Mattis, ja. Gott sei Dank ist er noch am Leben.«

»Ist er nicht hier?«

»Nein.«

»Oh …« Anne hielt inne, ihre Schultern sanken herab, und sie spürte einen enttäuschten Stich im Herzen. Sie hatte ihm alles erklären, ihn um Entschuldigung bitten wollen. Aber er würde sicherlich noch früh genug zum Weinkeller kommen, und dann konnte sie ihm alles erzählen.

»Magst du ihn denn immer noch so gern?«

»Ja, aber nicht so wie vorher.« Sie wischte sich einen Brotkrümel vom Knie. »Jetzt kam er mir auf einmal so unreif vor, als wollte ich mich gegen einen Grashalm lehnen.«

Valborg lachte hell auf.
»Aber erzähl mir lieber noch mehr von Alf.«
»Ich kann es einfach nicht fassen, dass dieser Mann solche Macht über mich bekam. Zum Schluss war ich schon ein Teil von ihm, als wäre ich seine Frau. Wahrscheinlich willigte ich deswegen ein, ihn zu heiraten, obwohl ich ihn eigentlich gar nicht liebte.«
»Da wird es schon noch etwas anderes gegeben haben ...«
Valborg zwinkerte, und Anne errötete schamhaft.
»Er hat sich um mich gekümmert, und außerdem wusste er, wie man eine Frau glücklich macht. Ich hätte vorher nie geglaubt, dass ich so besessen von einem Mann sein könnte. Ich habe mich ihm völlig ausgeliefert.«
»Was du nicht sagst. Aber nun glaub nicht, dass ich noch einmal den ganzen Weg zum Badehaus mit dir gehe. Schröpfen lassen kannst du dich diesmal allein.«
Anne brach in Gelächter aus, wurde aber gleich wieder ernst.
»Ich bereue es wirklich, das kannst du mir glauben, und ich habe mich Mattis gegenüber so schäbig verhalten«, seufzte sie. »Und dir ...«
»Ach, vergiss das! Du bist jung, du bist in Schwierigkeiten geraten, und außerdem habe ich nie geglaubt, dass du eine Diebin bist. Ich war sogar einmal bei Alf, aber er behauptete, dich nicht zu kennen.«
»Der Schurke – mir hat er nichts davon erzählt ... Wenn ich das gewusst hätte!« Anne schlug mit der flachen Hand auf den Tisch. »Der Mann ist ein Verbrecher. Wenn ich nur daran denke, was er allein in Stockholm angerichtet hat.«
»Ja, du kannst wirklich froh sein, dass du noch am Leben bist.«
»Das ist mir klar, und seine Grausamkeit übertrifft meine schlimmsten Vorstellungen. Du würdest es mir nicht glauben ...«
Anne beugte sich vor und erzählte Valborg, wie Alf und sie nach Käpplingeholmen hinausgerudert waren, von dem verriegelten Haus mit den zugenagelten Fenstern und von der Liste mit den siebzig Namen. Sie erwähnte auch die geheimnisvollen Männer, die sie im Schärengarten kennengelernt hatte und die später noch einmal ins Handelshaus gekommen waren.

»Er war einer von den Vitalienbrüdern, und ich glaube, er war mit dabei auf Käpplingeholmen«, schloss sie. »Er scheint sogar in vorderster Reihe beteiligt gewesen zu sein. Ich habe Rauchgeruch an ihm bemerkt, ja, er stank geradezu danach! Und auf dem Weg hierher bin ich mit ihm zusammengestoßen, und ich höre immer noch die grölende Menge, die hinter ihm her war. Valborg, er hat mich um Hilfe gebeten, aber ich konnte ihm nicht helfen. Es war so schrecklich!«

Tröstend legte Valborg die Hand auf Annes Arm und stand auf. »Mach dir keine Vorwürfe. Er ist ein Schuft, und du hast ganz richtig gehandelt. Richtiger, als du selbst glaubst, du wirst schon sehen. Komm, ich will dir jemanden vorstellen!«

Anne folgte der Freundin ins Kellergewölbe. Hier war es feucht und stickig, und es brauchte seine gute Weile, bis die Augen sich ans Dunkel gewöhnt hatten. Irgendjemand bewegte sich dort. Als sie näher kam, entdeckte sie einen stattlichen Mann mit dunklem Haar und braunen Augen, der auf einer Kiste saß. Sein Blick war gefasst, seine Hände lagen auf den Eisenbeschlägen der Truhe.

»Magnus, dies ist Anne, nach der wir so lange gesucht haben.«

Der Mann stand auf und musterte die deutsche Bürgersfrau erstaunt.

»Anne?«

»Ja, das ist sie. Anne, nimm dein Kopftuch ab!«

Anne zog sich das Tuch vom Kopf, und das rot glänzende Haar fiel ihr über die Schultern. Sie schüttelte es und drehte sich zu ihm um. Magnus verbeugte sich und sah ihr freundlich in die Augen.

»Magnus Spangenmacher, ich bin ein guter alter Freund von Valborg.«

Anne wollte ihm die Hand geben, aber da entdeckte sie die Verbände um seine Handgelenke.

»Ich habe mich verletzt, aber es ist nichts Ernstes«, erklärte er, als er ihren Blick sah. Er lächelte, und sie spürte, dass sein Lächeln echt war. Jetzt merkte sie auch, dass seine Kleider in Unordnung und seine Schuhe ganz zerrissen waren. Im Licht der Fackel sah er bleich und erschöpft aus. Valborg legte ihm die Hand auf die Schulter.

»Magnus ist nicht irgendwer. Er ist Stadtrat und war auf Käpplingeholmen dabei, konnte aber fliehen. Er wird dir erzählen, was dort geschah.«

Annes Augen weiteten sich, sie war erschrocken und neugierig zugleich.

Magnus Spangenmacher räusperte sich und holte Luft. Während er mit tiefer und besonnener Stimme berichtete, was er gehört und gesehen hatte, war kein anderer Laut in dem Kellergewölbe zu hören.

»Ich habe versucht, die schwedischen Bürger zu warnen, aber sie wollten nicht auf mich hören. Sie glaubten Gerhardt, und das war ihr Tod«, schloss er.

»Meint Ihr Alf Gerhardt?«, fragte Anne mit zitternder Stimme.

»Ja, er war der Anführer.«

Anne rang nach Luft, und ihr Magen verkrampfte sich. Sie sah ihn wieder vor sich, gejagt von der Menge, erst die Furcht im Blick und dann die erschrockene Erkenntnis, dass sie Bescheid wusste.

»O Gott, das ist ja noch schlimmer, als ich dachte!«, flüsterte sie.

Alf hatte alle diese Männer in den Tod geschickt. Und vor gar nicht allzu langer Zeit hatte er sie noch in den Armen gehalten – ein Henker!

»Magnus konnte sich retten, und niemand weiß, dass er sich hier aufhält«, erklärte Valborg und setzte sich auf eines der Weinfässer. »Aber vielleicht erwarten ihn die Vitalienbrüder zu Hause. Jemand muss ihn gesehen haben, denn es geht das Gerücht, dass er noch am Leben ist.«

»Diese Verbrecher sollen mich nicht kriegen!« Magnus verzog das Gesicht.

»Ich helfe Euch«, versprach Anne, ohne zu überlegen. Selbstverständlich musste sie etwas für ihn tun – nach allem, was er durchgemacht hatte.

»Aber ich darf nicht in Stockholm bleiben. Ich muss so bald wie möglich fliehen und will nur noch warten, bis es auf den Straßen ein wenig ruhiger geworden ist, damit ich meine Gattin Ingrid und das Kind holen kann.«

Er klang entschlossen, und Anne begriff, dass er sein Leben

aufs Spiel setzte, damit seine Familie ihn begleiten konnte. Dabei wäre es für ihn viel einfacher gewesen, allein zu fliehen.

»Ruhiger? Das kann noch lange dauern.«

»Aber ich muss sie benachrichtigen, es darf ihnen einfach nichts geschehen. Die Vitalianer könnten sie als Geiseln nehmen.«

»Es ist noch zu gefährlich, dich draußen zu zeigen. Und ich möchte den Keller auch nicht unbedingt verlassen«, seufzte Valborg.

Aber wenn die Vitalienbrüder den Keller durchsuchen, finden sie ihn, dachte Anne. Er musste gehen. Sie stellte sich vor, wie er durch die Gassen nach Hause eilte. Wahrscheinlich würde er nicht allzu weit kommen. Die Vitalienbrüder hatten Straßensperren errichtet und sahen sich jeden Schweden genau an. Sie selbst war auch östlich von der Stadtmauer aufgehalten worden, war aber dank ihrer fehlerfreien deutschen Aussprache ohne große Umstände durchgelassen worden. Magnus hingegen lief Gefahr, getötet zu werden. O Gott, wie viele Menschen hatte Alf ins Unglück gestürzt? Plötzlich spürte sie, dass sie einen kleinen Teil des Übels, das er über so viele gebracht hatte, wiedergutmachen wollte. Sie war frei, sie konnte helfen.

»Ich gehe.«

»Aber du bist doch gerade erst mit Mühe und Not hierher gelangt!«, protestierte Valborg.

»Wenn ich mich wie eine deutsche Bürgersfrau aus Lübeck kleide, bin ich sicher, und ich spreche doch Deutsch. Ich kann Eure Familie benachrichtigen, Magnus.«

»Wirklich?« Magnus Spangenmacher schien erstaunt über ihren Mut.

»Ja, natürlich, und das werde ich auch tun. Was soll ich Eurer Gattin ausrichten?«

»Bittet meine Gattin, sich sofort zur Abreise bereit zu machen. Sie soll Kleidung für sich und das Kind zusammenpacken, Geld und Proviant für mehrere Tage, vielleicht eine Woche. Sobald es dunkel wird, kann sie hierherkommen, dann verlassen wir bei Nacht die Stadt.«

»Ich kenne einen Fuhrmann, der mir öfter behilflich ist. Der versorgt euch mit Pferden«, warf Valborg ein.

»Dann fügt sich ja alles! Dann mache ich mich wohl am besten gleich auf den Weg«, meinte Anne.

Sie war auf einmal ganz stark und voller Tatendrang. Ohne es zu wissen, hatte sie mit einem Mörder zusammengelebt und hatte ihn nicht von seinen blutigen Taten abhalten können. Jetzt konnte sie zumindest helfen.

»Aber willst du zuvor nicht noch etwas essen und trinken?«

»Darum können wir uns hinterher kümmern – gesetzt den Fall, dass du mich wieder hereinlässt«, lächelte Anne und zwinkerte Valborg zu.

Magnus Spangenmacher trat auf Anne zu und legte ihr die Hände auf die Schultern. Seine Augen blickten tief und ernst.

»Anne, Ihr seid eine großartige Frau. Ihr setzt Euer Leben für mich aufs Spiel. Ich bin Euch bis an mein Lebensende zu Dank verpflichtet.«

»An so etwas sollt Ihr gar nicht denken. Jetzt gibt es Wichtigeres zu tun.« Anne warf den Kopf in den Nacken und ging zur Tür.

»Wäre es nicht einfacher, wenn ich Euch sage, wo wir wohnen?« Magnus kam ihr nach. »Wir wohnen im zweiten Haus in der Skomakargatan. Und nehmt dies mit!« Er reichte ihr ein Seidentaschentuch mit seinem Hauszeichen.

Sie nahm es entgegen, nickte ihm zu und eilte davon.

62. Kapitel

Alf schaffte es nicht mehr bis zu dem Waschhaus. Plötzlich packte ihn jemand von hinten. Zwar versuchte er sich noch loszureißen, aber da waren die anderen schon über ihm. Schritte, Schreie und aufgeregte Stimmen von allen Seiten. Obwohl er um sich schlug und trat und jeden erdenklichen Widerstand leistete, wurde er wieder auf die Straße hinausgezerrt.

»Ab mit ihm zum Rathaus, damit sie ihn verurteilen können!«, rief ein Priester mit hochrotem Kopf.

»Ja, den sollen sie mit dem Kopf nach unten aufhängen und rädern!«, schrie ein bärtiger Bauer mit Wollhose.

»Der ist nichts als ein Vieh! Er hat meinen Mann ermordet!

Der hat kein Recht auf ein Urteil, den können wir selbst verurteilen!«, kreischte eine Frau und hob ihre Axt.

Die rasende Wut der Menge schaukelte sich immer weiter hoch, und die Angst sog Alf die letzte Kraft aus den Gliedern. Jemand fesselte ihm die Arme, und aus den Augenwinkeln sah er, wie ein fein gekleideter alter Mann vortrat und ihn anspuckte.

Als ihn der erste Tritt in den Bauch traf, rollte er sich Schutz suchend zwischen die Beine der Umstehenden, aber sie stießen ihn gleich wieder weg. Er versuchte aufzustehen und sah sich um, ob ihm jemand helfen könnte, aber hier wollte keiner einen Finger für ihn rühren. Auch die Vitalienbrüder waren weit und breit nicht zu sehen. Soll es wirklich so enden?, dachte er noch, bevor ihn der nächste Tritt gegen den Brustkorb traf und sein Kopf nach hinten geschleudert wurde. Anne, warum hast du mir nicht geholfen? Anne!

Ein weiterer Tritt, diesmal ins Gesicht. Ein brennender Schmerz schoss ihm durch den Kopf und bis in den Körper hinunter. Er krümmte sich zusammen, rollte zur Seite und versuchte sich zu schützen, aber die Axt sah er nicht mehr rechtzeitig. Die Frau holte aus und schlug mit voller Kraft zu. Die Klinge drang vom Scheitel bis zum Kieferknochen.

Die Tür wurde einen Spaltbreit geöffnet, und eine magere Frau mit dünnem Haar beäugte misstrauisch die Besucherin.

»Ingrid Spangenmacher?«

»Ja?«

»Bitte, ich habe eine wichtige …«

Die Frau schloss die Tür, und Anne musste erneut klopfen.

»Ich habe eine Botschaft von Eurem Mann!«, rief sie.

Vorsichtig wurde die Tür wieder geöffnet, und die Frau erschien im Türspalt. Sie sah bleich und übernächtigt aus, und ihre eng beieinanderstehenden Augen waren gerötet und verschwollen.

»Bitte, lasst mich eintreten, ich habe gute Nachrichten.«

Anne hielt ihr Magnus Spangenmachers Taschentuch hin, und es wurde still. Dann hörte sie es rumoren, bis die Frau endlich den Riegel hob und die Tür ganz öffnete.

»Ist Magnus noch am Leben? Ist das wirklich wahr?«

»Ja, ich habe gerade mit ihm gesprochen, aber er konnte nicht selbst kommen, deswegen hat er mich geschickt.«

Anne trat ein und lächelte die fremde Frau an. Hinter ihr sah sie einen schönen Holzboden aus breiten, groben Brettern, gobelingeschmückte Wände und einen Herd in der Ecke. Der Stadtrat Magnus Spangenmacher war offensichtlich gut betucht.

»Setzt Euch doch bitte.«

Die Frau, die vielleicht zehn Jahre älter sein mochte als sie selbst, wies mit einer Armbewegung auf eine Bank, die an der Wand festgemacht war.

»Nun erzählt«, forderte sie Anne auf, nachdem sie sich niedergelassen hatte.

Anne berichtete kurz, was geschehen war, und erzählte, dass ihr Mann sie erwartete. »Er wollte, dass Ihr für Euch und das Kind die Sachen zusammenpackt, und sobald es dunkel wird, sollt Ihr mit mir zum Weinkeller kommen.«

»Aber wie soll ich denn alles tragen?«

»Nehmt nur das Wichtigste mit, sonst könnte es sein, dass man uns aufhält.«

»Aber ich muss doch so viel mitnehmen. Nein, ich will nicht weg …«

»Wenn Ihr hierbleibt, kann das sowohl Euch als auch Euren Gatten das Leben kosten.«

»Sagt doch so etwas nicht! Oh, welch ein Unglück!«

Anne tat so, als hätte sie diese Worte überhört.

»Außerdem solltet Ihr auch Geld mitnehmen.«

»Ach, er denkt immer nur ans Geld …«

»Nein, er denkt an Euer Leben, und dafür braucht er eine Reisekasse.«

»Aber wo sollen wir denn hin?«

»Das wollte er nicht verraten. Er will niemanden in Gefahr bringen.«

»Ich verstehe«, sagte Ingrid, die nach und nach den Ernst der Lage zu erfassen schien. Mit leerem Blick starrte sie vor sich hin und blieb erst einmal reglos sitzen, als sich in der Wiege am anderen Ende des Zimmers das Geschrei eines Säuglings erhob. Dann drehte sie sich gereizt um.

»Ich kann nicht denken, ich kann nicht packen, wenn sie so schreit.«

»Ich kümmere mich in der Zwischenzeit um das Kind«, bot Anne an.

Ingrid warf ihr einen misstrauischen Blick zu, aber dann nickte sie. Seufzend stand sie auf und machte sich ans Packen.

Anne trat an die Wiege, beugte sich darüber und betrachtete das Kind. Als sie die Kleine sah, versetzte es ihr einen Stich ins Herz. Es war ein allerliebstes kleines Mädchen, ungefähr so alt, wie ihr eigenes Kind gewesen wäre, wenn es überlebt hätte. Außerdem hatte die Kleine dieselbe Haarfarbe wie sie, und Anne konnte nicht anders, als ihr leicht über den Kopf zu streicheln. Zuerst fühlte es sich ungewohnt an, dann aber liebkoste sie das Kind innig. Ohne nachzudenken, plauderte sie mit der Kleinen, die sich nun bewegte und sie ansah. Ihr Blick war hell und klar, und als Anne die grün schimmernden Augen sah, konnte sie ein Lächeln nicht unterdrücken. Behutsam nahm sie das kleine Mädchen auf den Arm und drückte es fest an sich, während Magnus' Frau im Haus umherlief und in Vorratskammern und Kisten wühlte. Anne setzte das Kind auf den Boden und spielte eine Weile mit ihm, bis Ingrid endlich zum Aufbruch bereit war.

Sie strich der Kleinen ein letztes Mal über den Kopf, bevor sie sie hochhob und Ingrid übergab. Anne spürte Tränen in der Kehle und schluckte. Dann griff sie nach dem Gepäck und half Ingrid beim Tragen.

Kurz nach der Dämmerung kam Anne mit Ingrid, dem Kind und dem Gepäck beim Weinkeller an.

»Sie haben uns unterwegs zweimal aufgehalten, aber ich habe sie bestochen«, erzählte sie, nachdem Valborg sie hereingelassen hatte. Magnus stand auf und ging seiner Frau entgegen.

»Ingrid, Gott sei Dank!« Er umarmte sie, und Anne ertappte sich bei dem Gedanken, wie eine Frau wie Ingrid wohl zu einem solchen Mann gekommen war. Stand eine sachliche Absprache dahinter, oder verband die beiden tatsächlich Liebe? Sie betrachtete sein helles, freundliches Gesicht und stellte fest, wie gut ihm die geliehenen Kleider standen. Er trug einen weiten braunen Mantel, einen grauen Rock und eine dunkle Hose, wahrscheinlich alles Kleidungsstücke, die er von Valborg bekommen hatte, damit man ihn im Dunkeln nicht so leicht entdeckte. Sie hatten wohl einmal dem Ehemann der Freundin gehört, und Anne sah, dass er sich auch einen Dolch und ein Schwert besorgt hatte.

»Wir reisen sofort«, erklärte Magnus und ergriff die Hand seiner Gattin. »Hast du das Geld?«

»Ja. Aber wohin reiten wir denn?«

»Richtung Norden, mehr verrate ich nicht. Wir müssen uns nur verstecken, bis sich die Lage in Stockholm wieder beruhigt hat.«

»Aber ich will wissen …«

»Wir haben bepackte Pferde, die auf uns warten, alles ist bereit. Komm jetzt!«, sagte Magnus, hielt dann aber noch einmal inne.

Er nahm Ingrid das Kind aus den Armen und hielt es hoch, damit sowohl Valborg als auch Anne es betrachten konnten. »Meine Erstgeborene«, erklärte er stolz. »Sie heißt Maria, und bald werden wir noch mehr Kinder haben«, verkündete er, ohne zu bemerken, dass bei diesen Worten ein Schatten auf das Gesicht seiner Frau fiel.

»Bitte halt sie noch einmal kurz, während wir die letzten Sachen verstauen.« Er legte Valborg das Kind in die Arme. »Ingrid, komm mit, die Pferde stehen im Hof hinterm Haus.«

Anne half ihnen beim Beladen der Tiere, aber nach einer Weile kehrte sie in den Keller zurück. Sie konnte sich einfach nicht von diesem Kind losreißen. Sie setzte sich neben Valborg, sah die Kleine sehnsüchtig an und strich ihr behutsam über die Wange.

Valborg beobachtete sie still. »Dieses Kind scheint dich auf seltsame Weise anzuziehen. Hast du bemerkt, dass ihr die gleichen Augen habt?«

»Tatsächlich?«

»Ja, und hast du die Haare betrachtet? Die ersten Male, als ich Maria sah, hatte sie fast dunkles Haar, aber jetzt hat sie die gleiche rot glänzende Farbe wie du.«

»Ja, du hast recht.« Anne strich dem Mädchen über den Kopf. »Ich hab es gesehen, aber nicht weiter darüber nachgedacht.«

Von hinten näherten sich Schritte, und Magnus und Ingrid kamen zurück aus dem Hof.

»Jetzt fehlt nur noch der Proviant …«

»Hier ist der Ranzen mit dem Essen.« Anne stand auf, reichte ihn Magnus und kehrte dann zu dem Kind zurück.

»Eure kleine Tochter ist wirklich entzückend!«, sagte Anne.

»Ja, allerdings.«

»Stellt Euch vor, ich hätte eigentlich auch so eine kleine Tochter haben sollen. Aber sie kam tot zur Welt.«

»Genauso wie meine«, murmelte Ingrid. »Also, ich meine natürlich das letzte Mädchen, das ich vor Maria zur Welt brachte.«

»Da verstehe ich, dass Ihr sehr glücklich seid.«

»Ja, ich habe Gott schon viele Male gedankt.« Ingrid schlug die Augen nieder.

Magnus trat zu ihnen. »Dann reiten wir jetzt los. Ingrid, nimmst du das Kind?«

Seine Frau nickte und nahm Valborg das Kind aus dem Arm. Da begann die Kleine zu schreien.

»Sei hübsch still, Maria«, mahnte Magnus zärtlich und versuchte die Kleine zu beruhigen, aber sie schrie gellend weiter.

Ingrid wiegte die Kleine auf den Armen, doch sie schrie und schluchzte und zappelte mit den kleinen Händen.

»Sie spürt sicher die Unruhe«, meinte Anne.

Ingrid ging mit dem Kind im Zimmer auf und ab. Sie sang ihr leise Lieder vor, gab ihr ein Stück Brot, doch vergebens, Maria ließ sich nicht trösten. Ihr Geschrei wurde immer stärker und schallte laut und verzweifelt durch die Wirtsstube. Schließlich legte Ingrid sie in die mitgebrachte Trage.

Magnus brach der Schweiß aus. »Um Gottes willen, sie muss aufhören, so zu schreien!«

Anne warf ihm einen hastigen Blick zu, ging zu der Kleinen und kniete neben ihr nieder. Mit sanfter Stimme sang sie ihr ein deutsches Wiegenlied vor, das sie in Lübeck gelernt hatte, während sie dem Kind gleichzeitig über den Kopf strich. Sie summte und sang weich und melodisch weiter, während Maria sie mit großen Augen betrachtete und sich immer mehr ablenken ließ. Nach einer Weile wurde sie ganz still, und Magnus bedachte Anne mit einem warmen Blick.

»Habt Dank für Eure Hilfe!«

Ingrid hob sich die Trage auf den Rücken, aber kaum war

sie einige Schritte gegangen, da begann das Kind wieder zu schreien.

In einer verzweifelten Geste hob Magnus die Arme.

»Wenn sie weiterhin so schreit, verrät sie uns noch!«

»Lasst das Kind doch hier«, schlug Anne vor und stellte sich vor den Ratsherrn. Auf einmal war sie ganz kühn geworden. Sie hatte ihr Herz an die Kleine verloren und ahnte, dass Ingrid draußen im Wald mit dem Kind nicht zurechtkommen würde. »Ihr seid doch nur wenige Tage weg, auf jeden Fall nicht länger als ein, zwei Wochen.«

»Ich gebe das Kind niemals aus den Händen!«, protestierte Ingrid.

»Stellt Euch nur vor, Euch widerfährt etwas, wenn Ihr unterwegs seid. Oder Ihr werdet gar getötet. Einige Tage könnt Ihr es doch sicher ohne Maria aushalten«, sagte Anne bestimmt und griff nach der Trage.

Magnus blickte von Anne zu Ingrid.

»Anne hat recht, Ingrid. Ich habe das Ganze nicht richtig durchdacht. Wenn uns etwas widerfährt, muss Maria sterben. Anne geht so liebevoll mit ihr um, und bei Valborg bekommt sie genug zu essen. Wir lassen sie hier.«

»Ja, das ist gewiss die beste Lösung«, versicherte Valborg.

»Niemals!«, rief Ingrid aus.

»Denk nicht nur an dich selbst, Liebste. Glaubst du, mir wird Maria nicht fehlen? Wir müssen jetzt das tun, was für unsere Tochter am besten ist.«

In stummem Einverständnis fing Anne Magnus' Blick auf. Er lächelte ihr zu und legte seiner Frau dann tröstend den Arm um die Schultern, trocknete ihre Tränen und hielt sie im Arm, bis sie sich schließlich von ihm hinausführen ließ. Anne und Valborg folgten zögernd und sahen zu, wie er Ingrid in den Sattel half. Danach wandte er sich noch einmal an die beiden Frauen.

»Das Kind bleibt also hier. Wir kommen so schnell wie möglich zurück. Vielen Dank für alles.«

»Wir kümmern uns gut um Eure Tochter«, versprach Anne und sah ihm in die ernsten braunen Augen.

»Sei vorsichtig, Magnus! Reitet durchs Stadttor und dann bis nach Ulvsunda, bevor ihr haltmacht«, ermahnte ihn Valborg.

»Ja, das wird wohl das Beste sein, aber jetzt müssen wir uns wirklich beeilen.« Er umarmte Valborg und trat dann noch einmal zu Anne.

»Ich werde Euch nie vergessen, wie viel Gutes Ihr uns getan habt.«

Sie spürte die Wärme in seiner Stimme und lächelte ihn an.

»Ich habe nur getan, was getan werden musste. Und es ist mir eine große Freude, mich um Euer Kind kümmern zu dürfen.«

»Ihr seid so mutig. Wenn das Kind bei Euch ist, bin ich ganz beruhigt.«

Er nickte Maria zu, die mit einem Holzlöffel spielte, den Anne ihr gegeben hatte.

Anne merkte, wie ein wachsendes Glücksgefühl ihren Körper durchströmte. Sie wollte sich so gern um die Kleine kümmern. Abermals fing sie Magnus' Blick auf.

»Also dann ...« Er trat auf sie zu und küsste sie auf beide Wangen, gab sie danach aber nicht gleich wieder frei, sondern ließ die Hände auf ihren Schultern liegen. Sein Blick ruhte auf ihr, und sie spürte, dass er ihr vollauf vertraute.

»Sollten wir nicht vielleicht gleich hierbleiben?«, ließ sich Ingrid plötzlich vernehmen. Sie war wieder vom Pferd gestiegen und kam zurück. »Warum wagen wir uns überhaupt auf die Straßen hinaus? Und das Kind ...«

»Nein, wir müssen los, und wir haben es eilig.« Magnus lächelte Anne noch einmal zu, eilte zu seinem Pferd und saß auf.

Ingrid blickte von ihrem Kind zu Magnus und wieder zurück. In diesem Augenblick schien sie zu verstehen, dass er ihr nicht weiter zuhören würde und dass sie sich zwischen ihm und der Kleinen entscheiden musste. Widerwillig stieg sie mit Valborgs Hilfe wieder in den Sattel, nahm die Zügel auf und blickte auf Anne herab.

»Gnade Euch Gott, wenn dem Kind etwas zustößt!«

Magnus warf seiner Frau einen verdutzten Blick zu. Dann trieb er die Pferde mit einem Zungenschnalzen an. Anne sah den beiden nach, wie sie zum Tor hinaus und auf die Gasse ritten. Eine Weile hörte sie noch das Hufeklappern auf dem Kopfsteinpflaster, dann erstarb das Geräusch irgendwann.

»Gott sei mit den beiden!«, seufzte Valborg und wandte sich ab, um wieder in den Keller hinunterzusteigen. Anne hob die Trage mit dem Kind auf und folgte ihr.

»Ich mache mir solche Sorgen«, sagte Anne. »Wenn sie nicht von den Vitalienbrüdern erschlagen werden, fallen sie am Ende irgendwelchen Wegelagerern in die Hände.«

»Sie hatten keine Wahl. Sie mussten fliehen. Komm, wir setzen uns erst einmal hin und schöpfen wieder Atem.« Valborg holte eine Kanne Bier, stellte Brot, Schinken und Käse auf den Tisch und nahm Platz.

»Ich bin so froh, dass du dich meiner Bitte angeschlossen hast und dass wir das Kind jetzt hierbehalten können«, sagte Anne, ohne sich zu setzen. »Maria ist entzückend. Ich weiß nicht, ob Ingrid sich bei dieser waghalsigen Flucht so gut um sie gekümmert hätte.«

»Die Kleine war ihr ja auch vorher schon eine Last«, stellte Valborg fest. »Ich hatte des Öfteren Gelegenheit, das zu beobachten.«

Anne setzte die Trage ab und lehnte sich vor. »Du sagst, dass mir das Kind so ähnlich sieht, und mir kommt da auch so ein Gedanke. Anfangs hielt ich es für Einbildung. Ich nahm an, dass ich in Maria mein tot geborenes Kind wiedererkennen wollte – eine Art Wunschdenken. Aber jetzt gerate ich ins Grübeln.«

»Ja?«

»Ich habe meine Tochter ja nie zu sehen bekommen.«

»Vielleicht wollte man dich schonen.«

»Das ist es nicht allein. Damals erzählte man mir, die Kleine sei an der Friedhofsmauer vor dem Heiliggeistspital begraben worden, und als ich dorthin ging, um für sie zu beten, bekam ich zu hören, dass dort nie ein Kind beerdigt wurde.«

»Vielleicht hat sie ja kein eigenes Grab bekommen – als Totgeburt.«

»Aber Linnea, die Vorsteherin, hat mir das so berichtet.«

Valborg starrte Anne an.

»Linnea? Aber ... das ist doch Ingrids Schwester!«

Anne hatte das Gefühl, als hätte man ihr gerade einen Messerstich versetzt. Hier stimmte irgendetwas nicht. Bevor sie sagen konnte, was sie dachte, sprach Valborg schon weiter.

»Weißt du, ich habe mich auch gefragt, was es mit Ingrid und ihrem Kind auf sich hat. Bevor Magnus abreiste, erzählte er mir, dass er sich solche Sorgen mache. Er glaubte nämlich, dass Ingrid das Kind wieder verlieren werde, weil sie so starke Blutungen gehabt hatte. Als er nach Enköping aufbrach, hatte er sogar Angst, seine Gattin werde die Geburt nicht überleben. Als er dann nach Hause zurückkehrte, hatte sie einem gesunden Mädchen das Leben geschenkt, und alles war gut gegangen. Sie behauptete, das habe an ihren Gebeten gelegen, Gott habe sie erhört. Doch von der Geburt konnte sie gar nichts erzählen, sie ist mir immer so seltsam ausgewichen, wenn ich sie danach fragte.«

Valborg stand auf, legte ein paar Scheite in den Ofen und setzte sich dann wieder. Sie schwiegen beide, und Anne beugte sich noch einmal über das schlafende Mädchen. Ihr Blick glitt über das kleine Kindergesicht, die Stirn, die Wangen, die Ohren und den Hals. Plötzlich bewegte sich Maria, wimmerte leise und wachte auf. Anne sah ihr in die hellen grünen Augen und streichelte ihr spielerisch das Kinn. Das Mädchen strahlte und begann zu kichern. Anne kitzelte sie, und die Kleine lachte noch mehr, bis ihr fast die Luft wegblieb. Da hielt Anne plötzlich inne.

»Mein Gott, das darf doch nicht wahr sein!«

Sie erbleichte und griff nach der Trage.

»Anne, was ist denn?«

Valborg lief zu ihr.

»Sieh nur, sie hat Claus' Lächeln. Das Mädchen hat mein Haar und meine Augen und genau dieselbe Art zu lächeln wie Claus. Dieses Kind kann nicht von Ingrid sein. Es ist meines!«

»Aber Anne, wie sollte das denn möglich sein? Dein Kind ist doch tot zur Welt gekommen.«

»Ja, aber es gab schon mehr Kinder, die für tot gehalten wurden und dann doch am Leben blieben. Wir müssen mit Linnea sprechen.« Jetzt war Anne voller Eifer. »Sie entdeckte vielleicht, dass die Kleine doch noch lebte und …«

»Weißt du«, fiel Valborg ihr ins Wort, »vor ein paar Jahren flüsterte man sich gewisse Gerüchte über sie ins Ohr. Man behauptete, sie nehme Kinder von armen und kranken Müttern an und gebe sie an wohlhabende Frauen weiter.«

»Ist das wahr?«

»Ich weiß es nicht. Es kann natürlich auch nur üble Nachrede sein, aber vielleicht hat sie versucht, ihrer Schwester zu helfen.«

Anne nahm Maria hoch und musterte sie nachdenklich, während sie sie zärtlich auf dem Arm hielt.

»Valborg, was sollen wir tun?«, flüsterte sie. »Ich glaube, Maria ist mein Kind. Ja, sie muss mein Kind sein!«

»Wir müssen überhaupt nichts tun. Ich kenne Ingrid. Sie konnte noch nie gut lügen. Eines Tages wird der Druck zu groß werden, und dann wird sie die Wahrheit gestehen.«

»Aber ich will es jetzt wissen!«

Valborg stand auf und strich sich das Kleid glatt.

»Ich hatte noch nie Angst vor Linnea. Morgen gehen wir zu ihr und fragen sie.«

63. Kapitel

Sie entdeckten Linnea an der Brunnenwinde im Hof. Sie waren allein gekommen. Maria hatten sie bei einer Amme gelassen, einer guten und warmherzigen Frau, der Ingrid in letzter Zeit schon öfter ihr Kind anvertraut hatte. Anne hatte die Kleine nicht dabeihaben wollen, wenn sie Linnea gegenübertrat.

Anne und Valborg gingen langsam auf die Vorsteherin zu. Die Frau mit der Hasenscharte ging zum Brunnen, schob die Abdeckung beiseite und hängte den Eimer an den Haken. Anne starrte sie an. Im Tageslicht wirkte Linnea plötzlich alt und verwelkt, und sie konnte sich nicht recht vorstellen, dass diese jämmerliche Gestalt ihr ihr Kind gestohlen haben sollte. Hatte diese graue Frau wirklich die Kraft gehabt, ihr so wehzutun?

Anne zögerte und dachte daran zurück, wie gut Linnea während ihrer Zeit im Heiliggeistspital zu ihr gewesen war.

»Willst du, dass ich mit ihr spreche?« Valborg blieb am Zaun stehen, legte eine Hand auf Annes und warf einen Blick zum Brunnen hinüber. Anne schüttelte den Kopf.

»Nein, nein, das muss ich selbst tun.«

Sie öffnete das Gatter und schritt entschlossen auf die Vorsteherin zu. Linnea blickte auf, und Anne sah, dass ihre Augen golden gesprenkelt waren, was ihr vorher nie aufgefallen war.

»Ich bin es, Anne, die du im Heiliggeistspital gepflegt hast.«

»Oh, das ist ja schön. Du siehst aus, als ginge es dir wieder gut. Und Valborg! Warte, ich ziehe nur rasch das Wasser hoch, dann können wir zu mir hineingehen.«

Anne schluckte und warf einen verstohlenen Blick auf Valborg, um sich die nötige Kraft zu holen. Dann ging sie ohne Umwege auf ihr Ziel los.

»Linnea, warum hast du mir erzählt, mein Kind sei tot?«

Die Vorsteherin starrte sie an.

»Dein Kind? Wovon sprichst du?«

»Das weißt du sehr gut. Mein Kind ist nicht tot zur Welt gekommen. Du hast das Mädchen deiner Schwester Ingrid gegeben. Warum hast du mir mein Kind genommen?«

Linnea drehte Anne den Rücken zu, ließ den Eimer in den Brunnen hinab und füllte ihn mit Wasser. Dann zog sie ihn mit der Winde wieder hoch und wandte sich um. Ihre Augen funkelten.

»Bist du völlig von Sinnen? Was redest du da?«

»Anne ist nicht verrückt, Linnea. Wir wissen alles«, mischte sich Valborg ein und kam näher. »Ich weiß nicht, ob du es für dich oder für Ingrid getan hast, aber ich bitte dich: Stell die Dinge richtig und gib deine Tat zu! Eher bekommen wir keine Ruhe.«

Geräuschvoll stellte Linnea den Eimer ab und straffte den Rücken. Ihre Augen waren jetzt ganz verändert. Anne musste an Eiszapfen denken, schmutzige, gelbe Eiszapfen.

»Wisst ihr, wessen ihr mich da bezichtigt? Das sind schwere Anschuldigungen. Dafür könnte ich euch vor Gericht bringen und …«

»Spar dir dein Lamentieren. Wir wissen, dass meine Tochter nie begraben wurde, wie du damals behauptet hast«, fiel Anne ihr ins Wort. »Es gab kein Grab, es gab nicht einmal ein Holzkreuz zur Erinnerung.«

Linnea wand sich.

»Ja, das stimmt, das gebe ich zu. Aber das behauptete ich doch nur, um dich zu beruhigen, Anne. Ich dachte, du freust dich, wenn ich dir sage, dass wir uns um das tote Kind gekümmert haben. Wir geben den Neugeborenen selten ein eigenes Grab, aber es ging dir so schlecht, und ich wollte dich trösten.«

Einen Augenblick lang war Anne verunsichert, aber dann

sah sie den ausweichenden Blick, und heftiger Zorn ergriff sie. Linnea log. Hinterlistig und verschlagen hatte sie sich eine Ausrede ausgedacht. Niemals gäbe sie freiwillig zu, was sie getan hatte, sondern würde immer nur alles leugnen. Anne brach der Schweiß aus. Ihr Herz klopfte, und ihr Blut geriet in Wallung. Vor ihren Augen flimmerte es und dann brach es schließlich aus ihr heraus. Sie stürzte sich auf Linnea.

»Gib es zu!«, schrie sie und packte die Vorsteherin bei den Schultern. »Du lügst doch! Ich sprach mit einer der Nonnen, und sie erzählte mir, sie habe noch Kindergeschrei aus der Kapelle gehört.«

»Nun komm endlich wieder zu dir! Deine Tochter war nicht das einzige Kind, das letztes Jahr geboren wurde. Diese Nonne hat sich eben geirrt, und du irrst dich ebenso.« Linneas Stimme klang hart und kalt.

»Anne und das Kind sehen sich ähnlich«, warf Valborg ein.

»Und sie lächelt genau so wie ihr Vater«, ergänzte Anne.

»Das ist ja wohl das Dümmste, was ich je gehört habe. Einjährige sehen alle gleich aus. Glaub mir, ich habe im Heiliggeistspital wirklich viele kleine Kinder gesehen.«

Wieder bekam Anne dieses rote Flimmern vor Augen. Beherrsch dich!, versuchte sie sich zuzureden, konnte ihren Zorn aber nicht mehr im Zaum halten.

»Wenn du nicht sofort die Wahrheit sagst, werfe ich dich in den Brunnen!«, drohte sie. Ihre Lippen waren ganz blutleer, und ihr Atem ging stoßweise.

Linnea versuchte sich zur Wehr zu setzen. »Es ist nicht so, wie du behauptest!«

»Anne, beruhige dich!«, mahnte Valborg.

Aber Anne hörte nicht. Die Wut fegte wie eine Sturmbö über sie hinweg, und in ihren Zorn mischte sich die Verzweiflung. Sie drängte Linnea gegen den Brunnenrand und bekam dabei fast Angst vor sich selbst. Nun musste sie der alten Hexe nur noch einen kleinen Stoß versetzen, und sie würde in den Schacht stürzen.

»Anne, lass ab von der alten Frau!«

Anne hörte Valborgs Stimme zwar wie aus weiter Ferne, nahm sie aber trotzdem kaum wahr. Tief unten im Brunnen sah sie die Wasseroberfläche. Ich muss mich beherrschen, dachte sie, es muss einen anderen Weg geben, sie zum Sprechen zu bringen. Forschend blickte sie in Linneas Augen und dachte an Valborgs Worte.

»Wir wissen, dass du schon mehr Kinder gestohlen hast«, sagte sie mit zitternder Stimme. »Wenn du nicht die Wahrheit sagst, werde ich verraten, was du hier treibst. Du musst mir nur sagen, ob Maria mein Kind ist oder nicht. Das ist alles, was ich wissen will. Wenn du aber schweigst, wirst du dich für alles verantworten müssen, was du getan hast!«

Linnea wurde blass. »Ich bin die Vorsteherin des Heiliggeistspitals und helfe Armen und Kranken. Wenn eine Frau entbinden soll, stehe ich ihr ebenfalls bei. Und jetzt kommst du daher und klagst mich an. Nein, das Kind ist nicht deines!«

Anne fluchte laut und hob zornig die Hand. Sie starrte in das verlogene Gesicht der Frau, dann ließ sie sie wieder sinken.

Valborg legte ihr den Arm um die Schultern, und Anne trat zitternd einen Schritt zurück.

»Was du da treibst, ist Kindesraub«, schrie sie gellend, »und ich werde es jedem erzählen – den Stadträten, den Besitzern des Heiliggeistspitals und auch den Mönchen, mit denen du zusammenarbeitest! Ich bin bereit, es überall kundzutun. Und du weißt, welche Strafe dich erwartet.«

Als Anne wieder auf die Vorsteherin zuging, hob diese die Hände, um sich zu schützen. Mit weit aufgerissenen Augen sah sie sie flehend an. Anne hielt sich gerade noch zurück. In den Tiefen dieser dumpfen Augen erkannte sie es. Sie hatte recht gehabt.

»Du brauchst mir nicht zu antworten, ich weiß es bereits«, sagte sie ruhig. »Es ist mein Kind, und wenn Ingrid zurückkommt, wird sich alles mit ihr klären.« Erschöpft trat sie einen Schritt zurück. »Warum, Linnea? Warum hast du mir das angetan?«

»Ich dachte, das Kind werde sterben, wenn du es behältst. Dem Mädchen ging es so schlecht, und ich war überzeugt, dass du es niemals schaffen könntest. Und dann war Ingrid so verzweifelt, sie hatte schon so viele Kinder verloren. Anne, kannst du mir verzeihen?« Linnea sah sie flehend an. »Wir dachten alle, das Kind sei tot, aber als ich in die Kapelle kam und sah, dass es noch lebte, fiel mir Ingrid ein.«

Anne versuchte zu antworten, aber die Stimme wollte ihr nicht gehorchen. Die innere Spannung aber ließ nach, und sie zitterte am ganzen Körper. Dann kamen ihr die Tränen. Die Freudentränen. Jetzt waren sie zu zweit, sie und Maria. Endlich konnte sie ihr neues Leben beginnen.

64. Kapitel

Dunkelheit hatte sich über die Stadt gesenkt, und im Weinkeller prasselte ein Feuer im Herd.

»Trink, das wird dir jetzt guttun!«

Anne blickte auf. Ohne eine Antwort abzuwarten, goss Valborg ihr den Becher voll mit dem guten Rheinwein aus dem Keller. Dann beugte sie sich vor und tätschelte ihr die Wange.

»Deine Augen strahlen richtig. Das vermeintlich tote Kind hat dir also viel bedeutet.«

»Ja, mehr, als ich selbst geahnt hätte. Ich kann immer noch kaum glauben, dass es wahr ist.« Sie stand auf und trat zu ihrer Tochter. Vorsichtig beugte sie sich über die Trage und strich ihr über das weiche, flaumige Haar.

»Lass sie doch schlafen, Anne! Du klebst ja förmlich an ihr.«

»Aber sie ist so wundervoll, ich kann einfach nicht anders.« Widerwillig kehrte Anne an den Tisch zurück.

Valborg stellte eine Schüssel Gemüsesuppe auf den Tisch und legte Brot dazu. Dann setzte sie sich und füllte ihnen beiden auf. Mit geräuschvollem Schlürfen begann sie ihr Mahl.

»Du klingst ja, als hättest du seit einer Woche nichts mehr zu essen bekommen«, lachte Anne.

»Nun ja, vielleicht auch seit zwei Wochen …«, kicherte Valborg.

Anne lächelte, wurde aber gleich wieder ernst.

»Danke, dass du mich begleitet hast. Mit deiner Unterstützung hatte ich gleich viel mehr Mut. Als Linnea nicht gestehen wollte, war ich richtig verzweifelt.«

Sie verstummte und nahm nachdenklich einen Löffel Gemüsesuppe. Dann konnte sie sich nicht mehr beherrschen und stand wieder auf. Valborg legte ihr die Hand auf die Schulter.

»Nun beruhige dich doch endlich! Wir wissen jetzt, dass es

dein Kind ist, aber Ingrid ahnt es noch nicht. Darüber sollten wir reden. Hast du darüber nachgedacht, was du tun willst?«

Anne setzte sich wieder.

»Ja, ich gebe ihr Maria nicht zurück. Nie im Leben. Und dann muss ich mir irgendwie meinen Lebensunterhalt verdienen und lernen, Männern aus dem Weg zu gehen, die mich in Schwierigkeiten bringen.«

»Fürs Erste ziehst du wieder hier ein«, schlug Valborg vor und nickte zum Obergeschoss hinauf. »Da oben schläft zur Zeit keiner. Das passt doch gut für die Kleine und dich.«

»Du bist so lieb und kümmerst dich um uns beide!«

»Ja, ich traue mich nicht, dich in die Stadt zu lassen, da weiß man ja nie, ob du zurückkommst.«

»Tja, aber morgen gehe ich trotzdem noch einmal zum Handelshaus. Ich muss unsere Geschäfte in Ordnung bringen, bevor das Kontor geplündert wird – falls es nicht schon zu spät ist.«

»Ja, geh nur, aber versprich mir, bestimmt zurückzukommen!«

Anne lehnte sich lachend zu ihrer Freundin hinüber und umarmte sie.

»Versprochen.«

Die ganze Nacht war es unruhig in der Stadt, und Anne tat kaum ein Auge zu. Sie hörte Rufe und Waffengerassel, schnaubende Pferde und Lärm von den Karren und Zugschlitten. Nicht nur Magnus Spangenmacher und seine Frau flohen aus Stockholm. Anne lag im Bett, dachte an Alf und fragte sich, was wohl mit ihm geschehen war. Er war gewiss entkommen, saß jetzt mit seinen Vitalienbrüdern im Rathaus und ersann neue Untaten. Vielleicht suchte er auch nach ihr. Aber sie würde ihm aus dem Weg gehen, denn sie wusste, dass sie ihn nie, nie wieder sehen wollte.

Ab und zu stand sie auf und trat zu ihrem schlafenden Kind. Sie horchte auf die beruhigenden Atemzüge der Kleinen, beugte sich über sie und sog ihren weichen Geruch ein. Alf hatte sie verloren, aber dafür hatte sie etwas bekommen, was ihr viel lieber war: ihr eigenes Kind!

Erst im Morgengrauen schlummerte sie ein, und mit dem

Schlaf kamen die Träume. Sie sah zerfetzte Leichen auf den Straßen, schreiende Menschen und brennende Häuser. Sie versuchte, vor dem Feuer davonzulaufen, aber Männer im Harnisch stellten sich ihr entgegen und wollten sie aufhalten. Die Flammen breiteten sich aus und kamen immer näher. Schließlich erwachte sie mit einem Schrei und begriff, dass etwas geschehen sein musste. Dieser Albtraum deutete darauf hin, dass noch nicht alles vorbei war. Sie musste noch immer auf der Hut sein.

Während sie sich taumelig und schlaftrunken vom Lager erhob, zog sie das Nachthemd enger an den Körper und trat wieder an die Trage mit ihrem Kind. Das Mädchen war wach und spielte mit einem losen Faden an ihrer Decke. Das Licht fiel auf das glatte Gesichtchen und die weich gerundeten Wangen. Anne hob sie hoch und drückte sie zärtlich an die Brust. Maria, ihr eigenes Kind! Lange blieb sie so stehen, mit ihrer Tochter auf dem Arm, während sie ihr leise ein deutsches Wiegenlied vorsang. Erst als Maria zu schreien anfing, kehrte sie in die Wirklichkeit zurück, tröstete die Kleine und legte sie vorsichtig wieder hin. Dann wusch sie sich das Gesicht in der Schüssel, zog sich an und nahm ihr Kind mit nach unten. Valborg saß schon am Tisch, und Anne warf nur einen Blick auf ihre Freundin, um zu merken, dass etwas Ernstes vorgefallen war.

»Haben sie Magnus erwischt?«

»Nein, nicht dass ich wüsste. Das ist es nicht.«

Sie stand auf und holte ein Horn mit kuhwarmer Milch, die sie vom Nachbarn bekommen hatte.

»Hier hast du Milch für die Kleine.«

»Danke.«

Anne nahm Maria auf den Arm, setzte sich auf die Bank und fütterte sie. Valborg stellte Bier und Hafergrütze vom Vortag auf den Tisch und holte dann noch zwei Näpfe saure Milch aus dem Keller.

»Was ist es dann?«, fragte Anne, als Valborg zurückkam. »Ich hatte schreckliche Albträume. Irgendetwas muss geschehen sein.«

»Auf den Straßen herrscht der reinste Krieg. Die Deutschen auf dem Schloss haben sich mit den Vitalienbrüdern zusammengetan und regieren die Stadt. Schweden, die früher hohe Stellungen bekleideten, und Bürger, die auf ihrer Seite stehen, packen ihre Karren und verlassen die Stadt.«

»Ja, das habe ich selbst schon mitbekommen. Aber das kann doch noch nicht alles sein.«

Valborg stocherte in ihrer Grütze herum und blickte auf.

»Alf ist tot. Er wurde von einer aufgebrachten Menschenmenge umgebracht. Er versuchte zu fliehen und sich zu verstecken, aber zum Schluss haben sie ihn doch gefasst.«

Anne zitterte so heftig, dass ihr Maria fast vom Schoß rutschte, und sie fing sie hastig auf.

»Was ist vorgefallen?«

»Die Menge, die ihn tötete, verlangte Rache«, fuhr Valborg fort. »Man hatte zuvor versucht, die Gefangenen aus dem Schloss zu befreien, war aber gescheitert. Es waren die Mütter, Ehefrauen, Väter, Brüder, alle möglichen Verwandten der umgekommenen Männer. Sie haben ihn auf dem Weg zum Rathaus gestellt.«

»Die armen Menschen. Aber Alf …«

Anne erinnerte sich wieder an seinen Blick, seine flehentliche Bitte, ihn zu verstecken, und wie sie nur weggeschaut hatte. Sie schluckte. Es musste kurz nach ihrer Begegnung geschehen sein. War er von Brybing und seinen Kumpanen hinausgelockt worden, oder war es ihnen ähnlich übel ergangen? Die Gedanken überschlugen sich in ihrem Kopf. Alles kam ihr so unwirklich vor. Es waren erst wenige Tage vergangen, seit sie sehnsüchtig auf ihn gewartet hatte, und jetzt war er tot. Plötzlich war ihr ganz schwindlig und leer zumute, und sie schien überhaupt nichts mehr zu fühlen. Maria wimmerte, doch Anne strich ihr nur geistesabwesend über die Wange.

»Über Alf wurde kein Urteil in einem ordentlichen Prozess gesprochen«, murmelte sie.

»Ja, das Volk hat ihn verurteilt. Er hat bekommen, was er verdiente.«

»Für seine Taten hätte er gehängt werden müssen, das ist freilich wahr, aber er war nicht nur schlecht.«

Anne senkte den Blick. Alf war tot, doch vor ihrem inneren Auge tauchten die Bilder der guten Zeiten auf, wie sie sich rauschhaft und besinnungslos besessen hatten, aber auch wie sie zusammen gearbeitet und gelacht hatten. Wieder sah sie seinen flehenden Blick vor sich. Sein Tod musste grauenvoll gewesen sein.

»Es ist seltsam, wie es all den Männern ergeht, die ich treffe. Entweder sie sterben oder sie verschwinden …«, seufzte sie müde und atmete mit einem tiefen Seufzer aus.

»Ach, denk doch einfach an die vielen anderen Männer, die noch übrig sind.«

Verdattert sah Anne sie an, aber dann brach sie in lautes Lachen aus. Valborg legte die Hand auf Annes Arm. »Du hast Pech gehabt, das ist sicherlich wahr, aber du hattest auch Gott auf deiner Seite. Schau sie dir nur an, ist sie nicht wunderbar, deine Tochter?«

»Ich glaube, sie ist für mich der Anfang eines neuen Lebens.« Anne betrachtete Maria, und ihre Augen füllten sich mit Tränen.

»Ja, das ist sie«, stimmte Valborg ihr zu. »Aber nun gib sie mir. Siehst du denn nicht, dass sie satt ist? Jetzt musst du etwas in den Magen bekommen.«

Anne nickte und reichte Maria an ihre Freundin weiter. Langsam löffelte sie die saure Milch, aß ein wenig Haferbrei und trank von dem Bier, während sie Maria die ganze Zeit nicht aus den Augen ließ. Schließlich wischte sie sich den Mund ab und nahm Valborg die Kleine wieder ab.

»Du hast recht, mir ist viel Unglück widerfahren, aber Maria ist ein Geschenk. Ich werde alles für sie tun. Vor allem muss ich für ihren Unterhalt Sorge tragen. Ich hoffe, dass das Handelshaus nicht völlig zerschlagen und geplündert wurde. Ich muss sofort dorthin.«

»Bist du von Sinnen – doch nicht jetzt! Das könnte gefährlich werden.«

»Ja, ich weiß, aber es eilt. Ich muss sehen, ob ich dort irgendetwas finde, das mich und meine Tochter retten kann.« Sie stand auf. »Kümmerst du dich derweil um sie? Ich bin bald zurück.«

Ohne eine Antwort abzuwarten, küsste sie die Kleine auf die Wange, umarmte Valborg und eilte zur Tür hinaus.

Als sie den Korntorget erreichte, entdeckte sie zu ihrer großen Erleichterung, dass das Haus noch stand. Niemand hatte es niedergebrannt, denn nicht einmal die aufgebrachte Menge hatte es gewagt, die Stadt anzuzünden. Aber vielleicht hatten sie im Haus alles zerschlagen …

Es war noch früh am Morgen, und die Straßen waren recht leer, daher beobachtete sie keiner, als sie das Haus betrat. Auf der Treppe vorm Kontor sah es aus wie immer, und sie hoffte schon, dass auch im Innern alles unberührt war. Ihr sank der Mut, als sie entdeckte, dass die Tür halb offen stand. Nach kurzem Zögern sammelte sie sich innerlich und trat ein.

Die Tür ließ sich ungewöhnlich schwer öffnen. Sie betrat den Raum und entdeckte auch schon den Grund dafür. Die Gobelins waren von den Wänden gerissen und lagen zusammengeknüllt auf dem Boden, die Möbel waren zerschlagen, und der Inhalt der Schränke war herausgeräumt und im ganzen Zimmer verteilt worden. In rasender Zerstörungswut hatten die Plünderer den Schrank und das Schreibpult umgeworfen und alle Gegenstände auf dem Tisch durcheinandergebracht. Das Pult war zerschlagen, und der Gänsekiel, der Sandstreuer und die Pergamentrollen lagen auf dem Teppich verstreut.

Stumm und wie betäubt ging Anne umher und nahm das Ausmaß der Verwüstung in Augenschein. Alle Arbeit, alle Hoffnung, die sie in sich getragen hatte, während sie hier lebte, waren dahin. Warum diese blinde Zerstörungswut?, dachte sie, aber dann fiel ihr wieder ein, was auf Käpplingeholmen geschehen war, und sie verstand den flammenden Hass, der daraus entstanden war. Was hatte Alf nur zu einer solchen Wahnsinnstat verleitet? Es war unbegreiflich.

Müde kniete sie neben dem umgeworfenen Schreibpult nieder und blätterte in den Rechnungsbüchern. Die Blätter waren zerrissen und lagen als Fetzen auf dem Boden. Sie streckte die Hand nach einem ledergebundenen Band aus, der einigermaßen unversehrt schien, und schlug ihn auf. Er enthielt Berechnungen von Christina, und als sie weiterforschte, stellte sie fest, dass auch die zerrissenen Bücher jene von Christina waren. Vieles davon erkannte sie, es waren Teile der fehlerhaften Buchführung dabei, die Anne korrigiert hatte. Die Rechnungsbücher, mit denen sie selbst gearbeitet hatte, hatte sie ja oben bei sich in der Wohnung gehabt.

Plötzlich erstarrte sie mitten im Blättern. Den Plünderern war die Wohnung vielleicht gar nicht aufgefallen. Alf hatte seine Besucher ja immer im Kontor empfangen. Sie schlug das Buch zu und lief hastig die Treppe hinauf. Die zerbrochene Tür hing schief in den Angeln, und sie befürchtete schon, dass die Plünderer bis hierher vorgedrungen waren, aber als sie die Tür ganz öffnete, fand sie alles unberührt. Nichts war angefasst worden. Die Teppiche lagen immer noch auf dem Boden, die Gobelins hingen an den Wänden, und die Möbel standen dort, wo sie immer gestanden hatten, seit sie Alfs Wohnung neu eingerichtet hatte.

Erleichtert trat sie ein. Es roch frisch nach Wacholderreisern und Rosenblättern, und sie erinnerte sich, dass sie die Wohnung geputzt hatte, während sie auf Alfs Rückkehr wartete. Sie stieg weiter ins Obergeschoss hinauf, zog die Schubladen heraus und stellte zu ihrer Überraschung fest, dass das Geld noch immer da war. Unschlüssig wühlte sie in den Münzen, aber dann besann sie sich und steckte alles ein. Wenn sie mit Maria allein war, brauchte sie Geld, für jetzt und für ihre weitere Zukunft.

Sie ließ den Blick durchs Zimmer gleiten und dachte an alles, was Alf und sie hier erlebt hatten. In diesem Zimmer hatten sie beschlossen zu heiraten. Sie überlegte, was geschehen wäre, wenn sie schon seine Ehefrau gewesen wäre. Hätte sie das ganze Handelshaus geerbt oder wäre sie auch getötet worden, weil sie seine Frau war? Sie schauderte und wandte sich wieder zur Treppe.

Die Wohnung und die Gesindekammer sahen noch genauso aus wie zu dem Zeitpunkt, als sie gegangen war. Sie trat an den Tisch, wo sie zerstreut in den Rechnungsbüchern blätterte, mit denen sie gearbeitet hatte, als Alf vom Rathaus zurückkam. Wenn er nicht mit Brybing und den Vitalienbrüdern gegangen und stattdessen einfach bei ihr geblieben wäre – was dann? Wie anders wäre dann alles geworden? Früher oder später hätte sie natürlich trotzdem die ganze Wahrheit erfahren.

Während sie die Bücher durchblätterte, stieß sie plötzlich auf mehrere leere Seiten. Sie waren freigelassen worden für den Fall, dass man die Fracht der *Hindin* doch noch geborgen hätte. Alf hatte sich das für die Buchführung so gewünscht. Sie lächelte in sich hinein. Das Wrack, ja, damit war es nun nichts geworden, und ihre Sachen lagen immer noch irgendwo im Schärengarten auf dem Meeresgrund.

Träume und Wirklichkeit, dazwischen lag ein ganzes Himmelsgewölbe. Sie schlug ein anderes Buch auf und betrachtete die Spalten mit den Namen von Schiffern und den Ladungen. Was würde nun damit werden?

Sie stand auf, ging durch die Wohnung, fuhr mit der Hand über Truhen und Schränke und setzte sich dann wieder an den Tisch. Langsam blätterte sie weiter in den Rechnungsbüchern und spielte dabei zerstreut mit ihrem Gänsekiel. Alles, wofür Alf und sie gemeinsam gekämpft hatten, befand sich in dieser Wohnung, war aber in jenem Augenblick verloren gegangen, als Alf starb. Jetzt musste sie etwas Neues mit ihrem Leben anfangen.

Aber ... war denn wirklich alles zerstört worden?

Als Alf seinen Kompagnon Claus verloren hatte, hatte er das Geschäft allein weitergeführt. Diesmal hatte es sie getroffen, Anne von Lübeck, die ihren Kompagnon verloren hatte. Sie lehnte sich nachdenklich auf dem Stuhl zurück. Was hatte er gesagt? Er hatte doch erwähnt, dass alle Papiere für die Hochzeit vorbereitet waren und er mit einem Priester gesprochen hatte, der sie trauen sollte. Bedeutete das auch, dass er ihre Teilhaberschaft am Handelshaus schon hatte eintragen lassen?

Plötzlich keimte neue Hoffnung in ihr auf. Vielleicht hatte sie ja gar nicht alles verloren. Die wichtigsten Rechnungsbücher befanden sich hier oben in der Wohnung, und das Kontor ließ sich wieder aufräumen. Sowohl Claus als auch Alf hatten ihr gesamtes kaufmännisches Wissen an sie weitergegeben. Das reichte, um das Handelshaus auf eigene Rechnung weiterzuführen.

Sie blickte auf die beschädigte Tür und stand auf. Irgendwo in seinen Räumlichkeiten hatte Alf doch Werkzeug aufbewahrt. Sie stieg über die Treppe nach oben und fand die Werkzeugkiste. Dann ging sie zur Haustür und nagelte die lockeren Bretter wieder fest.

Ab jetzt würde sie selbst bestimmen, was mit dem Handelshaus geschah und wer hier eintreten durfte. Sie würde sich eine Zukunft schaffen. Für sich und ihre Tochter.

Nachwort

Gebrandmarkt handelt vom mittelalterlichen Stockholm gegen Ende des 14. Jahrhunderts. Deutsche und Schweden regierten die Stadt, aber sowohl die Dänen als auch die berüchtigten Vitalienbrüder wollten die Macht an sich reißen. Die Hauptstadt war geprägt von Verschwörungen und Intrigen.

In diesem Roman spielen die wenig bekannten und vielfach diskutierten Käpplinge-Morde eine tragende Rolle. Die dramatischen Ereignisse sind in der Vadstena-Handschrift Codex ups. C2 aufgezeichnet unter dem Titel *De tyska stockholmsborgarnas förräderi mot de infödda, nämligen svenskarna* (Der Verrat der deutschen Bürger Stockholms gegenüber den Eingeborenen, nämlich den Schweden).

Wenn es wahr ist, was dort zu lesen steht, können die Käpplinge-Morde in Dramatik und Grausamkeit wohl mit dem Blutbad von Stockholm verglichen werden. Die Auffassungen von den wirklichen Geschehnissen gehen jedoch auseinander. Manche meinen, dass ungefähr siebzig schwedische Bürger in jener schicksalsschweren Nacht ihr Leben lassen mussten, während andere behaupten, dass dieses Schriftstück nur antideutsche Propaganda ist und dass es sich kaum um mehr als zehn Opfer gehandelt haben kann. Nicht einmal über die Jahreszahl ist man sich einig – sowohl 1389 als auch 1392 stehen im Raum.

Stockholm wurde von mehreren verheerenden Bränden heimgesucht, unter anderem 1419, wobei das Archiv der Stadt zerstört wurde. Es macht die Bestimmung dessen, was sich wirklich ereignet hat, umso schwieriger, als die wenigen erhaltenen Quellen ziemlich unzusammenhängend und undeutlich sind.

Als Romanautorin habe ich mich entschieden, eine der Varianten nachzuerzählen. Die Erzählung baut unter anderem auf Professer Kjell Kumlins Forschungsarbeit zu den Käpplinge-Morden von 1947 auf, die unter anderem in der *Historia kring Stockholm före 1520* (Hg. Henrik Ahnlund, Stockholm, 1965) publiziert wurde. Daneben auch auf Olaus Magnus' Schilderung des Ereignisses in seiner *Historia om de nordiska folken* (Stockholm, 1976; auf deutsch enthalten in: *Die Wunder des Nor-*

dens, Frankfurt am Main 2006). In *Stockholms historia före Gustav Vasa* (Stockholm, 1953) vom Stockholmkenner Nils Ahnlund und in Astrid Heydes Aufsatz »Käpplingemorden år 1389 – ett 600-årsminne?« in *Från det försvunna. Sankt Eriks årsbok 1989* (Hg. Björn Hallerdt, Stockholm, 1989) werden alternative Auffassungen und Deutungen vorgestellt.

Um das Stockholm des 14. Jahrhunderts und die Hanse besser beschreiben zu können, habe ich neben historischen Quellen auch archäologische Funde studiert und bin in mehrere Hansestädte gereist, die in dieser Epoche ihre Blütezeit hatten. Dabei kam ich zu dem Schluss, dass das 14. Jahrhundert in Stockholm eine der faszinierendsten Perioden der schwedischen Geschichte ist.

Catharina Sundberg

Danksagung Einen Roman zu schreiben ist ein großes Projekt, das außer dem Autor selbst auch einen Verlag, die Familie und die Freunde betrifft.

Im Bokförlaget Forum haben mehrere Personen am Schicksal und Abenteuer dieses Romans teilgehabt. Mein wärmster Dank geht an:

Karin Leijon, die ehemalige Verlagschefin, die beschloss, mir eine Chance zu geben;

die ehemalige PR-Leiterin und Verlegerin Inger Sjöholm-Larsson, die mich zum Verlag brachte und großzügig unterstützte und mich an ihrer umfassenden Erfahrung teilhaben ließ;

Redaktionschefin und Verlegerin Viveca Peterson, die mein Buch kompetent und klug durch alle Untiefen und Sandbänke lotste;

Redakteurin Matilda Lund, die sich mit bewundernswerter Geduld der Mühe unterzog, das Manuskript durchzugehen und mir gute Ratschläge und Anregungen zu geben;

Redakteurin Anna Fredriksson, die mich auf so hinreißende Art inspirierte und ermutigte.

Einen Dank auch an euch, die ihr euch des Buchs annahmt, als das Manuskript fertig war. Dazu gehören Anna Käll und Anders Timrén, die den wunderschönen Umschlag gestalteten, Sara Lindegren, Annelie Eldh und Karin Eklund vom Marketing, Anne Lena Engdahl, Eva Skoog und Annika Källström vom Vertrieb sowie Anna Torsteinsrud und Britt-Inger Nordstrand, die für die Karten und den Druck verantwortlich zeichneten.

Außerhalb des Verlags möchte ich folgenden Menschen aufs Herzlichste danken:

Solbritt Benett, Museumschefin des Medeltidsmuseet, die mich freundlicherweise nicht nur durch die Bibliothek und durch ihre Sammlung führte, sondern den gesamten Text fachlich durchsah;

Gabriele Prenzlau-Enander, Direktorin des Stockholm Läns Museum, die wertvolle Kommentare und fachliche Gesichtspunkte beisteuerte.

Danke auch dir, Jörgen Andersen, dass du mich unterstützt hast und in diversen Phasen meiner Arbeit immer positiv und ermutigend warst, und danke dir, Maria-Paz Acchiardo, für deine Unterstützung, deine fröhlichen Zurufe und deinen herrlich kreativen Enthusiasmus.

Unschätzbar wertvolle Hilfe bekam ich auch von Ann Fjellström und Gunnar Ingelman, die mich von der ersten bis zur letzten Seite begleiteten, Tom Engström, der so klug und einsichtig zu kritisieren wusste, und Elsa Bååth, die mir das Manuskript fast täglich aus den Händen riss.

Danke dir, Eva Rylander, für deine durchdachten und direkten Kommentare und dir, Kerstin Fägerblad, für deine ebenso freundliche wie unermüdliche Unterstützung.

Last, but not least möchte ich mich bei der Bengt Nordin Agency bedanken, wo Bengt Nordin und Maria Enberg immer positiv und freundlich zu mir waren und mich in allen Situationen unterstützten.

Danke, dass es euch gibt, alle zusammen!

Catharina Sundberg Catharina Sundberg begann ihre Karriere als Marinearchäologin und verbrachte fünfzehn Jahre ihres Lebens damit, auf dem Meeresgrund nach historischen Spuren zu suchen. Sie stammt aus einer Akademikerfamilie: Ihre Eltern und mehrere Geschwister sind Mediziner. Sie selbst entschied sich jedoch für ein Studium der Geschichte, Archäologie, Ethnologie und Kunstgeschichte und absolvierte darüber hinaus eine Taucherausbildung. Als Marinearchäologin tauchte sie nach Wikingerschiffen, Ostindienfahrern, Galeeren und Verteidigungswällen vor der Wikingerstadt Birka im Mälarsee.

Zunächst arbeitete Catharina Sundberg am Seehistorischen Museum in Stockholm und am Norwegischen Schifffahrtsmuseum in Oslo. Vier Jahre war sie am Western Australian Museum in Perth angestellt, wo sie die Bergung und Erforschung des holländischen Ostindienfahrers »Zeewijk« von 1727 leitete.

Danach kehrte sie nach Schweden zurück, wo sie mehrere Jahre am Schifffahrtsmuseum in Malmö tätig war. Bei der Bergung des wikingerzeitlichen Fotevikschiffes arbeitete sie unter anderem mit dänischen Tauchern und Marinearchäologen vom Wikingermuseum in Roskilde zusammen.

Nach sechs Jahren am Schifffahrtsmuseum Malmö studierte Catharina Sundberg an der Journalistenhochschule in Göteborg und konzentrierte sich auf das Schreiben historischer Romane. Neben *Kampen mot bränningarna* (Der Kampf gegen die Brandung) und der Romantrilogie *Vikingablot, Vikingasilver* und *Vikingaguld* (auf dt. erschienen unter den Titeln *Wikingerblut*, *Wikingersilber* und *Wikingergold*) hat sie auch populärwissenschaftliche Sachbücher verfasst, unter anderem *Boken om vikingarna* (Das Buch über die Wikinger).

Die Wikingerromane erzählen vom Missionar Ansgar, der nach Skandinavien kam, um die Heiden zu christianisieren, von den Heerzügen der Wikinger und von starken Wikingerfrauen. Die Bücher wurden in mehrere Sprachen übersetzt.

Heute ist Catharina Sundberg nicht nur freie Autorin, sondern auch Journalistin bei der renommierten schwedischen Tageszeitung *Svenska Dagbladet*. Ihre Bücher haben sich in Schweden in einer Auflage von insgesamt 250 000 Exemplaren verkauft. 1999 wurde sie mit dem Widdingpreis als Autorin des Jahres für historische Romane und populärhistorische Bücher in Schweden ausgezeichnet.

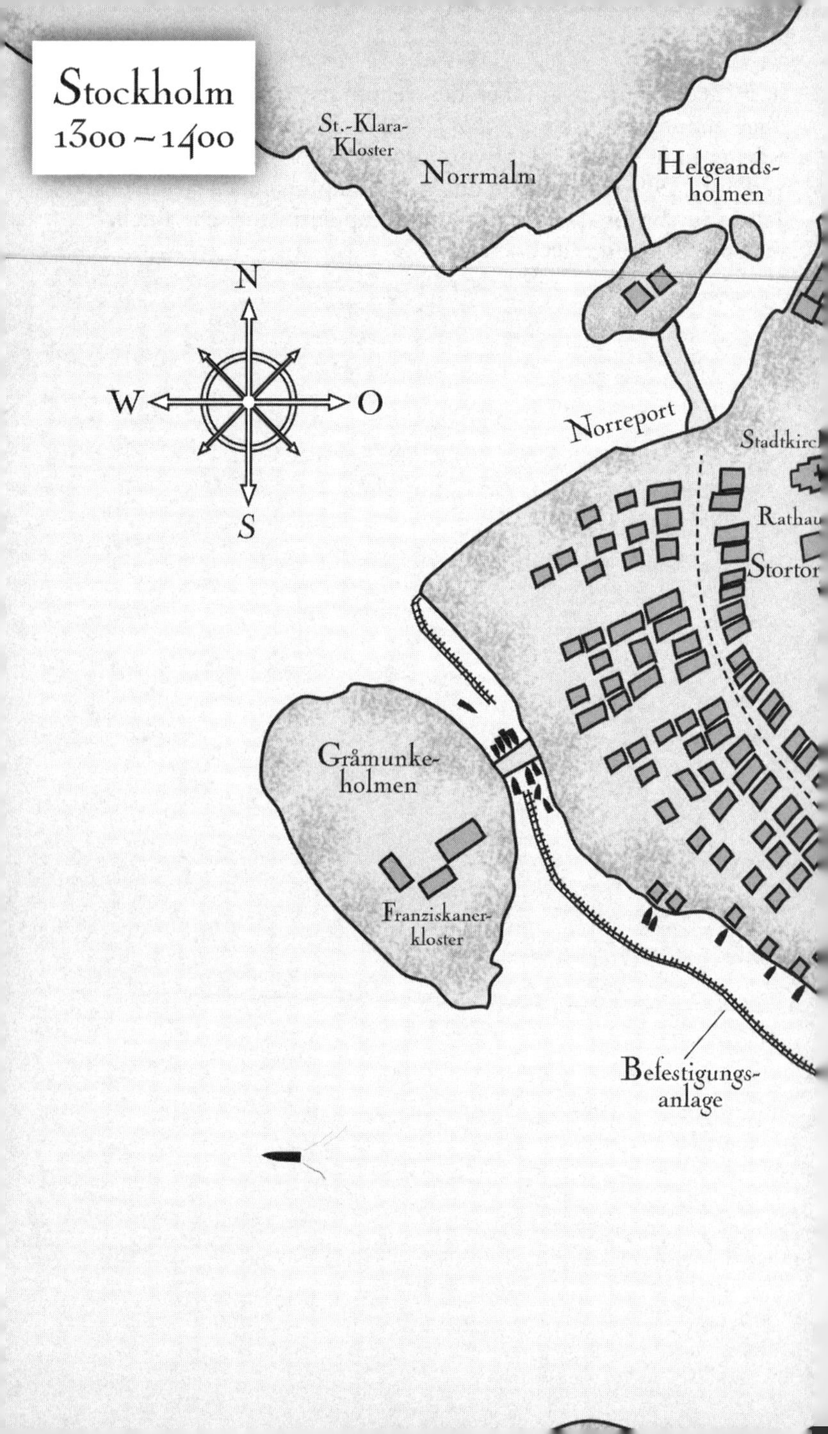
Stockholm
1300 – 1400
St.-Klara-
Kloster
Norrmalm
Helgeands-
holmen
N
W
O
S
Norreport
Stadtkirc
Rathau
Stortor
Gråmunke-
holmen
Franziskaner-
kloster
Befestigungs-
anlage

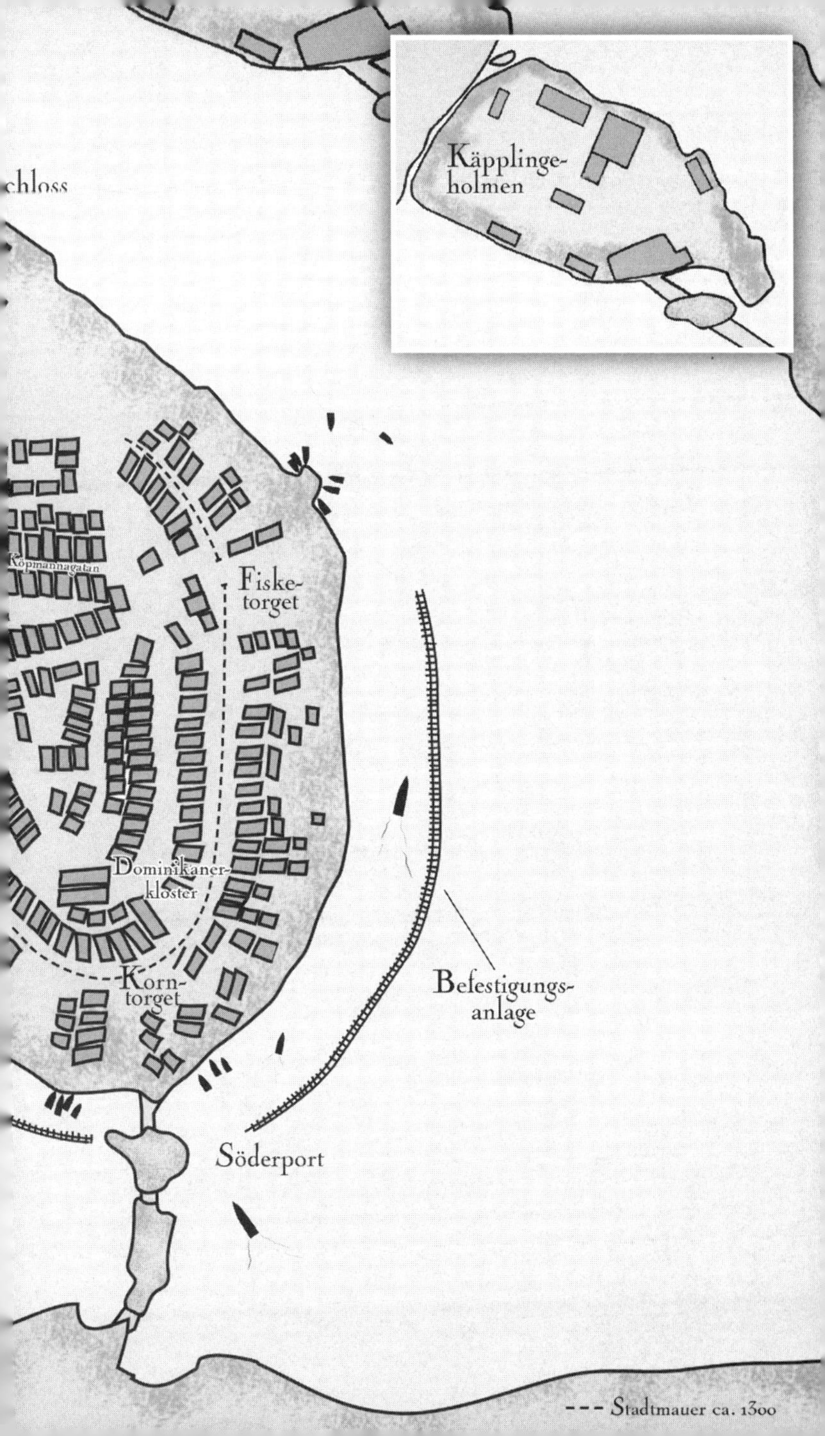
chloss
Käpplinge-
holmen
Köpmannagatan
Fiske-
torget
Dominikaner-
kloster
Korn-
torget
Befestigungs-
anlage
Söderport
--- Stadtmauer ca. 1300

Jan Guillou

Die Frauen von Götaland

Ein Roman aus der Zeit der Kreuzfahrer. Aus dem Schwedischen von Hans-Joachim Maass. 479 Seiten. Serie Piper

Mitte des 12. Jahrhunderts in Schweden: Während im Heiligen Land die Kämpfe zwischen Kreuzrittern und Sarazenen toben, wächst der junge Schwede Arn in einem Kloster auf, wo er nicht nur die Heilige Schrift studiert, sondern auch in die Kunst des Schwertkampfes eingeführt wird. Schon bald kann er sich mit den Besten seines Landes messen. Als er unwissend eine Blutschande begeht, muß er dafür büßen: Arn wird für zwanzig Jahre als Tempelritter ins Heilige Land geschickt ... Ein historischer Roman voller Sinnlichkeit, Detailtreue und sprachlicher Finesse.

Der erste, in sich abgeschlossene Roman der großangelegten Trilogie um das abenteuerliche Leben des Arn Magnusson.

05/1128/01/L

Stefan Jäger

Der Silberkessel

Historischer Roman aus der Zeit der Völkerwanderung. 320 Seiten. Serie Piper

120 vor Christus: Mehr als 100 000 Kimbern, Teutonen und Ambronen verlassen ihre unwirtliche Heimat Dänemark in Richtung Süden. In den Alpen treffen sie auf die gewaltigen Heere des Römischen Imperiums. Schändungen, blutige Schlachten und Raubzüge sind an der Tagesordnung. Eine gefährliche, rauhe Kulisse für die Liebe zwischen dem Römer Timaios und der Kimberin Svanhild ...

Mit seinem historischen Roman zur Zeit der Völkerwanderung, als die ersten germanischen Volksstämme auf die wehrhaften Römer trafen, erhellt Stefan Jäger das Dunkel zwischen Antike und Mittelalter in der Mitte Europas.

05/2054/01/R

Thomas Einfeldt

Die Tochter des französischen Gesandten

Ein Roman aus der Zeit Napoleons. 512 Seiten. Serie Piper

Hamburg, während der napoleonischen Besatzung zwischen 1806 und 1814: Der Kaufmannssohn Clemens Maiboom wird wegen der Kontinentalsperre gegen England zum Schmuggeln gezwungen – sonst droht dem väterlichen Kaufmannshaus der Ruin. Mitten in den Wirren und der katastrophalen wirtschaftlichen Situation lernt er Clothilde, die Tochter eines französischen Gesandten, kennen und lieben. Er kann ihrer ungebändigten blonden Lockenpracht und ihrem eigensinnigen emanzipatorischen Geist einfach nicht widerstehen, doch bringt sie ihn in einen unlösbaren Konflikt mit seiner Vaterlandsliebe.
Ein farbenprächtiger historischer Roman über Liebe in gefährlichen Zeiten.

05/2097/01/L

Jörgen Bracker

Zeelander

Der Störtebeker-Roman. 464 Seiten. Serie Piper

Die Brüder Johannes und Clemens Zeelander wachsen im Waisenhaus in Wismar auf, ihr bester Freund heißt Claus Störtebeker. Ihre Schicksalswege bilden den Stoff für ein packendes Zeitgemälde. Johannes Zeelander, der zum obersten Schiffbauer Hamburgs aufsteigt, muss erleben, wie die Menschen in seinem Umfeld dem Freibeuter Claus Störtebeker in die Arme getrieben werden. Bracker kennt alle Fakten, alle Legenden und kommt mit diesem Roman der Wahrheit über den Mythos Störtebeker näher als alle Wissenschaft.

»Jörgen Brackers Störtebeker-Roman ist eine packende Lektüre, die ein präzises Geschichtsbild höchst unterhaltsam vermittelt, noch dazu mit einem überraschenden Ende.«
Norddeutscher Rundfunk

05/2101/01/R

SERIE PIPER

Sabrina Capitani

Das Buch der Gifte

Historischer Roman. 400 Seiten. Serie Piper

Die Schriftstellerin Christine de Pizan setzt sich nach dem Tod ihres geliebten Mannes gegen alle Widerstände durch: gegen die Frauenfeindlichkeit der Kirche, gegen betrügerische Anwälte und gewalttätige Verehrer. Doch als sie den jungen Franziskanermönch Thomas kennen lernt, steht die Liebe zu ihrem verstorbenen Ehemann, dem sie Treue bis über den Tod hinaus geschworen hat, auf dem Prüfstand. Gemeinsam mit Thomas gelingt es ihr, einen rätselhaften Todesfall aufzuklären, der auf verschlungenen Wegen die wahre Vergangenheit des Mönchs offenbart ... Lebendig und mit Einfühlungsvermögen erzählt Sabrina Capitani aus dem Leben der Christine de Pizan (1364–1430), einer der bekanntesten und frühesten Schriftstellerinnen Europas.

05/2053/01/L

Elmar Bereuter

Die Lichtfänger

Roman aus der Zeit der Hexenverfolgung. 416 Seiten. Serie Piper

Wie sähe die Welt aus, hätte es in der Geschichte nicht mutige Menschen gegeben, die sich gegen Unterdrückung und Engstirnigkeit wehrten? So wie die »Lichtfänger«, die im ausgehenden Mittelalter den Hexenwahn bekämpften. Elmar Bereuter – seit seinem verfilmten Bestseller »Schwabenkinder« Garant für profund recherchierte historische Romane – erzählt, wie sich ein Historiker quer durch Europas Archive wühlt, um das Schicksal des Lichtfängers und Theologen Cornelius Loos zu erhellen.

»Bereuter gelingt es, die alten Quellen zum Sprechen zu bringen. Ein engagiertes Buch über die Hexenprozesse, vor allem aber ein spannender historischer Roman!«
literaturtipp

05/2099/01/R

PIPER NORDISKA

Kari Hotakainen

Die Leichtsinnigen

Roman. Aus dem Finnischen von Stefan Moster. 272 Seiten. Gebunden

Zu seiner eigenen Überraschung hatte sich Antero Mokka verliebt. Normalerweise bestand sein ganzer Lebensinhalt aus seiner Arbeit als Polizist in Helsinki. Genauer gesagt aus den Verhören seiner Kunden, wie Mokka sie nannte. Als Nächste stand Leila Korhonen auf dem Programm, eine entschlossene und doch zerbrechlich wirkende Verdächtige. Mokka beschloss, gleich zu Beginn hervorzuheben, dass es bei ihm keine Privatangelegenheiten im eigentlichen Sinn gab. Schamhaftigkeit, Intimität, Privatleben waren Luxusgüter, die man an der Garderobe abgab, bevor man den Vernehmungsraum betrat. Doch Leilas Geschichte berührte ihn, und Mokka passierte etwas, mit dem er nicht mehr gerechnet hatte – er verliebte sich. »Die Leichtsinnigen« ist ein skurriler, von großer Komik durchzogener Roman über Sex, Einsamkeit, Pornografie und das unersetzliche Glück der Liebe.

08/1010/01/L

PIPER NORDISKA

Hjalmar Söderberg

Das ernsthafte Spiel

Roman. Aus dem Schwedischen von Verena Reichel.
304 Seiten. Gebunden

Während eines flirrenden Sommers in den Stockholmer Schären kommt es zu einer Romanze zwischen Lydia Stille und dem angehenden Lehrer Arvid Stjärnblom. Arvid befürchtet, nicht reif für eine Ehe zu sein, ganz abgesehen davon, dass er von seinem Gehalt noch keine Familie versorgen könnte, doch Lydia glaubt an ihn und ist bereit zu warten. Erst als es schon zu spät ist, fragt er Lydia, ob sie seine Geliebte werden will. Ihr fehlt der Mut zum Bruch mit den bürgerlichen Konventionen, und sie verlobt sich stattdessen mit einem Mann, der ihr finanzielle Sicherheit bieten kann. Zehn Jahre später, auch Arvid hat längst eine Familie gegründet, begegnet ihm Lydia wieder.

08/1009/01/R